○南戲文獻全編　劇本編○

琵琶記

第四册

俞爲民　主編

王良成　整理

ZHEJIANG UNIVERSITY PRESS
浙江大學出版社
·杭州·

元本出相點板琵琶記

目録

琵琶記卷中

琵琶記卷下……二六四七

琵琶記序

不佞偶讀皖城胡伯玉先生《尚書·義序》，自謂平生爲文得《西廂記》微趣耳。犁然於不佞有同嗜焉，時業已探討。漢卿、實甫暨諸名家之詞而傳諸棗木，異論者稍稍曰：自《三百篇》之變而爲律爲絶，爲歌爲行，爲詞曲。詞曲之於金元尤稱長技哉。大抵其立意在聽者不厭，言者無罪，故巧爲靡曼，雄其滑稽，雖去古益遠，要亦一代之精神也。若東嘉高氏南曲之《琵琶》，方之王、關二氏北曲之《西廂》，即如虞音有擊有拊，唐詩有李有杜，宜庚並舉，詎謂不可無一，不可有二已已乎？不佞既聞而嘻曰：論亦休矣。遂檢笥中藏本，亦按節想像而付之剞劂，庶俾攬者見子孝妻賢則思勵，見私昵暗約則思懲，而卧者鮮矣，於大道亦未必無少助云。

丁酉蠟日玩虎軒主人敘並書。

新校琵琶記始末凡例

一　考《大闉索隱》云：高則誠字東嘉，與王四相友善。王四亦當時知名士，後以顯達離操，遂易其妻周氏而坦腹於時相不花氏家。東嘉欲挽捄不可得，乃作此奇以諷之。而託姓蔡者，以王四少賤，常爲人傭菜也。趙五娘者，以姓傳，自趙至周而恰五也；牛丞相者，以不花家居牛渚也。記以『琵琶』名，以其中有四『王』字也。所謂張太公者，蓋東嘉以大公自寓耳。奇出，都人士咸快誦之，東嘉繇此益知名當代，發解胡元也。

一　《推蓬剩語》：東嘉因見唐蔡節度墓銘而作此奇。初，蔡未達時，得從相國牛僧孺之子遊，後復同登進士第。牛欲以女弟字蔡，蔡已有婦趙矣，力辭不解。後牛能將順於趙，趙亦無妨於牛，爲一時美談焉。二説未果孰是。

一　有《真細録》云：高皇帝定鼎金陵，偶見《琵琶記》而異之。後廉知其爲王四，遂執王四而付諸法曹。

一　考本奇，諸家刻本凡七十餘種，固是否萬殊，而首編間題東嘉作此。初以蔡中郎爲不忠不孝，無何，夢接蔡中郎而謂之曰：子能填我於善行，當有美報，可乎？東嘉覺而奇之，遂易爲全忠全孝。後東嘉果爾發解。但此語罕見記載，姑備録之。

一　校梓以元本爲主，而元本亦不免差訛數字，故參酌諸本以掩其瑕。如『窮秀才』『一秀才』之類是也。

一　點板黜浙依崑，審經名校。

一　題評聊見讐校大意，唯俟博識去存。

元本出相點板琵琶記目録

琵琶記卷上

第一齣　副末開場

【水調歌頭】秋燈明翠幕，夜案覽芸編。今來古往，其間故事幾多般。少甚佳人才子，也有神仙幽怪，瑣碎不堪觀。正是：不關風化體，縱好也徒然。論傳奇，樂人易，動人難。知音君子，這般另作眼兒看。休論插科打諢，也不尋宮數調，(一)只看子孝共妻賢。正是：驊騮方獨步，萬馬敢争先。

（問内科）且問後房子弟，今日敷演誰家故事，那本傳奇？（内應科）三不從《琵琶記》。（末云）原來是

(一) 眉批：夫曰：曲自難於更端，每以一調爲終始，《記》中間有出調，至於韻脚及間句結煞字，亦多不拘平仄，似不與局趣者同。首云『不尋宮數調』也，不以辭害意，此記得之。

這本傳奇。待小子略道幾句家門，便見戲文大意。

【沁園春】趙女姿容，蔡邕文業，兩月夫妻。奈朝廷黄榜，遍招賢士；高堂嚴命，强赴春闈。一舉鰲頭，再婚牛氏，(一)利綰名牽竟不歸。(二)饑荒歲，雙親俱喪，此際實堪悲。堪悲，趙女支持，剪下香雲送舅姑。把麻裙包土，(三)築成墳墓；琵琶寫怨，徑往京畿。孝矣伯喈，賢哉牛氏，書館相逢最慘悽。重廬墓，一夫二婦，旌表門閭。

極富極貴牛丞相，施仁施義張廣才。
有貞有烈趙真女，全忠全孝蔡伯喈。

第二齣　高堂稱慶

【正宫引子・瑞鶴仙】(生唱)十載親燈火，論高才絶學，休誇班馬。風雲太平日，正驊騮欲

(一) 眉批：再婚：一作『賜婚』。
(二) 眉批：竟不歸：一作『不得歸』。
(三) 眉批：麻：今盡作『羅』，大謬。

騁，魚龍將化。沉吟一和，(一)怎離却雙親膝下？且盡心甘旨，功名富貴，付之天也。(二)

〔鷓鴣天〕宋玉多才未足稱，子雲識字浪傳名。奎光已透三千丈，風力行看九萬程。經世手，濟時英，玉堂金馬豈難登？要將萊綵歡親意，且戴儒冠盡子情。蔡邕沉酣六籍，貫串百家。自禮樂名物，以及詩賦詞章，皆能窮其妙；由陰陽星曆，以至聲音書數，靡不得其精。抱經濟之奇才，當文明之盛世。幼而學，壯而行，雖望青雲之萬里；入則孝，出則弟，怎離白髮之雙親。到不如盡菽水之歡，甘虀鹽之分。正是：行孝於己，責報於天。自家新娶妻房，纔方兩月。却是陳留郡人，趙氏五娘。儀容俊雅，也休誇桃李之姿；德性幽閒，儘可寄蘋蘩之託。正是：夫妻和順，父母康寧。《詩》中有云：『爲此春酒，以介眉壽。』今喜雙親既壽而康，對此春光，就花下酌杯酒，與雙親稱壽，多少是好？昨已囑付五娘子安排，(三)不免催促則個。娘子，酒完了，請爹媽出來。(旦内應科)(外扮蔡公净扮蔡婆上)

【雙調引子·寶鼎現】(外唱)小門深巷，春到芳草，人閒清晝。(净唱)人老去星星非故，春又來年年依舊。(旦扮趙氏上)最喜今朝春酒熟，滿目花開如繡。(合)願歲歲年年，人在花下，常斟春酒。

(一) 眉批：『沉吟』句：一本不唱，但做沉吟之狀。不唯【瑞鶴仙】缺句，而梨園醜態日繁，實由此類作俑也。

(二) 眉批：付：一作『賦』，非。

(三) 眉批：囑：今盡作『分』。大抵坊本曲且舛亂白妄，可知唯依元本改正，不有大謬，不復瑣瑣別贅也。後倣此。

（外云）孩兒，你請我兩個出來做甚麼？（生跪科）告爹媽得知：人生百歲，光陰幾何？幸喜爹媽年滿八旬，孩兒一則以喜，一則以懼。當此青春光景，閒居無事，聊具一杯蔬酒，與爹媽稱慶則個。（净笑云）阿老有得喫。（外云）阿婆，這是子孝雙親樂，家和萬事成。〔一〕（生進酒科）

【雙調過曲・錦堂月】（生唱）簾幕風柔，庭幃晝永，朝來峭寒輕透。親在高堂，一喜又還一憂。惟願取百歲椿萱，長似他三春花柳。（合）酌春酒，看取花下高歌，共祝眉壽。〔二〕

【前腔換頭】（旦唱）輻輳，獲配鸞儔。深慚燕爾，持杯自覺嬌羞。怕難主蘋蘩，不堪侍奉箕箒。惟願取偕老夫妻，長侍奉暮年姑舅。（合前）

【前腔換頭】（外唱）還愁，白髮蒙頭。紅英滿眼，心驚去年時候。只恐時光，催人去也難留。孩兒，惟願取黄卷青燈，及早換金章紫綬。（合前）

【前腔換頭】（净唱）還憂，松竹門幽。桑榆暮景，明年知他健否安否？嘆蘭玉蕭條，一朵桂花堪茂。媳婦，惟願取連理芳年，〔三〕得早遂孫枝榮秀。（合前）

【醉翁子】（生唱）回首，嘆瞬息烏飛兔走。喜爹媽雙全，謝天相佑。（旦唱）不謬，更清淡安

〔一〕眉批：此白似當發明蔡公蔡婆姓名方見原委。

〔二〕眉批：不作險怪語而自悠悠成調，唯許《西厢記》並稱焉。

〔三〕眉批：元本『芳年』先埋伏下『早』字，今本一作『芳妍』，自稱對『榮秀』爲工，則本奇未嘗聞以工勝者也。

閒，樂事如今誰更有？（合）相慶處，但酌酒高歌，共祝眉壽。

（外云）孩兒，你今日爲我兩個慶壽，這便是你的孝心。人生須要忠孝兩全，方是個丈夫。我纔想將起來，今年是大比之年。昨日郡中有吏來辟召你，可上京取應。倘得脱白掛緑，濟世安民，這纔是忠孝兩全。（生云）爹媽高年在堂，無人侍奉，孩兒豈敢遠離？實難從命。(一)

【前腔換頭】（外唱）卑陋，論做人要光前耀後。勸我兒青雲萬里，(二)早當馳驟。（浄唱）聽剖，真樂在田園，(三)何必區區公與侯？（合前）

【僥僥令】（生、旦）春花明綵袖，春酒泛金甌。但願歲歲年年人長在，父母共夫妻相勸酬。

【前腔】（外、浄）夫妻好廝守，父母願長久。坐對兩山排闥青來好，看將一水護田疇，緑遶流。(四)

【十二時】山青水緑還依舊，嘆人生青春難又，惟有快活是良謀。

（外）逢時對景且高歌，（浄）須信人生能幾何。

(一) 眉批：元本有此外白，與『卑陋』句何等叫應。

(二) 眉批：勸：今盡作『願』，便與下『當』字不合。

(三) 眉批：真樂：或作『樂守』，不如。

(四) 眉批：今本改『坐對送青排闥青來好，看將緑水護田疇，緑水流』，不唯刻畫元詞，其如荆公佳句何？

（生）萬兩黄金未爲貴，（旦）一家安樂值錢多。

第三齣　牛氏規奴

（末扮老院子上）風送爐香歸别院，日移花影上閒庭。晝長人静無他事，惟有鶯啼三兩聲。小子不是别人，却是牛太師府裏一個院子。若論俺太師的富貴，真個：只有天在上，更無山與齊。舉頭紅日近，回首白雲低。怎見得富貴？他勢壓中朝，資傾上苑。白日暎沙堤，青霜凝晝戟。門外車輪流水，城中甲第連天。（一）瓊樓酬月十二層，錦障藏春五十里。香散綺羅，寫不盡園林景致；影摇珠翠，描不就庭院風光。好耍子的油碧車輕金犢肥，没尋處的流蘇帳暖春雞報。晝堂内持觴勸酒，走動的是紫綬金貂；繡屏前品竹彈絲，擺列的是朱唇粉面。瑇瑁筵前爇寶香，真個是朝朝寒食；琉璃影裏燒銀燭，果然是夜夜元宵。這般樣福地洞天，可知有仙姝玉女。休誇富貴的牛太師，且説賢德的小娘子。真個好一位小娘子呵！看他儀容嬌媚，一個没包彈的俊臉，似一片美玉無瑕；體態幽閒，半點難勾引的芳心，如幾層清冰徹底。珠翠叢中長大，倒堪雅淡梳粧；綺羅隊裏生來，却厭繁華氣象。怪聽笙歌聲韻，惟貪針指工夫。愛景清幽，鎮白日何曾離繡閣？笑人游冶，傍青春那肯出香閨？開遍海棠花，也不問夜來多少；飛殘楊柳絮，竟不道春去如何。要知他半點貞心，惟有穿瑣窗的皓月；能回他一雙

（一）眉批：天：今盡作『山』，非。

嬌眼，除非翻翠幌的清風。決非慕司馬的文君，肯學選伯鸞的德耀。更羡他知書知禮，是一個不趨蹌的秀才；若論他有德有行，好一位戴冠兒的君子。多應是相門相種，可惜不做厮兒。少甚麽王子王孫，争要求爲佳配。呀！理會得麽？他是玉皇殿前掌書仙，一點塵心謫九天。莫怪蘭香熏透骨，霞衣曾惹御爐烟。呀！好怪麽！只見府堂中老姥姥和惜春姐兩個，笑哈哈舞將出來。我且躲在一邊，看他來此做甚麽？（浄扮老姥姥丑扮惜春上）

【仙吕入雙調·雁兒落】（浄唱）庭院重重，怎不怨苦？要尋個男兒，又無門路。（丑唱）甚年能彀和一丈夫，㈠一處裏雙雙雁兒舞？

（相見科）（末云）來，我且問你兩個：往常間不曾恁的快活，今日如何這般快活？（丑云）院公，你那得知我喫小姐苦哩！並不許半步胡踹，又不要我説男兒那邊厢去。咳！苦也！你不要男兒，我須要哩！他也道我和他相似，笑也不許我笑一笑。今日天可憐見，喫我千方百計去説動他，只限我半個時辰去後花園閒耍一遭。你道我如何不快活？（浄云）院公，便是我也千不合萬不合前生不曾種得福田，爹娘把我送在府堂中做個丫頭。到今年紀老了，不曾得一日眉頭舒展。今日天可憐見，老相公入朝，我纔得偷身來此閒耍一遭。你道我如何不快活？（末云）元來恁的，可知道你二人快活也。（浄云）院公，你伏侍老相公，却是公的又撞着公的；我與惜春伏侍小姐，却是雌的又撞雌的。（末云）

㈠ 眉批：和：諸本作『嫁』，便如嚼蠟了。

呀！老姥姥，你怎的說這話？惜春年紀小，也怪他傷春不得。你年紀這般老大，也說這般傷春的話，成甚麼樣子？（淨云）哼嗚老畜生，倒喫你識破了！却不道秋茄晚結，菊花晚發？我雖然老便老，似京棗。外面皺，裏頭好。你不聞東村有個李太婆，年紀七八十歲，頭光撻撻的，也只要嫁人。人問道：婆婆，你這般老了，又要去嫁人怎的？那婆婆做四句詩，應得好。（末云）如何說？（淨云）道是：人生七十古來稀，不去嫁人待何時？下了頭髻床上睡，枕頭上架兩個大擂搥。（末云）你有些欠尊重。（丑云）休閒說，今日能殼得來此花園遊嬉，也不容易。又撞着院公在此，咱每三個何不做個耍子？（末云）也說得是。還是做甚麼耍子好？（淨云）院公，和你踢氣毬耍子？（末云）不好。（淨云）怎的不好？〔西江月〕（末云）白打從來逞藝，官場自小馳名。如今年老脚踜蹭，圓社無心馳騁。空使繡襦汗濕，漫教羅襪生塵。兀的是少年子弟俏門庭，老姥姥，不是你寶粧行徑。（丑云）院公，踢氣毬不好，便和你鬥百草耍子？（末云）也不好。（丑云）怎的不好？（末云）香徑裏攀殘柳眼，雕闌畔折損花容。又無巧藝動王公，枉費工夫何用？驚起嬌鶯語燕，打開浪蝶狂蜂。若還尋得個並頭紅，惜春姐，早把你芳心引動。(一)（淨、丑云）院公，你道兩樣都不好，如今打鞦韆耍子好麼？（末云）這個却好。你聽我說：　玉體輕流香汗，繡裙蕩漾明霞。纖纖玉手綵繩拿，真個堪描堪畫。　本是北方戎戲，移來上苑豪家。女娘撩亂隔墻花，好似半仙戲耍。（淨、丑云）恁地便打鞦韆。只是没有架子。（末云）這

(一)　眉批：二詞並不露一本色字，坊本或改『柳眼』爲『草色』，即使不犯，亦不及花柳絶對。

花園中那裏得他？一來老相公不喜，二來小娘子不好；縱有也倒壞了。（丑云）院公，没奈何，我每三個在這裏廝輪做個鞦韆架，一人打，兩人擡。（末云）如此也好。誰人先打？（净、丑云）我兩人擡，院公先打。（做架科）（末云）你兩人不要跌了我。（净、丑云）院公，你放心，只管上去打。（末打科）

【窣地錦襠】（末唱）花紅柳緑草芊芊，正值春光艷陽天。我和你不來此處打鞦韆，爲人一生也徒然。

（放跌科）（末云）你兩個跌得我好！如今輪該老姥姥打。（净云）你兩人也不要跌了我。（末云）老姥姥放心，不妨事，只管打。（净打科）

【前腔】（净唱）春光明媚景色鮮，遊遍花塢聽杜鵑。那更上苑柳如綿，我和你不打鞦韆枉少年。

（放跌科）（净云）你兩個騙得我好！如今輪該惜春打。（丑云）你兩人也不要跌了我。（净云）惜春放心，也只管打便罷。（丑打科）

【前腔】（丑唱）奴是人間快活仙，喫了飽飯愛去眠。莫教小姐來撞見，那時高高弔起打三千。

（放跌科）（貼扮牛氏上云）莫信直中直，須防仁不仁。是要得好呵！（末、净走下）（丑做不知云）你兩個人騙得我好！如今我打了，又該院公打。（貼扯丑耳科）賤人，恁的爲人不尊重，只要閒嬉並閙哄！

(丑驚科)小姐，教人怎不去閒哄？你看那鞦韆架尚兀自走動哩。(貼云)賤人！我只教你在此閒翫片時，誰許你如此？(丑云)小姐，奴家心裏憂悶，只得在此消遣則個。(貼云)賤人，你心中憂悶怎的？(丑云)小姐，奴家名喚做惜春，見這春去了，便自傷春起來，教人如何不悶？(貼云)賤人，有甚傷春處？(丑云)小姐，我早晨裏只聽疏辣辣寒風吹散了一簾柳絮，晌午間只見淅零零細雨打壞了滿樹梨花。一霎時囀幾對黃鸝，猛可地叫數聲杜宇。奴家見此春去，如何不悶？(貼云)春光自去，有甚麼悶來？我和你去習學女工便了。(丑云)咳！苦也！這般天氣，誰不去閒嬉？小姐却教惜春去習女工，兀的不是悶殺惜春麼？(貼云)婦人家誰許你閒嬉？不習女工，有甚勾當？你却不學那不出閨門的！(丑云)小姐，你有盈箱羅綺，滿頭珠翠，少甚麼子，却這般自苦？(貼云)賤人！好怪麼！做女工是你本分的事，問有和沒有做甚麼？(丑云)恁地，惜春拜辭小姐去也。(貼云)你拜辭我那裏去？(丑云)小姐，我去伏侍別人，與他傳消遞息，隨趁也得些快活。(貼云)咳！賤人，你伏侍我，我有甚虧了你？(丑云)小姐，我伏侍着你時節，見男兒也不許我擡頭看一看。前日艷陽天氣，花紅柳緑，猫兒也動心，你也不動一動；如今暮春時候，鳥啼花落，狗兒也傷情，你也不傷一傷。惜春其實難和小姐過活。(貼云)呀！這賤人，你是顛是狂，說這般話？我就去對老相公說，好生施行你。(丑跪科)小姐，可憐見惜春心裏悶，因此這般說。(貼云)賤人，我饒你這遭。你看麼。

【越調引子・祝英臺近】(貼唱)緑成陰，紅似雨，春事已無有。(丑唱)聞說西郊，車馬尚馳驟。(貼唱)怎如柳絮簾櫳，梨花庭院，(合)好天氣清明時候。

〔玉樓春〕（丑云）清明時節單衣試，争奈晝長人静重門閉。（貼云）我芳心不解亂縈牽，羞睹游絲與飛絮。（丑云）小姐，我在繡窗欲待拈針指，忽聽鶯燕雙雙語。（貼云）賤人！無情何事管多情，任取春光自來去。（丑云）小姐，你有甚麽法兒，教惜春休悶哩？（貼云）你且聽我説。

【越調過曲·祝英臺序】（貼唱）把幾分春，三月景，分付與東流。（丑云）小姐，如今鳥啼花落，你須煩惱些麽？（貼唱）啼老杜鵑，飛盡紅英，端不爲春閒愁。（丑云）你不閒愁，也還去賞翫麽？（貼唱）休休，婦人家不出閨門，怎去尋花穿柳？（丑云）小姐，你不去賞翫，只怕消瘦了你。（貼唱）我花貌，誰肯因春消瘦？

【前腔換頭】（丑唱）春晝，只見燕成雙，蝶引隊，鶯語似求友。（貼云）呀！賤人，你是人，却説那蟲蟻做甚麽？（丑唱）那更柳外畫輪，花底雕鞍，都是少年閒遊。（貼云）這賤人，你是婦人家，説那男兒的事做甚麽？（丑唱）難守，繡房中清冷無人，我待尋一個佳偶。（貼云）呀！你倒思量丈夫起來！（丑唱）這般説，我終身休配鸞儔？

【前腔換頭】（貼唱）惜春，知否？我爲何不捲珠簾，獨坐愛清幽？（丑云）清幽，清幽，争奈人愁！（貼唱）縱有千斛悶懷，百種春愁，難上我的眉頭。（丑云）小姐，只怕你不常恁的。（貼唱）休憂，任他春色年年，我的芳心依舊。（丑云）只怕風流年少的哄動你。（貼唱）這文君，可不擔閣了相如琴奏。

【前腔換頭】（丑唱）今後，方信你徹底澄清，我好没來由。（貼云）惜春，你怎的不收斂了心？（丑唱）想像暮雲，分付東風，情到不堪回首。

（貼云）你怎的不學着我？

【前腔換頭】（丑唱）姐姐，聽剖，你是蕊宫瓊苑神仙，不比塵凡相誘。（貼云）恁地，自隨我習女工便了。（丑唱）我謹隨侍娘行，拈針挑繡。

（丑云）姐姐，你聽那子規却是啼得好哩！

（貼）休聽枝上子規啼，（丑）悶在停針不語時。

（貼）窗外日光彈指過，（丑）席前花影坐間移。

第四齣　蔡公逼試

【南吕引子·一剪梅】（生唱）浪暖桃香欲化魚，期逼春闈，詔赴春闈。郡中空有辟賢書，心戀親闈，難捨親闈。(一)

世間好物不堅牢，彩雲易散琉璃脆。蔡邕本欲甘守清貧，力行孝道。誰知朝廷黄榜招賢，郡中把我名

(一)　眉批：一作『期逼春闈，難捨親闈』『心戀親闈，難赴春闈』。似當許可，不免操戈。

字保申上司去了； 一壁厢已有吏來辟召，自家力以親老爲辭。 這吏人雖則去，只怕明日又來，我只得力辭便了。 正是： 人爵不如天爵貴，功名争似孝名高。

【南吕過曲·宜春令】(一)(生唱)雖然讀萬卷書，論功名非吾意兒。只愁親老，夢魂不到春闈裏。(二) 便教我做到九棘三槐，怎撇得萱花椿樹？ 天那！ 我這衷腸，一點孝心對誰語？(末扮張太公上)

【前腔】(末唱)相鄰並，相依倚，往常間有事來相報知。(生云)來的却是張太公呵。(相見科)(末云)秀才，試期逼矣，早辦行裝前途去。(生云)公公，我雙親年老，不敢去。(末云)呀！ 秀才，子雖念親老孤單，親須望孩兒榮貴。 你趁此青春不去，更待何日？(生云)公公言極有理。 争奈父母無人奉侍，如何去得？ (末云)你既不肯去呵，且看老員外和老安人出來如何説。 我想起來，也只是教你去的分曉。 道猶未了，老員外來也。

【前腔】(外唱)時光短，雪鬢催，守清貧不圖甚的。 有兒聰慧，但得他爲官吾心足矣。(外、末作相見科)(外云)孩兒，天子詔招取賢良，秀才每都求科試。(三) 你快赴春闈，急急整着行李。

(一) 眉批： 【宜春令】： 一作【吴小四】。【吴小四】屬商，不應在吕。

(二) 眉批： 春： 坊本作『親』，非。

(三) 眉批： 求： 一作『去』，亦通。

（末云）呀！老安人也出來了。

【前腔】（净唱）娘年老，八十餘，眼兒昏又聾着兩耳。又没個七男八婿，只有一個孩兒，要他供甘旨。方纔得六十日夫妻，老賊强逼他争名奪利。天那！細思之，怎不教老娘嘔氣？

（相見科）（净云）孩兒，我不合娶個媳婦與你。方纔得兩個月，你渾身便瘦了一半；若再過三年，怕不成一個枯髏！（末云）呀！老安人，你要他夫妻不諧呵？（外云）孩兒，如今黄榜招賢，試期已逼。郡中既然辟召你，你的學問可知，如何不去赴選？（生云）告爹爹得知：孩兒非不要去，争奈爹媽年老，家中無人侍奉。（末云）老員外和老安人，不可不作成秀才去走一遭。（净云）咳！太公，你豈不知道？我家中又没有七子八婿，只有一個孩兒，如何去得？（外云）呀！你怎説這話？如今去赴選的，家中都有七子八婿麼？（净云）老賊，你如今眼又昏，耳又聾，又走動不得。你教他去後，倘有些個差池，教兀誰來看顧你？真個没飯喫便餓死你，没衣穿便凍死你，你知道麼？（外云）你婦人家理會得甚麽？孩兒若做得官時，也改换我門閭，如何不教他去？（生云）爹爹説得自是，只是孩兒難去。

【繡帶兒】（生唱）親年老光陰有幾？行孝正當今日。〔一〕（末云）秀才此去，必定脱白掛緑。（生唱）太公，終不然爲着一領藍袍，却落後五綵斑衣。〔二〕思之，此行榮貴雖可擬，怕親老等不得

〔一〕眉批：正當：今或作『正是』『正在』，均通。

〔二〕眉批：『五綵』『一領』對恰好，今作『戲綵』，殊非。

榮貴。（外唱）孩兒，春闈裏紛紛的都是大儒，難道是没爹娘的方去求試？

【前腔】（末唱）秀才，你休疑，男兒漢淩雲志氣，何必苦恁淹滯？秀才，你此回不去呵，可不干費了十載青燈，枉捱過半世黄虀？須知，此行是親志，你休固拒。秀才，那些個養親之志？（淨唱）我百年事只有此兒，老賊，難道是庭前森森丹桂？

【太師引】（外唱）太公，他意兒我也難提起，這其間就裏我自知。（末云）老員外知他爲着甚麼？（外唱）他戀着被窩中恩愛，[一]捨不得離海角天涯。（生云）孩兒豈有此心！（外云）你是個讀書之人，我説一個比方與你聽。塗山四日離大禹，你今畢姻已曾兩月，直恁的捨不得分離？（末笑科）呀！秀才，你敢是如此麽？（生云）太公，卑人怎敢？（末唱）秀才，你貪鴛侶守着鳳幃，只怕誤了你鵬程鶚薦消息。

【前腔】（淨唱）太公，他意兒只要供甘旨，又何曾貪歡戀妻？自古道曾參純孝，[二]何曾去應舉及第？功名富貴天付與，天若與不求而至。（生唱）娘言是，望爹行聽取。（外云）呀！娘言的是，父言的非呵？你敢是戀新婚，逆親言麽？（生跪天科）天那！蔡邕若是戀着新婚，不肯去呵，

[一] 眉批：被：一作『臂』，亦可。

[二] 眉批：純：今作『行』，非。

天須鑒蔡邕不孝的情罪。(一)

(外怒云)畜生！我教你去赴選，也只是要改換門閭，光顯祖宗。你却七推八阻，有許多説話！(生云)爹爹，孩兒豈敢推阻？争奈爹媽年老，無人侍奉。萬一有些差池，一來人道孩兒不孝，撇了爹娘，去取功名；二來人道爹爹所見不達，止有一子，教他遠離；孩兒以此不敢從命。(外云)不從我命也由你，你且説如何唤做孝？(浄云)老賊！你年紀八十餘歲，也不識做孝？披麻帶索便唤做孝。(外云)咦！你曉得甚麽？(生云)告爹爹：凡爲人子者，冬温夏凊，昏定晨省，問其燠寒，搔其痾癢，出入則扶持之，問所欲則敬進之。所以父母在，不遠遊；出不易方，復不過時。古人的孝，也只是如此。(外云)孩兒，你説的都是小節，不曾説着大孝。(浄云)老賊！你又不曾死，只管教他做大孝，越出去赴選不得。(末云)咦！這話有些不祥。(外云)孩兒，你聽我説：夫孝始於事親，中於事君，終於立身。身體髮膚，受之父母，不敢毁傷，孝之始也。立身行道，揚名後世，以顯父母，孝之終也。是以家貧親老，不爲禄仕，所以爲不孝。你若是做得官時節，也顯得父母好處，兀的不是大孝是甚麽？(生云)爹爹説得極是。但孩兒此去，知道做得官否？若還不中時節，既不能彀事親，又不能彀事君，却不兩下擔閣了？(末云)秀才所見差矣。老漢嘗聞古人云：幼而學，壯而行；懷寶迷邦，謂之不仁。孔席不暇暖，墨突不待黔，伊尹負鼎俎於湯，百里奚五羊皮自鬻，也只要順時行道，濟世安民。自古道：

(一) 眉批：蔡邕：今盡作『孩兒』，自不似矢天語。

学成文武藝，貨與帝王家。秀才，你這般才學，如何不去做官？（浄云）太公，你都有好言勸我孩兒去赴選，我有個故事説與你聽。（末云）老漢願聞。（浄云）在先東村李員外有個孩兒，也讀兩行書。他爹每日鬧炒，只是教孩兒去求官。孩兒喫不過爹爹鬧炒，去到長安，那裏無人擡舉他，遂流落去街上乞食。見個平章宰相，他疾忙在地上拜着，叫聲擡舉他。那宰相道：我與你做個養濟院大使，去管你爹娘。這孩兒自思道：做個養濟院大使，如何管得自己的父母？比及他回家，不想他父母無人供養，流落在養濟院裏居住。他父母見孩兒回來，説道：我教孩兒去得是？今日我孩兒做個頭目，衆人也不敢欺負我。你如今勸我孩兒去赴選，千萬叫他做個養濟院頭目回來，衆人也不敢欺負我。（末笑科）老安人，你説這乞丐事，儘教我聽了半日。（外云）孩兒，你趁早收拾行李起程。（生云）爹爹，孩兒去則不妨，只是爹媽年老，教誰看管？（末云）秀才不必憂慮。自古道：千錢買鄰，八百買舍。老漢既忝在鄰居，你但放心前去；若是宅上有些小欠缺，老漢自當應承。（生云）如此，多謝公公！凡事仗託周濟。此行若獲寸進，決不忘恩。卑人没奈何，只得收拾行李便去。

【三學士】（生唱）謝得公公意甚美，凡事仗託扶持。假饒一舉登科日，難道是雙親未老時。只恐錦衣歸故里，怕雙親不見兒。

【前腔】（外唱）萱室椿庭衰老矣，指望你改换門閭。孩兒，你道是無人供養我，若是你做得官來時節呵，三牲五鼎供朝夕，須勝似啜菽並飲水。你若錦衣歸故里，我便死呵，一靈兒終是喜。

【前腔】（末唱）托在鄰家相依倚，自當效些區區。〔一〕秀才，你爲甚十年窗下無人問？只圖個一舉成名天下知。你若不錦衣歸故里，誰知你讀萬卷書？

【前腔】（淨唱）一旦分離掌上珠，我這老景憑誰？苦！忍將父母饑寒死，博得孩兒名利歸。你縱然錦衣歸故里，補不得你名行虧。

（外）急辦行裝赴試闈，（生）父親嚴命怎生違？

（淨）一舉首登龍虎榜，（末）十年身到鳳凰池。

第五齣　南浦囑别

【雙調引子・謁金門】（旦唱）春夢斷，臨鏡緑雲撩亂。聞道才郎遊上苑，又添離别嘆。（生唱）苦被爹行逼遣，脉脉此情何限。（合）骨肉一朝成拆散，〔二〕可憐難捨拚。

（旦云）官人，雲情雨意，雖可抛兩月之夫妻；〔三〕雪鬢霜鬟，竟不念八旬之父母。功名之念一起，甘旨之心頓忘，是何道理？（生云）娘子，膝下遠離，豈無眷戀之意？奈堂上力勉，不聽分剖之辭。咳！

〔一〕眉批：自：今盡作『專』，不妥。
〔二〕眉批：成：一作『輕』，亦是；一作『重』，則非。
〔三〕眉批：雖：今間作『豈』，不通。

教卑人如何是好？（旦云）官人，我猜着你了。

【仙吕入雙調・忒忒令】（旦唱）你讀書思量做狀元，(一)我只怕你學疏才淺。（生云）娘子，那見我學疏才淺？（旦唱）官人，只是《孝經》《曲禮》，你早忘了一段。(二)（生云）咳！我幾曾忘了？（旦唱）却不道夏清與冬温，昏須定，晨須省，親在遊怎遠？

【前腔】（生唱）我哭哀哀推辭了萬千。（旦云）那張太公如何說？（生唱）他鬧炒炒抵死來相勸。(三)（旦云）官人，你不去時，也須由你。（生唱）將我深罪，不由人分辯。（旦云）罪你甚的？（生唱）他道我戀新婚，逆親言，貪妻愛，不肯去赴選。

【沉醉東風】（旦唱）你爹行見得好偏，只一子不留在身畔。官人，公婆如今在那裏？（生云）在堂上。（旦云）既在堂上，我和你去說。（生云）娘子，你怎的又不去了？（旦云）罷！罷！罷！我和你去說時節呵，他又道我不賢，(四)要將伊迷戀。苦！這其間教人怎不悲怨？(五)（合）爲爹淚漣，爲

(一) 眉批：古本『狀元』下無白，今本多有『云云』，詞固俚俗，亦不會意。
(二) 眉批：段：今作『半』，不通。
(三) 眉批：鬧炒炒：一作『意蒸蒸』，亦雅飾。
(四) 眉批：又：今盡作『只』，不是。
(五) 眉批：悲：今作『埋』，便與下白相反。

娘淚漣，何曾爲着夫妻上掛牽？〔一〕

【前腔】（生唱）做孩兒節孝怎全？ 做爹行不從幾諫。（旦云）官人，你爲人子的，不當恁地埋冤他。（生唱）非是我要埋冤，〔二〕只愁他影隻形單，我出去有誰來看管？〔三〕（合前）

（生云）呀！ 爹媽來了。 娘子，你且揾了眼淚。

【仙吕過曲・臘梅花】（外、淨唱）孩兒出去在今日中，爹爹媽媽來相送。 但願魚化龍，青雲得路，桂枝高折步蟾宫。

（外云）孩兒，你行李收拾了未？ （生云）行李收拾已了。 （外云）收拾既了，如何不去？ （淨云）老賊，他若出去了，家中别無第二人，止有一個媳婦，如何不分付幾句？ （生云）孩兒没别事，只待張太公來，把爹媽拜託與他，教他早晚應承，孩兒庶可放心前去。 （旦云）呀！ 張太公早來。 （末云）仗劍對樽酒，恥爲遊子顔。 所志在功名，離别何足嘆。 （生云）太公，卑人如今出去，家中並無親人。 爹媽年老，只有一個媳婦，却是女流，凡事全賴公公相與扶持； 家中倘有些小欠缺，亦望公公周濟。 昨日已蒙親許，今日特此拜懇。 卑人倘有寸進，自當效結草銜環之報，決不敢忘恩。 （末云）秀才，受人之託，必當終人

〔一〕眉批：掛：一作『意』。
〔二〕眉批：要：一作『敢』，似是。
〔三〕眉批：出：一作『一』，亦好。

之事。；况一言既出，駟馬難追。昨日已許秀才，去後決不相誤。（生云）如此，多謝公公！（外云）孩兒，既蒙張太公金諾，必不食言，你可放心早去。（生云）孩兒就此拜辭爹媽便去。

【仙吕入雙調·園林好】（生唱）兒今去爹媽休得要意懸，兒今去，今年便還。但願得雙親康健，（合）須有日拜堂前，須有日拜堂前。

【前腔】（外唱）我孩兒不須掛牽，爹只望孩兒貴顯。〔一〕若得你名登高選，（合）須早把信音傳，須早把信音傳。

【江兒水】（浄唱）膝下嬌兒去，堂前老母單，臨行密密縫針綫。眼巴巴望着關山遠，冷清清倚定門兒盼。〔二〕（生云）母親且自寬懷消遣。（浄云）教我如何消遣？（合）要解愁煩，須是頻寄音書回轉。

【前腔】（旦）妾的衷腸事，有萬千，（生云）娘子，你有甚麽事，當説與我知道。（旦唱）説來又恐添縈絆。（生云）娘子，有甚縈牽？（旦唱）六十日夫妻恩情斷，〔三〕八十歲父母教誰看管？（生云）娘子，你這般説，莫不怨着我麽？（旦唱）教我如何不怨？（合前）

〔一〕眉批：貴顯：一作『做官』，亦可。

〔二〕眉批：盼：今本多作『遍』，與『定』字有礙了。

〔三〕眉批：『六十日』句：一本作浄唱，亦似近理，但旦私道衷腸，不應搀唱，此見元本之無有滲漏也。

【五供養】（末唱）貧窮老漢，託在隣家，事體相關。秀才，此行雖勉强，不必恁留連，（生云）卑人去後，只慮父母獨自在堂，難度歲月。（末云）秀才放心，你爹娘早晚間吾當陪伴。（一）（生悲科）（末唱）丈夫非無淚，不灑別離間。（合）骨肉分離，寸腸割斷。（生跪告科）

【前腔】（生唱）公公可憐，俺爹娘望你周全。（末扶起科）（生唱）此身還貴顯，（二）自當效銜環。（旦挽生背唱）有孩兒也枉然，你爹娘到教別人看管。此際情何限，偷把淚珠彈。（合前）

【玉交枝】（外唱）別離休嘆，我心中非不痛酸。孩兒，非爹苦要輕折散，也只是圖你榮顯。（淨唱）孩兒，蟾宮桂枝須早攀，北堂萱草時光短。（合）又未知何日再圓？又未知何日再圓？

【前腔】（生唱）雙親衰倦，娘子，你扶持看他老年。飢時勸他加餐飯，寒時頻與衣穿。（旦唱）官人，我做媳婦事舅姑，不待你言；你做孩兒離父母，何日返？（合前）

【川撥棹】（外唱）孩兒，歸休晚，莫教人凝望眼。（生唱）但有日回到家園，怕回來雙親老年。（合）怎教人心放寬？不由人不珠淚漣。

（一）眉批：吾當：今本一作『我專來』，大着。

（二）眉批：還：一作『倘』，更妥。

【前腔】（旦唱）官人，我的埋冤怎盡言？（生云）你埋冤我如何？（旦唱）我的一身難上難。（生唱）娘子，你寧可將我來埋冤，莫將我爹娘冷眼看。（合前）

【餘文】（合）生離遠別何足嘆，但願得你名登高選。衣錦還鄉，教人作話傳。

（生）此行勉强赴春闈，（外）專望明年衣錦歸。

（合）世上萬般哀苦事，（净）無過遠別共生離。

（外、净、末下）（旦云）官人，你如何割捨得便去了？（生云）咳！卑人如何捨得？

【中吕・犯尾引】（旦唱）懊恨别離輕，悲豈斷絃，愁非分鏡。只慮高堂，風燭不定。（生唱）腸已斷，欲離未忍，淚難收，無言自零。（合）空留戀，天涯海角，只在須臾頃。(一)

【犯尾序】（旦唱）無限别離情，兩月夫妻，一旦孤另。(二)官人，你此去經年，望迢迢玉京。思省，（生云）娘子，莫不是慮着山遥水遠麽？（旦唱）奴不慮山遥水遠，(三)（生云）莫不是慮着衾寒枕冷麽？（旦唱）奴不慮衾寒枕冷。奴只慮，公婆没主，一旦冷清清。

(一) 眉批：一本無『須』字，不通。

(二) 眉批：《琵琶》《西厢》用字實相倣，坊本改『另』爲『零』，則《西厢》多有『孤另』，亦可盡改也。

(三) 眉批：水：諸本作『路』，便着色相。

【前腔】（生唱）我何曾，想着那功名？（旦云）官人，你不想着功名，如今又去怎的？（生唱）欲盡子情，難拒親命。娘子，年老爹娘，望伊家看承。畢竟，你休怨朝雲暮雨，且爲我冬温夏清。（一）思量起，如何教我割捨得眼睁睁？

【前腔】（旦唱）官人，你儒衣纔换青，快着歸鞭，早辦回程。十里紅樓，休戀着娉婷。叮嚀，不念我芙蓉帳冷，也思親桑榆暮景。咳！我頻囑付，（二）知他記否？（三）空自語惺惺。

【前腔】（生唱）娘子，你寬心須待等，我肯戀花柳，甘爲萍梗？只怕萬里關山，那更音信難憑。須聽，我没奈何分情破愛，誰下得虧心短行？從今後，相思兩處，一樣淚盈盈。

（旦云）官人此去，千萬早早回程。（生云）卑人有父母在堂，豈敢久戀他鄉？（旦云）須是早寄個音信回來。（生云）音信不妨，只怕關山阻隔。（拜別科）

【鷓鴣天】（生唱）萬里關山萬里愁。（旦唱）一般心事一般憂。（生唱）桑榆暮景應難保，客館風光怎久留？（四）（生下）（旦唱）他那裏，謾凝眸，正是馬行十步九回頭。歸家只恐傷親意，閣

（一）眉批：且爲我：一作『暫爲我』，亦通；一作『只替我』，不是。

（二）眉批：頻：一作『親』，非。

（三）眉批：他：坊本以爲當作『伊』者，則爲荼爲茗，不獨一任育長也。

（四）眉批：久：一作『敢』，甚佳，且與後『敢』字相照應。

淚汪汪不敢流。

纔斟別酒淚先流，郎上孤舟妾倚樓。

片帆漸遠皆回首，一種相思兩處愁。

第六齣　丞相教女

（末扮院子上云）珠幌斜連雲母帳，玉鈎半捲水晶簾。輕烟裊裊歸香閣，月影騰騰轉畫簷。小子不是別人，却是牛太師府中一個院子。這幾日老相公進朝，不知有甚勾當？久留省中，未曾回府，府裏幾個使女每鎮日在後花園閙耍；今日知道老相公回來，都不見了。小子不免灑掃書館，伺候老相公回來。呀！好怪麽，只見一個婆子走入來做甚麽？（净扮媒婆上）

【仙吕入雙調·字字雙】（净唱）我做媒婆甚妖嬈，談笑。説開説合口如刀，波俏。合婚問卜若都好，有鈔。只怕假做庚帖被人告，喫拷。

（末云）婆子，你來這裏做甚麽？（净云）老媳婦特來與張尚書的舍人做媒。（末云）咳！我這小娘子的媒怕難做。（净云）如何難做？（末云）老相公不肯輕許。（净云）院公，我這頭親事，你老相公必然許我。（末云）呀！且慢着，又有一個婆子來了。（丑扮媒婆上）

【前腔】（丑唱）我做媒婆甚艱辛，尋趁。有個新郎要求親，最緊。咱每只得便忙奔，討信。

（浄云）你這老乞婆來這裏怎的？（丑唱）真個是路上更有早行人，心悶。（末云）你這婆子也來這裏做甚麽？（丑云）告勾管哥得知，老媳婦特來與樞密的舍人求親。（末云）我方纔正對那婆子説了，這媒怕難做。（丑云）如何難做？（末云）我老相公要揀擇得仔細。（丑云）院公，你休管，我説這樁親事必定成也。（浄云）呀！我是張媒婆，幾年在府前住，今日這媒，倒喫你老乞婆做去了？（丑云）呀！老乞婆，偏你會做媒？但是門當户對的便好了。終不然你在府前住，定要你做媒？你與乞兒做媒，也嫁了他？（末云）你休閙，老相公回來了，你每且躲開一邊立地。（外扮牛太師上）

【正宮引子・齊天樂】（外唱）鳳凰池上歸來環珮，〔一〕衮袖御香猶在。棨戟門前，平沙堤上，何事車塡馬隘？星霜鬢改，怕玉鉉無功，赤舄非材。回首庭前，淒涼丹桂好傷懷。下官這幾日久留省府，不曾回家。左右，方纔甚麽人在我聽前諠閙？（末云）有事不敢不報，無事不敢亂傳，適間有兩個婆子來老相公處求親。（外云）着他進來。你這兩個婆子做甚麽？（浄云）奴家是張尚書府裏差來求親。（丑云）奴家是李樞密府裏差來做媒。（外云）不揀甚麽人家，但是有才學，得做天下狀元的，方可嫁他。若是其餘，不許問親。〔二〕（浄云）告相公得知：我的新郎，術人算他命，道他今

〔一〕眉批：一本無『來』字，不是。

〔二〕許：原闕，據汲古閣刊本《繡刻琵琶記定本》補。

年得做狀元。（丑云）告相公得知： 他的新郎命不好，只有奴家這個新郎，人算他命，今科必定得中狀元。（淨丑相打科）（外云）呀！ 這兩個婆子到我根前無禮！ 左右，不揀有甚麼庚帖，都與我扯破；把那兩個弔起，各打十八。（末扯打科）（外云）急把媒婆打離廳。（末云）除非狀元方可問姻親。（淨云）甘喫打十七八下黃荊杖。（丑云）那些個成與不成喫百瓶。（末、淨、丑下）（外云）光陰似箭催人老，日月如梭趲少年。自家没了夫人，只有一個女兒，如今不覺長成，未曾問親。只一件： 我的女孩兒性格温柔，是事寔會。若將他嫁個膏粱子弟，怕壞了他； 只將他嫁個讀書君子，成就他做個賢婦，多少是好？ 我這幾日不在家，適聽得那使喚的，每日都在後花園中閒耍，這是我的女孩兒不拘束他。古人云： 欲治其國，先齊其家。不免喚出女孩兒和老姥姥、惜春過來，好生訓誨他一番。（貼扮牛氏帶淨、丑上）

【雙調引子·花心動】（貼唱）幽閣深沉，問佳人，爲何懶添眉黛？ 繡綫日長，圖史春閒，誰解屢傍粧臺？ 絳羅深護奇葩小，不許蜂迷蝶猜。（淨、丑唱）笑瑣窗，多少玉人無賴。

（外云）孩兒，婦人之德，不出閨門。你如今長成了，方纔有媒婆來與你議親。今日是我的孩兒，異日做他人的媳婦。我這幾日不在家，你却放老姥姥、惜春每都在後花園中閒耍，不習女工，是何道理？ 我想起來，都是你不拘束他。倘或做出歹事來，可不把你名兒污了？（貼云）謝得爹爹教道，孩兒從今自拘束他。（外怒科）老姥姥，你年紀大矣，你做管家婆，倒哄着女使每閒耍，是何所爲？（淨云）不干老身事，都是惜春小丫頭。（丑云）不干惜春事，都是老姥姥。（外云）這兩個賤人尚自相推，都拿下打。

（貼跪禀科）爹爹息怒。（外云）你且起來。

【雙調引子·惜奴嬌】（外唱）孩兒，你杏臉桃腮，當有松筠節操，蕙蘭襟懷。閨中言語，不出閫閾之外。老姥姥，不教我孩兒伊之罪。惜春，這風情今休再。（合）記再來，但把不出閨門的語言相戒。

【前腔換頭】（貼唱）堪哀，萱室先摧，嘆婦儀姆教，未曾諳解。蒙爹嚴訓，從今怎敢不改？老姥姥，早晚望伊家將奴誨。惜春，改前非休違背。（合前）

【仙吕入雙調·黑麻序】（浄唱）看待，父母心，婚姻事，須要早諧。勸相公，早畢兒女之債。（外唱）休呆，如何女子前，胡將口亂開？（合）記今來，但把不出閨門的語言相戒。

【前腔換頭】（丑唱）輕浼，我受寂寞擔煩惱，教我怎捱？細思之，怎不教人珠淚盈腮？（貼唱）寧耐，温衣並美食，何須苦掛懷？（合前）

（外）婦人不可出閨門，（貼）多謝嚴君教育恩。

（浄）休道成人不自在，（丑）須知自在不成人。

第七齣　才俊登程

（生、末、浄、丑扮秀才上）

【中吕引子·滿庭芳】（生唱）飛絮沾衣，殘花隨馬，輕寒輕暖芳辰。江山風物，偏動別離人。回首高堂漸遠，嘆當時恩愛輕分。傷情處，數聲杜宇，客淚滿衣襟。

【前腔】（末唱）萋萋芳草色，故園入望，目斷王孫。謾憔悴郵亭，誰與溫存？（浄、丑唱）聞道洛陽近也，還又隔幾座城闉。（合）澆愁悶，解鞍沽酒，同醉杏花村。

〔浣溪沙〕（生云）千里鶯啼緑映紅，（丑云）水村山郭酒旗風，（浄云）行人如在畫圖中。（末云）不暖不寒天氣好，或來或往旅人逢，（合）此時誰不嘆西東？（相見科）（浄云）動問老兄尊姓？（生云）小子姓蔡。（浄云）貴表？（生云）伯喈。（丑云）動問老兄尊姓？（末云）小子姓李。（丑云）貴表？（末云）群玉。（生云）動問老兄高姓？（浄云）小子姓落。（生云）貴表？（浄云）得嬉。（末云）動問老兄尊姓？（丑云）小子姓常。（末云）貴表？（丑云）白將。（浄云）久聞列位高名，今日幸會，都是往長安赴選。（笑科）年兄年弟，休得拋撇。既然如此，且在此歇息片時，講些學識，說些志氣何如？（衆云）正合愚意。（丑云）敢問蔡兄學識如何？（生云）小子坐則讀，行則吟，窮年屹屹苦搜尋。文章驚世無敵手，盡是當年惜寸陰。（丑云）有意思，有意思。（浄云）敢問李兄學識如何？（末云）小子不將窮達付前緣，常把勤勞契上天。人事盡時天理見，才高豈得困林泉？（浄云）自然，自然。（生云）敢問落兄學識如何？（浄云）小子讀書費力，每在螢窗講習。常念青春不再，那更白日可惜？熟讀《孝經》

《曲禮》，博覽《詩》《書》《周易》。《春秋》諸子百家，[一]篇篇義理紬繹。前日行到學中，夫子潛自叫屈。（末云）呀！聖人如何叫屈？（浄云）道是：可惜這個秀才，眼中一字不識。（末云）你却説一場春夢！（生云）敢問常兄學識如何？（丑云）小子言不妄發，寫字極有方法。先將好墨磨濃，次把純毫蘸着。推開浄几明窗，展舒錦箋繡札。不問真草篆隸，寫出都是法帖。大字麄如庭柱，小字細似頭髮。王羲之拜我爲師，歐陽詢見我諕殺。（笑科）早間寫個八字，忘了一撇一捺。（末云）又道是一筆走龍蛇。（浄云）閒話休講。如今天色將晚，不免起程，趲行幾步。

【仙吕過曲・八聲甘州歌】（生唱）衷腸悶損，嘆路途千里，日日思親。青梅如豆，難寄隴頭音信。高堂已添雙鬢雪，客路空瞻一片雲。（合）途中味，客裏身，争如流水蘸柴門？[二]休回首，欲斷魂，數聲啼鳥不堪聞。

【前腔】（末唱）風光正暮春，便縱然勞役，何必愁悶？緑陰紅雨，征袍上染惹芳塵。雲梯月殿圖貴顯，水宿風餐莫厭貧。[三]（合）乘桃浪，躍錦鱗，一聲雷動過龍門。榮歸去，緑綬新，休教妻嫂笑蘇秦。

[一] 眉批：一本此白中用《易》《書》《春秋》《禮記》爲題各唱一曲，而《詩》又獨缺，亦元本所無，元斥不録。

[二] 眉批：『争如』出後漢姜肱不肯應辟，作詩以諭其友句云云。一本改作『舊柴門』者，不知其本此耳。

[三] 眉批：貧：今一作『頻』，誰曰不可？苟味末句，自爾惘然。

【前腔】（淨唱）誰家近水濱，見畫橋烟柳，朱門隱隱。鞦韆影裏，墻頭上露出紅粉。他無情笑語聲漸杳，[一]却不道惱殺多情墻外人。（合）思鄉遠，愁路貧，肯如十度謁侯門？行看取，朝紫宸，鳳池鰲禁聽絲綸。

【前腔】（丑唱）遥瞻霧靄紛，想洛陽宫闕，行行將近。程途勞倦，欲待共飲芳樽。垂楊瘦馬莫暫停，只見古樹昏鴉棲漸盡。[二]（合）天將暝，日已曛，一聲殘角斷樵門。尋宿處，行步緊，前村燈火已黄昏。

【餘文】（合）向人家，忙投奔，解鞍沽酒共論文，今夜雨打梨花深閉門。

（生）江山風物自傷情，（淨）南北東西爲利名。

（丑）路上有花並有酒，（末）一程分作兩程行。

第八齣　文場選士

（末云）禮闈新榜動長安，九陌人人走馬看。一日聲名遍天下，滿城桃李屬春官。自家不是别人，却是

[一] 眉批：杳：或作『遠』。

[二] 眉批：漸：一作『欲』。

禮部一個祇候的便是。今歲乃大比之年，朝廷委命試官，已在貢院之內；各省中式舉人，俱列棘闈之前。如今試官將次升堂，小人只得在此聽候。正是：一封纔下興賢詔，四海都無遺棄才。道猶未了，試官大人早到。〔一〕（浄扮試官上）

【南吕過曲・生查子】（浄唱）承恩拜試官，聲價重丘山。左右，那來科舉的，只問有文材，何必拘鄉貫？（末云）那有文材的，如何發落他？（浄唱）取他居上第，做個清要官。（末云）那没文材的，如何發落他？（浄唱）縱有父兄勢，也教空手還。

（末云）好公道老爺！（浄云）左右，今年却是大比之年，我爲國薦賢，但是各省府縣赴試的秀才，都唤入來。（末云）領鈞旨。

【黄鍾過曲・賞宫花】（生唱）槐花正黄，赴科場舉子忙。太學拉朋友，一齊整行裝。（合）五百英雄都在此，不知誰做狀元郎？

【前腔】（丑唱）天地玄黄，略記得三兩行。才學無些子，只是賭命强。（合前）

（末叫開門科）（生云）貢院門已開，列位尊兄依次而進。（浄云）左右，這些秀才，每人給與卷子一本，蠟燭一條，各分東西廊下伺候題目。（末云）領鈞旨。（相見科）（浄云）你每衆秀才聽着：朝廷制度，

〔一〕眉批：元本無此白，乃後人所創，但先發引白，本奇往往如此，故附録以俟。

開科取士，雖有定期，立意命題，任從時好。下官是個風流試官，不比往年的試官。往年第一場考文，第二場考論，第三場考策；我今年第一場做對，第二場猜謎，第三場唱曲。若是做得對好，猜得謎着，唱得曲好，就取他頭名狀元，插金花，飲御酒，遊街兒耍子。若是對得不好，猜得不着，唱得不好，就將他黑墨搽臉，亂棒打出去。(一)（生、丑云）學生領命。（净云）東廊下秀才蔡邕過來領題。（生云）有。（净云）我出天文門一個對與你對。（生云）願聞。（净云）星飛天放彈。（生云）日出海拋毬。（净云）妙哉！妙哉！且站一邊。西廊下秀才落得嬉過來領題。（丑云）快些。（净）《毛詩》三百首。（丑云）還有十一篇。（净云）不好！不好！且站一邊。蔡邕過來，我出天下八個省名的謎兒與你猜。（生云）願聞。（净云）一聲霹靂震天關，兩個肩頭不得閒。去買紙來作褾褙，欠人錢債未曾還。（生云）第一句是京東、京西，第二句是江東、江西。第三句是湖東、湖西，第四句是浙東、浙西。（净云）妙哉！妙哉！且站一邊。落得嬉過來，我出山上四樣樹名的謎兒與你猜。（丑云）快些。（净云）雨中粧點望中黃，獨立深山分外長。廟廊之材應見取，家家織就綺羅裳。（丑云）第一句是栢樹，第二句是槐樹，第三句是楓樹，第四句是柳樹。（净云）不是！不是！且站一邊。蔡邕過來，我唱一隻曲兒，你末後湊一句，要押得韻着。（生云）願聞高音。

(一) 眉批：極是方正傳奇，而此折與杏園折類多戲弄，東嘉、東嘉，譏時乎，玩世乎？

【仙吕入雙調・北江兒水】（浄唱）長安富貴真罕有，㈠食味皆山獸。熊掌紫駝峰，四座馨香透。你押下韻。（生唱）把與試官來下酒。㈡（浄笑科，云）妙哉！妙哉！三場都好，這是個真秀才，且在東廊下伺候。（浄云）落得嬉過來，我再唱一隻曲兒，你末後也湊一句，要押得韻着。（丑云）快唱。

【前腔】（浄唱）看你腹中何所，一袋醃臢臭。若還放出來，見者都奔走。你押下韻。（丑唱）把與試官來下酒。（浄云）不濟！不濟！將他黑墨搽臉，亂棒打出去。（丑云）不須打！正是：薄命劉生終下第，厚顔季子且還家。（浄云）蔡秀才，今科中式舉人雖多，只有你才學高邁，文字老成。俺就復奏聖上，將你取爲第一甲頭名狀元，冠帶遊街赴宴。左右，取冠帶過來。（末取上云）正是：袍笏賜進士，鐵鉞贈將軍。（浄云）蔡狀元換了冠帶，一就隨我入朝謝恩。（换冠帶科）

【南吕過曲・懶畫眉】（生唱）君恩喜見上頭時，今日方顯男兒志。布袍脱下换羅衣，腰間横繫黄金帶，駿馬雕鞍真是美。

【前腔】（浄唱）狀元，你讀書萬卷非容易，喜得登科擢上第。功名分定豈誤期，那更三千禮樂

㈠　眉批：貴：今作『家』，非。
㈡　眉批：把：今作『奉』，便頭巾氣。

無敵手，五百英雄盡讓伊。

【前腔】（末唱）人生當用顯門閭，廕子封妻榮自己。馬前喝道狀元歸，雁塔揮毫題姓字，一舉成名天下知。

（净）一舉鰲頭獨占魁，（生）誰知平地一聲雷。

（末）明朝跨馬春風裏，（合）盡是皇都得意回。

第九齣　臨粧感嘆

【正宫引子·破齊陣引】（旦唱）翠减祥鸞羅幌，香銷寶鴨金爐。楚館雲閒，秦樓月冷，動是離人愁思。目斷天涯雲山遠，親在高堂雪鬢疏，緣何書也無？

〔古風〕明明匣中鏡，盈盈曉來粧。憶昔事君子，雞鳴下君床。臨鏡理笄總，隨君問高堂。一旦遠別離，鏡匣掩青光。流塵暗綺疏，青苔生洞房。零落金釵鈿，慘淡羅衣裳。傷哉憔悴容，無復蕙蘭芳。有懷悽以楚，有路阻且長。妾身豈嘆此，所憂在姑嫜。念彼猸猱遠，眷此桑榆光。願言盡婦道，遊子不可忘。勿彈綠綺琴，絃絶令人傷。勿聽《白頭吟》，哀音斷人腸。人事多錯迕，羞彼雙鴛鴦。奴家自嫁與蔡伯喈，纔方兩月，指望與他同事雙親，偕老百年。誰知公公嚴命，强他赴選。自從去後，竟無消息。把公婆抛撇在家，教奴家獨自應承。奴家一來要成丈夫之名，二來要盡爲婦之道，盡心竭力，朝夕奉養。正是：天涯海角有窮時，只有此情無盡處。

【仙吕入雙調・風雲會四朝元】春闈催赴，同心帶綰初。嘆《陽關》聲斷，送別南浦，早已成間阻。謾羅襟淚漬，謾羅襟淚漬，和那寶瑟塵埋，錦被羞鋪。寂寞瓊窗，蕭條朱户，空把流年度。嗏，瞑子裏自尋思，妾意君情，一旦如朝露。君行萬里途，妾心萬般苦。(一)君還念妾，迢迢遠遠，也須回顧。

【前腔】朱顔非故，緑雲懶去梳。奈畫眉人遠，傅粉郎去，鏡鸞羞自舞。把歸期暗數，把歸期暗數，只見雁杳魚沉，鳳隻鸞孤。緑遍汀洲，又生芳杜。空自思前事，嗏，日近帝王都。芳草斜陽，教我望斷長安路。君身豈蕩子，妾非蕩子婦。其間就裏，千千萬萬，有誰堪訴。(二)

【前腔】輕移蓮步，堂前問舅姑。怕食缺須進，衣綻須補，要行時須與扶。奈西山景暮，奈西山景暮，教我倩着誰人，傳語我的兒夫。你身上青雲，只怕親歸黄土，我臨別也曾多囑付。嗏，那些個意孜孜，只怕十里紅樓，貪戀着他人豪富。丈夫，你雖然是忘了奴，也須念父母。苦！無人説與，這淒淒冷冷，怎生辜負？

(一) 眉批：心：坊本作『受』作『身』，此時正未貧乏，二義無當。
(二) 眉批：堪：一作『控』。

【前腔】文場選士，紛紛都是才俊徒。少甚麽鏡分鸞鳳，都要榜登龍虎，偏是他將奴誤。也不索氣蠱，也不索氣蠱，既受託了蘋蘩，有甚推辭？索性做個孝婦賢妻，也落得名標青史，今日呵，不枉受了些閒悽楚。嗏，俺這裏自支吾，休得污了他的名兒，左右與他相回護。丈夫，你便做腰金衣紫，須記得釵荆與裙布。苦！一場愁緒，堆堆積積，宋玉難賦。

回首高堂日已斜，遊人何事在天涯。
紅顔勝人多薄命，莫怨春風當自嗟。

第十齣　春宴杏園

（末扮首領官上云）朝爲田舍郎，暮登天子堂。將相本無種，男兒當自强。自家不是別人，却是河南府一個首領官。往年狀元及第，赴宴遊街，但是鞍馬酒席供設祇應等件，都是府尹提調。今年蔡伯喈做狀元，循例赴宴，府尹却委着當職提調。昨日已分付太僕寺掌鞍馬的令史，並洛陽縣管排設的驛丞，專聽俺這裏鳴鼓三聲，都要到此聚會聽點。（擂鼓科）掌鞍馬的在那裏？（丑扮令史上）有問即對，無問不答。相公有何鈞旨？（末云）鞍馬備辦了未曾？（丑云）告相公得知：俺這裏在先有一萬匹好馬。（末云）怎見得好馬？（丑云）但見耳批雙竹，鬃散五花。展開鳳臆龍鬐，昂起豹頭虎額。響篤篤翠蹄削玉，點滴滴赤汗流珠。隅目青熒夾鏡懸，肉騣碨礧連錢動。一躍時尾捎雲漢，横驀過玄圃崆峒；一霎時走遍神州，直趕上流星掣電。九方皋管教他稱賞，千金價不枉了追求。（末云）有甚顔色的？（丑云）布汗、論聖、虎刺、合里烏、赭啞兒、爺屈良、蘇盧、棗騮、栗色、燕色、兔黄、真白、玉面、銀鬃、繡膊、(一)青花。正是：五花散作雲滿身，萬里方看汗流血。（末云）有甚麽好名兒？（丑云）飛龍、赤兔、騕褭、驊騮、紫燕、驌驦、嚙膝、踰暉、騏驎、山子、白義、絶塵、浮雲、赤電、絶群、逸驃、騄驪、龍子、驎駒、騰霜驄、皎雪驄、凝露驄、照影驄、懸光驄、決波騟、飛霞驃、發電、赤流、金騧、翔麟、紫奔、紅赤、照夜白、一丈烏、九花虬、望雲騅、忽雷駁、拳毛騧、獅子花、玉逍遥、紅叱撥、紫叱撥、金叱撥。正是：青海月氏生下，大宛越腅將來。（末云）有甚麽好廄？（丑云）飛龍、祥麟、吉良、龍媒、騊駼、駃騠、鵷鸞、出群、天花、鳳苑、奔星、内駒、左飛、右飛、左坊、右坊、東南内、西南内。正是：盡印三花飛鳳字，中藏萬匹好龍媒。（末云）却怎的打扮？（丑云）錦韀燦爛披雲，銀鐙熒煌耀日。香羅帕深覆金鞍，紫游韁牽動玉勒。瑪瑙粧就轡頭，珊瑚做成鞍子。正是：紅纓紫鞚珊瑚鞭，玉鞍錦韀黄金勒。（末云）如今選多少在這裏？（丑云）告相公，如今無了。（末云）如何無了？（丑云）元有一萬匹馬，却有一千三百個漏蹄，二千七百個抹靨，三千八百個熟瘤，二千二百個慈眼。那更鞍橋又破損，坐褥又傾欹。抽轡盡是麻繩，鞭子無非荆杖。餓老鴟全然拉搭，雁翅板一發彫零。鞍轡既不周全，牽鞚何曾完備？此般物件，其實不中。（末云）休胡説！若還不完備時節，我稟過府尹大人，好生打你。（丑云）相公可憐見，容小

(一) 綉：原作『秀』，據汲古閣刊本《繡刻琵琶記定本》改。

人一壁厢自理會。（末云）鞍馬若完備時節，可牽在午門外厢，等候狀元謝恩出來乘坐。（丑云）理會得。只教他春風得意馬蹄疾，一日看遍長安花。（丑下）（末云）管排設的在那裏？（净扮驛丞上）廳上一呼，階下百諾。相公有何鈞旨？（末云）排設完備了未曾？（净云）告相公，俺揀上等排設俟候點視。（末云）怎見得上等排設？（净云）但見：珠簾高捲，繡幕低垂。珊瑚席鏗鏘得精神，瑇瑁筵安排得奇巧。金爐内慢騰騰燒瑞腦，玉瓶中嬌滴滴插奇花。四圍環繞畫屏山，滿座重鋪錦褥子。金盤犀筯光錯落，掩映龍鳳珍羞；銀海瓊舟影蕩摇，翻動葡萄玉液。灑掃得乾乾净净，並無半點塵埃。鋪陳得整整齊齊，另是一般氣象。正是：移將金谷繁華景，粧點瓊林錦繡仙。（末云）安排既齊整，你每且退去，待等狀元遊街了赴宴。（净云）領鈞旨。正是：瓊林勝處風光好，别是人間一洞天。（净下）（衆云）遠遠望見一簇人馬鬧炒，想是狀元來了。（末下）（生、净、丑騎馬上）

【仙吕入雙調・窣地錦襠】（同唱）嫦娥剪就緑雲衣，折得蟾宫第一枝。宫花斜插帽簷低，一舉成名天下知。

【哭岐婆】洛陽富貴，花如錦綺。紅樓數里，無非嬌媚。春風得意馬蹄疾，天街賞遍方歸去。

（生、净先下）（丑墜馬叫）救命！救命！爹爹、妳妳、伯伯、叔叔、哥哥、嫂嫂、孩兒、媳婦都來救我。（末騎馬上）

【越調過曲・水底魚兒】（末唱）朝省尚書，昨日蒙聖旨，道狀元及第，教咱去陪宴席。（丑叫）

踏壞了人了。（末唱）越着鞭越退，遣人心下疑。（丑云）救命！救命！（末唱）轉頭回望，叫我的還是誰？

（末云）漢子，你是誰？（丑云）我是墜馬的狀元。（末扶科）快起來。（丑云）尊官是誰？（末云）我是中書省陪宴官，不知足下爲甚墜馬？

【正宮・北叨叨令】（丑唱）鬧炒炒街市上遊人亂，（末云）你馬驚了呵？（丑唱）惡頭口抵死要回身轉。（末云）怎的不牽過一邊？（丑唱）我戰兢兢只怕韁繩斷，（末云）爲甚不打他？（丑唱）怯書生早已神魂散。（末云）你不害事麽？（丑呻吟科）險些跌折了腿也麽哥，險些舂破了頭也麽哥，我好似小秦王三跳澗。

（末云）這馬如今那裏去了？（丑云）知他那裏去！傷人乎？不問馬。（末云）咳！你兀自文騾騾的。我且就這裏人家借一個馬與你騎。（丑云）你静辦，若借馬與我騎，便索死。（末云）呀！怎的便死？（丑云）你不聞孔夫子説道：有馬者借人乘之，今亡已夫。（末云）一口胡柴！呀！遠遠望見一簇人馬來，有馬就借一匹與你騎。（丑云）不須得，不須得。（生、浄騎馬上）

【窣地錦襠】（同唱）荷衣新惹御香歸，引領群仙下翠微。杏園惟有後題詩，此是男兒得志時。

（丑云）狀元，你每列位騎馬遊街，且是好。只不要似我騎馬，舂破了頭，跌折了脚。（生云）足下原來墜馬呵？（丑云）可知哩。（末云）不是下官搭救時節，險些送了一條性命。（浄云）如此，更賴足下之力。（生云）請整頓同行。（丑云）你每三位自去赴宴，我到太平坊下李郎中家去便來。（衆云）你去做甚麽？（丑云）我去醫攧撲傷損瘡。（衆云）休要推故，我去借一個馬與你騎了同去。（丑云）小子告退，你三位自去。（末云）朝廷事例，如何不去赴宴？（丑）赴宴也好，只是騎馬不得。這等，你三位騎馬前走，我隨後提着胡床來。（末云）成甚麽模樣！（丑云）這個不妨，却有兩説：路上人問你，便説道是使唤的伴當；若是筵席之中，却説是打伴當的人。（末云）好窮對副！

【哭岐婆】（衆唱）玉鞭裊裊，如龍驕騎。黄旗影裏，笙歌鼎沸。如今端的是男兒，行看錦衣歸故里。

（末云）這裏便是杏園，請列位駐馬。（丑云）左右，馬都牽到僻處去。倘或人道四位官員如何有三個馬，不像模樣。（末云）好高見識！如今請列位照依年例，留下佳作。（浄云）蔡兄先請。（生云）五百名中第一仙，花如羅綺柳如烟。緑袍乍着君恩重，黄榜初開御墨鮮。禮樂三千傳紫禁，風雲九萬上青天。時人謾説登科早，未許嫦娥愛少年。（浄云）妙！妙！紫金闕無極無上聖。（末云）這裏不是玉皇閣，休得誦他的寶號。如今却輪當足下。（浄云）我也有四句：遲日江山麗，春風花草香。（末云）且住。使不得，這是古詩。（浄云）呀！我前日三場，也都是别人的文章，尚且中了。如何一首别人的詩，倒使不得起來？（末云）休道是七步成章。（浄云）咳！你道我真個不會作詩呵？我且將就做一首與列位看看：赴選何曾入棘闈，此身未擬着荷衣。三場盡是倩人做，一字全然匪我爲。自笑持杯饕戀酒，却愁把筆怎題詩？ 有人問我求佳作，（衆云）如何答他？（净云）問我先生便得知。（末云）又道是當仁不讓於師。（丑云）倉官不識串字，中中。（末云）且休誇口。 如今又輪當足下。（丑云）有，有。 列位做律詩，都把那赴試的事爲題，恐是熟套； 小子如今另立一題。（末云）你把甚麽爲題？（丑云）便把小子方纔墜馬爲題，胡做古風一篇，以紀其事如何？（衆云）尤妙！ 尤妙！（丑云）君不見去年騎馬張狀元，跌了左腿不相聯？ 又不見前年跨馬李試官，跌了窟臀没半邊？ 世上三般拚命事，行船走馬打鞦韆。 小子今年大拚命，也來隨趁跨金鞍。 跨金鞍，災怎躲？ 叵耐畜生侮弄我。 大叫三聲不肯行，連攛兩攛不是耍。 便把繮繩緊緊拿，縱有長鞭怎敢打？ 須臾之間掉下來，一似狂風吹片瓦。 昨日行過樞密院，三個軍人來唱喏。 小子荒忙走將歸，（末云）却如何？（丑云）怕他請我教戰馬。（末云）又説夢話！ 諸公請依位而坐，左右，看酒。（雜扮承直上）(一)色動玉壺無表裏，光揺金盞有精神。 告相公，酒在此。（衆把酒科）

【仙吕入雙調・五供養】（末唱）文章過晁董，對丹墀已膺天寵。（合）赴瓊林新宴，顫宫花，緩引黄金鞚。

【前腔】（净、丑唱）九重天上聲名重，紫泥封已傳丹鳳。（合）便催歸玉簡侍宸旒，他日歸來金蓮送。

(一) 雜：原闕，據汲古閣刊本《繡刻琵琶記定本》補。

【中吕·山花子】（末唱）玳筵開處遊人擁，争看五百名英雄。（生唱）喜鰲頭一戰有功，荷君恩奏捷詞鋒。（合）太平時車馬已同，干戈盡戢文教崇，人間此時魚化龍。留取瓊林，勝景無窮。

【前腔】（净唱）三千禮樂如泉涌，一筆掃萬丈長虹。（丑唱）看奎光飛躔紫宫，光耀萬玉班中。（合前）

【前腔】（生唱）青雲路通，一舉能高中，三千水擊飛沖。（净唱）又何必扶桑掛弓？也强如劍倚崆峒。（合前）

【前腔】（丑唱）恩深九重，絲絡八珍送，無非翠釜駝峰。（末唱）看吾皇待賢恁隆，不枉了十年窗下把書來攻。（合前）

【大和佛】（生唱）寶篆沉烟香噴濃，（衆唱）濃熏綺羅叢。瓊舟銀海，翻動酒鱗紅，一飲盡教空。（生悲唱）持杯自覺心先痛，縱有香醪，欲飲難下我喉嚨。他寂寞高堂菽水誰供奉？俺這裏傳杯誼鬨。（衆云）狀元，你休得要對此歡娱意忡忡。

【舞霓裳】（合唱）願取群賢盡貞忠，貞忠。管取雲臺畫形容，形容。時清莫報君恩重，惟有一封書上勸東封，更撰個河清德頌。乾坤正，看玉柱擎天又何用？

【紅繡鞋】（合唱）猛拚沉醉東風，東風。倩人扶上玉驄，玉驄。歸去路，望畫橋東。花影亂，日朦朧。沸笙歌，引紗籠。

【意不盡】（合唱）今宵添上繁華夢，明早遥聽清禁鐘。皇恩謝了，鵷行豹尾陪侍從。〔一〕

（生）名傳金榜换藍袍，（浄）酒醉瓊林志氣豪。

（丑）世上萬般皆下品，（末）思量惟有讀書高。

第十一齣　蔡母嗟兒

【商調引子・憶秦娥先】（旦唱）長吁氣，自憐薄命相遭際。〔二〕相遭際，暮年姑舅，薄情夫婿。

〔清平樂〕夫妻纔兩月，一旦成分别。没主公婆甘旨缺，幾度思量悲咽。家貧先自艱難，那堪不遇豐年。恁的千辛萬苦，蒼天也不相憐。奴家自從兒夫去後，遭此飢荒；况兼公婆年老，朝不保夕，教奴家獨自如何應奉？婆婆日夜埋怨着公公，當初不合教孩兒出去；公公又不伏氣，只管和婆婆閙争。外人不理會得，只道是媳婦不會看承，以致公婆日夜閙炒。且待公婆出來，再三勸解則個。

【憶秦娥後】（外唱）孩兒一去無消息，雙親老景難存濟。（浄扯外耳科，唱）難存濟，不思前日，

〔一〕眉批：陪侍從：一作『相陪從』，亦可。

〔二〕眉批：際：今作『濟』，非。

强教孩兒出去？

（旦勸科）（净云）老賊，你抵死教孩兒出去赴選，今日没有飯喫，他便做得狀元，濟你甚事？ 若是孩兒在家，也會區處，終不到得恁的狼狽。 如今凍得你好，餓得你好。 老賊，你死了休！（外云）老乞婆，你埋怨我則甚？ 我是神仙，知道今日恁的飢荒苦？ 這般時年，誰家不忍飢受餓？ 誰似你這般埋怨我？ 休休！ 我死！ 我死！ 今日饑荒也是死，被你埋怨不過也索死。（欲死，旦扯住科）（净云）老賊，你便死也消不得我這場嘔氣！（旦云）公公婆婆且息怒，聽奴家一言分剖： 當初公公教孩兒出去時節，不道今日恁的飢荒，婆婆難埋怨公公； 今日婆婆見這般飢荒，孩兒又不在眼前，心下焦躁，公公也休怪婆婆埋怨。 請自寬心，奴家如今把些釵梳首飾之類，典些糧米，以充公婆一時口食。 寧可餓死奴家，決不將公婆落後。（净云）媳婦，你説得好，我只是恨這老賊！

【南吕過曲・金索掛梧桐】（净唱）區區一個兒，兩口相依倚。 没事爲着功名，不要他供甘旨。 你教他做官，要改换門閭，只怕他做得官時你做鬼。 老賊！ 你圖他三牲五鼎供朝夕，今日裏要一口粥湯，却教誰與你？ 相連累，我孩兒因你做不得好名儒。（合）空争着閒是閒非，空争着閒是閒非，只落得雙垂淚。

【前腔】（外唱）養子教讀書，指望他身榮貴。 黄榜招賢，誰不去求科試？ 老乞婆，我説個比方與你聽。 譬如范杞良差去築城池，他的娘親埋怨誰？（净云）老賊，你倒好比方！ 他是奉官差哩。（外唱）合生合死皆由命，少甚麼孫子森森也忍饑？（浄云）老賊，你固自口硬！再過幾時，餓得你口嗅屎哩。（外唱）休聒絮，畢竟是咱每兩口受孤恓。（合前）

【前腔】（旦唱）婆婆，孩兒雖暫離，須有日回家裏。（浄云）媳婦，我豈不知自有一日回家？只是眼下受餓難過。（旦云）婆婆，奴有些釵梳，解當充糧米。（浄云）老賊！我若没有這般孝順的媳婦會擺佈，可不把我的肝腸也餓斷了？（外云）老乞婆，這是時年如此，你苦死埋怨我怎的？（旦云）公公婆婆恁的閙争呵，教傍人道媳婦每有甚差池，致使公婆争鬥起。婆婆，他心中愛子，指望功名就；公公，他眼下無兒，因此埋怨你。難逃避，兀的不是從天降下這災危？（一）（合前）

【劉潑帽】（外唱）天那！我每不久須傾棄，嘆當初是我不是，不如我死了無他慮。（合）一度裏思量，一度裏肝腸碎。

【前腔】（浄唱）有兒却遣他出去，教媳婦怎生區處？媳婦，可憐誤你芳年紀。（合前）

【前腔】（旦唱）公公婆婆，媳婦便是親兒女，勞役事本分當爲，但願公婆從此相和美。（合前）

（外）形衰力倦怎支吾？（旦）口食身衣只問奴。

（一）眉批：一本换外唱在後，浄唱在前，於外、浄意似得已，而旦不緊接浄唱，則『媳婦』句無由起。元本用意精細，熟玩乃見。

(净)莫道是非終日有,(衆)果然不聽自然無。

第十二齣　奉旨招婿

(末云)縹緲紗窗暎霧烟,深沉華屋鎖嬋娟。屏間孔雀人難中,幕裏紅絲誰敢牽?自家是牛太師府中一個院子,這幾日聽得府中喧傳太師要招女婿。况我這個小娘子不比別的小娘子:一來是丞相之女,二來他才貌兼全。必須有文章有官職有福分的,方可中選。且在此等候,相公出來,便知端的。

【南吕引子·似娘兒】(外唱)華髮漸星星,憐愛女欲遂姻盟,蟾宫桂子才堪稱。紅樓此日,紅絲待選,須教紅葉傳情。

左右那裏?(末云)廳上一呼,堦下百諾。不知老相公有何鈞旨?(外云)自古道:男子生而願爲之有室,女子生而願爲之有家。我老夫人傾棄多年,只有一個小姐,美貌娉婷。昨日見官裏,問我道:你的女孩兒曾嫁人未?我回言道:未曾嫁人。官裏道:既不曾嫁人,如今新狀元蔡邕,好人物,好才學,朕與你主婚,你可招他爲婿。你意如何?俺奉着聖旨,就謝了恩。你每道此事如何?(末云)覆相公:男大須婚,女大須嫁。小姐是瑶臺閬苑神仙,狀元是天禄石渠貴客。何況且玉音主盟,金口説合。若做了百年夫婦,不枉了一對姻緣。這是:佳人才子兩堪誇,天付姻緣事不差。試看月輪還有意,定知丹桂近仙娃。(外笑云)你言正合我意。你就去唤府前官媒婆來,同去蔡狀元處説親。(末

云）領鈞旨。（唤科）（丑扮媒婆拿秤、斧上）

【正宮過曲・醉太平】（丑唱）我做聰俊的媒婆，㈠兩脚疾走如梭。生得不矮又不矬，人人都來請我。我只要金多銀多，綾羅段匹多，方肯做。又且張家李家誇談我，（末云）誇談你甚的？（丑唱）道我每須勝是别媒婆。

媒婆媒婆，兩脚奔波。一斗好酒，一隻肥鵝。送到家裏，我和老公笑呵呵。（末云）婆子休閒説，且去見老相公。（外云）婆子，你手裏拿着甚麽東西？（丑云）這是斧頭。（外云）要他何用？（丑云）這是媒婆的招牌。（外云）如何將他做招牌？（丑云）告相公得知：《毛詩》有云：『析薪如之何？匪斧弗克。娶妻如之何？匪媒不得。』以此將他爲招牌。（末云）休在班門弄斧。（外云）媒婆，你要秤何用？（丑云）相公，這唤作量人秤。最是要緊的：大凡做媒時節，先把新婦新郎秤得一般，方纔與他説親，久後夫妻也和順。若是輕重了，夫妻到底相嫌。（外云）休閒説！媒婆，我昨日奉聖旨，教我將小姐招贅蔡狀元爲婿，如今你去他根前説知。若得成就了這頭親事，我多多賞你。（丑云）這個有甚難處？一來奉當今聖旨，二來託相公威名，三來小姐才貌兼全。是人知道，蔡狀元有何不可？（末云）這話極説得是。（外云）媒婆，你近前來，聽我説。

【南呂過曲・鎖窗郎】（外唱）吾家一女娉婷，不曾許與公卿。昨承聖旨，招選書生。媒婆，你

㈠ 眉批：做：一作『是』，似是。

和他説：不須用白璧黄金爲聘。（合）説道姻緣前世已曾定，[一]今日裏，共歡慶。

【前腔】（丑唱）住東京極有名聲，相公，論媒婆非自逞。今朝事體，管取完成。怕有一輕一重，全憑這條官秤。（合前）

【前腔】（末唱）雖然他高占魁名，得相招多少榮縈。依繡幕，選中雀屏，媒婆，此一去他必從命。[二]（合前）

（外）爲傳芳信仗良媒，（丑）管取門楣得俊才。
（末）百年夫婦今朝合，（合）一段姻緣天上來。

第十三齣　官媒議婚

【商調引子·高陽臺】（生唱）夢遶親闈，[三]愁深旅邸，那堪音信遼絶。淒楚情懷，怕逢淒楚時節。重門半掩黄昏雨，[四]奈寸腸此際千結。守寒窗一點孤燈，照人明滅。當時輕散輕

[一] 眉批：説道：今盡作『若是』，大非。
[二] 眉批：此一去：今盡作『你此去』，遂失同往關節。
[三] 眉批：遶：今多作『遠』，大訛。
[四] 眉批：雨：一作『月』，不唯重韻，抑且不便於歌。

別。嘆玉簫聲杳，庾樓明月。一段愁煩，翻成兩下悲咽。枕邊萬點思親淚，伴漏聲到曉方徹。鎖愁眉，慵臨青鏡，頓添華髮。

〔木蘭花〕鰲頭可羡，須知富貴非吾願。雁足難憑，没個音書寄子情。田園將蕪，不知松菊猶存否？光景無多，争奈椿萱老去何？自家爲父命所强，(一)來此赴選，誰知逗遛在此，竟不能歸。今又復拜皇恩，除爲議郎。雖則任居清要，争奈父母年老，安敢久留？天那！知我的父母安否如何？知我的妻室侍奉如何？欲待上表辭官，又未知聖意如何？苦！好似和針吞却綫，刺人腸肚繫人心。（末、丑同上）

【勝葫蘆】（末唱）特奉皇恩賜結婚，來此把信音傳。（丑唱）若是仙郎肯與諧姻眷，(二)一場好事，管取今朝便團圓。

（生云）兒家門户重重閉，(三)春色緣何得入來？未審何人到此？（末、丑云）小人是牛太師府裏一個院子，老媳婦是媒婆。我兩人奉天子之洪恩，領太師之嚴命，特與狀元諧一佳偶。（生云）元來如此。不索多言，且聽我説。

(一) 眉批：諸本作『父母所强』，大謬。
(二) 眉批：姻眷：今盡作『繾綣』，亦同。
(三) 眉批：『兒家』句出薛維翰詩，猶云人家也，與《西厢》『出家兒』同，今多改『兒』爲『自』矣。

【商調過曲・高陽臺】（生唱）宦海沉身，京塵迷目，名韁利鎖難脱。目斷家山，空勞魂夢飛越。（丑云）狀元，是好一個小姐。（生唱）閒聒，閒藤野蔓休纏也。俺自有正兔絲，親瓜葛。是誰人無端調引，謾勞饒舌？

【前腔換頭】（末唱）閥閲，紫閣名公，黄扉元宰，三槐位裏排列。金屋嬋娟，妖嬈那更貞潔。（丑唱）歡悦，秦樓此日招鳳侶，遣妾每特來執伐。望君家慇懃肯首，早諧結髪。

【前腔換頭】（生唱）非別，千里關山，一家骨肉，教我怎生抛撇？妻室青春，那更親鬌垂雪。（丑云）狀元，老丞相見你這般青春年少，纔肯把小姐嫁與你，你不必推故。（生唱）差迭，須知少年自有人愛了，謾勞你嫦娥提挈。滿皇都豪家無數，豈必卑末？

【前腔換頭】（末唱）不達，相府尋親，侯門納禮，兀自拒他不屑。繡幕奇葩，春光正當十八。（丑唱）休撇，知君是個折桂手，留此花待君攀折。況親奉丹墀詔旨，非我自相攛掇。

【前腔換頭】（生唱）心熱，自小攻書，從來知禮，忍使行虧名缺？父母俱存，娶而不告須難説。悲咽，門楣相府雖要選，奈庡㢘佳人實難存活。（丑云）狀元，小姐生得十分美貌，你休錯過了。（生唱）縱然有花容月貌，怎如我自家骨血？

【前腔換頭】（末唱）迂闊，他勢壓朝班，威傾京國，你却與他相別。只怕他轉日回天，那時須

有個決裂。（丑唱）虛設，夜静水寒魚不餌，笑滿船空載明月。下絲綸不愁無處，笑伊村殺。〔一〕

【餘文】（生唱）明朝有事朝金闕，歸家奉親心下悦。（末唱）狀元，只怕聖旨不從空自説。〔二〕

（生云）不須多言。你若果奉聖旨來，我明日上表辭官，一就辭婚便了。

（末）君王詔旨不相從，（生）明日應須奏九重。

（丑）有緣千里能相會，（合）無緣對面不相逢。

第十四齣　激怒當朝

【黄鍾過曲・出隊子】（外唱）朝夕縈掛，只爲孩兒多用心。不知月老事何因？爲甚冰人没信音？顒望多時，情緒轉深。

目斷青鸞瞻碧霧，情深紅葉看金溝。自家昨遣院子和官媒婆去蔡狀元處説親，尚未回音，且待他來，便知端的。

〔一〕眉批：笑：今作『嘆』，非。

〔二〕眉批：一本删此【餘文】，即如樂奏《鈞天》而有金無玉，烏乎可？

【前腔】（末、丑唱）喬才堪笑，故阻佯推不肯從。豈無佳婿近乘龍？有甚福緣能跨鳳？料想書生，只是命窮。

（相見科）（外云）媒婆，你回來了？事體若何？（丑云）覆相公得知：他千不肯，萬不肯，只是不肯。（末云）你且住休，待小人覆知相公。蔡狀元道他家中有垂白之父母，年少之妻房；明日要上表辭官家去，實難從命。

【正宫過曲・雙鸂鶒】（外唱）聽伊説教人怒起。漢朝中惟吾獨貴，我有女，偏無貴戚豪家求配？奉聖旨使我招狀元爲婿，媒婆，不知他回話有何言語？

【前腔】（丑唱）媒婆告相公知：恨那人作怪蹺蹊。千不肯，萬推辭。（外云）我奉聖旨招他爲婿，你曾把這話對他説麼？（丑唱）這話頭不惹些兒。道始得及第，縱有花容月貌休提。他罵相公，罵小姐，（外云）他罵小姐甚麼？（丑唱）道脚長尺二。（末唱）這般説謊没巴臂。（末跪科）

【前腔】（末唱）恩官且聽咨啓：蔡狀元聞説皺眉。[一] 忠和孝，恩和義，念父母八十年餘。况已娶了妻室，再婚重娶非禮。待早朝，上表文，要辭官家去。請相公别選一佳婿。[二]

[一] 眉批：皺：今作『愁』，非。
[二] 眉批：佳：一作『快』，亦佳。

【前腔】（外唱）他元來要奏丹墀，敢和我廝挺相持。細思之，可奈他將人輕覷。我就寫表奏與吾皇知，與他官拜清要地，(一)務要來我處爲門楣。

【意不盡】（合唱）這讀書輩没道理，不思量違背了聖旨；只教他辭官辭婚俱未得。

（外云）自古道：殺人可恕，情理難容。我的聲名，誰不欽敬？多少貴戚豪家，求爲吾婿而不可得。

叵耐一書生顛倒不肯，反要辭官家去。且由他。左右，你和官媒婆再去蔡狀元處説，看他如何？我如今先去奏知官裏，只教不准他上表便了。

（外）枉把封章奏九重，（末）不如及早便相從。

（合）羈縻鸞鳳青絲網，牢絡鴛鴦碧玉籠。

琵琶記卷上終

(一) 眉批：拜：一作『居』，亦是。

第十五齣　金閨愁配

【中呂過曲・剔銀燈】（貼唱）忒過分爹行所爲，但索强全不顧人議。背飛鳥硬求來諧比翼，(一)隔墻花强攀做連理。姻緣，還是怎的？天那！我待對爹爹説呵，婚姻事女孩兒家怎提？

姻緣姻緣，事非偶然。好笑我爹爹定要將奴家招贅蔡狀元爲婿，那狀元不肯，俺這裏也索罷了。誰想爹爹苦不放過。天那！他既不肯，便做了夫妻，到底也不和順。奴家待將此事對爹爹説，只是此事不是女孩兒每説的話。苦！好悶呵！（淨魆地上探云）慚愧！慚愧！今日也能彀得小姐悶也。小

(一) 眉批：今本盡省『諧』字。

姐，你想着甚麽？（貼）我不想着甚麽。（浄）你既不想着甚麽，爲何手托香腮，在此憂悶？　我且問你：　你往常間件件不煩惱，事事不動情，我想起來你都是佯詐。今日莫不是對景傷情麽？（貼）老姥姥，你説那裏話？　我爲爹爹做事不停當，以此憂悶。（浄）老相公□□□□停當？（貼）我爹爹要將奴家嫁與蔡狀元，使官媒婆去説，狀元不肯從命。他既然不肯，俺這裏也索罷了。如今爹爹苦不放過他，又叫媒婆去説。老姥姥，你怎生與我對爹爹説一聲也好。（浄）小姐，這是你爹爹的主意，如何肯聽我每説？

【仙呂過曲・桂枝香】（浄唱）書生愚見，忒不通變。不肯坦腹東床，謾自去哀求金殿。想他每就裏，想他每就裏，將人輕賤。小姐，非爹胡纏，怕被人傳。（貼）呀！　怕人傳甚麽？（浄唱）道你是相府公侯女，不能彀嫁狀元。

【前腔】（貼唱）百年姻眷，須教情願。他那裏抵死推辭，俺這裏不索留戀。（一）　想他每就裏，想他每就裏，有些牽絆。（浄）有甚牽絆？（貼唱）怕恩多成怨。滿皇都少甚麽公侯子，何須去嫁狀元？

【南呂過曲・大迓鼓】（浄唱）非干是你爹意堅，只怕春花秋月，誤你芳年。況兼他才貌真堪

（一）　眉批：　索：　一作『當』。

羡，又是五百名中第一仙。故把嫦娥，付與少年。

【前腔】（貼唱）姻緣雖在天，若非人意，到底埋冤。料想赤繩不曾綰，多應他無玉種藍田。休把嫦娥，强與少年。

（浄）匹配本自然，（貼）何須苦相纏。

（浄）眼前雖成就，（貼）到底也埋冤。

第十六齣　丹陛陳情

【仙吕引子·北點絳唇】（末唱）夜色將闌，晨光欲散，把珠簾捲。移步丹墀，擺列着金龍案。

【北混江龍】（末唱）官居宫苑，謾道是天威咫尺近龍顔。每日間親隨車駕，只聽鳴鞭。去螭頭上拜跪，隨着豹尾盤旋。朝朝宿衛，早早隨班。做不得卿相當朝一品貴，先隨着朝臣待漏五更寒。〔一〕空嗟嘆，山寺日高僧未起，算來名利不如閒。

自家是漢朝一個小黄門。往來紫禁，侍奉丹墀。領百官之奏章，傳一人之命令。正是：主德無瑕因宦習，天顔有喜近臣知。如今天色漸明，正是早朝時分，官裏升殿，怕有百官奏事，只得在此祗候。（内

〔一〕眉批：朝：作『侍』，非。

問）怎見得早朝時分？（末）但見：銀河清淺，珠斗斕斑。數聲角吹落殘星，三通鼓報傳清曙。銀箭銅壺，點點滴滴，尚有九門寒漏；瓊樓玉宇，聲聲隱隱，已聞萬井晨鍾。曈曈曚曚，蒼茫紅日映樓臺；拂拂霏霏，葱蒨瑞烟浮禁苑。裊裊巍巍，千尋玉掌，幾點瀼瀼露未晞；澄澄湛湛，萬里璇空，一片團團月初墜。三唱天雞，咿咿喔喔，共傳紫陌更闌；百囀流鶯，間間關關，報道上林春曉。五門外碌碌剌剌，車兒碾得塵飛；六宮裏嘔嘔啞啞，樂聲奏如鼎沸。只見那建章宮、甘泉宮、未央宮、長楊宮、五柞宮、長秋宮、長信宮、長樂宮，重重疊疊，萬萬千千，盡開了玉關金鎖；又見那昭陽殿、金華殿、長生殿、披香殿、金鑾殿、麒麟殿、太極殿、白虎殿，隱隱約約，三三兩兩，都捲上繡箔珠簾。半空中忽聽得一聲轟轟劃劃，如雷如霆，震耳的鳴梢響；合殿裏只聞得一陣氤氤氳氳，非烟非霧，撲鼻的御爐香。縹縹緲緲，紅雲裏雉尾扇遮着赭黄袍；深深沉沉，丹陛間龍鱗座覆着彤芝蓋。左列着森森嚴嚴，前前後後的羽林軍、期門軍、控鶴軍、神策軍、虎賁軍，花迎劍佩星初落；右列着濟濟鏘鏘，高高下下的金吾衛、龍虎衛、拱日衛、千牛衛、驃騎衛，柳拂旌旗露未乾。金間玉，玉間金，炯炯爍爍，爍爍爛爛的神仙儀從；紫暎緋，緋暎紫，行行列列，整整齊齊的文武官僚。螭頭陛下，立着一對妖妖嬈嬈，花容月貌，繡鸞袍，鴛鴦靴的奉引昭容；豹尾班中，擺着一對端端正正，銅肝鐵膽，白象簡，獬豸冠的糾彈御史。拜的拜，跪的跪，那一個敢挨挨拶拶縱諠譁？升的升，下的下，那一個不欽欽敬敬依禮法？但願得常瞻仙仗，聖德日新日新日日新；與群臣共拜天顔，聖壽萬歲萬歲萬萬歲。從來不信叔孫禮，今日方知天子尊。道猶未了，一個奏事的官人早來。

【黄鍾過曲·點絳唇】（生唱）月淡星稀，建章宫裏千門曉。御爐烟裊，隱隱鳴梢杳。忽憶年時，問寢高堂早。雞鳴了，悶縈懷抱，此際愁多少。

不寢聽金鑰，因風想玉珂。明朝有封事，數問夜如何。自家爲父母在堂，故上表辭官回去侍奉。如今天色已明，這是午門外廂，不免進入去咱。（末云）奏事官搢笏三舞蹈。

【黄鍾過曲·神仗兒】（生唱）揚塵舞蹈，揚塵舞蹈，遥瞻天表，見龍鱗日耀。咫尺重瞳高照。遥拜着赭黄袍，遥拜着赭黄袍。

【滴漏子】（生唱）臣邕的，臣邕的，荷蒙聖朝。臣邕的，臣邕的，拜還紫誥。（末云）狀元，你莫不是嫌官小麼？（生唱）念邕非嫌官小，奈家鄉萬里遥，雙親又老。干瀆天威，萬乞恕饒。

（末云）狀元，吾乃黄門，職掌奏章。有何文表，就此批宣。（生跪科）

【入破第一】議郎臣蔡邕啓：今日蒙恩旨，除臣爲議郎之職，重蒙賜婚牛氏。干瀆天威，臣謹誠惶誠恐，稽首頓首。伏念微臣，初來有志，誦詩書力學躬耕修己，不復貪榮利。事父母，樂田里，初心願如此而已。不想州司，謬取臣邕充試。到京畿，豈料蒙恩，叨居上第。

【破第二】重蒙聖恩，婚賜牛公女。臣草茅疏賤，如何當此隆遇？況臣親老，一從别後，光陰又幾。廬舍田園，荒蕪久矣。

（末云）老親在堂，必自有人奉侍，狀元不必憂慮。

【衮第三】（生唱）但臣親老髩髮白，筋力皆癯瘁。形隻影單，無兄弟，誰奉侍？況隔千山萬水，生死存亡，雖有音書難寄。最可悲，他甘旨不供，我食禄有愧。

（末云）聖上作主，太師聯姻，狀元，這也是奇遇。

【歇拍】（生唱）不告父母，怎諧匹配？臣又聽得家鄉裏，遭水旱，遇荒饑。多想臣親必做溝渠之鬼，未可知。怎不教臣，悲傷淚垂？

（生哭）（末云）狀元，此非哭泣之處，不得驚動天聽。

【中衮第五】（生唱）臣享厚禄掛朱紫，出入承明地。惟念二親寒無衣，饑無食，喪溝渠。憶昔先朝朱買臣守會稽，司馬相如，持節錦歸。

【煞尾】他遭遇聖時，皆得回鄉里。臣何故別父母，遠鄉閭，没音書，此心違？伏望陛下特憫微臣之志，遣臣歸。得侍雙親，隆恩無比。

【出破】若還念臣有微能，鄉郡望安置。庶使臣忠心孝意得全美，臣無任瞻天仰聖，激切屏營之至。

（末云）元來如此。吾當與狀元轉達天聽，可在午門外厢俟候聖旨。正是：眼望旌捷旗，耳聽好消息。

（生起科）

【神仗兒】（生唱）揚塵舞蹈，揚塵舞蹈，見祥雲縹緲，想黄門已到。料應重瞳看了，多應是念我私情烏烏。顒望斷九重霄，顒望斷九重霄。

（生云）黄門已將我奏章傳達，未知聖意允否？不免乘間禱告天地一番。

【滴漏子】（生唱）天憐念，天憐念，蔡邕拜禱。雙親的，雙親的，死生未保。天那！可憐恩深難報。一封奏九重，知他聽否？爹娘呵，俺和你會合分離，都在這遭。

黄門去了多時，怎的不見回報？想必是官裏准了。天那！若能彀回家侍奉父母，蔡邕何須做官！

（末奉詔同二昭容上）

【前腔】（末唱）今日裏，今日裏，議郎進表。傳達上，傳達上，聖目看了。（生云）聖目看了如何説？（末唱）道太師昨日先奏，把乘龍女婿招，多少是好？（生云）黄門大人，你莫不是哄我？（末唱）見有玉音傳降聽剖。

（末云）聖旨已到，跪聽宣讀。皇帝詔曰：孝道雖大，終於事君；王事多難，豈遑報父？朕以凉德，嗣纘丕基。眷兹警動之風，未遂雍熙之化。爰招俊髦，以輔不逮。咨爾才學，允愜輿情。是用擢居議論之司，以求繩糾之益。爾當恪守乃職，勿有固辭。其所議婚姻事，可曲從師相之請，以成桃夭之化。欽予時命，裕汝乃心。謝恩。（生云）黄門大人，煩你與我再去奏知官裏，我情願不做官。（末云）咳！這秀才好不曉事，聖旨誰敢違背？（生云）黄門大人，你不去時節，待我自去拜還聖旨如何？（末云）呀！這秀才好怪麽，這所在你如何去得？（生哭科）

【啄木兒】(生唱)我親衰老，妻幼嬌，萬里關山音信杳。他那裏舉目淒淒，俺這裏回首迢迢。他那裏望得眼穿兒不到，俺這裏哭得淚乾親難保。閃殺人一封丹鳳詔。

【前腔】(末唱)狀元，你何須慮，不用焦，人世上離多歡會少。大丈夫當萬里封侯，肯守着故園空老？畢竟事君事親一般道，人生怎全忠和孝？却不見母死王陵歸漢朝？

【三段子】(生唱)這懷怎剖？望丹墀天高聽高。這苦怎逃？望白雲山遥路遥。

【前腔】(末唱)狀元，你做官與親添榮耀，高堂管取加封號。與他改換門閭，偏不是好？

【歸朝歡】(生唱)冤家的，冤家的，苦苦見招，俺媳婦埋冤怎了？饑荒歲，饑荒歲，怕他怎熬？俺爹娘怕不做溝渠中餓殍？

【前腔】(末唱)狀元，譬如四方戰争多征調，從軍遠戍沙場草，也只是爲國忘家怎憚勞。

(生)家鄉萬里信難通，(末)争奈君王不肯從。

(合)情到不堪回首處，一齊分付與東風。

第十七齣　義倉振濟

【仙吕入雙調・普賢歌】(丑唱)身充里正實難當，雜泛差徭日夜忙。官司點義倉，並無些子糧，拚一頓拖翻喫大棒。

我做都官管百姓，另是一般行徑。破靴破帽破衣裳，打扮須要厮稱。到官府百般下情，下鄉村十分豪興。討官糧大大做個官升，賣私鹽輕輕弄條喬秤。點催首放富差貧，保解户欺軟怕硬。猛拚打强放潑，畢竟是個畢竟。誰知天不由人，萬事皆從前定。騙得五兩十兩，到使五錠十錠。田園盡都典賣，並無些子餘剩。尀耐廳前首領，嫌恨司房喬令。把我千樣凌辱，將我萬般督併。動不動去了破帽，打得我黄腫成病。幾番要自縊投河，不要了這條性命。今番又點義倉，並無糧米抵應。若還把我拖翻，便叫高擡明鏡。小人也不是都官，也不是里正。休將屈棒，錯打了平民。（内問）你是誰？（丑云）我是搬戲的副浄。（内云）休道出本來面目！（丑云）苦！往常間把義倉穀子偷將家去，養老婆孩兒了。今日上司官點義倉放穀，賑濟貧民，倉中没有一些，那裏討還他？没奈何，我待把家私並老婆兒子都賣了，也賠不起，不免去與李社長商量則個。轉灣抹角，兀的便是李社長家裏。李社長！李社長！

（浄云）誰叫老爺？（丑云）咦！你慣要做大。且出來。

【前腔】（浄唱）身充社長管官倉，老小一家都在倉裏養。（丑云）好！好！你一家老小都在倉裏養，事發時節，如何擺佈？（浄唱）事發儘不妨，里正先喫棒。（丑云）尊兄，饒得你過麽？（浄唱）先打了都官，方纔打社長。

老夫年傍八旬，家中只有三人。因充社長勾當，誰知也不安寧。又要告官書題粉壁，又要勸民栽種翻耕。又要管淘河砌磡，又要辦水桶麻繩。若有人家嫁娶，須索請我做賓人。人人稱我年高伏衆，個個叫我社長官人。若得一紙狀子，强似廳上縣丞。原告許我銀子三錠五錠，被告送我猪脚十斤廿斤。若還得了兩家財物，只得朦朧寫個回文。每日去幹得泄水功德，竟不知自家家裏禍因。大的孩兒不孝不義，小的媳婦逼勒離分。單單只有第三個孩兒本分，常常捋去了老夫的頭巾。激得我老夫性發，只得唱個陶真。（丑云）呀！陶真怎的唱？（浄云）呀！到被你聽見了。也罷，我唱，你打和。（丑云）使得。（浄云）孝順還生孝順子，（丑云）打打哈蓮花落。（浄云）忤逆還生忤逆兒，（丑云）打打哈蓮花落。（浄云）不信但看簷前水，（丑云）打打哈蓮花落。（浄云）滴滴點點不差移，（丑云）打打哈蓮花落。（浄云）住休！（丑云）你若不叫住，我直唱到天明。（浄云）里正，你叫我出來有甚事説？（丑云）社長哥，今日官司給散義倉，倉中又無稻子，如何是好？我和你不免合賠些子。（浄云）呀！倉中稻子都是你搬去喫了，怎的教我和你合賠？小畜生，到不虧了你！上司來時，干我鳥事？我自回去抱子弄孫嬉他娘。正是：閉門不管窗前月，一任梅花自主張。（浄下）（丑云）苦！李社長又去了，上司官又來了，如何是好？呀！喝道聲漸漸近了，只得迎接則個。（外扮放糧官末扮隸人上）

【前腔】（外唱）親承朝命賑饑荒。〔一〕（末唱）躍馬揚鞭到此方。（丑云）里正接老爹。（外云）起去。疾忙開義倉，支與百姓糧，從實支收休要謊。

（外云）里正，將支收簿來看。（丑云）簿在此。（外讀云）元管二十九石，新收三十六石；除支一十九石，見在四十六石。左右，開倉。呀！這倉裏那有四十六石？（丑云）有，有，相公。（外云）左右，與

〔一〕眉批：親：一作『重』，皆然。

他取了甘結；一面着他唤饑民來支糧。(丑云)一心忙似箭，兩脚走如飛。(下)(外云)左右，這厮説謊。倉裏那得這些稻子？(末云)相公，且由他，若是不足數，只要他賠償便了。(外云)也説得是。

(丑扮瞎子上)

【商調過曲·吴小四】(丑唱)肚又饑，眼又昏，家私没半分，子哭兒啼不可聞。聞知相公來濟民，請些官糧去救貧。

(丑作錯跪云)相公可憐見。(末云)相公在這裏。(外云)老的姓甚名誰？家裏有幾口？(丑云)小的姓丘名乙己，住上大村，有三千七十口。(外云)胡説！那裏有許多口？(丑云)告相公得知：上大人，丘乙己，化三千，七十士。(末云)一口胡柴！(外云)你實有幾口？(丑云)小的夫妻兩口，孩兒兩口。(外云)支糧與他。(末云)支四口糧了。(丑云)多謝相公。正是：一日不識羞，三日不忍餓。(丑下)(淨扮聾子上)

【前腔】(淨唱)嘆連朝，饑怎忍？家中有五六人。(一)前日老婆典了裙，今日媳婦又典裩，恰好遇官司來濟貧。

(淨云)相公可憐見。(外云)老的姓甚名誰？家裏有幾口？(淨作聾，外復問科)(淨云)小的姓大名比丘僧，住在祇樹給孤獨園，有一千二百五十口。(外云)胡説！那裏有許多口？(淨云)告相公得

(一) 眉批：坊本盡作『八九人』，與白相失了。

知：《彌陀經》中道： 祇樹給孤獨園，與大比丘僧一千二百五十人俱。（末云）佛口蛇心！（外云）你實有幾口？（浄云）小的有兩個媳婦，三個孩兒，和我共六口。（外云）支糧與他。（末云）支六口糧了。（浄云）多謝相公。 正是： 今日得君提掇起，免教人在污泥中。（浄下）（旦上）

【雙調引子·搗練子】（旦唱）嗟命薄，嘆年艱。含羞忍淚向人前，猶恐公婆懸望眼。

（旦云）路逢險處難回避，事到頭來不自由。奴家少長閨門，豈識途路？今日見官司放糧濟貧，只得去請些稻子，以救公婆之命。（外云）婦人，你姓甚名誰？來此怎的？（旦云）告相公，奴家姓趙，名五娘；公公蔡從簡。因兒夫出外，特來請些糧米，以救公婆之命。（外云）你丈夫那裏去了，使你婦人家來請糧？

【正宮過曲·普天樂】（旦唱）兒夫一向留都下。（外云）你家裏還有誰？（旦唱）只有年老爹和媽。（外云）有弟兄麼？（旦唱）弟和兄更没一個。（外云）既没有弟兄，誰看承你的爹媽？（旦唱）看承盡是奴家。（外云）這般説起來，你好苦呵。婦人家不出閨門，你何不使個男子漢來請糧？（旦作悲科）歷盡苦，誰憐我，相公，怎説得不出閨門的清平話？（外云）你家裏有幾口？（旦云）只有三口。（外云）左右，支糧與他。（末云）没糧了。（旦哭唱）若無糧，我也不敢回家。（外云）怎的不敢回家？（旦云）相公，豈忍見公婆受餒？天那！嘆奴家命薄，直恁摧挫。（一）（外云）左右，這倉中稻子没了。一來湊原數不起，二來這婦人説得好苦，你去拿那里正來，要這厮賠償。（末云）領鈞旨。假饒走到焰摩天，脚下騰雲須趕上。（旦云）望相公可憐見，主張些糧米，與奴家救濟公婆之命。（外云）我自有分曉。（末押丑上云）似甕中捉鱉，手到拿來。（外云）里正，這倉中稻子湊原數不起，盡是你自偷了，你好好招認狀。（丑云）相公，小人招不得。自古道東量西折，難教小人賠償。（外云）畜生，尖斛量入，平斛量出，如何會折了許多？左右，拿下打四十！（丑云）相公不要打，小人情願招了。（丑讀招）招狀人姓猫名狸，見年三十有餘。身上别無疾病，只有白帶不除。今與短狀招伏，因爲官糧欠虧。説到義倉情弊，中間無甚蹺蹊。稻熟排門收斂，斂了各自將歸。並無倉廪盛貯，那有帳目收支。縱然有得些小，胡亂寄在民居。官司差人點視，便糴些穀支持。上下得錢便罷，不問倉實倉虚。假饒清官廉吏，被我影射片時。東家借得十扛，西家借得五箕。但見倉中有穀，其間就裏怎知？年年把常常事，番番一似耍嬉。不道今年荒旱，不道今年民飢。不因分俵賑濟，如何會泄天機？假饒奏到三十三天，我里正無甚罪過。（末云）爲甚的？（丑云）只是點糧詐錢的做馬做驢。招狀執結是實，伏乞相公指揮。（外云）左右，押這厮去，就要賠償。（末押丑下）正是：懼法朝朝樂，欺公日日憂。（末押丑上云）假饒人心似鐵，怎逃官法如爐？告相公，里正賠償的稻子有了。（外云）

（一）眉批：摧：一作『折』。

支與那婦人去。（旦云）多謝相公。（末與旦，丑覷覷科，云）由你半路去，我好歹與你奪了便罷。（旦云）謝得恩官爲主維，（丑云）只教中路有災危。（外云）當權若不行方便，（末云）如入寶山空手回。（外、末、丑下）（旦云）一斟一酌，莫非前定。今日奴家去請糧，誰知道里正作弊，倉中没了。若不得相公督併，里正賠償，奴家如何得這些穀回家救濟二親？正是：飢時得一口，强似飽時得一斗。（欲下）（丑上攔住云）恩人相見，分外眼明。讐人相見，分外眼睁。我也會見你過來呵！你快把稻子還我，萬事全休。（旦云）呀！相公與奴家的稻子，如何還你？（丑云）咳！方纔不是你只管告不休，相公如何要我賠償？這稻子是我賫老小賫家私的，你如何拿去？（搶科）（旦云）里正官人，休要用强；可憐奴家艱辛！（丑云）可憐你甚的？

【雙調過曲·鎖南枝】（旦唱）兒夫去，竟不還，公婆兩人都老年。自從昨日到如今，不能彀一餐飯。（丑云）你公婆没飯喫，也不干我事。（旦唱）奴請糧，他在家懸望眼。念我年老公婆，做方便。（拜丑科）（丑云）不要拜，不要拜。這般時年，我（中闋）；你公婆没飯喫，不干我事，你只把糧米還我便罷。

【前腔換頭】（旦唱）鄉官可憐見，這糧米呵，是公婆命所關。你若必欲奪去，我寧可脱下衣裳，就問鄉官換。（脱衣介）（丑云）不要，不要，你身上也寒冷。（旦唱）寧使奴身上寒，要與公婆救殘喘。

（丑云）咳！罷，罷。你説起來，却是一片孝心，我也不忍問你要這糧米了，你去罷。（旦云）如此多謝鄉官。（丑虚下）（旦云）謝天地！且喜里正已去了，不免趲行幾步。（丑上推旦奪糧下）（旦哭介）天那！我好苦！

【前腔】（旦唱）糧奪去，真可憐，公婆望奴不見還。縱然他不埋冤，我做媳婦的有何幹？他忍饑添我夫罪愆，教奴家怎見得我夫面？

（旦云）千死萬死，到底是一死；不如早些死了罷。這裏有一口古井，不免投入死休。

【前腔換頭】（旦唱）待將身赴井泉，又思量左右難。想我丈夫當年分散，叮嚀囑付爹娘，教我與他相看管。苦！我死却他形影單，夫婿與公婆，可不兩埋怨？

【前腔】（外唱）媳婦去，不見還，教人在家凝望眼。（外跌倒旦扶科）（外唱）呀！你在這裏閒行，教我望得肝腸斷。（旦唱）公公，奴請糧爲你供午餐，又誰知被人騙。

（外云）媳婦，却怎麽説？（旦云）公公，奴家請得些稻子，到半途之中，却被里正奪去了。（外云）天那！元來如此。（哭科）

【前腔】（外唱）思量我命乖蹇，不由人不珠淚漣。料想終須餓死，不如早赴黄泉，免把你厮牽絆。媳婦，婆老年，不久延，你須是好看管。

呀！這裏元來有一口古井，不免投入死休。

【前腔】（旦唱）公公，你若身傾棄，我苦怎言？公還死了婆怎免？你兩人一旦身亡，教我獨自如何展？公公，你喫苦辛其實難過遣，我痛傷悲只得强相勸。

【前腔】（外唱）媳婦，你衣衫盡解典，囊篋已罄然。縱使目前存活，到底日久日深，你與我難相念。(一) 苦！衣食缺你行孝難，活冤家不如早折散。（外投井旦救科）（末挑穀上科）

【前腔】（末唱）不豐歲，荒歉年，官司把糧來給散。見一個年老的公公，在那裏頻嗟嘆。待向前仔細看，呀！我道是誰，元來是蔡老員外和五娘子呵，你兩人在此有何幹？

（旦云）公公，一言難盡。奴家今日聞知官司給散義倉，去請些糧米與公婆充飢。誰想里正作弊，倉中没了稻子。謝得相公，着令里正賠納，把些與奴家；來到半途，被里正奪去。奴家害羞回來，公公見説，也要投井死，奴家正在此勸解公公。（末云）咳！五娘子，你差了。老夫方纔也請得些官糧，正要將來分送你公公，你怎的不來與我商量，却自家出去，被那狂徒欺侮？

【前腔】（末唱）我聽你説這言，待我趕去，罵那廝鐵心腸，昧心漢。公公，他去得遠了。（外云）罷，罷。太公，我和你是良善之人，不要與那狂徒一般見識。只是我這幾日餓得難過。（末唱）員外，你且不

(一) 眉批：念：今盡作『戀』，大訛。

須憂慮，我也請得些官糧，和你兩下分一半。（旦云）這是公公請的，如何使得？（末唱）咳！五娘子，你休恁推，莫棄嫌，且將回，權做兩厨飯。(一)

（旦云）如此，多謝了公公。（末云）怎說這話？ 五娘子，你伯喈當初出去，(二)把爹娘囑付與老夫。今日是荒年飢歲，虧殺你獨自支吾。終不然我自温飽，教你忍飢受餓？ 古語云：濟人須濟急時無。你胡亂將這些救濟公姑則個。五娘子，你先回去，我和你公公隨後緩緩的來。

【正宮過曲·洞仙歌】（旦唱）苦！ 家私没半分，靠着奴此身。只要救公婆，豈辭多苦辛？（合）空把珠淚揾，可憐饑與貧，(三)這苦說不盡。

【前腔】（外唱）太公，我本爲泉下人，他救我一命存。只怕我不久身亡，報不得媳婦恩。（合前）

【前腔】（末唱）見說不可聞，況我托在隣。終不然我享安和，(四)忍見你受饑窘？（合前）

（旦）命薄多年受苦辛，（外）不如身死早離分。

(一) 眉批：厨：一作『筯』。

(二) 眉批：伯喈：今盡作『丈夫』，粗甚。

(三) 眉批：可：今盡作『誰』，則置張公何地？

(四) 眉批：和：今盡作『榮』，甚非。凶歉之歲，何榮與有？

（末）惟有感恩並積恨，（合）萬年千載不成塵。

第十八齣　再報佳期

（丑扮媒婆上）

【越調過曲・蠻牌令】（丑唱）終日走千遭，走得脚無毛。何曾見湯水面？花紅也不曾見半分毫。到不如做個虔婆頂老，也落得些鴨汁喫飽。窮酸秀才直恁喬，老婆與他，故推不要。〔一〕

（丑云）咳！我做媒婆已老，没見這般好笑。叵耐一個書生，佳人與他不要。别人見了媒婆歡歡喜喜，他反與我尋争尋鬧。老相公又不肯干休，只管在家焦躁。教我媒婆走得鞋破襪穿，説得唇乾口燥。如今不怕你親事不成，不怕你姻緣不到。（笑介）只怕你明日在紅羅帳裏快活，不念媒人聒噪。我奉太師之命，再來與蔡狀元説親。來此已是狀元公館，呀！恰好狀元出來也。（生上）

【越調引子・金蕉葉】（生）愁多怨多，俺爹娘知他怎麽？擺不脱功名奈何？送將來冤家怎躲？

〔一〕眉批：坊本改『老婆與他，粧甚腰』，不省。

（丑見介）狀元，恭喜！牛太師選定今日與小姐畢姻，請狀元早赴佳期。（生）天那！這事怎麼處？

（丑）狀元，姻緣前定，不必多辭。（生）咳！你那知我的苦？

【南吕過曲・三换頭】（生）名韁利鎖，先自將人摧挫。況鸞拘鳳束，甚日得到家？我也休怨他。這其間，只是我，不合來，長安看花。閃殺我爹娘也，淚珠空暗墮。這段姻緣，也只是無如之奈何。

【前腔】（丑）鸞臺罷粧，鵲橋初駕。佳期近也，請仙郎到河。（生）媒婆，我去也罷；只是一心掛着家中。（丑）此事明知牽掛，這其間，只得把，那壁廂，且都拚捨。況奉君王詔，怎生違了他？狀元，你這段姻緣，也只是無如之奈何。

（丑）狀元，門首轎馬已齊備，請即赴相府成親。

（丑）請君及早赴佳期，（生）那曉歡娱成怨悲。

（生）我本明知不是伴，（丑）一時事急且相隨。

第十九齣　强就鸞凰

（外扮牛丞相、末扮院子隨上）

【黄鍾引子・傳言玉女】（外）燭影摇紅，簾幕瑞烟浮動，畫堂中珠圍翠擁。粧臺對月，下鸞鶴神仙儀從。玉簫聲裏，一雙鳴鳳。

（外云）左右何在？（院子上云）獨立畫堂聽命令，珠簾底下一聲傳。老相公有何指揮？（外云）左右，我今日與小姐畢姻，筵席安排了未？（院子云）安排完備了。（外云）完備得如何？〔水調歌頭〕（院子云）屏開金孔雀，褥隱繡芙蓉。獸爐烟裊，蓮臺絳蠟吐春紅。廣設珊瑚席子，高把真珠簾捲，環列翠屏風。人間丞相府，天上蕊珠宮。錦遮圍，花爛熳，玉玲瓏。繁絃脆管，歡聲鼎沸畫堂中。簇擁金釵十二，座列三千珠履，談笑盡王公。正是：門闌多喜氣，女婿近乘龍。（外云）狀元來未？（院子云）望見一簇人馬喧閙，想是狀元來了。（生上）

【女冠子】（生唱）馬蹄篤速，傳呼齊擁雕轂。（外唱）金花帽簇，天香袍染，丈夫得志，佳婿坦腹。

（外云）惜春，狀元已到，請小姐出來拜堂。（貼上）

【前腔】（貼唱）粧成聞喚促，又將綵扇重遮，羞蛾輕蹙。（净、丑執掌扇上）（合）這姻緣不俗，金榜題名，洞房花燭。

（净云）狀元和小姐兩個，各自立一邊，請陰陽先生讚禮。（末扮賓人上云）禀相公，告廟。（末云）維大漢太平年，團圓月，和合日，吉利時，嗣孫牛某，有女及笄，奉聖旨招贅新狀元蔡邕爲婿。以此吉辰，敢申虔告。告廟已畢，請與新人揭起方巾。（丑云）待我來。伏以窈窕青娥二八春，緑雲之上覆方巾。玉纖揭起西川錦，露出嬌容賽玉真。掌禮，請喝拜。（末云）竊以禮重婚姻，玆實人倫之大；義當配偶，爰思宗系之承。張設青廬，(一)熒煌花燭。祀供蘋藻，首嚴見廟之儀；贄備棗榛，抑講拜堂之禮。集珠履玳簪之客，環金釵玉珥之賓。慶會良宵，觀光盛事。香熏寶鴨，濃騰裊裊之烟；步擁金蓮，請下深深之拜。（喝拜科）拜禮已畢，請狀元小姐把酒。

【黄鍾過曲·畫眉序】（生唱）攀桂步蟾宫，豈料絲蘿在喬木。喜書中今朝有女如玉，(二)堪觀處絲幕牽紅，恰正是荷衣穿緑。（合）這回好個風流婿，偏稱洞房花燭。

【前腔】（外唱）君才冠天禄，我的門楣稍賢淑。看相輝清潤，瑩然冰玉。光掩映孔雀屏開，花爛熳芙蓉穩褥。（合前）

【前腔】（貼唱）頻催少膏沐，金鳳斜飛鬢雲矗。喜逢他蕭史，愧非弄玉。清風引珮下瑶臺，明月照粧成金屋。（合前）

【前腔】（浄、丑唱）湘裙展六幅，似天上嫦娥降塵俗。喜藍田今已種成雙玉。風月賽閬苑三千，雲雨笑巫山二六。(三)（合前）

(一) 眉批：青廬：原作『青爐』，據文義改。

(二) 眉批：喜：一作『信』，似欲勝東嘉。

(三) 眉批：二六：今多作『六六』，與『三千』不稱。

【滴溜子】(生唱)謾説道姻緣事，果諧鳳卜。細思之，此事豈吾意欲？有人在高堂孤獨。可惜新人笑語喧，不知我舊人哭。兀的東床，難教我坦腹。

【鮑老催】(衆唱)翠眉謾蹙，赤繩已繫夫婦足，芳名已注婚姻牘。狀元，空嗟怨，枉嘆息，休摧挫。畫堂富貴如金谷。休戀故鄉生處好，受恩深處親骨肉。

【滴滴金】(衆唱)金猊寶鼎香馥郁，銀海瓊丹泛醽醁，輕飛彩袖呈嬌舞。囀鶯喉，歌麗曲，歌聲斷續，持觴勸酒人共祝。人共祝，百年夫婦永和睦。

【鮑老催】(衆唱)意深愛篤，文章富貴珠萬斛，天教艷質爲眷屬。似蝶戀花，鳳棲梧，鸞停竹。男兒有書須勤讀，書中自有黄金屋，也自有千鍾粟。

【雙聲子】(衆唱)郎多福，郎多福，看紫綬黄金束。(一)娘萬福，娘萬福，看花誥紋犀軸。兩意篤，兩意篤。豈非福，(二)豈非福。似紋鸞綵鳳，兩兩相逐。

【餘文】(合)郎才女貌真不俗，占斷人間天上福，百歲姻緣萬事足。

(合)清風明月兩相宜，女貌郎才天下奇。

(一) 眉批：看：今作『着』，非。

(二) 眉批：非：一作『分』，一作『介』，總不如。非福：一作『反目』，此際那得作惡語？

正是洞房花燭夜，果然金榜掛名時。

第二十齣　勉食姑嫜

【南吕引子・薄倖】（旦唱）野曠原空，人離業敗。謾盡心行孝，力枯形憊。幸然爹媽，此身安泰。栖惶處，見慟哭饑人滿道，嘆舉目將誰倚賴？

曠野蕭疏絶烟火，日色慘淡黯村塢。死別空原婦泣夫，生離他處兒牽母。睹此恓惶實可憐，思量轉覺此身難。高堂父母老難保，上國兒郎去不還。力盡計窮淚亦竭，看看氣盡知何日？高岡黄土漫成堆，誰把一抔掩奴骨？奴家自從丈夫去後，頓遭饑荒。衣衫首飾，盡皆典賣，家計蕭然。爭奈公婆年老，死生難保；朝夕又無甘旨膺奉，如何是好？只得安排一口淡飯與公婆充饑，奴家自把些穀膜米皮饆饠來喫，苟留殘喘。喫時又怕公婆撞見，只得迴避，免致他煩惱。如今飯已熟了，不免請出公婆早膳則個。（外、浄上）

【雙調引子・夜行船】（外唱）苦！忍餓擔饑何日了？孩兒一去，竟無音耗。（浄唱）甘旨蕭條，（一）米糧缺少。（合）天那！真個死生難保。

（一）眉批：今作『甘旨難供』，則蔡婆亦知其難矣，胡疑猜之足云？

（旦云）請公公婆婆早膳。（净云）媳婦，有菓蔬麽？（旦云）没有。（净云）有下飯麽？（旦云）也没有。（净云）賤人，前日早膳還有些下飯，今日只得一口淡飯。再過幾日，連淡飯也没有了。快擡去！（外云）咳！這般時年，胡亂喫一口充飢，還要分甚麽好歹？

【南吕過曲・羅鼓令】（净唱）我終朝受餒，賤人，你將來的飯教我怎喫？[一]可疾忙便擡，非干是我有些饞態。

【前腔】（外唱）阿婆，你看他衣衫都解，好茶飯將甚去買？兀的是天災，教媳婦每難佈擺。

【前腔】（旦唱）婆婆息怒且休罪，待奴家霎時將去再安排。思量到此，珠淚滿腮。看看做鬼，溝渠裏埋。縱然不死也難捱，教人只恨蔡伯喈。

【前腔】（净唱）如今我試猜，多應他犯着獨噇病來，背地裏自買些鮭菜。（外云）阿婆，他那裏得錢去買？（净唱）阿公，我喫飯他緣何不在？這些意兒真是歹。

【前腔】（外唱）阿婆，他和你甚相愛，不應反面直恁的乖。（旦背唱）我千辛萬苦，有甚疑猜？[二]可不道我臉兒黄瘦骨如柴。

[一] 眉批：喫：一作『捱』，似好。

[二] 眉批：疑猜：一作『情懷』，不通。

(浄云)擡去！擡去！(外云)媳婦，婆婆喫不得，你且收去。(旦收云)婆婆耐煩，待奴家去佈擺些東西，再安排過來。(浄云)你去，你去。(旦云)正是：啞子謾嘗黄柏味，難將苦口向人言。(下)(浄云)阿公，親的到底是親。親生兒子不留在家，到倚靠着媳婦供養。你看前日兀自有些鮭菜，今日只得些淡飯，教我怎的喫？再過幾日，連飯也没了。我看他前日自喫飯時節，百般躲避我，敢是他背地裏自買些下飯受用分曉？(外云)阿婆，休要錯疑了，我看媳婦不是這般樣人。(浄云)恁的，等他自喫時節，我和你潛地裏去探一探，便知端的。(外云)也説得是。只一件那。(浄云)却怎的？

(外)荒年有飯休思菜，(浄)媳婦無良把我虧。

(外)混濁不分鰱共鯉，(合)水清方見兩般魚。

第二十一齣　糟糠自厭

【南呂過曲・山坡羊】(一)(旦唱)亂荒荒不豐稔的年歲，遠迢迢不回來的夫婿。急煎煎不耐煩的二親，軟怯怯不濟事的孤身體。苦！衣盡典，寸絲不掛體。幾番擠死了奴身己，(二)争奈没主公婆，教誰看取？思之，虛飄飄命怎期。難捱，實丕丕災共危。

(一) 吕：原作『調』，據曲律改。

(二) 眉批：擠死：坊本作『要賣』，則有貞有烈，胡爲乎言哉？

【前腔】滴溜溜難窮盡的珠淚，亂紛紛難寬解的愁緒。骨崖崖難扶持的病身，戰兢兢難捱過的時和歲。這糠，我待不喫你呵，(一)教奴怎忍饑？我待喫你呵，教奴怎生喫？思量起來，不如奴先死，圖得不知他親死時。(合前)

奴家早上安排些飯與公婆喫，豈不欲買些鮭菜？争奈無錢可買。不想婆婆抵死埋冤，只道奴家背地自喫了甚麼東西。不知奴家喫的是米膜糠粃，又不敢教他知道。便做他埋冤殺我，我也不敢分説。苦！這糠粃怎的喫得下？(喫吐科)

【雙調過曲・孝順歌】(旦唱)嘔得我肝腸痛，珠淚垂，喉嚨尚兀自牢嗄住。糠那！你遭礱被舂杵，篩你簸颺你，喫盡控持。好似奴家身狼狽，千辛萬苦皆經歷。苦人喫着苦味，兩苦相逢，可知道欲吞不去。(外、浄潛上探覷科)

【前腔】(旦唱)糠和米，本是相依倚，被簸颺作兩處飛。(二)一賤與一貴，好似奴家與夫婿，終無見期。丈夫，你便是米呵，米在他方没尋處。奴家恰便似糠呵，怎的把糠來救得人饑餒？好似兒夫出去，怎的教奴供膳得公婆甘旨？(外、浄潛下科)

(一)　眉批：諸本『我待不喫你』二句作唱，『我待喫你』二句反作白。
(二)　眉批：今本『被』字下盡添一『人』字，殊不是。

【前腔】（旦唱）思量我生無益，死又值甚的？不如忍饑死了爲怨鬼。只一件，公婆老年紀，靠奴家相依倚，只得苟活片時。片時苟活雖容易，到底日久也難相聚。謾把糠來相比，這糠呵，尚兀自有人喫，奴家的骨頭，知他埋在何處？

（外、淨上）（淨云）媳婦，你在這裏喫甚麽？（旦云）奴家不曾喫甚麽。（淨搜奪科）（旦云）婆婆，你喫不得！（外云）咳！這是甚麽東西？

【前腔】（旦唱）這是穀中膜，米上皮。（外云）呀！這便是糠，要他何用？（旦唱）將來饆饠堪療饑。（淨云）咦，這糠只好將去餵猪狗，如何把來自喫？（旦唱）嘗聞古賢書，狗彘食人食，也强如草根樹皮。（外、淨云）恁的苦澀東西，怕不噎壞了你？（旦唱）嚙雪吞氈，蘇卿猶健；餐松食柏，到做得神仙侣。這糠呵，縱然喫些何慮？（淨云）阿公，你休聽他説謊，糠粃如何喫得？（旦唱）爹媽休疑，奴須是你孩兒的糟糠妻室。

（外、淨看哭科）媳婦，我兀來錯埋冤了你，兀的不痛殺我也！（外、淨倒，旦叫哭科）

【仙吕入雙調·雁過沙】（旦唱）苦！沉沉向冥途，空教我耳邊呼。公公婆婆，我不能彀盡心相奉事，反教你爲我歸黃土。教人道你死緣何故？公公婆婆，怎生割捨得抛棄了奴？

（外醒科）（旦云）謝天謝地，公公醒了！公公，你閘閭。

【前腔】（外唱）媳婦，你擔飢事舅姑。媳婦，你擔饑怎生度？（旦云）公公且自寬心，不要煩惱。

（外云）媳婦，我錯埋冤了你，你也不推辭，到如今始信有糟糠婦。媳婦，料應我不久歸陰府，也省得爲我死的，累你生的受苦。

（旦扶外起科）公公且在床上安息，待我看婆婆如何。（旦叫不醒科）呀！婆婆不濟事了，如何是好？

【前腔】（旦唱）婆婆氣全無，教奴怎支吾？咳！丈夫呵，我千辛萬苦，爲你相看顧，如今到此難回護。我只愁母死難留父，況衣衫盡解，囊篋又無。

（外云）媳婦，婆婆還好麼？（旦云）婆婆不好了！

【前腔】（外唱）天那！我當初不尋思，教孩兒往帝都。把媳婦閃得苦又孤，把婆婆送入黃泉路，算來是我相擔誤。不如我死，免把你再辜負。

（旦云）公公休說這話，請自將息。（外云）媳婦，婆婆死了，衣衾棺槨，是件皆無，如何是好？（旦云）公公寬心，待奴家區處。（末云）福無雙降猶難信，禍不單行却是真。老夫爲何道此兩句？爲鄰家蔡伯喈妻房趙氏五娘。他嫁得伯喈，方纔兩月，伯喈便出去赴選。自去之後，連遭饑荒。公婆年紀皆在八十之上，家裏更没個相扶持的。甘旨之奉，虧殺這五娘子。把些衣服首飾之類，盡皆典賣，辦些糧米，供給公婆；却背地裏把糠粃餺饠充飢。這般荒年飢歲，少甚麼有三五個孩兒的人家，供膳不得爹娘。這個小娘子，真個今人中少有，古人中難得。那婆婆不知道，顛倒把他埋冤；適來聽得他公婆知道，却又痛心，都害了病。如今不免到他家裏探望則個。呀！五娘子，你爲甚的荒荒張張？（旦云）

公公，天有不測風雲，人有旦夕禍福。奴家婆婆死了。（末云）咳！你婆婆既死了，你公公如今在那裏？（旦云）在床上睡着。（末云）待我看一看。（外云）太公休怪，我起來不得了。（末云）老員外，快不要勞動。（旦云）太公，我婆婆衣衾棺槨，是件皆無，如何是好？（末云）五娘子，你不要愁煩，我自有區處。

【仙吕入雙調・玉包肚】（旦唱）千般生受，教奴家如何措手？終不然把他骸骨，没棺材送在荒坵？（合）相看到此，不由人不淚珠流，正是不是冤家不聚頭。

【前腔】（末唱）五娘子，不必多憂，資送婆婆，在我身上有。你但小心承直公公，莫教他又成不救。（合前）

【前腔】（外唱）張公護救，我媳婦實難啓口。孩兒去後，又遇饑荒，把衣衫典賣無留。（合前）

（末云）老員外，你請進裏面去歇息。待我一霎時叫家僮討棺木來，把老安人殯斂了；選個吉日，送在南山安葬去。（外云）如此，多謝太公周濟。

（旦）只爲無錢送老娘，（末）須知此事有商量。

（合）歸家不敢高聲哭，惟恐猿聞也斷腸。

第二十二齣　琴訴荷池

【南吕引子・一枝花】（生唱）閒庭槐影轉，深院荷香滿。簾垂清晝永，怎消遣？十二欄杆，無事閒凭遍。悶來把湘簟展，[一]夢到家山，又被翠竹敲風驚斷。

〔南鄉子〕翠竹影揺金，水殿簾櫳映碧陰。人静晝長無個事，沉吟，碧酒金樽懶去斟。幽恨苦相尋，離別經年没信音。寒暑相催人易老，關心，却把閒愁付玉琴。院子，將琴書過來。（末將琴書上）黄卷看來消白日，朱絃動處引清風。炎蒸不到珠簾下，人在瑶池閬苑中。相公，琴書在此。（生云）院子，你與我唤那兩個學僮過來。（末叫科）（浄執扇、丑執香上）

【南吕過曲・金錢花】（浄、丑唱）自少承直書房，書房。快活其實難當，難當。只管打扇與燒香，荷亭畔，好乘涼。喫飽飯，上眠床。

（參見科）（生云）我在先得此材於爨下，斲成此琴，即名焦尾。自來此間，久不整理。今日當此清涼，試操一曲，以舒悶懷。你三人一個打扇，一個燒香，一個管文書，休得熳誤。（衆云）領鈞旨。（生操琴科）

【懶畫眉】（生唱）强對南薰奏虞絃，只覺指下餘音不似前，那些個流水共高山？呀！只見滿眼風波惡，似離別當年懷水仙。

（浄困掉扇科）（末云）告相公，打扇的壞了扇。（生云）背起打十三！那厮不中用，只教他燒香。（末云）領鈞旨。

[一] 眉批：悶：一作『困』，非。

【前腔】（生唱）頓覺餘音轉愁煩，似寡鵠孤鴻和斷猿，又如別鳳乍離鸞。呀！只見殺聲在絃中見，敢只是螳螂來捕蟬？

（丑困滅香科）（净云）告相公，燒香的滅了香。（生云）背起打十三！那厮不中用，只教他管文書。

（末云）領鈞旨。

【前腔】（生唱）藍田日暖玉生烟，[一]似望帝春心託杜鵑，好姻緣翻做惡姻緣。只怕眼底知音少，争得鸞膠續斷絃。

（末掉文書科）（丑云）告相公，管文書的亂了文書。（生云）背起打十三！（貼上）（生云）左右，夫人來也，且各回避。（衆云）正是：有福之人人伏事，無福之人伏事人。（末、丑、净下）

【南吕引子・滿江紅】（貼唱）嫩緑池塘，梅雨歇薰風乍轉。瞥然見新涼華屋，已飛乳燕。簟展湘波紈扇冷，[二]歌傳《金縷》瓊巵暖。（衆唱）炎蒸不到水亭中，珠簾捲。

（貼云）相公元來在此操琴呵。（生云）夫人，我當此清涼，聊托此以散悶懷。（貼云）奴家久聞相公高於音樂，如何來到此間，絲竹之音，杳然絶響？斗膽請再操一曲，相公肯麼？（生云）夫人待要聽琴，彈甚麼曲好？我彈一曲《雉朝飛》何如？（貼云）這是無妻的曲，不好。（生云）呀！説錯了。如今

[一] 眉批：今本盡作『日暖藍田』，何如元本音韻鏗鏘？
[二] 眉批：波：或作『紋』，均是。

彈一曲《孤鸞寡鵠》何如？（貼云）兩個夫妻正團圓，説甚麽孤寡！（生云）不然彈一曲《昭君怨》何如？（貼）兩個夫妻正和美，説甚麽宫怨！相公，當此夏景，只彈一個《風入松》好。（生云）這個却好。（彈科）（貼云）相公，你彈錯了。（生云）呀！到彈出《思歸引》來。待我再彈。（貼云）相公，你又彈錯了。（生云）呀！又彈出個《别鶴怨》來。（貼云）相公，你如何恁的會差？莫不是故意賣弄，欺侮奴家？（生云）豈有此心！只是這絃不中用。（貼云）這絃怎的不中用？（生云）俺只彈得舊絃貫，這是新絃，俺彈不貫。（貼云）舊絃在那裏？（生云）舊絃撇下多時了。（貼云）爲甚撇了？（生云）只爲有了這新絃，便撇了那舊絃。（貼云）相公何不撇了新絃，用那舊絃？（生云）夫人，我心裏豈不想那舊絃？只是新絃又撇不下！（貼云）你新絃既撇不下，還思量那舊絃怎的？我想起來，只是你心不在焉，特地有許多説話。

【仙吕過曲・桂枝香】（生唱）夫人，舊絃已斷，㈠新絃不貫。㈡舊絃再上不能，待撇了新絃難拚。我一彈再鼓，一彈再鼓，又被宫商錯亂。（貼云）相公，你敢是心變了麽？（生唱）非干心變，這般好涼天。正是此曲纔堪聽，又被風吹别調間。

【前腔】（貼唱）相公，非彈不貫，只是你意慵心懶。既道是《寡鵠孤鸞》，又道是《昭君宫怨》。

㈠ 眉批：舊：一作『危』，非。已：一作『欲』，似妥。
㈡ 眉批：『貫』『慣』同，即《孟子》『我不貫與小人乘』。

那更《思歸》《別鶴》，《思歸》《別鶴》，無非愁嘆。相公，我看你多敢是想着誰？（生云）夫人，我不想着甚麼人。（貼唱）相公，有何難見？你既不然，我理會得了。你道是除了知音聽，道我不是知音不與彈。

（生云）夫人，那有此意？（貼云）相公，這個也由你，畢竟你無心去彈他。何似教惜春安排酒過來，與你消遣何如？（生云）我懶飲酒，待去睡也。（貼云）相公休阻妾意，老姥姥、惜春，看酒來。（淨、丑持酒上）

【燒夜香】（淨唱）樓臺倒影入池塘，綠樹陰濃夏日長，（丑唱）一架荼蘼滿院香。（合）滿院香，和你飲霞觴。捲起珠簾，(一)明月正上。

（貼云）將酒過來。

【南呂過曲·梁州序】（貼唱）新篁池閣，槐陰庭院，日永紅塵隔斷。碧欄干外，寒飛漱玉清泉。(二)只覺香肌無暑，素質生風，小簟琅玕展。晝長人困也，好清閒，忽被棋聲驚晝眠。(三)

(一) 眉批：珠簾：今多作『簾兒』，殊不冠冕。
(二) 眉批：寒：一作『空』。
(三) 眉批：忽被：今多改作『忽聽得』，不知四首四用『眠』字，寄意無限，雖千餘不能易一字以者云耳。

（合）《金縷》唱，碧筒勸，向冰山雪巘排佳宴。[一]清世界，幾人見？

【前腔】（生唱）薔薇簾箔，荷花池館，一陣風來香滿。[二]湘簾日永，香銷寶篆沉烟。謾有枕攲寒玉，扇動齊紈，怎遂黄香願？（作悲科）（貼云）相公，你爲甚的下淚？（生唱）猛然心地熱，透香汗，我欲向南窗一醉眠。（合前）

【前腔】（貼唱）向晚來雨過南軒，見池面紅粧零亂。漸輕雷隱隱，雨收雲散。只覺荷香十里，[三]新月一鈎，此景佳無限。蘭湯初浴罷，晚粧殘，深院黄昏懶去眠。（合前）

【前腔】（生唱）柳陰中忽噪新蟬，見流螢飛來庭院。聽菱歌何處？畫船歸晚。只見玉繩低度，朱户無聲，此景尤堪戀。起來攜素手，髩雲亂，月照紗幮人未眠。（合前）

【節節高】（浄唱）漣漪戲綵鴛，把露荷翻，清香瀉下瓊珠濺。[四]香風扇，芳沼邊，閒亭畔。坐來不覺神清健，[五]蓬萊閬苑何足羨？（合）只恐西風又驚秋，不覺暗中流年换。

[一] 眉批：巘：一作「檻」，非。

[二] 眉批：陣：一本作「點」，且有香勝風勝之辯，鄙泥可哂。

[三] 眉批：覺：今盡作「見」，而荷香亦可見耶？

[四] 眉批：濺：一作「旋」。

[五] 眉批：神：一作「人」，自不及。

【前腔】(丑唱)清宵思爽然，好涼天，瑶臺月下清虚殿。神仙眷，開玳筵，重歡宴。任教玉漏催銀箭，水晶宫裏把笙歌按。(合前)

【餘文】(衆唱)光陰迅速如飛電，好良宵可惜漸闌，管取歡娱歌笑喧。

(生云)樵樓上幾鼓了？(净云)三鼓了。

(貼)歡娱休問夜如何，(生)此景良宵能幾何。

(净)遇飲酒時須飲酒，(丑)得高歌處且高歌。

第二十三齣　代嘗湯藥

【越調引子·霜天曉角】(旦唱)難捱怎避？災禍重重至。最苦婆婆死矣，公公病又將危。

(旦云)屋漏更遭連夜雨，船遲又被打頭風。奴家自從婆婆死後，萬千狼狽；誰知公公病又將危。如今贖得些藥，已煎在此；不免再安排一口粥湯。

【犯胡兵】(一)(旦唱)囊無半點調藥費，(二)良醫怎求？天那！然縱救得目前，飯食何處有？

(一) 眉批：【犯胡兵】：一本作【征胡兵】，一本逕闕。

(二) 眉批：調：一作『挑』，非。

料應難到後。謾説道有病遇良醫，饑荒怎救？

公公這病呵，

【前腔】愁萬苦千恁生受，粧成這症候。藥呵，縱然救得目前，怎免得憂與愁？料應不會久。他只爲不見孩兒，纔得這病。若要這病好時呵，除非是子孝父心寬，方纔可救。

藥已熟了，且扶公公出來喫些，看何如？（旦下扶外上）

【霜天曉角】（外唱）神散魂飛，㈠料應不久矣。（旦云）公公，請⿵門爭⿵門坐。（外唱）我縱然擡頭强起，形衰倦，怎支持？

（旦云）公公，藥已熟了，慢慢喫些。（外云）媳婦，我喫不得這藥了。

【南吕過曲·香遍滿】（旦唱）論來湯藥，須索是子先嘗方進與父母。公公，莫不是爲無子先嘗，恰便尋思苦？㈡（外喫藥吐科）（旦云）公公，且耐煩喫些。（外云）媳婦，這藥我喫不得了。我寧可早死了罷，免得累你。（旦唱）公公，你須索⿵門爭⿵門坐，怎捨得一命殂？㈢（外云）媳婦，你喫糠，省錢贖

㈠ 眉批：飛：一作『非』，非也。

㈡ 眉批：恰：今作『你』，非。

㈢ 眉批：得：一作『將』，似勝。

藥與我喫，我怎的喫得下？（旦唱）苦！元來不喫藥，也只爲着糟糠婦。(一)

（旦云）公公既不喫藥，且喫一口粥湯，看如何？（外喫粥吐科）（旦云）公公，還慢慢喫些。（外云）媳婦，我肚腹膨脹，怎喫得下？

【前腔】（旦唱）公公，你萬千愁苦，堆積在悶懷，成氣蠱，可知道喫了吞還吐。（外云）媳婦，我不濟事了，必是死也。孩兒又不回來，只是虧了你。（旦云）公公且自寬心，不要煩惱。（旦背哭科）怕添親怨憶，暗將珠淚墮。（外云）媳婦，你喫糠，却教我喫粥。我怎的喫得下！（旦唱）苦！元來不喫粥，也只爲着糟糠婦。

（外云）媳婦，我死也不妨，只怨孩兒不在家，(二)虧殺了你。你近前來，有兩句言語分付你。（旦云）公公，如何？（外跌倒拜科）

【仙呂過曲・青歌兒】（外唱）媳婦，我三年謝得你相奉事，只恨我當初把你相擔誤。天那！我欲待報你的深恩，待來生我做你的媳婦。怨只怨蔡伯喈不孝子，苦只苦趙五娘辛勤婦。

（旦云）公公，奴身不足惜。

(一) 眉批：着：今作『我』，便覺小家子樣。

(二) 眉批：怨：今作『嘆』，不是。

【前腔】（旦唱）我一怨倘公死後有誰來祀，（一）二怨你有孩兒不得相看顧，三怨你三年間没一個飽暖的日子。三載相看甘共苦，一朝分别難同死。

（外云）媳婦，我死呵，

【前腔】（外唱）你將我骨頭休埋在土。（旦云）呀！　公公百歲後，不埋在土，却放在那裏？（外云）媳婦，都是我當初不合教孩兒出去，誤得你恁的受苦。（外唱）我甘受折罰，任取屍骸露。（二）（旦云）公公，你休這般説，被人談笑。（外云）媳婦，不笑着你。（外唱）留與傍人，道蔡伯喈不葬親父。怨只怨蔡伯喈不孝子，苦只苦趙五娘辛勤婦。

（旦云）公公，倘你死呵，

【前腔】（旦唱）公婆已得做一處所，料想奴家不久也歸陰府。苦！　可憐一家三個怨鬼在冥途。三載相看甘共苦，一朝分别難同死。

（外云）媳婦，我畢竟是死了，你與我請張太公過來。（旦云）公公，説猶未了，恰好張太公來也。（末

（一）　眉批：『倘公』三句：　今本起句三個『你』字不察，本奇中旦每云『你』字，必以『公公婆婆』字喚起，然卑末之分，正當乃爾。

（二）　眉批：　今本『露』字上增一『暴』字，自謂成文者，不過學本奇成語耳。若獨不聞學耶？　鄲步者乎？　『蔡伯喈』一作『蔡邕』，亦見得是。

上)歲歉無夫婿,家貧喪老親。可憐貞潔女,日夜受艱辛。五娘子,你公公病症何如?(旦云)太公,我公公的病症,十分危篤。(末云)如此,待我向前看看。老員外,你貴體若何?(外云)苦!張太公,我不濟事了,畢竟是個死。你今來得恰好,我憑你爲證,寫下遺囑與媳婦收執。待我死後,教他休要守孝,早早改嫁便了。(旦云)公公,你休那般説!自古道:忠臣不事二君,烈女不更二夫。公公,休要寫!(外云)媳婦,你取紙筆過來。(旦云)公公,奴家生是蔡郎妻,死是蔡郎婦。千萬休寫,枉自勞神。(外云)媳婦,你不取紙筆來,要氣殺我也!(末云)五娘子,你休逆他;嫁與不嫁在乎你,且取將過來。(旦取上外作寫科)咳!這一管筆倒有千斤來重。

【越調過曲·羅帳裏坐】(外唱)媳婦,你艱辛萬千,是我擔誤了伊。你不嫁人呵,身衣口食,怎生區處?休休!當元是我拆散了你夫妻,我如今死了呵,終不然教你,又守着靈幃?(放筆科)已知死別在須臾,更與甚麼生人做主?

【前腔】(末唱)這中間就裏,我難説怎提。五娘子,你若不嫁人,恐非活計;若不守孝,又被人談議。可憐家破與人離,怎不教人淚垂?

【前腔】(旦唱)公公嚴命,非奴敢違。若是教我嫁人呵,那些個不更二夫,(一)却不誤奴一世?

(一) 眉批:『不更』句,坊本作『只怕再如蔡伯喈』,豈是賢媛口氣?

公公，我一馬一鞍，誓無他志。可憐家破與人離，怎不教人淚垂？（外云）張太公，我憑你爲證，留下這條拄杖，待我那不孝子回來，把他與我打將出去。（外倒旦扶科）

（旦）公公病裏莫生嗔，（末）員外寬心保自身。

（外）正是藥醫不死病，（合）果然佛度有緣人。

第二十四齣　宦邸憂思

【正宮引子・喜遷鶯】（生唱）終朝思想，但恨在眉頭，人在心上。鳳侶添愁，魚書絶寄，空勞兩處相望。青鏡瘦顔羞照，(一)寶瑟清音絶響。歸夢杳，繞屏山烟樹，那是家鄉？

〔踏莎行〕怨極愁多，歌慵笑懶，只因添個鴛鴦伴。他鄉遊子不能歸，高堂父母無人管。湘浦魚沉，衡陽雁斷，音書要寄無方便。人生光景已多時，蹉跎負却平生願。

【正宮過曲・雁魚錦】（生唱）思量，那日離故鄉。記臨期送别多惆悵，攜手共那人不斷放。教他好看承，我爹娘，料他每應不會遺忘。聞知飢與荒，只怕捱不過歲月難存養。若望不見我信音，却把誰倚仗？

(一)　眉批：青：一作『明』，亦自然。

【前腔換頭】思量，幼讀文章，論事親爲子也須要成模樣。(一) 真情未講，怎知道喫盡多魔障？被親强來赴選場，被君强官爲議郎，被婚强傚鸞凰。三被强，我衷腸事説與誰行？埋怨難禁這兩厢。這壁厢道咱是個不撑達害羞喬相識，那壁厢道咱是個不睹親負心的薄倖郎。

【前腔換頭】悲傷，鷺序鴛行，怎如那慈烏返哺能終養？謾把金章，綰着紫綬；試問斑衣，今在何方？斑衣罷講，(二)縱然歸去，又恐怕帶麻執杖。天那！只爲那雲梯月殿多勞攘，(三)落得淚雨如珠兩鬢霜。

【前腔換頭】幾回夢裏，忽聞鷄唱。忙驚覺錯呼舊婦，同問寢堂上。待朦朧覺來，依然新人鴛幃鳳衾和象床。怎不怨香愁玉無心緒？更思想，被他攔當。教我，怎不悲傷？俺這裏歡娛夜宿芙蓉帳，他那裏寂寞偏嫌更漏長。(四)

(一) 眉批：成模樣：一作『陳情養』，甚佳，惜非漢以前故事。
(二) 眉批：罷講：今盡作『罷想』，則首曰『終朝思想』，非耶，是耶？
(三) 眉批：那：今作『他』，大非。
(四) 眉批：嫌：一作『醒』，亦有思索。

【前腔換頭】謾悒快，把歡娛翻成悶腸。菽水既清涼，(一)我何心，貪着美酒肥羊？閃殺人花燭洞房，愁殺我掛名金榜。魆地裏自思量，正是歸家不敢高聲哭，只恐猿聞也斷腸。

院子何在？（末云）有問即對，無問不答。相公，有何指揮？（生云）院子，你是我心腹之人，有一件事和你商量；你休要走了我的消息。（末云）小人安敢？（生云）我自從離了父母妻室，來此赴選。不擬一擢高科，拜授當職。將謂數月之後，可作歸計，誰知又被牛太師招爲門婿。一向逗留在此，不得還家見父母一面，故此要和你商量個計策。（末云）相公，自古道：不鑽不穴，不道不知。小人每常間見相公憂悶不樂，豈知這般就裏？相公何不説與夫人知道？（生云）院子，我夫人雖是賢慧，争奈老相公之勢，炙手可熱。待説與夫人知道，一霎時老相公得知，只道我去了不來，如何肯放我去？不如姑且隱忍，和夫人都瞞了；且待任滿，尋個歸計。（末云）這的却是。老相公若還知道，如何肯放相公回去？（生云）院子，我如今要寄一封書家去，没個方便的人；欲待使人逕去，又怕老相公知道。你與我出街坊上體探，倘有我鄉里人來此做買賣，待我寄一封家書回去。（末云）小人謹領便去。

（生）終朝長思憶，（末）尋便寄書尺。

（合）眼望旌捷旗，耳聽好消息。

(一) 眉批：清：一作『凄』，均是。

第二十五齣　祝髮買葬

【雙調引子·金瓏璁】（旦唱）饑荒先自窘，那堪連喪雙親？身獨自，怎支分？我衣衫都解盡，首飾並没分文。無計策，只得剪香雲。

〔蝶戀花〕萬苦千辛難擺撥，力盡心窮，兩淚空流血。裙布釵荊今已竭，萱花椿樹連摧折。　金刀盈盈明似雪，遠照烏雲，掩映愁眉月。一片孝心難盡説，一齊分付青絲髮。奴家前日婆婆没了，已得張太公周濟。如今公公又没了，無錢資送，難再去求告他。我思想起來，没奈何了，只得剪下頭髮，賣幾貫鈔，爲送終之用。雖然這頭髮值錢不多，也只把他做些意兒，恰似教化一般。苦！不幸喪雙親，求人不可頻。聊將青絲髮，斷送白頭人。

【南吕過曲·香羅帶】（旦唱）一從鸞鳳分，誰梳鬢雲？粧臺懶臨生暗塵，(一)那更釵梳首飾典無存也。頭髮，是我擔閣你度青春，如今又剪你資送老親。剪髮傷情也，怨只怨結髮薄倖人。

【前腔】思量薄倖人，辜奴此身。欲剪未剪，教我先淚零。我當初早披剃入空門也，做個尼

(一)　眉批：『懶』字與『緑雲懶去梳』『懶』字相應。一本作『不』字，非但無關，且咽歌喉。

姑去，今日免艱辛。咳！只有我的頭髮恁般苦，少甚麼佳人的，珠圍翠擁蘭麝熏。呀！似這般狼狽呵，我的身死兀自無埋處，説甚麼剪頭髮愚婦人？（一）

【前腔】堪憐愚婦人，單身又窮。（二）頭髮，我待不剪你呵，開口告人羞怎忍？我待剪你呵，金刀下處應心疼也。却將堆鴉髻舞鸞髩，與烏鳥報答鶴髮親。教人道霧髩雲鬟女，斷送霜鬟雪髩人。（剪下哭科）

【南呂引子・臨江仙】（旦唱）連喪雙親無計策，只得剪下香鬟。非奴苦要孝名傳，正是上山擒虎易，開口告人難。

頭髮既已剪下，免不得將去貨賣。穿長街，抹短巷，叫一聲賣頭髮。

【南呂過曲・梅花塘】（旦唱）賣頭髮，買的休論價。念我受饑荒，囊篋無些個。丈夫出去，那堪連喪了公婆。没奈何，只得剪頭髮資送他。

呀！怎的都没人買？

【香柳娘】（旦唱）看青絲細髮，看青絲細髮，剪來堪愛，如何賣也没人買？這饑荒死喪，這

（一）眉批：一本無『剪』字，亦通。

（二）眉批：身：一作『衣』，非。

饑荒死喪，怎教我女裙釵，當得恁狼狽？㈠ 況連朝受餒，況連朝受餒，我的脚兒怎擡？ 其實難捱。（跌倒起科）

【前腔】往前街後街，往前街後街，並無人買。㈡ 我待再叫一聲，咽喉氣噎，無如之奈。 苦！ 我如今便死，我如今便死，暴露我屍骸，誰人與遮蓋？ 天那！ 我到底也只是個死，將頭髮去賣，將頭髮去賣，賣了把公婆葬埋，奴便死何害？

（作倒科）（末上云）慈悲勝念千聲佛，造惡徒燒萬炷香。 今日蔡老員外病症不知如何？ 我且去看一看。 呀！ 五娘子，你爲何倒在街上？ （旦云）苦！ 太公可憐見，救奴家則個。（末杖扶科）五娘子，你手裏拿着頭髮做甚麽？ （旦云）奴家公公又没了，無錢資送，只得把自己頭髮剪下，欲賣幾文鈔，爲送終之用。（末哭科）元來你公公又死了呵。 你怎的不來和我商量？ 把這頭髮剪了做甚麽？ （旦云）奴家多番來定害公公，不敢來相惱。（末云）呀！ 你説那裏話？ 五娘子，

【前腔】（末唱）你兒夫曾付托，兒夫曾付托，我怎生違背？ 你無錢使用，我須當貸。 你將頭髮剪下，將頭髮剪下，又跌倒在長街，都緣我之罪。（合）嘆一家破敗，嘆一家破敗，否極何

㈠ 眉批：恁：今作『這』，同。

㈡ 眉批：買：一作『采』，差可；一作『在』，不是。

時泰來？各出珠淚。

【前腔】（旦唱）謝公公慷慨，[一]謝公公慷慨，把錢相貸，[二]我公婆在地下相感戴。只恐奴身死也，恐奴身死也，兀自没人埋。公公，誰還你恩債？（合前）

（末云）五娘子，你先回家去，我即着人送些布帛米穀之類與你使用。（旦云）如此，多謝公公。請收這頭髮。（末云）咳！難得，難得。這是孝婦的頭髮，剪來斷送公婆的，我留在家中，不惟傳流做個話名；後日蔡伯喈回來，將與他看，也使他惶愧。[三]

（旦）謝得公公救妾身，（末）伊夫曾托我親鄰。

（合）從空伸出拏雲手，提起天羅地網人。

第二十六齣　拐兒紿誤

【仙呂入雙調・打毬場】（浄唱）幾年間，爲拐兒，脱空説謊爲最。遮莫你是怎生倩俏的，也落在我圈套。

[一] 眉批：慷慨：一作『可憐』，亦去得；一作『錯愛』，殊不然。

[二] 眉批：相：一作『應』，亦好。

[三] 眉批：坊白作『要這頭髮做甚麽』，豈是張公盛德語？

自家脱空爲活計，掏摸作生涯。劍舌鎗唇伶俐的，也引教他懵懂；虚脾甜口慳吝的，也哄教他粧風。鄉貫何曾有定居？姓名誰人知真實？粧成圈套，見了的便自入來；做就機關，入着的怎生出去？騙了鍾馗手裏寶劍，拐了洞賓瓢裏仙丹。果是來無跡，去無踪，對面騙人如撮弄；縱使和你行，和你坐，當場賺你怎埋冤。拐兒陣裏先鋒，哄局門中大將。何用剜墻穵壁？强如黑夜偷兒。不索挾斧持刀，真個白晝劫賊。正是：天不生無禄之人，地不長無根之草。自家打聽得蔡狀元家住陳留，父母在堂，久無消息。他如今要寄家書回去。況我在陳留走得慣熟，頗習語音，不免粧扮做陳留人，假寫他父母家書遞與他，必有回音。倘或附帶些金帛回家，也不見得覓却一個小富貴；便不然也索與我些路費回家。這裏便是蔡狀元府前，不免進入去咱。呀！怎的不見一個人？我且咳嗽一聲。（末云）侯門深似海，不許外人敲。（相見科）你是那裏人？來此有甚勾當？（浄云）小子從陳留來，蔡相公的老大人有家書在此。（末云）呀！我相公正要乘便寄家書回去。你來得恰好，待我請相公出來。（請科）

【商調引子·鳳凰閣】（生唱）尋鴻覓雁，寄個音書無便。謾勞回首望家山，和那白雲不見。淚痕如綫，(一)想鏡裏孤鸞影單。

（末云）告相公得知，有一個漢子，説他從陳留郡來，有老相公的家書在此。（生云）快請他進來。（相見科）（生云）多承足下帶得我家書來呵。（浄云）小子奉老大人尊命，特遞在此。（浄遞書科）

(一) 眉批：綫：一作『霰』。

【仙吕過曲・一封書】（生唱）一從你去離，我在家中常念你。功名事怎的？想多應折桂枝。幸得爹娘和媳婦，各保安康無禍危。謝天謝地！且喜家中都安樂，見家書，可知之，及早回來莫更遲。天那！我豈不要回去？争奈不由我。院子，你引鄉親到後堂茶飯，一面取紙筆，待我寫家書，就附與他去；可取些金珠碎銀過來。（生寫書科）

【越調過曲・下山虎】男邕百拜大人尊前：〔一〕一自離膝下，頓經數年。〔二〕目斷萬里關山，鎮日望懸。〔三〕一向那堪音信斷，名利事，嘆牽縮，謾勞珠淚漣。上表辭金殿，要辭了官，争奈君王不見憐。

【蠻牌令】忽爾拜尊翰，激切意懸懸。幸喜爹娘和媳婦，盡安健。奈兒身淹留旅邸，〔四〕不能彀承奉慈顏。匆匆的聊附寸箋，草草伏乞尊照不宣。鄉親，我這一封書，並這金珠，托你將到俺家裏，與老相公收下。傳示家中大小，俺早晚便回來，教他放

〔一〕 眉批：男：今作『蔡』，不通。
〔二〕 眉批：經：今作『覺』，非。
〔三〕 眉批：日：今作『長』，非！非！
〔四〕 眉批：奈：今或作『況』，不是。

心，不須憂慮。（浄云）小子理會得。（生云）這些碎銀，送與鄉親路上做盤費。（浄云）多謝！多謝！

【中呂過曲・駐馬聽】（生唱）書寄鄉關，説起教人心痛酸。鄉親，傳示俺八旬爹媽，道與俺兩月妻房，隔涉萬水千山。啼痕緘處翠綃斑，夢魂飛遶銀屏遠。（合）報道平安，想一家賀喜，只説道再相見。(一)

【前腔】（末唱）遥憶鄉關，有個人人凝望眼。他頻看飛雁，望斷孤舟，倚遍危欄。見這銀鈎飛動彩雲箋，又索玉筯界破殘粧面。（合前）

【前腔】（浄唱）西出陽關，却嘆今朝行路難。念取經年離别，跋涉萬里程途，帶着一紙雲箋。只怕豺狼紛擾路途間，雁鴻怕不到家鄉畔。(二)（合前）

（生）憑伊千里寄佳音，（末）説盡離人一片心。
（浄）須知相别經多載，（合）方信家書抵萬金。

(一) 眉批：再：一作『就』。
(二) 眉批：今本盡遺『怕』字。一本『到』字下添一『你』字，不通。

第二十七齣　感格墳成

【南吕引子・掛真兒】（旦唱）四顧青山静悄悄，思量起暗裏魂銷。黄土傷心，丹楓染淚，謾把孤墳獨造。

〔菩薩蠻〕白楊蕭瑟悲風起，天寒日淡空山裏。虎嘯與猿啼，愁人添慘悽。窮泉深杳杳，長夜何由曉。灑淚泣雙親，雙親聞不聞？奴家自從喪了公婆，家中十分狼狽。昨已多承張太公將公婆靈柩搬得到山，免不得造一所墳塋，把公婆安葬了。争奈無錢倩人，難以再去求他，只得自家搬泥運土。（把裙包土科）

【南吕過曲・五更轉】（旦唱）把土泥獨抱，麻裙裹來難打熬。空山静寂無人吊，但我情真實切，到此不憚勞。苦！何曾見葬親兒不到？又道是三匝圍喪，那些個卜其宅兆？思量起，是老親合顛倒。公公，你圖他折桂看花早，不想自把一身，送在白楊衰草。謾自苦，（作悲科）這苦憑誰告？

【前腔】我只憑十爪，如何能彀墳土高？苦！只見鮮血淋漓濕衣襖，天那！我形衰力倦，死也只這遭。休休！骨頭葬處，任他血流好。此喚做骨血之親，也教人稱道。教人道趙五娘真行孝。[一] 苦！ 心窮力盡形枯槁，只有這鮮血，到如今也出盡了。 這墳成後，只怕我的身難保。

呀！ 我氣力都用乏了，不免就此歇息睡一覺呵。（睡科）（外扮山神上）

【仙呂引子·卜算子先】（旦唱）墳土未曾高，筋力還先倦。

【中呂引子·粉蝶兒】（外唱）趙女堪悲，天教小神相濟。

善哉！ 善哉！ 吾乃當山土地，今奉玉帝敕旨： 爲見趙五娘行孝，特令差撥陰兵，與他併力築造墳臺。 不免叫出南山白猿使者、北岳黑虎將軍，前來聽用。 猿、虎二將何在？（浄、丑扮猿、虎上）（外云）吾奉玉帝敕旨： 爲見趙五娘獨自在山築墳，特差汝等率領陰兵，與他併力。 汝等可變作人形，與他運化土石，務要頃刻完成，不得驚動孝婦。（浄、丑云）領法旨。（造墳科）告大聖，墳臺已成了。（外云）趙五娘，你擡起頭來，聽吾囑付。

【仙呂入雙調·好姐姐】（外唱）五娘聽吾道語： 吾特奉玉皇敕旨，憐伊孝心，故遣陰兵來助你。（合）墳成矣，辭了二親尋夫婿，[二] 改換衣裝往帝畿。

趙五娘，你好生記着： 正是： 大抵乾坤都一照，免教人在暗中行。（外、浄、丑下）（旦醒科）

[一] 眉批： 真： 今盡作『親』，是行孝，亦可信人爲。

[二] 眉批： 辭： 今盡作『葬』，便與『成』字相背馳。

【仙呂引子·卜算子後】[一]夢裏分明有鬼神，想是天憐念。呀！怪哉，怪哉。奴家睡間，恍惚似夢非夢。見神人囑付道，墳已成了，教奴家前往京畿尋取丈夫。我思忖起來，獨自一身，幾時能彀得墳成？（起看科）呀！果然這墳臺都成了。謝天謝地！分明是神通變化。

【五更轉】（旦唱）怨苦知多少？兩三人只道同做餓殍。公公、婆婆，今日幸賴神明救濟，成此墳臺，你兩人已得安妥。只一件，我未曾葬時節，也還恰象相親傍的一般；如今葬了呵，窮泉一閉無日曉，嘆如今永別，再無由相倚靠。我死和公婆做一處埋呵，也得相伏侍。只愁我死在他途道，我的骨頭何由來到？從今去，墳呵，只願得中乾燥，福子蔭孫也都難料。呀！天那！便做蔭得個三公，也濟不得親老。淚暗滴，復把蒼天來禱。[二]（末同丑帶鉏器上）

【越調過曲·鏵鍬兒】（末唱）悲風四起吹松柏，[三]山雲黯淡日無色。（丑唱）虎嘯與猿啼，怎不慘慼？（合）趲步行來到峭壁，都與孝婦添助力。[四]

[一] 子：原闕，據汲古閣刊本《繡刻琵琶記定本》補。
[二] 眉批：今本盡遺『復』字。
[三] 眉批：起：一作『野』，不妥。
[四] 眉批：助：一作『扶』，亦是。

（末云）老夫張廣才，只爲蔡老員外夫妻相繼棄世，虧殺他媳婦趙五娘子支持。如今又聞得他把裙包土，築造墳臺。我想人家造一所墳，没有千百工造不成，他獨自一個女流，如何成得此事？不免帶將小二，與他添助力氣則個。呀！好怪哉，如何墳都成了？只見：松柏森森繞四圍，孤墳新土掩泉扉。五娘子，空山獨自無人問，爲築墳臺又阿誰？（旦云）太公，夢裏鬼神多怪異，陰兵運石與搬泥。墳臺成了親分付，教奴尋婿到京畿。（丑云）公公，自古流傳多有此，畢竟感格上蒼知。長城哭倒稱姜女，五娘子，你他日芳名一樣題。（合云）正是：善惡到頭終有報，只争來早與來遲。

【好姐姐】（旦唱）公公，念奴血流滿指，獨自要墳成無計。深感老天，暗中相護持。（合）墳成矣，辭了二親尋夫婿，改换衣裝往帝畿。

【前腔】（末唱）五娘子，老夫帶領小二，待與你添助些力氣，誰知有神暗中相救濟。（合前）

【前腔】（丑唱）你每真個見鬼，這松柏孤墳在何處？恰纔小鬼是我粧扮的。(一)（合前）

（末）孝心感格動陰兵，（旦）不是陰兵墳怎成？

（丑）萬事勸人休碌碌，（合）舉頭三尺有神明。

(一) 眉批：將没作有，翻正爲奇，如弄九承蜩，令人無處摹捉，本奇大都若此。

第二十八齣　中秋望月

【大石調・念奴嬌引】（貼唱）楚天過雨，正波澄木落，秋容光浄。誰駕玉輪來海底，碾破瑠璃千頃。環珮風清，(一)笙簫露冷，人在清虚境。（浄、丑唱）真珠簾捲，庾樓無限佳興。

〔臨江仙〕（貼云）玉作人間秋萬頃，銀葩點破瑠璃。（浄云）瑶臺風露冷仙衣，天香飄到處，此景有誰知？（丑云）未審明年明夜月，此時此景何如？（貼云）珠簾高捲醉瓊巵，（合）正是：莫辭終夕勸，動是隔年期。（貼云）老姥姥，今夜中秋，月色澄清，你與我請相公出來賞翫則個。（浄云）是，是。夫人請相公翫月。（生内應云）我已睡了，不來。（丑云）你甚麽嘴臉，可知道請他不來？（貼云）惜春，你再去請。（丑云）我去請。相公，夫人請相公出來翫月。（生云）來也。（丑笑云）老姥姥，你看我嘴兒纔動一動，相公就出來了。

【南吕引子・生查子】（生唱）逢人曾寄書，書去神亦去。今夜好清光，可惜人千里。

（貼云）相公，今夜中秋，月色可愛，我請你賞翫一番，你没事推阻怎的？（生云）月色有甚好處？（貼云）相公，怎的不好？〔酹江月〕你看：　玉樓金氣捲霞綃，雲浪空光澄徹。丹桂飄香清思爽，人在瑶臺

(一) 眉批：一作『輕』，一作『聲』，一作『㴈』，所謂櫨梨橘柚各有其□。

銀闕。（生云）影透鳳幃，光窺羅帳，露冷蛩聲切。關山今夜，照人幾處離別。（淨云）須信離合悲歡，還如玉兔，有陰晴圓缺。便做人生長宴會，幾見冰輪皎潔？（丑云）此夜明多，隔年期遠，莫放金樽歇。（合云）但願人長久，年年同賞明月。（飲酒科）

【大石調·念奴嬌序】（貼唱）長空萬里，見嬋娟可愛，全無一點纖凝。十二欄干光滿處，涼浸珠箔銀屏。偏稱，身在瑶臺，笑斟玉斝，人生幾見此佳景？（合）惟願取年年此夜，人月雙清。

【前腔換頭】（生唱）孤影，南枝乍冷。見烏鵲縹緲驚飛，棲止不定。萬點蒼山，何處是修竹吾廬三逕？追省，丹桂曾攀，嫦娥相愛，故人千里謾同情。（合前）

【前腔換頭】（貼唱）光瑩，我欲吹斷玉簫，乘鸞歸去，不知風露冷瑶京。環佩濕，似月下歸來飛瓊。那更，香霧雲鬟，清輝玉臂，廣寒仙子也堪並。（合前）

【前腔換頭】（生唱）愁聽，吹笛《關山》，敲砧門巷，月中都是斷腸聲。人去遠，幾見明月虧盈。惟應，邊塞征人，深閨思婦，怪他偏向別離明。（合前）

【中吕過曲·古輪臺】（淨唱）峭寒生，鴛鴦瓦冷玉壺冰，闌干露濕人猶凭，貪看玉鏡。況萬里清明，皓彩十分端正。三五良宵，此時獨勝。（丑唱）把清光都付與，酒杯傾。從教酩酊，拚夜深沉醉還醒。酒闌綺席，漏催銀箭，香銷金鼎。斗轉與參横，銀河耿，轆轤聲已斷金井。

【前腔换頭】(浄唱)閒評,月有圓缺陰晴。人世有離合悲歡,從來不定。深院閒庭,處處有清光相映。也有得意人人,兩情暢詠;也有獨守長門伴孤另,(一)君恩不幸。(丑唱)有廣寒仙子娉婷,孤眠長夜,如何捱得更闌寂静?此事果無憑。但願人長久,小樓翫月共同登。

【餘文】(衆唱)聲哀訴,促織鳴。(貼唱)俺這裏歡娱未罄,(二)(生唱)他幾處寒衣織未成。

(貼)今宵明月正團圓,(生)幾處淒涼幾處諠。

(合)但願人生得久長,年年千里共嬋娟。

第二十九齣　乞丐尋夫

【雙調引子・胡搗練】(旦唱)辭别去,到荒坵,只愁出路煞生受。畫取真容聊藉手,逢人將此勉哀求。(三)

(一) 眉批:另:今復作『零』,一如老婢聲。

(二) 眉批:罄:一作『聽』,亦新脱。

(三) 眉批:勉:今多作『免』,近是,而□一作『轉』,却好。

鬼神之道，雖則難明；感應之理，未常不信。奴家昨日獨自在山築墳，正睡間，忽夢一神人，自稱當山土地，帶領陰兵，與奴家助力；却又囑付教奴家改換衣裝，徑往長安尋取丈夫。待覺來，果然墳臺並已完備，這的分明是神通護持。正是：寧可信其有，不可信其無。今二親既已葬了，只得改換衣裝，扮作道姑，將琵琶做行頭，沿街上彈幾個行孝的曲兒，抄化將去。只是一件，我幾年間和公婆厮守，如何捨得一旦撇了他？奴家自幼薄曉得些丹青，何似想像畫取公婆真容，背着一路去，也似相親傍的一般。但遇小祥忌辰，展開與他燒些香紙，奠些酒飯，也是奴家一點孝心。不免就此畫描真容則個。（描畫科）

【仙吕入雙調·三仙橋】（旦唱）一從他每死後，要相逢不能彀，除非夢裏暫時略聚首。苦要描，描不就，暗想像，教我未描先淚流。描不出他苦心頭，描不出他饑症候，描不出他望孩兒的睁睁兩眸。只畫得他髮颼颼，和那衣衫敝垢。休休！若畫做好容顏，須不是趙五娘的姑舅。

【前腔】我待要畫他個龐兒帶厚，他可又饑荒消瘦。我待要畫他個龐兒展舒，他自來長恁面皺。若畫出來，真是醜，那更我心憂，也做不出他歡容笑口。不是我不會畫着那好的，我從嫁來他家，只見他兩月稍優游，其餘都是愁。那兩月稍優游，我又忘了。這三四年間，我只記他形衰貌朽。這真容呵，便做他孩兒收，也認不得是當初父母。休休！縱認不得是蔡伯喈當初爹娘，須認得是趙五娘近日來的姑舅。

真容既已描就了，就在這裏燒些香紙，奠些酒飯，拜別了公婆出去。（拜辭科）

【前腔】（旦唱）公公婆婆，非是奴尋夫遠遊，只怕我公婆絕後。奴見夫便回，此行安敢久？苦！路途中，(一)奴怎走？望公婆相保佑我出外州。天那！他兀自没人看守，(二)如何來相保佑？這墳呵，只怕奴去後，冷清清有誰來祭掃？縱使遇春秋，一陌紙錢怎有？休休！你生是受凍餒的公婆，死做個絕祭祀的姑舅。(三)

奴家既辭了墳墓，只得背了真容，便索去辭張太公。呀！如何恰好張太公來也？（末上云）衰柳寒蟬不可聞，金風敗葉正紛紛。長安古道休回首，西出陽關無故人。（旦云）奴家適間拜辭了墳塋，正要到宅上來告別。（末云）呀！五娘子，你幾時去？（旦云）太公，奴家今日就行了。（末云）你背的是甚麼畫？（旦云）是奴公婆的真容，待將路上去藉手乞告些盤纏，早晚與他燒香化紙。（末云）是誰畫的？（旦云）是奴家將就描摸的。（末云）五娘子，你孝心所感，一定逼真。借我看一看。咳！畫得

(一) 眉批：中：一作『賒』，似勝。

(二) 眉批：『兀自』句，一本作白。一本『出外州』三句皆作白。

(三) 眉批：姑舅：一作『荒坵』，絕句，惜不出東嘉口。

像！畫得像！（作悲科）老員外，老安人，〔鷓鴣天〕㈠死別多應夢裏逢，謾勞孝婦寫遺踪。可憐不得圖家慶，辜負丹青泣畫工。衣破損，髩鬔鬆，千愁萬恨在眉峰。只怕蔡郎不識年來面，趙女空描別後容。五娘子，我聽得你要遠行，將幾貫錢與你路上少助些盤費。（旦云）多多定害公公了。奴家又有不識進退之懇：奴家去後，公婆墳塋，早晚望太公可憐見，看這兩個老的在日之面，與奴家看管則個。（末云）這個不妨，你但放心前去，老夫少不得如此。（拜辭科）

【越調過曲·憶多嬌】（旦唱）公公，他魂渺漠，我没倚托。程途萬里，教我懷夜壑。此去孤墳，望公公看着。（合）舉目瀟索，滿眼盈盈淚落。

【前腔】（末唱）五娘子，我承委托，當領料。這孤墳我自看守，決不爽約。但願你途中身安樂。（合前）

【仙吕入雙調·鬥黑麻】（旦唱）奴深謝公公，便相允諾。從來的深恩，怎敢忘却？只怕途路遠，體怯弱，病染災纏，衰力倦脚。（合）孤墳寂寞，路途滋味惡。兩處堪悲，萬愁怎摸？

【前腔】（末唱）伊夫婿多應是，貴官顯爵，伊家去須當審個好惡。五娘子，只怕你這般喬打扮，他怎知覺？一貴一貧，怕他將錯就錯。（合前）

㈠ 眉批：〔鷓鴣天〕今多作張公題畫，則蔡中郎一見了然已，何事細端詳云。

（旦云）公公，奴家拜别去也。（末云）五娘子，且慢着，老夫還有幾句言語囑付你。（旦云）望公公指教。（末云）五娘子，你少長閨門，豈識途路？當初蔡郎未别時節，你青春正媚。你如今又遭這飢荒貧苦，貌怯身單。正是：桃花歲歲皆相似，人面年年自不同。蔡郎臨别之時，可不道來。（旦云）公公，他道甚的？（末云）他道是：若有寸進，即便回來。如今年荒親死，一竟不回，你知他心腹事如何？正是：畫虎畫皮難畫骨，知人知面不知心。唉！蔡郎元是讀書人，一舉成名天下聞。久留不知因個甚？年荒親老不回門。五娘子，你去京城須仔細，逢人下氣問虚真。若見蔡郎謾説千般苦，只把琵琶語句訴元因。未可便説他妻子，未可便説喪雙親。未可便説裙包土，未可便説剪香雲。若得蔡郎思故舊，可憐張老一親鄰。我今年已七十歲，比你公公少一旬。你去時猶有張老來相送，你回時不知張老死和存。我送你去呵，正是：流淚眼觀流淚眼，斷腸人送斷腸人。（一）（哭科）（旦云）謝得公公訓誨，奴家銘心鏤骨，不敢有忘。只得拜别去了。

（合）孤墳寂寞，路途滋味惡。兩處堪悲，兩處堪悲，萬愁怎摸？

（旦）爲尋夫婿别孤墳，（末）只怕伊夫不認真。

（合）惟有感恩並積恨，萬年千載不生塵。

（一）眉批：末白靡靡，似非舊本，而舊本亦若存若滅，但《記》以琵琶，兹會有琵琶句，正讐校者所不厭録也。

琵琶記卷下

第三十齣　瞯詢衷情

【中呂引子·菊花新】（生唱）封書遠寄到親闈，又見關河朔雁飛。梧葉滿庭除，争似我悶懷堆積。

（生查子）封書寄遠人，寄上萬里親。書去神亦去，兀然空一身。自家喜得家書，報道平安。已曾修書附回家去，不知何如？這幾日常懷想念，翻成愁悶。正是：雖無千丈綫，萬里繫人心。

【南吕引子·意難忘】（貼唱）緑鬢仙郎，懶拈花弄柳，勸酒持觴。眉顰知有恨，何事苦相防？（生唱）夫人，些個事，惱人腸。（貼唱）相公，試説與何妨？（生唱）只怕你尋消問息，添我惱惶。

（貼云）古人云：顰有爲顰，笑有爲笑。是以君子，當食不嗟，臨樂不嘆。無事而戚，謂之不祥。相公，

你自來我家，不明不暗，如醉如癡，鎮日憂悶，爲着甚的？你還少了喫的，少了穿的？相公，我待道你少喫的呵，

【南呂過曲・紅衲襖】（貼唱）你喫的是煮猩唇和燒豹胎。我待道你少穿的呵，你穿的是紫羅襴，繫的是白玉帶。你出入呵，我只見五花頭踏在你馬前擺，三簷傘兒在你頭上蓋。相公，休怪奴家說，你本是草廬中一秀才，(一)如今做着漢朝中梁棟材。你有甚不足，只管鎖了眉頭也，唧唧噥噥不放懷？

（生云）夫人，你道我有穿的呵，

【前腔】我穿的是紫羅襴，倒拘束得我不自在。我穿的是皂朝靴，怎敢胡去踹？你道我有喫的呵，我口裏喫幾口荒張張要辦事的忙茶飯，手裏拿着個戰兢兢怕犯法的愁酒杯。倒不如嚴子陵登釣臺，怎做得揚子雲閣上災？(二)似我這般樣爲官呵，只管待漏隨朝，可不誤了秋月春花也，干碌碌頭又早白？

(一)　眉批：『窮』字今改作『一』字，可謂一字千金。

(二)　眉批：《七步餘談》云：解縉紳□士與客□怎做得楊子雲閣上災，□□不若。陶淵明《歸去來辭》尤工，訪客曰惜爲桓靈以後事耳。縉曰鍾乳三千輛，金釵十二行，若非牛僧孺事乎？客曰：雖然，亦東嘉千里之一曲也，何以再爲云云。

（貼云）相公，我知道了。

【前腔】莫不是丈人行性氣乖？（生云）不是。（貼唱）莫不是妾根前缺管待？（生云）不是。（貼唱）莫不是畫堂中少了三千客？（生云）不是。（貼唱）莫不是繡屏前少了十二釵？（生云）也不是。（貼唱）相公呵，這意兒教人怎猜？這話兒教人怎解？我今番猜着你了，敢只是楚館秦樓，有個得意人兒也，悶懨懨常掛懷？

（生云）夫人，不是。

【前腔】有個人人在天一涯，天那！我不能彀見他，只落得臉銷紅眉鎖黛。（貼云）我道甚麼來？可知哩！（生唱）不是，我本是傷秋宋玉無聊賴，有甚心情去戀着閒楚臺？（貼云）相公，你有甚麼事，明說與奴家知道。（生云）夫人，三分話兒只恁猜，一片心兒直恁解。（貼云）你有話如何不對我說？（生云）罷，罷。夫人，你休纏得我無言，若還提起那籌兒也，撲簌簌淚滿腮。

（貼云）由你，由你。我若不解勸，你又只管憂悶；待我問着你，你又遮瞞我。我也莫奈何。相公，夫妻何事苦相防？莫把閒愁積寸腸。難道各人自掃門前雪，(一)莫管他人瓦上霜。（貼虛下潛聽科）（生云）天那！自古道：難將我語和他語，未卜他心似我心。自家娶妻兩月，別親數年。朝夕思想，翻成

(一) 眉批：難道：今本盡作『正是』，不通。

愁悶。我這新娶的媳婦，雖則賢慧，我待將此事和他説，他也肯教我回去。只是他的爹爹若知我有媳婦在家，如何肯放我回去？不如姑且隱忍，改日求一鄉郡除授，那時却回去見雙親便了。咳！夫人，非是隄防你太深，只緣伊父苦相禁。正是：夫妻且説三分話，（貼云）呀！我理會得了，你道是：未可全抛一片心。好！好！你瞞我也由你，只是你爹娘和媳婦嗟怨你！

【雙調·江頭金桂】（貼唱）相公，我怪得你終朝嚬晴，只道你緣何愁悶深？教咱猜着啞謎，爲你沉吟，那籌兒没處尋。我和你共枕同衾，你瞞我則甚？你自撇了爹娘媳婦，屢换光陰，他那裏須怨着你没信音。笑伊家短行，笑伊家短行，無情忒甚。到如今，兀自道且説三分話，未可全抛一片心。

【前腔】（生唱）夫人，非是我聲吞氣忍，只爲你爹行勢逼臨。怕他知我要歸去，將人厮禁，要説又將口噤。我待解朝簪，再圖鄉任。那時節呵，他不隄防着我，須遣我到家林，我和你雙雙兩人歸晝錦。苦！我雙親老景，我雙親老景，存亡未審。我實不瞞你，前日曾附一封書回去，只怕雁杳魚沉。（貼云）你既有書信附去，怎的也没有回報？（生唱）又不是烽火連三月，真個家書抵萬金。

（貼云）元來如此。我去對爹爹説，和你同去便了。（生云）你爹爹如何肯放我回去？你且休説破了。（貼云）不妨事。我爹爹身爲太師，風化所關，具瞻在望，終不然恁的不顧仁義。（生云）你休説，不濟事，干枉了。（貼云）相公，你不必憂慮，我自有道理；不由我爹爹不從。

（貼）雪隱鷺鷥飛始見，柳藏鸚鵡語方知。

（生）假如染就乾紅色，也被傍人講是非。

第三十一齣　幾言諫父

【黄鍾引子・西地錦】（外唱）好怪吾家門婿，鎮日不展愁眉。教人心下常縈繫，也只爲着門楣。

入門休問榮枯事，觀着容顔便得知。自家招贅蔡伯喈爲婿，可謂得人。只一件，他自從到此，眉頭不展，面帶憂容，不知爲着甚麽？必有緣故。且待女孩兒出來問他，便知端的。

【前腔】（貼唱）只道兒夫何意，如今就裏方知。萬里家山，要同歸去，未審爹意何如？

（外云）孩兒，吾老入桑榆，自嘆吾之皓首；汝身乖琴瑟，每爲汝而懊懷。夫婿何故憂愁？孩兒必知端的。（貼云）告爹爹得知：他娶妻六十日，即赴科場；别親三五年，竟無消息。温凊之禮既缺，伉儷之情何堪？今欲歸故里，辭至尊家尊而同行；待共事高堂，執子道婦道以盡禮。（外怒云）呀！吾乃紫閣名公，汝是香閨艷質。何必顧此糟糠婦？焉能事此田舍翁？他久别雙親，何不寄一封之音信？汝從來嬌養，安能涉萬里之程途？休惑夫言，唯從父命。（貼云）爹爹，曾觀典籍，未聞婦道而不拜舅姑；試論綱常，豈有子職而不事父母？若重唱隨之義，當盡定省之儀。彼荆釵布裙，既已獨奉親闈之甘旨；此金屏繡褥，豈可久戀監宅之歡娛？爹爹身居相位，坐理朝綱，豈可斷他人父子之恩？絶他人夫婦之義？使伯喈有貪妻之愛，不顧父母之慾；俾孩兒有違夫之命，不事舅姑之罪。望爹爹容恕，特賜矜憐。（外云）休胡説！他既有媳婦在家，你去做甚麽？

【黄鍾過曲·獅子序】（貼唱）爹爹，他媳婦雖有之，念奴家須是他孩兒次妻。那曾有媳婦不侍親闈？（外云）孩兒，你去有甚麽勾當？（貼唱）若論做媳婦的道理，須當奉飲食，問寒暄，相扶持蘋蘩中饋。（外云）便做有許多勾當，他有媳婦在家裏，你不去也不妨。（貼云）爹爹，又道是養兒代老，積穀防飢。

（外云）既道是養兒代老，積穀防饑，何似當初休教他來應舉？

【太平歌】[一]（貼唱）爹爹，他求科舉，指望錦衣歸，不想道爹爹留他爲女婿。（外云）這個是有緣千里能相會，須强他不得。（貼唱）他埋冤洞房花燭夜，那些個千里能相會？只要保全金榜掛名時，他事急且相隨。

（外云）孩兒，你到説我不是，這般埋冤着我？

（一）眉批：【太平歌】：今作【東甌令】，則屬南吕矣。

【賞宫花】（貼唱）他終朝慘悽，我如何忍見之？（外云）他自慘悽，你管他怎的？（貼唱）若論爲夫婦，須是共歡娱。㈠（外云）你對他説，他若在這裏，我教他做個大大的官！（貼云）爹爹，他數載不通魚雁信，枉了十年身到鳳凰池。

（外云）呀！你聽着丈夫的言語，却不聽我説。這妮子好癡迷呵！

【降黄龍】（貼唱）爹爹，須知，非奴癡迷。已嫁從夫，怎違公議？（外云）孩兒，你去也不妨，只是我没個親人在傍，如何捨得你去？（貼唱）爹猶念女，怎教他爹娘不念孩兒？（外云）孩兒，不是我不放你去。他既有媳婦在家，你去時節，只怕擔閣了你。（貼唱）休提，縱把奴擔閣，比擔閣他媳婦何如？㈡（外云）便不然，只教蔡伯喈自去便了。（貼云）爹爹，那些個夫唱婦隨，嫁雞逐雞飛？

（外云）孩兒，他是貧賤之家，你如何伏侍他的父母？

【南吕過曲·大聖樂】（貼唱）爹爹，婚姻事難論高低，若論高低何似休嫁與？假饒親賤孩兒貴，終不然便拋棄？（外云）他自有媳婦，你管他做甚麽？（貼唱）奴須是他親生兒子親媳婦，難道他是誰人我是誰？（外云）孩兒，據你説起來，我到説得不是了？（貼唱）爹居相位，怎説着傷

㈠　眉批：歡：一作『憂』，亦當。

㈡　眉批：媳婦：坊本作『爹娘』，全失問答意。

風敗俗非理的言語？

（外怒云）這妮子無禮！却將言語來衝撞我。我的言語到不中聽呵。孩兒，夫言中聽父言違，懊恨孩兒見識迷。我本將心托明月，誰知明月照溝渠。（外下）（貼云）自古道：酒逢知己千鍾少，話不投機半句多。好笑我爹爹不顧仁義，却道奴家把言語衝撞他。昨日我丈夫教我休說破，我如今有何顔見他？只得且在此坐一回，尋思個道理去回他則個。（悶坐科）（生上）

【南呂引子・稱人心】（生唱）撇呆打墮，早被那人瞧破。他要同歸，知他爹怎麼？我料想他每不允諾。呀！夫人，你緣何獨坐？想你爹爹不肯麼？（一）伊家道俐齒伶牙，爭奈爹行不可。

【前腔】（貼唱）天那！我爹爹，全不顧，人笑呵，這其間只是我見差。禍根芽，從此起，災來怎躲？相公，他道我從着夫言，駡我不聽親話。（二）

【南呂過曲・紅衫兒】（生唱）夫人，你不信我教伊休説破，到此如何？算你爹心性，我豈不料過？我爲甚亂掩胡遮？也只爲着這些。你直待要打破砂鍋，是你招災攬禍。

（一）眉批：『想你』句白今皆作唱，此足屋下架屋了。

（二）眉批：駡：一作『怒』，似可。

【前腔】（貼唱）不想道相揠靶，這做作難禁架。我見你每每咨嗟要調和，誰知好事多磨？起風波，相公，把你陷在地網天羅，如何不怨我？天那！懊恨只爲我一個，却擔閣了兩下。

【正宮過曲・醉太平】（生唱）蹉跎，光陰易謝，縱歸去晚景之計如何？名韁利鎖，牢絡在海角天涯。[一] 知麽？多應我老死在京華，孝情事一筆都勾罷。[二] 苦！這般摧挫，傷情萬感，淚珠偷墮。

【前腔換頭】（貼唱）非詐，奴甘死也。縱奴不死時，君去須不可。（生云）夫人，你如何説這話？（貼唱）相公，奴身值甚麽？只因奴誤你一家。差訛，假饒做夫婦也難和，你心怨我心縈掛。奴身拚捨，成伊孝名，救伊爹媽。

（生云）夫人，你不要這般説。萬一你爹爹知之，反加譴責。（貼云）相公，妾當初勉承父命，遣事君子。不想君家有白髮之父母，青春之妻房。致君衷腸不滿，名行有虧。如今思之：誤君之父母者，妾也；誤君之妻房者，妾也；使君爲不孝薄倖之人，亦妾也。妾之罪大矣！縱偷生於今世，亦公議所不容。昔者聶政姊死，倚屍傍以成弟之名；王陵母死，伏劍下以全子之節。妾豈愛一身，誤君百行？妾當

（一）眉批：牢絡：今作『奔走』，不是。

（二）眉批：孝情：一作『孝親』，亦是。

死於地下，以謝君家。小則可以解君之縈掛，大則可以救君之父母；近則可以成孝子之令名，遠則可以免後世之公議。妾死何憾焉！（生云）夫人，你只知其一，不知其二。古人云：身體髮膚，受之父母，不敢毀傷。豈可陷親於不義？此事決然不可。（貼云）相公，你也説得是；只是累你一時回去不得，如何是好？（生云）夫人且慢着，怕你爹爹也有回心轉意時節。且更寧耐，看如何？

（生）一心只欲轉家鄉，（貼）争奈爹行不忖量。

（生）大風吹倒梧桐樹，（合）自有傍人説短長。

第三十二齣　路途勞頓

【仙吕過曲·月雲高】（旦唱）路途多勞倦，行行甚時近？未到洛陽城，盤纏都使盡。回首孤墳，空教奴望孤影。天那！他那裏，誰俫采？俺這裏，誰投奔？正是西出陽關無故人，須信道家貧不是貧。（一）

〔蘇幕遮〕怯山登，愁水渡。暗憶雙親，淚把麻裙漬。回首孤墳何處是？兩下蕭條，一樣愁難訴。玉消容，蓮困步。愁寄琵琶，彈罷添凄楚。惟有真容時時顧，惟悴相看，無語恓惶苦。奴家爲尋丈夫，

（一）眉批：今本改『倦』爲『頓』，改『城』爲『縣』，末句又添『路貧愁殺人』，混淆極矣。

在路途上多少狼狽。況獨自一身，拿着一個琵琶，背着二親真容，登高履險，宿水飧風，其實難捱。只是一件，若去到洛陽，尋見丈夫，相逢如故，也不枉了這遭辛苦；倘或他駟馬高車，前呵後擁，見奴家這般藍縷，不肯相認，可不擔閣了奴家？

【前腔】（旦唱）暗中思忖，此去好無准。只怕他身榮貴，把咱不厮認。若是他不偢采，空教奴受艱辛？他未必忘恩義，我這裏自閒評論。他須記一夜夫妻百夜恩，怎做得區區陌路人？

唉！只一件，

【前腔】他在府堂深隱，奴身怎生進？他在駟馬高車上，又難將他認。我有個道理。若到他根前，只提起二親真容。天那！又怕消瘦了龐兒，他猶難十分信。呀！他不到得非親却是親，我自須防仁不仁。

哽咽無言對二真，千山萬水好艱辛。
見説洛陽花似錦，只恐來時不遇春。

第三十三齣　聽女迎親

【仙呂引子・番卜算】（外唱）兒女話堪聽，[一]使我心疑惑。暗中思忖覺前非，有個團圓策。

自古道：良藥苦口利於病，忠言逆耳利於行。昨日女孩兒要和伯喈歸去，同事雙親，自家不肯放他去。却將幾句言語衝動我，我一時不勝焦躁。如今尋思起來，他的言語，句句有理，節節堪聽。待要放他回去，只慮他幼長閨門，難涉路途；況俺年老，無人奉事，如何捨得他去？如今有個道理，不免使一個人，多與盤纏，教他徑去陳留，將蔡伯喈爹娘和媳婦都迎取來，多少是好？不免叫孩兒和伯喈過來商議則個。

【前腔】（生唱）淚眼滴如珠，愁事縈如織。[二]（貼唱）早知今日悔當初，何似休明白。

（相見科）（外云）孩兒，你夜來的説話，我仔細尋思起來，都説得有理。我欲待教你同女婿回去，路途跋涉，這個也難。不如逕使人去陳留，取他爹媽媳婦來做一處居住，你兩人心下如何？（貼云）這個隨爹爹主張。（生云）若得如此，感恩非淺！（外云）院子李旺何在？（丑上云）頻聽指揮黄閣下，又聞呼唤畫堂前。老相公有何使令？（外云）李旺，我要差你去陳留走一遭。（丑云）去做甚麼？（外云）差

[一] 眉批：堪：今作『難』，這是亂道。

[二] 眉批：事：一作『思』。

你去那裏接取蔡狀元的老員外、老安人、小娘子三人，來我府中同住。（丑云）如此，李旺不去。（貼云）李旺，你去請得來，我重重賞你。（丑云）夫人，你如今説道重重賞我；只怕取得他小娘子來時，夫人又要和他争大争小。(一) 到那時節，可不埋冤李旺？那裏還肯把東西賞我？（外云）休閒説！我如今修一封書去相請，外有銀錢與你一路去做盤纏，休得落後了。（生云）李旺，你去時節，須要多方詢問；若是來時，路途上千萬小心承直。（丑云）不妨，我出路慣便，自有分曉。

【正宮過曲·四邊静】（外唱）李旺，你去陳留仔細詢端的，專心去尋覓。請過兩三人，途中好承直。（合）休憂怨憶，寄書咫尺。眼望旌捷旗，耳聽好消息。

【前腔】（生唱）只怕饑荒散亂無踪跡，他存亡也難測。何況路途間，難禁這勞役。（合前）

【福馬郎】（貼唱）李旺，你休説新婚在牛氏宅。（外云）孩兒，便説又待怎的？（貼云）他須怨我相擔誤；歸未得，只恐傍人聞之，把奴責。(二)（合）若是到京國，相逢處做個好筵席。(三)

【前腔】（丑唱）相公，多與我盤纏添氣力，萬水千山路，曾慣歷。（拜科）辭却恩官去，管取好消息。（合前）

(一) 眉批：『争大争小』固是常奴語，坊本作『大小厮打』等語，不但粗惡，且傷本奇子孝妻賢大意。

(二) 眉批：責：一作『嘖』。

(三) 眉批：本奇詞句元平淡，味之自足厭心。今有將『做個』句改作『兩下免憂憶』，蒸熟哀家梨語不虚矣。

（外）限伊半載望回音，（生）路上看承須小心。
（貼）但願應時還得見，（丑）果然勝似岳陽金。

第三十四齣　寺中遺像

（末扮五戒上云）年老心閒無外事，麻衣草座亦容身。相逢盡道休官好，林下何曾見一人？自家乃是彌陀寺中一個五戒便是。今日俺寺中建一個無礙道場，不揀甚麼人，或是薦悼雙親，保安身己的，都來這裏聚會。真個好寺院好道場呵。（内問）怎見得好寺院？（末云）但見：蘭若莊嚴，蓮臺整肅。佛殿嵯峨耀金壁，回廊繚繞畫丹青。千層塔高聳侵雲，半空中時聞清鐸；七寶樓晶光耀日，六時裏頻扣洪鐘。松下山門，紅塵不到；竹邊僧舍，白日難消。阿羅漢神像威儀，如靈山三十六萬億佛祖；比丘僧戒行清潔，似祇園千二百五十人俱。且看旛影石壇高，惟有棋聲花院静。休提清淨法界，且說嚴肅道場。只見珠幢寶蓋影飄颻，玉磬金鐘聲斷續。龍瓶中插九品紅蓮，開淨土春秋不老；鳳蠟内吐千枝絳蕊，照佛天晝夜常明。齊整整的貝葉同翻，撲簌簌的天花亂墜。旃檀林裏，爇着清淨香、道德香；香積厨中，獻這禪悦食、法喜食。人人在十洲三島，個個淨五蘊六根。擊大法鼓，吹大法螺，仙樂一齊奏動；開甘露門，入甘露城，幽魂盡獲超昇。正是：寄言苦海林中客，好向靈山會上修。今日寺中建設大會，怕有官員貴客來此遊翫，不免將着疏頭，就抄化幾文香錢，添助支費。道猶未了，遠遠望見兩個官人來到。（淨、丑扮風子上）

【中吕過曲·縷縷金】（净唱）胡厮啞，兩喬才。家中無宿火，有甚强追陪？（丑唱）我自來粧風子，如今難悔。向叢林深處且徘徊，特來看佛會。

（末云）官人，請坐告茶。（净云）五戒，你這佛會支費太多？（末云）便是。官人，休怪冒瀆，今日天與之幸，得遇兩位貴客到此，斗膽抄化幾文香錢，添助支費則個。（丑云）五戒，你要抄化，將疏頭來看。錢是儻來之物，那裏不使？那裏不用？（净云）兄弟，你説得是。俺這般人，那一日不使幾貫鈔？我便捨他五錠。（丑云）我也捨他五錠。（末云）如此，多謝官人。（净云）呀！遠遠望見一個婦人來，且是生得有些意思。（丑云）真個有個婦人來，背着一面琵琶，到和你家姐姐厮像。（净云）休胡説！遠觀不審，近覷分明。（旦上）

【前腔】（旦唱）途路上，實難捱。盤纏都使盡，好狼狽。試把琵琶撥，逢人乞丐。薦公婆魂魄免沉埋，特來赴佛會。

奴家且喜已到洛陽，聞説今日彌陀寺中做佛會，不免就此抄化幾文鈔，追薦公公婆婆則個。（末云）道姑，請裏面赴齋。（旦云）多謝！多謝！（净云）道姑，你背着甚麽東西？（旦云）是奴家公婆的真容。（净云）道姑，你從那裏來？

【仙吕入雙調·銷金帳】（旦唱）聽奴訴與：奴是良人婦，爲兒夫相擔誤。（净云）他怎的擔誤了你？（旦唱）他一向赴選及第，未歸鄉故。饑荒喪了，喪了親的舅姑。（丑云）你丈夫既不在家，喪了公婆，誰人與你安葬？（旦云）苦！我造墳墓。（浄云）你如今來這裏做甚麽？（旦唱）今爲尋夫來此。（丑云）你丈夫在那裏？（旦唱）未知他在何處所。

（浄云）道姑，你抱着這個琵琶做甚麽？（旦云）奴家將此琵琶彈一兩個曲兒，抄化幾文鈔，就此寺中追薦公婆。（丑云）元來如此。道姑，你會彈甚麽曲兒？你會彈《也兒四》麽？（旦云）不會。（浄云）你會彈《八俏手》麽？（旦云）也不會。奴家只會彈些行孝曲兒。（末云）道姑，難得這兩位官人在此，你好生彈一兩個曲兒伏侍他，等他重重賞你。（旦云）既然如此，只怕奴家彈得不好，望官人休責。（丑云）你只管好好的彈，我重重賞賜你。（旦云）官人，請坐聽着。（彈科）凡人養子，懷抱最艱辛。欲語未能行未得，此際苦雙親。

【前腔】凡人養子，最是十月懷擔苦，更三年勞役抱負。休言他受濕推乾，萬千勞苦。真個千般愛惜，萬般回護。兒有些不安，父母驚惶無措。直待可了，可了歡欣似初。

（浄云）彈得好！彈得好！（末云）真個彈得好！（丑云）錢鈔那裏不使？我且先與你一領好襖子。（脱衣與旦科）道姑，你再彈一彈。（旦云）官人，請坐聽着。（彈科）孩兒漸長成，父母漸歡欣。教語教行並教禮，一意望成人。

【前腔】兒行幾步，父母歡欣相顧，漸能言能走路。指望飲食羹湯，自朝及暮。懸懸望他，望他不知幾度。爲擇良師，只怕孩兒愚魯。略得他長俊，可便歡欣賞賜。

（丑云）彈得好！彈得好！（末云）真個彈得好！（净云）錢鈔那裏不用？我也先與你一領好襖子。（脱衣與旦科）（净云）道姑，你再彈一彈。（旦云）官人，請坐聽着。（彈科）勤於教道，暮史及朝經。願得榮親並耀祖，一舉便成名。

【前腔】朝經暮史，教子勤詩賦，爲春闈催教赴。指望他耀祖榮親，改換門户。懸懸望他，望他腰金衣紫。兒在程途，又怕餐風宿露。求神問卜，把歸期暗數。

（丑云）彈得好！彈得好！（末云）實是彈得好！（丑云）錢鈔是人撰來的，我再與你一領襖子。（脱衣與旦科）（末云）元來裏面都是破衣裳呵。官人把襖子都脱了，身上這般寒，甚麼意思？（净云）寒由他自寒，不可壞了局面。咱每這般人興頭來了，使鈔慣了，怕甚麼寒？道姑，你再唱唱。（末云）道姑，你再彈，且看他再把甚麼與你？（旦彈科）孩兒在外，須早回程。忤逆男兒並孝子，報應甚分明。

【前腔】兒還念父母，及早歸鄉土，看慈烏亦能返哺。莫學我的兒夫，把雙親擔誤。常言養子，養子方知父母。算那忤逆男兒，和孝順爹娘之子。若無報應，果是乾坤有私。

（末云）彈得好！彈得好！（净云）他彈得自好，唱得自好，我没甚麼與他了。（末笑云）可知道！（净作寒科）（丑云）兄弟，我和你這般的走回家去，成甚麼模樣？（净云）我只賴五戒取衣裳便罷。（末云）呀！你扯我怎的？（丑云）扯你怎的？你倒粧成騙局，把我每的衣裳都剥去了。（末云）咳！我幾曾粧局騙你？是你自把衣裳與他。（净云）秃驢！你道不曾粧局騙我？我看見道姑彈了，喝一聲采；你也喝一聲采，只管攛掇我把衣裳與他。這不是粧局騙我？（丑云）你不取還我，我扯你到洛陽縣裏去！（末云）天那！我不曾見這般没行止的人！道姑，没奈何了，把衣裳還他去罷。（旦云）衣服在這裏，拿還他去。既不情願，我要他做甚麽？（丑云）錢鈔雖在那裏不用，只是寒冷，又忍不得。（穿衣科）（浄云）道姑，我方纔道你彈得好，唱得好；我如今尋思起來，你彈得也不好，唱得也不好。你不信時，再彈唱一和看看。（旦云）奴家也彈不得了，也唱不得了。（浄云）可知道不敢再彈唱了。（丑云）兄弟，他既不敢彈唱了，我和你且回家去。（浄云）説得是，我和你回去罷。（丑云）五戒，我小子不是豪富。（末云）枉了教你題疏。你衣服敢是借的？（浄、丑云）可知道我腿上無個布袴。（末並下）（旦云）一斟一酌，莫非前定。奴家準擬今日抄題幾文錢鈔，就此追薦公婆。誰知撞着這兩個風子，攪鬧了一場。如今雖没東西備辦奠禮，且將公婆真容掛在此間，拜囑一番，以表來意罷了。（掛真容拜科）

【賞秋月】（旦唱）在途路，歷盡多辛苦。把公婆魂魄來超度，焚香禮拜祈回護，願相逢我丈夫。（末、丑隨生上）

【縷縷金】（生唱）時不利，命多乖。〔一〕雙親在途路上，怕生災。（末、丑唱）相公，此是彌陀寺，略停車蓋。〔二〕（合）辦虔誠懇禱拜蓮臺，特來赴佛會。

〔一〕眉批：多：今盡作『何』，不通。

〔二〕眉批：略：一作『已』，似是。

（丑云）道姑，迴避。（旦云）正是：在他簷下過，誰敢不低頭？（荒下失真容科）（生云）那得這軸畫像？（丑云）敢是適間道姑遺下的？（生云）叫他轉來，將還他去。（丑叫不應科）去遠了，叫不應。（生云）既叫不應，且與他收下。左右，唤和尚過來。（浄扮和尚上）

【前腔】（浄唱）能喫酒，會噇齋。喫得醺醺醉，便去摟新戒。(一) 講經和回向，全然尷尬。你官人若是有文才，休來看佛會。

（相見科）和尚，下官爲迎取父母來此，不知路上安否何如？特來三寶面前，祈求保佑。（浄云）元來如此。小僧先請佛。

【佛賺】（浄唱）如來本是西方佛，西方佛，却來東土救人多，救人多。結跏趺坐坐蓮花，丈六金身最高大，他是十方三界第一個大菩薩。摩訶薩，摩訶般若波羅糖。（末云）和尚，你念差了，是波羅蜜。（浄唱）糖也這般甜，(二)蜜也這般甜。南無南無十方佛十方法十方僧，上帝好生不好殺。好人還有好提掇，惡人還有惡鑒察。好人成佛是菩薩，惡人做鬼做羅刹。第一滅却心頭火，心頭火。第二解開眉間鎖，眉間鎖。第三點起佛前燈，佛前燈。真個是好也快

(一) 眉批：摟：今作『打』，非。
(二) 眉批：『糖甜』句似謂詼褻已極，坊本『老相公』下又攙入『老猪婆』等語，非復人情。

活我，快活我。諸惡莫作，奉勸世上人則個。浪裏梢公牢把舵，行正路，莫蹉跎。大家却去誦彌陀，誦彌陀，誦彌陀。善男信女笑呵呵。聽大法鼓鼕鼕鼕，聽大法鐃乍乍乍。手鐘摇動陳陳陳陳，獅子能舞鶴能歌。木魚亂敲逼逼剥剥，海螺響處嗊嗊嗊嗊。積善道場隨人做，伏願老相公老安人小夫人萬里程途悉安樂。南無菩薩薩摩訶，金剛般若波羅蜜。

小僧請佛了，請相公上香，通達情旨。（生炷香拜科）

【仙吕入雙調·江兒水】（生唱）如來證明，聽蔡邕啓：我雙親在途路，不知何如的？仰惟菩薩大慈悲。（合）龍天鑒知，龍神護持，護持着登山渡水。（一）

【前腔】（净唱）如來證明，覽兹情旨。蔡邕的父母，望相保庇，仰惟功德不思議。（合前）

【前腔】（末唱）我東人鎮日常懷憂慮，只愁二親在路途裏，孝思誠意感神祇。（合前）

【前腔】（丑唱）我聞知做會，特來隨喜，饅頭素食多多與。若還不與，我自入齋厨去取。（合前）

（净云）我佛有緣蒙寵渥，（生）願親路上悉平安。（末云）因過竹院逢僧話，（丑云）又得浮生半日閒。（並下）（旦復上）

（一）眉批：着：今盡作『他』，非。

【縷縷金】（旦唱）原來是，蔡伯喈，馬前都喝道，狀元來。料想雙親像，他每留在。敢天教我夫婦再和諧，(一)都因這佛會？

正是：不因漁父引，怎得見波濤？方纔那官人，奴家詢問起來，正是蔡伯喈。好也！好也！今日也會相見。只一件，奴家荒忙中失去了公婆真容，想必是他收下。且待明日徑投他家裏去，以乞丐爲由，問取消息。倘或天可憐，因此相會，也不見得？

今朝喜見那喬才，真容收去可疑猜。
縱使侯門深似海，從今引得外人來。

第三十五齣　兩賢相遘

【商調引子·十二時】（貼唱）心事無靠托，這幾日番成悶也。父意方回，夫愁稍可。未卜程途裏的如何，教我怎生放下？

不如意事常八九，可與人言無二三。(二)奴家自嫁蔡伯喈之後，見他常懷憂悶。費盡心機去問他，他又

(一) 眉批：和：一作「相」，似妥。
(二) 「與」後原衍「語」字，據汲古閣刊本《繡刻琵琶記定本》删。

不説。比及奴家知道，去對爹爹説，要和他同去奉事雙親，誰想爹爹不肯。被奴家道了幾句，幸喜爹心回轉，教人去取他爹媽媳婦；又不知一行人路上安否如何？爲這些事，教我擔了多少煩惱？又一件，公婆早晚到來，只是要一兩個精細人去伏侍他。我府裏雖則有使喚的，那裏中用？怎生得精細婦人與他使喚方好？院子那裏？（末云）書當快意讀易盡，客有可人期不來。世上幾般能稱意，光陰何況苦相催。夫人，有何使令？（貼云）院子，我府中缺少幾個使喚的，你與我去街坊上尋問，有精細的婦人，討一兩個來用。（末云）小人理會得。踏破鐵鞋無覓處，得來全不費工夫。

【遶地遊】（旦唱）風餐水宿，㈠甚日能安妥？問天天怎生結果？

（旦云）府幹哥稽首！（末云）道姑何來？（旦云）遠方人氏。（末云）到此何幹？（旦云）特來抄化。（末云）少待。通報夫人：精細婦人到没有，正遇一個道姑在門首抄化。（貼云）着他裏面來。（末云）道姑，夫人着你裏面相見。（貼作見科）

【前腔】（貼唱）梳粧淡雅，看丰姿堪描堪畫。是何人近來問咱？㈡

（旦云）夫人稽首！（貼云）道姑何來？（旦云）貧道遠方人氏。（貼云）到此何幹？（旦云）特來府中抄化。（貼云）你有甚本事，來此抄化？（旦云）貧道不敢誇口，大則琴棋書畫，小則針指工夫，次則飲

㈠　眉批：宿：今間作『卧』，不妥。

㈡　眉批：近：今盡作『教』，便不像對面語。

食餚饌，頗諳一二。（貼云）道姑，你有這等本事，在街坊上抄化也生受，何似在我府中喫些安樂茶飯如何？（旦云）若得如此，感恩非淺。只怕貧道没福，無可稱夫人之意。（貼云）院子，道姑是遠方人氏，須要問他來歷詳細，方可留他。（末云）道姑，我且問你，你是從幼出家的，還是在嫁出家的？（旦云）貧道在嫁出家的。（貼云）院子，從幼出家的怎麽説？在嫁出家的怎麽説？（末云）告夫人知道：從幼出家是没丈夫的，在嫁出家是有丈夫的。那道姑是有丈夫的。（貼云）呀！險些兒差了。他既有丈夫的，難以收留。院子，你多打發些齋糧與他，教他別處抄化去。（末云）道姑，夫人説你有丈夫，多打發些齋糧與你，別處去抄化罷。（旦云）天那！我不合説有丈夫的。府幹哥，貧道非因抄化來，特來尋取丈夫。（末云）夫人，這道姑非因抄化來，却是尋取丈夫的。（貼云）元來如此。道姑，我且問你，你丈夫姓甚名誰？（旦背説云）夫人問我丈夫姓名，若直説出來，恐怕夫人嗔怪；若不和他説，此事又終難隱忍。我如今且把『蔡伯喈』三字拆開與他説，看他意兒何如，再作道理。夫人，貧道丈夫姓祭名白諧，人人都説道在牛府中廊下住。敢是夫人也知道？（貼云）我那裏知道。院子，你管各廊房，有那姓祭名白諧的麽？（末云）小人管許多廊房，並没有這個人。（貼云）道姑，我這裏没有，你可到別處去尋，休得要誤了你。（旦云）天那！人人道我丈夫在貴府廊下住，如今既道是没有，奴家想起來，莫不是死了呵？咳！丈夫，你若是死了，教我倚着誰人？（哭科）（貼云）可憐這婦人！你且不須愁煩，權住在府中；我着院子到街坊上訪問你丈夫踪跡，你意下如何？（旦云）若得如此，再造之恩！（貼云）道姑，只一件，你在我府中，休要恁般打扮。我與你换了這衣粧。（旦云）貧道不敢换。（貼云）因甚不敢換？（旦云）貧道有一十二年大孝在身，所以不敢換。（貼云）呀！　大孝不過三年，如何有一十二年？（旦云）貧道公公死了三年，婆婆死了三年；　薄倖兒夫，久留都下，一竟不還，替他帶六年，共成一十二年。（貼云）咳！　有這等孝行的婦人。　道姑，你雖然如此，争奈我老相公最嫌人這般打扮。院子，你可叫惜春取粧奩衣服出來。（末云）畫堂傳懿旨，幽閣取粧資。（丑云）寶劍賣與烈士，紅粉贈與佳人。　夫人，粧奩衣服在此。（貼云）道姑，你且臨鏡改換則個。（旦云）天那！　如何是好？（照鏡科）咳！　鏡兒，我自從嫁與蔡家，只兩月梳粧，這幾時不曾照你？　呀！　好苦！　元來都這般消瘦了。

【商調過曲·二郎神】（旦唱）容瀟灑，(一)照孤鸞嘆菱花剖破。(二)（貼云）道姑，你不梳粧，且換了衣服。（旦看衣唱）記翠鈿羅襦當日嫁，誰知他去後，釵荆裙布無些？（貼云）道姑，你不換衣服，且帶着這釵兒。（旦看釵唱）他金雀釵頭雙鳳朵，(三)奴家若帶了呵，可不羞殺人形孤影寡？（貼云）道姑，你不帶釵兒，且簪些花朵，別些吉凶。（旦看花唱）説甚麼簪花捻牡丹，教人怨着嫦娥。

【前腔換頭】（貼唱）嗟呀，他心憂貌苦，真情怎假？　只爲着公婆珠淚墮，道姑，我公婆自有，不能彀承奉杯茶。你比我没個公婆承奉呵，不枉了教人做話靶。我且問你：　你公婆，爲甚

(一) 眉批：灑：一作『索』。
(二) 眉批：嘆：一作『把』，非。
(三) 眉批：朵：一作『彈』。

的雙雙命掩黄沙？

【噂林鶯】（旦唱）苦！荒年萬般遭坎坷，丈夫又在京華。糟糠暗喫擔飢餓，公婆死，賣頭髮去埋他。把孤墳自造，土泥盡是我麻裙包裹。（貼云）這道姑好誇口！（旦唱）也非誇，手指傷，血痕尚染衣麻。

【前腔】（貼唱）道姑，愁人見説愁轉多，使我珠淚如麻。（旦云）夫人，你淚下爲何？（貼云）道姑，我丈夫亦久别雙親下。（旦云）他怎的不回家去？（貼唱）他要辭官家去，被我爹蹉跎。（旦云）他家有妻麽？（貼唱）他妻雖有麽，怕不似恁會看承爹媽。㈠（旦云）他爹媽如今在那裏？（貼唱）在天涯。（旦云）夫人，何不取他同來一處？（貼唱）教人去請，知他途路上如何？

【啄木鸝】（旦唱）聽言語，教我悽愴多，料想他每也非是假。（背説科）我且把句言語來試他一試。他那裏既有妻房，取將來怕不相和？（貼唱）道姑，但得他似你能挜靶，我情願讓他居他下。只愁他程途上苦辛，教人望得眼巴巴。

【前腔】（旦唱）錯中錯，訛上訛，只管在鬼門前空占卦。㈡夫人，若要識蔡伯喈妻房，（貼云）他

㈠ 眉批：爹媽：一作『公婆』，亦在韻。

㈡ 卦：原作『掛』，據汲古閣刊本《繡刻琵琶記定本》改。

在那裏？（旦唱）奴家便是無差。（貼唱）呀！你果然是他非謊詐？（旦云）夫人，奴家豈敢誑言？（貼唱）你原來爲我喫折挫，爲我受波查。教伊怨我，教我怨爹爹。〔一〕（貼云）姐姐請上坐，待奴家見禮。（旦云）奴家怎敢？

【金衣公子】（貼唱）一樣做渾家，我安然你受禍。你名爲孝婦，我被傍人罵。（旦云）呀！傍人罵夫人怎的？（貼唱）公死爲我，婆死爲我，姐姐，我情願把你孝衣穿着，把濃粧罷。〔二〕（合）事多磨，冤家到此，逃不得這波查。

【前腔】（旦唱）夫人，他當原也是没奈何，被强來，赴選科。辭爹不肯聽他話。（貼云）姐姐，他在這裏豈不要回來？（貼唱）辭官不可，辭婚不可。（旦唱）只爲三不從，做成災禍天來大。（合前）

（貼云）姐姐，休怪奴家説。我教你改换衣粧，你又不肯，只怕相公見你這般藍褸，萬一不肯相認，如何是好？我想起來，相公往常朝回時，便入書館中看文章。姐姐既是無所不通，何似去書館中寫幾句言語打動他？那時節我與你説個明白，却不好？（旦云）夫人説得是。便寫得不好，也索從命。

〔一〕 眉批：此折描寫二媛心口，字字絶勝圖畫。坊本以『他』字作『真』字，未可即爲不是，但欠咀嚼耳。

〔二〕 眉批：罷：一作『抹』。

（旦）無限心中不平事，幾番清話又成空。
（貼）一葉浮萍歸大海，人生何處不相逢。

第三十六齣　孝婦題真

（末云）爲問當年素服儒，於今腰下佩金魚。分明有個朝天路，何事男兒不讀書？自家乃是蔡相公府中一個院子，我相公雖居鳳閣鸞臺，常在螢窗雪案。退朝之暇，手不停披；閒居之際，口不絶吟。如今將次回府，不免灑掃書館，聽候相公到來。真個好書館！但見：明窗瀟灑，碧紗内烟霧輕盈。浄几端嚴，青氈上塵埃不染。粉壁間掛三四幅名畫，石床上安一兩張古琴。緗帙縹囊，數起看何止一萬卷？牙籤犀軸，乘將來穀有三十車。芸葉分香走魚蠹，芙蓉藏粉養龍賓。鳳咮馬肝，和那鸜鴿眼，無非奇巧；兔毫栗尾，和那犀象管，分外精神。積金花玉板之箋，列錦紋銅綠之格。正是：休誇東壁圖書府，賽過西垣翰墨林。且住着，我相公昨日在彌陀寺中燒香，拾得一軸畫像，不知甚麼故事。相公當時教我收下，我如今也將來掛在此間。我相公博學多才，必然曉得這故事。正是：早知不入時人眼，多買胭脂畫牡丹。（下）

【仙吕引子·天下樂】（旦唱）一片花飛故苑空，隨風飄泊到簾櫳。玉人怪問驚春夢，只怕東風羞落紅。

堦下落紅三四點，錯教人恨五更風。當初只道蔡伯喈貪名逐利，不肯回家，元來被人逗留在此。奴家昨日抄化來到這裏，感得牛氏夫人收録；又怕伯喈見我一身藍縷，不肯厮認，教我到書館中題幾句言語打動他。奴家只得從命。來到此間，却寫在那處好？呀！公婆真容元來也掛在此。（哭拜科）我如今就公婆真容背後題詩幾句便了。苦！向日受飢荒，雙親俱死亡。如今題詩句，報與薄情郎。

【仙吕過曲・醉扶歸】（旦唱）丈夫，我有緣千里能相會，難道是無緣對面不相逢？鳳枕鸞衾也曾共，今日呵，到憑着兔毫繭紙將他動。休休！畢竟一齊分付與東風，把往事如春夢。

（題科）崑山有良璧，鬱鬱璠璵姿。嗟彼一點瑕，掩此連城瑜。人生非孔顔，名節鮮不虧。拙哉西河守，胡不如皋魚？宋弘既以義，王允何其愚。風木有餘恨，連理無傍枝。寄語青雲客，慎勿乖天彝。

【前腔】（旦唱）總使我詞源倒流三峽水，（一）丈夫，只怕你胸中别是一帆風。牛氏夫人見我衣裳藍縷，怕伯喈不肯相認，還是教妾若爲容？我若不寫詩打動他呵，夫人，只怕爲你難移寵。（掛真容科）休休！縱認不得這丹青貌不同，我的筆蹟，兀自如舊，若認得我翰墨，教心先痛。

奴家題詩已了，不免説與夫人知道，且待伯喈來看。莫不是天教相逢，在此一遭，也未見得。

未卜兒夫意，全憑一首詩。

（一）眉批：總使：今只作『總是』，不通。

得他心肯日，是我運通時。

第三十七齣　書館悲逢

【仙呂引子・鵲橋仙】（生唱）披香侍宴，上林遊賞，醉後人扶馬上。金蓮花炬照回廊，正院宇梅梢月上。

日晏下彤闈，平明登紫閣。何如在書案，快哉天下樂。自家早臨長樂，夜直嚴更。召問鬼神，或前宣室之席；光傳太乙，時頒天禄之藜。惟有戴星衝黑出漢宫，安能滴露研硃點《周易》？俺這幾日且喜朝無繁政，官有餘閒，庶可留志於詩書，從事於翰墨。正是：事業要當窮萬卷，人生須是惜分陰。（看書科）這是甚麽書？是《尚書》。呀！這《堯典》道：『虞舜父頑母嚚象傲，克諧以孝。』咳！他父母那般相待他，他猶自克諧以孝。我父母虧了我甚麽，我倒不能彀奉養他？看甚麽《尚書》！這是甚麽書？是《春秋》。呀！《春秋》中潁考叔曰：『小人有母，未嘗君之羹，請以遺之。』咳！他有一口湯喫，兀自尋思着娘。我如今做官享天禄，倒把父母撇了。看甚麽《春秋》！天那！枉看這書，行不得，濟甚麽事？你看那書中那一句不説着孝義？當元俺父母教我讀詩書知孝義，誰知道反被詩書誤了我，還看他怎的？

【仙呂過曲・解三醒】（生唱）嘆雙親把兒指望，教兒讀古聖文章。似我會讀書的，倒把親撇漾。少甚麽不識字的，到得終奉養。書呵，我只爲其中自有黄金屋，反教我撇却椿庭萱草堂。還思想，畢竟是文章誤我，我誤爹娘。

【前腔】比似我做個負義虧心臺館客，到不如守義終身田舍郎。《白頭吟》記得不曾忘，緑鬢婦何故在他方？書呵，我只爲其中有女顔如玉，反教我撇却糟糠妻下堂。還思想，畢竟是文章誤我，我誤妻房。

書既懶看他，且看這壁間山水古畫，散悶則個。呀！這一軸畫像，是我昨日在彌陀寺中燒香拾得的，如何院子也將來掛在此間？且看甚麽故事。

【南吕過曲・太師引】（生唱）細端詳，這是誰筆仗？覷着他，教我心兒好感傷。（細看科）好似我雙親模樣。差矣，我的媳婦會針指，便做是我的爹娘呵，怎穿着破損衣裳？前日已有書來，道别後容顔無恙，怎的這般凄涼形狀？且住，我這裏要寄一封書回去，尚不能彀。他那裏呵，有誰來往，直將到洛陽？天下也有面貌厮像的，須知道仲尼陽虎一般龐。

我理會得了。

【前腔】這是街坊誰劣相，砌莊家形衰貌黄。假如我爹娘呵，若没個媳婦來相傍，少不得也這般凄涼。敢是個神圖佛像？呀！却怎的，我正看間，猛可的小鹿兒心頭撞？這也不是神圖佛像，敢是當元的畫工有甚緣故？丹青匠，由他主張，須知道毛延壽誤了王嬙。

若是個神圖佛像，背面必有標題，待我轉過來看。呀！元來有一首詩在上面。（讀詩科）這厮好無禮，句句道着下官。等閒的怎敢到此？想必夫人知道。待我問他，便知分曉。夫人那裏？

【雙調引子·夜遊湖】（貼唱）猶恐他心思未到，教他題詩句，暗裏相嘲。翰墨關心，丹青入眼，强如把語言相告。

（生怒云）夫人，誰人到我書館中來？（貼云）没有人。（生云）我前日去彌陀寺中燒香，拾得一軸畫像。院子不省得，也將來掛在這裏。甚麽人在背面題着一首詩？（貼云）敢是當原寫的？（生云）那裏是？墨蹟尚未曾乾。（貼背云）我理會得了。相公，這詩如何説？請讀與奴家知道。（生讀詩科）（貼云）相公，奴家不省其意，請解説一遍，與奴家曉得也好。（生云）『崑山有良璧，鬱鬱璠璵姿。嗟彼一點瑕，掩此連城瑜。』崑山是地名，産得好玉，價值連城。若有些兒瑕玷，便不貴重了。『人生非孔顔，名節鮮不虧。』孔子、顔子是大聖大賢，德行渾全。大凡人非聖賢，能忠不能孝，能孝不能忠，所以名節多至欠缺。『拙哉西河守，胡不如皋魚？』西河守吴起，是戰國時人，魏文侯拜他爲西河守，母死不奔喪。皋魚是春秋時人，只爲周遊列國，父母死了。後來回歸，自刎而亡。『宋弘既以義，王允何其愚。』宋弘是光武時人，光武試把姐姐湖陽宫主嫁他，宋弘不從。對道：『貧賤之交不可忘，糟糠之妻不下堂。』王允是桓帝時人，司徒袁隗要把姪女嫁他，他就休了前妻，娶了袁氏。『風木有餘恨，連理無傍枝。』孔子聽得皋魚啼哭，問其故。皋魚説道：『樹欲静而風不止，子欲養而親不在。』西晉時東宫門有槐樹二株，連理而生，四傍皆無小枝。『寄語青雲客，慎勿乖天彝。』傳言與做官的，切莫違了天倫。（貼云）相公，那不奔喪和那自刎的，那一個是孝道？（生云）那不奔喪的是亂道。（貼云）相公，那不棄妻和那棄妻的，那一個是正道？（生云）那棄了妻的是亂道。（貼云）相公，比如你，待要學那一個？（生云）呀！我的父母知他存亡如何？我決不學那不奔喪的見識。（貼云）相公，你雖不學那不奔喪的，且如你這般富貴，腰金衣紫，假有糟糠之婦，藍縷醜惡，可不辱没了你？你莫不也索休了？（生怒云）夫人，你説那裏話！縱是辱没殺我，終是我的妻房，義不可絶。

【越調過曲・鏵鍬兒】（生唱）夫人，你説得好笑，可見你心兒窄小。我決不學那王允的見識，没來由漾却苦李，再尋甜桃。古人云：棄妻止有七出之條。他不嫉不淫與不盜，終無去條。那棄妻的，衆所誚。那不棄妻的，人所褒。縱然他醜貌，怎肯相休棄了？

【前腔】（貼唱）伊家富豪，那更青春年少。看你紫袍掛體，金帶垂腰。做你的媳婦呵，應須有封號。金花紫誥，必俊俏，須媚嬌。若還他醜貌，怎不相休棄了？

【前腔】（生唱）夫人，你言顛語倒，惱得我心兒轉焦。莫不是你把咱奚落，特兀自粧喬？引得我淚痕交，撲簌簌這遭。這題詩的是誰？（貼云）相公，你問他待怎的？（生云）夫人，他把我嘲，難恕饒。你説與我知道，怎肯干休罷了？(一)

(一) 眉批：罷：一作『住』。

【前腔】（貼唱）相公，我心中忖料，想不是個薄情分曉。管教你夫婦會合，在今朝。你還認得那題詩的麽？（生云）我認不得。（貼唱）伊家枉然焦，只怕你哭聲漸高。（生云）是誰？（貼唱）是伊大嫂，身姓趙。正要説與你知道，怎肯干休罷了？

姐姐有請。

【入賺】（旦唱）聽得鬧炒，敢是我兒夫看詩囉唣？（貼云）姐姐快來。（旦唱）是誰忽叫？想是夫人召，必有分曉。（貼云）相公，是他題詩句，你還認得否？（生云）他從那裏來？（貼云）相公，他從陳留郡，爲你來尋討。（生認科）呀！我道是誰，元來是你呵。娘子，你怎的穿着破襖，衣衫盡是素縞？莫不是我雙親不保？（旦云）官人，從别後，遭水旱，我兩三人只道同做餓殍。（生云）張太公曾周濟你麽？（旦唱）只有張公可憐，嘆雙親别無倚靠。（生云）後來却如何？（旦唱）兩口顛連相繼死。[一]（生云）苦！元來我爹媽都死了。娘子，那時如何得殯斂？（旦唱）我剪頭髮賣錢送伊妣考。（生云）如今安葬了未曾？（旦唱）把墳自造，土泥盡是我麻裙裹包。

（生云）罷了。聽伊言語，怎不痛傷噎倒？

（生倒旦、貼作扶起科）（旦云）官人，這畫像就是你爹媽的真容。（生哭拜科）

[一] 眉批：顛連：今作『公婆』，非。

【小桃紅】（生唱）蔡邕不孝，把父母相抛。爹娘，我與你别時，豈知恁地？早知你形衰耄，〔一〕怎留聖朝？〔二〕娘子，你爲我受煩惱，你爲我受劬勞。謝你葬我爹，葬我娘，你的恩難報也。又道是養子能代老。（合）這苦知多少，此恨怎消？天降災殃人怎逃？

娘子，這真容是誰畫的？

【前腔】（旦唱）這儀容像貌，〔三〕是我親描。（生云）娘子，路途遥遠，你那得盤纏來到此間？（旦低唱科）乞丐把琵琶撥，怎禁路遥？官人，説甚麽受煩惱？説甚麽受劬勞？不信看你爹，看你娘，比别時兀自形枯槁也。我的一身難打熬。（合前）

【前腔】（貼唱）設着圈套，被我爹相招。相公，你也説不早？況音信杳。姐姐，你爲我受煩惱，爲我受劬勞。相公，是我誤你爹，誤你娘，誤你名不孝也。做不得妻賢夫禍少。（合前）

【前腔】（生唱）我脱却巾帽，解却衣袍。（貼唱）相公，急上辭官表，共行孝道。（生云）夫人，只怕你去不得。（貼云）相公，我豈敢憚煩惱？豈敢憚劬勞？同去拜你爹，拜你娘，親把墳塋掃

〔一〕眉批：耄：今作『貌』，非。

〔二〕眉批：聖：今多作『漢』，不通。

〔三〕眉批：像貌：今多作『想像』，則一句道盡矣，何用『是我』句？坊本輕易，大率□此。

也。使地下亡靈安宅兆。[一]（合前）

【餘文】（合）幾年間分別無音耗，奈千山萬水迢遥。天那！只爲三不從，生出這禍苗。

（生）只爲君親三不從，（旦）致令骨肉兩西東。

（貼）今宵賸把銀釭照，（旦）猶恐相逢是夢中。

第三十八齣　張公遇使

【南吕引子·虞美人】（末唱）青山古木何時了，[二]斷送人多少。孤墳誰與掃荒苔？連塚陰風吹送紙錢遶。

冥冥長夜不知曉，寂寂空山幾度秋。泉下長眠人未醒，悲風蕭瑟起松楸。老漢曾受趙五娘之託，教我爲他看管墳塋。這兩日有些閒事，不曾看得，今日只索去走一遭。

【仙吕入雙調·步步嬌】（末唱）呀！只見黄葉飄飄把墳頭覆，厮趕的皆狐兔。（望科）敢是誰砍了樹木去？爲甚松楸漸漸疏？（滑倒科）咳！甚麽絆我這一倒？却元來是苔把磚封，笋迸

[一] 眉批：今本盡改作『與地下亡靈添榮耀』，豈是賢媛語？

[二] 眉批：古木：坊本間作『今古』，非。

泥路。老員外，老安人，自古道：未歸三尺土，難保百年身。已歸三尺土，難保百年墳。只怕你難保百年墳。我老夫在日，尚來爲你看管。若老夫死後呵，教誰添上你三尺土。（丑扮李旺上）

【前腔】（丑唱）渡水登山多勞苦，來到這荒村塢。遥觀一老夫，試問他家，住在何所。趲步向前行，呀！却是一所荒墳墓。

（相見科）（末云）小哥，你從那裏來？（丑云）小人從京都來。（末云）却往那裏去？（丑云）奉蔡相公差至此。（末云）你相公是那裏人？差你來有甚勾當？（丑云）我相公特差小人來請取他的太老爹太夫人和那小夫人，一同到洛陽去。（末云）你相公叫甚麽名字？（丑云）我相公的名字，小人怎敢説？（末云）荒僻去處，但説不妨。（丑云）我相公是蔡伯喈。（末發怒科）

【風入松】（末唱）你不須提起蔡伯喈，説着他每忒歹。（丑云）呀！他有甚歹處？（末唱）他中狀元做官六七載，撇父母抛妻不采。（丑云）他父母在那裏？（末唱）兀的這磚頭土堆，是他雙親在此中埋。（丑云）呀！元來太老爹太夫人都死了呵。不知爲甚的死了？

【前腔】（末唱）一從他别後遇荒災，更無人倚賴。（丑云）這等，是誰承直他兩個？（末唱）虧他媳婦相看待，把衣服和釵梳都解。（丑云）解也須有盡時。（末云）便是。這小娘子解得錢來糴米，做飯與公婆喫。他背地裏把糟糠自捱，公婆的反疑猜。

（丑云）公婆敢道他背後自喫了些好東西麽？（末云）便是。後來呵，

【前腔】(末唱)他公婆的親看見，雙雙痛倒，(一)無錢斷送，剪頭髮賣買棺材。(丑云)他那般無錢，如何築得這一所墳墓？(末唱)他去空山裏，裙包土，血流指，感得神明助，與他築墳臺。

(丑云)自古道孝感天地，果然有此。這小娘子如今在那裏？

【前腔】(末唱)他如今逕往帝都來。(丑云)他把甚麼做盤纏？(末云)小哥，我不瞞你，他彈着琵琶做乞丐。(丑云)蔡相公特地差小人來取他父母妻子，如今太老爹太夫人既死了，小夫人却又去了，如何是好？(末云)你謾着，我與你說與他父母知道便了。老員外，老安人，你孩兒做官，如今差人來取你到京，同享富貴，你去不去？(哭科)叫他不應魂何在？空教我珠淚盈腮。(丑云)公公，你休啼哭。小人如今回去，教俺相公多多做些功果，追薦他便了。(末笑科)他生不能養，死不能葬，葬不能祭。這三不孝逆天罪大，空設醮，枉修齋。

你相公如今在那裏？(丑云)我相公如今入贅牛丞相府裏。

【前腔】(末唱)小哥，你如今疾忙便回，說我張老的道與蔡伯喈。(丑云)道甚麼來？(末唱)道你拜別人的爹娘好美哉，親爹娘死，不值你一拜。(丑云)公公，你休錯埋冤了人。他要辭官，官裏不從；辭婚，我太師不從。也只是没奈何了。(末云)恁的呵，元來他也是無奈，好似鬼使神差。他

(一) 眉批：痛倒：今盡作『氣死』『痛死』，大謬不然。

當元在家不肯赴選，他爹爹不從他。這是三不從把他厮禁害，三不孝亦非其罪。（丑云）公公，你險些錯埋冤了人。（末唱）這是他爹娘福薄運乖，人生裏都是命安排。

（丑云）敢問公公高姓？（末云）小哥，老漢不是别人，張太公的便是。當初蔡伯喈臨去之時，把父母囑付與我。如今他父母身死，小娘子又去京都尋他，將近去了個半月日。你如今回去，一路上但見一個婦人，道姑打扮，拿着一個琵琶，背着一軸真容的，便是你相公的小娘子。你把盤纏好好承直他去便了。（丑云）理會得。小人告别了。

（末）雙親死了已無依，今日回來也是遲。

（丑）夜静水寒魚不餌，滿船空載月明歸。

第三十九齣　散髮歸林

【仙吕入雙調・風入松慢】（外唱）女蘿松柏望相依，況景入桑榆。他椿庭萱室齊傾棄，怎不想家山桃李？中雀誤看屏裏，乘龍難駐門楣。

自古道：人無遠慮，必有近憂。自家當初不仔細，一時間不信我那院子的説話，定要招蔡伯喈爲婿，指望養老百年。誰想道他父母俱亡，如今他媳婦徑來尋取。聞説我女孩兒也要和他同去，不知是否？待我唤院子出來問他，便知端的。院子那裏？（末云）紋犀欲下意沉吟，棋局排來仔細尋。猶恐中間差一着，教人錯用滿枰心。相公有何鈞旨？（外云）院子，説道蔡狀元的父母身死，他媳婦來尋他，我的小姐也要和他同去。你知道麽？（末云）男女不知，老姥姥必知端的。（外云）如此，叫老姥姥過來。

【仙吕過曲·光光乍】（净唱）女婿要同歸，岳丈意何如？忽叫阿奴緣何的？想必與他做區處。〔一〕

（外云）老姥姥，見説蔡狀元的父母身死，他的媳婦來此尋他，我的小姐也要和他同去，此事是否？（净云）果是，小姐要同去。（外云）呀！我小姐同去做甚麽？（净云）相公，他父母都死了，只是一個媳婦支持；如今小姐要同他回去守服，有何不可？（外怒云）我的小姐如何與別人帶孝？（净云）相公息怒，聽老奴告稟。

【南吕過曲·古女冠子】（净唱）媳婦事舅姑合體例，相公，怎不教女孩兒同去？當初是相公相留住，〔二〕今日裏怨着誰？（外云）胡説！我不教女孩兒去，却待怎的？（净云）相公，事須近理，怎使聲勢？休道朝中太師威如火，那更路上行人口似碑。（合）説起此事，費人區處。

【前腔】（末唱）我相公只慮着多嬌女，怕跋涉萬山千水。相公，只一件，女生向外從來語，況既已做人妻。夫唱婦隨，不須疑慮。這是藍田種玉結親誤，今日裏船到江心補漏遲。（合前）

〔一〕眉批：做區處：一作『説去處』，亦通。
〔二〕眉批：相公：今盡作『你』，大無矩矱。

【前腔】（外唱）當初是我不仔細，誰知道事成差池？痛念深閨幼女多嬌媚，怎跋涉萬餘里？天那！我嫡親更有誰？怎忍分離？罷！罷！不教愛女擔煩惱，也被傍人講是非。（合前）

（外云）老姥姥，你和院子也説得是，只得由他去罷。（浄云）恰好狀元小姐都來了。

【雙調引子・五供養】（生唱）終朝垂淚，爲雙親使我心痗。（貼唱）親墳須共守，只得離神京。（生云）夫人，且商量個計策，猶恐你爹行不肯。（合）若是他不肯，難説道君王有命。〔一〕

（相見科）（外云）賢婿，我聞説你父母背棄，你媳婦來此相尋，此事果否？（生云）此事果然，愚婿正來禀知岳丈。（外云）這可是伯喈的媳婦麽？（旦云）奴家便是。（外云）賢哉！賢哉！（貼云）孩兒有一事拜覆爹爹知道：娶妻所以養親。孔子云：生事之以禮；死葬之以禮，祭之以禮。若姐姐爲蔡氏之婦，生能竭奉養之力，死能備棺槨之禮，葬能盡封樹之勞；孩兒亦爲蔡氏婦，生不能供甘旨，死不能盡擗踊，葬不能事窀穸。以此思之，何以爲人？誠得罪於舅姑，實有愧於姐姐。今特講於爹爹之前，願居於姐姐之下。（外云）賢哉吾女！道得是，道得是，道得是。（旦云）自古道：人有貴賤，不可概論。（外云）五娘夫人是香閨繡閣之名姝，奴家是裙布釵荆之貧婦；况承君命以成婚，難讓妾身而居右。（外云）五娘子，你今日既無父母，又喪公姑，恰便是我的女孩兒一般；况你身先歸於蔡氏，年又長於吾兒；此寔

〔一〕眉批：『難説』句乃包括賜婚，大是佳句。坊本改『也索向君王請命』，則翁婿父子情何以堪？

當禮，不必多辭。（生云）你兩個只做姊妹相呼便了。（衆云）這個説得極是。（生云）愚婿今日拜辭岳丈，領二妻同歸故里，共行孝道。待服滿之後，再來侍奉尊顏。（外云）賢婿，我其實捨不得你去。今日你爹娘既不幸了，我也難再留你。（貼云）爹爹，孩兒暫別尊顔，實出無奈。爹爹善保尊體，不必掛牽。（外哭云）孩兒，你如今去拜舅姑的墳墓，竟不念我？（貼云）爹爹放心，孩兒此去，不過三年之期。（外悲云）苦！女兒終是向外。兀的不痛殺我也！（衆云）相公不須煩惱。（生、旦、貼拜辭科）

【大石調過曲·摧拍】（生唱）念蔡邕爲雙親命傾，遭不孝逆天罪名，今辭了帝廷。感岳丈慇懃，豈敢忘情？痛父母恩深，久負亡靈。㈠（合）辭別去，同到墳塋。心慽慽，淚盈盈。

【前腔】（旦唱）念奴家離鄉背井，謝公相教孩兒共行。非獨故里榮，我泉下公婆，死也目瞑。（外云）五娘子，我女孩兒少長閨門，凡事望你指顧。（旦唱）我自看承你孩兒，不須叮嚀。（合前）

【前腔】（貼唱）覷爹爹衰顔皤鬢，思量起教人淚零。爹爹，我進退不忍。我待不去呵，誤了公婆，被人譏評；我待去呵，撇了爹爹，没人温凊。（合前）

【前腔】（外唱）孩兒，此別去，你的吉凶未憑。再來時，我的存亡未審。賢婿，吾今已老景。畢竟你没爹娘，我没親生。若是念骨肉，一家須早辦回程。（合前）

㈠ 眉批：久：一作『敢』。

【正宫過曲·一撮棹】（生唱）岳丈，你寬心等，何須苦掛縈？（外唱）賢婿，把音書寫，頻頻寄郵亭。（貼云）老姥姥，爹年老，伊家須是好看承。（净唱）程途裏，各願保安寧。（旦唱）死别全無準，生離又難定。（合）今去也，未知何日返神京？

（外云）你三人去，途中須要保重。（生、旦、貼云）謝得尊人掛念。

【哭相思尾】（合唱）最苦生離難抛捨，未知再會何時也。（生、旦、貼並下）

（外）女婿今朝已别離，老身孤苦有誰知。

（合）夫唱婦隨同歸去，一處思量一處悲。

第四十齣　李旺回話

（丑扮李旺上）

【柳穿魚】（一）（丑唱）心忙似箭走如飛，歷盡艱辛有誰知？　夜静水寒魚不食，滿船空載月明歸。（二）　歸來後，到庭除，未知相公在何處？

（一）　眉批：　自四十折後精神遞減，辭意全疏，元本今本亦臧否錯見矣。【柳穿魚】【翫仙燈】今或作【普賢歌】，語更俚俗。

（二）　船：　原作『般』，據汲古閣刊本《繡刻琵琶記定本》改。

李旺蒙老相公差去陳留，請取蔡相公的老員外、老安人、小娘子。不想他兩位老的都死了，小娘子又來了；教我空走這一遭。如今且未好對老相公説，先説與蔡相公知道。呀！怎的房門都閉了？敢是蔡相公入朝去了，小姐要幽静，閉着門呵？開門，開門。

【翫仙燈】（外唱）門外有人聲，是誰來諠譁鬧炒？

（丑云）老相公，是李旺。（外云）李旺，你回來了？你知道麽，我小姐和蔡相公都回家去了？（丑云）蔡相公小娘子曾到這裏不曾？（外云）我見他了。李旺，我且問你：蔡相公父母既死了，媳婦又來了；你到那裏，曾見甚麽人？

【南吕過曲·風帖兒】（丑唱）相公，我到得陳留，逢着一個故老，在他爹娘墳上拜掃。他道他爹娘呵，果然饑荒都喪了。他媳婦也來到，枉教人走這遭。

【前腔】（外唱）李旺，我如今去朝廷上表，奏蔡氏一門孝道。管取吾皇降丹詔，把他召。我自去陳留走一遭。

（丑云）老相公，這個趙氏，其實難得！（外云）便是，一家都難得。一來蔡伯喈不忘其親，二來趙五娘子孝於舅姑，三來我小姐又能成人之美；一門孝義如此，理當保奏，請行旌表。（丑云）相公道得最是。

（外）五更三點奏朝廷，（丑）今古難求此樣人。

（合）管取一封天子詔，表揚四海孝賢名。

第四十一齣　風木餘恨

（生、旦、貼帶侍從上）

【雙調引子・梅花引】（生唱）傷心滿目故人疏，看郊墟，盡荒蕪。（旦、貼唱）惟有青山，添得個墳墓。（合）慟哭無聲長夜曉，問泉下有人還聽得無？

〔玉樓春〕（生云）他鄉萬點思親淚，不能滴向家山地。（旦云）如今有淚滴家山，欲見雙親渾無計。（貼云）荒墳衰草連寒烟，蒼苔黄葉飛蘋蘩。（生云）欲聽雞聲來問寢，忽驚蟻夢先歸泉。（旦云）人生自古誰無死，嗟君此恨憑誰語。（貼云）可憐衰絰拜墳塋，不作錦衣歸故里。（生云）夫人，此處便是爹媽墳墓，我和你先拜了雙親，還要去拜謝張太公。（旦、貼云）正是如此。（拜奠科）

【仙吕入雙調・玉雁兒】（生唱）孩兒相誤，爲功名擔擱了父母。都緣是孩兒不得歸鄉故。爹爹、媽媽，你怎便先歸黄土？乾坤豈容不孝子？名虧行缺不如死，只愁我死缺祭祀。（合）對真容形衰貌枯，想靈魂悲咽痛苦。

【前腔】（旦）百拜公姑，望矜憐恕責我夫。你孩兒贅居牛相府，日夜要歸難離步。你這新媳婦呵，堅心雅意勸親父，同歸故里守孝服，今日雙雙來廬墓。（合前）

【前腔】（貼）不孝的媳婦，恨當初爲我耽誤了丈夫。喫人談笑生何補？我待死呵，又羞見公姑。公公、婆婆，我生前不能穀相奉侍，何如事你向黃泉路？只一件，我死了呵，㈠家中老父誰看顧？（合前）

（生云）呀！只見朔風四起，瑞雪横空，天氣甚冷。左右，且迴避着。（衆下）（末扮張太公上）

【前腔】（末唱）樓臺銀鋪，遍青山渾如畫圖。乾坤似他衣衰素，故添個縞帶飛舞。你躃踊慟哭直恁苦，那堪大雪添淒楚？事當逆來順受，抑情就禮通今古。（合前）

（生云）呀！張太公來了。卑人父母生死，皆蒙太公周濟，正道拜了父母墳塋，就到宅上拜謝，少效銜環之報，何勞太公先降？（末云）説那裏話？蔡相公，你腰金衣紫，可惜令尊令堂相繼謝世，不得盡你孝心。正是：樹欲静而風不寧，子欲養而親不逮。這也是他命該如此。你今日榮歸故里，光耀祖宗。雖是他生前不能享你的禄養，死後亦得沾你的恩典。老夫苟延殘喘，又得相見。僥倖！僥倖！你今在此盧墓，老夫合當陪伴，但有牛氏夫人在此，怕不穩便。暫且告别，再來相看。

（生）多謝深恩不敢忘，（末）稍寬愁緒節悲傷。

（旦）親墳共掃添榮耀，（貼）不負詩書教子方。

㈠　眉批：今本盡失生白，所謂失之毫釐者。

第四十二齣　一門旌奬（一）

【商調引子・逍遥樂】（生唱）寂寞誰憐我？空對孤墳珠淚墮。（旦唱）光陰撚指過三春。（貼唱）幽途渺渺，滯魄沉沉，誰與招魂？

（生云）夫人，你看兩木連枝誰手栽？相馴白兔走墳臺。（旦、貼云）無心動植呈祥瑞，否極應須會泰來。（末上云）一封丹詔從天下，忽聽傳聞動郊野。説道旌表一門閭，未卜此爲何人也？（末云）蔡相公，外面喧傳有詔書到此，旌表孝義，想必爲足下而來。（生云）人間孝者亦多，卑人何足稱孝？假如大舜、曾參之孝，亦是人子當盡之事，何足旌表？（末云）你説那裏話？老夫當初也只道你貪名逐利，撇了父母妻室，不肯還家，到如今纔得個分曉。《孝經》云：孝弟之至，通於神明，光於四海，無所不通。今見你墳頭枯木生連理之枝，白兔有馴擾之性。祥瑞若此，吉慶必來。

【仙吕入雙調・六么令】（末唱）連枝異木新，見墳臺白兔如馴。禽獸草木尚懷仁，這一封丹詔必因君。（合）料天也會相憐憫。

【前腔】（生唱）皇恩若念臣，我也不圖禄及吾身。只愁恩不到雙親，空辜負，這孤墳。（合前）

（一）眉批：此齣今本皆極其穿鑿，或添入數十百言，雖依舊本删正，亦未可信其爲全璧也，唯俟博畜君子收其全耳。

【前腔】（旦唱）知他假與真？謝得公公，報説殷勤。太公，空教你爲我受艱辛，今日裏，有誰旌表你門庭？（合前）

【前腔】（貼唱）來使是何人？悶中無由詢問一聲。（生云）夫人要問甚麽？（貼唱）無由詢問我家君，知他安與否，死和存？（合前）（丑扮縣官上）

【前腔】（丑唱）敕書已來近，看街市上人亂紛紛。咱每只得忙前奔，備香案，接皇恩。（合前）

（相見科）（生云）何處官長？因甚到此？（丑云）下官本縣知縣。告大人得知：今日天朝牛丞相親賫詔書，到此開讀。旌表大人一門孝義，加官進職，起服到京。下官特來鋪設香案，迎接皇恩，請大人改換吉服等候。（生云）卑人孝服，未可更易。（丑云）先王制禮，賢者俯而就，不肖者跂而及。今大人服制已滿，況天朝恩典，禮當從吉。（衆云）説得是。（生云）門閭旌表感吾皇。（旦、貼云）孝服今朝換吉裳。（合）不是一番寒徹骨，争得梅花撲鼻香？（生、旦、貼下）（外引侍從上）

【前腔】（外唱）風霜已滿鬢，玉勒雕鞍，走遍紅塵。今日到此喜欣欣，重相見，解愁悶。（合前）

（淨云）這裏就是蔡相公廬墓所在，請相公駐節。（生、旦、貼吉服上）

【前腔】（合唱）心荒步又緊，想皇恩已到寒門。披袍秉笏更垂紳，冠和帶，一番新。（合前）

（外云）聖旨已到，跪聽宣讀。皇帝詔曰：朕惟風俗爲教化之基，孝弟爲風俗之本。去聖逾遠，淳風日漓。彝倫攸斁，朕甚憫焉。其有克盡孝義，〔一〕敦尚風化者，可不獎勸，以勉四海？議郎蔡邕，篤於孝行。富貴不足以解憂，甘旨常關於想念。雖違素志，竟遂佳名。委職居喪，厥聲尤著。其妻趙氏，獨奉舅姑。服勞盡瘁，克終養生送死之情，允備貞潔韋柔之德。糟糠之婦，今始見之。牛氏善諫其父，克相其夫。罔懷嫉妬之心，實有遜讓之美。曰孝曰義，可謂兼全。斯三人者，朕甚嘉之。使四海億兆，皆當儀刑斯人，垂範將來。風移俗易，教美化行。唐虞三代，誠可追配。是用寵錫，以彰孝義。蔡邕授中郎將，妻趙氏封陳留郡夫人，牛氏封河南郡夫人，限日赴京；父從簡贈十六勳，母秦氏贈天水郡夫人。於戲！風木之情何深，式彰風化之表；霜露之思既極，宜沾雨露之恩。服此休嘉，慰汝悼念。謝恩！（生、旦、貼謝恩科）（外拜墳科）（生、旦、貼拜謝外科）（生云）荷蒙岳丈保奏，愚婿何以克當？（貼云）自別尊顏，且喜無恙。（外云）孩兒，且喜各保安康，再得相見。（丑、末相見科）（外云）此二位是誰？（丑云）下官是陳留縣知縣。（末云）老漢是蔡相公鄰人張廣才。（生云）卑人父母，多多得他周濟。（外云）元來就是張太公呵，俺朝裏也聞他仗義高名。賢婿，你今起服回朝，未得展報深恩。我有黄金一笏送與，聊表報答之意。（生云）太公，請收下。（末云）救災䘏鄰，萬古之道；又況你二親不保，實有愧顔。何敢受令岳之賜？（生云）太公且暫收下，卑人尚當申奏朝廷，還有區區犬馬報效。（末云）説那裏話？此金斷然不敢受。（外云）賢婿，張公高義的人，不可再强。老夫回京，當奏請官職

〔一〕　克盡：原作『盡克』，據汲古閣刊本《繡刻琵琶記定本》改。

俸禄，以酬大恩便了。

【仙吕過曲·一封書】（外唱）我恭奉聖旨，跋涉程途千萬里。吾皇親賢意甚美，因探孩兒並女婿。賢婿，你夫婦呵，數載辛勤雖自苦，一旦榮華人怎比？（合）耀門閭，進官職，孝義名傳天下知。

【前腔】（生唱）兒不孝，有甚德？蒙岳丈過主維。（作悲科）何如免喪親？又何須名顯貴？可惜二親饑寒死，博得孩兒名利歸。（合前）

【前腔】（旦唱）把真容重畫取。公公、婆婆，如今封贈伊，把你這眉兒放展舒。只愁你瘦儀容難做肥。今日呵，豈獨奴心知感德，料你也銜恩泉石裏。（合前）

【前腔】（貼唱）從別後倍哀戚，況家中音信稀。爲公姑多怨憶，爲爹行常淚垂。今日見公姑無媿色，又得與爹行相依倚。（合前）

【永團圓】（衆唱）名傳四海人怎比？豈獨是耀門閭？人生怕不全孝義，聖明世，豈相棄。這隆恩美譽，從教何所愧，萬古青編記。如今便去，相隨到京畿。拜謝皇恩了，歸院宇一家賀喜。共設華筵會，四景常歡聚。

【尾聲】（合）顯皇猷，開盛治。共説孝男並孝女，願玉燭調和聖主垂。

下場詩：

（生）自居墓室已三年，（外）今日丹書下九天。

（旦、貼）莫道名高并爵貴，（衆）須知子孝與妻賢。

琵琶記

目録

琵琶記題詞

新都黄正位著

南歌北曲，由來尚矣。語千古絶技者，非中郎傳奇乎？彼其所謂九宫十一調，各有體裁，近世刻者率多魯魚亥豕，序者又復數白論黄，雖欲博周郎一顧難之矣。不佞學慚窺豹，詎敢蚓鳴續貂？惟率由舊章屬之，剞劂而更新之耳。

新校琵琶記始末凡例

一 考《大閴索隱》云：高則誠字東嘉，與王四相友善。〔一〕王四亦當時知名士，後以顯達離操，遂易其妻周氏而坦腹於時相不花氏家。東嘉欲挽救不可得，乃作此奇以諷之。而託姓蔡者，以王四少賤常爲人傭菜也。趙五娘者，以姓傳，自趙至周而恰五也；牛丞相者，以不花家居牛渚也。以『琵琶』名，以其中有四『王』字也。所謂張太公者，蓋東嘉以太公自寓耳。奇出，都人士咸快誦之，東嘉繇此益知名當代，發解胡元也。

一 《推蓬剩語》：東嘉因見唐蔡節度墓銘而作此奇。初，蔡未達時，得從相國牛僧孺之子遊，後復同登進士第。牛欲以女弟字蔡，蔡已有婦趙矣，力辭不解。後牛能將順於趙，趙亦無妨於牛，爲一時美談焉。二説未果孰是。

〔一〕 王：原作『田』，據下文改。

一　有《真細録》云：　高皇帝定鼎金陵，偶見《琵琶記》而異之。後廉知其爲王四，遂執王四而付諸法曹。

一　考本奇，諸家刻本凡七十餘種，固是否萬殊，而首編問題東嘉作此。初以蔡中郎爲不忠不孝，無何，夢接蔡中郎而謂之曰：　子能填我於善行，當有美報，可乎？　東嘉覺而奇之，遂易爲全忠全孝。後東嘉果爾發解。但此語罕見記載，姑備録之。

元本出相點板琵琶記目錄

琵琶記目録終

琵琶記卷上

第一齣　副末開場

【水調歌頭】秋燈明翠幕，夜案覽芸編。今來古往，其間故事幾多般。少甚佳人才子，也有神仙幽怪，瑣碎不堪觀。正是：不關風化體，縱好也徒然。論傳奇，樂人易，動人難。知音君子，這般另作眼兒看。休論插科打諢，也不尋宫數調，只看子孝共妻賢。正是：驊騮方獨步，萬馬敢争先。

（問内科）且問後房子弟，今日敷演誰家故事，那本傳奇？（内應科）三不從《琵琶記》。（末云）原來是這本傳奇，待小子略道幾句家門，便見戲文大意。

【沁園春】趙女姿容，蔡邕文業，兩月夫妻。奈朝廷黄榜，遍招賢士；高堂嚴命，强赴春闈。一舉鰲頭，再婚牛氏，利綰名牽竟不歸。饑荒歲，雙親俱喪，此際實堪悲。堪悲，趙女支持，剪下香雲送舅姑。把麻裙包土，築成墳墓；琵琶寫怨，徑往京畿。孝矣伯喈，賢哉牛氏，書館相逢最慘悽。重廬墓，一夫二婦，旌表門閭。

極富極貴牛丞相，施仁施義張廣才。
有真有烈趙真女，全忠全孝蔡伯喈。

第二齣　高堂稱慶〔一〕

【正宮引子·瑞鶴仙】（生唱）十載親燈火，論高才絶學，休誇班馬。風雲太平日，正驊騮欲騁，魚龍將化。沉吟一和，怎離却雙親膝下？且盡心甘旨，功名富貴，付之天也。

〔鷓鴣天〕宋玉多才未足稱，子雲識字浪傳名。奎光已透三千丈，風力行看九萬程。經世手，濟時英，玉堂金馬豈難登？要將萊綵歡親意，且戴儒冠盡子情。蔡邕沉酣六籍，貫串百家。自禮樂名物，以及詩賦詞章，皆能窮其妙；由陰陽星曆，以至聲音書數，靡不得其精。抱經濟之奇才，當文明之盛世。幼而學，壯而行，雖望青雲之萬里；入則孝，出則弟，怎離白髮之雙親。到不如盡菽水之歡，甘虀鹽之分。正是：行孝於己，責報於天。自家新娶妻房，纔方兩月。却是陳留郡人，趙氏五娘。儀容俊

〔一〕高堂稱慶：目録中作『高堂稱壽』。

雅，也休誇桃李之姿；德性幽閒，(一)儘可寄蘋蘩之託。正是：夫妻和順，父母康寧。《詩》中有云：『爲此春酒，以介眉壽。』今喜雙親既壽而康，對此春光，就花下酌杯酒，與雙親稱壽，多少是好？昨已囑付五娘子安排，不免催促則個。娘子，酒完了，請爹媽出來。（旦内應科）（外扮蔡公、淨扮蔡婆上）

【雙調引子·寶鼎現】（外唱）小門深巷，春到芳草，人閒清晝。（淨唱）人老去星星非故，春又來年年依舊。（旦扮趙氏上）最喜今朝春酒熟，滿目花開如繡。（合）願歲歲年年，人在花下，常斟春酒。

（外云）孩兒，你請我兩個出來做甚麽？（生跪科）告爹媽得知：人生百歲，光陰幾何？幸喜爹媽年滿八旬，孩兒一則以喜，一則以懼。當此青春光景，閒居無事，聊具一杯蔬酒，與爹媽稱慶則個。（淨笑云）阿老有得喫。（外云）阿婆，這是子孝雙親樂，家和萬事成。（生進酒科）

【雙調過曲·錦堂月】（生唱）簾幕風柔，庭幃晝永，朝來峭寒輕透。親在高堂，一喜又還一憂。惟願取百歲椿萱，長似他三春花柳。（合）酌春酒，看取花下高歌，共祝眉壽。

【前腔換頭】（旦唱）輻輳，獲配鸞儔。深慚燕爾，持杯自覺嬌羞。怕難主蘋蘩，不堪侍奉箕箒。惟願取偕老夫妻，長侍奉暮年姑舅。（合前）

(一) 性：原作『姓』，據汲古閣刊本《繡刻琵琶記定本》改。

【前腔換頭】（外唱）還愁，白髮蒙頭。紅英滿眼，心驚去年時候。只恐時光，催人去也難留。孩兒，惟願取黄卷青燈，及早換金章紫綬。（合前）

【前腔換頭】（浄唱）還憂，松竹門幽。桑榆暮景，明年知他健否安否？嘆蘭玉蕭條，一朵桂花堪茂。媳婦，惟願取連理芳妍，得早遂孫枝榮秀。（合前）

【醉翁子】（生唱）回首，嘆瞬息烏飛兔走。喜爹媽雙全，謝天相佑。（旦唱）不謬，更清淡安閒，樂事如今誰更有？（合）相慶處，但酌酒高歌，共祝眉壽。

（外云）孩兒，你今日爲我兩個慶壽，這便是你的孝心。人生須要忠孝兩全，方是個丈夫。我纔想將起來，今年是大比之年。昨日郡中有吏來辟召，你可上京取應。倘得脱白掛緑，濟世安民，這纔是忠孝兩全。（生云）爹媽高年在堂，無人侍奉，孩兒豈敢遠離？實難從命。

【前腔換頭】（外唱）卑陋，論做人要光前耀後。勸我兒青雲萬里，早當馳驟。（浄唱）聽剖，真樂在田園，何必區區公與侯？（合前）

【僥僥令】（生、旦）春花明綵袖，春酒泛金甌。但願歲歲年年人長在，父母共夫妻相勸酬。

【前腔】（外、浄）夫妻好廝守，父母願長久。坐對兩山排闥青來好，看將一水護田疇，緑遶流。

【十二時】山青水緑還依舊，嘆人生青春難又，惟有快活是良謀。

逢時對景且高歌，須信人生能幾何。
萬兩黄金未爲貴，一家安樂值錢多。

第三齣　牛氏規奴

（末扮老院子上）風送爐香歸别院，日移花影上閒庭。晝長人静無他事，惟有鶯啼三兩聲。小子不是别人，却是牛太師府裏一個院子。若論俺太師的富貴，真個：只有天在上，更無山與齊。舉頭紅日近，回首白雲低。怎見得富貴？他勢壓中朝，資傾上苑。白日映沙堤，青霜凝畫戟。門外車輪流水，城中甲第連天。瓊樓酬月十二層，錦障藏春五十里。香散綺羅，寫不盡園林景致；影摇珠翠，描不就庭院風光。好耍子的油碧車輕金犢肥，没尋處的流蘇帳暖春雞報。畫堂内持觴勸酒，走動的是紫綬金貂；繡屏前品竹彈絲，擺列的是朱唇粉面。璹瑁筵前爇寶香，真個是朝朝寒食；琉璃影裏燒銀燭，果然是夜夜元宵。這般樣福地洞天，可知有仙姝玉女。休誇富貴的牛太師，且説賢德的小娘子。真個好一位小娘子呵！看他儀容嬌媚，一個没包彈的俊臉，似一片美玉無瑕；體態幽閒，半點難勾引的芳心，如幾層清冰徹底。珠翠叢中長大，倒堪雅淡梳妝；綺羅隊裏生來，却厭繁華氣象。怪聽笙歌聲韻，惟貪針指工夫。愛景清幽，鎮白日何曾離繡閣？笑人游冶，傍青春那肯出香閨？開遍海棠花，也不問夜來多少；飛殘楊柳絮，竟不道春去如何。要知他半點貞心，惟有穿瑣窗的皓月；能回他一雙嬌眼，除非翻翠幌的清風。〔一〕決非慕司馬的文君，肯學選伯鸞的德耀。更羡他知書知禮，是一個不趨蹌的秀才；若論他有德有行，好一位戴冠兒的君子。多應是相門相種，可惜不做廝兒；少甚麽王子王孫，争要求爲佳配。呀！理會得麽？他是玉皇殿前掌書仙，一點塵心謫九天。莫怪蘭香熏透骨，霞衣曾惹御爐煙。呀！好怪麽！只見府堂中老姥姥和惜春姐兩個，笑哈哈舞將出來。我且躲在一邊，看他來此做甚麽？（浄扮老姥姥、丑扮惜春上）

【仙吕入雙調·雁兒落】（浄唱）庭院重重，怎不怨苦？要尋個男兒，又無門路。（丑唱）甚年能彀和一丈夫，一處裹雙雙雁兒舞？

（相見科）（末云）來，我且問你兩個：往常間不曾恁的快活，今日如何這般快活？（丑云）院公，你那得知我喫小姐苦哩！并不許半步胡踹，又不要我説男兒那邊厢去。咳！苦也！你不要男兒，我須要哩！他也道我和他相似，笑也不許我笑一笑。今日天可憐見，喫我千方百計去説動他，只限我半個時辰去後花園閒耍一遭，〔二〕你道我如何不快活？（浄云）院公，便是我也千不合萬不合前生不曾種得福田，爹娘把我送在府堂中做個丫頭。今年紀老了，不曾得一日眉頭舒展。今日天可憐見，老相公入朝，我纔得偷身來此閒耍一遭，你道我如何不快活？（末云）元來恁的，可知道你二人快活也。（浄云）

〔一〕除：原作『條』，據汲古閣刊本《繡刻琵琶記定本》改。

〔二〕限：原作『恨』，據汲古閣刊本《繡刻琵琶記定本》改。

院公，你伏侍老相公，却是公的又撞着公的；　我與惜春伏侍小姐，却是雌的又撞雌的。（末云）呀！老姥姥，你怎的説這話？　惜春年紀小，也怪他傷春不得。　你年紀這般老大，也説這般傷春的話，成甚麽様子？（浄云）哼嗯老畜生，倒喫你識破了！[一]　却不道秋茄晚結，菊花晚發？　我雖然老便老，似京棗。　外面皺，裏頭好。　你不聞東村有個老太婆，年紀七八十歲，頭光撻撻的，也只要嫁人。　人問道：婆婆，你這般老了，又要去嫁人怎的？　那婆婆做四句詩，應得好。（末云）如何説？（浄云）道是：　人生七十古來稀，不去嫁人待何時？　下了頭髻床上睡，枕頭上架兩個大雷搥。（末云）你有些欠尊重。（丑云）休閒説，今日能彀得來此花園遊嬉，也不容易。　又撞着院公在此，咱每三個何不做個耍子？（末云）也説得是。　還是做甚麽耍子好？（浄云）院公，和你踢氣毬耍子？（末云）不好。（浄云）怎的不好？［西江月］（末云）白打從來逞藝，官場自小馳名。　如今年老脚跛蹭，圓社無心馳騁。　空使繡襦汗濕，漫教羅襪生塵。　兀的是少年子弟俏門庭，老姥姥，不是你寶妝行徑。（丑云）院公，踢氣毬不好，便和你鬬百草耍子？（末云）也不好。（丑云）怎的不好？（末云）香徑裏攀殘柳眼，雕闌畔折損花容。　又無巧藝動王公，枉費工夫何用？　驚起嬌鶯語燕，打開浪蝶狂蜂。　若還尋得個并頭紅，惜春姐，早把芳心引動。（浄、丑云）院公，你道兩樣都不好，如今打鞦韆耍子好麽？（末云）這個却好。　你

[一] 倒：原作「何」，據汲古閣刊本《繡刻琵琶記定本》改。

聽我説：玉體輕流香汗，繡裙蕩漾明霞。[一] 纖纖玉手綵繩拿，真個堪描堪畫。本是北方戎戲，移來上苑豪家。女娘撩亂隔墻花，好似半仙戲耍。（浄、丑云）恁的便打鞦韆。只是没有架子。（末云）這花園中那裏得他？一來老相公不喜，二來小娘子不好；縱有也倒壞了。（丑云）院公，没奈何，我每三個在這裏廝輪做個鞦韆架，一人打，兩人擡。（末云）如此也好。誰人先打？（浄、丑云）我兩人擡，院公先打。（做架科）（末云）你兩人不要跌了我。（浄、丑云）院公，你放心，只管上去打。（末打科）

【窣地錦襠】（末唱）花紅柳緑草芊芊，正值春光艷陽天。我和你不來此處打鞦韆，爲人一生也徒然。

（放跌科）（末云）你兩個跌得我好！如今輪該老姥姥打。（浄云）你兩人也不要跌了我。（末云）老姥放心，不妨事，只管打。（浄打科）

【前腔】（浄唱）春光明媚景色鮮，遊遍花塢聽杜鵑。那更上苑柳如綿，我和你不打鞦韆枉少年。

（放跌科）（浄云）你兩個騙得我好！[二] 如今輪該惜春打。（丑云）你兩人也不要跌了我。（浄云）惜春放心，也只管打便罷。（丑打科）

[一] 漾：原作『樣』，據汲古閣刊本《繡刻琵琶記定本》改。

[二] 個：原作『固』，據汲古閣刊本《繡刻琵琶記定本》改。

【前腔】（丑唱）奴是人間快活仙，喫了飽飯愛去眠。莫教小姐來撞見，那時高高弔起打三千。

（放跌科）（貼扮牛氏上云）莫信直中直，須防仁不仁。是要得好呵！（末、浄走下）（丑做不知云）你兩個人騙得我好！如今我打了，又該院公打。（貼扯丑耳科）賤人，恁的爲人不尊重，只要閒嬉并閒哄！（丑驚科）小姐，教人怎不去閒哄？你看那鞦韆架上兀自走動哩。（貼云）賤人！我只教你在此閒玩片時，誰許你如此？（丑云）小姐，奴家心裏憂悶，只得在此消遣則個。（貼云）賤人，你心中憂悶怎的？（丑云）小姐，奴家名唤做惜春，見這春去了，便自傷春起來，教人如何不悶？（貼云）賤人，有甚傷春處？（丑云）小姐，我早晨裏只聽疏辣辣寒風吹散了一簾柳絮，晌午間只見淅零零細雨打壞了滿樹梨花。一霎時囀幾對黄鸝，猛可地叫數聲杜宇。奴家見此春去，如何不悶？（貼云）春光自去，有甚麽悶來？我和你去習學女工便了。（丑云）咳！苦也！這般天氣，誰不去閒嬉？小姐却教惜春去習女工，兀的不是悶殺惜春麽？（貼云）婦人家誰許你閒嬉？不習女工，有甚勾當？你却不學那不出閨門的！（丑云）小姐，你有盈箱羅綺，滿頭珠翠，少甚麽子，却這般自苦？（貼云）賤人！好怪麽！做女工是你本分的事，問有和没有做甚麽？（丑云）恁的惜春拜辭小姐去也。（貼云）你拜辭我那裏去？（丑云）小姐，我去伏侍别人，與他傳消遞息，隨趁也得些快活。（貼云）咳！賤人，你伏侍我，我有甚虧了你？（丑云）小姐，我伏侍着你時節，見男兒也不許我擡頭看一看。前日艷陽天氣，花紅柳緑，猫兒也動心，你也不動一動；如今暮春時候，鳥啼花落，狗兒也傷情，你也不傷一傷。惜春其實難和小姐過活。（貼云）呀！　這賤人，你是顛是狂，説這般話？　我就去對老相公説，好生施行你。（丑跪科）小姐，可憐見惜春心裹悶，因此這般説。（貼云）賤人，我饒你這遭。　你看麽。

【越調引子·祝英臺近】（貼唱）綠成陰，紅似雨，春事已無有。（丑唱）聞説西郊，車馬尚馳驟。（貼唱）怎如柳絮簾櫳，梨花庭院，（合）好天氣清明時候。

〔玉樓春〕（丑云）清明時節單衣試，争奈晝長人静重門閉。（貼云）我芳心不解亂縈牽，羞睹游絲與飛絮。（丑云）小姐，我在繡窗欲待拈針指，忽聽鶯燕雙雙語。（貼云）賤人！　無情何事管多情，任取春光自來去。（丑云）小姐，你有甚麽法兒，教惜春休悶哩？（貼云）你且聽我説。

【越調過曲·祝英臺序】（貼唱）把幾分春，三月景，分付與東流。（丑云）小姐，如今鳥啼花落，你須煩惱些麽？（貼唱）啼老杜鵑，飛盡紅英，端不爲春閒愁。（丑云）你不閒愁，也還去賞玩麽？（貼唱）休休，婦人家不出閨門，怎去尋花穿柳？（丑云）小姐，你不去賞玩，只怕消瘦了你。（貼唱）我花貌，誰肯因春消瘦？

【前腔換頭】（丑唱）春晝，只見燕成雙，蝶引隊，鶯語似求友。（貼云）呀！　賤人！　你是人，却説那蟲蟻做甚麽？（丑唱）那更柳外畫輪，花底雕鞍，都是少年閒遊。（貼云）這賤人，你是婦人家，説那男兒的事做甚麽？（丑唱）難守，繡房中清冷無人，我待尋一個佳偶。（貼云）呀！　你倒思量丈夫起來！（丑唱）這般説，我終身休配鸞儔？

【前腔換頭】（貼唱）惜春，知否，我爲何不捲珠簾，獨坐愛清幽？（丑云）清幽，清幽，争奈人愁！（貼唱）縱有千斛悶懷，百種春愁，難上我的眉頭。（丑云）小姐，只怕你不常恁的。（貼唱）休憂，任他春色年年，我的芳心依舊。（丑云）只怕風流年少的哄動你。（貼唱）這文君，可不擔閣了相如琴奏。

【前腔換頭】（丑唱）今後，方信你徹底澄清，我好没來由。（貼云）惜春，你怎的不收斂了心？（丑唱）想像暮雲，分付東風，情到不堪回首。

（貼云）你怎的不學着我？

【前腔換頭】（丑唱）姐姐，聽剖，你是蕊宫瓊苑神仙，不比塵凡相誘。（貼云）恁地，自隨我習女工便了。（丑唱）我謹隨侍娘行，拈針挑繡。

（丑云）姐姐，你聽那子規却是啼得好哩！

休聽枝上子規啼，悶在停針不語時。

窗外日光彈指過，席前花影坐間移。

第四齣　蔡公逼試(一)

【南吕引子·一剪梅】(生唱)浪暖桃香欲化魚，期逼春闈，詔赴春闈。(二)郡中空有辟賢書，心戀親闈，難捨親闈。

世間好物不堅牢，彩雲易散琉璃脆。蔡邕本欲甘守清貧，力行孝道。誰知朝廷黄榜招賢，郡中把我名字保申上司去了；一壁廂已有吏來辟召，自家力以親老爲辭。這吏人雖則去，只怕明日又來，我只得力辭便了。正是：人爵不如天爵貴，功名争似孝名高。

【南吕過曲·宜春令】(生唱)雖然讀萬卷書，論功名非吾意兒。只愁親老，夢魂不到春闈裏。便教我做到九棘三槐，怎撇得萱花椿樹？天那！我這衷腸，一點孝心對誰語？(末扮張太公上)

【前腔】(末唱)相鄰并，相依倚，往常間有事來相報知。(生云)來的却是張太公呵。(相見科)(末云)秀才，試期逼矣，早辦行裝前途去。(生云)公公，我雙親年老，不敢去。(末云)呀！秀才，子雖

(一) 逼：原作『副』，據目録改。
(二) 詔赴春闈：原闕，據汲古閣刊本《繡刻琵琶記定本》補。

念親老孤單，親須望孩兒榮貴。你趁此青春不去，更待何日？

（生云）公公言極有理。爭奈父母無人奉侍，如何去得？（末云）你既不肯去呵，且看老員外和老安人出來如何説。我想起來，也只是教你去的分曉。道猶未了，老員外來也。

【前腔】（外唱）時光短，雪鬢催，守清貧不圖甚的。有兒聰慧，但得他爲官吾心足矣。（外、末作相見科）（外云）孩兒，天子詔招取賢良，秀才每都求科試。你快赴春闈，急急整着行李。

（末云）呀！老安人也出來了。

【前腔】（净唱）娘年老，八十餘，眼兒昏又聾着兩耳。有兒聰慧，娶得個媳婦方纔六十日。老賊，你强逼他赴着春闈，那時節怕等不得孩兒榮貴。天那！細思之，怎不教老娘嘔氣！

（相見科）（净云）孩兒，我不合娶個媳婦與你。方纔得兩個月，你渾身便瘦了一半；若再過三年，怕不成一個枯髏！（末云）呀！老安人，你要他夫妻不諧呵？（外云）孩兒，如今黄榜招賢，試期已逼。郡中既然辟召你，你有這般才學，如何不去赴選？（生云）告爹爹得知：孩兒非不要去，爭奈爹媽年老，家中無人侍奉。（末云）老員外和老安人，不可不作成秀才去走一遭。（净云）咳！太公，你豈不知道？我家中又没有七子八婿，只有一個孩兒，如何去得？（外云）呀！你怎説這話？如今去赴選的，家中都有七子八婿麼？（净云）老賊，你如今眼又昏，耳又聾，又走動不得。你教他去後，倘有些個差池，教兀誰來看顧你？真個没飯喫便餓死你，没衣穿便凍死你，你知道麼？（外云）你婦人家理會得甚麼？孩兒若做得官時，也改换我門閭，如何不教他去？（生云）爹爹説得自是，只是孩兒難去。

【繡帶兒】（生唱）親年老光陰有幾？行孝正當今日。（末云）秀才此去，必定脱白掛緑。（生唱）太公，終不然爲着一領藍袍，却落後五綵斑衣。思之，此行榮貴雖可擬，怕親老等不得榮貴。（外唱）孩兒，春闈裏紛紛的都是大儒，難道是没爹娘的方去求試？

【前腔】（末唱）秀才，你休疑，男兒漢凌雲志氣，何必苦恁淹滯？秀才，你此回不去呵，可不乾費了十載青燈，枉捱過半世黄虀？須知，此行是親志，你休固拒。秀才，那些個養親之志？（浄唱）我百年事只有此兒，老賊！難道是庭前森森丹桂？

【太師引】（外唱）太公，他意兒難提起，這其間就裏我自知。（末云）老員外知他爲着甚麼？（外唱）他戀着被窩中恩愛，捨不得離海角天涯。（生云）孩兒豈有此心！（外云）你是個讀書之人，我説一個比方與你聽。塗山四日離大禹，你今畢姻已曾兩月，直恁的捨不得分離？（末笑科）呀！秀才，你敢是如此麼？（生云）太公，卑人怎敢？（末唱）秀才，你貪鴛侣守着鳳幃，只怕誤了你鵬程鶚薦消息。

【前腔】（浄唱）太公，他意兒只要供甘旨，又何曾貪歡戀妻？自古道曾參純孝，何曾去應舉及第？功名富貴天付與，天若與不求而至。（生唱）娘言是，望爹行聽取。（外云）呀！娘言的是，父言的非呵！你敢是戀新婚，逆親言麼？（生跪天科）天那！蔡邕若是戀着新婚，不肯去呵，天須鑒蔡邕不孝的情罪！

（外怒云）畜生！　我教你去赴選，也只是要改換門閭，光顯祖宗，你却七推八阻，有許多說話！（生云）爹爹，孩兒豈敢推阻？　爭奈爹媽年老，無人侍奉。萬一有些差池，一來人道孩兒不孝，撇了爹娘，去取功名；　二來人道爹爹所見不達，止有一子，教他遠離。孩兒以此不敢從命。（外云）不從我命也由你，你且說如何喚做孝？（净云）老賊！　你年紀八十餘歲，也不識做孝？　披麻帶索便喚做孝。（外云）咦！　你曉得甚麼？（生云）告爹爹：　凡爲人子者，冬温夏凊，昏定晨省，問其燠寒，搔其痾癢，出入則扶持之，問所欲則敬進之。所以父母在，不遠遊；　出不易方，復不過時。古人的孝，也只是如此。（外云）孩兒，你說的都是小節，不曾說着大孝。（净云）老賊！　你又不曾死，只管教他做大孝，越出去赴選不得。（末云）咦！　這話有些不祥。（外云）孩兒，你聽我說：　夫孝始於事親，中於事君，終於立身。身體髮膚，受之父母，不敢毁傷，孝之始也。立身行道，揚名後世，以顯父母，孝之終也。是以家貧親老，不爲禄仕，所以爲不孝。你若是做得官時節，也顯得父母好處，兀的不是大孝是甚麼？（生云）爹爹說得極是。但孩兒此去，知道做得官否？　若還不中時節，既不能彀事親，又不能彀事君，却不兩下擔閣了？（末云）秀才所見差矣。老漢嘗聞古人云：　幼而學，壯而行；　懷寶迷邦，謂之不仁。孔席不暇暖，墨突不待黔。伊尹負鼎俎於湯，百里奚五羊皮自鬻，也只要順時行道，濟世安民。自古道：學成文武藝，貨與帝王家。秀才，你這般才學，如何不去做官？（净云）太公，你都有好言勸我孩兒去赴選，我有個故事說與你聽。（末云）老漢願聞。（净云）在先東村李員外有個孩兒，也讀兩行書。他爹爹每日鬧炒，只是教孩兒去求官。孩兒喫不過爹爹鬧炒，去到長安，那裏無人擡舉他，遂流落去街上乞食。〔一〕見個平章宰相，他疾忙在地上拜着，叫聲擡舉他。那宰相道：我與你做個養濟院大使，去管你爹娘。這孩兒自思道：做個養濟院大使，如何管得自己的父母？比及他回家，不想他父母無人供養，流落在養濟院裏居住。他父母見孩兒回來，説道：我教孩兒去得是？今日我孩兒做個頭目，衆人也不敢欺負我。你如今勸我孩兒去赴選，千萬叫他做個養濟院頭目回來，衆人也不敢欺負我。（末笑科）老安人，你説這乞丐事，儘教我聽了半日。（外云）孩兒，你趁早收拾行李起程。（生云）爹爹，孩兒去則不妨，只是爹媽年老，教誰看管？（末云）秀才不必憂慮。自古道：千錢買鄰，八百買舍。老漢既忝在鄰居，你但放心前去；若是宅上有些小欠缺，老漢自當應承。（生云）如此，多謝公公！凡事仗託周濟。此行若獲寸進，決不忘恩。卑人没奈何，只得收拾行李便去。

【三學士】（生唱）謝得公公意甚美，凡事仗託扶持。假饒一舉登科日，難道是雙親未老時。只恐錦衣歸故里，怕雙親不見兒。

【前腔】（外唱）萱室椿庭衰老矣，指望你改換門閭。孩兒，你道是無人供養我，若是你做得官來時節呵，三牲五鼎供朝夕，須勝似啜菽并飲水。你若錦衣歸故里，我便死呵，一靈兒終是喜。

〔一〕乞：原作『吃』，據汲古閣刊本《繡刻琵琶記定本》改。

【前腔】（末唱）託在鄰家相依倚，自當效些區區。秀才，你爲甚十年窗下無人問？只圖個一舉成名天下知。你若不錦衣歸故里，誰知你讀萬卷書？

【前腔】（淨唱）一旦分離掌上珠，我這老景憑誰？苦！忍將父母饑寒死，博得孩兒名利歸。你縱然錦衣歸故里，補不得你名行虧。

急辦行裝赴試闈，父親嚴命怎生違？

一舉首登龍虎榜，十年身到鳳凰池。

第五齣　南浦囑别

【雙調引子·謁金門】（旦唱）春夢斷，臨鏡綠雲撩亂。聞道才郎遊上苑，又添離别嘆。（生唱）苦被爹行逼遣，脉脉此情何限。（合）骨肉一朝成折散，可憐難捨拚。

（旦云）官人，雲情雨意，雖可拋兩月之夫妻；雪鬢霜鬟，竟不念八旬之父母？功名之念一起，甘旨之心頓忘，是何道理？（生云）娘子，膝下遠離，豈無眷戀之意？奈堂上力勉，不聽分剖之辭。咳！教卑人如何是好？（旦云）官人，我猜着你了。

【仙吕入雙調·忒忒令】（旦唱）你讀書思量做狀元，我只怕你學疏才淺。（生云）娘子，那見我學疏才淺？（旦唱）官人，只是《孝經》《曲禮》，你早忘了一段。（生云）咳！我幾曾忘了？（旦唱）却不道夏清與冬温，昏須定，晨須省，親在遊怎遠？

【前腔】（生唱）我哭哀哀推辭了萬千。（旦云）那張太公如何説？（生唱）他鬧炒炒抵死來相勸。（旦云）官人，你不去時，也須由你。（生唱）將我深罪，不由人分辯。（旦云）罪你甚的？（生唱）他道我戀新婚，逆親言，貪妻愛，不肯去赴選。

【沉醉東風】（旦唱）你爹行見得好偏，只一子不留在身畔。官人，公婆如今在那裏？（生云）在堂上。（旦云）既在堂上，我和你去説。（生云）娘子，你怎的又不去了？（旦云）罷！罷！罷！我和你去説時節呵，他又道我不賢，要將伊迷戀。苦！這其間教人怎不悲怨？（合）爲爹淚漣，爲娘淚漣，何曾爲着夫妻上掛牽？

【前腔】（生唱）做孩兒節孝怎全？做爹行不從幾諫。（旦云）官人，你爲人子的，不當恁地埋冤他。（生唱）非是我要埋冤，只愁他影隻形單，我出去有誰來看管？（合前）

（生云）呀！爹媽來了。娘子，你且揾了眼淚。

【仙吕過曲・臘梅花】〔一〕（外、净唱）孩兒出去在今日中，爹爹媽媽來相送。但願魚化龍，青雲得路，桂枝高折步蟾宫。

〔一〕曲：原作『調』，據明金陵唐晟刊本《新刻重訂出像附釋標註琵琶記》改。

（外云）孩兒，你行李收拾了未？（生云）行李收拾已了。（外云）收拾既了，如何不去？（净云）老賊！他若出去了，家中别無第二人，止有一個媳婦，如何不分付幾句？（生云）孩兒没别事，只待張太公來，把爹媽拜託與他，教他早晚應承，孩兒庶可放心前去。（旦云）呀！張太公早來。（末云）仗劍對樽酒，恥爲遊子顔。所志在功名，離别何足嘆。（生云）太公，卑人如今出去，家中并無親人。爹媽年老，只有一個媳婦，却是女流，凡事全賴公公相與扶持；家中倘有些小欠缺，亦望公公周濟。昨日已蒙親許，今日特來拜懇。卑人倘有寸進，自當效結草銜環之報，决不敢忘恩。（末云）秀才，受人之託，必當終人之事；况一言既出，駟馬難追。昨日已許秀才，去後决不相誤。（生云）如此，多謝公公！（外云）孩兒，既蒙張太公金諾，必不食言，你可放心早去。（生云）孩兒就此拜辭爹媽便去。

【仙吕入雙調·園林好】（生唱）兒今去爹媽休得要意懸，兒今去今年便還。但願得雙親康健，（合）須有日拜堂前，須有日拜堂前。

【前腔】（外唱）我孩兒不須掛牽，爹只望孩兒貴顯。若得你名登高選，（合）須早把信音傳，須早把信音傳。

【江兒水】（净唱）膝下嬌兒去，堂前老母單，臨行密密縫針綫。眼巴巴望着關山遠，冷清清倚定門兒盼。（生云）母親且自寬懷消遣。（净唱）教我如何消遣？（合）要解愁煩，須是頻寄音書回轉。

【前腔】（旦唱）妾的衷腸事，有萬千，（生云）娘子，你有甚麽事，當説與我知道。（旦唱）説來又恐添縈絆。（生云）娘子，有甚縈牽？（旦唱）六十日夫妻恩情斷，八十歲父母教誰看管？（生云）娘子，你這般説，莫不怨着我麽？（旦唱）教我如何不怨？（合前）

【五供養】（末唱）貧窮老漢，託在隣家，事體相關。秀才，此行雖勉强，不必恁留連，（生云）卑人去後，只慮父母獨自在堂，難度歲月。（末云）秀才放心。你爹娘早晚間吾當陪伴。（生悲科）（末唱）丈夫非無淚，不灑别離間。（合）骨肉分離，寸腸割斷。（生跪告科）

【前腔】（生唱）公公可憐，俺爹娘望你周全。（末扶起科）（生唱）此身還貴顯，自當效銜環。（旦挽生背唱）有孩兒也枉然，你爹娘到教别人看管。此際情何限，偷把淚珠彈。（合前）

【玉交枝】（外唱）别離休嘆，我心中非不痛酸。孩兒，非爹苦要輕折散，也只是圖你榮顯。（淨唱）孩兒，蟾宫桂枝須早攀，北堂萱草時光短。（合）又未知何日再圓？又未知何日再圓？

【前腔】（生唱）雙親衰倦，娘子，你扶持看他老年。飢時勸他加餐飯，寒時頻與衣穿。（旦唱）官人，我做媳婦事舅姑，不待你言；你做孩兒離父母，何日返？（合前）

【川撥棹】（外唱）孩兒，歸休晚，莫教人凝望眼。（生唱）但有日回到家園，怕回來雙親老年。（合）怎教人心放寬？不由人不珠淚漣。

【前腔】（旦唱）官人，我的埋冤怎盡言？（生云）你埋冤我如何？（旦唱）我的一身難上難。（生唱）娘子，你寧可將我來埋冤，莫將我爹娘冷眼看。〔一〕（合前）

【餘文】（合）生離遠別何足嘆，但願得你名登高選。衣錦還鄉，教人作話傳。

此行勉强赴春闈，專望明年衣錦歸。
世上萬般哀苦事，無過遠別共生離。

（外、淨、末下）（旦云）官人，你如何割捨得便去了？（生云）咳！卑人如何捨得？

【中呂・犯尾引】（旦唱）懊恨别離輕，悲豈斷絃，愁非分鏡。只慮高堂，風燭不定。（生唱）腸已斷，欲離未忍，淚難收，無言自零。（合）空留戀，天涯海角，只在須臾頃。

【犯尾序】（旦唱）無限别離情，兩月夫妻，一旦孤另。官人，你此去經年，望迢迢玉京思省。（生云）娘子，莫不是慮着山遥水遠麽？（旦唱）奴不慮山遥水遠。（生云）莫不是慮着衾寒枕冷麽？（旦唱）奴不慮衾寒枕冷。奴只慮，公婆没主，一旦冷清清。

【前腔】（生唱）我何曾，想着那功名？（旦云）官人，你不想着功名，如今又去怎的？（生唱）欲盡子情，難拒親命。娘子，年老爹娘，望伊家看承。畢竟，你休怨朝雲暮雨，且爲我冬温夏清。

〔一〕冷：原作『令』，據汲古閣刊本《繡刻琵琶記定本》改。

思量起，如何教我割捨得眼睁睁？

【前腔】（旦唱）官人，你儒衣纔换青，快着歸鞭，早辦回程。十里紅樓，休戀着娉婷。叮嚀，不念我芙蓉帳冷，也思親桑榆暮景。咳！我頻囑付，知他記否？空自語惺惺。

【前腔】（生唱）娘子，你寬心須待等，我肯戀花柳，甘爲萍梗？只怕萬里關山，那更音信難憑。須聽，我没奈何分情破愛，誰下得虧心短行？從今後，相思兩處，一樣淚盈盈。

（旦云）官人此去，千萬早早回程。（生云）卑人有父母在堂，豈敢久戀他鄉？（旦云）須是早寄個音信回來。（生云）音信不妨，只怕關山阻隔。（拜别科）

【鷓鴣天】（生唱）萬里關山萬里愁。（旦唱）一般心事一般憂。（生唱）桑榆暮景應難保，客館風光怎久留？（生下）（旦唱）他那裏，謾凝眸，正是馬行十步九回頭。歸家只恐傷親意，閣淚汪汪不敢流。

纔斟别酒淚先流，郎上孤舟妾倚樓。
片帆漸遠皆回首，一種相思兩處愁。

第六齣　丞相教女

（末扮院子上云）珠幌斜連雲母帳，玉鈎半捲水晶簾。輕煙裊裊歸香閣，月影騰騰轉畫簷。小子不是别人，却是牛太師府中一個院子。這幾日老相公進朝，不知有甚勾當？久留省中，未曾回府。府裏幾個使女每，鎮日在後花園閒耍；今日知道老相公回來，都不見了。小子不免灑掃書館，伺候老相公回來。呀！好怪麽，只見一個婆子走入來做甚麽？（净扮媒婆上）

【仙吕入雙調·字字雙】（净唱）我做媒婆甚妖嬈，談笑。説開説合口如刀，波俏。合婚問卜若都好，有鈔。只怕假做庚帖被人告，喫栲。

（末云）婆子，你來這裏做甚麽？（净云）老媳婦特來與張尚書的舍人做媒。（末云）咳！我這小娘子的媒怕難做。（净云）如何難做？（末云）老相公不肯輕許。（净云）院公，我這頭親事，你老相公必然許我。（末云）呀！且慢着，又有一個婆子來了。（丑扮媒婆上）

【前腔】（丑唱）我做媒婆甚艱辛，尋趁。有個新郎要求親，最緊。咱每只得便忙奔，討信。

（净云）你這老乞婆來這裏怎的？（丑唱）真個是路上更有早行人，心悶。

（末云）你這婆子也來這裏做甚麽？（丑云）告勾管哥得知，老媳婦特來與樞密的舍人求親。（末云）我方纔正對那婆子説了，這媒怕難做。（丑云）如何難做？（末云）我老相公要揀擇得仔細。（丑云）院公，你休管，我説這樁親事，必定成也。（净云）呀！我是張媒婆，幾年在府前住，今日這媒，倒喫你老乞婆做去了？（丑云）呀！老乞婆，偏你會做媒？但是門當户對的便好了。終不然你在府前住，定要你做媒？〔一〕你與乞兒做媒，也嫁了他？（末云）你休閙，老相公回來了，你每且躲開一邊立地。

（外扮牛太師上）

【正宮引子·齊天樂】（外唱）鳳凰池上歸來環珮，衮袖御香猶在。棨戟門前，平沙堤上，何事車塡馬隘？星霜鬢改，怕玉鉉無功，赤舄非材。回首庭前，淒涼丹桂好傷懷。

下官這幾日久留省府，不曾回家。左右，方纔甚麽人在我廳前諠閙？（末云）有事不敢不報，無事不敢亂傳，適間有兩個婆子來老相公處求親。（外云）着他進來。你這兩個婆子做甚麽？（净云）奴家是張尚書府裏差來求親。（丑云）奴家是李樞密府裏差來做媒。（外云）不揀甚麽人家，但是有才學，得做天下狀元的，方可嫁他。若是其餘，不許問親。〔二〕（净云）告相公得知：我的新郎，術人算他命，道他今年得做狀元。（丑云）告相公得知：他的新郎命不好，只有奴家這個新郎，人算他命，今科必定得中狀元。（净丑相打科）（外云）呀！這兩個婆子到我根前無禮！左右，不揀有甚麽庚帖，都與我扯破；把那兩個弔起，各打十八。（末扯打科）（外云）急把媒婆打離廳。（末云）除非狀元方可問姻親。（净云）甘喫打十七八下黄荆杖。（丑云）那些個成與不成喫百瓶。（末、净、丑下）（外云）光陰似箭催人老，日月如梭攢少年。自家没了夫人，只有一個女兒，如今不覺長成，未曾問親。只一件：我的女孩

〔一〕媒：原作『好』，據汲古閣刊本《繡刻琵琶記定本》改。

〔二〕許：原闕，據汲古閣刊本《繡刻琵琶記定本》補。

兒性格温柔，是事實會。若將他嫁個膏粱子弟，怕壞了他；只將他嫁個讀書君子，成就他做個賢婦，多少是好。我這幾日不在家，適聽得那使唤的，每日都在後花園中閒耍，這是我的女孩兒不拘束他。古人云：欲治其國，先齊其家。不免唤出女孩兒和老姥姥、惜春過來，好生訓誨他一番。（貼扮牛氏帶淨、丑上）

【雙調引子・花心動】（貼唱）幽閣深沉，問佳人，爲何懶添眉黛？繡綫日長，圖史春閒，誰解屢傍妝臺？絳羅深護奇葩小，不許蜂迷蝶猜。（淨、丑唱）笑瑣窗，多少玉人無賴。

（外云）孩兒，婦人之德，不出閨門。你如今長成了，方纔有媒婆來與你議親。今日是我的孩兒，異日做他人的媳婦。我這幾日不在家，你却放老姥姥、惜春每都在後花園中閒耍，不習女工，是何道理？我想起來，都是你不拘束他。倘或做出歹事來，可不把你名兒污了？（貼云）謝得爹爹教道，孩兒從今自拘束他。（外怒科）老姥姥，你年紀大矣，你做管家婆，到哄着女使每閒耍，是何所爲？（淨云）不干老身事，都是惜春小丫頭。（丑云）不干惜春事，都是老姥姥。（外云）這兩個賤人尚自相推，都拿下打。

（貼跪稟科）爹爹息怒。（外云）你且起來。

【雙調引子・惜奴嬌】（外唱）孩兒，你杏臉桃腮，當有松筠節操，蕙蘭襟懷。閨中言語，不出閫閾之外。老姥姥，不教我孩兒伊之罪。惜春，這風情今休再。（合）記再來，但把不出閨門的語言相戒。

【前腔換頭】（貼唱）堪哀，萱室先摧，嘆婦儀姆教，未曾諳解。蒙爹嚴訓，從今怎敢不改？老姥姥，早晚望伊家將奴誨。惜春，改前非休違背。（合前）

【仙吕入雙調・黑麻序】（淨唱）看待，父母心，婚姻事，須要早諧。勸相公，早畢兒女之債。（外唱）休呆，如何女子前，胡將口亂開？（合）記今來，但把不出閨門的語言相戒。

【前腔換頭】（丑唱）輕洩，我受寂寞，擔煩惱，教我怎捱？細思之，怎不教人珠淚盈腮？（貼唱）寧耐，温衣并美食，何須苦掛懷？（合前）

婦人不可出閨門，多謝嚴君教育恩。
休道成人不自在，須知自在不成人。

第七齣　才俊登程

（生、末、淨、丑扮秀才上）

【中吕引子・滿庭芳】（生唱）飛絮沾衣，殘花隨馬，輕寒輕暖芳辰。江山風物，偏動别離人。回首高堂漸遠，嘆當時恩愛輕分。傷情處，數聲杜宇，客淚滿衣襟。

【前腔】（末唱）萋萋芳草色，故園入望，目斷王孫。謾憔悴郵亭，誰與温存？（淨、丑唱）聞道洛陽近也，還又隔幾座城闉。（合）澆愁悶，解鞍沽酒，同醉杏花村。

〔浣溪沙〕（生云）千里鶯啼緑映紅，（丑云）水村山郭酒旗風，（净云）行人如在畫圖中。（末云）不暖不寒天氣好，或來或往旅人逢，（合）此時誰不嘆西東？（相見科）（净云）動問老兄尊姓？（生云）小子姓蔡。（净云）貴表？（生云）伯喈。（丑云）動問老兄尊姓？（末云）小子姓李。（丑云）貴表？（末云）群玉。（生云）動問老兄高姓？（净云）小子姓落。（生云）貴表？（净云）得嬉。（末云）動問老兄尊姓？（丑云）小子姓常。（末云）貴表？（丑云）白將。（净云）久聞列位高名，今日幸會，都是往長安赴選。（笑科）年兄年弟，休得抛撇。既然如此，且在此歇息片時，講些學識，説些志氣何如？（衆云）正合愚意。（丑云）敢問蔡兄學識如何？（生云）小子坐則讀，行則吟，窮年屹屹苦搜尋。文章驚世無敵手，盡是當年惜寸陰。（丑云）有意思，有意思。（净云）敢問李兄學識如何？（末云）小子不將窮達付前緣，常把勤勞契上天。人事盡時天理見，才高豈得困林泉？（净云）自然，自然。（生云）敢問落兄學識如何？（净云）小子讀書費力，每在螢窗講習。常念青春不再，那更白日可惜？〔一〕熟讀《孝經》《曲禮》，博覽《詩》《書》《周易》。《春秋》諸子百家，篇篇義理紬繹。前日行到學中，夫子潛自叫屈。（末云）呀！聖人如何叫屈？（净云）道是：可惜這個秀才，眼中一字不識。（末云）你却説一場春夢！（生云）敢問常兄學識如何？（丑云）小子言不妄發，寫字極有方法。先將好墨磨濃，次把純毫蘸着。推開净几明窗，展舒錦箋繡札。不問真草隸篆，寫出都是法帖。大字麄如庭柱，小字細似頭髮。

〔一〕白：原作『惜』，據汲古閣刊本《繡刻琵琶記定本》改。

王羲之拜我爲師，歐陽詢見我誂殺。（笑科）早間寫個八字，忘了一撇一捺。（末云）又道是一筆走龍蛇。（净云）閒話休講。如今天色將晚，不免起程，趲行幾步。

【仙吕過曲·八聲甘州歌】（生唱）衷腸悶損，嘆路途千里，日日思親。青梅如豆，難寄隴頭音信。高堂已添雙鬢雪，客路空瞻一片雲。（合）途中味，客裏身，争如流水蘸柴門？休回首，欲斷魂，數聲啼鳥不堪聞。

【前腔】（末唱）風光正暮春，便縱然勞役，何必愁悶？緑陰紅雨，征袍上染惹芳塵。雲梯月殿圖貴顯，水宿風餐莫厭貧。（合）乘桃浪，躍錦鱗，一聲雷動過龍門。榮歸去，緑綬新，休教妻嫂笑蘇秦。

【前腔】（净唱）誰家近水濱，見畫橋煙柳，朱門隱隱。鞦韆影裏，墻頭上露出紅粉。他無情笑語聲漸杳，却不道惱殺多情墻外人。（合）思鄉遠，愁路貧，肯如十度謁侯門？行看取，朝紫宸，鳳池鰲禁聽絲綸。

【前腔】（丑唱）遥瞻霧靄紛，想洛陽宫闕，行行將近。程途勞倦，欲待共飲芳樽。垂楊瘦馬莫暫停，只見古樹昏鴉棲漸盡。（合）天將暝，日已曛，一聲殘角斷樵門。尋宿處，行步緊，前村燈火已黄昏。

【餘文】（合）向人家，忙投奔，解鞍沽酒共論文，今夜雨打梨花深閉門。

江山風物自傷情，南北東西爲利名。
路上有花并有酒，一程分作兩程行。

第八齣　文場選士

（末云）禮闈新榜動長安，九陌人人走馬看。一日聲名遍天下，滿城桃李屬春官。自家不是別人，却是禮部一個祗候的便是。今歲乃大比之年，朝廷委命試官，已在貢院之内；各省中式舉人，俱列棘闈之前。如今試官將次升堂，小人只得在此聽候。正是：一封纔下興賢詔，四海都無遺棄才。道猶未了，試官大人早到。（浄扮試官上）

【南吕過曲·生查子】（浄唱）承恩拜試官，聲價重丘山。左右，那來科舉的，只問有文材，何必拘鄉貫？（末云）那有文材的，如何發落他？（浄唱）取他居上第，做個清要官。（末云）那没文材的，如何發落他？（浄唱）縱有父兄勢，也教空手還。

（末云）好公道老爺！（浄云）左右，今年却是大比之年，我爲國薦賢，但是各省府縣赴試的秀才，都唤入來。（末云）領鈞旨。

【黄鍾過曲·賞宫花】（生唱）槐花正黄，赴科場舉子忙。太學拉朋友，一齊整行裝。（合）五百英雄都在此，不知誰做狀元郎？

【前腔】（丑唱）天地玄黄，略記得三兩行。才學無些子，只是賭命强。（合前）

（末叫開門科）（生云）貢院門已開，列位尊兄依次而進。（净云）左右，這些秀才，每人給與卷子一本，㈠蠟燭一條，各分東西廊下，伺候題目。（末云）領鈞旨。（相見科）（净云）你每衆秀才聽着：朝廷制度，開科取士，雖有定期，立意命題，任從時好。下官是個風流試官，不比往年的試官。往年第一場考文，第二場考論，第三場考策；我今年第一場做對，第二場猜謎，第三場唱曲。若是做得對好，猜得謎着，唱得曲好，就取他頭名狀元，插金花，飲御酒，遊街兒耍子。若是對得不好，猜得不着，唱得不好，就將他黑墨搽臉，亂棒打出去。（生、丑云）學生領命。（净云）東廊下秀才蔡邕過來領題。（生云）有。（净云）我出天文門一個對與你對。（生云）願聞。（净云）星飛天放彈。（生云）日出海抛毬。（净云）妙哉！妙哉！且站一邊。西廊下秀才落得嬉過來領題。（丑云）快些。（净）《毛詩》三百首。（丑云）還有十一篇。（净云）不好！不好！且站一邊。蔡邕過來，我出天下八個省名的謎兒與你猜。（生云）願聞。（净云）一聲霹靂震天關，兩個肩頭不得閒。去買紙來作裱褙，欠人錢債未曾還。（生云）第一句是京東、京西，第二句是江東、江西。第三句是湖東、湖西，第四句是浙東、浙西。（净云）妙哉！妙哉！且站一邊。落得嬉過來，我出山上四様樹名的謎兒與你猜。（丑云）快些。（净云）雨中妝點望中黄，獨立深山分外長。廟廊之材應見取，家家織就綺羅裳。（丑云）第一句是栢樹，第二句是槐樹，第三句是楓

㈠ 卷：原作『眷』，據汲古閣刊本《繡刻琵琶記定本》改。

樹，第四句是柳樹。（浄云）不是！不是！且站一邊。蔡邕過來，我唱一隻曲兒，你末後湊一句，要押得韻着。（生云）願聞高音。

【仙吕入雙調·北江兒水】（浄唱）長安富貴真罕有，食味皆山獸。熊掌紫駝峰，四座馨香透。你押下韻。（生唱）把與試官來下酒。

（浄笑科，云）妙哉！妙哉！三場都好，這是個真秀才，且在東廊下伺候。〔一〕（浄云）落得嬉過來，我再唱一隻曲兒，你末後也湊一句，要押得韻着。（丑云）快唱。

【前腔】（浄唱）看你腹中何所，一袋醃臢臭。若還放出來，見者都奔走。你押下韻。（丑唱）把與試官來下酒。

（浄云）不濟！不濟！將他黑墨搽臉，亂棒打出去。（丑云）不須打！正是：薄命劉生終下第，厚顔季子且還家。（浄云）蔡秀才，今科中式舉人雖多，只有你才學高邁，文字老成。俺就復奏聖上，將你取爲第一甲頭名狀元，冠帶遊街赴宴。左右，取冠帶過來。（末取上，云）正是：袍笏賜進士，鐵鉞贈將軍。（浄云）蔡狀元换了冠帶，一就隨我入朝謝恩。（换冠帶科）

【南吕過曲·懶畫眉】（生唱）君恩喜見上頭時，今日方顯男兒志。布袍脱下换羅衣，腰間横

〔一〕下：原作『來』，據汲古閣刊本《繡刻琵琶記定本》改。

繫黄金帶，駿馬雕鞍真是美。

【前腔】（浄唱）狀元，你讀書萬卷非容易，喜得登科擢上第。功名分定豈誤期，那更三千禮樂無敵手，五百英雄盡讓伊。

【前腔】（末唱）人生當用顯門閭，廕子封妻榮自己。馬前喝道狀元歸，雁塔揮毫題姓字，一舉成名天下知。

一舉鰲頭獨占魁，誰知平地一聲雷。
明朝跨馬春風裏，盡是皇都得意回。

第九齣　臨妝感嘆

【正宫引子·破齊陣引】（旦唱）翠減祥鸞羅幌，香銷寶鴨金爐。楚館雲閒，秦樓月冷，動是離人愁思。目斷天涯雲山遠，親在高堂雪鬢疏，緣何書也無？

〔古風〕明明匣中鏡，盈盈曉來妝。憶昔事君子，雞鳴下君床。臨鏡理笄總，隨君問高堂。一旦遠别離，鏡匣掩青光。流塵暗綺疏，青苔生洞房。零落金釵鈿，慘淡羅衣裳。傷哉憔悴容，無復蕙蘭芳。〔一〕有

〔一〕芳：原作『房』，據汲古閣刊本《繡刻琵琶記定本》改。

懷悽以楚，有路阻且長。妾身豈嘆此，所憂在姑嫜。念彼猸猱遠，眷此桑榆光。願言盡婦道，遊子不可忘。勿彈綠綺琴，絃絶令人傷。勿聽《白頭吟》，哀音斷人腸。人事多錯迕，羞彼雙鴛鴦。奴家自嫁與蔡伯喈，纔方兩月，指望與他同事雙親，偕老百年。誰知公公嚴命，强他赴選。自從去後，竟無消息。把公婆抛撇在家，教奴家獨自應承。奴家一來要成丈夫之名，二來要盡爲婦之道，盡心竭力，朝夕奉養。正是：天涯海角有窮時，只有此情無盡處。

【仙吕入雙調·風雲會四朝元】春闈催赴，同心帶綰初。嘆《陽關》聲斷，送别南浦，早已成間阻。謾羅襟淚漬，謾羅襟淚漬，和那寶瑟塵埋，錦被羞鋪。寂寞瓊窗，蕭條朱户，空把流年度。嗏，瞑子裏自尋思，妾意君情，一旦如朝露。君行萬里途，妾身萬般苦。君還念妾，迢迢遠遠，也須回顧。

【前腔】朱顔非故，綠雲懶去梳。奈畫眉人遠，傅粉郎去，鏡鸞羞自舞。把歸期暗數，把歸期暗數，只見雁杳魚沉，鳳隻鸞孤。綠遍汀洲，又生芳杜。空自思前事，嗏，日近帝王都。芳草斜陽，教我望斷長安路。君身豈蕩子，妾非蕩子婦。其間就裏，千千萬萬，有誰堪訴。

【前腔】輕移蓮步，堂前問舅姑。怕食缺須進，衣綻須補，要行時須與扶。奈西山景暮，奈西山景暮，教我倩着誰人，傳語我的兒夫。你身上青雲，只怕親歸黄土，我臨别也曾多囑付。嗏，那些個意孜孜，只怕十里紅樓，貪戀着他人豪富。丈夫，你雖然是忘了奴，也須念父母。

苦！無人説與，這淒淒冷冷，怎生辜負？

【前腔】文場選士，紛紛都是才俊徒。少甚麽鏡分鸞鳳，都要榜登龍虎，偏是他將奴誤。也不索氣蠱，也不索氣蠱，既受託了蘋蘩，有甚推辭？索性做個孝婦賢妻，也落得名標青史，今日呵，不枉受了些閒悽楚。嗏，俺這裏自支吾，休得汚了他的名兒，左右與他相回護。丈夫，你便做腰金衣紫，須記得釵荆與裙布。苦！一場愁緒，堆堆積積，宋玉難賦。

回首高堂日已斜，遊人何事在天涯。
紅顔勝人多薄命，莫怨春風當自嗟。

第十齣　春宴杏園

（末扮首領官上云）朝爲田舍郎，暮登天子堂。將相本無種，男兒當自强。自家不是别人，却是河南府一個首領官。往年狀元及第，赴宴遊街，但是鞍馬酒席供設祗應等件，都是府尹提調。今年蔡伯喈做狀元，循例赴宴，府尹却委着當職提調。昨日已分付太僕寺掌鞍馬的令史，并洛陽縣管排設的驛丞，專聽俺這裏鳴鼓三聲，都要到此聚會聽點。（擂鼓科）掌鞍馬的在那裏？（丑扮令史上）有問即對，無問不答。相公有何鈞旨？（末云）鞍馬備辦了未曾？㈠（丑云）告相公得知：俺這裏在先有一萬匹好馬。（末云）怎見得好馬？（丑云）但見耳批雙竹，鬃散五花。展開鳳臆龍鬐，昂起豹頭虎額。響篤篤翠蹄削玉，點滴滴赤汗流珠。隅目青熒夾鏡懸，肉駿碨磊連錢動。一躍時尾捎雲漢，横驀過玄圃崆峒；一霎時走遍神州，直趕上流星掣電。九方皋管教他稱賞，千金價不枉了追求。（末云）有甚顔色的？（丑云）布汗、論聖、虎刺、合里烏、赭啞兒、爺屈良、蘇盧、棗騮、栗色、燕色、兔黄、真白、玉面、銀鬃、秀膊、青花。正是：五花散作雲滿身，萬里方看汗流血。（末云）有甚麽好名兒？（丑云）飛龍、赤兔、騕褭、驊騮、紫燕、驌驦、嚙膝、踰暉、騏驎、山子、白義、絶塵、浮雲、赤電、絶群、逸驃、騄驪、龍子、驎駒、騰霜驄、皎雪驄、凝露驄、照影驄、懸光驄、決波騟、飛霞驃、發電赤、流金騧、翔麟、紫奔、紅赤、照夜白、一丈烏、九花虬、望雲騅、忽雷駁、卷毛騧、獅子花、玉逍遥、紅叱撥、紫叱撥、金叱撥。正是：青海月氏生下，大宛越睒將來。（末云）有甚麽好廐？（丑云）飛龍、祥麟、吉良、龍媒、騊駼、駃騠、鵁鸞、出群、天花、鳳苑、奔星、内駒、左飛、右飛、左坊、右坊、東南内、西南内。正是：盡印三花飛鳳字，中藏萬匹好龍媒。（末云）却怎的打扮？（丑云）錦韉燦爛披雲，銀鐙熒煌曜日。香羅帕深覆金鞍，紫游韁牽動玉勒。瑪瑙妝就轡頭，珊瑚做成鞍子。正是：紅纓紫鞚珊瑚鞭，玉鞍錦韉黄金勒。（末云）如今選多少在這裏？（丑云）告相公，如今無了。（末云）如何無了？（丑云）元有一萬匹馬，却有一千三百

㈠ 辦：原作『扮』，據汲古閣刊本《繡刻琵琶記定本》改。

個漏蹄，二千七百個抹靨，二千八百個熟瘤，二千二百個慈眼。那更鞍橋又破損，坐褥又傾欹。抽韂盡是麻繩，鞭子無非荆杖。餓老鴟全然拉搭，雁翅板一發彫零。鞍韂既不周全，牽鞚何曾完備？此般物件，其實不中。（末云）休胡說！若還不完備時節，我稟過府尹大人，好生打你。（丑云）相公可憐見，容小人一壁厢自理會。（末云）鞍馬若完備時節，可牽在午門外厢，等候狀元謝恩出來乘坐。（丑云）理會得。只教他春風得意馬蹄疾，一日看遍長安花。（丑下）〔一〕（末云）管排設的在那裏？（净扮驛丞上）廳上一呼，階下百諾。相公有何鈞旨？（末云）排設完備了未曾？（净云）告相公，俺揀上等排設俟候點視。（末云）怎見得上等排設？（净云）但見：珠簾高捲，繡幕低垂。珊瑚席鉀鑼得精神，瑇瑁筵安排得奇巧。金爐内慢騰騰燒瑞腦，玉瓶中嬌滴滴插奇花。四圍環繞畫屏山，滿座重鋪錦褥子。金盤犀筯光錯落，掩映龍鳳珍羞；銀海瓊舟影蕩摇，翻動葡萄玉液。灑掃得乾乾净净，并無半點塵埃。鋪陳得整整齊齊，另是一般氣象。正是：移將金谷繁華景，妝點瓊林錦繡仙。（末云）安排既齊整，你每且退去，待等狀元遊街了赴宴。（净云）領鈞旨。正是：瓊林勝處風光好，别是人間一洞天。（净下）（衆云）遠遠望見一簇人馬鬧炒，想是狀元來了。（末下）（生、净、丑騎馬上）

【仙吕入雙調・窣地錦襠】（同唱）嫦娥剪就緑雲衣，折得蟾宫第一枝。宫花斜插帽簷低，一舉成名天下知。

〔一〕下：原作『上』，據汲古閣刊本《繡刻琵琶記定本》改。

【哭岐婆】洛陽富貴，花如錦綺。紅樓數里，無非嬌媚。春風得意馬蹄疾，天街賞遍方歸去。

（生、淨先下）（丑墜馬叫）救命！救命！爹爹、妳妳、伯伯、叔叔、哥哥、嫂嫂、孩兒、媳婦都來救我。

（末騎馬上）

【越調過曲·水底魚兒】（末唱）朝省尚書，昨日蒙聖旨。道狀元及第，教咱去陪宴席。（丑叫）踏壞了人了。（末唱）越着鞭越退，遣人心下疑。（丑云）救命！救命！（末唱）轉頭回望，叫我的還是誰？

（末云）漢子，你是誰？（丑云）我是墜馬的狀元。（末扶科）快起來。（丑云）尊官是誰？（末云）我是中書省陪宴官，不知足下爲甚墜馬？

【正宮·北叨叨令】（丑唱）鬧炒炒街市上遊人亂。（末云）你馬驚了呵？（丑唱）惡頭口抵死要回身轉。（末云）怎的不牽過一邊？（丑唱）我戰兢兢只怕韁繩斷。〔一〕（末云）爲甚不打他？（丑唱）怯書生早已神魂散。（末云）你不害事麽？（丑呻吟科）險些跌折了腿也麽哥，險些舂破了頭也麽哥，我好似小秦王三跳澗。

（末云）這馬如今那裏去了？（丑云）知他那裏去！傷人乎？不問馬。（末云）咳！你兀自文縐縐

〔一〕 韁：原作『疆』，據汲古閣刊本《繡刻琵琶記定本》改。

的。我且就這裏人家借一個馬與你騎。（丑云）你静辦，若借馬與我騎，便索死。（末云）呀！怎的便死？（丑云）你不聞孔夫子説道：有馬者借人乘之，今亡已夫。（末云）一口胡柴！呀！遠遠望見一簇人馬來，有馬就借一匹與你騎。（丑云）不須得，不須得。（生、浄騎馬上）

【窣地錦襠】（同唱）荷衣新惹御香歸，引領群仙下翠微。杏園惟有後題詩，此是男兒得志時。

（丑云）狀元，你每列位騎馬遊街，且是好。只不要似我騎馬，舂破了頭，跌折了脚。（生云）足下原來墜馬呵？（丑云）可知哩。（末云）不是下官搭救時節，險些送了一條性命。（浄云）如此，便賴足下之力。（生云）請整頓同行。（丑云）你每三位自去赴宴，我到太平坊下李郎中家去便來。（衆云）你去做甚麽？（丑云）我去醫攧撲傷損瘡。（衆云）休要推故，我去借一個馬與你騎了回去。（丑云）小子告退，你三位自去。（末云）朝廷事例，如何不去赴宴？（丑云）赴宴也好，只是騎馬不得。這等，你三位騎馬前走，我隨後提着胡床來。（末云）成甚麽模樣！（丑云）這個不妨，却有兩説：路上人問你，便説到是使唤的伴當；若是筵席之中，却説是打伴當的人。（末云）好窮對副！

【哭岐婆】（衆唱）玉鞭裊裊，如龍驕騎。黄旗影裏，笙歌鼎沸。如今端的是男兒，行看錦衣歸故里。

（末云）這裏便是杏園，請列位駐馬。（丑云）左右，馬都牽到僻處去。倘或人道四位官員，如何有三個馬，不像模樣。（末云）好高見識！如今請列位照依年例，留下佳作。（浄云）蔡兄先請。（生云）五百名中第一仙，花如羅綺柳如煙。緑袍乍着君恩重，黄榜初開御墨鮮。禮樂三千傳紫禁，風雲九萬上青天。時人謾説登科早，未許嫦娥愛少年。（浄云）妙！妙！紫金闕無極無上聖。（末云）這裏不是玉皇閣，休得誦他的寶號。如今却輪當足下。（浄云）我也有四句：遲日江山麗，春風花草香，（末云）且住。使不得，這是古詩。（浄云）呀！我前日三場，也都是别人的文章，尚且中了。如何一首别人的詩，到使不得起來？（末云）休道是七步成章。（浄云）咳！你道我真個不會作詩呵？我且將就做一首與列位看看：赴選何曾入棘闈，此身未擬着荷衣。三場盡是倩人做，一字全然匪我爲。自笑持杯饕戀酒，却愁把筆怎題詩？有人問我求佳作，（衆云）如何答他？（浄云）問我先生便得知。（末云）又道是當仁不讓於師。（丑云）倉官不識串字，中中。（末云）且休誇口。如今又輪當足下。（丑云）有，有。列位做律詩，都把那赴試的事爲題，恐是熟套；小子如今另立一題。（末云）你把甚麼爲題？（丑云）便把小子方纔墜馬爲題，胡做古風一篇，以紀其事如何？（衆云）尤妙！尤妙！（丑云）君不見去年騎馬張狀元，跌了左腿不相聯？又不見前年跨馬李試官，跌了窟臀没半邊？世上三般拚命事，行船走馬打鞦韆。小子今年大拚命，也來隨趁跨金鞍。跨金鞍，災怎躲？叵耐畜生侮弄我。大叫三聲不肯行，連攛兩攛不是耍。便把韁繩緊緊拿，縱有長鞭怎敢打？須臾之間掉下來，一似狂風吹片瓦。昨日行過樞密院，三個軍人來唱喏。小子慌忙走將歸，（末云）却如何？（丑云）怕他請我教戰馬。

（末云）又説夢話。諸公請依位而坐，左右，看酒。（雜扮承直上）(一)色動玉壺無表裏，光摇金盞有精神。告相公，酒在此。（衆把酒科）

【仙吕入雙調·五供養】（末唱）文章過晁董，對丹墀已膺天寵。（合）赴瓊林新宴，顫宫花，緩引黄金鞚。

【前腔】（净、丑唱）九重天上聲名重，紫泥封已傳丹鳳。（合）便催歸玉簡侍宸旒，他日歸來金蓮送。

【中吕·山花子】（末唱）玳筵開處遊人擁，争看五百名英雄。（生唱）喜鰲頭一戰有功，荷君恩奏捷詞鋒。（合）太平時車書已同，干戈盡戢文教崇，人間此時魚化龍。留取瓊林，勝景無窮。

【前腔】（净唱）三千禮樂如泉涌，一筆掃萬丈長虹。（丑唱）看奎光飛躔紫宫，光耀萬玉班中。（合前）

【前腔】（生唱）青雲路通，一舉能高中，三千水擊飛冲。（净唱）又何必扶桑掛弓？也强如劍倚崆峒。（合前）

(一) 雜：原闕，據汲古閣刊本《繡刻琵琶記定本》補。

【前腔】(丑唱)恩深九重，絲絡八珍送，無非翠釜駝峰。(末唱)看吾皇待賢恁隆，不枉了十年窗下把書來攻。(合前)

【大和佛】(生唱)寶篆沉煙香噴濃，(衆唱)濃熏綺羅叢。瓊舟銀海，翻動酒鱗紅，一飲盡教空。(生悲唱)持杯自覺心先痛，縱有香醪，欲飲難下我喉嚨。他寂寞高堂菽水誰供奉？俺這裏傳杯諠鬨。(衆云)狀元，你休得要對此歡娛意忡忡。

【舞霓裳】(合唱)願取群賢盡貞忠，盡貞忠。管取雲臺畫形容，畫形容。時清莫報君恩重，惟有一封書上勸東封，更撰個河清德頌。乾坤正，看玉柱擎天又何用？

【紅繡鞋】(合唱)猛拚沉醉東風，東風。倩人扶上玉驄，玉驄。歸去路，望畫橋東。花影亂，日朦朧。沸笙歌，引紗籠。

【意不盡】(合唱)今宵添上繁華夢，明早遥聽清禁鍾。皇恩謝了，鵷行豹尾陪侍從。

名傳金榜換藍袍，酒醉瓊林志氣豪。
世上萬般皆下品，思量惟有讀書高。

第十一齣　蔡母嗟兒

【商調引子·憶秦娥先】(旦唱)長吁氣，自憐薄命相遭際。相遭際，暮年姑舅，薄情夫婿。

〔清平樂〕夫妻纔兩月，一旦成分別。没主公婆甘旨缺，幾度思量悲咽。　家貧先自艱難，那堪不遇豐年。　恁的千辛萬苦，蒼天也不相憐。奴家自從兒夫去後，遭此饑荒；況兼公婆年老，朝不保夕，教奴家獨自如何應奉？　婆婆日夜埋怨着公公，當初不合教孩兒出去；　公公又不伏氣，只管和婆婆閒争。　外人不理會得，只道是媳婦不會看承，以致公婆日夜鬧炒。　且待公婆出來，再三勸解則個。

【憶秦娥後】（外唱）孩兒一去無消息，雙親老景難存濟。（淨扯外耳科，唱）難存濟，不思前日，强教孩兒出去？

（旦勸科）（淨云）老賊，你抵死教孩兒出去赴選，今日没有飯喫，他便做得狀元，濟你甚事？　若是孩兒在家，也會區處，終不到得恁的狼狽。　如今凍得你好，餓得你好。　老賊，你死了休！（外云）老乞婆，你埋怨我則甚？　我是神仙，知道今日恁的饑荒苦？　這般時年，誰家不忍飢受餓？　誰似你這般埋怨我？　休休！　我死！　我死！　今日饑荒也是死，被你埋怨不過也索死。（欲死，旦扯住科）（淨云）老賊，你便死也消不得我這場嘔氣！（旦云）公公婆婆且息怒，聽奴家一言分剖：　當初公公教孩兒出去時節，不道今日恁的饑荒，婆婆難埋怨公公；　今日婆婆見這般饑荒，孩兒又不在眼前，心下焦躁，公公也休怪婆婆埋怨。　請自寬心，奴家如今把些釵梳首飾之類，典些糧米，以充公婆一時口食。　寧可餓死奴家，決不將公婆落後。（淨云）媳婦，你説得好，我只是恨這老賊！

【南吕過曲·金索掛梧桐】（淨唱）區區一個兒，兩口相依倚。　没事爲着功名，不要他供甘旨。　你教他做官，要改换門閭，只怕他做得官時你做鬼。　老賊！　你圖他三牲五鼎供朝夕，今日裏要一口粥湯却教誰與你？相連累，我孩兒因你做不得好名儒。（合）空争着閒是閒非，只落得雙垂淚。

【前腔】（外唱）養子教讀書，指望他身榮貴。黄榜招賢，誰不去求科試？老乞婆，我説個比方與你聽。譬如范杞良差去築城池，他的娘親埋怨誰？（净云）老賊，你到好比方！他是奉官差哩。（外唱）合生合死皆由命，少甚麽孫子森森也忍飢？（净云）老賊，你固自口硬！再過幾時，餓得你口臭屎哩。（外唱）休聒絮，畢竟是咱每兩口受孤恓。（合前）

【前腔】（旦唱）婆婆，孩兒雖暫離，須有日回家裏。（净云）媳婦，我豈不知孩兒自有一日回家？只是眼下受餓難過。（旦云）婆婆，奴有些釵梳，解當充糧米。（净云）老賊，我若没有這般孝順的媳婦會擺佈，可不把我的肝腸也餓斷了？（外云）老乞婆，這是時年如此，你苦死埋怨我怎的？（旦云）公公婆婆恁的閒争呵，教傍人道媳婦每有甚差池，致使公婆争鬬起。婆婆，他心中愛子，指望功名就；公公，他眼下無兒，因此埋怨你。難逃避，兀的不是從天降下這災危？（合前）

【劉潑帽】（外唱）天那！我每不久須傾棄，嘆當初是我不是，不如我死了無他慮。（合）一度裏思量，一度裏肝腸碎。

【前腔】（浄唱）有兒却遣他出去，教媳婦怎生區處？媳婦，可憐誤你芳年紀。(一)（合前）

【前腔】（旦唱）公公婆婆，媳婦便是親兒女，勞役事本分當爲，但願公婆從此相和美。（合前）

形衰力倦怎支吾？口食身衣只問奴。

莫道是非終日有，果然不聽自然無。

第十二齣　奉旨招婿

（末云）縹緲紗窗映霧煙，深沉華屋鎖嬋娟。屏間孔雀人難中，幕裏紅絲誰敢牽？自家是牛太師府中一個院子，這幾日聽得府中喧傳太師要招女婿。况我這個小娘子不比别的小娘子：一來是丞相之女，二來他才貌兼全。必須有文章有官職有福分的，方可中選。且在此等候相公出來，便知端的。

【南吕引子·似娘兒】（外唱）華髮漸星星，憐愛女欲遂姻盟，蟾宫桂子才堪稱。紅樓此日，紅絲待選，須教紅葉傳情。

左右那裏？（末云）廳上一呼，堦下百諾。不知老相公有何鈞旨？（外云）自古道：男子生而願爲之有室，女子生而願爲之有家。我老夫人傾棄多年，只有一個小姐，美貌娉婷。昨日見官裏問我道：你

(一) 你：原作『他』，據汲古閣刊本《繡刻琵琶記定本》改。

的女孩兒曾嫁人未？我回言道：未曾嫁人。官裏道：既不曾嫁人，如今新狀元蔡邕，好人物，好才學，朕與你主婚，你可招他爲婿。你意如何？俺奉着聖旨，就謝了恩。你每道此事如何？（末云）覆相公：男大須婚，女大須嫁。小姐是瑶臺閬苑神仙，狀元是天禄石渠貴客。何况且玉音主盟，金口説合。若做了百年夫婦，不枉了一對姻緣。這是：佳人才子兩堪誇，天付姻緣事不差。試看月輪還有意，定知丹桂近仙娃。（外笑云）你言正合我意。你就去唤府前官媒婆來，同去蔡狀元處説親。（末云）領鈞旨。（唤科）（丑扮媒婆拿秤、斧上）

【正宫過曲·醉太平】（丑唱）我做聰俊的媒婆，兩脚疾走如梭。生得不矮又不矬，人人都來請我。我只要金多銀多，綾羅段匹多，方肯做。又且張家李家誇談我，（末云）誇談你甚的？（丑唱）道我每須勝似别媒婆。

媒婆媒婆，兩脚奔波。一斗好酒，一隻肥鵝。送到家裏，我和老公笑呵呵。（末云）婆子休閒説，且去見老相公。（外云）婆子，你手裏拿着甚麽東西？（丑云）這是斧頭。（外云）要他何用？（丑云）這是媒婆的招牌。（外云）如何將他做招牌？（丑云）告相公得知：《毛詩》有云：『析薪如之何？匪斧弗克。娶妻如之何？匪媒不得。』以此將他爲招牌。（末云）休在班門弄斧。（外云）媒婆，你要秤何用？（丑云）相公，這唤做量人秤，最是要緊的。大凡做媒時節，先把新婦新郎秤得一般，方纔與他説親，久後夫妻也和順。若是輕重了，夫妻到底相嫌。（外云）休閒説！媒婆，我昨日奉聖旨，教我將小姐招贅蔡狀元爲婿，如今你去他根前説知。若得成就了這頭親事，我多多賞你。（丑云）這個有甚難處？一來奉當今聖旨，二來託相公威名，三來小姐才貌兼全。是人知道，蔡狀元有何不可？（末云）這話極説得是。（外云）媒婆，你近前來聽我説。

【南吕過曲·瑣窗郎】（外唱）吾家一女娉婷，不曾許與公卿。昨承聖旨，招選書生。媒婆，你和他説：不須用白璧黄金爲聘。（合）説道姻緣前世已曾定，今日裏，共歡慶。

【前腔】（丑唱）住東京極有名聲，相公，論媒婆非自逞。今朝事體，管取完成。怕有一輕一重，全憑這條官秤。（合前）

【前腔】（末唱）雖然他高占魁名，得相招多少榮縈。（一）依繡幕選中雀屏，媒婆，此一去他必從命。（合前）

爲傳芳信仗良媒，管取門楣得俊才。
百年夫婦今朝合，一段姻緣天上來。

第十三齣　官媒議婚

【商調引子·高陽臺】（生唱）夢遶親闈，愁深旅邸，那堪音信遼絶。淒楚情懷，怕逢淒楚時

（一）縈：原作『榮』，據汲古閣刊本《繡刻琵琶記定本》改。

節。重門半掩黄昏雨，奈寸腸此際千結。守寒窗一點孤燈，照人明滅。當時輕散輕别。嘆玉簫聲杳，庾樓明月。一段愁煩，翻成兩下悲咽。枕邊萬點思親淚，伴漏聲到曉方徹。鎖愁眉，慵臨青鏡，頓添華髮。

〔木蘭花〕鰲頭可羡，須知富貴非吾願。雁足難憑，没個音書寄子情。田園將蕪，不知松菊猶存否？光景無多，争奈椿萱老去何？自家爲父母所强，來此赴選，誰知逗遛在此，竟不能歸。今又復拜皇恩，除爲議郎。雖則任居清要，争奈父母年老，安敢久留？天那！知我的父母安否如何？知我的妻室侍奉如何？欲待上表辭官，又未知聖意如何？苦！好似和針吞却綫，刺人腸肚繫人心。（末、丑同上）

【勝葫蘆】（末唱）特奉皇恩賜結婚，來此把信音傳。（丑唱）若是仙郎肯與諧姻眷，一場好事，管取今朝便團圓。

（生云）兒家門户重重閉，春色緣何得入來？未審何人到此？（末、丑云）小人是牛太師府裏一個院子，老媳婦是媒婆，我兩人奉天子之洪恩，領太師之嚴命，特與狀元諧一佳偶。（生云）元來如此。不索多言，且聽我説。

【商調過曲・高陽臺】（生唱）宦海沉身，京塵迷目，名韁利鎖難脱。目斷家山，空勞魂夢飛越。（丑云）狀元，是好一個小姐。（生唱）閒聒，閒藤野蔓休纏也。俺自有正兔絲，親瓜葛。是誰人無端調引，謾勞饒舌？

【前腔换頭】（末唱）閥閲，紫閣名公，黄扉元宰，三槐位裏排列。金屋嬋娟，妖嬈那更貞潔。（丑唱）歡悦，秦樓此日招鳳侣，遣妾每特來執伐。望君家慇懃肯首，早諧結髮。【前腔换頭】（生唱）非别，千里關山，一家骨肉，教我怎生拋撇？妻室青春，那更親鬢垂雪。（丑云）狀元，老丞相見你這般青春年少，纔肯把小姐嫁與你，你不必推故。（生唱）差迭，須知少年自有人愛了，謾勞你嫦娥提挈。滿皇都豪家無數，豈必卑末？【前腔换頭】（末唱）不達，相府尋親，侯門納禮，兀自拒他不屑。繡幕奇葩，春光正當十八。（丑唱）休撇，知君是個折桂手，留此花待君攀折。况親奉丹墀詔旨，非我自相攛掇。【前腔换頭】（生唱）心熱，自小攻書，從來知禮，忍使行虧名缺？父母俱存，娶而不告須難説。悲咽，門楣相府雖要選，奈庰廖佳人實難存活。（丑云）狀元，小姐生得十分美貌，你休錯過了。（生唱）縱然有花容月貌，怎如我自家骨血？【前腔换頭】（末唱）迂闊，他勢壓朝班，威傾京國，你却與他相别。只怕他轉日回天，那時須有個决裂。（丑唱）虚設，夜静水寒魚不餌，笑滿船空載明月。下絲綸不愁無處，笑伊村殺。【餘文】（生唱）明朝有事朝金闕，歸家奉親心下悦。（末唱）狀元，只怕聖旨不從空自説。（生云）不須多言。你若果奉聖旨來，我明日上表辭官，一就辭婚便了。

君王詔旨不相從，明日應須奏九重。

有緣千里能相會，無緣對面不相逢。

第十四齣　激怒當朝

【黄鍾過曲・出隊子】（外唱）朝夕縈掛，只爲孩兒多用心。不知月老事何因？爲甚冰人没信音？顒望多時，情緒轉深。目斷青鸞瞻碧霧，情深紅葉看金溝。自家昨遣院子和官媒婆去蔡狀元處説親，尚未回音，且待他來，便知端的。

【前腔】（末、丑唱）喬才堪笑，故阻佯推不肯從。豈無佳婿近乘龍？有甚福緣能跨鳳？料想書生，只是命窮。

（相見科）（外云）媒婆，你回來了。事體若何？（丑云）覆相公得知：他千不肯，萬不肯，只是不肯不肯。（末云）你且住休，待小人覆知相公。蔡狀元道他家中有垂白之父母，年少之妻房；明日要上表辭官家去，實難從命。

【正宫過曲・雙鸂鶒】（外唱）聽伊説教人怒起。漢朝中惟吾獨貴，我有女，偏無貴戚豪家求配？奉聖旨使我招狀元爲婿，媒婆，不知他回話有何言語？

【前腔】（丑唱）媒婆告相公知：恨那人作怪蹺蹊。千不肯，萬推辭。（外云）我奉聖旨招他爲婿，你曾把這話對他説麽？（丑唱）這話頭不惹些兒。道始得及第，縱有花容月貌休提。他駡相公，駡小姐，（外云）他駡小姐甚麽？（丑唱）道脚長尺二。（末唱）這般説謊没巴臂。（末跪科）

【前腔】（末唱）恩官且聽咨啓：蔡狀元聞説皺眉。忠和孝，恩和義，念父母八十年餘。况已娶了妻室，再婚重娶非禮。待早朝，上表文，要辭官家去，請相公别選一佳婿。

【前腔】（外唱）他元來要奏丹墀，敢和我厮挺相持。細思之，可奈他將人輕覷。我就寫表奏與吾皇知，與他官拜清要地，務要來我處爲門楣。

【意不盡】（合唱）這讀書輩没道理，不思量違背了聖旨；只教他辭官辭婚俱未得。

（外云）自古道：殺人可恕，情理難容。我的聲名，誰不欽敬？多少貴戚豪家，求爲吾婿而不可得。叵耐一書生顛倒不肯，反要辭官家去。且由他。左右，你和官媒婆再去蔡狀元處説，看他如何？我如今先去奏知官裏，㈠只教不准他上表便了。

枉把封章奏九重，㈡不如及早便相從。㈢

㈠　知：原作『和』，據汲古閣刊本《繡刻琵琶記定本》改。

㈡　把：原作『不』，據汲古閣刊本《繡刻琵琶記定本》改。

㈢　如：原作『知』，據汲古閣刊本《繡刻琵琶記定本》改。

羈縻鸞鳳青絲網，牢絡鴛鴦碧玉籠。(一)

琵琶記卷上終

(一) 絡：原作『路』，據汲古閣刊本《繡刻琵琶記定本》改。

琵琶記卷中

第十五齣　金閨愁配

【中呂過曲・剔銀燈】（貼唱）忒過分爹行所爲，但索强全不顧人議。背飛鳥硬求來諧比翼，隔墻花强攀做連理。姻緣，還是怎的？婚姻事女孩兒家怎提？天那！我待對爹爹説呵，姻緣姻緣，事非偶然。好笑我爹爹定要將奴家招贅蔡狀元爲婿，那狀元不肯，俺這裏也索罷了。誰想爹爹苦不放過。天那！他既不肯，便做了夫妻，到底也不和順。奴家待將此事對爹爹説，只是此事不是女孩兒每説的話。苦！好悶呵！（凈魆地上探云）慚愧！慚愧！今日也能彀得小姐悶也。小姐，你想着甚麽？（貼）我不想着甚麽。（凈）你既不想着甚麽，爲何手托香腮，在此憂悶？我且問你：你往常間件件不煩惱，事事不動情，我想起來你都是佯詐。今日莫不是對景傷情麽？（貼）老姥，你説那裏話？我爲爹爹做事不停當，以此憂悶。（凈）老相公做甚事不停當？（貼）我爹爹要將奴家嫁與蔡狀元，使官媒婆去説，狀元不肯。他既然不肯，俺這裏也索罷了。如今爹爹苦不放過他，又叫媒婆去説。老姥姥，你怎生與我對爹爹説一聲也好。（浄）小姐，這是你爹爹的主意，如何肯聽我每説？

【仙吕過曲·桂枝香】（浄唱）書生愚見，忒不通變。不肯坦腹東床，謾自去哀求金殿。想他每就裏，想他每就裏，將人輕賤。小姐，非爹胡纏，怕被人傳。（貼）呀！怕人傳甚麽？（浄唱）道你是相府公侯女，不能彀嫁狀元。

【前腔】（貼唱）百年姻眷，須教情願。他那裏抵死推辭，俺這裏不索留戀。想他每就裏，想他每就裏，有些牽絆。（浄）有甚牽絆？（貼唱）怕恩多成怨。滿皇都少甚麽公侯子，何須去嫁狀元？

【南吕過曲·大迓鼓】（浄唱）非干是你爹意堅，只怕春花秋月，誤你芳年。況兼他才貌真堪羡，又是五百名中第一仙。故把嫦娥，付與少年。

【前腔】（貼唱）姻緣雖在天，若非人意，到底埋冤。料想赤繩不曾綰，多應他無玉種藍田。休把嫦娥，强與少年。

匹配本自然，何須苦相纏。
眼前雖成就，到底也埋冤。

第十六齣　丹陛陳情

【仙呂引子・北點絳唇】（末唱）夜色將闌，晨光欲散，把珠簾捲。移步丹墀，擺列着金龍案。

【北混江龍】（末唱）官居宮苑，謾道是天威咫尺近龍顔。每日間親隨車駕，只聽鳴鞭。去螭頭上拜跪，隨着豹尾盤旋。朝朝宿衛，早早隨斑。做不得卿相當朝一品貴，先隨着朝臣待漏五更寒。空嗟嘆，山寺日高僧未起，算來名利不如閒。

自家是漢朝一個小黄門。往來紫禁，侍奉丹墀。領百官之奏章，傳一人之命令。正是：主德無瑕因宦習，天顔有喜近臣知。如今天色漸明，正是早朝時分，官裏升殿，怕有百官奏事，只得在此祇候。（内問）(一)怎見得早朝時分？（末）但見：銀河清淺，珠斗斕斑。數聲角吹落殘星，三通鼓報傳清曙。銀箭銅壺，點點滴滴，尚有九重寒漏；瓊樓玉宇，聲聲隱隱，已聞萬井晨鍾。曈曈朦朦，蒼茫紅日映樓臺；拂拂霏霏，葱蒨瑞煙浮禁苑。臯臯巍巍，千尋玉掌，幾點瀼瀼露未晞；澄澄湛湛，萬里璇空，一片團團月初墜。三唱天雞，咿咿喔喔，共傳紫陌更闌；百囀流鶯，間間關關，報道上林春曉。午門外碌碌剌剌，車兒碾得塵飛；六宮裏嘔嘔啞啞，樂聲奏如鼎沸。只見那建章宮、甘泉宮、未央宮、長楊

(一) 内：原作『丑』，據汲古閣刊本《繡刻琵琶記定本》改。

宮、五柞宮、長秋宮、長信宮、長樂宮，重重疊疊，萬萬千千，盡開了玉關金鎖；　又見那昭陽殿、金華殿、長生殿、披香殿、金鸞殿、麒麟殿、太極殿、白虎殿，隱隱約約，三三兩兩，都捲上繡箔珠簾。半空中忽聽得一聲轟轟劃劃，如雷如霆，震耳的鳴稍響；　合殿裏只聞得一陣氤氤氳氳，非煙非霧，撲鼻的御爐香。縹縹緲緲，紅雲裏雉尾扇遮着赭黄袍；　深深沉沉，丹陛間龍鱗座覆着彤芝蓋。左列着森森嚴嚴，前前後後的羽林軍、期門軍、控鶴軍、神策軍、虎賁軍，花迎劍佩星初落；　右列着濟濟鏘鏘，高高下下的金吾衛、龍虎衛、拱日衛、千牛衛、驃騎衛，柳拂旌旗露未乾。金間玉，玉間金，烱烱爍爍，燦燦爛爛的神仙儀從；　紫映緋，緋映紫，行行列列，整整齊齊的文武官僚。螭頭陛下，立着一對妖妖嬈嬈，花容月貌，繡鸞袍，鴛鴦靴的奉引昭容；　豹尾班中，擺着一對端端正正，銅肝鐵膽，白象簡，獬豸冠的糾彈御史。拜的拜，跪的跪，那一個敢挨挨挱挱縱諠譁？升的升，下的下，那一個不欽欽敬敬依禮法？但願得常瞻仙仗，聖德日新日新日日新；　與群臣共拜天顔，聖壽萬歲萬歲萬萬歲。從來不信叔孫禮，今日方知天子尊。道猶未了，一個奏事的官人早來。

【黄鍾過曲·點絳唇】（生唱）月淡星稀，建章宮裏千門曉。御爐煙裊，隱隱鳴梢杳。忽憶年時，問寢高堂早。雞鳴了，悶縈懷抱，此際愁多少？

不寢聽金鑰，因風想玉珂。明朝有封事，數問夜如何。自家爲父母在堂，故上表辭官回去侍奉。如今天色已明，這是午門外廂，不免進入去咱。（末云）奏事官搢笏三舞蹈。

【黄鍾過曲·神仗兒】（生唱）揚塵舞蹈，揚塵舞蹈，遥瞻天表。見龍鱗日耀，咫尺重瞳高照。

遥拜着赭黄袍，遥拜着赭黄袍。

【滴漏子】（生唱）臣邕的，臣邕的，荷蒙聖朝。臣邕的，臣邕的，拜還紫誥。（末云）狀元，你莫不是嫌官小麽？（生唱）念邕非嫌官小，奈家鄉萬里遥，雙親又老。干瀆天威，萬乞恕饒。

（末云）狀元，吾乃黄門，職掌奏章。有何文表，就此披宣。（生跪科）

【入破第一】議郎臣蔡邕啓：今日蒙恩旨，除臣爲議郎之職，重蒙賜婚牛氏。干瀆天威，臣謹誠惶誠恐，稽首頓首。伏念微臣，初來有志。誦詩書，力學躬耕修己，不復貪榮利。事父母，樂田里，初心願如此而已。不想州司，謬取臣邕充試。到京畿，豈料蒙恩，叨居上第。

【破第二】重蒙聖恩，婚賜牛公女。臣草茅疏賤，如何當此隆遇？況臣親老，一從别後，光陰又幾。廬舍田園，荒蕪久矣。

（末云）老親在堂，必自有人奉侍，狀元不必憂慮。

【衮第三】（生唱）但臣親老鬢髮白，筋力皆癯瘁。形隻影單，無兄弟，誰奉侍？況隔千山萬水，生死存亡，雖有音書難寄。最可悲，他甘旨不供，我食禄有愧。

（末云）聖上作主，太師聯姻，狀元，這也是奇遇。

【歇拍】（生唱）不告父母，怎諧匹配？臣又聽得家鄉裏，遭水旱，遇荒饑。多想臣親必做溝渠之鬼，未可知。怎不教臣，悲傷淚垂？

（生哭）（末云）狀元，此非哭泣之處，不得驚動天聽。

【中衮第五】（生唱）臣享厚禄掛朱紫，出入承明地。惟念二親寒無衣，饑無食，喪溝渠。憶昔先朝朱買臣守會稽，司馬相如，持節錦歸。

【煞尾】他遭遇聖時，皆得回鄉里。臣何故别父母，遠鄉閭，没音書，此心違？伏望陛下特憫微臣之志，遣臣歸，得侍雙親，隆恩無比。

【出破】若還念臣有微能，鄉郡望安置。庶使臣忠心孝意得全美，臣無任瞻天仰聖，激切屏營之至。

（末云）元來如此。吾當與狀元轉達天聽，可在午門外廂俟候聖旨。〔一〕正是：眼望旌捷旗，耳聽好消息。（生起科）

【神仗兒】（生唱）揚塵舞蹈，揚塵舞蹈，見祥雲縹緲，想黄門已到。料應重瞳看了，多應是念我私情烏鳥。顒望斷九重霄，顒望斷九重霄。

（生云）黄門已將我奏章傳達，未知聖意允否？不免乘間禱告天地一番。

【滴漏子】（生唱）天憐念，天憐念，蔡邕拜禱。雙親的，雙親的，死生未保。天那！可憐恩深

〔一〕俟：原作『候』，據汲古閣刊本《繡刻琵琶記定本》改。

難報。一封奏九重，知他聽否？爹娘呵，俺和你會合分離，都在這遭。黄門去了多時，怎的不見回報？想必是官裏准了。天那！若能彀回家侍奉父母，蔡邕何須做官？（末奉詔同二昭容上）

【前腔】（末唱）今日裏，今日裏，議郎進表。傳達上，傳達上，聖目看了。（生云）聖目看了如何說？（末唱）道太師昨日先奏，把乘龍女婿招，多少是好？（生云）黄門大人，你莫不是哄我？（末唱）見有玉音傳降聽剖。

（末云）聖旨已到，跪聽宣讀。皇帝詔曰：孝道雖大，終於事君；王事多難，豈遑報父？朕以凉德，嗣纘丕基。眷兹警動之風，未遂雍熙之化。爰招俊髦，以輔不逮。咨爾才學，允愜輿情。是用擢居議論之司，以求繩糾之益。爾當恪守乃職，勿有固辭。其所議婚姻事，可曲從師相之請，以成桃夭之化。欽予時命，裕汝乃心。謝恩。（生云）黄門大人，煩你與我再去奏知官裏，我情願不做官。（末云）咳！這秀才好不曉事，聖旨誰敢違背？（生云）黄門大人，你不去時節，待我自去拜還聖旨如何？（末云）呀！這秀才好怪麽，這所在你如何去得？（生哭科）

【啄木兒】（生唱）我親衰老，妻幼嬌，萬里關山音信杳。他那裏舉目凄凄，俺這裏回首迢迢。他那裏望得眼穿兒不到，俺這裏哭得淚乾親難保。閃殺人一封丹鳳詔。

【前腔】（末唱）狀元，你何須慮，不用焦，人世上離多歡會少。大丈夫當萬里封侯，肯守着故園空老？畢竟事君事親一般道，人生怎全忠和孝？却不見母死王陵歸漢朝？

【三段子】（生唱）這懷怎剖？望丹墀天高聽高。這苦怎逃？望白雲山遥路遥。

【前腔】（末唱）狀元，你做官與親添榮耀，高堂管取加封號。與他改换門閭，偏不是好？

【歸朝歡】（生唱）冤家的，冤家的，苦苦見招，俺媳婦埋冤怎了？饑荒歲，饑荒歲，怕他怎熬？俺爹娘怕不做溝渠中餓殍？

【前腔】（末唱）狀元，譬如四方戰争多征調，從軍遠戍沙場草，也只是爲國忘家怎憚勞。

家鄉萬里信難通，争奈君王不肯從。
情到不堪回首處，一齊分付與東風。

第十七齣　義倉振濟

【仙吕入雙調·普賢歌】（丑唱）身充里正實難當，雜泛差徭日夜忙。官司點義倉，并無些子糧，拚一頓拖翻喫大棒。

我做都官管百姓，另是一般行徑。破靴破帽破衣裳，打扮須要厮稱。到官府百般下情，下鄉村十分豪興。討官糧大大做個官升，賣私鹽輕輕弄條喬秤。點催首放富差貧，保解户欺軟怕硬。猛拚打强放潑，畢竟是個畢竟。誰知天不由人，萬事皆從前定。騙得五兩十兩，到使五錠十錠。田園盡都典賣，并無些子餘剩。叵耐廳前首領，嫌恨司房喬令。把我千樣淩辱，將我萬般督併。動不動去了破帽，打得我黄腫成病。幾番要自縊投河，不要了這條性命。今番又點義倉，并無糧米抵應。若還把我拖番，便叫高擡明鏡。小人也不是都官，也不是里正。休將屈棒，錯打了平民。（内問）你是誰？（丑云）我是搬戲的副浄。（内云）休道出本來面目！（丑云）苦！往常間把義倉穀子偷將家去，養老婆孩兒了。今日上司官點義倉放穀，賑濟貧民，倉中没有一些，那裏討還他？没奈何，我待把家私并老婆兒子都賣了，也賠不起，不免去與李社長商量則個。轉灣抹角，兀的便是李社長家裏。李社長！李社長！

（浄云）誰叫老爺？（丑云）咦！你慣要做大。且出來。

【前腔】（浄唱）身充社長管官倉，老小一家都賴倉裏養。（丑云）好！好！你一家老小都賴倉裏養，事發時節，如何擺佈？（浄唱）事發儘不妨，里正先喫棒。（丑云）尊兄，饒得你過麽？（浄唱）先打了都官，方纔打社長。

老夫年傍八旬，家中只有三人。因充社長勾當，誰知也不安寧。又要告官書題粉壁，（一）又要勸民栽種翻耕。又要管淘河砌磡，又要辦水桶麻繩。若有人家嫁娶，須索請我做賓人。人人稱我年高伏衆，個個叫我社長官人。若得一紙狀子，强似廳上縣丞。原告許我銀子叁錠伍錠，被告送我猪脚十斤廿斤。若還得了兩家財物，只得朦朧寫個回文。每日去幹得泄水功德，竟不知自家家裏禍因。大的孩兒不孝

（一）題：原作『提』，據汲古閣刊本《繡刻琵琶記定本》改。

不義，小的媳婦逼勒離分。單單只有第三個孩兒本分，常常將去了老夫的頭巾。激得我老夫性發，只得唱個陶真。（丑云）呀！陶真怎的唱？（净云）呀！到被你聽見了。也罷，我唱，你打和。（丑云）使得。（净云）孝順還生孝順子，（丑云）打打哈蓮花落。（净云）忤逆還生忤逆兒，（丑云）打打哈蓮花落。（净云）不信但看簷前水，（丑云）打打哈蓮花落。（净云）滴滴點點不差移，（丑云）打打哈蓮花落。（净云）住休！（丑云）你若不叫住，我直唱到天明。（净云）里正，你叫我出來有甚事説？（丑云）社長哥，今日官司給散義倉，倉中又無稻子，如何是好？我和你不免合賠些子。（净云）呀！倉中稻子都是你搬去喫了，怎的叫我和你合賠？小畜生，到不虧了你！上司來時，干我鳥事？我自回去抱子弄孫嬉他娘。正是：閉門不管窗前月，一任梅花自主張。（净下）（丑云）苦！李社長又去了，上司官又來了，如何是好？呀！喝道聲漸漸近了，只得迎接則個。（外扮放糧官、末扮隸人上）

【前腔】（外唱）親承朝命賑饑荒。（末唱）躍馬揚鞭到此方。（丑云）里正接老爹。（外云）起去。疾忙開義倉，支與百姓糧，從實支收休要謊。

（外云）里正，將支收簿來看。（丑云）簿在此。（外讀云）元管二十九石，新收三十六石；除支一十九石，見在四十六石。左右，開倉。呀！這倉裏那有四十六石？（丑云）有，有，相公。（外云）左右，與他取了甘結；一面着他唤飢民來支糧。（丑云）一心忙似箭，兩脚走如飛。（下）（外云）左右，這廝説謊，倉裏那得這些稻子？（末云）相公，且由他，若是不足數，只要他賠償便了。（外云）也説得是。（丑扮瞎子上）

【商調過曲・吴小四】（丑唱）肚又饑，眼又昏，家私没半分，子哭兒啼不可聞。聞知相公來濟民，請些官糧去救貧。

（丑作錯跪云）相公可憐見。（末云）相公在這裏。（外云）老的姓甚名誰？家裏有幾口？（丑云）小的姓丘名乙己，住上大村，有三千七十口。（外云）胡説！那裏有許多口？（丑云）告相公得知：上大人，丘乙己，化三千，七十士。（末云）一口胡柴！（外云）你實有幾口？（丑云）小的夫妻兩口，孩兒兩口。（外云）支糧與他。（末云）支四口糧了。（丑云）多謝相公。正是：一日不識羞，三日不忍餓。（丑下）〔一〕（净扮聾子上）

【前腔】（净唱）嘆連朝，饑怎忍？家中有五六人。前日老婆典了裙，今日媳婦又典裩，恰好遇官司來濟貧。

（净云）相公可憐見。（外云）老的姓甚名誰？〔二〕家裏有幾口？（净作聾，外復問科）（净云）小的姓大名比丘僧，住在祇樹給孤獨園，有一千二百五十口。（外云）胡説！那裏有許多口？（净云）告相公得知：《彌陀經》中道：祇樹給孤獨園，與大比丘僧一千二百五十人俱。（末云）佛口蛇心！（外云）你實有幾口？（净云）小的有兩個媳婦，三個孩兒，和我共六口。（外云）支糧與他。（末云）支六口糧

〔一〕下：原作「云」，據汲古閣刊本《繡刻琵琶記定本》改。

〔二〕姓：原作「性」，據汲古閣刊本《繡刻琵琶記定本》改。

了。（净云）多谢相公。正是：今日得君提掇起，免教人在污泥中。（净下）（旦上）

【雙調引子·搗練子】（旦唱）嗟命薄，嘆年艱。含羞忍淚向人前，猶恐公婆懸望眼。

（旦云）路逢險處難迴避，事到頭來不自由。奴家少長閨門，豈識途路？今日見官司放糧濟貧，只得去請些稻子，以救公婆之命。（外云）婦人，你姓甚名誰？來此怎的？（旦云）告相公，奴家姓趙，名五娘；公公蔡從簡。因兒夫出外，特來請些糧米，以救公婆之命。（外云）你丈夫那裏去了，使你婦人家來請糧？

【正宫過曲·普天樂】（旦唱）兒夫一向留都下。（外云）你家裏還有誰？（旦唱）只有年老爹和媽。（外云）有弟兄麽？（旦唱）弟和兄更没一個。（外云）既没有弟兄，誰看承你的爹媽？（旦唱）看承盡是奴家。（外云）這般説起來，你好苦呵。婦人家不出閨門，你何不使個男子漢來請糧？（旦作悲科）歷盡苦，誰憐我，相公，怎説得不出閨門的清平話？（外云）你家裏有幾口？（旦云）只有三口。（外云）左右，支糧與他。（末云）没糧了。（旦哭科）若無糧，我也不敢回家。（外云）怎的不敢回家？（旦唱）相公，豈忍見公婆受餒？天那！嘆奴家命薄，直恁摧挫。

（外云）左右，這倉中稻子没了。一來湊原數不起，二來這婦人説得好苦，你去拿那里正來，要這厮賠償。（末云）領鈞旨。假饒走到焰摩天，脚下騰雲須趕上。（旦云）望相公可憐見，主張些糧米與奴家救濟公婆之命。（外云）我自有分曉。（末押丑上云）似甕中捉鱉，手到拿來。（外云）里正，這倉中稻子湊原數不起，盡是你自偷了，你好好招認狀。（丑云）相公，小人招不得。自古道東量西折，難教小人賠償。（外云）畜生，尖斛量入，平斛量出，如何會折了許多？左右，拿下打四十！（丑云）相公不要打，小人情願招了。（丑讀招）招狀人姓猫名狸，見年三十有餘。身上别無疾病，只有白帶不除。今與短狀招伏，因爲官糧久虧。説到義倉情弊，中間無甚蹺蹊。稻熟排門收斂，斂了各自將歸。并無倉廩盛貯，那有帳目收支。縱然有得些小，胡亂寄在民居。官司差人點視，便羅些穀支持。上下得錢便罷，不問倉實倉虚。假饒清官廉吏，被我影射片時。東家借得十扛，西家借得五箕。但見倉中有穀，其間就裏怎知？年年把當常事，番番一似耍嬉。不道今年荒旱，不道今年民飢[一]不因分俵賑濟，如何會泄天機？假饒奏到三十三天，我里正無甚罪過。（末云）爲甚的？（丑云）只是點糧詐錢的做馬做驢。招狀執結是實，伏乞相公指揮。（外云）左右，押這厮去，就要賠償。（末押丑下）正是：懼法朝朝樂，欺公日日憂。（末押丑上云）假饒人心似鐵，怎逃官法如爐？告相公，里正賠償的稻子有了。（外云）支與那婦人去。（旦云）多謝相公。（末與旦，丑覷覷科云）由你半路去，我好歹與你奪了便罷。（旦云）謝得恩官爲主維，（丑云）只教中路有災危。（外云）當權若不行方便，（末云）如入寶山空手回。（外、末、丑下）（旦云）一斟一酌，莫非前定。今日奴家去請糧，誰知道里正作弊，倉中没了。若不得相公督併里正賠償，奴家如何得這些穀回家救濟二親？正是：飢時得一口，强似飽時得一斗。（欲下）（丑

[一] 道：原作『得』，據汲古閣刊本《繡刻琵琶記定本》改。

上攔住云)恩人相見，分外眼明。讎人相見，分外眼睁。我也會見你過來呵！你快把稻子還我，萬事全休。(旦云)呀！相公與奴家的稻子，如何還你？(丑云)咳！方纔不是你只管告不休，相公如何要我賠償？這稻子是我賣老小賣家私的，你如何挐去？(搶科)(旦云)里正官人，休要用强；可憐奴家艱辛！(丑云)可憐你甚的？

【雙調過曲·鎖南枝】(旦唱)兒夫去，竟不還，公婆兩人都老年。自從昨日到如今，不能彀一餐飯。(丑云)你公婆没飯喫，也不干我事。(旦唱)奴請糧，他在家懸望眼。念我年老公婆，做方便。

(拜丑科)(丑云)不要拜，不要拜。這般時年，我做不得方便；你將稻子還我便罷。

【前腔】(旦唱)鄉官可憐，這些稻子呵，是我公婆命所關。若是必須奪將去，寧可脱下衣裳，就問鄉官換。(脱衣科)(丑云)不要，不要，你身上也寒冷。(旦唱)寧使奴身上寒，只要與公婆救殘喘。

(丑云)娘子，罷，罷。你説起這話，都是孝心，我不忍問你取了。莫怪，莫怪，你去罷。(旦云)如此多謝。(丑虚下躲科)(旦云)謝天謝地！且喜里正去了，不免趲行幾步。(丑上推旦奪下科)

【前腔】(旦唱)奪將去，真可憐，公婆望奴不見還。縱然他不埋冤，道我做媳婦的有何幹？他忍饑添我夫罪愆，教奴怎見得我夫面？

（旦云）千死萬死，終久是死；不如早死爲强。此間有一口古井，不免投入死休。（欲投科）

【前腔】（旦唱）將身赴井泉，思量左右難。我丈夫當年分散，叮嚀囑付爹娘，教我與他相看管。苦！我死却他形影單，夫婿與公婆，可不兩埋怨？

【前腔】（外唱）媳婦去，不見還，教人在家凝望眼。（外跌倒旦扶科）（外唱）呀！你在這裏閒行，教我望得肝腸斷。（旦唱）公公，奴請糧爲你供午餐，又誰知被人騙。

（外云）媳婦，却怎麼説？（旦云）公公，奴家請得些稻子，到半途之中，却被里正奪去了。（外云）天那！元來如此。（哭科）

【前腔】（外唱）思量我命乖蹇，不由人不珠淚漣。料想終須餓死，不如早赴黄泉，免把你廝牽絆。媳婦，婆老年，不久延，你須是好看管。

呀！這裏元來有一口古井，不免投入死休。

【前腔】（旦唱）公公，你若身傾棄，我苦怎言？公還死了婆怎免？你兩人一旦身亡，教我獨自如何展？公公，你喫苦辛其實難過遣，我痛傷悲只得强相勸。

【前腔】（外唱）媳婦，你衣衫盡解典，囊篋已罄然。縱使目前存活，到底日久日深，你與我難相念。苦！衣食缺你行孝難，活冤家不如早折散。（外投井旦救科）（末挑穀上科）

【前腔】（末唱）不豐歲，荒歉年，官司把糧來給散。見一個年老的公公，在那裏頻嗟嘆。待向前，仔細看。呀！我道是誰，元來是蔡老員外和五娘子呵。你兩人在此有何幹？

（旦云）公公，一言難盡。奴家今日聞知官司給散義倉，去請些糧米與公婆充饑。誰想里正作弊，倉中没了稻子。謝得相公，着令里正賠納，把些與奴家；來到半途，被里正奪去。奴家害羞回來，公公見説，也要投井死，奴家正在此勸解公公。（末云）咳！五娘子，你差了。老夫方纔也請得些官糧，正要將來分送你公公，你恁的不來與我商量，却自家出去，被那狂徒欺侮？

【前腔】（末唱）我聽你説這言，待我趕去。罵那廝鐵心腸，昧心漢。公公，他去得遠了。（外云）罷，罷。太公，我和你是良善之人，不要與那狂徒一般見識。只是我這幾日餓得難過。（末唱）員外，你且不須憂慮，我也請得些官糧，和你兩下分一半。（旦云）這是公公請的，如何使得？（末唱）咳！五娘子，你休恁推，莫棄嫌，且將回，權做兩厨飯。

（旦云）如此，多謝了公公。（末云）怎説這話？五娘子，你伯喈當初出去，把爹娘囑付與老夫。今日是荒年飢歲，虧殺你獨自支吾。終不然我自温飽，教你忍飢受餓？古語云：濟人須濟急時無。你胡亂將這些救濟公姑則個。五娘子，你先回去，我和你公公隨後緩緩的來。

【正宫過曲・洞仙歌】（旦唱）苦！家私没半分，靠着奴此身。只要救公婆，豈辭多苦辛？（合）空把珠淚搵，可憐饑與貧，這苦説不盡。

【前腔】（外唱）太公，我本爲泉下人，他救我一命存。只怕我不久身亡，報不得媳婦恩。（合

前）

【前腔】（末唱）見説不可聞，況我託在隣。終不然我享安和，忍見你受饑窘？（合前）

命薄多年受苦辛，不如身死早離分。
惟有感恩并積恨，萬年千載不成塵。

第十八齣　再報佳期

（丑扮媒婆上）

【越調過曲・蠻牌令】（丑唱）終日走千遭，走得脚無毛。何曾見湯水面？花紅也不曾見半分毫。到不如做個虔婆頂老，也落得些鴨汁喫飽。窮酸秀才直恁喬，老婆與他，故推不要。

（丑云）咳！我做媒婆做到老，不曾見這般好笑。叵耐一個秀才，老婆與他不要。別人見了媒婆歡歡喜喜，他反和我尋争尋鬧。老相公又不肯干休，只管在家囉唣。把媒婆放在中間，旋得七顛八倒。走得我鞋穿襪綻，説得我唇乾口燥。也不怕你親事不成，也不怕你姻緣不到。只怕你紅羅帳裏快活，不叫媒婆聒噪。這裏便是狀元貴館。呀！恰好的狀元出來了。

【越調引子・金蕉葉】（生唱）愁多怨多，俺爹娘知他怎麽？擺不脱功名奈何？送將來冤家怎躲？

（相見科）（丑云）狀元，賀喜！賀喜！牛太師選定今日與小姐畢姻，請狀元早赴佳期。（生云）天那！此事如何是好？（丑云）狀元，事皆前定，不必再推。

【南吕過曲·三换頭】（生唱）名韁利鎖，先自將人摧挫。況鸞拘鳳束，甚日得到家？我也休怨他。這其間，只是我，不合來，長安看花。閃殺我爹娘也，淚珠空暗墮。（合）這段姻緣，也只是無如之奈何。

【前腔】（丑唱）鸞臺罷妝，鵲橋初駕。佳期近也，請仙郎到河。（生云）媒婆，我去也不妨；只是一心掛兩頭，如何是得？（丑唱）狀元，此事明知牽掛，這其間，只得把，那壁廂，且都拚捨。況奉君王詔，怎生别了他？（合前）

（丑云）狀元，門首轎馬都已齊備了。

及早赴佳期，歡娱成怨悲。

情知不是伴，事急且相隨。

第十九齣　强就鸞凰

（外扮牛太師上）

【黄鍾引子·傳言玉女】（外唱）燭影摇紅，簾幕瑞煙浮動，畫堂中珠圍翠擁。妝臺對月，下鸞鶴神仙儀從。玉簫聲裏，一雙鳴鳳。

（外云）左右何在？（院子上云）獨立畫堂聽命令，珠簾底下一聲傳。老相公有何指揮？（外云）左右，我今日與小姐畢姻，筵席安排了未？（院子云）安排完備了。（外云）完備得如何？〔水調歌頭〕（院子云）屏開金孔雀，褥隱繡芙蓉。獸爐煙裊，蓮臺絳蠟吐春紅。廣設珊瑚席子，高把真珠簾捲，環列翠屏風。人間丞相府，天上蕊珠宮。　錦遮圍，花爛熳，玉玲瓏。繁絃脆管，歡聲鼎沸畫堂中。簇擁金釵十二，座列三千珠履，談笑盡王公。正是：　門闌多喜氣，女婿近乘龍。（外云）狀元來未？（院子云）望見一簇人馬喧鬧，想是狀元來了。（生上）

【女冠子】（生唱）馬蹄篤速，傳呼齊擁雕轂。（外唱）金花帽簇，天香袍染，丈夫得志，佳婿坦腹。

（外云）惜春，狀元已到，請小姐出來拜堂。（貼上）

【前腔】（貼唱）妝成聞喚促，又將綵扇重遮，羞蛾輕蹙。（淨、丑執掌扇上）（合）這姻緣不俗，金榜題名，洞房花燭。

（淨云）狀元和小姐兩個，各自立一邊，請陰陽先生讚禮。（末扮賓人上云）禀相公，告廟。（末云）維大漢太平年，團圓月，和合日，吉利時，嗣孫牛某，有女及笄，奉聖旨招贅新狀元蔡邕爲婿。以此吉辰，敢申虔告。告廟已畢，請與新人揭起方巾。（丑云）待我來。伏以窈窕青娥二八春，緑雲之上覆方巾。玉纖搊起西川錦，露出嬌容賽玉真。掌禮，請喝拜。（末云）竊以禮重婚姻，兹實人倫之大；義當配偶，爰思宗系之承。張設青盧，〔一〕熒煌花燭。祀供蘋藻，首嚴見廟之儀；贄備棗榛，抑講拜堂之禮。集珠履玳簪之客，環金釵玉珥之賓。慶會良宵，觀光盛事。香熏寶鴨，濃騰裊裊之煙；步擁金蓮，請下深深之拜。（喝拜科）拜禮已畢，請狀元小姐把酒。

【黄鍾過曲·畫眉序】（生唱）攀桂步蟾宫，豈料絲蘿在喬木。喜書中今朝有女如玉，堪觀處絲幕牽紅，恰正是荷衣穿緑。（合）這回好個風流婿，偏稱洞房花燭。

【前腔】（外唱）君才冠天禄，我的門楣稍賢淑。看相輝清潤，瑩然冰玉。光掩映孔雀屏開，花爛熳芙蓉穩褥。（合前）

【前腔】（貼唱）頻催少膏沐，金鳳斜飛鬢雲矗。喜逢他蕭史，愧非弄玉。清風引珮下瑶臺，明月照妝成金屋。（合前）

【前腔】（淨、丑唱）湘裙展六幅，似天上嫦娥降塵俗。喜藍田今已種成雙玉。風月賽閬苑三千，雲雨笑巫山二六。（合前）

【滴溜子】（生唱）謾説道姻緣事，果諧鳳卜。細思之，此事豈吾意欲？有人在高堂孤獨。

〔一〕青盧：原作「青爐」，據文義改。

可惜新人笑語喧，不知我舊人哭。兀的東床，難教我坦腹。

【鮑老催】（衆唱）翠眉謾蹙，赤繩已繫夫婦足，芳名已注婚姻牘。狀元，空嗟怨，枉嘆息，休摧挫。畫堂富貴如金谷，休戀故鄉生處好，受恩深處親骨肉。

【滴滴金】（衆唱）金猊寶鼎香馥郁，銀海瓊丹泛醽醁，輕飛彩袖呈嬌舞。囀鶯喉，歌麗曲，歌聲斷續，持觴勸酒人共祝。人共祝，百年夫婦永和睦。

【鮑老催】（衆唱）意深愛篤，文章富貴珠萬斛，天教艷質爲眷屬。似蝶戀花，鳳棲梧，鸞停竹。男兒有書須勤讀，書中自有黃金屋，也自有千鍾粟。

【雙聲子】（衆唱）郎多福，郎多福，看紫綬黃金束。娘萬福，娘萬福，看花誥紋犀軸。兩意篤，兩意篤。豈非福，豈非福。似紋鸞綵鳳，兩兩相逐。

【餘文】（合）郎才女貌真不俗，占斷人間天上福，百歲姻緣萬事足。

清風明月兩相宜，女貌郎才天下奇。
正是洞房花燭夜，果然金榜掛名時。

第二十齣　勉食姑嫜

【南吕引子・薄倖】（旦唱）野曠原空，人離業敗。謾盡心行孝，力枯形憊。幸然爹媽，此身安泰。棲惶處，見慟哭饑人滿道，嘆舉目將誰倚賴？

曠野蕭疏絶煙火，日色慘淡黯村塢。死别空原婦泣夫，生離他處兒牽母。睹此恓惶實可憐，思量轉覺此身難。高堂父母老難保，上國兒郎去不還。力盡計窮淚亦竭，看看氣盡知何日？高岡黄土漫成堆，誰把一抔掩奴骨？奴家自從丈夫去後，頓遭饑荒。衣衫首飾，盡皆典賣，家計蕭然。争奈公婆年老，死生難保；朝夕又無甘旨膳奉，如何是好？只得安排一口淡飯與公婆充饑，奴家自把些穀膜米皮鉀鑼來喫，苟留殘喘。喫時又怕公婆撞見，只得迴避，免致他煩惱。如今飯已熟了，不免請出公婆早膳則個。（外、净上）

【雙調引子·夜行船】（外唱）苦！忍餓擔饑何日了？孩兒一去，竟無音耗。（净唱）甘旨蕭條，米糧缺少。（合）天那！真個死生難保。

（旦云）請公公婆婆早膳。（净云）媳婦，有菜蔬麼？（旦云）没有。（净云）有下飯麼？（旦云）也没有。（净云）賤人，前日早膳還有些下飯，今日只得一口淡飯。再過幾日，連淡飯也没有了。快擡去！

（外云）咳！這般時年，胡亂喫一口充飢，還要分甚麼好歹？

【南吕過曲·鑼鼓令】（净唱）我終朝受餒，賤人，你將來的飯教我怎喫？可疾忙便擡，非干是我有些饞態。

【前腔】（外唱）阿婆，你看他衣衫都解，好茶飯將甚去買？兀的是天災，教媳婦每難佈擺。

【前腔】（旦唱）婆婆息怒且休罪，待奴家霎時將去再安排。思量到此，珠淚滿腮。看看做鬼，溝渠裏埋。縱然不死也難捱，教人只恨蔡伯喈。

【前腔】（浄唱）如今我試猜，多應他犯着獨噇病來，背地裏自買些鮭菜。（外云）阿婆，他那裏得錢去買？（浄唱）阿公，我喫飯他緣何不在？這些意兒真是歹。

【前腔】（外唱）阿婆，他和你甚相愛，不應反面直恁的乖。（旦背唱）我千辛萬苦，有甚疑猜？可不道我臉兒黄瘦骨如柴。

（浄云）擡去，擡去。（外云）媳婦，婆婆喫不得，你且收去。（旦收云）婆婆耐煩，待奴家去佈擺些東西，再安排過來。（浄云）你去，你去。（旦云）正是：啞子謾嘗黄柏味，難將苦口向人言。（下）（浄云）阿公，親的到底是親。親生兒子不留在家，到倚靠着媳婦供養。你看前日兀自有些鮭菜，今日只得些淡飯，教我怎的喫？再過幾日，連飯也没了。我看他前日自喫飯時節，百般躲避我，敢是他背地裏自買些下飯受用分曉？（外云）阿婆，休要錯疑了，我看媳婦不是這般樣人。（浄云）恁的，等他自喫時節，我和你潛地裏去探一探，便知端的。（外云）也説得是。只一件那。（浄云）却怎的？

荒年有飯休思菜，媳婦無良把我虧。
混濁不分鰱共鯉，水清方見兩般魚。

第二十一齣　糟糠自厭

【南調過曲・山坡羊】（旦唱）亂荒荒不豐稔的年歲，遠迢迢不回來的夫婿。急煎煎不耐煩的二親，軟怯怯不濟事的孤身體。苦！衣盡典，寸絲不掛體。幾番拚死了奴身己，争奈没主公婆，教誰看取？思之，虚飄飄命怎期。難捱，實丕丕災共危。

【前腔】（旦唱）滴溜溜難窮盡的珠淚，亂紛紛難寬解的愁緒。骨崖崖難扶持的病身，戰兢兢難捱過的時和歲。這糠，我待不喫你呵，教奴怎忍饑？我待喫你呵，教奴怎生喫？思量起來，不如奴先死，圖得不知他親死時。（合前）

奴家早上安排些飯與公婆喫，豈不欲買些鮭菜？争奈無錢可買。不想婆婆抵死埋冤，只道奴家背地自喫了甚麽東西。不知奴家喫的是米膜糠粃，又不敢教他知道。便做他埋冤殺我，我也不敢分説。苦！這糠粃怎的喫得下？（喫吐科）

【雙調過曲・孝順歌】（旦唱）嘔得我肝腸痛，珠淚垂，喉嚨尚兀自牢嗄住。糠那！你遭礱被舂杵，篩你簸颺你，喫盡控持。好似奴家身狼狽，千辛萬苦皆經歷。苦人喫着苦味，兩苦相逢，可知道欲吞不去。（外、净潛上探覷科）

【前腔】（旦唱）糠和米，本是相依倚，被簸颺作兩處飛。一賤與一貴，好似奴家與夫婿，終無見期。丈夫，你便是米呵，米在他方没尋處。奴家恰便似糠呵，怎的把糠來救得人饑餒？好似兒夫出去，怎的教奴供膳得公婆甘旨？（外、净潛下科）

【前腔】（旦唱）思量我生無益，死又值甚的？不如忍饑死了爲怨鬼。只一件，公婆老年紀，靠奴家相依倚，只得苟活片時。片時苟活雖容易，到底日久也難相聚。謾把糠來相比，這糠呵，尚兀自有人喫。奴家的骨頭，知他埋在何處？

（外、净上）（净云）媳婦，你在這裏喫甚麽？（旦云）奴家不曾喫甚麽。（净搜奪科）（旦云）婆婆，你喫不得！（外云）咳！這是甚麽東西？

【前腔】（旦唱）這是穀中膜，米上皮，（外云）呀！這便是糠，要他何用？（旦唱）將來餺饠堪療饑。（净云）咦，這糠只好將去餵猪狗，如何把來自喫？（旦唱）嘗聞古聖賢書，狗彘食人食，也强如草根樹皮。（外、净云）恁的苦澀東西，怕不噎壞了你？（旦唱）嚙雪吞氈，蘇卿猶健；餐松食柏，到做得神仙侣。這糠呵，縱然喫些何慮？（净云）阿公，你休聽他説謊，糠粃如何喫得？（旦唱）爹媽休疑，奴須是你孩兒的糟糠妻室。

（外、净看哭科）媳婦，我元來錯埋冤了你，兀的不痛殺我也！（外、净倒）（旦叫哭科）

【仙吕入雙調・雁過沙】（旦唱）苦！沉沉向冥途，空教我耳邊呼。公公婆婆，我不能彀盡心相奉事，反教你爲我歸黄土。教人道你死緣何故？公公婆婆，怎生割捨得抛棄了奴？

（外醒科）（旦云）謝天謝地，公公醒了！ 公公，你鬧閧。

【前腔】（外唱）媳婦，你擔饑事姑舅。媳婦，你擔饑怎生度？（旦云）公公且自寬心，不要煩惱。（外唱）媳婦，我錯埋冤了你，你也不推辭，到如今始信有糟糠婦。媳婦，料應我不久歸陰府，也省得爲我死的，累你生的受苦。

（旦扶外起科）公公且在床上安息，待我看婆婆如何。（旦叫不醒科）呀！ 婆婆不濟事了，如何是好？

【前腔】（旦唱）婆婆氣全無，教奴怎支吾？ 咳！ 丈夫呵，我千辛萬苦，爲你相看顧，如今到此難回護。我只愁母死難留父，況衣衫盡解，囊篋又無。

（外云）媳婦，婆婆還好麽？（旦云）婆婆不好了！

【前腔】（外唱）天那！ 我當初不尋思，教孩兒往帝都。把媳婦閃得苦又孤，把婆婆送入黄泉路，算來是我相擔誤。不如我死，免把你再辜負。

（旦云）公公休説這話，請自將息。（外云）媳婦，婆婆死了，衣衾棺槨，是件皆無，如何是好？（旦云）公公寬心，待奴家區處。（末云）福無雙降猶難信，禍不單行却是真。老夫爲何道此兩句？ 爲鄰家蔡伯喈妻房趙氏五娘。他嫁得伯喈，方纔兩月，伯喈便出去赴選。自去之後，連遭饑荒。公婆年紀皆在八十之上，家裏更没個相扶持的。甘旨之奉，虧殺這五娘子。把些衣服首飾之類，盡皆典賣，辦些糧米，供給公婆； 却背地裏把糠粃餺饠充饑。這般荒年饑歲，少甚麽有三五個孩兒的人家，供膳不得爹娘。這個小娘子，真個今人中少有，古人中難得。那婆婆不知道，顛倒把他埋冤；適來聽得他公婆知道，却又痛心，都害了病。如今不免到他家裏探望則個。呀！五娘子，你爲甚的荒荒張張？（旦云）公公，天有不測風雲，人有旦夕禍福。奴家婆婆死了。（末云）咳！你婆婆既死了，你公公如今在那裏？（旦云）在床上睡着。（末云）待我看一看。（外云）太公休怪，我起來不得了。（末云）老員外，快不要勞動。（旦云）太公，我婆婆衣衾棺槨，是件皆無，如何是好？（末云）五娘子，你不要愁煩，我自有區處。

【仙呂入雙調・玉包肚】（旦唱）千般生受，教奴家如何措手？終不然把他骸骨，没棺材送在荒坵？（合）相看到此，不由人不淚珠流，正是不是冤家不聚頭。

【前腔】（末唱）五娘子，不必多憂，資送婆婆，在我身上有。你但小心承直公公，莫教他又成不救。（合前）

【前腔】（外唱）張公護救，我媳婦實難啓口。孩兒去後，又遇饑荒，把衣衫典賣無留。（合前）

（末云）老員外，你請進裏面去歇息，待我一霎時叫家僮討棺木來，把老安人殯斂了，選個吉日，送在南山安葬去。（外云）如此，多謝太公周濟。

只爲無錢送老娘，須知此事有商量。
歸家不敢高聲哭，只恐猿聞也斷腸。

第二十二齣　琴訴荷池

【南呂引子・一枝花】（生唱）閒庭槐影轉，深院荷香滿。簾垂清晝永，怎消遣？十二欄杆，無事閒凭遍。悶來把湘簟展，夢到家山，又被翠竹敲風驚斷。

〔南鄉子〕翠竹影搖金，水殿簾櫳映碧陰。人靜晝長無個事，沉吟，碧酒金樽懶去斟。幽恨苦相尋，離别經年没信音。寒暑相催人易老，關心，却把閒愁付玉琴。院子，將琴書過來。（末將琴書上）黄卷看來消白日，朱絃動處引清風。炎蒸不到珠簾下，人在瑶池閬苑中。相公，琴書在此。（生云）院子，你與我唤那兩個學僮過來。（末叫科）（净執扇丑執香上）

【南吕過曲・金錢花】（净、丑唱）自少承直書房，書房。快活其實難當，難當。只管打扇與燒香，荷亭畔，好乘凉。喫飽飯，上眠床。

（参見科）（生云）我在先得此材於爨下，斲成此琴，名曰焦尾。自來此間，久不整理。今日當此清凉，試操一曲，以舒悶懷。你三人一個打扇，一個燒香，一個管文書，休得熳誤。（衆云）領鈞旨。（生操琴科）

【懶畫眉】（生唱）强對南薰奏虞絃，只覺指下餘音不似前，那些個流水共高山？呀！只見滿眼風波惡，似離别當年懷水仙。

（净困掉扇科）（末云）告相公，打扇的壞了扇。（生云）背起打十三！那厮不中用，只教他燒香。（末云）領鈞旨。

【前腔】（生唱）頓覺餘音轉愁煩，似寡鵠孤鴻和斷猿，又如別鳳乍離鸞。呀！只見殺聲在絃中見，敢只是螳螂來捕蟬？

（丑困滅香科）（淨云）告相公，燒香的滅了香。（生云）背起打十三！那厮不中用，只教他管文書。

（末云）領鈞旨。

【前腔】（生唱）藍田日暖玉生煙，似望帝春心託杜鵑，好姻緣翻做惡姻緣。只怕眼底知音少，争得鸞膠續斷絃。

（末掉文書科）（丑云）告相公，管文書的亂了文書。（生云）背起打十三！（貼上）（生云）左右，夫人來也，且各迴避。（衆云）正是：有福之人人伏事，無福之人伏事人。（末、丑、淨下）

【南吕引子・滿江紅】（貼唱）嫩緑池塘，梅雨歇薰風乍轉。瞥然見新涼華屋，已飛乳燕。簟展湘波紈扇冷，歌傳《金縷》瓊卮暖。（衆唱）炎蒸不到水亭中，珠簾捲。

（貼云）相公元來在此操琴呵。（生云）夫人，我當此清凉，聊託此以散悶懷。（貼云）奴家久聞相公高於音樂，如何來到此間，絲竹之音，杳然絶響？斗膽請再操一曲，相公肯麽？（生云）夫人待要聽琴，彈甚麽曲好？我彈一曲《雉朝飛》何如？（貼云）這是無妻的曲，不好。（生云）呀！説錯了。如今彈一個《孤鸞寡鵠》何如？（貼云）兩個夫妻正團圓，説甚麽孤寡？（生云）不然彈一曲《昭君怨》何如？（貼）兩個夫妻正和美，説甚麼宮怨？相公，當此夏景，只彈一個《風入松》好。（生云）這個却好。（彈科）（貼云）相公，你彈錯了。（生云）呀！倒彈出《思歸引》來。待我再彈。（貼云）相公，你又彈錯了。（生云）呀！又彈出個《別鶴怨》來。（貼云）相公，你如何恁的會差？莫不是故意賣弄，欺侮奴家？（生云）豈有此心？只是這絃不中用。（貼云）這絃怎的不中用？（生云）俺只彈得舊絃貫，這是新絃，俺彈不貫。（貼云）舊絃在那裏？（生云）舊絃撇下多時了。（貼云）爲甚撇了？（生云）只爲有了這新絃，便撇了那舊絃。（貼云）相公，何不撇了新絃，用那舊絃？（生云）夫人，我心裏豈不想那舊絃？只是新絃又撇不下！（貼云）你新絃既撇不下，還思量那舊絃怎的？我想起來，只是你心不在焉，特地有許多説話。

【仙呂過曲·桂枝香】（生唱）夫人，舊絃已斷，新絃不貫。舊絃再上不能，待撇了新絃難拚。我一彈再鼓，一彈再鼓，又被宮商錯亂。（貼云）你敢是心變了麼？（生唱）非干心變，這般好涼天。正是此曲纔堪聽，又被風吹別調間。

【前腔】（貼唱）相公，非彈不慣，只是你意慵心懶。既道是《寡鵠孤鸞》，又道是《昭君宮怨》。那更《思歸》《別鶴》，《思歸》《別鶴》，無非愁嘆。相公，我看你多敢是想着誰？（生云）夫人，我不想着甚麼人。（貼唱）相公，有何難見？你既不然，我理會得了。你道是除了知音聽，道我不是知音不與彈。

（生云）夫人，那有此意？（貼云）相公，這個也由你，畢竟你無心去彈他。何似教惜春安排酒過來，與你消遣何如？（生云）我懶飲酒，待去睡也。（貼云）相公休阻妾意，老姥姥，㈠惜春，看酒來。（浄、丑持酒上）

【燒夜香】（浄唱）樓臺倒影入池塘，緑樹陰濃夏日長，（丑唱）一架荼蘼滿院香。（合）滿院香，和你飲霞觴。捲起珠簾，明月正上。

（貼云）將酒過來。

【南吕過曲·梁州序】（貼唱）新篁池閣，槐陰庭院，日永紅塵隔斷。碧欄干外，寒飛漱玉清泉。只覺香肌無暑，素質生風，小簟琊玕展。晝長人困也，好清閒，忽被棋聲驚晝眠。（合）《金縷》唱，碧筒勸，向冰山雪巘排佳宴。清世界，幾人見？

【前腔】（生唱）薔薇簾箔，荷花池館，一陣風來香滿。湘簾日永，香消寶篆沉煙。謾有枕欹寒玉，扇動齊紈，怎遂黄香願？（作悲科）（貼云）相公，你爲甚的下淚？（生唱）猛然心地熱，透香汗，我欲向南窗一醉眠。（合前）

【前腔】（貼唱）向晚來雨過南軒，見池面紅妝零亂。漸輕雷隱隱，雨收雲散。只覺荷香十

㈠ 老姥姥：原作『老奶姥』，據汲古閣刊本《繡刻琵琶記定本》改。

里，新月一鈎，此景佳無限。蘭湯初浴罷，晚妝殘，深院黄昏懶去眠。（合前）

【前腔】（生唱）柳陰中忽噪新蟬，見流螢飛來庭院。聽菱歌何處？畫船歸晚。只見玉繩低度，朱户無聲，此景尤堪戀。起來攜素手，鬢雲亂，月照紗幮人未眠。（合前）

【節節高】（浄唱）漣漪戲綵鴛，把露荷翻，清香瀉下瓊珠濺。香風扇，芳沼邊，閒亭畔。坐來不覺神清健，蓬萊閬苑何足羨？（合）只恐西風又驚秋，不覺暗中流年换。

【前腔】（丑唱）清宵思爽然，好涼天，瑶臺月下清虚殿。神仙眷，開玳筵，重歡宴。任教玉漏催銀箭，水晶宫裏把笙歌按。（合前）

【餘文】（衆唱）光陰迅速如飛電，好良宵可惜漸闌，管取歡娱歌笑喧。

（生云）樵樓上幾鼓了？（浄云）三鼓了。

歡娱休問夜如何，此景良宵能幾何。

遇飲酒時須飲酒，得高歌處且高歌。

第二十三齣　代嘗湯藥

【越調引子·霜天曉角】（旦唱）難捱怎避？災禍重重至。最苦婆婆死矣，公公病又將危。

（旦云）屋漏更遭連夜雨，船遲又被打頭風。奴家自從婆婆死後，萬千狼狽；誰知公公病又將危。如今贖得些藥，已煎在此；不免再安排一口粥湯。

【犯胡兵】（旦唱）囊無半點調藥費，良醫怎求？天那！然縱救得目前，飯食何處有？料應難到後。謾説道有病遇良醫，饑荒怎救？公公這病呵，愁萬苦千恁生受，妝成這症候。藥呵，縱然救得目前，怎免得憂與愁？料應不會久。他只爲不見孩兒，纔得這病。若要這病好時呵，除非是子孝父心寬，方纔可救。

藥已熟了，且扶公公出來喫些，看何如？（旦下扶外上）

【霜天曉角】（外唱）神散魂飛，料應不久矣。（旦云）公公，請闒闑。（外唱）我縱然擡頭强起，形衰倦，怎支持？（旦云）公公，藥已熟了，慢慢喫些。（外云）媳婦，我喫不得這藥了。

【南吕過曲・香遍滿】（旦唱）論來湯藥，須索是子先嘗方進與父母。公公，莫不是爲無子先嘗，恰便尋思苦？（外喫藥吐科）（旦云）公公，且耐煩喫些。（外云）媳婦，這藥我喫不得了。我寧可早死了罷，免得累你。（旦唱）公公，你須索闒闑，怎捨得一命殂？（外云）媳婦，你喫糠，省錢贖藥與我喫，我怎的喫得下？（旦唱）苦！元來不喫藥，也只爲着糟糠婦。

（旦云）公公既不喫藥，且喫一口粥湯，看如何？（外喫粥吐科）（旦云）公公，還慢慢喫些。（外云）媳婦，我肚腹膨脹，怎喫得下？

【前腔】（旦唱）公公，你萬千愁苦，堆積在悶懷，成氣蠱，可知道喫了吞還吐。（外云）媳婦，我不濟事了，必是死也。孩兒又不回來，只是虧了你。（旦云）公公，且自寬心，不要煩惱。（旦背哭科）怕添親怨憶，暗將珠淚墮。（外云）媳婦，你喫糠，却教我喫粥，我怎的喫得下！（旦唱）苦！元來不喫粥，也只爲着糟糠婦。

（外云）媳婦，我死也不妨，只怨孩兒不在家，虧殺了你。你近前來，我有兩句言語分付你。（旦云）公公，如何？（外跌倒拜科）

【仙吕過調·青歌兒】（外唱）媳婦，我三年謝得你相奉事，只恨我當初把你相擔誤。天那！我待欲報你的深恩，待來生我做你的媳婦。怨只怨蔡伯喈不孝子，苦只苦趙五娘辛勤婦。

（旦云）公公，奴身不足惜。

【前腔】（旦唱）我一怨你死後有誰來祀，二怨你有孩兒不得相看顧，三怨你三年間没一個飽暖的日子。三載相看甘共苦，一朝分别難同死。

（外云）媳婦，我死呵，

【前腔】（外唱）你將我骨頭休埋在土。（旦云）呀！公公百歲後，不埋在土，却放在那裏？（外云）媳婦，都是我當初不合教孩兒出去，誤得你恁的受苦。（外唱）我甘受折罰，任取屍骸露。（旦云）公公，你休這般説，被人談笑。（外云）媳婦，不笑着你。（外唱）留與傍人，道蔡伯喈不葬親父。怨只怨蔡伯喈不孝子，苦只苦趙五娘辛勤婦。

（旦云）公公，倘你死呵，

【前腔】（旦唱）公婆已得做一處所，料想奴家不久也歸陰府。苦！可憐一家三個怨鬼在冥途。三載相看甘共苦，一朝分别難同死。

（外云）媳婦，我畢竟是死了，你與我請張太公過來。（旦云）公公，説猶未了，恰好張太公來也。（末上）歲歉無夫婿，家貧喪老親。可憐貞潔女，日夜受艱辛。五娘子，你公公病症如何？（旦云）太公，我公公的病症，十分危篤。（末云）如此，待我向前看看。老員外，你貴體若何？（外云）苦！張太公，我不濟事了，畢竟是個死。你今來得恰好，我憑你爲證，寫下遺囑與媳婦收執。待我死後，教他休要守孝，早早改嫁便了。（旦云）公公，你休那般説！自古道：忠臣不事二君，（一）烈女不更二夫。公公，休要寫！（外云）媳婦，你取紙筆過來。（旦云）公公，奴家生是蔡郎妻，死是蔡郎婦。千萬休寫，枉自勞神。（外云）媳婦，你不取紙筆來，要氣殺我也！（末云）五娘子，你休逆他；嫁與不嫁在乎你，且取將過來。（旦取上外作寫科）咳！這一管筆倒有千斤來重。

【越調過曲・羅帳裏坐】（外唱）媳婦，你艱辛萬千，是我擔誤了伊。你不嫁人呵，身衣口食，怎生區處？休休！當元是我折散了你夫妻，我如今死了呵，終不然教你，又守着靈幃？（放筆科）

（一）忠：原作『中』，據汲古閣刊本《繡刻琵琶記定本》改。

已知死别在須臾，更與甚麼生人做主？

【前腔】（末唱）這中間就裏，我難説怎提。五娘子，你若不嫁人，恐非活計；若不守孝，又被人談議。可憐家破與人離，怎不教人淚垂？

【前腔】（旦唱）公公嚴命，非奴敢違。若是教我嫁人呵，那些個不更二夫，却不誤奴一世？公公，我一馬一鞍，誓無他志。可憐家破與人離，怎不教人淚垂？

（外云）張太公，我憑你爲證，留下這條柱杖，待我那不孝子回來，把他與我打將出去。（外倒旦扶科）

公公病裏莫生嗔，員外寬心保自身。
正是藥醫不死病，果然佛度有緣人。

第二十四齣　宦邸憂思

【正宮引子·喜遷鶯】（生唱）終朝思想，但恨在眉頭，人在心上。鳳侶添愁，(二)魚書絶寄，空勞兩處相望。青鏡瘦顔羞照，寶瑟清音絶響。歸夢杳，繞屏山煙樹，那是家鄉？

〔踏莎行〕怨極愁多，歌慵笑懶，只因添個鴛鴦伴。他鄉遊子不能歸，高堂父母無人管。湘浦魚沉，

(二)　侣：原作『吕』，據汲古閣刊本《繡刻琵琶記定本》改。

衡陽雁斷，音書要寄無方便。人生光景已多時，蹉跎負却平生願。

【正宮過曲・雁魚錦】（生唱）思量，那日離故鄉。記臨期送別多惆悵，攜手共那人不厮放。教他好看承，我爹娘，料他每應不會遺忘。聞知饑與荒，只怕捱不過歲月難存養。若望不見我信音，却把誰倚仗？

【前腔換頭】思量，幼讀文章，論事親爲子也須要成模樣。真情未講，怎知道喫盡多魔障？被親强來赴選場，被君强官爲議郎，被婚强效鸞凰。三被强，我衷腸事説與誰行？埋怨難禁這兩厢：這壁厢道咱是個不撑達害羞喬相識，那壁厢道咱是個不睹親負心的薄倖郎。

【前腔換頭】悲傷，鷺序鴛行，怎如那慈烏返哺能終養？謾把金章，綰着紫綬；試問斑衣，今在何方？斑衣罷講，縱然歸去，又恐怕帶麻執杖。天那！只爲那雲梯月殿多勞攘，落得淚雨如珠兩鬢霜。

【前腔換頭】幾回夢裏，忽聞雞唱。忙驚覺錯呼舊婦，同問寢堂上。待朦朧覺來，依然新人鴛幃鳳衾和象床。怎不怨香愁玉無心緒？更思想，被他攔當，教我怎不悲傷？俺這裏歡娱夜宿芙蓉帳，他那裏寂寞偏嫌更漏長。

【前腔換頭】謾悒怏，把歡娛翻成悶腸。菽水既清涼，我何心，貪着美酒肥羊？悶殺人花燭洞房，愁殺我掛名金榜。魆地裏自思量，正是歸家不敢高聲哭，只恐猿聞也斷腸。

院子何在？（末云）有問即對，無問不答。相公有何指揮？（生云）院子，你是我心腹之人，有一件事和你商量；你休要走了我的消息。（末云）小人安敢？（生云）我自從離了父母妻室，來此赴選。不擬一擢高科，拜授當職。將謂數月之後，可作歸計，誰知又被牛太師招爲門婿。一向逗留在此，不得還家見父母一面，故此要和你商量個計策。（末云）相公，自古道：不鑽不穴，不道不知。小人每常間見相公憂悶不樂，豈知這般就裏？相公何不説與夫人知道？（生云）院子，我夫人雖是賢慧，争奈老相公之勢，炙手可熱。待説與夫人知道，一霎時老相公得知，只道我去了不來，如何肯放我去？不如姑且隱忍，和夫人都瞞了；且待任滿尋個歸計。（末云）這的却是。老相公若還知道，如何肯放相公回去？（生云）院子，我如今要寄一封書家去，没個方便的人；欲待使人徑去，又怕老相公知道。你與我出街坊上體探，倘有我鄉裏人來此做買賣，待我寄一封家書回去。（末云）小人謹領便去。

終朝長思憶，尋便寄書尺。
眼望旌捷旗，耳聽好消息。

第二十五齣　祝髮買葬

【雙調引子・金瓏璁】（旦唱）饑荒先自窘，那堪連喪雙親？身獨自，怎支分？我衣衫都解盡，首飾并没分文。無計策，只得剪香雲。

〔蝶戀花〕萬苦千辛難擺撥，力盡心窮，兩淚空流血。裙布釵荆今已竭，萱花椿樹連摧折。金刀盈盈明似雪，遠照烏雲，掩映愁眉月。（一）一片孝心難盡說，一齊分付青絲髮。奴家前日婆婆没了，已得張太公周濟。如今公公又没了，無錢資送，難再去求告他。（二）我思想起來，没奈何了，只得剪下頭髮，賣幾貫鈔，爲送終之用。雖然這頭髮值錢不多，也只把他做些意兒，恰似教化一般。苦！不幸喪雙親，求人不可頻。聊將青絲髮，斷送白頭人。

【南吕過曲・香羅帶】（旦唱）一從鸞鳳分，誰梳鬢雲？妝臺懶臨生暗塵，那更釵梳首飾典無存也。頭髮，是我擔閣你度青春，如今又剪你資送老親。剪髮傷情也，怨只怨結髮薄倖人。

【前腔】思量薄倖人，辜奴此身。欲剪未剪，教我先淚零。我當初早披剃入空門也，做個尼姑去，今日免艱辛。咳！只有我的頭髮恁般苦。少甚麼佳人的，珠圍翠擁蘭麝熏。呀！似這般狼狽呵。我的身死兀自無埋處，説甚麼剪頭髮愚婦人！

【前腔】堪憐愚婦人，單身又窮。頭髮，我待不剪你呵，開口告人羞怎忍？我待剪你呵，金刀下

（一）眉：原作『梅』，據汲古閣刊本《繡刻琵琶記定本》改。
（二）再：原作『在』，據汲古閣刊本《繡刻琵琶記定本》改。

處應心疼也。却將堆鴉髻舞鸞鬟，與烏鳥報答鶴髮親。教人道霧鬢雲鬟女，斷送霜鬟雪鬢人。（剪下哭科）

【南吕引子・臨江仙】（旦唱）連喪雙親無計策，只得剪下香鬟。非奴苦要孝名傳，正是上山擒虎易，開口告人難。

頭髮既已剪下，免不得將去貨賣。穿長街，抹短巷，叫一聲賣頭髮。

【南吕過曲・梅花塘】（旦唱）賣頭髮，買的休論價。念我受饑荒，囊篋無些個。丈夫出去，那堪連喪了公婆。没奈何，只得剪頭髮資送他。

呀！怎的都没人買？

【香柳娘】（旦唱）看青絲細髮，看青絲細髮，剪來堪愛，如何賣也没人買？這饑荒死喪，這饑荒死喪，（一）怎教我女裙釵，當得恁狼狽？况連朝受餒，况連朝受餒，我的脚兒怎擡？其實難捱。（跌倒起科）

【前腔】往前街後街，往前街後街，并無人買。我待再叫一聲，咽喉氣噎，無如之奈。苦！我如今便死，我如今便死，暴露我屍骸，誰人與遮蓋？天那！我到底也只是個死。將頭髮去賣，

（一）『這饑荒死喪』句，原不疊，據汲古閣刊本《繡刻琵琶記定本》補。

將頭髮去賣，賣了把公婆葬埋，奴便死何害？

（作倒科）（末上云）慈悲勝念千聲佛，造惡徒燒萬炷香。今日蔡老員外病症不知如何？我且去看一看。呀！五娘子，你爲何倒在街上？（旦云）苦！太公可憐見，救奴家則個。（末杖扶科）五娘子，你手裏拿着頭髮做甚麼？（旦云）奴家公公又没了，無錢資送，只得把自己頭髮剪下，欲賣幾文鈔，爲送終之用。（末哭科）元來你公公又死了呵。你怎的不來和我商量？把這頭髮剪了做甚麼？（旦云）奴家多番來定害公公，不敢來相惱。（末云）呀！你説那裏話？五娘子。

【前腔】（末唱）你兒夫曾付託，兒夫曾付託，我怎生違背？你無錢使用，我須當貸。你將頭髮剪下，將頭髮剪下，又跌倒在長街，都緣我之罪。（合）嘆一家破敗，嘆一家破敗，否極何時泰來？各出珠淚。

【前腔】（旦唱）謝公公慷慨，謝公公慷慨，把錢相貸，我公婆在地下相感戴。只恐奴身死也，恐奴身死也，（一）兀自没人埋。公公，誰還你恩債？（合前）

（末云）五娘子，你先回家去，我即着人送些布帛米穀之類與你使用。（旦云）如此，多謝公公。請收這頭髮。（末云）咳！難得，難得。這是孝婦的頭髮，剪來斷送公婆的，我留在家中，不惟傳流做個話

（一）『恐奴身死也』句，原不疊，據汲古閣刊本《繡刻琵琶記定本》補。

名；後日蔡伯喈回來，將與他看，也使他惶愧。
謝得公公救妾身，伊夫曾託我親鄰。
從空伸出拏雲手，提起天羅地網人。

第二十六齣　拐兒紿誤

【仙吕入雙調·打毬場】（浄唱）幾年間，爲拐兒，脱空説謊爲最。遮莫你是怎生倩俏的，也落在我圈套。

自家脱空爲活計，掏摸作生涯。劍舌鎗唇伶俐的，也引教他懵懂；虚脾甜口慳吝的，也哄教他粧風。鄉貫何曾有定居？姓名誰人知真實？妝成圈套，見了的便自入來；做就機關，入着的怎生出去？騙了鍾馗手裏寶劍，拐了洞賓瓢裏仙丹。果是來無跡，去無踪，對面騙人如撮弄；縱使和你行，和你坐，當場賺你怎埋冤。拐兒陣裏先鋒，哄局門中大將。何用剜墻空壁？强如黑夜偷兒。不索挾斧持刀，真個白晝劫賊。正是：天不生無禄之人，地不長無根之草。自家打聽得蔡狀元家住陳留，父母在堂，久無消息。他如今要寄家書回去。況我在陳留走得慣熟，頗習語音，不免裝扮做陳留人，假寫他父母家書遞與他，必有回音。倘或附帶些金帛回家，也不見得覓却一個小富貴；便不然，也索與我些路費回家。這裏便是蔡狀元府前，不免進入去咱。呀！怎的不見一個人？我且咳嗽一聲。（末云）俟門深似海，不許外人敲。（相見科）你是那裏人？來此有甚勾當？（淨云）小子從陳留來，蔡相公的老大人有家書在此。（末云）呀！我相公正要乘便寄家書回去。你來得恰好，待我請相公出來。（請科）

【商調引子・鳳凰閣】（生唱）尋鴻覓雁，寄個音書無便。謾勞回首望家山，和那白雲不見。淚痕如綫，想鏡裏孤鸞影單。

（末云）告相公得知，有一個漢子，説他從陳留郡來，有老相公的家書在此。（生云）快請他進來。（相見科）（生云）多承足下帶得我家書來呵。（淨云）小子奉老大人尊命，特遞在此。（淨遞書科）

【仙呂過曲・一封書】（生唱）一從你去離，我在家中常念你。功名事怎的？想多應折桂枝。幸得爹娘和媳婦，各保安康無禍危。謝天謝地！且喜家中都安樂。見家書，可知之，及早回來莫更遲。

天那！我豈不要回去？争奈不由我。院子，你引鄉親到後堂茶飯，一面取紙筆，待我寫家書，就附與他去；可取些金珠碎銀過來。（生寫書科）

【越調過曲・下山虎】男邕百拜大人尊前：一自離膝下，頓經數年。目斷萬里關山，鎮日望懸。一向那堪音信斷，名利事，嘆牽綰，謾勞珠淚漣。上表辭金殿，要辭了官，争奈君王不見憐。

【蠻牌令】忽爾拜尊翰，激切意懸懸。幸喜爹娘和媳婦，盡安健。奈兒身淹留旅邸，不能彀承奉慈顔。匆匆的聊附寸箋，草草伏乞尊照不宣。

鄉親，我這一封書，并這金珠，託你將到俺家裏，與老相公收下。傳示家中大小，俺早晚便回來，教他放心，不須憂慮。（净云）小子理會得。（生云）這些碎銀，送與鄉親路上做盤費。（净云）多謝！多謝！

【中呂過曲・駐馬聽】（生唱）書寄鄉關，説起教人心痛酸。鄉親，傳示俺八旬爹媽，道與俺兩月妻房，隔涉萬水千山。啼痕緘處翠綃斑，夢魂飛遶銀屏遠。（合）報道平安，想一家賀喜，只説道再相見。

【前腔】（末唱）遥憶鄉關，有個人人凝望眼。他頻看飛雁，望斷孤舟，倚遍危欄。見這銀鈎飛動彩雲箋，又索玉筯界破殘妝面。（合前）

【前腔】（净唱）西出陽關，却嘆今朝行路難。念取經年離別，跋涉萬里程途，帶着一紙雲箋。只怕豺狼紛擾路途間，雁鴻怕不到家鄉畔。（合前）

憑伊千里寄佳音，説盡離人一片心。
須知相別經多載，方信家書抵萬金。

第二十七齣　感格墳成

【南吕引子・掛真兒】（旦唱）四顧青山静悄悄，思量起暗裏魂銷。黄土傷心，丹楓染淚，謾把孤墳獨造。

〔菩薩蠻〕白楊蕭瑟悲風起，天寒日淡空山裏。虎嘯與猿啼，愁人添慘悽。窮泉深杳杳，長夜何由曉。灑淚泣雙親，雙親聞不聞？奴家自從喪了公婆，家中十分狼狽。昨已多承張太公將公婆靈柩搬得到山，免不得造一所墳塋，把公婆安葬了。争奈無錢倩人，難以再去求他，只得自家搬泥運土。（把裙包土科）

【南呂過曲·五更轉】（旦唱）把土泥獨抱，麻裙裹來難打熬。空山静寂無人吊，但我情真實切，到此不憚勞。苦！何曾見葬親兒不到？又道是三匝圍喪，那些個卜其宅兆？思量起，是老親合顛倒。公公，你圖他折桂看花早，不想自把一身，送在白楊衰草。謾自苦，（作悲科）這苦憑誰告？

【前腔】我只憑十爪，如何能彀墳土高？苦！只見鮮血淋漓濕衣襖，天那！我形衰力倦，死也只這遭。休休！骨頭葬處，任他血流好，此唤做骨血之親，也教人稱道。教人道趙五娘真行孝。苦！心窮力盡形枯槁，只有這鮮血，到如今也出盡了。這墳成後，只怕我的身難保。

呀！我氣力都用乏了，不免就此歇息睡一覺呵。

【仙吕引子·卜算子先】（旦唱）墳土未曾高，筋力還先倦。（睡科）（外扮山神上）

【中吕引子·粉蝶兒】（外唱）趙女堪悲，天教小神相濟。

善哉！善哉！吾乃當山土地，今奉玉帝敕旨：爲見趙五娘行孝，特令差撥陰兵，與他併力築造墳臺。不免叫出南山白猿使者、北嶽黑虎將軍前來聽用。猿、虎二將何在？（淨、丑扮猿、虎上）（外云）吾奉玉帝敕旨：爲見趙五娘獨自在山築墳，特差汝等率領陰兵，與他併力。汝等可變作人形，與他運化土石，務要頃刻完成，不得驚動孝婦。（淨、丑云）領法旨。（造墳科）告大聖，墳臺已成了。（外云）趙五娘，你擡起頭來，聽吾囑付。

【仙吕入雙調·好姐姐】（外唱）五娘聽吾道語：吾特奉玉皇敕旨，憐伊孝心，故遣陰兵來助你。（合）墳成矣，葬了二親尋夫婿，改換衣裝往帝畿。

趙五娘，你好生記着：正是：大抵乾坤都一照，免教人在暗中行。（外、淨、丑下）（旦醒科）

【仙吕引子·卜算子後】(一)夢裏分明有鬼神，想是天憐念。

呀！怪哉，怪哉。奴家睡間，恍惚中似夢非夢。見神人囑付道，墳已成了，教奴家前往京畿尋取丈夫。我思忖起來，獨自一身，幾時能彀得墳成？（起看科）呀！果然這墳臺都成了。謝天謝地！分明是神通變化。

(一) 子：原闕，據明金陵唐晟刊本《新刻重訂出像附釋標註琵琶記》補。

【五更轉】(旦唱)怨苦知多少？兩三人只道同做餓殍。公公、婆婆，今日幸賴神明救濟，成此墳臺，你兩人已得安妥。只一件，我未曾葬時節，也還恰象相親傍的一般；如今葬了呵，窮泉一閉無日曉，嘆如今永別，再無由相倚靠。我死和公婆做一處埋呵，也得相伏侍。只愁我死在他途道，我的骨頭何由來到？從今去，墳呵，只願得中乾燥，福子蔭孫也都難料。呀！天那！便做蔭得個三公，也濟不得親老。淚暗滴，復把蒼天來禱。(末同丑帶鉏器上)

【越調過曲・鏵鍬兒】(末唱)悲風四起吹松柏，山雲黯淡日無色。(丑唱)虎嘯與猿啼，怎不慘慼？(合)趲步行來到峭壁，都與孝婦添助力。

(末云)老夫張廣才，只爲蔡老員外夫妻相繼棄世，虧殺他媳婦趙五娘子支持。如今又聞得他把裙包土，築造墳臺。我想人家造一所墳，沒有千百工造不成，他獨自一個女流，如何成得此事？不免帶將小二，與他添助力氣則個。呀！好怪哉，如何墳都成了？只見：松柏森森繞四圍，孤墳新土掩泉扉。五娘子，空山獨自無人問，爲築墳臺又阿誰？(旦云)太公，夢裏鬼神多怪異，陰兵運石與搬泥。墳臺成了親分付，教奴尋婿到京畿。(丑云)公公，自古流傳多有此，畢竟感格上蒼知。長城哭倒稱姜女，五娘子，你他日芳名一樣題。(合云)正是：善惡到頭終有報，只爭來早與來遲。

【好姐姐】(旦唱)公公，念奴血流滿指，獨自要墳成無計。深感老天，暗中相護持。(合)墳成矣，辭了二親尋夫婿，改換衣裝往帝畿。

【前腔】(末唱)五娘子，老夫帶領小二，(一)待與你添助些力氣，誰知有神暗中相救濟。(合前)

【前腔】(丑唱)你每真個見鬼，這松柏孤墳在何處？恰纔小鬼是我裝扮的。(合前)

孝心感格動陰兵，不是陰兵墳怎成？

萬事勸人休碌碌，舉頭三尺有神明。

第二十八齣　中秋望月

【大石調·念奴嬌引】(貼唱)楚天過雨，正波澄木落，秋容光淨。誰駕玉輪來海底，碾破瑠璃千頃。環珮風清，笙簫露冷，人在清虛境。(淨、丑唱)真珠簾捲，庾樓無限佳興。

〔臨江仙〕(貼云)玉作人間秋萬頃，銀葩點破瑠璃。(淨云)瑶臺風露冷仙衣，天香飄到處，此景有誰知？(丑云)未審明年明夜月，此時此景何如？(貼云)珠簾高捲醉瓊巵，(二)(合)正是莫辭終夕勸，動是隔年期。(貼云)老姥姥，今夜中秋，月色澄清，你與我請相公出來賞玩則個。(淨云)是，是。夫人請相公玩月。(生内應云)我已睡了，不來。(丑云)你甚麼嘴臉，可知道請他不來？(貼云)惜春，你再

(一)　帶：原闕，據汲古閣刊本《繡刻琵琶記定本》補。

(二)　醉：原作「辭」，據汲古閣刊本《繡刻琵琶記定本》改。

去請。（丑云）我去請。相公，夫人請相公出來玩月。（生云）來也。（丑笑云）老姥姥，你看我嘴兒纔動一動，相公就出來了。

【南吕引子・生查子】（生唱）逢人曾寄書，書去神亦去。今夜好清光，可惜人千里。（貼云）相公，今夜中秋，月色可愛，我請你賞玩一番，你没事推阻怎的？（生云）月色有甚好處？（貼云）相公，怎的不好？〔酹江月〕你看：玉樓金氣捲霞綃，雲浪空光澄徹。丹桂飄香清思爽，人在瑶臺銀闕。（生云）影透鳳幃，光窺羅帳，露冷蛩聲切。關山今夜，照人幾處離别。（净云）須信離合悲歡，還如玉兔，有陰晴圓缺。便做人生長宴會，幾見冰輪皎潔？（丑云）此夜明多，隔年期遠，莫放金樽歇。（合云）但願人長久，年年同賞明月。（飲酒科）

【大石調・念奴嬌序】（貼唱）長空萬里，見嬋娟可愛，全無一點纖凝。十二欄干光滿處，涼浸珠箔銀屏。偏稱，身在瑶臺，笑斟玉斝，人生幾見此佳景？（合）惟願取年年此夜，人月雙清。

【前腔换頭】（生唱）孤影，南枝乍冷。見烏鵲縹緲驚飛，栖止不定。萬點蒼山，何處是修竹吾廬三逕？追省，丹桂曾攀，嫦娥相愛，故人千里謾同情。（合前）

【前腔换頭】（貼唱）光瑩，我欲吹斷玉簫，乘鸞歸去，不知風露冷瑶京。環佩濕，似月下歸來飛瓊。那更，香霧雲鬟，清輝玉臂，廣寒仙子也堪并。（合前）

【前腔换頭】（生唱）愁聽，吹笛《關山》，敲砧門巷，月中都是斷腸聲。人去遠，幾見明月虧盈。惟應，邊塞征人，深閨思婦，怪他偏向别離明。（合前）

【中吕過曲·古輪臺】（浄唱）峭寒生，鴛鴦瓦冷玉壺冰，闌干露濕人猶凭，貪看玉鏡。況萬里清明，皓彩十分端正。三五良宵，此時獨勝。（丑唱）把清光都付與，酒杯傾。從教酩酊，拚夜深沉醉還醒。酒闌綺席，漏催銀箭，香銷金鼎。斗轉與參横，銀河耿，轆轤聲已斷金井。

【前腔换頭】（浄唱）閒評，月有圓缺陰晴，人世上有離合悲歡，從來不定。深院閒庭，處處有清光相映。也有得意人人，兩情暢詠；也有獨守長門伴孤另，君恩不幸。（丑唱）有廣寒仙子娉婷，孤眠長夜，如何捱得更闌寂静？此事果無憑。但願人長久，小樓玩月共同登。

【餘文】（衆唱）聲哀訴，促織鳴。（貼唱）俺這裏歡娱未罄，（生唱）他幾處寒衣織未成。

今宵明月正團圓，幾處淒涼幾處諠。
但願人生得久長，年年千里共嬋娟。

第二十九齣　乞丐尋夫

【雙調引子·胡擣練】（旦唱）辭别去，到荒坵，只愁出路煞生受。畫取真容聊藉手，逢人將此勉哀求。

鬼神之道，雖則難明；感應之理，未嘗不信。奴家昨日獨自在山築墳，正睡間，忽夢一神人，自稱當山土地，帶領陰兵，與奴家助力；却又囑付教奴家改換衣裝，徑往長安尋取丈夫。待覺來，果然墳臺并已完備，這的分明是神通護持。正是：寧可信其有，不可信其無。今二親既已葬了，只得改換衣裝，扮作道姑，將琵琶做行頭，沿街上彈幾個行孝的曲兒，抄化將去。只是一件，我幾年間和公婆廝守，如何捨得一旦撇了他？奴家自幼薄曉得些丹青，何似想像畫取公婆真容，背着一路去，也似相親傍的一般。但遇小祥忌辰，展開與他燒些香紙，奠些酒飯，也是奴家一點孝心。不免就此畫描真容則個。（描畫科）

【仙吕入雙調・三仙橋】（旦唱）一從他每死後，要相逢不能彀，除非夢裏暫時略聚首。苦要描，描不就，暗想像，教我未描先淚流。描不出他苦心頭，描不出他飢症候，描不出他望孩兒的睁睁兩眸。只畫得他髮颼颼，和那衣衫敝垢。休休！若畫做好容顏，須不是趙五娘的姑舅。

【前腔】我待要畫他個龐兒帶厚，他可又饑荒消瘦。我待要畫他個龐兒展舒，他自來長恁面皺。若畫出來，真是醜。那更我心憂，也做不出他歡容笑口。不是我不會畫着那好的，我從嫁來他家，只見他兩月稍優游，其餘都是愁。那兩月稍優游，我又忘了。這三四年間，我只記他形衰貌朽。這真容呵，便做他孩兒收，也認不得是當初父母。休休！縱認不得是蔡伯喈當初爹娘，須認得是趙五娘近日來的姑舅。

真容既已描就了，就在這裏燒些香紙，奠些酒飯，拜别了公婆出去。（拜辭科）

【前腔】（旦唱）公公婆婆，非是奴尋夫遠遊，只怕我公婆絶後。奴見夫便回，此行安敢久？路途中，奴怎走？望公婆相保佑我出外州。天那！他兀自没人看守，如何來相保佑？這墳呵，只怕奴去後，冷清清有誰來祭掃？縱使遇春秋，一陌紙錢怎有？休休！你生是受凍餒的公婆，死做個絶祭祀的姑舅。

奴家既辭了墳墓，只得背了真容，便索去辭了張太公。呀！如何恰好張太公來也？（末上云）衰柳寒蟬不可聞，金風敗葉正紛紛。長安古道休回首，西出陽關無故人。（旦云）奴家適間拜辭了墳塋，正要到宅上來告别。（末云）呀！五娘子，你幾時去？（旦云）太公，奴家今日就行了。（末云）你背的是甚麼畫？（旦云）是奴公婆的真容，待將路上去藉手乞告些盤纏，早晚與他燒香化紙。（末云）是誰畫的？（旦云）是奴家將就描摸的。（末云）五娘子，你孝心所感，一定逼真。借我看一看。咳！畫得像！畫得像！（作悲科）老員外，老安人，【鷓鴣天】死别多應夢裏逢，謾勞孝婦寫遺踪。可憐不得圖家慶，辜負丹青泣畫工。衣破損，鬢鬔鬆，千愁萬恨在眉峰。只怕蔡郎不識年來面，趙女空描别後容。五娘子，我聽得你要遠行，將幾貫錢，與你路上少助些盤費。（旦云）多多定害公公了。奴家又有不識進退之懇：奴家去後，公婆墳塋，早晚望太公可憐見，看這兩個老的在日之面，與奴家看管則個。

（末云）這個不妨，你但放心前去，老夫少不得如此。（拜辭科）

【越調過曲·憶多嬌】（旦唱）公公，他魂渺漠，我没倚託。程途萬里，教我懷夜壑。此去孤墳，望公公看着。（合）舉目蕭索，滿眼盈盈淚落。

【前腔】（末唱）五娘子，我承委託，當領料。這孤墳我自看守，決不爽約。但願你途中身安樂。（合前）

【仙吕入雙調·鬭黑麻】（旦唱）奴深謝公公，便相允諾。從來的深恩，怎敢忘却？只怕途路遠，體怯弱，病染災纏，衰力倦脚。（合）孤墳寂寞，路途滋味惡。兩處堪悲，萬愁怎摸？

【前腔】（末唱）你夫婿多應是，貴官顯爵，伊家去須當審個好惡。五娘子，只怕你這般喬打扮，他怎知覺？一貴一貧，怕他將錯就錯。（合前）

（旦云）公公，奴家拜别去也。（末云）五娘子，且慢着，老夫還有幾句言語囑付你。（旦云）望公公指教。（末云）五娘子，你少長閨門，豈識途路？當初蔡郎未别時節，你青春正媚。你如今又遭這飢荒貧苦，貌怯身單。正是：桃花歲歲皆相似，人面年年自不同。蔡郎臨别之時，可不道來。（旦云）公公，他道甚的？（末云）他道是：若有寸進，即便回來。如今年荒親死，一竟不回，你知他心腹事如何？正是：畫虎畫皮難畫骨，知人知面不知心。唉！蔡郎元是讀書人，一舉成名天下聞。久留不知因個甚，年荒親老不回門？五娘子，你去京城須仔細，逢人下氣問虚真。若見蔡郎謾説千般苦，只把琵琶語句訴元因。未可便説他妻子，未可便説喪雙親。未可便説裙包土，未可便説剪香雲。若得蔡郎思故舊，可憐張老一親鄰。我今年已七十歲，比你公公少一旬。你去時猶有張老來相送，你回時不知張老死和存。(一)我送你去呵，正是：流淚眼觀流淚眼，斷腸人送斷腸人。（哭科）（旦云）謝得公公訓誨，奴家銘心鏤骨，不敢有忘。如今只得告别去也。（末云）五娘子，你早去早回。

爲尋夫婿别孤墳，只怕兒夫不認真。
惟有感恩并積恨，萬年千載不成塵。

琵琶記卷中終

（一）和：原作『何』，據汲古閣刊本《繡刻琵琶記定本》改。

琵琶記卷下

第三十齣　瞯詢衷情

【中吕引子・菊花新】（生唱）封書遠寄到親闈，又見關河朔雁飛。梧葉滿庭除，争似我悶懷堆積。

〔生查子〕封書寄遠人，寄與萬里親。書去神亦去，兀然空一身。自家喜得家書，報道平安。已曾修書附回家去，不知何如？這幾日常懷想念，翻成愁悶。正是：雖無千丈綫，萬里繫人心。

【南吕引子・意難忘】（貼唱）緑鬢仙郎，懶拈花弄柳，勸酒持觴。眉顰知有恨，何事苦相防？（生唱）夫人，些個事，惱人腸。（貼唱）相公，試説與何妨？（生唱）只怕你尋消問息，添我悽惶。

（貼云）古人云：顰有爲顰，笑有爲笑。古之君子，當食不嗟，臨樂不嘆。無事而戚，謂之不祥。相公，

你自來我家，不明不暗，如醉如癡，鎮日憂悶，爲着甚的？你還少了喫的？少了穿的？相公，我待道你少喫的呵，

【南呂過曲·紅衲襖】（貼唱）你喫的是煮猩唇和燒豹胎。我待道你少穿的呵，你穿的是紫羅襴，繫的是白玉帶。你出入呵，我只見五花頭踏在你馬前擺，三簷傘兒在你頭上蓋。相公，休怪奴家説，你本是草廬中一秀才，如今做着漢朝中梁棟材。你有甚不足，只管鎖了眉頭也，唧唧噥噥不放懷？

（生云）夫人，你道我有穿的呵，

【前腔】我穿的是紫羅襴，到拘束得我不自在。我穿的是皂朝靴，怎敢胡去踹？你道我有喫的呵，我口裏喫幾口荒張張要辦事的忙茶飯，手裏拿着個戰兢兢怕犯法的愁酒杯。到不如嚴子陵登釣臺，怎做得揚子雲閣上災？似我這般樣爲官呵，只管待漏隨朝，可不誤了秋月春花也，干碌碌頭又早白？

（貼云）相公，我知道了。

【前腔】莫不是丈人行性氣乖？（生云）不是。（貼唱）莫不是妾根前缺管待？（生云）不是。（貼唱）莫不是畫堂中少了三千客？（生云）不是。（貼唱）莫不是繡屏前少了十二釵？（生云）也不是。（貼唱）相公呵，這意兒教人怎猜？這話兒教人怎解？我今番猜着你了，敢只是楚

館秦樓，有個得意人兒也，悶懨懨常掛懷？

（生云）夫人，不是。（貼云）我道甚麼來？可知哩！（生唱）不是。（貼云）相公，你有甚麼事，明說與奴家知道。（生唱）夫人，三分話兒只恁猜，一片心兒直恁解。（貼云）你有話如何不對我說？（生唱）罷，罷。夫人，你休纏得我無言，若還提起那籌兒也，撲簌簌淚滿腮。

【前腔】有個人人在天一涯，天那！我不能彀見他，只落得臉銷紅眉鎖黛。我本是傷秋宋玉無聊賴，有甚心情去戀着閒楚臺？

（貼云）由你，由你。我若不解勸，你又只管憂悶；㈠待我問着，你又遮瞞我。我也没奈何你。相公，夫妻何事苦相防？莫把閒愁積寸腸。正是：各人自掃門前雪，莫管他人瓦上霜。（貼虛下潛聽科）（生云）天那！自古道：難將我語和他語，未卜他心似我心。自家娶妻兩月，别親數年。朝夕思想，翻成愁悶。我這新娶的媳婦，雖則賢慧，我待將此事和他說，㈡他也肯教我回去。只是他的爹爹若知我的媳婦在家，如何肯放我回去？不如姑且隱忍，改日求一鄉郡除授，㈢那時却回去見雙親便了。咳！夫人，非是隄防你太深，只緣伊父苦相禁。正是：夫妻且說三分話，（貼云）呀！我理會得了，

㈠ 管：原作『怕』，據汲古閣刊本《繡刻琵琶記定本》改。
㈡ 他：原作『也』，據汲古閣刊本《繡刻琵琶記定本》改。
㈢ 授：原作『受』，據汲古閣刊本《繡刻琵琶記定本》改。

你道是：未可全抛一片心。好！好！你瞞我也由你，只是你爹娘和媳婦嗟怨你！

【雙調·江頭金桂】（貼唱）相公，我怪得你終朝嚬喑，只道你緣何愁悶深？教咱猜着啞謎，爲你沉吟，那籌兒没處尋。我和你共枕同衾，你瞞我則甚？你自撇了爹娘媳婦，屢换光陰，他那裏須怨着你没信音。笑伊家短行，笑伊家短行，無情忒甚。到如今，兀自道且説三分話，未可全抛一片心。

【前腔】（生唱）夫人，非是我聲吞氣忍，只爲你爹行勢逼臨。怕他知我要歸去，將人厮禁，要説又將口噤。我待解朝簪，再圖鄉任。那時節呵，他不隄防着我，須遣我到家林，我和你雙雙兩人歸晝錦。苦！我雙親老景，我雙親老景，存亡未審。我實不瞞你，前日曾附一封書回去。只怕雁杳魚沉。（貼云）你既有書信附去，怎的也没有回報？（生唱）又不是烽火連三月，真個家書抵萬金。

（貼云）元來如此。我去對爹爹説，和你同去便了。（生云）你爹爹如何肯放我回去？你且休説破了。（貼云）不妨事。我爹爹身爲太師，風化所關，具瞻在望，終不然恁的不顧仁義？（生云）你休説，不濟事，干枉了。（貼云）相公，你不必憂慮，我自有道理；不由我爹爹不從。

雪隱鷺鷥飛始見，柳藏鸚鵡語方知。
假如染就乾紅色，也被傍人講是非。

第三十一齣　幾言諫父

【黄鍾引子・西地錦】（外唱）好怪吾家門婿，鎮日不展愁眉。教人心下常縈繫，也只爲着門楣。

入門休問榮枯事，觀着容顔便得知。自家招贅蔡伯喈爲婿，可謂得人。只一件，他自從到此，眉頭不展，面帶憂容，不知爲着甚麼？必有緣故。且待女孩兒出來問他，便知端的。

【前腔】（貼唱）只道兒夫何意，如今就裏方知。萬里家山，要同歸去，未審爹意何如？

（外云）孩兒，吾老入桑榆，自嘆吾之皓首；汝身乖琴瑟，每爲汝而懊懷。夫婿何故憂愁？孩兒必知端的。（貼云）告爹爹得知：他娶妻六十日，即赴科場；别親三五年，竟無消息。温清之禮既缺，伉儷之情何堪？今欲歸故里，辭至尊家尊而同行；待共事高堂，執子道婦道以盡禮。（外怒云）呀！吾乃紫閣名公，汝是香閨艷質。何必顧彼糟糠婦？焉能事此田舍翁？他久别雙親，何不寄一封之音信？汝從來嬌養，安能涉萬里之程途？休惑夫言，唯從父命。（貼云）爹爹，曾觀典籍，未聞婦道而不拜舅姑；試論綱常，豈有子職而不事父母？若重唱隨之義，當盡定省之儀。彼荆釵布裙，既已獨奉親闈之甘旨；此金屏繡褥，豈可久戀監宅之歡娯？爹爹身居相位，坐理朝綱，豈可斷他人父子之恩，絶他人夫婦之義？使伯喈有貪妻之愛，不顧父母之愆；俾孩兒有違夫之命，不事舅姑之罪。望爹爹容恕，特賜矜憐。（外云）休胡説！他既有媳婦在家，你去做甚麽？

【黄鍾過曲·獅子序】（貼唱）爹爹，他媳婦雖有之，念奴家須是他孩兒次妻。那曾有媳婦不侍親闈？（外云）孩兒，你去有甚麽勾當？（貼唱）若論做媳婦的道理，須當奉飲食，問寒暄，相扶持蘋蘩中饋。（外云）便做有許多勾當，他有媳婦在家裏，你不去也不妨。（貼云）爹爹，又道是養兒代老，積穀防饑。

（外云）既道是養兒代老，積穀防饑，何似當初休教他來應舉？

【太平歌】（貼唱）爹爹，他求科舉，指望錦衣歸，不想道爹爹留他爲女婿。（外云）這個是有緣千里能相會，須强他不得。（貼唱）他埋冤洞房花燭夜，那些個千里能相會？只要保全金榜掛名時，他事急且相隨。

（外云）孩兒，你到説我不是，這般埋冤着我？

【賞宫花】（貼唱）他終朝慘悽，我如何忍見之？（外云）他自慘悽，你管他怎的？（貼唱）若論爲夫婦，須是共歡娱。（外云）你對他説，他若在這裏，我教他做個大大的官！（貼云）爹爹，他數載不通魚雁信，枉了十年身到鳳凰池。

（外云）呀！你聽着丈夫的言語，却不聽我説。這妮子好癡迷呵！

【降黄龍】（貼唱）爹爹，須知，非奴癡迷。已嫁從夫，怎違公議？（外云）孩兒，你去也不妨，只是我没個親人在傍，如何捨得你去？（貼唱）爹猶念女，怎教他爹娘不念孩兒？（外云）孩兒，不是我不放你去。他既有媳婦在家，你去時節，只怕擔閣了你。（貼唱）休提，縱把奴擔閣，比擔閣他媳婦何如？（外云）便不然，只教蔡伯喈自去便了。（貼唱）爹爹，那些個夫唱婦隨，嫁雞逐雞飛？

（外云）孩兒，他是貧賤之家，你如何伏侍他的父母？

【南吕過曲・大聖樂】（貼唱）爹爹，婚姻事難論高低，若論高低何似休嫁與？假若親賤孩兒貴，終不然便拋棄？（外云）他自有媳婦，你管他做甚麽？（貼唱）奴須是他親生兒子親媳婦，難道他是誰人我是誰？（外云）孩兒，據你説起來，我到説得不是了？（貼唱）爹居相位，怎説着傷風敗俗非理的言語？

（外怒云）這妮子無禮，却將言語來衝撞我，我的言語到不中聽呵！孩兒，夫言中聽父言違，懊恨孩兒見識迷。我本將心託明月，誰知明月照溝渠。（外下）（貼云）自古道：酒逢知己千鍾少，話不投機半句多。好笑我爹爹不顧仁義，却道奴家把言語衝撞他。昨日我丈夫教我休説破，我如今有何顔見他？只得且在此坐一回，尋思個道理去回他則個。（悶坐科）（生上）

【南吕引子・稱人心】（生唱）撇呆打墮，早被那人瞧破。他要同歸，知他爹怎麽？我料想他每不允諾。呀！夫人，你緣何獨坐？想你爹爹不肯麽？伊家道俐齒伶牙，争奈爹行不可。

【前腔】（貼唱）天那！我爹爹，全不顧，人笑呵，這其間只是我見差。禍根芽，從此起，災來怎躲？相公，他道我從着夫言，罵我不聽親話。

【南吕過曲·紅衫兒】（生唱）夫人，你不信我教伊休説破，到此如何？算你爹心性，我豈不料過？我爲甚亂掩胡遮？也只爲着這些。你直待要打破砂鍋，是你招災攬禍。

【前腔】（貼唱）不想道相挜靶，這做作難禁架。我見你每每咨嗟要調和，誰知好事多磨起風波？相公，把你陷在地網天羅，如何不怨我？天那！懊恨只爲我一個，却擔閣了兩下。

【正宫過曲·醉太平】（生唱）蹉跎，光陰易謝，縱歸去晚景之計如何？名韁利鎖，牢絡在海角天涯。知麽？多應我老死在京華，孝情事一筆都勾罷。苦！這般摧挫，傷情萬感，淚珠偷墮。

【前腔換頭】（貼唱）非詐，奴甘死也。縱奴不死時，君去須不可。（生云）夫人，你如何説這話？（貼云）相公，奴身值甚麽？只因奴誤你一家。差訛，假饒做夫婦也難和，你心怨我心縈掛。奴身拚捨，成伊孝名，救伊爹媽。

（生云）夫人，你不要這般説。萬一你爹爹知之，反加譴責。（貼云）相公，妾當初勉承父命，遣事君子。不想君家有白髮之父母，青春之妻房。致君衷腸不滿，名行有虧。如今思之：誤君之父母者，妾也；誤君之妻房者，妾也；使君爲不孝薄倖之人，亦妾也。妾之罪大矣！縱偷生於今世，亦公議所不容。昔者聶政姊死，倚屍傍以成弟之名；王陵母死，伏劍下以全子之節。妾豈愛一身，誤君百行？妾當死於地下，以謝君家。小則可以解君之縈掛，大則可以救君之父母；近則可以成孝子之令名，遠則可以免後世之公議。妾死何憾焉！（生云）夫人，你只知其一，不知其二。古人云：身體髮膚，受之父母，不敢毀傷。豈可陷親於不義？此事決然不可。（貼云）相公，你也説得是；只是累你一時回去不得，如何是好？（生云）夫人且慢着，怕你爹爹也有回心轉意時節。且更寧耐，看如何？

一心只欲轉家鄉，争奈爹行不忖量。
大風吹倒梧桐樹，自有傍人説短長。

第三十二齣　路途勞頓

【仙呂過曲・月雲高】（旦唱）路途多勞倦，行行甚時近？未到洛陽城，盤纏都使盡。回首孤墳，空教奴望孤影。天那！他那裏，誰偢采？俺這裏，誰投奔？正是西出陽關無故人，須信道家貧不是貧。

〔蘇幕遮〕怯山登，愁水渡。暗憶雙親，淚把麻裙漬。回首孤墳何處是？兩下蕭條，一様愁難訴。玉消容，蓮困步。愁寄琵琶，彈罷添凄楚。惟有真容時時顧，惟悴相看，無語恓惶苦。奴家爲尋丈夫，只在路途上多少狼狽。況獨自一身，拿着一個琵琶，背着二親真容，登高履險，宿水餐風，其實難捱。只是一件，若去到洛陽，尋見丈夫，相逢如故，也不枉了這遭辛苦；倘或他駟馬高車，前呵後擁，見奴家這般藍縷，不肯相認，可不擔閣了奴家？

【前腔】（旦唱）暗中思忖，此去好無准。只怕他身榮貴，把咱不厮認。若是他不偢采，空教奴受艱辛。他未必忘恩義，我這裏自閒評論。他須記一夜夫妻百夜恩，怎做得區區陌路人？

唉！只一件，

【前腔】他在府堂深隱，奴身怎生進？他在駟馬高車上，又難將他認。我有個道理，若到他根前，只提起二親真容。天那！又怕消瘦了龎兒，他猶難十分信。呀！他不到得非親却是親，我自須防仁不仁。

哽咽無言對二真，千山萬水好艱辛。
見說洛陽花似錦，只恐來時不遇春。

第三十三齣　聽女迎親

【仙呂引子·番卜算】（外唱）兒女話堪聽，使我心疑惑。暗中思忖覺前非，有個團圓策。

自古道：良藥苦口利於病，忠言逆耳利於行。昨日女孩兒要和伯喈歸去，同事雙親，自家不肯放他去。却將幾句言語衝撞我，我一時不勝焦躁。如今尋思起來，他的言語，句句有理，節節堪聽。待要放他回去，只慮他幼長閨門，難涉路途；况俺年老，無人奉事，如何捨得他去？如今有個道理，不免使一個人，多與盤纏，教他逕去陳留，將蔡伯喈爹娘和媳婦都迎取來，多少是好？不免叫孩兒和伯喈過來商議則個。

【前腔】（生唱）淚眼滴如珠，愁事縈如織。（貼唱）早知今日悔當初，何似休明白。（相見科）（外云）孩兒，你夜來的説話，我仔細尋思起來，都説得有理。我欲待教你同女婿回去，路途跋涉，這個也難。不如逕使人去陳留，取他爹媽媳婦來做一處居住，你兩人心下如何？（貼云）這個隨爹爹主張。（生云）若得如此，感恩非淺！（外云）院子李旺何在？（丑上云）頻聽指揮黄閣下，又聞呼唤畫堂前。老相公有何使令？（外云）李旺，我要差你去陳留走一遭。（丑云）去做甚麽？（外云）差你去那裏接取蔡狀元的老員外、老安人、小娘子三人，來我府中同住。（丑云）如此，李旺不去。（貼云）李旺，你去請得來，我重重賞你。（丑云）夫人，你如今説道重重賞我；只怕取得他小娘子來時，夫人又要和他争大争小，到那時節，可不埋冤李旺？那裏還肯把東西賞我？（外云）休閒説！我如今修一封書去相請，外有銀錢與你一路去做盤纏，休得落後了。（生云）李旺，你去時節，須要多方詢問；若是來時，路途上千萬小心承直。（丑云）不妨，我出路慣便，自有分曉。

【正宫過曲・四邊静】（外唱）李旺，你去陳留仔細詢端的，專心去尋覓。請過兩三人，途中好承直。（合）休憂怨憶，寄書咫尺。眼望旌捷旗，耳聽好消息。

【前腔】（生唱）只怕饑荒散亂無踪跡，他存亡也難測。何况路途間，難禁這勞役。（合前）

【福馬郎】（貼唱）李旺，你休説新婚在牛氏宅。（外云）孩兒，便説又待怎的？（貼云）他須怨我相擔誤；歸未得，只恐傍人聞之，把奴責。（合）若是到京國，相逢處兩下免憂憶。

【前腔】（丑唱）相公，多與我盤纏添氣力，萬水千山路，曾慣歷。（拜科）辭却恩官去，管取好消息。（合前）

限伊半載望回音，路上看承須小心。
但願應時還得見，果然勝似岳陽金。

第三十四齣 寺中遺像

（末扮五戒上云）年老心閒無外事，麻衣草座亦容身。相逢盡道休官好，林下何曾見一人？自家乃是彌陀寺中一個五戒便是。今日俺寺中建一個無礙道場，不揀甚麽人，或是薦悼雙親，保安身己的，都來這裏聚會。真個好寺院好道場呵。（内問）怎見得好寺院？（末云）但見：蘭若莊嚴，蓮臺整肅。佛殿嵯峨耀金璧，回廊繚繞畫丹青。千層塔高聳侵雲，半空中時聞清鐸；七寶樓晶光耀日，六時裏頻扣洪鐘。松下山門，紅塵不到；竹邊僧舍，白日難消。阿羅漢神像威儀，如靈山三十六萬億佛祖；比丘僧戒行清潔，似祇園千二百五十人俱。且看旛影石壇高，惟有棋聲花院静。(一)休提清浄法界，且説嚴肅道場。只見珠幢寶蓋影飄飄，玉磬金鐘聲斷續。龍瓶中插九品紅蓮，開浄土春秋不老；鳳蠟内吐千枝絳蕊，照佛天晝夜常明。齊整整的貝葉同翻，撲簌簌的天花亂墜。旃檀林裏，爇着清浄香、道德香；香積厨中，獻這禪悦食、法喜食。人人在十洲三島，個個浄五藴六根。擊大法鼓，吹大法螺，仙樂一齊奏動；開甘露門，入甘露城，幽魂盡獲超昇。正是：寄言苦海林中客，好向靈山會上修。今日寺中建設大會，怕有官員貴客來此遊玩，不免將着疏頭，就抄化幾文香錢，添助支費。道猶未了，遠遠望見兩個官人來到。(浄、丑扮風子上)

【中吕過曲·縷縷金】(浄唱)胡厮啞，兩喬才。家中無宿火，有甚强追陪？(丑唱)我自來粧風子，如今難悔。向叢林深處且徘徊，特來看佛會。

(末云)官人，請坐告茶。(浄云)五戒，你這佛會，支費太多？(末云)便是。官人休怪冒瀆，今日天與之幸，得遇兩位貴客到此，斗膽抄化幾文香錢，添助支費則個。(丑云)五戒，你要抄化，將疏頭來看。我錢是儻來之物，那裏不使？那裏不用？(浄云)兄弟，你説得是。俺這般人，那一日不使幾貫鈔？我便捨他五錠。(丑云)我也捨他五錠。(末云)如此，多謝官人。(浄云)呀！遠遠望見一個婦人來，且是生得有些意思。(丑云)真個有個婦人來，背着一面琵琶，到和你家姐姐厮像。(浄云)休胡説！遠

(一) 棋：原作「旗」，據汲古閣刊本《繡刻琵琶記定本》改。

觀不審，近覷分明。（旦上）

【前腔】（旦唱）途路上，實難捱。盤纏都使盡，好狼狽。試把琵琶撥，逢人乞丐。薦公婆魂魄免沉埋，特來赴佛會。

奴家且喜已到洛陽，聞説今日彌陀寺中做佛會，不免就此抄化幾文鈔，追薦公公婆婆則個。（末云）道姑，請裏面赴齋。（旦云）多謝！多謝！（浄云）道姑，你背着甚麼東西？（旦云）是奴家公婆的真容。（浄云）道姑，你從那裏來？

【仙吕入雙調·銷金帳】（旦唱）聽奴訴與：奴是良人婦，爲兒夫相擔誤。（浄云）他怎的擔誤了你？（旦唱）他一向赴選及第，未歸鄉故。饑荒喪了，喪了親的舅姑。（丑云）你丈夫既不在家，喪了公婆，誰人與你安葬？（旦云）苦！我造墳墓。（浄云）你如今來這裏做甚麼？（一）（旦唱）今爲尋夫來此。（丑云）你丈夫在那裏？（旦唱）未知他在何處所。

（浄云）道姑，你抱着這個琵琶做甚麼？（旦云）奴家將此琵琶彈一兩個曲兒，抄化幾文鈔，就此寺中追薦公婆。（丑云）元來如此。道姑，你會彈甚麼曲兒？你會彈《也兒四》麽？（旦云）不會。（浄云）你會彈《八俏手》麽？（旦云）也不會。奴家只會彈些行孝曲兒。（末云）道姑，難得這兩位官人在此，你

（一）今：原作『此』，據汲古閣刊本《繡刻琵琶記定本》改。

好生彈一兩個曲兒伏侍他，等他重重賞你。（旦云）既然如此，只怕奴家彈得不好，(一)望官人休責。（丑云）你只管好好的彈，我重重賞賜你。（旦云）官人，請坐聽着。（彈科）凡人養子，懷抱最艱辛。欲語未能行未得，此際苦雙親。

【前腔】凡人養子，最是十月懷擔苦，更三年勞役抱負。休言他受濕推乾，萬千勞苦。真個千般愛惜，萬般回護。兒有些不安，父母驚惶無措。直待可了，可了歡欣似初。

（浄云）彈得好！彈得好！（末云）真個彈得好！（丑云）錢鈔那裏不使？我且先與你一領好襖子。（脱衣與旦科）（丑云）道姑，你再彈一彈。（旦云）官人，請坐聽着。（彈科）孩兒漸長成，父母漸歡欣。教語教行并教禮，一意望成人。

【前腔】兒行幾步，父母歡欣相顧，漸能言能走路。指望飲食羹湯，自朝及暮。懸懸望他，望他不知幾度。爲擇良師，只怕孩兒愚魯。略得他長俊，可便歡欣賞賜。

（丑云）彈得好！彈得好！（末云）真個彈得好！（浄云）錢鈔那裏不用？我也先與你一領好襖子。（脱衣與旦科）（浄云）道姑，你再彈一彈。（旦云）官人，請坐聽着。（彈科）勤於教道，暮史及朝經。願得榮親并耀祖，一舉便成名。

(一) 彈：原作『憚』，據汲古閣刊本《繡刻琵琶記定本》改。

【前腔】朝經暮史，教子勤詩賦，爲春闈催教赴。指望他耀祖榮親，改換門户。懸懸望他，望他腰金衣紫。兒在程途，又怕餐風宿露。求神問卜，把歸期暗數。

（丑云）彈得好！彈得好！彈得好！（末云）實是彈得好！（丑云）錢鈔是人撰來的，我再與你一領襖子。

（脱衣與旦科）（末云）元來裏面都是破衣裳呵。官人把襖子都脱了，身上這般寒，甚麽意思？（淨云）寒由他自寒，不可壞了局面。咱每這般人興頭來了，使鈔慣了，怕甚麽寒？道姑，你再唱唱。（末云）道姑，你再彈，且看他再把甚麽與你？（旦彈科）孩兒在外，須早回程。忤逆男兒并孝子，報應甚分明。

【前腔】兒還念父母，及早歸鄉土，看慈烏亦能返哺。莫學我的兒夫，把雙親擔誤。常言養子，養子方知父母。算那忤逆男兒，和孝順爹娘之子。若無報應，果是乾坤有私。

（末云）彈得好！彈得好！（淨云）他彈得自好，唱得自好，我没甚麽與他了。（末笑云）可知道！（淨作寒科）（丑云）兄弟，我和你這般的走回家去，成甚麽模樣？（淨云）我只賴五戒取衣裳便罷。（末云）呀！你扯我怎的？（丑云）扯你怎的？你倒妝成騙局，把我每的衣裳都剥去了。（末云）咳！我幾曾妝局騙你？是你自把衣裳與他。（淨云）禿驢！你道不曾妝局騙我？我看見道姑彈了，喝一聲采；你也喝一聲采，只管攛掇我把衣裳與他。這不是妝局騙我？（丑云）你不取還我，我扯你到洛陽縣裏去！（末云）天那！我不曾見這般没行止的人！道姑，没奈何了，把衣裳還他去罷。（旦云）衣服在這裏，拿還他去。既不情願，我要他做甚麽？（丑云）錢鈔雖在那裏不用，只是寒冷，又忍不得。（穿衣科）（淨云）道姑，我方纔道你彈得好，唱得好；我如今尋思起來，你彈得也不好，唱得也不好。你不信時，再彈唱一和看看。（旦云）奴家也彈不得了，也唱不得了。（凈云）可知道不敢再彈唱了。（丑云）兄弟，他既不敢彈唱了，我和你且回家去。（凈云）説得是，我和你回去罷。（丑云）五戒，我小子不是豪富。（末云）枉了教你題疏。你衣服敢是借的？（凈、丑云）可知道我腿上無個布袴。（末并下）（旦云）一斟一酌，莫非前定。奴家準擬今日抄題幾文錢鈔，就此追薦公婆。誰知撞着這兩個風子，攪鬧了一場。如今雖没東西備辦奠禮，且將公婆真容掛在此間，拜囑一番，以表來意罷了。（掛真容拜科）

【賞秋月】（旦唱）在途路，歷盡多辛苦，把公婆魂魄來超度。焚香禮拜祈回護，願相逢我丈夫。（末、丑隨生上）

【縷縷金】（生唱）時不利，命何乖。雙親在途路上，怕生災。（末、丑唱）相公，此是彌陀寺，略停車蓋。（合）辦虔誠懇禱拜蓮臺，特來赴佛會。

（丑云）道姑，迴避。（旦云）正是：在他簷下過，誰敢不低頭？（荒下失真容科）（生云）那得這軸畫像？（丑云）敢是適間道姑遺下的？（生云）叫他轉來，將還他去。（丑叫不應科）去遠了，叫不應。（生云）既叫不應，且與他收下。左右，唤和尚過來。（凈扮和尚上）

【前腔】（凈唱）能喫酒，會噇齋。喫得醺醺醉，便去摟新戒。講經和回向，全然𩴾𩳲。你官人若是有文才，休來看佛會。

（相見科）和尚，下官爲迎取父母來此，不知路上安否何如？特來三寶面前，祈求保佑。（净云）元來如此。小僧先請佛。

【佛賺】（净唱）如來本是西方佛，西方佛，却來東土救人多，救人多。結跏趺坐坐蓮花，丈六金身最高大，他是十方三界第一個大菩薩。摩訶薩，摩訶般若波羅糖。（末云）和尚，你念差了，是波羅蜜。（净唱）糖也這般甜，蜜也這般甜。南無南無十方佛十方法十方僧，上帝好生不好殺。好人還有好提掇，惡人還有惡鑒察。好人成佛是菩薩，惡人做鬼做羅刹。第一滅却心頭火，心頭火。第二解開眉間鎖，眉間鎖。第三點起佛前燈，佛前燈。真個是好也快活我，快活我。諸惡莫作，奉勸世上人則個。浪裏梢公牢把舵，行正路，莫蹉跎。大家却去誦彌陀，誦彌陀。善男信女笑呵呵。聽大法鼓鼕鼕鼕鼕，聽大法鐃乍乍乍乍。手鐘摇動陳陳陳陳，獅子能舞鶴能歌。木魚亂敲逼逼剥剥，海螺響處嗊嗊嗊嗊。積善道場隨人做，伏願老相公老安人小夫人萬里程途悉安樂。南無菩薩薩摩訶，金剛般若波羅蜜。

小僧請佛了，請相公上香，通達情旨。（生炷香拜科）

【仙吕入雙調·江兒水】（生唱）如來證明，聽蔡邕啓：我雙親在途路，不知何如的？仰惟菩薩大慈悲。（合）龍天鑒知，龍神護持，護持他登山渡水。

【前腔】（净唱）如來證明，覽兹情旨。蔡邕的父母，望相保庇，仰惟功德不思議。（合前）

【前腔】（末唱）我東人鎮日常懷憂慮，只愁二親在路途裏，孝思誠意感神祇。（合前）

【前腔】（丑唱）我聞知做會，特來隨喜。饅頭素食多多與，若還不與，我自入齋厨去取。（合前）

（净云）我佛有緣蒙寵渥，（生）願親路上悉平安。（末云）因過竹院逢僧話，（丑云）又得浮生半日閒。

（并下）（旦復上）

【縷縷金】（旦唱）原來是，蔡伯喈，馬前都喝道，狀元來。料想雙親像，他每留在。敢天教我夫婦再和諧，都因這佛會？

正是：不因漁父引，怎得見波濤？方纔那官人，奴家詢問起來，正是蔡伯喈。好也！好也！今日也會相見。只一件，奴家慌忙中失去了公婆真容，想必是他收下。且待明日徑投他家裏去，以乞丐爲由，問取消息。倘或天可憐，因此相會，也不見得？

今朝喜見那喬才，真容收去可疑猜。

縱使侯門深似海，從今引得外人來。

第三十五齣　兩賢相遘

【商調引子·十二時】（貼唱）心事無靠託，這幾日番成悶也。父意方回，夫愁稍可。未卜程途裏的如何，教我怎生放下？

不如意事常八九，可與人言無二三。奴家自嫁蔡伯喈之後，見他常懷憂悶。費盡心機去問他，他又不説。比及奴家知道，去對爹爹説，要和他同去奉事雙親，誰想爹爹不肯。被奴家道了幾句，幸喜爹心回轉，教人去取他爹媽媳婦；又不知一行人路上安否如何？爲這些事，教我擔了多少煩惱？又一件，公婆早晚到來，只是要一兩個精細人去伏侍他。我府裏雖則有使唤的，那裏中用？怎生得精細婦人與他使唤方好？院子那裏？（末云）書當快意讀易盡，客有可人期不來。世上幾般能稱意，光陰何況苦相催。夫人，有何使令？（貼云）院子，我府中缺少幾個使唤的，你與我去街坊上尋問，有精細的婦人，討一兩個來用。（一）（末云）小人理會得。踏破鐵鞋無覓處，得來全不費工夫。

【遶地遊】（旦唱）風餐水宿，甚日能安妥？問天天怎生結果？

（旦云）府幹哥稽首！（末云）道姑何來？（旦云）遠方人氏。（末云）到此何幹？（旦云）特來抄化。（末云）少待。通報夫人：精細婦人到没有，正遇一個道姑，在門首抄化。（貼云）着他裏面來。（末云）道姑，夫人着你裏面相見。（貼作見科）

【前腔】（貼唱）梳妝淡雅，看丰姿堪描堪畫。是何人近來問咱？

（旦云）夫人稽首！（貼云）道姑何來？（旦云）貧道遠方人氏。（貼云）到此何幹？（旦云）特來府中

（一）兩：原作『個』，據汲古閣刊本《繡刻琵琶記定本》改。

抄化。（貼云）你有甚本事，來此抄化？（旦云）貧道不敢誇口，大則琴棋書畫，小則針指工夫，次則飲食餚饌，頗諳一二。（貼云）道姑，你有這等本事，在街坊上抄化也生受，何似在我府中喫些安樂茶飯如何？（旦云）若得如此，感恩非淺。只怕貧道没福，無可稱夫人之意。（貼云）院子，道姑是遠方人氏，須要問他來歷詳細，方可留他。（末云）道姑，我且問你係是從幼出家的，還是在嫁出家的？（旦云）貧道在嫁出家的。（一）（貼云）院子，從幼出家的怎麽説？在嫁出家的怎麽説？（末云）告夫人知道：從幼出家是没丈夫的，在嫁出家是有丈夫的。那道姑是有丈夫的。（貼云）呀！險些兒差了。他既有丈夫的，難以收留。院子，你多打發些齋米與他，教他别處抄化去。（末云）道姑，夫人説你有丈夫，多打發些齋糧與你，别處去抄化罷。（旦云）天那！我不合説有丈夫的。府幹哥，貧道非因抄化來，特來尋取丈夫的。（末云）夫人，這道姑非因抄化來，却是尋取丈夫的。（貼云）元來如此。道姑，我且問你，你丈夫姓甚名誰？（旦背説云）夫人問我丈夫姓名，若直説出來，恐怕夫人嗔怪；若不和他説，此事又終難隱忍。我如今且把『蔡伯喈』三字拆開與他説，看他意兒何如，再作道理。夫人，貧道丈夫姓祭名白諧，人人都説道在牛府中廊下住。敢是夫人也知道？（貼云）我那裏知道。院子，你管各廊房，有那姓祭名白諧的麽？（末云）小人管許多廊房，并没有這個人。（貼云）道姑，我這裏没有，你可到别處去尋，休得要誤了你。（旦云）天那！人人道我丈夫在貴府廊下住，如今既道是没有，奴家想起來，莫不

（一）（旦云）貧道在嫁出家的：原闕，據汲古閣刊本《繡刻琵琶記定本》補。

是死了呵？咳！丈夫，你若是死了，教我倚着誰人？（哭科）（貼云）可憐這婦人！你且不須愁煩，權住在府中；我着院子到街坊上訪問你丈夫踪跡，你意下如何？（旦云）若得如此，再造之恩！（貼云）道姑，只一件，你在我府中，休要恁般打扮。我與你換了這衣妝。（旦云）貧道不敢換。（貼云）因甚不敢換？（旦云）貧道有一十二年大孝在身，所以不敢換。（貼云）呀！大孝不過三年，如何有一十二年？（旦云）貧道公公死了三年，婆婆死了三年；薄倖兒夫，久留都下，一竟不還，替他帶六年，共成一十二年。（貼云）咳！有這等孝行的婦人。道姑，你雖然如此，争奈我老相公最嫌人這般打扮。院子，你可叫惜春取妝奩衣服出來。（末云）畫堂傳懿旨，幽閣取妝資。（丑云）寶劍賣與烈士，紅粉贈與佳人。妝奩衣服在此。（貼云）道姑，你且臨鏡改換則個。（旦云）天那！如何是好？（照鏡科）咳！鏡兒，我自從嫁與蔡家，只兩月梳妝，這幾時不曾照你？呀！好苦！元來都這般消瘦了。

【商調過曲·二郎神】（旦唱）容瀟灑，照孤鸞嘆菱花剖破。（貼云）道姑，你不梳妝，且換了衣服。（旦看衣唱）記翠鈿羅襦當日嫁，誰知他去後，釵荊裙布無些？（貼云）道姑，你不換衣服，且帶着這釵兒。（旦看釵唱）他金雀釵頭雙鳳朵，奴家若帶了呵，可不羞殺人形孤影寡？（貼云）道姑，你不帶釵兒，且簪些花朵，別些吉凶。（旦看花唱）説甚麼簪花捻牡丹，教人怨着嫦娥。

【前腔換頭】（貼唱）嗟呀，他心憂貌苦，真情怎假？只爲着公婆珠淚墮，道姑，我公婆自有，不能彀承奉杯茶。你比我没個公婆承奉呵，不枉了教人做話靶。我且問你：你公婆，爲甚的雙雙命掩黄沙？

【囀林鶯】（旦唱）苦！　荒年萬般遭坎坷，丈夫又在京華。　糟糠暗喫擔饑餓，公婆死，賣頭髮去埋他。　把孤墳自造，土泥盡是我麻裙包裹。（貼云）這道姑好誇口！（旦唱）也非誇，手指傷，血痕尚染衣麻。

【前腔】（貼唱）道姑，愁人見説愁轉多，使我珠淚如麻。（旦云）夫人，你淚下爲何？（貼唱）道姑，我丈夫亦久别雙親下，（旦云）他怎的不回家去？（貼唱）他要辭官家去，被我爹蹉跎。（旦云）他家有妻麽？（貼唱）他妻雖有麽，怕不似恁會看承爹媽。（旦云）他爹媽如今在那裏？（貼唱）在天涯，（旦云）夫人，何不取他同來一處？（貼唱）教人去請，知他途路上如何？

【啄木鸝】（旦唱）聽言語，教我悽愴多，料想他每也非是假。（背説科）我且把句言語來試他一試。　他那裏既有妻房，取將來怕不相和。（貼唱）道姑，但得他似你能㧌靶，我情願讓他居他下。　只愁他，程途上苦辛，教人望得眼巴巴。

【前腔】（旦唱）錯中錯，訛上訛，只管在鬼門前空占卦。[一]　夫人，若要識蔡伯喈妻房，（貼云）他在那裏？（旦唱）奴家便是無差。（貼唱）呀！　你果然是他非謊詐？（旦云）夫人，奴家豈敢誑

[一] 卦：原作『掛』，據汲古閣刊本《繡刻琵琶記定本》改。

言？（貼唱）你原來爲我喫折挫，爲我受波查。教伊怨我，教我怨爹爹。

（貼云）姐姐請上坐，待奴家見禮。（旦）奴家怎敢？

【金衣公子】（貼唱）一樣做渾家，我安然你受禍。你名爲孝婦，我被傍人罵。（旦云）呀！傍人罵夫人怎的？（貼唱）公死爲我，婆死爲我，姐姐，我情願把你孝衣穿着，把濃妝罷。（合）事多磨，冤家到此，逃不得這波查。

【前腔】（旦唱）夫人，他當原也是没奈何，被强來，赴選科。辭爹不肯聽他話。（貼云）姐姐，他在這裏豈不要回來？（貼唱）辭官不可，辭婚不可。（旦唱）只爲三不從，做成災禍天來大。（合前）

（貼云）姐姐，休怪奴家説。我教你改换衣妝，你又不肯，只怕相公見你這般藍褸，萬一不肯相認，如何是好？我想起來，相公往常朝回時，便入書館中看文章。姐姐既是無所不通，何似去書館中寫幾句言語打動他？那時節我與你説個明白，却不好？（旦云）夫人説得是。便寫得不好，也索從命。

無限心中不平事，幾番清話又成空。

一葉浮萍歸大海，人生何處不相逢。

第三十六齣　孝婦題真

（末云）爲問當年素服儒，於今腰下佩金魚。分明有個朝天路，何事男兒不讀書？自家乃是蔡相公府中一個院子，我相公雖居鳳閣鸞臺，常在螢窗雪案。退朝之暇，手不停披；閒居之際，口不絶吟。如今將次回府，不免灑掃書館，聽候相公到來。真個好書館！但見：明窗瀟灑，碧紗内煙霧輕盈。浄几端嚴，青氈上塵埃不染。粉壁間掛三四幅名畫，石床上安一兩張古琴。緗帙縹囊，數起看何止一萬卷？牙籤犀軸，乘將來榖有三十車。芸葉分香走魚蠹，芙蓉藏粉養龍賓。鳳咮馬肝，(一)和那鸜鵒眼，無非奇巧；兔毫栗尾，和那犀象管，分外精神。積金花玉板之箋，列錦紋銅緑之格。正是：休誇東壁圖書府，賽過西垣翰墨林。且住着，我相公昨日在彌陀寺中燒香，拾得一軸畫像，不知甚麽故事。相公當時教我收下，我如今也將來掛在此間。我相公博學多才，必然曉得這故事。正是：早知不入時人眼，多買胭脂畫牡丹。(下)

【仙呂引子・天下樂】(旦唱)一片花飛故苑空，隨風飄泊到簾櫳。玉人怪問驚春夢，只怕東風羞落紅。

堦下落紅三四點，錯教人恨五更風。當初只道蔡伯喈貪名逐利，不肯回家，元來被人逗留在此。奴家昨日抄化來到這裏，感得牛氏夫人收録；又怕伯喈見我一身藍褸，不肯厮認，教我到書館中題幾句言語打動他。奴家只得從命。來到此間，却寫在那處好？呀！公婆真容，元來也掛在此。(哭拜科)我如今就將公婆真容背後題詩幾句便了。苦！向日受饑荒，雙親俱死亡。如今題詩句，報與薄情郎。

(一)咮：原作『味』，據汲古閣刊本《繡刻琵琶記定本》改。

【仙吕過曲・醉扶歸】（旦唱）丈夫，我有緣千里能相會，難道是無緣對面不相逢？鳳枕鸞衾也曾共，今日呵，到憑着兔毫繭紙將他動。休休！畢竟一齊分付與東風，把往事如春夢。（題科）崑山有良璧，鬱鬱璠璵姿。嗟彼一點瑕，掩此連城瑜。人生非孔顏，名節鮮不虧。拙哉西河守，胡不如皋魚？宋弘既以義，王允何其愚。風木有餘恨，連理無傍枝。寄語青雲客，慎勿乖天彝。

【前腔】（旦唱）總使我詞源倒流三峽水，丈夫，只怕你胸中別是一帆風。牛氏夫人見我衣裳藍褸，怕伯喈不肯相認。還是教妾若爲容？我若不寫詩打動他呵，夫人，只怕爲你難移寵。（掛真容科）休休！縱認不得這丹青貌不同，我的筆蹟，兀自如舊。若認得我翰墨，教心先痛。奴家題詩已了，不免説與夫人知道，且待伯喈來看。莫不是天教相逢，在此一遭，也未見得？

未卜兒夫意，全憑一首詩。

得他心肯日，是我運通時。

第三十七齣　書館相逢

【仙吕引子・鵲橋仙】（生唱）披香侍宴，上林遊賞，醉後人扶馬上。金蓮花炬照回廊，正院宇梅梢月上。

日晏下彤闈，平明登紫閣。何如在書案，快哉天下樂。自家早臨長樂，夜直嚴更。召問鬼神，或前宣室之席；光傳太乙，時頒天禄之藜。惟有戴星銜黑出漢宮，安能滴露研硃點《周易》？(一)俺這幾日且喜朝無繁政，(二)官有餘閒，庶可留志於詩書，從事於翰墨。正是：事業要當窮萬卷，人生須是惜分陰。（看書科）這是甚麽書？是《尚書》。呀！這《堯典》道：『虞舜父頑母嚚象傲，克諧以孝。』咳！他父母那般相待他，他猶自克諧以孝。我父母虧了我甚麽，我倒不能彀奉養他？看甚麽《尚書》！這是甚麽書？是《春秋》。呀！《春秋》中潁考叔曰：『小人有母，未嘗君之羹，請以遺之。』咳！他有一口湯喫，兀自尋思着娘。我如今做官享天禄，倒把父母撇了。看甚麽《春秋》！天那！枉看這書，行不得，濟甚麽事？你看那書中那一句不説着孝義？當元俺父母教我讀詩書知孝義，誰知道反被詩書誤了我，還看他怎的？

【仙吕過曲・解三醒】(三)（生唱）嘆雙親把兒指望，教兒讀古聖文章。似我會讀書的，到把親撇漾。少甚麽不識字的，到得終奉養。書呵，我只爲其中自有黄金屋，反教我撇却椿庭萱草堂。還思想，畢竟是文章誤我，我誤爹娘。

【前腔】比似我做個負義虧心臺館客，到不如守義終身田舍郎。《白頭吟》記得不曾忘，緑

(一) 硃：原作『珠』，據汲古閣刊本《繡刻琵琶記定本》改。
(二) 繁：原作『繫』，據汲古閣刊本《繡刻琵琶記定本》改。
(三) 醒：原作『星』，據汲古閣刊本《繡刻琵琶記定本》改。

鬟婦何故在他方？書呵，我只爲其中有女顔如玉，反教我撇却糟糠妻下堂。還思想，畢竟是文章誤我，我誤妻房。

書既懶看他，且看這壁間山水古畫，散悶則個。呀！這一軸畫像，是我昨日在彌陀寺中燒香拾得的，如何院子也將來掛在此間？且看甚麽故事。

【南呂過曲・太師引】（生唱）細端詳，這是誰筆仗？覷着他，教我心兒好感傷。（細看科）好似我雙親模樣。差矣，我的媳婦會針指，便做是我的爹娘呵，怎穿着破損衣裳？前日已有書來，道别後容顔無恙，怎的這般淒涼形狀？且住，我這裏要寄一封書回去，尚不能彀。他那裏呵，有誰來往，直將到洛陽？天下也有面貌厮像的，須知道仲尼陽虎一般龐。

我理會得了。

【前腔】這是街坊誰劣相，砌莊家形衰貌黄。假如我爹娘呵，若没個媳婦來相傍，少不得也這般淒涼。敢是個神圖佛像？呀！却怎的，我正看間，猛可的小鹿兒心頭撞？這也不是神圖佛像，敢是當元的畫工有甚緣故？丹青匠，由他主張，須知道毛延壽誤了王嬙。

若是個神圖佛像，背面必有標題，待我轉過來看。呀！元來有一首詩在上面。（讀詩科）這厮好無禮，句句道着下官。等閒的怎敢到此？想必夫人知道。待我問他，便知分曉。夫人那裏？

【雙調引子・夜遊湖】（貼唱）猶恐他心思未到，教他題詩句，暗裏相嘲。翰墨關心，丹青入眼，强如把語言相告。

（生怒云）夫人，誰人到我書館中來？（貼云）没有人。（生云）我前日去彌陀寺中燒香，拾得一軸畫像。〔一〕院子不省得，也將來掛在這裏。甚麽人在背面題着一首詩？（貼云）敢是當元寫的？（生云）那裏是？墨蹟尚未曾乾。（貼背云）我理會得了。相公，這詩如何説？請讀與奴家知道。（生讀詩科）（貼云）相公，奴家不省其意，請解説一遍，與奴家曉得也好。（生云）『崑山有良璧，鬱鬱璠璵姿。嗟彼一點瑕，掩此連城瑜。』崑山是地名，産得好玉，價值連城。若有些兒瑕玷，便不貴重了。『人生非孔顔，名節鮮不虧。』孔子、顔子是大聖大賢，德行渾全。大凡人非聖賢，能忠不能孝，能孝不能忠，所以名節多至欠缺。『拙哉西河守，胡不如皐魚？』西河守吴起，是戰國時人，魏文侯拜他爲西河守，母死不奔喪。皐魚是春秋時人，只爲周遊列國，父母死了。後來回歸，自刎而亡。『宋弘既以義，王允何其愚。』宋弘是光武時人，光武試把姐姐湖陽公主嫁他，〔二〕宋弘不從。對道：『貧賤之交不可忘，糟糠之妻不下堂。』王允是桓帝時人，司徒袁隗要把侄女嫁他，他就休了前妻，娶了袁氏。『風木有餘恨，連理無傍枝。』孔子聽得皐魚啼哭，問其故。皐魚説道：『樹欲静而風不寧，子欲養而親不在。』西晉時東宫門有槐樹二株，連理而生，四傍皆無小枝。『寄語青雲客，愼勿乖天彝。』傳言與做官的，切莫違了天倫。

〔一〕拾：原作『捨』，據汲古閣刊本《繡刻琵琶記定本》改。

〔二〕湖陽公主：原作『湖陽宫主』，據汲古閣刊本《繡刻琵琶記定本》改。

（貼云）相公，那不奔喪和那自刎的，那一個是孝道？（生云）那不奔喪的是亂道。（貼云）相公，那不棄妻和那棄妻的，那一個是正道？（生云）那棄了妻的是亂道。（貼云）相公，比如你，待要學那一個？（生云）呀！我的父母知他存亡如何？我決不學那不奔喪的見識。（貼云）相公，你雖不學那不奔喪的，且如你這般富貴，腰金衣紫，假有糟糠之婦，藍縷醜惡，可不辱没了你？你莫不也索休了？（生怒云）夫人，你説那裏話！縱是辱没殺我，終是我的妻房，義不可絶。

【越調過曲·鏵鍬兒】（生唱）夫人，你説得好笑，可見你心兒窄小。我決不學那王允的見識，没來由漾却苦李，再尋甜桃。古人云：棄妻止有七出之條。他不嫉不淫與不盜，終無去條。那棄妻的，衆所誚。那不棄妻的，人所褒。縱然他醜貌，怎肯相休棄了？

【前腔】（貼唱）伊家富豪，那更青春年少。看你紫袍掛體，金帶垂腰。做你的媳婦呵，應須有封號。金花紫誥，必俊俏，須媚嬌。若還他醜貌，怎不相休棄了？

【前腔】（生唱）夫人，你言顛語倒，惱得我心兒轉焦。莫不是你把咱奚落，特兀自妝喬？引得我淚痕交，撲簌簌這遭。這題詩的是誰？（貼云）相公，你問他待怎的？（生云）夫人，他把我嘲，難恕饒。你説與我知道，怎肯干休罷了？

【前腔】（貼唱）相公，我心中忖料，想不是個薄情分曉。管教你夫婦會合，在今朝。你還認得那題詩的麽？（生云）我不認得。（貼唱）伊家枉然焦，只怕你哭聲漸高。（生云）是誰？（貼唱）是伊大嫂，身姓趙。正要説與你知道，怎肯干休罷了？

姐姐有請。

【入賺】（旦唱）聽得閙炒，敢是我兒夫看詩囉唣？（貼云）姐姐快來。（旦唱）是誰忽叫？想是夫人召，必有分曉。（貼云）相公，是他題詩句，你還認得否？（生云）他從那裏來？（貼云）相公，他從陳留郡，爲你來尋討。（生認科）呀！我道是誰，元來是你呵。娘子，你怎的穿着破襖，衣衫盡是素縞？莫不是我雙親不保？（旦云）官人，從别後，遭水旱，我兩三人只道同做餓殍。（生云）張太公曾周濟你麽？（旦唱）只有張公可憐，嘆雙親别無倚靠。（生云）後來却如何？（旦唱）兩口顛連相繼死。（生云）苦！元來我爹媽都死了。娘子，那時如何得殯斂？（旦唱）我剪頭髮賣錢送伊妣考。（生云）如今安葬了未曾？（旦唱）把墳自造，土泥盡是我麻裙裹包。（生云）罷了。聽伊言語，怎不痛傷噎倒？

（生倒旦、貼作扶起科）（旦云）官人，這畫像就是你爹媽的真容。（生哭拜科）

【小桃紅】（生唱）蔡邕不孝，把父母相抛。爹娘，我與你别時，豈知恁地？早知你形衰耄，怎留聖朝？娘子，你爲我受煩惱，你爲我受劬勞。謝你葬我爹，葬我娘，你的恩難報也。又道是養子能代老。（合）這苦知多少，此恨怎消？天降災殃人怎逃？

娘子，這真容是誰畫的？

【前腔】（旦唱）這儀容像貎，是我親描。（生云）娘子，路途遥遠，你那得盤纏來到此間？（旦低唱科）乞丐把琵琶撥，怎禁路遥？官人，說甚麽受煩惱？說甚麽受劬勞？不信看你爹，看你娘，比别時兀自形枯槁也。我的一身難打熬。（合前）

【前腔】（貼唱）設着圈套，被我爹相招。相公，你也說不早？況音信杳。姐姐，你爲我受煩惱，爲我受劬勞。相公，是我誤你爹，誤你娘，誤你名不孝也。做不得妻賢夫禍少。（合前）

【前腔】（生唱）我脱却巾帽，解却衣袍。（貼唱）相公，急上辭官表，共行孝道。（生云）夫人，只怕你去不得。（貼唱）相公，我豈敢憚煩惱？豈敢憚劬勞？同去拜你爹，拜你娘，親把墳塋掃也，使地下亡靈安宅兆。（合前）

【餘文】（合）幾年間分别無音耗，奈千山萬水迢遥。天那！只爲三不從，生出這禍苗。

只爲君親三不從，致令骨肉兩西東。
今宵賸把銀缸照，猶恐相逢是夢中。

第三十八齣　張公遇使

【南吕引子·虞美人】（末唱）青山古木何時了，斷送人多少！孤墳誰與掃荒苔？連塚陰風吹送紙錢遶。

冥冥長夜不知曉，寂寂空山幾度秋。泉下長眠人未醒，悲風蕭瑟起松楸。老漢曾受趙五娘之託，教我爲他看管墳塋。這兩日有些閒事，不曾看得，今日只索去走一遭。

【仙呂入雙調・步步嬌】（末唱）呀！只見黄葉飄飄把墳頭覆，厮趕的皆狐兔。（望科）敢是誰砍了樹木去？爲甚松楸漸漸疏？（滑倒科）咳！甚麽絆我這一倒？却元來是苔把磚封，笋迸泥路。老員外，老安人，自古道：未歸三尺土，難保百年身。已歸三尺土，難保百年墳。只怕你難保百年墳。我老夫在日，尚來爲你看管。若老夫死後呵，教誰添上你三尺土？（丑扮李旺上）

【前腔】（丑唱）渡水登山多勞苦，來到這荒村塢。遥觀一老夫，試問他家，住在何所。趲步向前行，呀！却是一所荒墳墓。

（相見科）（末云）小哥，你從那裏來？（丑云）小人從京都來。（末云）却往那裏去？（丑云）奉蔡相公差至此。（末云）你相公是那裏人？差你來有甚勾當？（丑云）我相公特差小人來請取他的太老爹太夫人和那小夫人，一同到洛陽去。（末云）你相公叫甚麽名字？（丑云）我相公的名字，小人怎敢説？（末云）荒僻去處，但説不妨。（丑云）我相公是蔡伯喈。（末發怒科）

【風入松】（末唱）你不須提起蔡伯喈，説着他每忒歹。（丑云）呀！他有甚歹處？（末唱）他中狀元做官六七載，撇父母抛妻不采。（丑云）他父母在那裏？（末唱）兀的這磚頭土堆，是他雙親在此中埋。

（丑云）呀！元來太老爹太夫人都死了呵。不知爲甚的死了？

【前腔】（末唱）一從他别後遇荒災，更無人倚賴。（丑云）這等，是誰承直他這兩個？（末唱）虧他媳婦相看待，把衣服和釵梳都解。（丑云）解也須有盡時。（末云）便是。這小娘子解得錢來糴米，做飯與公婆喫。他背地裏把糟糠自捱，公婆的反疑猜。

（丑云）公婆敢道他背後自喫了些好東西麽？（末云）便是。後來呵，

【前腔】（末唱）他公婆的親看見，雙雙痛倒，無錢斷送，剪頭髮賣買棺材。（丑云）他那般無錢，如何築得這一所墳墓？（末唱）他去空山裏，裙包土，血流指，感得神明助，與他築墳臺。

（丑云）自古道孝感天地，果然有此。這小娘子如今在那裏？

【前腔】（末唱）他如今逕往帝都來。（丑云）他把甚麽做盤纏？（末云）小哥，我不瞞你。他彈着琵琶做乞丐。（丑云）蔡相公特地差小人來取他父母妻子，如今太老爹太夫人既死了，小夫人却又去了，如何是好？（末云）你謾着，我與你説與他父母知道便了。老員外，老安人，你孩兒做官，如今差人來取你到京，同享富貴，你去不去？（哭科）叫他不應魂何在？空教我珠淚盈腮。（丑云）公公，你休啼哭。小人如今回去，教俺相公多多做些功果，追薦他便了。（末笑科）他生不能養，死不能葬，葬不能祭。這三不孝逆天罪大，空設醮，枉修齋。

你相公如今在那裏？（丑云）我相公如今入贅牛丞相府裏。

【前腔】（末唱）小哥，你如今疾忙便回，説我張老的道與蔡伯喈。（丑云）道甚麽來？（末唱）道你拜别人的爹娘好美哉，親爹娘死，不值你一拜。（丑云）公公，你休錯埋冤了人。他要辭官，官裏不從；辭婚，我太師不從，也只是没奈何了。（末云）恁的呵，元來他也是無奈，好似鬼使神差。他當元在家不肯赴選，他爹爹不從他。這是三不從把他厮禁害，三不孝亦非其罪。（丑云）公公，你險些錯埋冤了人。（末唱）這是他爹娘福薄運乖，人生裏都是命安排。

（丑云）敢問公公高姓？（末云）小哥，老漢不是别人，張太公的便是。當初蔡伯喈臨去之時，把父母囑付與我。如今他父母身死，小娘子又去京都尋他，將近去了個半月日。你如今回去，一路上但見一個婦人，道姑打扮，拿着一個琵琶，背着一軸真容的，便是你相公的小娘子。你把盤纏好好承直他去便了。（丑云）理會得。小人告别了。

雙親死了已無依，今日回來也是遲。
夜静水深魚不餌，滿船空載月明歸。

第三十九齣　散髮歸林

【仙吕入雙調・風入松慢】（外唱）女蘿松柏望相依，況景入桑榆。他椿庭萱室齊傾棄，怎不想家山桃李？中雀誤看屏裏，乘龍難駐門楣。

自古道：人無遠慮，必有近憂。自家當初不仔細，一時間不信我那院子的説話，定要招蔡伯喈爲婿，指望養老百年。誰想道他父母俱亡，如今他媳婦徑來尋取。聞説我女孩兒也要和他同去，不知是否？待我唤院子出來問他，便知端的。院子那裏？（末云）紋犀欲下意沉吟，棋局排來仔細尋。猶恐中間差一着，教人錯用滿盤心。相公有何鈞旨？（外云）院子，説道蔡狀元的父母身死，他媳婦來尋他，我的小姐也要和他同去。你知道麽？（末云）男女不知，老姥姥必知端的。（外云）如此，叫老姥姥過來。

【仙呂過曲·光光乍】（浄唱）女壻要同歸，岳丈意何如？忽叫阿奴緣何的？想必與他做區處。

（外云）老姥姥，見説蔡狀元的父母身死，他的媳婦來此尋他，我的小姐也要和他同去，此事是否？（浄云）果是，小姐要同去。（外云）呀！我小姐同去做甚麽？（浄云）相公，他父母都死了，只是一個媳婦支持；如今小姐要同他回去守服，有何不可？（外怒云）我的小姐如何與别人帶孝？（浄云）相公息怒，聽老奴告禀。

【南呂過曲·古女冠子】（浄唱）媳婦事舅姑合體例，相公，怎不教女孩兒同去？當初是相公相留住，今日裏怨着誰？（外云）胡説！我不教女孩兒去，却待怎的？（浄云）相公，事須近理，怎使聲勢？休道朝中太師威如火，那更路上行人口似碑。（合）説起此事，費人區處。

【前腔】（末唱）我相公只慮着多嬌女，怕跋涉萬山千水。相公，只一件，女生向外從來語，況既

已做人妻。夫唱婦隨，不須疑慮。這是藍田種玉結親誤，今日裏船到江心補漏遲。（合前）

【前腔】（外唱）當初是我不仔細，誰知道事成差池？痛念深閨幼女多嬌媚，怎跋涉萬餘里？天那！我嫡親更有誰？怎忍分離？罷！罷！不教愛女擔煩惱，也被傍人講是非。

（合前）

（外云）老姥姥，你和院子也説得是，只得由他去罷。（一）（净云）恰好狀元小姐都來了。

【雙調引子・五供養】（生唱）終朝垂淚，爲雙親使我心疼。（貼唱）親墳須共守，只得離神京。

（生云）夫人，且商量個計策，猶恐你爹行不肯。（合）若是他不肯，難説道君王有命。

（相見科）（外云）賢婿，我聞説你父母背棄，你媳婦來此相尋，此事果否？（生云）此事果然，愚婿正來禀知岳丈。（外云）這可是伯喈的媳婦麼？（旦云）奴家便是。（外云）賢哉！賢哉！（貼云）孩兒有一事，拜覆爹爹知道：娶妻所以養親。孔子云：生事之以禮；死葬之以禮，祭之以禮。若姐姐爲蔡氏之婦，生能竭奉養之力，死能備棺槨之禮，葬能盡封樹之勞；孩兒亦爲蔡氏婦，生不能供甘旨，死不能盡擗踊，葬不能事窀穸。以此思之，何以爲人？誠得罪於舅姑，實有愧於姐姐。今特講於爹爹之前，願居於姐姐之下。（外云）賢哉吾女！道得是，道得是。（旦云）自古道：人有貴賤，不可概論。

（一）由：原作『回』，據汲古閣刊本《繡刻琵琶記定本》改。

夫人是香閨繡閣之名姝，奴家是裙布釵荆之貧婦； 況承君命以成婚，難讓妾身而居右。（外云）五娘子，你今日既無父母，又喪公姑，恰便是我的女孩兒一般； 況你身先歸於蔡氏，年又長於吾兒； 此實當禮，不必多辭。（生云）你兩個只做姊妹相呼便了。（衆云）這個説得極是。（生云）愚婿今日拜辭岳丈，領二妻同歸故里，共行孝道。 待服滿之後，再來侍奉尊顔。（外云）賢婿，我其實捨不得你去。 今日你爹娘既不幸了，我也難再留你。（貼云）爹爹，孩兒暫别尊顔，實出無奈。 爹爹善保尊體，不必掛牽。（外哭云）孩兒，你如今拜舅姑的墳墓，竟不念我？（貼云）爹爹放心，孩兒此去，不過三年之期。（外悲云）苦！ 女兒終是向外。 兀的不痛殺我也！（衆云）相公不須煩惱。（生、旦、貼拜辭科）

【大石調過曲・摧拍】（生唱）念蔡邕爲雙親命傾，遭不孝逆天罪名，今辭了帝廷。 感岳丈慇懃，豈敢忘情？ 痛父母恩深，久負亡靈。（合）辭别去，同到墳塋。 心慽慽，淚盈盈。

【前腔】（旦唱）念奴家離鄉背井，謝公相教孩兒共行。 非獨故里榮，我泉下公婆，死也目瞑。（外云）五娘子，我女孩兒少長閨門，凡事望你指顧。（旦唱）我自看承你孩兒，不須叮嚀。（合前）

【前腔】（貼唱）覷爹爹衰顔皤鬢，思量起教人淚零。 爹爹，我進退不忍。 我待不去呵，誤了公婆，被人譏評； 我待去呵，撇了爹爹，没人温清。〔二〕（合前）

〔二〕 清：原作『净』，據汲古閣刊本《繡刻琵琶記定本》改。

【前腔】（外唱）孩兒，此別去，你的吉凶未憑。再來時，我的存亡未審。賢婿，吾今已老景。畢竟你没爹娘，我没親生。若是念骨肉，一家須早辦回程。（合前）

【正宮過曲・一撮棹】（生唱）岳丈，你寬心等，何須苦掛縈？（外唱）賢婿，把音書寫，頻頻寄郵亭。（貼云）老姥姥，爹年老，伊家須是好看承。（净唱）程途裏，各願保安寧。（旦唱）死別全無準，生離又難定。（合）今去也，未知何日返神京？

（外云）你三人去，途中須要保重。（生、旦、貼云）謝得尊人掛念。

【哭相思尾】（合唱）最苦生離難拋捨，未知再會何時也。（生、旦、貼并下）

女婿今朝已別離，老身孤苦有誰知。
夫唱婦隨同歸去，一處思量一處悲。

第四十齣　李旺回話

（丑扮李旺上）

【柳穿魚】（丑唱）心忙似箭走如飛，歷盡艱辛有誰知？夜静水寒魚不食，滿船空載月明歸。歸來後，到庭除，未知相公在何處？

李旺蒙老相公差去陳留，請取蔡相公的老員外、老安人、小娘子。不想他兩位老的都死了，小娘子又來了；教我空走這一遭。如今且未好對老相公説，先説與蔡相公知道。呀！怎的房門都閉了？敢是蔡相公入朝去了，小姐要幽静，閉着門呵？開門，開門。

【玩仙燈】（外唱）門外有人聲，是誰來諠譁閙炒？

（丑云）老相公，是李旺。（外云）李旺，你回來了？你知道麽，我小姐和蔡相公都回家去了？（丑云）蔡相公小娘子曾到這裏不曾？（外云）我見他了。李旺，我且問你：蔡相公父母既死了，媳婦又來了；你到那裏，曾見甚麽人？

【南吕過曲·風帖兒】（丑唱）[一]相公，我到得陳留，逢着一個故老，在他爹娘墳上拜掃。他道他爹娘呵，果然饑荒都喪了。他媳婦也來到，枉教人走這遭。

【前腔】（外唱）李旺，我如今去朝廷上表，奏蔡氏一門孝道。管取吾皇降丹詔，把他召。我自去陳留走一遭。

（丑云）老相公，這個趙氏，其實難得！（外云）便是，一家都難得。一來蔡伯喈不忘其親，二來趙五娘子孝於舅姑，三來我小姐又能成人之美；一門孝義如此，理當保奏，請行旌表。（丑云）相公道得最是。

五更三點奏朝廷，今古難求此様人。

[一] 丑：原作『旦』，據明金陵唐晟刊本《新刻重訂出像附釋標註琵琶記》改。

管取一封天子詔，表揚四海孝賢名。

第四十一齣　風木餘恨

（生、旦、貼帶侍從上）

【雙調引子·梅花引】（生唱）傷心滿目故人疏，看郊墟，盡荒蕪。（旦、貼唱）惟有青山，添得個墳墓。（合）慟哭無聲長夜曉，問泉下有人還聽得無？

〔玉樓春〕（生云）他鄉萬點思親淚，不能滴向家山地。（旦云）如今有淚滴家山，欲見雙親渾無計。（貼云）荒墳衰草連寒煙，蒼苔黃葉飛蘋蘩。（生云）欲聽雞聲來問寢，(一)忽驚蟻夢先歸泉。（旦云）人生自古誰無死，嗟君此恨憑誰語。（貼云）可憐衰絰拜墳塋，不作錦衣歸故里。（生云）夫人，此處便是爹媽墳墓，我和你先拜了雙親，還要去拜謝張太公。（旦、貼云）正是如此。（拜奠科）

【仙呂入雙調·玉雁兒】（生唱）孩兒相誤，爲功名擔擱了父母。都緣是孩兒不得歸鄉故。爹爹、媽媽，你怎便先歸黃土？乾坤豈容不孝子？名虧行缺不如死，只愁我死缺祭祀。（合）對真容形衰貌枯，想靈魂悲咽痛苦。

(一)　來：原作『求』，據汲古閣刊本《繡刻琵琶記定本》改。

【前腔】（旦）百拜公姑，望矜憐恕責我夫。你孩兒贅居牛相府，日夜要歸難離步。你這新媳婦呵，堅心雅意勸親父，同歸故里守孝服，今日雙雙來廬墓。（合前）

【前腔】（貼）不孝的媳婦，恨當初爲我耽誤了丈夫，喫人談笑生何補？我待死呵，又羞見公姑。公公、婆婆，我生前不能彀相奉侍，何如事你向黄泉路？只一件，我死了呵，家中老父誰看顧？（合前）

（生云）呀！只見朔風四起，瑞雪横空，天氣甚冷。左右，且迴避着。（衆下）（末扮張太公上）

【前腔】（末唱）樓臺銀鋪，遍青山渾如畫圖。乾坤似他衣衰素，故添個縞帶飛舞。你擗踊慟哭直恁苦，那堪大雪添淒楚？事當逆來順受，抑情就禮通今古。（合前）

（生云）呀！張太公來了。卑人父母生死，皆蒙太公周濟，正道拜了父母墳塋，就到宅上拜謝，少效銜環之報，何勞太公先降？（末云）説那裏話？蔡相公，你腰金衣紫，可惜令尊令堂相繼謝世，不得盡你孝心。正是：樹欲静而風不寧，子欲養而親不在。這也是他命該如此。你今日榮歸故里，光耀祖宗。雖是他生前不能享你的禄養，死後亦得沾你的恩典。老夫苟延殘喘，又得相見。僥倖！僥倖！你今在此廬墓，老夫合當陪伴，但有牛氏夫人在此，怕不穩便。暫且告别，再來相看。

多謝深恩不敢忘，稍寬愁緒節悲傷。
親墳共掃添榮耀，不負詩書教子方。

第四十二齣　一門旌獎

【商調引子·逍遥樂】（生唱）寂寞誰憐我？空對孤墳珠淚墮。（旦唱）光陰撚指過三春。（貼唱）幽途渺渺，滯魄沉沉，誰與招魂？

（生云）夫人，你看兩木連枝誰手栽？相馴白兔走墳臺。（旦、貼云）無心動植呈祥瑞，否極應須會泰來。（末上云）一封丹詔從天下，忽聽傳聞動郊野。説道旌表一門間，未卜此爲何人也？（末云）蔡相公，外面喧傳有詔書到此，旌表孝義，想必爲足下而來。（生云）人間孝者亦多，卑人何足稱孝？假如大舜、曾參之孝，亦是人子當盡之事，何足旌表？（末云）你説那裏話？老夫當初也只道你貪名逐利，撇了父母妻室，不肯還家，到如今纔得個分曉。《孝經》云：孝弟之至，通於神明，光於四海，無所不通。今見你墳頭枯木生連理之枝，白兔有馴擾之性。祥瑞若此，吉慶必來。

【仙吕入雙調·六么令】（末唱）連枝異木新，見墳臺白兔如馴。禽獸草木尚懷仁，這一封丹詔必因君。（合）料天也會相憐憫。

【前腔】（生唱）皇恩若念臣，我也不圖禄及吾身。只愁恩不到雙親，空辜負，這孤墳。（合前）

【前腔】（旦唱）知他假與真？謝得公公，報説殷勤。太公，空教你爲我受艱辛，今日裏，有誰旌表你門庭？（合前）

【前腔】（貼唱）來使是何人？　閨中無由詢問一聲。（生云）夫人要問甚麼？（貼唱）無由詢問我家君，知他安與否，死和存？（合前）（丑扮縣官上）

【前腔】（丑唱）敕書已來近，看街市上人亂紛紛。　咱每只得忙前奔，備香案，接皇恩。（合前）

（相見科）（生云）何處官長？　因甚到此？（丑云）下官本縣知縣。　告大人得知：　今日天朝牛丞相親賫詔書，到此開讀。　旌表大人一門孝義，加官進職，起服到京。　下官特來鋪設香案，迎接皇恩，請大人改換吉服等候。（生云）卑人孝服，未可更易。（丑云）先王制禮，賢者俯而就，不肖者跂而及。　今大人服制已滿，況天朝恩典，禮當從吉。（衆云）説得是。（生云）門閭旌表感吾皇。（旦、貼云）孝服今朝換吉裳。（合云）不是一番寒徹骨，爭得梅花撲鼻香？（生、旦、貼下）（外引侍從上）

【前腔】（外唱）風霜已滿鬢，玉勒雕鞍，走遍紅塵。　今日到此喜欣欣，重相見，解愁悶。（合前）

（浄云）這裏就是蔡相公廬墓所在，請相公駐節。（生、旦、貼吉服上）

【前腔】（合唱）心慌步又緊，想皇恩已到寒門。　披袍秉笏更垂紳，冠和帶，一番新。（合前）

（外云）聖旨已到，跪聽宣讀。　皇帝詔曰：　朕惟風俗爲教化之基，孝弟爲風俗之本。　去聖逾遠，淳風日漓。　彝倫攸斁，朕甚憫焉。　其有克盡孝義，(一)敦尚風化者，可不奬勸，以勉四海？　議郎蔡邕，篤於孝行。

(一)　克盡：　原作『盡克』，據汲古閣刊本《繡刻琵琶記定本》改。

富貴不足以解憂，甘旨常關於想念。雖違素志，竟遂佳名。委職居喪，厥聲尤著。其妻趙氏，獨奉舅姑，服勞盡瘁。克終養生送死之情，允備貞潔韋柔之德。糟糠之婦，今始見之。牛氏善諫其父，克相其夫。罔懷嫉妬之心，實有遜讓之美。曰孝曰義，可謂兼全。斯三人者，朕甚嘉之。使四海億兆，皆當儀刑斯人，垂範將來。風移俗易，教美化行。唐虞三代，誠可追配。是用寵錫，以彰孝義。蔡邕授中郎將，妻趙氏封陳留郡夫人，牛氏封河南郡夫人，限日赴京；父從簡贈十六勳，母秦氏贈天水郡夫人。於戲！風木之情何深，式彰風化之表；霜露之思既極，宜沾雨露之恩。服此休嘉，慰汝悼念。謝恩！（生、旦、貼謝恩科）（外拜墳科）（生、旦、貼拜謝外科）（生云）荷蒙岳丈保奏，愚婿何以克當？（貼云）自別尊顔，且喜無恙。（外云）孩兒，且喜各保安康，再得相見。（丑、末相見科）（外云）此二位是誰？（丑云）下官是陳留縣知縣。（末云）老漢是蔡相公鄰人張廣才。（生云）卑人父母，多多得他周濟。（外云）元來就是張太公呵，俺朝裏也聞他仗義高名。賢婿，你今起服回朝，未得展報深恩。我有黄金一笏送與，聊表報答之意。（生云）太公，請收下。（末云）救災卹鄰，萬古之道；又況你二親不保，實有愧顔，何敢受令岳之賜？（生云）太公且暫收下，卑人尚當申奏朝廷，還有區區犬馬報效。（末云）説那裏話？此金斷然不敢受。（外云）賢婿，張公高義的人，不可再强。老夫回京，當奏請官職俸禄，以酬大恩便了。

【仙呂過曲・一封書】（外唱）我恭奉聖旨，跋涉程途千萬里。吾皇親賢意甚美，因探孩兒并女婿。賢婿，你夫婦呵，數載辛勤雖自苦，一旦榮華人怎比？（合）耀門閭，進官職，孝義名傳天下知。

【前腔】（生唱）兒不孝，有甚德，蒙岳丈過主維？（作悲科）何如免喪親，又何須名顯貴？可惜二親饑寒死，博得孩兒名利歸。（合前）
【前腔】（旦唱）把真容重畫取。公公、婆婆，如今封贈伊，把你這眉兒放展舒。只愁你瘦儀容難做肥。今日呵，豈獨奴心知感德，料你也銜恩泉石裏。（合前）
【前腔】（貼唱）從别後倍哀戚，况家中音信稀。爲公姑多怨憶，爲爹行常淚垂。今日見公姑無媿色，又得與爹行相依倚。（合前）
【永團圓】（衆唱）名傳四海人怎比？豈獨是耀門閭？人生怕不全孝義，聖明世，豈相棄。這隆恩美譽，從教何所愧，萬古青編記。如今便去，相隨到京畿。拜謝皇恩了，歸院宇一家賀喜。共設華筵會，四景常歡聚。顯文明，開盛治。説孝男，并義女。玉燭調和歸聖主。

還居墓茨已三年，何幸丹書下九天。
莫道名高與爵貴，須知子孝共妻賢。

琵琶記卷下終

元本出相南琵琶記

目録

釋義

元本出相南琵琶記目録

琵琶記卷上

第一齣　副末開場

【水調歌頭】秋燈明翠幕，夜案覽芸編。今來古往，其間故事幾多般。少甚佳人才子，也有神仙幽怪，瑣碎不堪觀。正是：不關風化體，縱好也徒然。論傳奇，樂人易，動人難。知音君子，這般另作眼兒看。休論插科打諢，也不尋宮數調，只看子孝共妻賢。正是：驊騮方獨步，萬馬敢争先。

（問内科）且問後房子弟，今日敷演誰家故事，那本傳奇？（内應科）三不從《琵琶記》。（末云）原來是這本傳奇。待小子略道幾句家門，便見戲文大意。

【沁園春】趙女姿容，蔡邕文業，兩月夫妻。奈朝廷黄榜，遍招賢士；高堂嚴命，强赴春闈。一舉鰲頭，再婚牛氏，利綰名牽竟不歸。饑荒歲，雙親俱喪，此際實堪悲。堪悲，趙女支持，剪下香雲送舅姑。把麻裙包土，築成墳墓；琵琶寫怨，徑往京畿。孝矣伯喈，賢哉牛氏，書館相逢最慘悽。重廬墓，一夫二婦，旌表門閭。

極富極貴牛丞相，施仁施義張廣才。

有貞有烈趙真女，全忠全孝蔡伯喈。

第二齣　高堂稱慶

【正宮引子・瑞鶴仙】（生唱）十載親燈火，論高才絶學，休誇班馬。風雲太平日，正驊騮欲騁，魚龍將化。沉吟一和，怎離却雙親膝下？且盡心甘旨，功名富貴，付之天也。〔一〕

〔鷓鴣天〕宋玉多才未足稱，子雲識字浪傳名。奎光已透三千丈，風力行看九萬程。經世手，濟時英，玉堂金馬豈難登？要將萊綵歡親意，且戴儒冠盡子情。蔡邕沉酣六籍，貫串百家。自禮樂名物，以及詩賦詞章，皆能窮其妙；由陰陽星曆，以至聲音書數，靡不得其精。抱經濟之奇才，當文明之盛世。幼而學，壯而行，雖望青雲之萬里；入則孝，出則弟，怎離白髮之雙親？到不如盡菽水之歡，甘

〔一〕眉批：多風化，如發端便主甘旨。比之唐詩李杜二家，亞李首杜，謂存三百篇遺意。王曰：北曲以《西厢》爲冠，是一種軀兹樂，讀之使人飄揚欲飛。南曲以《琵琶》爲最，是一道《陳情表》，讀之使人唏嘘欲涕。

虀鹽之分。正是：行孝於己，責報於天。自家新娶妻房，纔方兩月。却是陳留郡人，趙氏五娘。儀容俊雅，也休誇桃李之姿；德性幽閒，儘可寄蘋蘩之託。正是：夫妻和順，父母康寧。《詩》中有云：『爲此春酒，以介眉壽。』今喜雙親既壽而康，對此春光，就花下酌杯酒，與雙親稱壽，多少是好？昨已囑付五娘子安排，不免催促則個。娘子，酒完了，請爹媽出來。（旦內應科）（外扮蔡公、淨扮蔡婆上）

【雙調引子・寶鼎現】（外唱）小門深巷，春到芳草，人閒清晝。（淨唱）人老去，星星非故，春又來，年年依舊。（旦扮趙氏上）最喜今朝春酒熟，滿目花開如繡。（合）願歲歲年年，人在花下，常斟春酒。

（外云）孩兒，你請我兩個出來做甚麼？（生跪科）告爹媽得知：人生百歲，光陰幾何？幸喜爹媽年滿八旬，孩兒一則以喜，一則以懼。當此青春光景，閒居無事，聊具一杯蔬酒，與爹媽稱慶則個。（淨笑云）阿老有得喫。（外云）阿婆，這是子孝雙親樂，家和萬事成。（生進酒科）

【雙調過曲・錦堂月】（生唱）簾幕風柔，庭幃晝永，朝來峭寒輕透。親在高堂，一喜又還一憂。惟願取百歲椿萱，長似他三春花柳。（合）酌春酒，看取花下高歌，共祝眉壽。

【前腔換頭】（旦唱）輻輳，獲配鸞儔。深慚燕爾，持杯自覺嬌羞。怕難主蘋蘩，不堪侍奉箕箒。惟願取偕老夫妻，長侍奉暮年姑舅。（合前）

【前腔換頭】（外唱）還愁，白髮蒙頭。紅英滿眼，心驚去年時候。只恐時光，催人去也難留。

孩兒，惟願取黄卷青燈，及早換金章紫綬。（合前）

【前腔換頭】（淨唱）還憂，松竹門幽。桑榆暮景，明年知他健否安否？嘆蘭玉蕭條，一朵桂花堪茂。媳婦，惟願取連理芳年，得早遂孫枝榮秀。[一]（合前）

【醉翁子】（生唱）回首，嘆瞬息烏飛兔走。喜爹媽雙全，謝天相佑。（旦唱）不謬，更清淡安閒，樂事如今誰更有？（合）相慶處，但酌酒高歌，共祝眉壽。

（外云）孩兒，你今日爲我兩個慶壽，這便是你的孝心。人生須要忠孝兩全，方是個丈夫。我纔想將起來，今年是大比之年。昨日郡中有吏來辟召，你可上京取應。倘得脱白掛緑，濟世安民，這纔是忠孝兩全。（生云）爹媽高年在堂，無人侍奉，孩兒豈敢遠離？實難從命。

【前腔換頭】（外唱）卑陋，論做人要光前耀後。勸我兒青雲萬里，早當馳驟。[二]（淨唱）聽剖，真樂在田園，[三]何必區區公與侯？（合前）

【僥僥令】（生、旦）春花明綵袖，春酒汎金甌。但願歲歲年年人長在，父母共夫妻相勸酬。

【前腔】（外、淨）夫妻好厮守，父母願長久。坐對兩山排闥青來好，看將一水護田疇，緑

[一] 眉批：□本『芳年』，先埋伏下『早』字，今本作『芳妍』，對『榮秀』爲工，□下□本意。

[二] 眉批：勸：今盡作『願』，便與下『當』字不合了。

[三] 眉批：真樂：或作『樂事』，非。

遶流。

【十二時】山青水緑還依舊，嘆人生青春難又，惟有快活是良謀。（外）逢時對景且高歌，（浄）須信人生能幾何。（生）萬兩黄金未爲貴，（旦）一家安樂值錢多。

第三齣　牛氏規奴

（末扮老院子上）風送爐香歸别院，日移花影上閒庭。晝長人静無他事，惟有鶯啼三兩聲。小子不是别人，却是牛太師府裏一個院子。若論俺太師的富貴，真個：只有天在上，更無山與齊。舉頭紅日近，回首白雲低。怎見得富貴？他勢壓中朝，資傾上苑。白日映沙堤，青霜凝畫戟。門外車輪流水，城中甲第連天。瓊樓酬月十二層，錦障藏春五十里。香散綺羅，寫不盡園林景致；影揺珠翠，描不就庭院風光。好耍子的油碧車輕金犢肥，没尋處的流蘇帳暖春鷄報。畫堂内持觴勸酒，走動的是紫綬金貂；繡屏前品竹彈絲，擺列的是朱唇粉面。瑇瑁筵前熱寶香，真個是朝朝寒食；琉璃影裏燒銀燭，果然是夜夜元宵。這般様福地洞天，可知有仙姝玉女。休誇富貴的牛太師，且説賢德的小娘子。真個好一位小娘子呵！看他儀容嬌媚，一個没包彈的俊臉，似一片美玉無瑕；體態幽閒，半點難勾引的芳心，如幾層清冰徹底。珠翠叢中長大，倒堪雅淡梳粧；綺羅隊裏生來，却厭繁華氣象。怪聽笙歌聲韻，惟貪針指工夫。愛景清幽，鎮白日何曾離繡閣？笑人游冶，傍青春那肯出香閨？開遍海棠花，也不問夜來多少；飛殘楊柳絮，竟不道春去如何。要知他半點貞心，惟有穿瑣窻的皓月；能回他一雙嬌眼，除非翻翠幌的清風。決非慕司馬的文君，肯學選伯鸞的德耀。更羨他知書知禮，是一個不趨蹌的秀才；若論他有德有行，好一位戴冠兒的君子。多應是相門相種，可惜不做廝兒；少甚麼王子王孫，争要求爲佳配。呀！理會得麼？他是玉皇殿前掌書仙，一點塵心謫九天。莫怪蘭香熏透骨，霞衣曾惹御爐烟。呀！好怪麼！只見府堂中老姥姥和惜春姐兩個笑哈哈舞將出來。我且躲在一邊，看他來此做甚麼？（浄扮老姥姥、丑扮惜春上）

【仙吕入雙調·雁兒落】（浄唱）庭院重重，怎不怨苦？要尋個男兒，又無門路。（丑唱）甚年能彀和一丈夫，一處裏雙雙雁兒舞？

（相見科）（末云）來，我且問你兩個：往常間不曾恁的快活，今日如何這般快活？（丑云）院公，你那得知我喫小姐苦哩！并不許半步胡踹，又不要我説男兒那邊廂去。咳！苦也！你不要男兒，我須要哩！他也道我和他相似，笑也不許我笑一笑。今日天可憐見，喫我千方百計去説動他，只限我半個時辰去後花園閒耍一遭。你道我如何不快活？（浄云）院公，便是我也千不合萬不合前生不曾種得福田，爹娘把我送在府堂中做個丫頭。到今年紀老了，不曾得一日眉頭舒展。今日天可憐見，老相公入朝，我纔得偷身來此閒耍一遭。你道我如何不快活？（末云）元來恁的，可知道你二人快活也。（浄云）院公，你伏侍老相公，却是公的又撞着公的；我與惜春伏侍小姐，却是雌的又撞雌的。（末云）

呀！老姥姥，你怎的説這話？惜春年紀小，也怪他傷春不得。你年紀這般老大，也説這般傷春的話，成甚麼樣子？（浄云）哱嗯老畜生，倒喫你識破了！却不道秋茄晚結，菊花晚發？我雖然老便老，似京棗。外面皺，裏頭好。你不聞東村有個李太婆，年紀七八十歲，頭光撻撻的，也只要嫁人。人問道：婆婆，你這般老了，又要去嫁人怎的？那婆婆做四句詩，應得好。（末云）如何説？（浄云）道是：人生七十古來稀，不去嫁人待何時？下了頭髻床上睡，枕頭上架兩個大擂搥。（末云）你有些欠尊重。（丑云）休閒説，今日能彀得來此花園遊嬉，也不容易。又撞着院公在此，咱每三個何不做個耍子？（末云）也説得是。還是做甚麼耍子好？（浄云）院公，和你踢氣毬耍子？（末云）不好。（浄云）怎的不好？〔西江月〕（末云）白打從來逞藝，官場自小馳名。如今年老脚踜蹭，圓社無心馳騁。空使繡襦汗濕，漫教羅襪生塵。兀的是少年子弟俏門庭，老姥姥，不是你寶粧行徑。（丑云）院公，踢氣毬不好，便和你鬥百草耍子？（末云）也不好。（丑云）怎的不好？（末云）香徑裏攀殘柳眼，雕闌畔折損花容。又無巧藝動王公，枉費工夫何用？驚起嬌鶯語燕，打開浪蝶狂蜂。若還尋得個并頭紅，惜春姐，早把你芳心引動。（浄、丑云）院公，你道兩樣都不好，如今打鞦韆耍子好麽？（末云）這個却好。你聽我説：

玉體輕流香汗，繡裙蕩漾明霞。纖纖玉手綵繩拿，真個堪描堪畫。本是北方戎戲，移來上苑豪家。女娘撩亂隔墻花，好似半仙戲耍。

（浄、丑云）恁地，便打鞦韆。只是没有架子。（末云）這花園中那裏得他？一來老相公不喜，二來小娘子不好，縱有也倒壞了。（丑云）院公，没奈何，我每三個在這裏厮輪做個鞦韆架，一人打，兩人擡。（末云）如此也好。誰人先打？（浄、丑云）我兩人擡，院

公先打。（做架科）（末云）你兩人不要跌了我。（浄、丑云）院公，你放心，只管上去打。（末打科）

【窣地錦襠】（末唱）花紅柳緑草芊芊，正值春光艷陽天。我和你不來此處打鞦韆，爲人一生也徒然。

（放跌科）（末云）你兩個跌得我好！如今輪該老姥姥打。（浄云）你兩人也不要跌了我。（末云）老姥放心，不妨事，只管打。（浄打科）

【前腔】（浄唱）春光明媚景色鮮，遊遍花塢聽杜鵑。那更上苑柳如綿，我和你不打鞦韆枉少年。

（放跌科）（浄云）你兩個騙得我好！如今輪該惜春打。（丑云）你兩人也不要跌了我。（浄云）惜春放心，也只管打便罷。（丑打科）

【前腔】（丑唱）奴是人間快活仙，喫了飽飯愛去眠。莫教小姐來撞見，那時高高弔起打三千。

（放跌科）（貼扮牛氏上云）莫信直中直，須防仁不仁。是要得好呵！（末、浄走下）（丑做不知云）你兩個騙得我好！如今我打了，又該院公打。（貼扯丑耳科）賤人，恁的爲人不尊重，只要閒嬉并閒哄！（丑驚科）小姐，教人怎不去閒哄？你看那鞦韆架尚兀自走動哩。（貼云）賤人！我只教你在此間翫片時，誰許你如此？（丑云）小姐，奴家心裏憂悶，只得在此消遣則個。（貼云）賤人，你心中憂悶怎的？（丑云）小姐，奴家名唤做惜春，見這春去了，便自傷春起來，教人如何不悶？（貼云）賤人，有甚傷春處？（丑云）小姐，我早晨裏只聽疏辣辣寒風吹散了一簾柳絮，餉午間只見淅零零細雨打壞了滿樹梨花。一霎時囀幾對黄鸝，猛可地叫數聲杜宇。奴家見此春去，如何不悶？（貼云）春光自去，有甚麽悶來？我和你去習學女工便了。（丑云）咳！苦也！這般天氣，誰不去閒嬉？小姐却教惜春去習女工，兀的不是悶殺惜春麽？（貼云）婦人家誰許你閒嬉？不習女工，有甚勾當？你却不學那不出閨門的！（丑云）小姐，你有盈箱羅綺，滿頭珠翠，少甚麽子，却這般自苦？（貼云）賤人！好怪麽？做女工是你本分的事，問有和没有做甚麽？（丑云）恁地，惜春拜辭小姐去也。（貼云）你拜辭我那裏去？（丑云）小姐，我去伏侍别人，與他傳消遞息，隨趁也得些快活。（貼云）咳！賤人，你伏侍我，我有甚虧了你？（丑云）小姐，我伏侍着你時節，見男兒也不許我擡頭看一看。前日艷陽天氣，花紅柳緑，猫兒也動心，你也不動一動；如今暮春時候，鳥啼花落，狗兒也傷情，你也不傷一傷。惜春其實難和小姐過活。（貼云）呀！這賤人，你是顛是狂，説這般話？我就去對老相公説，好生施行你。

（丑跪科）小姐，可憐見惜春心裏悶，因此這般説。（貼云）賤人，我饒你這遭。你看麽。

【越調引子·祝英臺近】（貼唱）緑成陰，紅似雨，春事已無有。（丑唱）聞説西郊，車馬尚馳驟。（貼唱）怎如柳絮簾櫳，梨花庭院，（合）好天氣清明時候。

〔玉樓春〕（丑云）清明時節單衣試，争奈晝長人静重門閉。（貼云）我芳心不解亂縈牽，羞睹游絲與飛絮。（丑云）小姐，我在繡窻欲待拈針指，忽聽鶯燕雙雙語。（貼云）賤人！無情何事管多情，任取春光自來去。（丑云）小姐，你有甚麼法兒，教惜春休悶哩？（貼云）你且聽我說。

【越調過曲・祝英臺序】（貼唱）把幾分春，三月景，分付與東流。（丑云）小姐，如今鳥啼花落，你須煩惱些麼？（貼唱）啼老杜鵑，飛盡紅英，端不爲春閒愁。（丑云）你不閒愁，也還去賞翫麼？（貼唱）休休，婦人家不出閨門，怎去尋花穿柳？（丑云）小姐，你不去賞翫，只怕消瘦了你。（貼唱）我花貌，誰肯因春消瘦？

【前腔換頭】（丑唱）春晝，只見燕成雙，蝶引隊，鶯語似求友。（貼云）呀！賤人！你是人，却說那蟲蟻做甚麼？（丑唱）那更柳外畫輪，花底雕鞍，都是少年閒遊。（貼云）這賤人，你是婦人家，說那男兒的事做甚麼？（丑唱）難守，繡房中清冷無人，我待尋一個佳偶。（貼云）呀！你倒思量丈夫起來！（丑唱）這般說，我終身休配鸞儔？

【前腔換頭】（貼唱）惜春，知否？我爲何不捲珠簾，獨坐愛清幽？（丑云）清幽，清幽，争奈人愁！（貼唱）縱有千斛悶懷，百種春愁，難上我的眉頭。（丑云）小姐，只怕你不常恁的。（貼唱）休憂，任他春色年年，我的芳心依舊。（丑云）只怕風流年少的哄動你。（貼唱）這文君，可不擔閣了相如琴奏。

【前腔換頭】（丑唱）今後，方信你徹底澄清，我好没來由。（貼云）惜春，你怎的不收斂了心？（丑唱）想像暮雲，分付東風，情到不堪回首。（貼云）你怎的不學着我？（丑唱）姐姐，聽剖，你是蘂宫瓊苑神仙，不比塵凡相誘。（貼云）恁地，自隨我習女工便了。（丑唱）我謹隨侍娘行，拈針挑繡。

（丑云）姐姐，你聽那子規却是啼得好哩！

（貼）休聽枝上子規啼，（丑）悶在停針不語時。

（貼）窗外日光彈指過，（丑）席前花影坐間移。

第四齣　蔡公逼試

【南呂引子·一剪梅】（生唱）浪暖桃香欲化魚，期逼春闈，詔赴春闈。郡中空有辟賢書，心戀親闈，難捨親闈。㈠

世間好物不堅牢，彩雲易散琉璃脆。蔡邕本欲甘守清貧，力行孝道。誰知朝廷黄榜招賢，郡中把我名字保申上司去了；一壁廂已有吏來辟召，自家力以親老爲辭。這吏人雖則去，只怕明日又來，我只得力辭便了。正是：人爵不如天爵貴，功名争似孝名高。

【南呂過曲·宜春令】（生唱）雖然讀萬卷書，論功名非吾意兒。只愁親老，夢魂不到春闈

㈠ 眉批：□作『期逼春闈，難捨親闈』『心戀親闈，難赴親闈』，似當□可不□操。

裏。便教我做到九棘三槐，怎撇得萱花椿樹？天那！我這衷腸，一點孝心對誰語？（末扮張太公上）

【前腔】（末唱）相鄰并，相依倚，往常間有事來相報知。（生云）來的却是張太公呵。（相見科）（末云）秀才，試期逼矣，早辦行裝前途去。（生云）公公，我雙親年老，不敢去。（末云）呀！秀才，子雖念親老孤單，親須望孩兒榮貴。你趁此青春不去，更待何日？

（生云）公公言極有理。争奈父母無人奉侍，如何去得？（末云）你既不肯去呵，且看老員外和老安人出來如何説。我想起來，也只是教你去的分曉。道猶未了，老員外來也。

【前腔】（外唱）時光短，雪鬢催，守清貧不圖甚的。有兒聰慧，但得他爲官吾心足矣。（外、末作相見科）（外云）孩兒，天子詔招取賢良，秀才每都求科試。你快赴春闈，急急整着行李。

（末云）呀！老安人也出來了。

【前腔】（浄唱）娘年老，八十餘，眼兒昏又聾着兩耳。又没個七男八婿，只有一個孩兒，要他供甘旨。方纔得六十日夫妻，老賊，强逼他争名奪利。天那！細思之，怎不教老娘嘔氣！

（相見科）（浄云）孩兒，我不合娶個媳婦與你。方纔得兩個月，你渾身便瘦了一半；若再過三年，怕不成一個枯髏！（末云）呀！老安人，你要他夫妻不諧呵？（外云）孩兒，如今黄榜招賢，試期已逼。郡中既然辟召你，你的學問可知，如何不去赴選？（生云）告爹爹得知：孩兒非不要去，争奈爹媽年老，家中無人侍奉。（末云）老員外和老安人，不可不作成秀才去走一遭。（淨云）咳！太公，你豈不知道？我家中又没有七子八婿，只有一個孩兒，如何去得？（外云）呀！你怎説這話？如今去赴選的，家中都有七子八婿麽？（淨云）老賊，你如今眼又昏，耳又聾，又走動不得。你教他去後，倘有些個差池，教兀誰來看顧你？真個没飯喫便餓死你，没衣穿便凍死你，你知道麽？（外云）你婦人家理會得甚麽？孩兒若做得官時，也改换我門閭，如何不教他去？（生云）爹爹説得自是，只是孩兒難去。

【繡帶兒】（生唱）親年老光陰有幾？行孝正當今日。（末云）秀才此去，必定脱白掛緑。（生唱）太公，終不然爲着一領藍袍，却落後五綵斑衣？㈠ 思之，此行榮貴雖可擬，怕親老等不得榮貴。（外唱）孩兒，春闈裏紛紛的都是大儒，難道是没爹娘的方去求試？㈡

【前腔】（末唱）秀才，你休疑，男兒漢凌雲志氣，何必苦恁淹滯？秀才，你此回不去呵，可不干費了十載青燈，枉捱過半世黄虀？須知，此行是親志，你休固拒。秀才，那些個養親之志？（淨唱）我百年事只有此兒，老賊！難道是庭前森森丹桂？

【太師引】（外唱）他意兒我也難提起，這其間就裏我自知。（末云）老員外知他爲着甚麽？（外

㈠ 眉批：李曰：爲着一領藍袍，落後五綵斑衣，警醒張太公處，艷色逼人。過庭問答，不着古今花草，却又不减花草。

㈡ 眉批：王曰：難道是没爹娘的方去求試，點破迷關，結住喉舌，一部《伯喈》，只因透不出這圈子。

唱）他戀着被窩中恩愛，㈠捨不得離海角天涯。（生云）孩兒豈有此心！（外云）你是個讀書之人，我説一個比方與你聽。塗山四日離大禹，你今畢姻已曾兩月，直恁的捨不得分離？（末笑科）呀！秀才，你敢是如此麼？（生云）太公，卑人怎敢？（末唱）秀才，你貪鴛侶守着鳳幃，只怕誤了你鵬程鶚薦消息。

【前腔】（淨唱）太公，他意兒只要供甘旨，又何曾貪歡戀妻？自古道曾參純孝，何曾去應舉及第？功名富貴天付與，天若與不求而至。（生唱）娘言是，望爹行聽取。㈡（外云）呀！娘言的是，父言的非呵！你敢是戀新婚，逆親言麼？（生跪天科）天那！蔡邕若是戀着新婚，不肯去呵，天須鑒蔡邕不孝的情罪！㈢

（外怒云）畜生！我教你去赴選，也只是要改換門閭，光顯祖宗。你却七推八阻，有許多説話！（生云）爹爹，孩兒豈敢推阻？争奈爹媽年老，無人侍奉。萬一有些差池，一來人道孩兒不孝，撇了爹娘，去取功名；㈣二來人道爹爹所見不達，止有一子，教他遠離；孩兒以此不敢從命。（外云）不從我命

㈠ 眉批：被：一作『臂』，亦□□。
㈡ 眉批：娘：今作『行』，非。
㈢ 眉批：蔡邕：今盡作『孩兒』，自不似矢天語。
㈣ 眉批：求試點破。

也由你，你且説如何喚做孝？（浄云）老賊！你年紀八十餘歲，也不識做孝？披麻帶索便喚做孝。（外云）咦！你曉得甚麼？（生云）告爹爹：凡爲人子者，冬温夏凊，昏定晨省，問其燠寒，搔其痾痒，出入則扶持之，問所欲則敬進之。所以父母在，不遠遊；出不易方，復不過時。古人的孝，也只是如此。（外云）孩兒，你説的都是小節，不曾説着大孝。（浄云）老賊！你又不曾死，只管教他做大孝，越出去赴選不得。（末云）咦！這話有些不祥。（外云）孩兒，你聽我説：夫孝始於事親，中於事君，終於立身。身體髮膚，受之父母，不敢毁傷，孝之始也。立身行道，揚名後世，以顯父母，孝之終也。是以家貧親老，不爲禄仕，所以爲不孝。你若是做得官時節，也顯得父母好處，兀的不是大孝是甚麼？（生云）爹爹説得極是。但孩兒此去，知道做得官否？若還不中時節，既不能彀事親，又不能彀事君，却不兩下擔閣了？（末云）秀才所見差矣。老漢嘗聞古人云：幼而學，壯而行；懷寶迷邦，謂之不仁。孔席不暇暖，墨突不待黔。伊尹負鼎俎於湯，百里奚五羊皮自鬻，也只要順時行道，濟世安民。自古道：學成文武藝，貨與帝王家。秀才，你這般才學，如何不去做官？（浄云）太公，你都有好言勸我孩兒去赴選，我有個故事説與你聽。（末云）老漢願聞。（浄云）在先東村李員外有個孩兒，也讀兩行書。他爹爹每日鬧炒，只是教孩兒去求官。孩兒喫不過爹爹鬧炒，去到長安，那裏無人擡舉他，遂流落去街上乞食。見個平章宰相，他疾忙在地上拜着，叫聲擡舉他。那宰相道：我與你做個養濟院大使，去管你爹娘。這孩兒自思道：做個養濟院大使，如何管得自己的父母？比及他回家，不想他父母無人供養，流落在養濟院裏居住。他父母見孩兒回來，説道：我教孩兒去得是？今日我孩兒做個頭目，衆人也不敢欺負我。你如今勸我孩兒去赴選，千萬叫他做個養濟院頭目回來，衆人也不敢欺負我。（末笑科）老安人，你説這乞丐事，儘教我聽了半日。（外云）孩兒，你趁早收拾行李起程。（生云）爹爹，孩兒去則不妨，只是爹媽年老，教誰看管？（末云）秀才不必憂慮。自古道：千錢買鄰，八百買舍。老漢既忝在鄰居，你但放心前去；若是宅上有些小欠缺，老漢自當應承。（生云）如此，多謝公公！凡事仗託周濟。此行若獲寸進，決不忘恩。卑人没奈何，只得收拾行李便去。

【三學士】（生唱）謝得公公意甚美，凡事仗託扶持。假饒一舉登科日，難道是雙親未老時。只恐錦衣歸故里，怕雙親不見兒。

【前腔】（外唱）萱室椿庭衰老矣，指望你改換門閭。孩兒，你道是無人供養我，若是你做得官來時節呵，三牲五鼎供朝夕，須勝似啜菽并飲水。你若錦衣歸故里，我便死呵，一靈兒終是喜。

【前腔】（末唱）托在鄰家相依倚，自當效些區區。秀才，你爲甚十年窻下無人問？只圖個一舉成名天下知。你若不錦衣歸故里，誰知你讀萬卷書？

【前腔】（浄唱）一旦分離掌上珠，我這老景憑誰？苦！忍將父母饑寒死，博得孩兒名利歸。你縱然錦衣歸故里，補不得你名行虧。㈠

㈠　眉批：王曰：蔡母立一宗公案，自作勘語，判盡□詞人刀筆。

（外）急辦行裝赴試闈，（生）父親嚴命怎生違。
（浄）一舉首登龍虎榜，（末）十年身到鳳凰池。

第五齣　南浦囑别

【雙調引子·謁金門】（旦唱）春夢斷，臨鏡緑雲撩亂。聞道才郎遊上苑，又添離别嘆。（生唱）苦被爹行逼遣，脉脉此情何限。（合）骨肉一朝成拆散，可憐難捨拚。

（旦云）官人，雲情雨意，雖可拋兩月之夫妻；雪鬢霜鬟，竟不念八旬之父母？功名之念一起，甘旨之心頓忘，是何道理？（生云）娘子，膝下遠離，豈無眷戀之意？奈堂上力勉，不聽分剖之辭。咳！教卑人如何是好？（旦云）官人，我猜着你了。

【仙吕入雙調·忒忒令】（旦唱）你讀書思量做狀元，我只怕你學疏才淺。（生云）娘子那見我學疏才淺？（旦唱）官人，只是《孝經》《曲禮》，你早忘了一段。（生云）咳！我幾曾忘了？（旦唱）却不道夏清與冬温，昏須定，晨須省，親在遊怎遠？

【前腔】（生唱）我哭哀哀推辭了萬千，（旦云）那張太公如何？（生唱）他鬧炒炒抵死來相勸。（旦云）官人，你不去時，也須由你。（生唱）將我深罪，不由人分辯。（旦云）罪你甚的？（生唱）他道我戀新婚，逆親言，貪妻愛，不肯去赴選。

【沉醉東風】（旦唱）你爹行見得好偏，只一子不留在身畔。官人，公婆如今在那裏？（生云）在堂上。（旦云）既在堂上，我和你去説。（生云）娘子，你怎的又不去了？（旦云）罷！罷！罷！我和你去説時節呵，他又道我不賢，要將伊迷戀。苦！這其間教人怎不悲怨？（合）爲爹淚漣，爲娘淚漣，何曾爲着夫妻上掛牽？

【前腔】（生唱）做孩兒節孝怎全？做爹行不從幾諫。（旦云）官人，你爲人子的，不當恁地埋冤他。（生唱）非是我要埋冤，只愁他影隻形單，我出去有誰來看管？（合前）

（生云）呀！爹媽來了。娘子，你且揾了眼淚。

【仙吕過曲·臘梅花】（外、浄唱）孩兒出去在今日中，爹爹媽媽來相送。但願魚化龍，青雲得路，桂枝高折步蟾宫。

（外云）孩兒，你行李收拾了未？（生云）行李收拾已了。（外云）收拾既了，如何不去？（浄云）老賊！他若出去了，家中别無第二人，止有一個媳婦，如何不分付幾句？（生云）孩兒没别事，只待張太公來，把爹媽拜託與他，教他早晚應承，孩兒庶可放心前去。（旦云）呀！張太公早來。（末上）仗劍對樽酒，恥爲遊子顔。所志在功名，離别何足嘆。（生云）太公，卑人如今出去，家中并無親人。爹媽年老，只有一個媳婦，却是女流，凡事全賴公公相與扶持；家中倘有些小欠缺，亦望公公周濟。昨日已蒙親許，今日特此拜懇。卑人倘有寸進，自當效結草銜環之報，決不敢忘恩。（末云）秀才，受人之託，必當終人之事；況一言既出，駟馬難追。昨日已許秀才，去後決不相誤。（生云）如此，多謝公公！（外云）孩兒，既蒙張太公金諾，必不食言，你可放心早去。（生云）孩兒就此拜辭爹媽便去。

【仙吕入雙調·園林好】（生唱）兒今去爹媽休得要意懸，兒今去今年便還。但願得雙親康健，（合）須有日拜堂前，須有日拜堂前。

【前腔】（外唱）我孩兒不須掛牽，爹只望孩兒貴顯。若得你名登高選，（合）須早把信音傳，須早把信音傳。

【江兒水】（浄唱）膝下嬌兒去，堂前老母單，臨行密密縫針綫。眼巴巴望着關山遠，冷清清倚定門兒盼。（生云）母親且自寬懷消遣。（浄唱）教我如何消遣？（合）要解愁煩，須是頻寄音書回轉。

【前腔】（旦唱）妾的衷腸事，有萬千，（生云）娘子，你有甚麽事，當說與我知道。（旦唱）說來又恐添縈絆。（生云）娘子，有甚縈牽？（旦唱）六十日夫妻恩情斷，八十歲父母教誰看管？（生云）娘子，你這般說，莫不怨着我麽？（旦唱）教我如何不怨？（合前）

【五供養】（末唱）貧窮老漢，託在鄰家，事體相關。秀才，此行雖勉强，不必恁留連，（生云）卑人去後，只慮父母獨自在堂，難度歲月。（末）秀才放心。你爹娘早晚問吾當陪伴。（生悲科）（末唱）丈夫非無淚，不灑別離間。（合）骨肉分離，寸腸割斷。（生跪告科）

【前腔】（生唱）公公可憐，俺爹娘望你周全。(二)（末扶起科）（生唱）此身還貴顯，自當效銜環。（旦挽生背唱）有孩兒也枉然，你爹娘倒教別人看管。此際情何限，偷把淚珠彈。（合前）

【玉交枝】（外唱）別離休嘆，我心中非不痛酸。孩兒，非爹苦要輕折散，也只是圖你榮顯。（净唱）孩兒，蟾宮桂枝須早攀，北堂萱草時光短。（合）又未知何日再圓？又未知何日再圓？

【前腔】（生唱）雙親衰倦，娘子，你扶持看他老年。飢時勸他加餐飯，寒時頻與衣穿。（旦唱）官人，我做媳婦事舅姑，不待你言；你做孩兒離父母，何日返？（合前）

【川撥棹】（外唱）孩兒，歸休晚，莫教人凝望眼。（生唱）但有日回到家園，怕回來雙親老年。（合）怎教人心放寬？不由人不珠淚漣。

【前腔】（旦唱）官人，我的埋冤怎盡言？（生云）你埋冤我如何？（旦唱）我的一身難上難。（生唱）娘子，你寧可將我來埋冤，莫將我爹娘冷眼看。（合前）

【餘文】（合）生離遠別何足嘆，但願得你名登高選。衣錦還鄉，教人作話傳。

（生）此行勉强赴春闈，（外）專望明年衣錦歸。

(二) 眉批：王曰：你爹娘倒教別人看管，參人情，按世態，淋漓嘘慨，讀之一字一淚，却乃一淚一珠。

（合）世上萬般哀苦事，（净）無過遠别共生離。

（外、净、末下）（旦云）官人，你如何割捨得便去了？（生云）咳！卑人如何捨得？

【中吕·犯尾引】（旦唱）懊恨别離輕，悲豈斷絃，愁非分鏡。只慮高堂，風燭不定。（生唱）腸已斷，欲離未忍；淚難收，無言自零。（合）空留戀，天涯海角，只在須臾頃。（一）

【犯尾序】（旦唱）無限别離情，兩月夫妻，一旦孤另。（二）官人，你此去經年，望迢迢玉京。思省，（生云）娘子，莫不是慮着山遥水遠麽？（旦唱）奴不慮山遥水遠，（三）（生云）莫不是慮着衾寒枕冷麽？（旦唱）奴不慮衾寒枕冷。奴只慮公婆没主，一旦冷清清。

【前腔】（生唱）我何曾，想着那功名？（旦云）官人，你不想着功名，如今又去怎的？（生唱）欲盡子情，難拒親命。娘子，年老爹娘，望伊家看承。畢竟，你休怨朝雲暮雨，且爲我冬温夏清。（四）思量起，如何教我割捨得眼睁睁？

【前腔】（旦唱）官人，你儒衣纔換青，快着歸鞭，早辦回程。十里紅樓，休戀着娉婷。叮嚀，不

（一）眉批：一本無『須』字，不通。

（二）眉批：《琵琶》《西廂》用字實相仿，坊本改『另』爲『零』，《西廂》多有『孤另』，亦可盡改也。

（三）眉批：水：諸本作『路』，便着色相。

（四）眉批：且爲我：一作『暫爲我』，亦通；一作『只替我』，不是。

念我芙蓉帳冷，也思親桑榆暮景。咳！　我頻囑付，(二)知他記否？　空自語惺惺。

【前腔】（生唱）娘子，你寬心須待等，(三)我肯戀花柳，甘爲萍梗？　只怕萬里關山，那更音信難憑。須聽，我没奈何分情破愛，誰下得虧心短行？　從今後，相思兩處，一樣淚盈盈。

（旦云）官人此去，千萬早早回程。（生云）卑人有父母在堂，豈敢久戀他鄉？（旦云）須是早寄個音信回來。（生云）音信不妨，只怕關山阻隔。（拜别科）

【鷓鴣天】（生唱）萬里關山萬里愁，（旦唱）一般心事一般憂。（生唱）桑榆暮景應難保，客館風光怎久留？（生下）（旦唱）他那裏，謾凝眸，正是馬行十步九回頭。歸家只恐傷親意，閣淚汪汪不敢流。

纔斟别酒淚先流，郎上孤舟妾倚樓。

片帆漸遠皆回首，一種相思兩處愁。

(二)　眉批：頻：一作『親』，非。

(三)　眉批：你：坊本以爲當作『伊』者，則爲荼爲茗，不獨一任育長□□。

第六齣　丞相教女

（末扮院子上云）珠幌斜連雲母帳，玉鈎半捲水晶簾。輕烟裊裊歸香閣，月影騰騰轉畫簷。小子不是別人，却是牛太師府中一個院子。這幾日老相公進朝，不知有甚勾當？久留省中，未曾回府。府裏幾個使女每，鎮日在後花園閒耍；今日知道老相公回來，都不見了。小子不免灑掃書館，伺候老相公回來。呀！好怪麽，只見一個婆子走入來做甚麽？（凈扮媒婆上）

【仙呂入雙調·字字雙】（凈唱）我做媒婆甚妖嬈，談笑。説開説合口如刀，波俏。合婚問卜若都好，有鈔。只怕假做庚帖被人告，喫栲。

（末云）婆子，你來這裏做甚麽？（凈云）老媳婦特來與張尚書的舍人做媒。（末云）咳！我這小娘子的媒怕難做。（凈云）如何難做？（末云）老相公不肯輕許。（凈云）院公，我這頭親事，你老相公必然許我。（末云）呀！且慢着，又有一個婆子來了。（丑扮媒婆上）

【前腔】（丑唱）我做媒婆甚艱辛，尋趁。有個新郎要求親，最緊。咱每只得便忙奔，討信。

（凈云）你這老乞婆來這裏怎的？（丑唱）真個是路上更有早行人，心悶。

（末云）你這婆子也來這裏做甚麽？（丑云）告勾管哥得知，老媳婦特來與樞密的舍人求親。（末云）我方纔正對那婆子説了，這媒怕難做。（丑云）如何難做？（末云）我老相公要揀擇得仔細。（丑云）

院公，你休管，我説這樁親事，必定成也。（净云）呀！　我是張媒婆，幾年在府前住，今日這媒倒喫你老乞婆做去了？（丑云）呀！　老乞婆，偏你會做媒？　但是門當户對的便好了。終不然你在府前住，定要你做媒？　你與乞兒做媒，也嫁了他？（末云）你休鬧，老相公回來了，你每且躲開一邊立地。（外扮牛太師上）

【正宫引子・齊天樂】（外唱）鳳凰池上歸來，環珮衮袖御香猶在。棨戟門前，平沙堤上，何事車填馬隘？　星霜鬢改，怕玉鉉無功，赤舄非材。回首庭前，淒涼丹桂好傷懷。

下官這幾日久留省府，不曾回家。左右，方纔甚麽人在我聽前諠鬧？（末云）有事不敢不報，無事不敢亂傳，適間有兩個婆子來老相公處求親。（外云）着他進來。你這兩個婆子做甚麽？（净云）奴家是張尚書府裏差來求親。（丑云）奴家是李樞密府裏差來做媒。（外云）不揀甚麽人家，但是有才學，得做天下狀元的，方可嫁他。若是其餘，不許問親。(一)（净云）告相公得知：　我的新郎，術人算他命，道他今年得做狀元。（丑云）告相公得知：　他的新郎命不好，只有奴家這個新郎，人算他命，今科必定得中狀元。（净、丑相打科）（外云）呀！　這兩個婆子到我根前無禮！　左右，不揀有甚麽庚帖，都與我扯破；把那兩個吊起，各打十八。（末扯打科）（外云）急把媒婆打離廳。（末云）除非狀元方可問姻親。（净云）甘喫打十七八下黄荆杖。（丑云）那些個成與不成喫百瓶？（末、净、丑下）（外云）光陰似箭催人

(一) 許：原闕，據汲古閣刊本《繡刻琵琶記定本》補。

老，日月如梭趲少年。自家没了夫人，只有一個女兒，如今不覺長成，未曾問親。只一件：我的女孩兒性格温柔，是事實會。若將他嫁個膏粱子弟，怕壞了他；只將他嫁個讀書君子，成就他做個賢婦，多少是好？我這幾日不在家，適聽得那使唤的，每日都在後花園中閒耍，這是我的女孩兒不拘束他。古人云：欲治其國，先齊其家。不免唤出女孩兒和老姥姥、惜春過來，好生訓誨他一番。（貼扮牛氏帶淨、丑上）

【雙調引子・花心動】（貼唱）幽閣深沉，問佳人，爲何懶添眉黛？繡綫日長，圖史春閒，誰解屢傍粧臺？絳羅深護奇葩小，(一)不許蜂迷蝶猜。（淨、丑唱）笑瑣窻，多少玉人無賴？

（外云）孩兒，婦人之德，不出閨門。你如今長成了，方纔有媒婆來與你議親。今日是我的孩兒，異日做他人的媳婦。我這幾日不在家，你却放老姥姥、惜春每都在後花園中閒耍，不習女工，是何道理？我想起來，都是你不拘束他。倘或做出歹事來，可不把你名兒污了？（貼云）謝得爹爹教道，孩兒從今自拘束他。（外怒科）老姥姥，你年紀大矣，你做管家婆，到哄着女使每閒耍，是何所爲？（淨云）不干老身事，都是惜春小丫頭。（丑云）不干惜春事，都是老姥姥。（外云）這兩個賤人尚自相推，都拏下打。（貼跪禀科）爹爹息怒。（外云）你且起來。

【雙調引子・惜奴嬌】（外唱）孩兒，你杏臉桃腮，當有松筠節操，蕙蘭襟懷。閨中言語，不出

(一) 眉批：『絳羅深護奇葩小』，單語中巧語，巧在一『小』字。

閫閾之外。老姥姥，不教我孩兒伊之罪。惜春，這風情今休再。（合）記再來，但把不出閨門的語言相戒。

【前腔換頭】（貼唱）堪哀，萱室先摧，嘆婦儀姆教，未曾諳解。蒙爹嚴訓，從今怎敢不改？老姥姥，早晚望伊家將奴誨。惜春，改前非休違背。（合前）

【仙呂入雙調・黑麻序】（净唱）看待，父母心，婚姻事，須要早諧。勸相公，早畢兒女之債。（外唱）休呆，如何女子前，胡將口亂開？（合）記今來，但把不出閨門的語言相戒。

【前腔換頭】（丑唱）輕浼，我受寂寞擔煩惱，教我怎捱？細思之，怎不教人珠淚盈腮？（貼唱）寧耐，温衣并美食，何須苦掛懷？（合前）

（外）婦人不可出閨門，（貼）多謝嚴君教育恩。

（净）休道成人不自在，（丑）須知自在不成人。

第七齣　才俊登程

（生、末、净、丑扮秀才上）

【中吕引子・滿庭芳】（生唱）飛絮沾衣，殘花隨馬，輕寒輕暖芳辰。江山風物，偏動别離人。回首高堂漸遠，嘆當時恩愛輕分。傷情處，數聲杜宇，客淚滿衣襟。

【前腔】（末唱）萋萋芳草色，故園入望，目斷王孫。謾憔悴郵亭，誰與温存？（净、丑唱）聞道洛陽近也，還又隔幾座城闉。（合）澆愁悶，解鞍沽酒，同醉杏花村。(一)

〔浣溪沙〕（生云）千里鶯啼緑映紅，（丑云）水村山郭酒旗風，（净云）行人如在畫圖中。（末云）不暖不寒天氣好，或來或往旅人逢，（合）此時誰不嘆西東？（相見科）（净云）動問老兄尊姓？（生云）小子姓蔡。（净云）貴表？（生云）伯喈。（丑云）動問老兄尊姓？（末云）小子姓李。（丑云）貴表？（末云）群玉。（生云）動問老兄高姓？（净云）小子姓落。（生云）貴表？（净云）得嬉。（末云）動問老兄尊姓？（丑云）小子姓常。（末云）貴表？（丑云）白將。（净云）久聞列位高名，今日幸會，都是往長安赴選。（笑科）年兄年弟，休得拋撇。既然如此，且在此歇息片時，講些學識，説些志氣何如？（衆云）正合愚意。（丑云）敢問蔡兄學識如何？（生云）小子坐則讀，行則吟，窮年屹屹苦搜尋。文章驚世無敵手，盡是當年惜寸陰。（丑云）有意思，有意思。（净云）敢問李兄學識如何？（末云）小子不將窮達付前緣，常把勤勞契上天。人事盡時天理見，才高豈得困林泉？（净云）自然，自然。（生云）敢問落兄學識如何？（净云）小子讀書費力，每在螢窻講習。常念青春不再，那更白日可惜？熟讀《孝經》《曲禮》，博覽《詩》《書》《周易》。《春秋》諸子百家，(二)篇篇義理紬繹。前日行到學中，夫子潛自叫屈。

(一) 眉批：□得蒼然，景邃情遠。

(二) 眉批：一本此白中用《周易》《春秋》《禮記》爲題各有一曲，而《詩□》獨缺，亦元本所無，元斥不録。

(末云)呀！聖人如何叫屈？(净云)道是：可惜這個秀才，眼中一字不識。(末云)你却説一場春夢！(生云)敢問常兄學識如何？(丑云)小子言不妄發，寫字極有方法。先將好墨磨濃，次把純毫蘸着。推開净几明窻，展舒錦箋繡札。不問真草篆隸，寫出都是法帖。大字麄如庭柱，小字細似頭髮。王羲之拜我爲師，歐陽詢見我譊殺。(笑科)早間寫個八字，忘了一撇一捺。(末云)又道是一筆走龍蛇。(净云)閒話休講。如今天色將晚，不免起程，趲行幾步。

【仙吕入雙調·八聲甘州歌】(生唱)衷腸悶損，嘆路途千里，日日思親。青梅如豆，難寄隴頭音信。[一] 高堂已添雙鬢雪，客路空瞻一片雲。(合)途中味，客裏身，争如流水蘸柴門。[二]

【前腔】(末唱)風光正暮春，便縱然勞役，何必愁悶？緑陰紅雨，征袍上染惹芳塵。雲梯月殿圖貴顯，水宿風餐莫厭貧。(合)乘桃浪，躍錦鱗，一聲雷動過龍門。榮歸去，緑綬新，休回首，欲斷魂，數聲啼鳥不堪聞。

【前腔】(净唱)誰家近水濱，見畫橋烟柳，朱門隱隱。鞦韆影裏，墻頭上露出紅粉。他無情教妻嫂笑蘇秦。

[一] 眉批：王曰：『青梅如豆，隴頭難寄音信』，句句不離本色。

[二] 眉批：『争如』句是後漢姜肱不肯應辟，作詩以諭其友末句云云。一本改作『舊柴門』者，不知其本此耳。『貧』今一作『頻』，誰曰不可？苟味末句自□惆。

笑語聲漸杳，却不道惱殺多情墻外人。（合）思鄉遠，愁路貧，肯如十度謁侯門？　行看取，朝紫宸，鳳池鰲禁聽絲綸。

【前腔】（丑唱）遥瞻霧靄紛，想洛陽宫闕，行行將近。程途勞倦，欲待共飲芳樽。垂楊瘦馬莫暫停，只見古樹昏鴉棲漸盡。（合）天將暝，日已曛，一聲殘角斷樵門。尋宿處，行步緊，前村燈火已黄昏。

【餘文】（合）向人家，忙投奔，解鞍沽酒共論文，今夜雨打梨花深閉門。

（生）江山風物自傷情，（浄）南北東西爲利名。
（丑）路上有花并有酒，（末）一程分作兩程行。

第八齣　文場選士

（末云）禮闈新榜動長安，九陌人人走馬看。一日聲名遍天下，滿城桃李屬春官。自家不是别人，却是禮部一個祇候的便是。今歲乃大比之年，朝廷委命試官，已在貢院之内；各省中式舉人，俱列棘闈之前。如今試官將次升堂，小人只得在此伺候。正是：一封纔下興賢詔，四海都無遺棄才。道猶未了，試官大人早到。（浄扮試官上）

【南吕過曲·生查子】（浄唱）承恩拜試官，聲價重丘山。左右，那來科舉的，只問有文材，何必拘鄉貫？（末云）那有文材的，如何發落他？（淨唱）取他居上第，做個清要官。（末云）那沒文材的，如何發落他？（淨唱）縱有父兄勢，也教空手還。

（末云）好公道老爺！（淨云）左右，今年却是大比之年，我爲國薦賢，但是各省府縣赴試的秀才，都喚入來。（末云）領鈞旨。

【黃鍾過曲・賞宮花】（生唱）槐花正黃，赴科場舉子忙。太學拉朋友，一齊整行裝。（合）五百英雄都在此，不知誰做狀元郎？

【前腔】（丑唱）天地玄黃，略記得三兩行。才學無些子，只是賭命强。（合前）

（末叫開門科）（生云）貢院門已開，列位尊兄依次而進。（淨云）左右，這些秀才，每人給與卷子一本，蠟燭一條，各分東西廊下伺候題目。（末云）領鈞旨。（相見科）（淨云）你每衆秀才聽着：朝廷制度，開科取士，雖有定期；立意命題，任從時好。下官是個風流試官，不比往年的試官。往年第一場考文，第二場考論，第三場考策；我今年第一場做對，第二場猜謎，第三場唱曲。若是做得對好，猜得謎着，唱得曲好，就取他頭名狀元，插金花，飲御酒，遊街兒耍子。若是對得不好，猜得不着，唱得不好，就將他黑墨搽臉，亂棒打出去。（生、丑云）學生領命。（淨云）東廊下秀才蔡邕過來領題。（生云）有。（淨云）我出天文門一個對與你對。（生云）願聞。（淨云）星飛天放彈。（生云）日出海拋毬。（淨云）妙哉！妙哉！且站一邊。西廊下秀才落得嬉過來領題。（丑云）快些。（淨云）《毛詩》三百首。（丑云）還有十一篇。（浄云）不好！不好！且站一邊。蔡邕過來，我出天下八個省名的謎兒與你猜。（生云）願聞。（浄云）一聲霹靂震天關，兩個肩頭不得閒。去買紙來作裱褙，欠人錢債未曾還。（生云）第一句是京東、京西，第二句是江東、江西。第三句是湖東、湖西，第四句是浙東、浙西。（浄云）妙哉！妙哉！且站一邊。落得嬉過來，我出山上四樣樹名的謎兒與你猜。（丑云）快些。（浄云）雨中粧點望中黄，獨立深山分外長。廟廊之材應見取，家家織就綺羅裳。（丑云）第一句是栢樹，第二句是槐樹，第三句是楓樹，第四句是柳樹。（浄云）不是！不是！且站一邊。蔡邕過來，我唱一隻曲兒，你末後湊一句，要押得韻着。（生云）願聞高音。

【仙吕入雙調·北江兒水】（浄）長安富貴真罕有，食味皆山獸。熊掌紫駝峰，四座馨香透。你押下韻。（生唱）把與試官來下酒。

（浄笑科）（云）妙哉！妙哉！三場都好，這是個真秀才，且在東廊下伺候。（浄云）落得嬉過來，我再唱一隻曲兒，你末後也湊一句，要押得韻着。（丑云）快唱。

【前腔】（浄唱）看你腹中何所，一袋醃臢臭。若還放出來，見者都奔走。你押下韻。（丑唱）把與試官來下酒。

（浄云）不濟！不濟！將他黑墨搽臉，亂棒打出去。（丑云）不須打！正是：薄命劉生終下第，厚顔季子且還家。（浄云）蔡秀才，今科中式舉人雖多，只有你才學高邁，文字老成。俺就復奏聖上，將你取爲第一甲頭名狀元，冠帶遊街赴宴。左右，取冠帶過來。（末取上云）正是：袍笏賜進士，鐵鉞贈將

軍。（淨云）蔡狀元换了冠帶，一就隨我入朝謝恩。（换冠帶科）

【南吕過曲·懶畫眉】（生唱）君恩喜見上頭時，今日方顯男兒志。布袍脱下换羅衣，腰間横繫黄金帶，駿馬雕鞍真是美。

【前腔】（淨唱）狀元，你讀書萬卷非容易，喜得登科擢上第。功名分定豈誤期，那更三千禮樂無敵手，五百英雄盡讓伊。

【前腔】（末唱）人生當用顯門閭，廕子封妻榮自己。馬前喝道狀元歸，雁塔揮毫題姓字，一舉成名天下知。

（淨）一舉鰲頭獨占魁，（生）誰知平地一聲雷。

（末）明朝跨馬春風裏，（合）盡是皇都得意回。

第九齣　臨粧感嘆

【正宫引子·破齊陣引】（旦唱）翠减祥鸞羅幌，香銷寶鴨金爐。楚館雲閒，秦樓月冷，動是離人愁思。目斷天涯雲山遠，親在高堂雪鬢疏，緣何書也無？

〔古風〕明明匣中鏡，盈盈曉來粧。憶昔事君子，鷄鳴下君床。臨鏡理笄總，隨君問高堂。一旦遠别離，鏡匣掩青光。流塵暗綺疏，青苔生洞房。零落金釵鈿，慘淡羅衣裳。傷哉憔悴容，無復蕙蘭芳。有懷悽以楚，有路阻且長。妾身豈嘆此，所憂在姑嫜。念彼猸猱遠，眷此桑榆光。願言盡婦道，遊子不可忘。勿彈綠綺琴，絃絶令人傷。勿聽《白頭吟》，哀音斷人腸。人事多錯迕，羞彼雙鴛鴦。奴家自嫁與蔡伯喈，纔方兩月，指望與他同事雙親，偕老百年。誰知公公嚴命，强他赴選。自從去後，竟無消息。把公婆抛撇在家，教奴家獨自應承。奴家一來要成丈夫之名，二來要盡爲婦之道，盡心竭力，朝夕奉養。正是：天涯海角有窮時，只有此情無盡處。

【仙吕入雙調·風雲會四朝元】春闈催赴，同心帶綰初。嘆《陽關》聲斷，送別南浦，早已成間阻。謾羅襟淚漬，謾羅襟淚漬，和那寶瑟塵埋，錦被羞鋪。寂寞瓊窻，蕭條朱户，空把流年度。嗏，瞑子裏自尋思，妾意君情，一旦如朝露。君行萬里途，妾心萬般苦。君還念妾，迢迢遠遠，也須回顧。

【前腔】朱顔非故，綠雲懶去梳。奈畫眉人遠，傅粉郎去，鏡鸞羞自舞。把歸期暗數，把歸期暗數，只見雁杳魚沉，鳳隻鸞孤。綠遍汀洲，又生芳杜。空自思前事，嗏，日近帝王都。芳草斜陽，教我望斷長安路。君身豈蕩子，妾非蕩子婦。其間就裏，千千萬萬，有誰堪訴。

【前腔】輕移蓮步，堂前問舅姑。怕食缺須進，衣綻須補，要行時須與扶。奈西山景暮，奈西山景暮，教我倩着誰人，傳語我的兒夫。你身上青雲，只怕親歸黄土，我臨别也曾多囑付。嗏，那些個意孜孜，只怕十里紅樓，貪戀着他人豪富。丈夫，你雖然是忘了奴，也須念父母。

苦！無人説與，這淒淒冷冷，怎生辜負？

【前腔】文場選士，紛紛都是才俊徒。少甚麽鏡分鸞鳳，都要榜登龍虎，偏是他將奴誤。也不索氣蠱，也不索氣蠱，既受託了蘋蘩，有甚推辭？索性做個孝婦賢妻，也落得名標青史，今日呵，不枉受了些閒悽楚。嗏，俺這裏自支吾，休得污了他的名兒，左右與他相回護。丈夫，你便做腰金衣紫，須記得釵荆與裙布。苦！一場愁緒，堆堆積積，宋玉難賦。

回首高堂日已斜，遊人何事在天涯。
紅顔勝人多薄命，莫怨春風當自嗟。

第十齣　春宴杏園

（末扮首領官上云）朝爲田舍郎，暮登天子堂。將相本無種，男兒當自强。自家不是别人，却是河南府一個首領官。往年狀元及第，赴宴遊街，但是鞍馬酒席供設祗應等件，都是府尹提調。今年蔡伯喈做狀元，循例赴宴，府尹却委着當職提調。昨日已分付太僕寺掌鞍馬的令史，并洛陽縣管排設的驛丞，專聽俺這裏鳴鼓三聲，都要到此聚會聽點。（擂鼓科）掌鞍馬的在那裏？（丑扮令史上）有問即對，無問不答。相公有何鈞旨？（末云）鞍馬備辦了未曾？（丑云）告相公得知：俺這裏在先有一萬匹好馬。（末云）怎見得好馬？（丑云）但見：耳批雙竹，鬃散五花。展開鳳臆龍鬐，昂起豹頭虎額。轡篤篤翠蹄削玉，點滴滴赤汗流珠。隅目青熒夾鏡懸，肉駿磈磊連錢動。一躍時尾捎雲漢，橫驀過玄圃崆峒；一霎時走遍神州，直趕上流星掣電。九方皋管教他稱賞，千金價不枉了追求。（末云）有甚顏色的？（丑云）布汗、論聖、虎刺、合里烏、赭啞兒、爺屈良、蘇盧、棗騮、栗色、燕色、兔黄、真白、玉面、銀鬃、秀膊、青花。正是： 五花散作雲滿身，萬里方看汗流血。（末云）有甚麽好名兒？（丑云）飛龍、赤兔、騕褭、驊騮、紫燕、驌驦、嚙膝、踰暉、騏驎、山子、白羲、絶塵、浮雲、赤電、絶群、逸驃、騄驪、龍子、驎駒、騰霜驄、皎雪驄、凝露驄、照影驄、懸光驄、決波騟、飛霞驃、發電赤、流金騧、翔麟、紫奔、紅赤、照夜白、一丈烏、九花虬、望雲騅、忽雷駁、拳毛騧、獅子花、玉逍遥、紅叱撥、紫叱撥、金叱撥。正是： 青海月氏生下，大宛越賧將來。（末云）有甚麽好廐？（丑云）飛龍、祥麟、吉良、龍媒、騊駼、駃騠、鵷鸞、出群、天花、鳳苑、奔星、内駒、左飛、右飛、左坊、右坊、東南内、西南内。正是： 盡印三花飛鳳字，中藏萬匹好龍媒。（末云）却怎的打扮？（丑云）錦韉燦爛披雲，銀鐙熒煌曜日。香羅帕深覆金鞍，紫游韁牽動玉勒。瑪瑙樁就轡頭，珊瑚做成鞍子。正是： 紅纓紫鞚珊瑚鞭，玉鞍錦韉黄金勒。（末云）如今選多少在這裏？（丑云）告相公，如今無了。（末云）如何無了？（丑云）元有一萬匹馬，却有一千三百個漏蹄，二千七百個抹靨，三千八百個熟瘤，二千二百個慈眼。那更鞍橋又破損，坐褥又傾欹。抽轡盡是麻繩，鞭子無非荆杖。餓老鴟全然拉搭，雁翅板一發彫零。鞍轡既不周全，牽鞚何曾完備？此般物件，其實不中。（末云）休胡説！若還不完備時節，我稟過府尹大人，好生打你。（丑云）相公可憐見，容小人一壁廂自理會。（末云）鞍馬若完備時節，可牽在午門外廂，等候狀元謝恩出來乘坐。（丑云）理會得。只教他春風得意馬蹄疾，一日看遍長安花。（丑下）（末云）管排設的在那裏？（净扮驛丞上）廳上一呼，階下百諾。相公有何鈞旨？（末云）排設完備了未曾？（净云）告相公，俺揀上等排設俟候點視。（末云）怎見得上等排設？（净云）但見：珠簾高捲，繡幕低垂。珊瑚席髀鑼得精神，瑇瑁筵安排得奇巧。金爐内慢騰騰燒瑞腦，玉瓶中嬌滴滴插奇花。四圍環繞畫屏山，滿座重鋪錦褥子。金盤犀筯光錯落，掩映龍鳳珍羞；銀海瓊舟影蕩摇，翻動葡萄玉液。灑掃得乾乾净净，并無半點塵埃。鋪陳得整整齊齊，另是一般氣象。正是：移將金谷繁華景，粧點瓊林錦繡仙。（末云）安排既齊整，你每且退去，待等狀元遊街了赴宴。（净云）領鈞旨。正是：瓊林勝處風光好，别是人間一洞天。（净下）（衆云）遠遠望見一簇人馬閙炒，想是狀元來了。（末下）（生、净、丑騎馬上）

【仙吕入雙調·窣地錦襠】（同唱）嫦娥剪就緑雲衣，折得蟾宫第一枝。宫花斜插帽簷低，一舉成名天下知。

【哭岐婆】洛陽富貴，花如錦綺。紅樓數里，無非嬌媚。春風得意馬蹄疾，天街賞遍方歸去。

（生、净先下）（丑墜馬叫）救命！救命！爹爹、妳妳、伯伯、叔叔、哥哥、嫂嫂、孩兒、媳婦都來救我。

（末騎馬上）

【越調過曲·水底魚兒】（末唱）朝省尚書，昨日蒙聖旨，道狀元及第，教咱去陪宴席。（丑叫）踏壞了人了。（末唱）越着鞭越退，遣人心下疑。（丑云）救命！救命！（末唱）轉頭回望，叫我的還是誰？

（末云）漢子，你是誰？（丑云）我是墜馬的狀元。（末扶科）快起來。（丑云）尊官是誰？（末云）我是中書省陪宴官，不知足下爲甚墜馬？

【正宮·北叨叨令】（丑唱）鬧炒炒街市上遊人亂，（末云）你馬驚了呵？（丑唱）惡頭口抵死要回身轉。（末云）怎的不牽過一邊？（丑唱）我戰兢兢只怕轡繩斷，（末云）爲甚不打他？（丑唱）怯書生早已神魂散。（末云）你不害事麽？（丑呻吟科）險些跌折了腿也麽哥，險些舂破了頭也麽哥，我好似小秦王三跳澗。

（末云）這馬如今那裏去了？（丑云）知他那裏去！傷人乎？不問馬。（末云）咳！你兀自文縐縐的。我且就這裏人家借一個馬與你騎。（丑云）你静辦，若借馬與我騎，便索死。（末云）呀！怎的便死？（丑云）你不聞孔夫子説道：有馬者借人乘之，今亡已夫。（末云）一口胡柴！呀！遠遠望見一簇人馬來，有馬就借一匹與你騎。（丑云）不須得，不須得。（生、淨騎馬上）

【窣地錦襠】（同唱）荷衣新染御香歸，引領群仙下翠微。杏園惟有後題詩，此是男兒得志時。

（丑云）狀元，你每列位騎馬遊街，且是好。只不要似我騎馬，舂破了頭，跌折了脚。（生云）足下原來墜馬呵？（丑云）可知哩！（末云）不是下官搭救時節，險些送了一條性命。（淨云）如此，更賴足下之力。（生云）請整頓同行。（丑云）你每三位自去赴宴，我到太平坊下李郎中家去便來。（衆云）你去做甚麽？（丑云）我去醫擷撲傷損瘡。（衆云）休要推故，我去借一個馬與你騎了同去。（丑云）小子告退，你三位自去。（末云）朝廷事例，如何不去赴宴？（丑云）赴宴也好，只是騎馬不得。這等，你三位騎馬前走，我隨後提着胡床來。（末云）成甚麽模樣！（丑云）這個不妨，却有兩説：路上人問，你便説道是使唤的伴當；若是筵席之中，却説是打伴當的人。（末云）好窮對副！

【哭岐婆】（衆唱）玉鞭裊裊，如龍驕騎。黄旗影裏，笙歌鼎沸。如今端的是男兒，行看錦衣歸故里。

（末云）這裏便是杏園，請列位駐馬。（丑云）左右，馬都牽到僻處去。倘或人道四位官員，如何有三個馬，不像模樣。（末云）好高見識！如今請列位照依年例，留下佳作。（浄云）蔡兄先請。（生云）五百名中第一仙，花如羅綺柳如烟。綠袍乍着君恩重，黄榜初開御墨鮮。禮樂三千傳紫禁，風雲九萬上青天。時人謾説登科早，未許嫦娥愛少年。（浄云）妙！妙！紫金闕無極無上聖。（末云）這裏不是玉皇閣，休得誦他的寶號。如今却輪當足下。（浄云）我也有四句：遲日江山麗，春風花草香。（末云）且住。使不得，這是古詩。（浄云）呀！我前日三場也都是别人的文章，尚自中了。如何一首别人的詩，到使不得起來？（末云）休道是七步成章。（浄云）咳！你道我真個不會作詩呵？我且將就做一首與列位看看：赴選何曾入棘闈，此身未擬着荷衣。三場盡是倩人做，一字全然匪我爲。自笑持杯饕戀酒，却愁把筆怎題詩？有人問我求佳作，（衆云）如何答他？（浄云）問我先生便得知。（末云）

又道是當仁不讓於師。（丑云）倉官不識串字，中中。（末云）且休誇口。如今又輪當足下。（丑云）有，有。列位做律詩，都把那赴試的事爲題，恐是熟套；小子如今另立一題。（末云）你把甚麽爲題？（丑云）便把小子方纔墜馬爲題，胡做古風一篇，以紀其事如何？（衆云）尤妙！尤妙！（丑云）君不見去年騎馬張狀元，跌了左腿不相聯？又不見前年跨馬李試官，跌了窟臀没半邊？世上三般拚命事，行船走馬打鞦韆。小子今年大拚命，也來隨趁跨金鞍。跨金鞍，災怎躱？叵耐畜生侮弄我。大叫三聲不肯行，連攛兩攛不是耍。便把繮繩緊緊拿，縱有長鞭怎敢打？須臾之間掉下來，一似狂風吹片瓦。昨日行過樞密院，三個軍人來唱喏。小子荒忙走將歸，（末云）却如何？（丑云）怕他請我教戰馬。（末云）又説夢話！諸公請依位而坐，左右，看酒。（雜扮承直上）[一]色動玉壺無表裏，光摇金盞有精神。告相公，酒在此。（衆把酒科）

【仙吕入雙調·五供養】（末唱）文章過晁董，對丹墀已膺天寵。（合）赴瓊林新宴，顫宫花，綬引黄金鞚。

【前腔】（浄、丑唱）九重天上聲名重，紫泥封已傳丹鳳。（合）便催歸玉簡侍宸旒，他日歸來金蓮送。

[一] 雜：原闕，據汲古閣刊本《繡刻琵琶記定本》補。

【中吕·山花子】（末唱）玳筵開處遊人擁，争看五百名英雄。（生唱）喜鰲頭一戰有功，荷君恩奏捷詞鋒。（合）太平時車馬已同，干戈盡戢文教崇，人間此時魚化龍。留取瓊林，勝景無窮。

【前腔】（浄唱）三千禮樂如泉湧，一筆掃萬丈長虹。（丑唱）看奎光飛躔紫宫，光耀萬玉班中。（合前）

【前腔】（生唱）青雲路通，一舉能高中，三千水擊飛冲。（浄唱）又何必扶桑掛弓？也强如劍倚崆峒。（合前）

【前腔】（丑唱）恩深九重，絲絡八珍送，無非翠釜駝峰。（末唱）看吾皇待賢恁隆，不枉了十年窻下把書來攻。（合前）

【大和佛】（生唱）寶篆沉烟香噴濃，（衆唱）濃熏綺羅叢。瓊舟銀海，翻動酒鱗紅，一飲盡教空。（生悲唱）持杯自覺心先痛，縱有香醪，欲飲難下我喉嚨。他寂寞高堂菽水誰供奉？俺這裏傳杯諠鬨。（衆云）狀元，你休得要對此歡娱意忡忡。

【舞霓裳】（合唱）願取群賢盡貞忠，貞忠。管取雲臺畫形容，形容。時清莫報君恩重，惟有一封書上勸東封，更撰個河清德頌。乾坤正，看玉柱擎天又何用？

【紅繡鞋】（合唱）猛拚沉醉東風，東風。倩人扶上玉驄，玉驄。歸去路，望畫橋東。花影亂，日朦朧。沸笙歌，引紗籠。

【意不盡】（合唱）今宵添上繁華夢，明早遥聽清禁鐘。皇恩謝了，鵷行豹尾陪侍從。

（生）名傳金榜换藍袍，（浄）酒醉瓊林志氣豪。

（丑）世上萬般皆下品，（末）思量惟有讀書高。

第十一齣　蔡母嗟兒

【商調引子・憶秦娥先】（旦唱）長吁氣，自憐薄命相遭際。相遭際，暮年姑舅，薄情夫婿。（一）

〔清平樂〕夫妻纔兩月，一旦成分别。没主公婆甘旨缺，幾度思量悲咽。家貧先自艱難，那堪不遇豐年。恁的千辛萬苦，蒼天也不相憐。奴家自從兒夫去後，遭此飢荒；況兼公婆年老，朝不保夕，教奴家獨自如何應奉？婆婆日夜埋怨着公公，當初不合教孩兒出去；公公又不伏氣，只管和婆婆閙争。外人不理會得，只道是媳婦不會看承，以致公婆日夜閙炒。且待公婆出來，再三勸解則個。

【憶秦娥後】（外唱）孩兒一去無消息，雙親老景難存濟。（浄扯外耳科）（唱）難存濟，不思前

（一）　李曰：『相遭際，暮年姑舅，薄情夫婿』是古天竺先生提鉢向壁間説苦行禪，半偈便了，却千言萬語不了。

日，强教孩兒出去？(一)

（旦勸科）（浄云）老賊，你抵死教孩兒出去赴選，今日没有飯喫，他便做得狀元，濟你甚事？若是孩兒在家，也會區處，終不到得恁的狼狽。如今凍得你好，餓得你好。老賊，你死了休！（外云）老乞婆，你埋怨我則甚？我是神仙，知道今日恁的飢荒苦？這般時年，誰家不忍飢受餓？誰似你這般埋怨我？休休！我死！我死！今日飢荒也是死，被你埋怨不過也索死。（欲死，旦扯住科）（浄云）老賊，你便死也消不得我這場嘔氣！（旦云）公公婆婆且息怒，聽奴家一言分剖：當初公公教孩兒出去時節，不道今日恁的飢荒，婆婆難埋怨公公；今日婆婆見這般飢荒，孩兒又不在眼前，心下焦躁，公公也休怪婆婆埋怨。請自寬心，奴家如今把些釵梳首飾之類，典些糧米，以充公婆一時口食。寧可餓死奴家，決不將公婆落後。（浄云）媳婦，你説得好，我只是恨這老賊！

【南吕過曲・金索掛梧桐】（浄唱）區區一個兒，兩口相依倚。没事爲着功名，不要他供甘旨。你教他做官，要改換門閭，只怕他做得官時你做鬼。老賊！你圖他三牲五鼎供朝夕，今日裏要一口粥湯却教誰與你？相連累，我孩兒因你做不得好名儒。（合）空争着閒是閒非，空争着閒是閒非，只落得雙垂淚。

(一) 眉批：王曰：《琵琶記》當以『蔡母嗟兒』爲霓裳第一拍，次骨洞心，絶不閒散一字，半入雍門之琴，半入漸離之筑，慽慽楚楚，鏗鍧鏜鞳，庶幾中聲起雅。

【前腔】（外唱）養子教讀書，指望他身榮貴。黄榜招賢，誰不去求科試？老乞婆，我說個比方與你聽。譬如范杞良差去築城池，他的娘親埋怨誰？（浄云）老賊，你倒好比方！他是奉官差哩。（外唱）合生合死皆由命，少甚麽孫子森森也忍饑？（浄云）老賊，你固自口硬！再過幾時，餓得你口嗅屎哩。（外唱）休聒絮，畢竟是咱每兩口受孤恓。（合前）

【前腔】（旦唱）婆婆，孩兒雖暫離，須有日回家裏。（浄云）媳婦，我豈不知自有一日回家？只是眼下受餓難過。（旦唱）婆婆，奴有些釵梳，解當充糧米。（浄云）老賊！我若没有這般孝順的媳婦會擺佈，可不把我的肝腸也餓斷了？（外云）老乞婆，這是時年如此，你苦死埋怨我怎的？（旦云）公公婆婆，婆婆恁的閙争呵，教傍人道媳婦每有甚差池，致使公婆争鬥起。（一）婆婆，他心中愛子，指望功名就；公公，他眼下無兒，因此埋怨你。難逃避，兀的不是從天降下這災危？（合前）

【劉潑帽】（外唱）天那！我每不久須傾棄，嘆當初是我不是，不如我死了無他慮。（合）一度裏思量，一度裏肝腸碎。

【前腔】（浄唱）有兒却遣他出去，教媳婦怎生區處？媳婦，可憐誤你芳年紀。（合前）

【前腔】（旦唱）公公婆婆，媳婦便是親兒女，勞役事本分當爲，但願公婆從此相和美。（合前）

（一）眉批：李曰：二局排偶，平和其怒，不驟不躁，至今使人聽之猶覺口角甜和。

（外）形衰力倦怎支吾？（旦）口食身衣只問奴。
（净）莫道是非終日有，（衆）果然不聽自然無。

第十二齣　奉旨招婿

（末云）縹緲紗窻映霧烟，深沉華屋鎖嬋娟。屏間孔雀人難中，幕裏紅絲誰敢牽？自家是牛太師府中一個院子，這幾日聽得府中喧傳太師要招女婿。況我這個小娘子不比别的小娘子：一來是丞相之女，二來他才貌兼全。必須有文章有官職有福分的，方可中選。且在此等候，相公出來，便知端的。

【南吕引子·似娘兒】（外唱）華髮漸星星，憐愛女欲遂姻盟，蟾宫桂子才堪稱。紅樓此日，紅絲待選，須教紅葉傳情。

左右那裏？（末云）廳上一呼，堦下百諾。不知老相公有何鈞旨？（外云）自古道：男子生而願爲之有室，女子生而願爲之有家。我老夫人傾棄多年，只有一個小姐，美貌娉婷。昨日見官裏問我道：你的女孩兒曾嫁人未？我回言道：未曾嫁人。官裏道：既不曾嫁人，如今新狀元蔡邕，好人物，好才學，朕與你主婚，你可招他爲婿。你意如何？俺奉着聖旨，就謝了恩。你每道此事如何？（末云）覆相公：男大須婚，女大須嫁。小姐是瑶臺閬苑神仙，狀元是天禄石渠貴客。何況玉音主盟，金口説合。若做了百年夫婦，不枉了一對姻緣。這是：佳人才子兩堪誇，天付姻緣事不差。試看月輪還有意，定知丹桂近仙娃。（外笑云）你言正合我意。你就去唤府前官媒婆來，同去蔡狀元處説親。（末云）領鈞旨。（唤科）（丑扮媒婆拿秤、斧上）

【正宫過曲·醉太平】（丑唱）我做聰俊的媒婆，兩脚疾走如梭。生得不矮又不矬，人人都來請我。我只要金多銀多，綾羅段匹多，方肯做。又且張家李家誇談我，（末云）誇談你甚的？（丑唱）道我每須勝是別媒婆。

媒婆媒婆，兩脚奔波。一斗好酒，一隻肥鵝。送到家裏，我和老公笑呵呵。（末云）婆子休閒説，且去見老相公。（外云）婆子，你手裏拿着甚麼東西？（丑云）這是斧頭。（外云）要他何用？（丑云）這是媒婆的招牌。（外云）如何將他做招牌？（丑云）告相公得知：《毛詩》有云：『析薪如之何？匪斧弗克。娶妻如之何？匪媒不得。』以此將他爲招牌。（末云）休在班門弄斧。（外云）媒婆，你要秤何用？（丑云）相公，這唤作量人秤，最是要緊的：大凡做媒時節，先把新婦新郎秤得一般，方纔與他説親，久後夫妻也和順。若是輕重了，夫妻到底相嫌。（外云）休閒説！媒婆，我昨日奉聖旨，教我將小姐招贅蔡狀元爲婿，如今你去他根前説知。若得成就了這頭親事，我多多賞你。（丑云）這個有甚難處？一來奉當今聖旨，二來託相公威名，三來小姐才貌兼全。是人知道，蔡狀元有何不可？（末云）這話極説得是。（外云）媒婆，你近前來，聽我説。

【南吕過曲·瑣窻郎】（外唱）吾家一女娉婷，不曾許與公卿。昨承聖旨，招選書生。媒婆，你和他説，不須用白璧黄金爲聘。（合）説道姻緣前世已曾定，今日裏，共歡慶。

【前腔】（丑唱）住東京極有名聲，相公，論媒婆非自逞。今朝事體，管取完成。怕有一輕一重，全憑這條官秤。（合前）

【前腔】（末唱）雖然他高占魁名，得相招多少榮縈。依繡幕選中雀屏，媒婆，此一去他必從命。（合前）

（外）爲傳芳信仗良媒，（丑）管取門楣得俊才。

（末）百年夫婦今朝合，（合）一段姻緣天上來。

第十三齣　官媒議婚

【商調引子・高陽臺】（生唱）夢遶親闈，愁深旅邸，那堪音信遼絶。淒楚情懷，怕逢淒楚時節。重門半掩黄昏雨，奈寸腸此際千結。守寒窻一點孤燈，照人明滅。當時輕散輕別，嘆玉簫聲杳，庾樓明月。一段愁煩，翻成兩下悲咽。枕邊萬點思親淚，伴漏聲到曉方徹。（一）鎖愁眉，慵臨青鏡，頓添華髮。

（一）眉批：王曰：淚一點，漏一聲，點點聲聲共滴到曉。説是誰淺誰深，詞調妙處，堪令人着□。

〔木蘭花〕鰲頭可羡，須知富貴非吾願。雁足難憑，没個音書寄子情。田園將蕪，不知松菊猶存否？光景無多，爭奈椿萱老去何？自家爲父命所强，來此赴選，誰知逗遛在此，竟不能歸。今又復拜皇恩，除爲議郎。雖則任居清要，爭奈父母年老，安敢久留？天那！知我的父母安否如何？知我的妻室侍奉如何？欲待上表辭官，又未知聖意如何？苦！好似和針吞却綫，刺人腸肚繫人心。（末、丑同上）

【勝葫蘆】（末唱）特奉皇恩賜結婚，來此把信音傳。（丑唱）若是仙郎肯與諧姻眷，一場好事，管取今朝便團圓。

（生云）兒家門户重重閉，春色緣何得入來？未審何人到此？（末、丑云）小人是牛太師府裏一個院子，老媳婦是媒婆，我兩人奉天子之洪恩，領太師之嚴命，特與狀元諧一佳偶。（生云）元來如此。不索多言，且聽我説。

【商調過曲·高陽臺】（生唱）宦海沉身，京塵迷目，名韁利鎖難脱。目斷家山，空勞魂夢飛越。（丑云）狀元，是好一個小姐。（生唱）閒聒，閒藤野蔓休纏也。俺自有正兔絲，親瓜葛。是誰人無端調引，謾勞饒舌？

【前腔換頭】（末唱）闊閲，紫閣名公，黄扉元宰，三槐位裏排列。金屋嬋娟，妖嬈那更貞潔。（丑唱）歡悦，秦樓此日招鳳侣，遣妾每特來執伐。望君家慇懃肯首，早諧結髮。

【前腔換頭】（生唱）非別，千里關山，一家骨肉，教我怎生拋撇？妻室青春，那更親鬢垂雪。

（丑云）狀元，老丞相見你這般青春年少，纔肯把小姐嫁與你，你不必推故。（生唱）差迭，須知少年自有人愛了，謾勞你嫦娥提挈。滿皇都豪家無數，豈必卑末？

【前腔換頭】（末唱）不達，相府尋親，侯門納禮，兀自拒他不屑。繡幕奇葩，春光正當十八。

（丑唱）休撇，知君是個折桂手，留此花待君攀折。況親奉丹墀詔旨，非我自相攛掇。

【前腔換頭】（生唱）心熱，自小攻書，從來知禮，忍使行虧名缺？父母俱存，娶而不告須難説。悲咽，門楣相府雖要選，奈孱孱佳人實難存活。（丑云）狀元，小姐生得十分美貌，你休錯過了。（生唱）縱然有花容月貌，怎如我自家骨血？

【前腔換頭】（末唱）迂闊，他勢壓朝班，威傾京國，你却與他相別。只怕他轉日回天，那時須有個決裂。（丑唱）虛設，夜静水寒魚不餌，笑滿船空載明月。下絲綸不愁無處，笑伊村殺。

【餘文】（生唱）明朝有事朝金闕，歸家奉親心下悦。（末唱）狀元，只怕聖旨不從空自説。

（生云）不須多言。你若果奉聖旨來，我明日上表辭官，一就辭婚便了。

（末）君王詔旨不相從，（生）明日應須奏九重。

（丑）有緣千里能相會，（合）無緣對面不相逢。

第十四齣　激怒當朝

【黃鍾過曲・出隊子】（外唱）朝夕縈掛，只爲孩兒多用心。不知月老事何因？爲甚冰人没信音？顒望多時，情緒轉深。

目斷青鸞瞻碧霧，情深紅葉看金溝。自家昨遣院子和官媒去蔡狀元處説親，尚未回音，且待他來，便知端的。

【前腔】（末、丑唱）喬才堪笑，故阻佯推不肯從。豈無佳婿近乘龍？有甚福緣能跨鳳？料想書生，只是命窮。

（相見科）（外云）媒婆，你回來了。事體若何？（丑云）覆相公得知：他千不肯，萬不肯，只是不肯不肯。（末云）你且住休，待小人覆知相公。蔡狀元道他家中有垂白之父母，年少之妻房；明日要上表辭官家去，實難從命。

【正宮過曲・雙鸂鶒】（外唱）聽伊説教人怒起，漢朝中惟吾獨貴，我有女，偏無貴戚豪家求配？奉聖旨使我招狀元爲婿，媒婆，不知他回話有何言語？

【前腔】（丑唱）媒婆告相公知，恨那人作怪蹺蹊。千不肯，萬推辭。（外云）我奉聖旨招他爲婿，你曾把這話對他説麼？（丑唱）這話頭不惹些兒。道始得及第，縱有花容月貌休提。他駡相公

罵小姐，（外云）他罵小姐甚麼？（丑唱）道脚長尺二。（末唱）這般説謊没巴臂。（末跪科）

【前腔】（末唱）恩官且聽咨啓：蔡狀元聞説皺眉。忠和孝，恩和義，念父母八十年餘。况已娶了妻室，再婚重娶非禮。待早朝，上表文，要辭官家去。請相公别選一佳婿。

【前腔】（外唱）他元來要奏丹墀，敢和我厮挺相持。細思之，可奈他將人輕覷。我就寫表奏與吾皇知，與他官拜清要地。務要來我處爲門楣。

【意不盡】（合唱）這讀書輩没道理，不思量違背了聖旨；只教他辭官辭婚俱未得。

（外云）自古道：殺人可恕，情理難容。我的聲名，誰不欽敬？多少貴戚豪家，求爲吾婿而不可得。我如㕽耐一書生顛倒不肯，反要辭官家去。且由他。左右，你和官媒婆再去蔡狀元處説，看他如何？我如今先去奏知官裏，只教不准他上表便了。

（外）枉把封章奏九重，（末）不如及早便相從。

（合）羈縻鸞鳳青絲網，牢絡鴛鴦碧玉籠。

琵琶記卷上終

琵琶記卷中

第十五齣　金閨愁配

【中呂過曲·剔銀燈】（貼唱）忒過分爹行所爲，但索强全不顧人議。（一）背飛鳥硬求來諧比翼，隔墻花强攀做連理。姻緣，還是怎的？天那！我待對爹爹説呵，婚姻事女孩兒家怎提？

姻緣姻緣，事非偶然。好笑我爹爹定要將奴家招贅蔡狀元爲婿，那狀元不肯，俺這裏也索罷了，誰想爹爹苦不放過。天那！他既不肯，便做了夫妻，到底也不和順。奴家待將此事對爹爹説，只是此事不是女孩兒每説的話。苦！好悶呵！（净魆地上探云）慚愧！慚愧！今日也能彀得小姐悶也。小姐，

（一）眉批：李曰：余嘗聽人説《琵琶記》多了『金閨愁配』一段。然有這段，纔無人情滲漏，乃避其虚而故實之，有左丘、太史之致。

你想着甚麽?(貼云)我不想着甚麽。(淨云)你既不想着甚麽,爲何手托香腮,在此憂悶?我且問你:你往常間件件不煩惱,事事不動情,我想起來你都是佯詐。今日莫不是對景傷情麽?(貼云)老姥姥,你説那裏話?我爲爹爹做事不停當,以此憂悶。(淨云)老相公做甚事不停當?(貼云)我爹爹要將奴家嫁與蔡狀元,使官媒婆去説,狀元不肯從命。他既然不肯,俺這裏也索罷了。如今爹爹苦不放過他,又叫媒婆去説。老姥姥,你怎生與我對爹爹説一聲也好。(淨云)小姐,這是你爹爹的主意,如何肯聽我每説?(一)

【仙吕過曲·桂枝香】(淨唱)書生愚見,忒不通變。不肯坦腹東床,謾自去哀求金殿。想他每就裏,想他每就裏,將人輕賤。小姐,非爹胡纏,怕被人傳。(貼云)呀!怕人傳甚麽?(淨唱)道你是相府公侯女,不能彀嫁狀元。

【前腔】(貼唱)百年姻眷,須教情願。他那裏抵死推辭,俺這裏不索留戀。想他每就裏,想他每就裏,有些牽絆。(淨云)有甚牽絆?(貼唱)怕恩多成怨。滿皇都少甚麽公侯子,何須去嫁狀元?

(一) 眉批:王曰:綢繆姻緣處,人情曲盡,是東嘉才思縝密。一部《琵琶記》中,排比四十二齣,各色的人,各色的話頭,拳脚眉眼,要各肖其人而止,好醜濃淡,毫不出入,中間抑揚映帶,句白問答,包涵萬古之才,太史公全身現出,以當詞曲中第一品無愧也。

【南呂過曲・大迓鼓】（净唱）非干是你爹意堅，只怕春花秋月，誤你芳年。況兼他才貌真堪羨，又是五百名中第一仙。故把嫦娥，付與少年。

【前腔】（貼唱）姻緣雖在天，若非人意，到底埋冤。料想赤繩不曾綰，多應他無玉種藍田。休把嫦娥，强與少年。

（净）匹配本自然，（貼）何須苦相纏。

（净）眼前雖成就，（貼）到底也埋冤。

第十六齣　丹陛陳情

【仙吕引子・北點絳唇】（末唱）夜色將闌，晨光欲散，把珠簾捲。移步丹墀，擺列着金龍案。

【北混江龍】（末唱）官居宫苑，謾道是天威咫尺近龍顔。每日間親隨車駕，只聽鳴鞭。去螭頭上拜跪，隨着豹尾盤旋。朝朝宿衛，早早隨班。做不得卿相當朝一品貴，先隨着朝臣待漏五更寒。空嗟嘆，山寺日高僧未起，算來名利不如閒。

自家是漢朝一個小黄門。往來紫禁，侍奉丹墀。領百官之奏章，傳一人之命令。正是：主德無瑕因宦習，天顔有喜近臣知。如今天色漸明，正是早朝時分，官裏升殿，怕有百官奏事，只得在此祗候。（内問）怎見得早朝時分？（末）但見銀河清淺，珠斗斕斑。數聲角吹落殘星，三通鼓報傳清曙。銀箭銅壺，點點滴滴，尚有九門寒漏；瓊樓玉宇，聲聲隱隱，已聞萬井晨鍾。曈曈曚曚，蒼茫紅日映樓臺；拂拂霏霏，葱蒨瑞烟浮禁苑。裊裊巍巍，千尋玉掌，幾點瀼瀼露未晞；澄澄湛湛，萬里璇空，一片團團月初墜。三唱天鷄，咿咿喔喔，共傳紫陌更闌；百囀流鶯，間間關關，報道上林春曉。五門外碌碌剌剌，車兒碾得塵飛；六宮裏嘔嘔啞啞，樂聲奏如鼎沸。只見那建章宮、甘泉宮、未央宮、長楊宮、五柞宮、長秋宮、長信宮、長樂宮，重重疊疊，萬萬千千，盡開了玉關金鎖；又見那昭陽殿、金華殿、長生殿、披香殿、金鑾殿、麒麟殿、太極殿、白虎殿，隱隱約約，三三兩兩，都捲上繡箔珠簾。半空中忽聽得一聲轟轟劃劃，如雷如霆，震耳的鳴梢響；合殿裏只聞得一陣氤氤氳氳，非烟非霧，撲鼻的御爐香。縹縹緲緲，紅雲裏雉尾扇遮着赭黄袍；深深沉沉，丹陛間龍鱗座覆着彤芝蓋。左列着森森嚴嚴，前前後後的羽林軍、期門軍、控鶴軍、神策軍、虎賁軍，花迎劍佩星初落；右列着濟濟鏘鏘，高高下下的金吾衛、龍虎衛、拱日衛、千牛衛、驃騎衛，柳拂旌旗露未乾。金間玉，玉間金，烱烱爍爍，燦燦爛爛的神仙儀從；紫暎緋，緋暎紫，行行列列，整整齊齊的文武官僚。螭頭陛下，立着一對妖妖嬈嬈，花容月貌，繡鸞袍，鴛鴦靴的奉引昭容；豹尾班中，擺着一對端端正正，銅肝鐵膽，白象簡，獬豸冠的糾彈御史。拜的拜，跪的跪，那一個敢挨挨搒搒縱諠譁？升的升，下的下，那一個不欽欽敬敬依禮法？但願得常瞻仙仗，聖德日新日新日日新；與群臣共拜天顔，聖壽萬歲萬歲萬萬歲。從來不信叔孫禮，今日方知天子尊。道猶未了，一個奏事的官人早來。

【黄鍾過曲・點絳唇】（生唱）月淡星稀，建章宮裏千門曉。御爐烟裊，隱隱鳴梢杳。忽憶年時，問寢高堂早。鷄鳴了，閦縈懷抱，此際愁多少？

不寢聽金鑰，因風想玉珂。明朝有封事，數問夜如何。自家爲父母在堂，故上表辭官，回去侍奉。如今天色已明，這是午門外廂，不免進入去咱。（末云）奏事官搢笏三舞蹈。

【黄鍾過曲·神仗兒】（生唱）揚塵舞蹈，揚塵舞蹈，遥瞻天表，見龍鱗日耀。咫尺重瞳高照，遥拜着赭黄袍，遥拜着赭黄袍。

【滴漏子】（生唱）臣邕的，臣邕的，荷蒙聖朝。臣邕的，臣邕的，拜還紫誥。（末云）狀元，你莫不是嫌官小麽？（生唱）念邕非嫌官小，奈家鄉萬里遥，雙親又老。干瀆天威，萬乞恕饒。

（末云）狀元，吾乃黄門，職掌奏章。有何文表，就此批宣。（生跪科）

【入破第一】議郎臣蔡邕啓：今日蒙恩旨，除臣爲議郎之職，重蒙賜婚牛氏。干瀆天威，臣謹誠惶誠恐，稽首頓首。伏念微臣，初來有志，誦詩書，力學躬耕修己，不復貪榮利。事父母，樂田里，初心願如此而已。不想州司，謬取臣邕充試。到京畿，豈料蒙恩，叨居上第。

【破第二】重蒙聖恩，婚賜牛公女。臣草茅疏賤，如何當此隆遇？況臣親老，一從别後，光陰又幾。廬舍田園，荒蕪久矣。

（末云）老親在堂，必自有人奉侍，狀元不必憂慮。

【衮第三】（生唱）但臣親老髩髮白，筋力皆癯瘁。形隻影單，無兄弟，誰奉侍？況隔千山萬水，生死存亡，雖有音書難寄。最可悲，他甘旨不供，我食禄有愧。

（末云）聖上作主，太師聯姻，狀元，這也是奇遇。

【歇拍】（生唱）不告父母，怎諧匹配？臣又聽得家鄉裏，遭水旱，遇荒饑。多想臣親必做溝渠之鬼，未可知。怎不教臣，悲傷淚垂？

（生哭）（末云）狀元，此非哭泣之處，不得驚動天聽。

【中衮第五】（生唱）臣享厚禄掛朱紫，出入承明地。惟念二親寒無衣，饑無食，喪溝渠。憶昔先朝朱買臣守會稽，司馬相如，持節錦歸。

【煞尾】他遭遇聖時，皆得回鄉里。臣何故别父母，遠鄉閭，没音書，此心違？伏望陛下特憫微臣之志，遣臣歸。得侍雙親，隆恩無比。

【出破】若還念臣有微能，鄉郡望安置。庶使臣忠心孝意得全美，臣無任瞻天仰聖，激切屏營之至。

（末云）元來如此。吾當與狀元轉達天聽，可在午門外厢俟候聖旨。正是：眼望旌揵旗，耳聽好消息。

（生起科）

【神仗兒】（生唱）揚塵舞蹈，揚塵舞蹈，見祥雲縹緲，想黄門已到。料應重瞳看了，多應是念我私情烏鳥。顒望斷九重霄，顒望斷九重霄。

（生云）黄門已將我奏章傳達，未知聖意允否？不免乘間禱告天地一番。

【滴漏子】（生唱）天憐念，天憐念，蔡邕拜禱。雙親的，雙親的，死生未保。天那！可憐恩深難報。一封奏九重，知他聽否？爹娘呵，俺和你會合分離，都在這遭。

黄門去了多時，怎的不見回報？想必是官裏准了。天那！若能彀回家侍奉父母，蔡邕何須做官？

（末奉詔同二昭容上）

【前腔】（末唱）今日裏，今日裏，議郎進表。傳達上，傳達上，聖目看了。（生云）聖目看了如何説？（末唱）道太師昨日先奏，把乘龍女婿招，多少是好！（生云）黄門大人，你莫不是哄我？

（末唱）見有玉音傳降聽剖。

（末云）聖旨已到，跪聽宣讀。皇帝詔曰：孝道雖大，終於事君；王事多艱，豈遑報父？朕以凉德，嗣纘丕基。眷兹警動之風，未遂雍熙之化。爰招俊髦，以輔不逮。咨爾才學，允愜輿情。是用擢居議論之司，以求繩糾之益。爾當恪守乃職，勿有固辭。其所議婚姻事，可曲從師相之請，以成桃夭之化。欽予時命，裕汝乃心。謝恩。（生云）黄門大人，煩你與我再去奏知官裏，我情願不做官。（末云）咳！這秀才好不曉事，聖旨誰敢違背？（生云）黄門大人，你不去時節，待我自去拜還聖旨如何？（末云）呀！這秀才好怪麽，這所在你如何去得？（生哭科）

【啄木兒】（生唱）我親衰老，妻幼嬌，萬里關山音信杳。他那裏舉目凄凄，俺這裏回首迢迢。

他那裏望得眼穿兒不到，俺這裏哭得淚乾親難保。閃殺人一封丹鳳詔。

【前腔】（末唱）狀元，你何須慮，不用焦，人世上離多歡會少。大丈夫當萬里封侯，肯守着故園空老？畢竟事君事親一般道，人生怎全忠和孝？却不見母死王陵歸漢朝？

【三段子】（生唱）這懷怎剖？望丹墀天高聽高。這苦怎逃？望白雲山遥路遥。

【前腔】（末唱）狀元，你做官與親添榮耀，高堂管取加封號。與他改换門閭，偏不是好？

【歸朝歡】（生唱）冤家的，冤家的，苦苦見招，俺媳婦埋冤怎了？饑荒歲，饑荒歲，怕他怎熬？俺爹娘怕不做溝渠中餓殍？

【前腔】（末唱）狀元，譬如四方戰争多征調，從軍遠戍沙場草，也只是爲國忘家怎憚勞。

（生）家鄉萬里信難通，（末）争奈君王不肯從。

（合）情到不堪回首處，一齊分付與東風。

第十七齣　義倉振濟

【仙吕入雙調・普賢歌】（丑唱）身充里正實難當，雜泛差徭日夜忙。官司點義倉，并無些子糧，拚一頓拖翻喫大棒。

我做都官管百姓，另是一般行徑。破靴破帽破衣裳，打扮須要廝稱。到官府百般下情，下鄉村十分豪興。討官糧大大做個官升，賣私鹽輕輕弄條喬秤。點催首放富差貧，保解户欺軟怕硬。猛拚打强放潑，畢竟是個畢竟。誰知天不由人，萬事皆從前定。騙得五兩十兩，到使五錠十錠。田園盡都典賣，并無些子餘剩。咍耐廳前首領，嫌恨司房喬令。把我千樣凌辱，將我萬般督併。動不動去了破帽，打得我黄腫成病。幾番要自縊投河，不要了這條性命。今番又點義倉，并無糧米抵應。若還把我拖翻，便叫高擡明鏡。小人也不是都官，也不是里正。休將屈棒，錯打了平民。（内問）你是誰？（丑云）我是搬戲的副净。（内云）休道出本來面目！（丑云）苦！往常間把義倉穀子偷將家去，養老婆孩兒了。今日上司官點義倉放穀，賑濟貧民，倉中没有一些，那裏討還他？没奈何，我待把家私并老婆兒子都賣了，也賠不起，不免去與李社長商量則個。轉灣抹角，兀的便是李社長家裏。李社長！李社長！

（净云）誰叫老爺？（丑云）咦！你慣要做大。且出來。

【前腔】（净唱）身充社長管官倉，老小一家都在倉裏養。（丑云）好！好！你一家老小都在倉裏養，事發時節，如何擺佈？（净唱）事發儘不妨，里正先喫棒。（丑云）尊兄，饒得你過麽？（净唱）先打了都官，方纔打社長。

老夫年傍八旬，家中只有三人。因充社長勾當，誰知也不安寧。又要告官書題粉壁，又要勸民栽種翻耕。又要管淘河砌磡，又要辦水桶麻繩。若有人家嫁娶，須索請我做賓人。人人稱我年高伏衆，個個叫我社長官人。若得一紙狀子，强似廳上縣丞。原告許我銀子三錠五錠，被告送我猪脚十斤廿斤。若還得了兩家財物，只得朦朧寫個回文。每日去幹得泄水功德，竟不知自家家裏禍因。大的孩兒不孝不義，小的媳婦逼勒離分。單單只有第三個孩兒本分，常常捋去了老夫的頭巾。激得我老夫性發，只得唱個陶真。（丑云）呀！陶真怎的唱？（浄云）呀！到被你聽見了。也罷，我唱，你打和。（丑云）使得。（浄云）孝順還生孝順子，（丑云）打打哈蓮花落。（浄云）忤逆還生忤逆兒，（丑云）打打哈蓮花落。（浄云）不信但看簷前水，（丑云）打打哈蓮花落。（浄云）點點滴滴不差移，（丑云）打打哈蓮花落。（浄云）住休！（丑云）你若不叫住，我直唱到天明。（浄云）里正，你叫我出來有甚事説？（丑云）社長哥，今日官司給散義倉，倉中又無稻子，如何是好？我和你不免合賠些子。（浄云）呀！倉中稻子都是你搬去喫了，怎的教我和你合賠？小畜生，到不虧了你！上司來時，干我鳥事？我自回去抱子弄孫嬉他娘。正是：閉門不管窻前月，一任梅花自主張。（浄下）（丑云）苦！李社長又去了，上司官又來了，如何是好？呀！喝道聲漸漸近了，只得迎接則個。（外扮放糧官末扮隸人上）

【前腔】（外唱）親承朝命賑饑荒。（末唱）躍馬揚鞭到此方。（丑云）里正接老爹。（外云）起去。疾忙開義倉，支與百姓糧，從實支收休要謊。

（外云）里正，將支收簿來看。（丑云）簿在此。（外讀云）元管二十九石，新收三十六石，除支一十九石，見在四十六石。左右，開倉。呀！這倉裏那有四十六石？（丑云）有，有，相公。（外云）左右，與他取了甘結；一面着他喚饑民來支糧。（丑云）一心忙似箭，兩脚走如飛。（下）（外云）左右，這廝説謊。倉裏那得這些稻子？（末云）相公，且由他。若是不足數，只要他賠賞便了。（外云）也説得是。

（丑扮瞎子上）

【商調過曲・吴小四】（丑唱）肚又饑，眼又昏，家私没半分，子哭兒啼不可聞。聞知相公來濟民，請些官糧去救貧。

（丑作錯跪云）相公可憐見。（末云）相公在這裏。（外云）老的姓甚名誰？家裏有幾口？（丑云）小的姓丘名乙己，住上大村，有三千七十口。（外云）胡説！那裏有許多口？（丑云）告相公得知：上大人，丘乙己，化三千，七十士。（末云）一口胡柴！（外云）你實有幾口？（丑云）小的夫妻兩口，孩兒兩口。（外云）支糧與他。（末云）支四口糧了。（丑云）多謝相公。正是：一日不識羞，三日不忍餓。（丑下）（淨扮聾子上）

【前腔】（淨唱）嘆連朝，饑怎忍？家中有五六人。前日老婆典了裙，今日媳婦又典裩，恰好遇官司來濟貧。

（淨云）相公可憐見。（外云）老的姓甚名誰？家裏有幾口？（淨作聾，外復問科）（淨云）小的姓大名比丘僧，住在祇樹給孤獨園，有一千二百五十口。（外云）胡説！那裏有許多口？（淨云）告相公得知：《彌陀經》中道：祇樹給孤獨園，與大比丘僧一千二百五十人俱。（末云）佛口蛇心！（外云）你實有幾口？（淨云）小的有兩個媳婦，三個孩兒，和我共六口。（外云）支糧與他。（末云）支六口糧了。（淨云）多謝相公。正是：今日得君提掇起，免教人在污泥中。（淨下）（旦上）

【雙調引子・搗練子】（旦唱）嗟命薄，嘆年艱。含羞忍淚向人前，猶恐公婆懸望眼。

(旦云)路逢險處難回避，事到頭來不自由。奴家少長閨門，豈識途路？今日見官司放糧濟貧，只得去請些稻子，以救公婆之命。(外云)婦人，你姓甚名誰？來此怎的？(旦云)告相公，奴家姓趙，名五娘；公公蔡從簡。因兒夫出外，特來請些糧米，以救公婆之命。(外云)你丈夫那裏去了，使你婦人家來請糧？

【正宮過曲・普天樂】(旦唱)兒夫一向留都下。(外云)你家裏還有誰？(旦唱)只有年老爹和媽。(外云)有弟兄麽？(旦唱)弟和兄更没一個。(外云)既没有弟兄，誰看承你的爹媽？(旦唱)看承盡是奴家。(外云)這般説起來，你好苦呵。婦人家不出閨門，你何不使個男子漢來請糧？(旦作悲科)歷盡苦，誰憐我，相公，怎説得不出閨門的清平話？(外云)你家裏有幾口？(旦云)只有三口。(外云)左右，支糧與他。(末云)没糧了。(旦哭唱)若無糧，我也不敢回家。(外云)怎的不敢回家？(旦云)相公，豈忍見公婆受餒？天那！嘆奴家命薄，直恁摧挫。

(外云)左右，這倉中稻子没了。一來湊原數不起，二來這婦人説得好苦，你去拿那里正來，要這廝賠償。(末云)領鈞旨。假饒走到焰摩天，脚下騰雲須趕上。(旦云)望相公可憐見，主張些糧米，與奴家救濟公婆之命。(外云)我自有分曉。(末押丑上云)似甕中捉鱉，手到拿來。(外云)里正，這倉中稻子湊原數不起，盡是你自偷了，你好好招認狀。(丑云)相公，小人招不得。自古道：東量西折，難教小人賠償。(外云)畜生，尖斛量入，平斛量出，如何會折了許多？左右，拏下打四十！(丑云)相公不要打，小人情願招了。（丑讀招）招狀人姓猫名狸，見年三十有餘。身上别無疾病，只有白帶不除。今與短狀招伏，因爲官糧久虧。説到義倉情弊，中間無甚蹺蹊。稻熟排門收斂，斂了各自將歸。并無倉廩盛貯，那有帳目收支。縱然有得些小，胡亂寄在民居。官司差人點視，便糴些穀支持。上下得錢便罷，不問倉實倉虚。假饒清官廉吏，被我影射片時。東家借得十扛，西家借得五箕。但見倉中有穀，其間就裏怎知？年年把常常事，番番一似耍嬉。不道今年荒旱，不道今年民飢。不因分俵賑濟，如何會泄天機？假饒奏到三十三天，我里正無甚罪過。（末云）爲甚的？（丑云）只是點糧詐錢的做馬做驢。招狀執結是實，伏乞相公指揮。（外云）左右，押這厮去，就要賠償。（末押丑下）正是：懼法朝朝樂，欺公日日憂。（末押丑上云）假饒人心似鐵，怎逃官法如爐？告相公，里正賠償的稻子有了。（外云）支與那婦人去。（旦云）多謝相公。（末與旦，丑覷覷科云）由你半路去，我好歹與你奪了便罷。（旦云）謝得恩官爲主維，（丑云）只教中路有災危。（外云）當權若不行方便，（末云）如入寶山空手回。（外、末、丑下）（旦云）一斟一酌，莫非前定。今日奴家去請糧，誰知道里正作弊，倉中没了。若不得相公督併，里正賠償，奴家如何得這些穀回家救濟二親？正是：飢時得一口，强似飽時得一斗。（欲下）（丑上攔住云）恩人相見，分外眼明。讐人相見，分外眼睁。我也會見你過來呵！你快把稻子還我，萬事全休。（旦云）呀！相公與奴家的稻子，如何還你？（丑云）咳！方纔不是你只管告不休，相公如何要我賠償？這稻子是我賣老小賣家私的，你如何挐去？（搶科）（旦云）里正官人，休要用强；可憐奴家艱辛！（丑云）可憐你甚的？

【雙調過曲·鎖南枝】（旦唱）兒夫去，竟不還，公婆兩人都老年。自從昨日到如今，不能彀一餐飯。（丑云）你公婆没飯喫，也不干我事。（旦唱）奴請糧，他在家懸望眼。念我年老公婆，做方便。

（拜丑科）（丑云）不要拜，不要拜。這般時年，我做不得方便；你將稻子還我便罷。

【前腔】（旦唱）鄉官可憐見，這些稻子呵，是我公婆命所關。若是必須奪將去，寧可脱下衣裳，就問鄉官换。（脱衣科）（丑云）不要，不要，你身上也寒冷。（旦唱）寧使奴身上寒，只要與公婆救殘喘。

（丑云）娘子，罷，罷。你説起這話，都是孝心，我不忍問你取了。莫怪，莫怪。你去罷。（旦云）如此多謝。（丑虚下躲科）（旦云）謝天謝地！且喜里正去了，不免趲行幾步。（丑上推旦奪下科）

【前腔】（旦唱）奪將去，真可憐，公婆望奴不見還。縱然他不埋寃，道我做媳婦的有何幹？他忍饑添我夫罪愆，教奴怎見得我夫面？

（旦云）千死萬死，終久是死；不如早死爲强。此間有一口古井，不免投入死休。（欲投科）

【前腔】（旦唱）將身赴井泉，思量左右難。我丈夫當年分散，叮嚀囑付爹娘，教我與他相看管。苦！我死却他形影單，夫婿與公婆，可不兩埋怨？

【前腔】（外唱）媳婦去，不見還，教人在家凝望眼。（外跌倒旦扶科）（外唱）呀！你在這裏閒行，教我望得肝腸斷。（旦唱）公公，奴請糧爲你供午餐，又誰知被人騙。

（外云）媳婦，却怎麽説？（旦云）公公，奴家請得些稻子，到半途之中，却被里正奪去了。（外云）天那！元來如此。（哭科）

【前腔】（外唱）思量我命乖蹇，不由人不珠淚漣。料想終須餓死，不如早赴黄泉，免把你厮牽絆。媳婦，婆老年，不久延，你須是好看管。

呀！這裏元來有一口古井，不免投入死休。

【前腔】（旦唱）公公，你若身傾棄，我苦怎言？公還死了婆怎免？你兩人一旦身亡，教我獨自如何展？公公，你喫苦辛其實難過遣，我痛傷悲只得强相勸。

【前腔】（外唱）媳婦，你衣衫盡解典，囊篋已罄然。縱使目前存活，到底日久日深，你與我難相念。苦！衣食缺你行孝難，活寃家不如早折散。（外欲投井旦救科）（末挑穀上科）

【前腔】（末唱）不豐歲，荒歉年，官司把糧來給散。見一個年老的公公，在那裏頻嗟嘆。待向前仔細看，呀！我道是誰，元來是蔡老員外和五娘子呵。你兩人在此有何幹？

（旦云）公公，一言難盡。奴家今日聞知官司給散義倉，去請些糧米，與公婆充饑。誰想里正作弊，倉中没了稻子。謝得相公着令里正賠納，把些與奴家；來到半途，被里正奪去。奴家害羞回來，公公見説，也要投井死，奴家正在此勸解公公。（末）咳！五娘子，你差了。老夫方纔也請得些官糧，正要將來分送你公公，你怎的不來與我商量，卻自家出去，被那狂徒欺侮？

【前腔】（末唱）我聽你説這言，待我趕去，罵那廝鐵心腸，昧心漢。（旦云）公公，他去得遠了。（外云）罷！罷！太公，我和你是良善之人，不要與那狂徒一般見識。只是我這幾日餓得難過。（末云）員外，你且不須憂慮，我也請得些官糧，和你兩下分一半。（旦云）這是公公請的，如何使得？（末云）咳！五娘子，你休恁推，莫棄嫌，且將回，權做兩厨飯。

（旦云）如此，多謝了公公。（末云）怎説這話？五娘子，你伯喈當初出去，把爹娘囑付與老夫。今日是荒年飢歲，虧殺你獨自支吾。終不然我自温飽，教你忍飢受餓？古語云：濟人須濟急時無。你胡亂將這些救濟公姑則個。五娘子，你先回去，我和你公公隨後緩緩的來。

【正宮過曲・洞仙歌】（旦唱）苦！家私没半分，靠着奴此身。只要救公婆，豈辭多苦辛？（合）空把淚珠揾，可憐饑與貧，這苦説不盡。

【前腔】（外唱）太公，我本爲泉下人，他救我一命存。只怕我不久身亡，報不得媳婦恩。（合前）

【前腔】（末唱）見説不可聞，况我托在隣。終不然我享安和，忍見你受饑窘？（合前）

（旦）命薄多年受苦辛，（外）不如身死早離分。

（末）惟有感恩并積恨，（合）萬年千載不成塵。

第十八齣　再報佳期

（丑扮媒婆上）

【越調過曲·蠻牌令】（丑唱）終日走千遭，走得脚無毛。何曾見湯水面？花紅也不曾見半分毫。到不如做個虔婆頂老，也落得些鴨汁喫飽。窮酸秀才直恁喬，老婆與他，故推不要。

（丑云）咳！我做媒婆做到老，不曾見這般好笑。叵耐一個秀才，老婆與他不要。别人見了媒婆歡歡喜喜，他反和我尋争尋閙。老相公又不肯干休，只管在家囉唣。把媒婆放在中間，旋得七顛八倒。走得我鞋穿襪綻，説得我唇乾口燥。也不怕你親事不成，也不怕你姻緣不到。只怕你紅羅帳裏快活，不叫媒婆聒噪。這裏便是狀元貴館。呀！恰好的狀元出來了。

【越調引子·金蕉葉】（生唱）愁多怨多，俺爹娘知他怎麽？擺不脱功名奈何？送將來冤家怎躲？

（相見科）（丑云）狀元，賀喜！賀喜！牛太師選定今日與小姐畢姻，請狀元早赴佳期。（生云）天那！此事如何是好？（丑云）狀元，事皆前定，不必再推。

【南吕過曲·三换頭】（生唱）名韁利鎖，先自將人摧挫。況鸞拘鳳束，甚日得到家？我也休怨他。這其間，只是我，不合來，長安看花。悶殺我爹娘也，淚珠空暗墮。（合）這段姻緣，也只是無如之奈何。

【前腔】（丑唱）鸞臺罷粧，鵲橋初駕。佳期近也，請仙郎到河。（生云）媒婆，我去也不妨；只是一心掛兩頭，如何是得？（丑云）狀元，此事明知牽掛，這其間，只得把，那壁廂，且都拚捨。況奉君王詔，怎生別了他？（合前）

（丑云）狀元，門首轎馬都已齊備了。

（丑）及早赴佳期，（生）歡娱成怨悲。

（合）情知不是伴，事急且相隨。

第十九齣　强就鸞凰

（外扮牛太師上）

【黄鍾引子・傳言玉女】（外唱）燭影揺紅，簾幕瑞烟浮動，畫堂中珠圍翠擁。粧臺對月，下鸞鶴神仙儀從。玉簫聲裏，一雙鳴鳳。

（外云）左右何在？（院子上云）獨立畫堂聽命令，珠簾底下一聲傳。老相公有何指揮？（外云）左右，我今日與小姐畢姻，筵席安排了未？（院子云）安排完備了。（外云）完備得如何？〔水調歌頭〕（院子云）屏開金孔雀，褥隱繡芙蓉。獸爐烟裊，蓮臺絳蠟吐春紅。廣設珊瑚席子，高把真珠簾捲，環列翠屏風。人間丞相府，天上蕊珠宫。錦遮圍，花爛熳，玉玲瓏。繁絃脆管，歡聲鼎沸畫堂中。簇擁金釵十二，座列三千珠履，談笑盡王公。正是：門闌多喜氣，女婿近乘龍。（外云）狀元來未？（院子云）望見一簇人馬喧鬧，想是狀元來了。（生上）

【女冠子】（生唱）馬蹄篤速，傳呼齊擁雕轂。（外唱）金花帽簇，天香袍染，丈夫得志，佳婿坦腹。

（外云）惜春，狀元已到，請小姐出來拜堂。（貼上）

【前腔】（貼唱）粧成聞喚促，又將綵扇重遮，羞蛾輕蹙。（净、丑執掌扇上）（合）這姻緣不俗，金榜題名，洞房花燭。

（净云）狀元和小姐兩個，各自立一邊，請陰陽先生讚禮。（末扮賓人上云）禀相公，告廟。（末云）維大漢太平年，團圓月，和合日，吉利時，嗣孫牛某，有女及笄，奉聖旨招贅新狀元蔡邕爲婿。以此吉辰，敢申虔告。告廟已畢，請與新人揭起方巾。（丑云）待我來。伏以窈窕青娥二八春，緑雲之上覆方巾。玉纖揭起西川錦，露出嬌容賽玉真。掌禮，請喝拜。（末云）竊以禮重婚姻，兹實人倫之大；義當配偶，爰思宗系之承。張設青廬，(一)熒煌花燭。祀供蘋藻，首嚴見廟之儀；贄備棗榛，抑講拜堂之禮。集珠履玳簪之客，環金釵玉珥之賓。慶會良宵，觀光盛事。香熏寶鴨，濃騰裊裊之烟；步擁金蓮，請下深

（一）青廬：原作「青爐」，據文義改。

深之拜。（喝拜科）拜禮已畢，請狀元小姐把酒。

【黃鍾過曲・畫眉序】（生唱）攀桂步蟾宮，豈料絲蘿在喬木。喜書中今朝有女如玉，堪觀處絲幕牽紅，恰正是荷衣穿緑。（合）這回好個風流婿，偏稱洞房花燭。

【前腔】（外唱）君才冠天禄，我的門楣稍賢淑。看相輝清潤，瑩然冰玉。光掩映孔雀屏開，花爛熳芙蓉穩褥。（合前）

【前腔】（貼唱）頻催少膏沐，金鳳斜飛鬢雲矗。喜逢他蕭史，愧非弄玉。清風引珮下瑤臺，明月照粧成金屋。（合前）

【前腔】（净、丑唱）湘裙展六幅，似天上嫦娥降塵俗。喜藍田今已種成雙玉。風月賽閬苑三千，雲雨笑巫山二六。〔一〕（合前）

【滴溜子】（生唱）謾説道姻緣事，果諧鳳卜。細思之，此事豈吾意欲？有人在高堂孤獨。可惜新人笑語喧，不知我舊人哭。兀的東床，難教我坦腹？

【鮑老催】（衆唱）翠眉謾蹙，赤繩已繫夫婦足，芳名已注婚姻牘。狀元，空嗟怨，枉嘆息，休摧挫。畫堂富貴如金谷。休戀故鄉生處好，受恩深處親骨肉。

〔一〕眉批：王曰：三千、二六，置之□□□□□□□□□。

【滴滴金】（衆唱）金猊寶鼎香馥郁，銀海瓊丹汎醽醁，輕飛綵袖呈嬌舞。囀鶯喉，歌麗曲，歌聲斷續，持觴勸酒人共祝。人共祝，百年夫婦永和睦。

【鮑老催】（衆唱）意深愛篤，文章富貴珠萬斛，天教艷質爲眷屬。似蝶戀花，鳳棲梧，鸞停竹。男兒有書須勤讀，書中自有黄金屋，也自有千鍾粟。

【雙聲子】（衆唱）郎多福，郎多福，看紫綬黄金束。娘萬福，娘萬福，看花誥紋犀軸。兩意篤，兩意篤。豈非福，豈非福。似紋鸞綵鳳，兩兩相逐。

【餘文】（合）郎才女貌真不俗，占斷人間天上福，百歲姻緣萬事足。

（合）清風明月兩相宜，女貌郎才天下奇。
正是洞房花燭夜，果然金榜掛名時。

第二十齣　勉食姑嫜

【南吕引子・薄倖】（旦唱）野曠原空，人離業敗。謾盡心行孝，力枯形憊。幸然爹媽，此身安泰。栖惶處，見慟哭饑人滿道，嘆舉目將誰倚賴？

曠野蕭疏絶烟火，日色慘淡黯村塢。死別空原婦泣夫，生離他處兒牽母。睹此悽惶實可憐，思量轉覺此身難。高堂父母老難保，上國兒郎去不還。力盡計窮淚亦竭，看看氣盡知何日？高岡黄土漫成堆，誰把一抔掩奴骨？奴家自從丈夫去後，頓遭饑荒。衣衫首飾，盡皆典賣，家計蕭然。争奈公婆年老，死生難保；朝夕又無甘旨膺奉，如何是好？只得安排一口淡飯與公婆充饑，奴家自把些穀膜米皮鑼來喫，苟留殘喘。喫時又怕公婆撞見，只得迴避，免致他煩惱。如今飯已熟了，不免請出公婆早膳則個。（外、浄上）

【雙調引子・夜行船】（外唱）苦！忍餓擔饑何日了？孩兒一去，竟無音耗。（浄唱）甘旨蕭條，米糧缺少。（合）天那！真個死生難保。

（旦云）請公公婆婆早膳。（浄云）媳婦，有菓蔬麽？（旦云）没有。（浄云）有下飯麽？（旦云）也没有。（浄云）賤人，前日早膳還有些下飯，今日只得一口淡飯。再過幾日，連淡飯也没有了。快擡去！（外云）咳！這般時年，胡亂喫一口充飢，還要分甚麽好歹？

【南吕過曲・鑼鼓令】（浄唱）我終朝受餒，賤人，你將來的飯教我怎喫？可疾忙便擡，非干是我有些饞態。

【前腔】（外唱）阿婆，你看他衣衫都解，好茶飯將甚去買？兀的是天災，教媳婦每難佈擺。

【前腔】（旦唱）婆婆息怒且休罪，待奴家霎時將去再安排。思量到此，珠淚滿腮。看看做鬼，溝渠裏埋。縱然不死也難捱，教人只恨蔡伯喈。

【前腔】（浄唱）如今我試猜，多應他犯着獨噇病來，背地裏自買些鮭菜？（外云）阿婆，他那裏得錢去買？（净云）阿公，我喫飯他緣何不在？這些意兒真是歹。

【前腔】（外唱）阿婆，他和你甚相愛，不應反面直恁的乖。（旦背唱）我千辛萬苦，有甚疑猜？可不道我臉兒黄瘦骨如柴。

（净云）擡去，擡去。（外云）媳婦，婆婆喫不得，你且收去。（旦收云）婆婆耐煩，待奴家去佈擺些東西，再安排過來。（净云）你去，你去。（旦云）正是：啞子謾嘗黄柏味，難將苦口向人言。（下）（净云）阿公，親的到底是親。親生兒子不留在家，到倚靠着媳婦供養。你看前日兀自有些鮭菜，今日只得些淡飯，教我怎的喫？再過幾日，連飯也没了。我看他前日自喫飯時節，百般躲避我，敢是他背地裏自買些下飯受用分曉？（外云）阿婆，休要錯疑了，我看媳婦不是這般樣人。（净云）恁的，等他自喫時節，我和你潛地裏去探一探，便知端的。（外云）也説得是。只一件那。（净云）却怎的？

（外）荒年有飯休思菜，（净）媳婦無良把我虧。

（外）混濁不分鰱共鯉，（合）水清方見兩般魚。

第二十一齣　糟糠自厭

【南吕過曲・山坡羊】(一)(旦唱)亂荒荒不豐稔的年歲，遠迢迢不回來的夫婿。(二)急煎煎不耐煩的二親，軟怯怯不濟事的孤身體。苦！衣盡典，寸絲不掛體。幾番拚死了奴身已，争奈没主公婆，教誰看取？思之，虚飄飄命怎期。難捱，實丕丕災共危。

【前腔】滴溜溜難窮盡的珠淚，亂紛紛難寬解的愁緒。骨崖崖難扶持的病身，戰兢兢難捱過的時和歲。這糠，我待不喫你呵，教奴怎忍饑？我待喫你呵，教奴怎生喫？思量起來，不如奴先死，圖得不知他親死時。(合前)

奴家早上安排些飯與公婆喫，豈不欲買些鮭菜？争奈無錢可買。不想婆婆抵死埋冤，只道奴家背地自喫了甚麽東西。不知奴家喫的是米膜糠粃，又不敢教他知道。便做他埋冤殺我，我也不敢分説。苦！這糠粃怎的喫得下？(喫吐科)

【雙調過曲・孝順歌】(旦唱)嘔得我肝腸痛，珠淚垂，喉嚨尚兀自牢嗄住。糠那！你遭礱被

(一)　吕：原作『調』，據曲律改。

(二)　眉批：李曰：似田畯紅女翻勞之歌，字字本色，不失古樂府韻調。

春杵，篩你簸颺你，喫盡控持。好似奴家身狼狽，千辛萬苦皆經歷。苦人喫着苦味，兩苦相逢，可知道欲吞不去。（外、淨潛上探覷科）

【前腔】（旦唱）糠和米，本是相依倚，被簸颺作兩處飛。一賤與一貴，好似奴家與夫婿，終無見期。丈夫，你便是米呵，米在他方沒尋處。奴家恰便似糠呵，怎的把糠來救得人饑餒？好似兒夫出去，怎的教奴供膳得公婆甘旨？（外、淨潛下科）

【前腔】（旦唱）思量我生無益，死又值甚的，不如忍饑死了爲怨鬼。只一件，公婆老年紀，靠奴家相依倚，只得苟活片時。片時苟活雖容易，到底日久也難相聚。謾把糠來相比，(一)這糠呵，尚兀自有人喫，奴家的骨頭，知他埋在何處？

（外、淨上）（淨云）媳婦，你在這裏喫甚麼？（旦云）奴家不曾喫甚麼。（淨搜奪科）（旦云）婆婆，你喫不得！（外云）咳！這是甚麼東西？

【前腔】（旦唱）這是穀中膜，米上皮，（外云）呀！這便是糠，要他何用？（旦唱）將來饆饠堪療饑。（淨云）咦！這糠只好將去餵猪狗，如何把來自喫？（旦唱）嘗聞古賢書，狗彘食人食，也强如草根樹皮。（外、淨云）恁的苦澀東西，怕不噎壞了你？（旦唱）嚙雪吞氈，蘇卿猶健；餐松食柏，

(一) 眉批：王曰：苦境與實境相比，使人聽之，哀苦便自百倍。

到做得神仙侣。這糠呵，縱然喫些何慮？（浄云）阿公，你休聽他説謊，糠粃如何喫得？（旦唱）爹媽休疑，奴須是你孩兒的糟糠妻室。

（外、浄看哭科）媳婦，我元來錯埋冤了你，兀的不痛殺我也！（外、浄倒）（旦叫哭科）

【仙吕入雙調・雁過沙】（旦唱）苦！沉沉向冥途，空教我耳邊呼。公公婆婆，我不能彀盡心相奉事，反教你爲我歸黄土。教人道你死緣何故？公公婆婆，怎生割捨得抛棄了奴？

（外醒科）（旦云）謝天謝地，公公醒了！公公，你閞闔。

【前腔】（外唱）媳婦，你擔飢事姑舅。媳婦，你擔飢怎生度？（旦云）公公且自寬心，不要煩惱。（外云）媳婦，我錯埋冤了你，你也不推辭，到如今始信有糟糠婦。媳婦，料應我不久歸陰府，也省得爲我死的，累你生的受苦。

（旦扶外起科）公公且在床上安息，待我看婆婆如何。（旦叫不醒科）呀！婆婆不濟事了，如何是好？

【前腔】（旦唱）婆婆氣全無，教奴怎支吾？咳！丈夫呵，我千辛萬苦，爲你相看顧，如今到此難回護。我只愁母死難留父，況衣衫盡解，囊篋又無。

（外云）媳婦，婆婆還好麽？（旦云）婆婆不好了！

【前腔】（外唱）天那！我當初不尋思，教孩兒往帝都。把媳婦閃得苦又孤，把婆婆送入黄泉路，算來是我相擔誤。不如我死，免把你再辜負。

（旦云）公公休説這話，請自將息。（外云）媳婦，婆婆死了，衣衾棺槨，是件皆無，如何是好？（旦云）公公寬心，待奴家區處。（末云）福無雙降猶難信，禍不單行却是真。老夫爲何道此兩句？爲鄰家蔡伯喈妻房趙氏五娘。他嫁得伯喈方纔兩月，伯喈便出去赴選。自去之後，連遭飢荒。公婆年紀皆在八十之上，家裏更没個相扶持的。甘旨之奉，虧殺這五娘子。把些衣服首飾之類，盡皆典賣，辦些糧米，供給公婆；却背地裏把糠粃餺饠充飢。這般荒年飢歲，少甚麽有三五個孩兒的人家，供膳不得爹娘。這個小娘子，真個今人中少有，古人中難得。那婆婆不知道，顛倒把他埋冤；適來聽得他公婆知道，却又痛心，都害了病。如今不免到他家裏探望則個。呀！五娘子，你爲甚的荒荒張張？（旦云）公公，天有不測風雲，人有旦夕禍福。奴家婆婆死了。（末云）咳！你婆婆既死了，你公公如今在那裏？（旦云）在床上睡着。（末云）待我看一看。（外云）太公休怪，我起來不得了。（末云）老員外，快不要勞動。（旦云）太公，我婆婆衣衾棺槨，是件皆無，如何是好？（末云）五娘子，你不要愁煩，我自有區處。

【仙吕入雙調·玉包肚】（旦唱）千般生受，教奴家如何措手？終不然把他骸骨，没棺材送在荒坵？（合）相看到此，不由人不淚珠流，正是不是冤家不聚頭。

【前腔】（末唱）五娘子，不必多憂，資送婆婆，在我身上有。你但小心承直公公，莫教他又成不救。（合前）

【前腔】（外唱）張公護救，我媳婦實難啓口。孩兒去後，又遇饑荒，把衣衫典賣無留。（合前）（末云）老員外，你請進裏面去歇息。待我一霎時叫家僮討棺木來，把老安人殯斂了；選個吉日，送在南山安葬去。（外云）如此，多謝太公周濟。〔一〕

（旦）只爲無錢送老娘，（末）須知此事有商量。

（合）歸家不敢高聲哭，惟恐猿聞也斷腸。

第二十二齣　琴訴荷池

【南吕引子・一枝花】（生唱）閒庭槐影轉，深院荷香滿。簾垂清晝永，怎消遣？十二欄杆，無事閒凭遍。悶來把湘簟展，夢到家山，又被翠竹敲風驚斷。〔二〕

〔南鄉子〕翠竹影摇金，水殿簾櫳映碧陰。人静晝長無個事，沉吟，碧酒金樽懶去斟。　幽恨苦相尋，離别經年没信音。寒暑相催人易老，關心，却把閒愁付玉琴。院子，將琴書過來。（末將琴書上）黄卷看來消白日，朱絃動處引清風。炎蒸不到珠簾下，人在瑶池閬苑中。相公，琴書在此。（生云）院子，你與我唤那兩個學僮過來。（末叫科）（净執扇丑執香上）

〔一〕濟：原作『濟』，據汲古閣刊本《繡刻琵琶記定本》改。
〔二〕眉批：一種清虚縹緲之仙，乃作家山夢想，無限淒涼却寫入詞人毫端，亦飄亦仙。

【南吕過曲·金錢花】（净、丑唱）自少承直書房，書房。快活其實難當，難當。只管打扇與燒香，荷亭畔，好乘凉。喫飽飯，上眠床。

（参見科）（生云）我在先得此材於爨下，斵成此琴，即名焦尾。自來此間，久不整理。今日當此清凉，試操一曲，以舒悶懷。你三人一個打扇，一個燒香，一個管文書，休得嫚誤。（衆云）領鈞旨。（生操琴科）

【懶畫眉】（生唱）强對南薰奏虞絃，只覺指下餘音不似前，那些個流水共高山？呀！只見滿眼風波惡，似離别當年懷水仙。

（净困掉扇科）（末云）告相公，打扇的壞了扇。（生云）背起打十三！那厮不中用，只教他燒香。（末云）領鈞旨。

【前腔】（生唱）頓覺餘音轉愁煩，似寡鵠孤鴻和斷猿，又如别鳳乍離鸞。呀！只見殺聲在絃中見，敢只是螳螂來捕蟬？

（丑困滅香科）（净云）告相公，燒香的滅了香。（生云）背起打十三！那厮不中用，只教他管文書。（末云）領鈞旨。

【前腔】（生唱）藍田日暖玉生烟，似望帝春心托杜鵑，[一]好姻緣翻做惡姻緣。只怕眼底知音

[一] 眉批：王曰：《錦瑟》一聯寫入琴中，無妨托物比思。

少，争得鸞膠續斷絃。

（末捽文書科）（丑云）告相公，管文書的亂了文書。（生云）背起打十三！（貼上）（生云）左右，夫人來也，且各回避。（衆云）正是：有福之人人伏事，無福之人伏事人。（末、丑、浄下）

【南吕引子・滿江紅】（貼唱）嫩緑池塘，梅雨歇薰風乍轉。瞥然見新涼華屋，已飛乳燕。簟展湘波紈扇冷，歌傳《金縷》瓊巵暖。（衆唱）炎蒸不到水亭中，珠簾捲。

（貼云）相公元來在此操琴呵。（生云）夫人，我當此清凉，聊托此以散悶懷。（貼云）奴家久聞相公高於音樂，如何來到此間，絲竹之音，杳然絶響？斗膽請再操一曲，相公肯麽？（生云）夫人待要聽琴，彈甚麽曲好？我彈一曲《雉朝飛》何如？（貼云）這是無妻的曲，不好。（生云）呀！說錯了。如今彈一個《孤鸞寡鵠》何如？（貼云）兩個夫妻正團圓，說甚麽孤寡？（生云）不然，彈一曲《昭君怨》何如？（貼云）兩個夫妻正和美，說甚麽宫怨？相公，當此夏景，只彈一個《風入松》好。（生云）這個却好。（彈科）（貼云）相公，你彈錯了。（生云）呀！倒彈出《思歸引》來。待我再彈。（貼云）相公，你又彈錯了。（生云）呀！又彈出個《别鶴怨》來。（貼云）相公，你如何恁的會差？莫不是故意賣弄，欺侮奴家？（生云）豈有此心！只是這絃不中用。（貼云）這絃怎的不中用？（生云）俺只彈得舊絃慣，這是新絃，俺彈不慣。（貼云）舊絃在那裏？（生云）舊絃撇下多時了。（貼云）爲甚撇了？（生云）只爲有了這新絃，便撇了那舊絃。（貼云）相公何不撇了新絃，用那舊絃？（生云）夫人，我心裏豈不想那舊絃？只是新絃又撇不下！（貼云）你新絃既撇不下，還思量那舊絃怎的？我想起來，只是你心不在焉，特地有許多説話。

【仙吕過曲·桂枝香】（生唱）夫人，舊絃已斷，新絃不慣。舊絃再上不能，待撇了新絃難拚。我一彈再鼓，一彈再鼓，又被宫商錯亂。（貼云）相公，你敢是心變了麽？（生唱）非干心變，這般好凉天。正是此曲纔堪聽，又被風吹别調間。(一)

【前腔】（貼唱）相公，非彈不慣，只是你意慵心懶。既道是《寡鵠孤鸞》，又道是《昭君宫怨》。那更《思歸》《别鶴》，《思歸》《别鶴》，無非愁嘆。相公，我看你多敢是想着誰？（生云）夫人，我不想着甚麽人。（貼唱）相公，有何難見？你既不然，我理會得了。你道是除了知音聽，道我不是知音不與彈。

（生云）夫人，那有此意？（貼云）相公，這個也由你，畢竟你無心去彈他。何似教惜春安排酒過來，與你消遣何如？（生云）我懶飲酒，待去睡也。（貼云）相公休阻妾意，老姥姥、惜春，看酒來。（浄、丑持酒上）

【燒夜香】（浄唱）樓臺倒影入池塘，緑樹陰濃夏日長，（丑唱）一架荼蘼滿院香。（合）滿院香，

(一) 眉批：□用高駢詩語：昨夜箏聲響碧空，宫商信任往來風。依稀似曲纔堪聽，又被吹將别調中。發樂云『正是』者，所謂引用古人也。

和你飲霞觴。捲起珠簾，明月正上。

（貼云）將酒過來。

【南吕過曲・梁州序】（貼唱）新篁池閣，槐陰庭院，日永紅塵隔斷。碧欄干外，寒飛漱玉清泉。只覺香肌無暑，素質生風，小簟琅玕展。晝長人困也，好清閒，忽被棋聲驚晝眠。（合）《金縷》唱，碧筒勸，向冰山雪巘排佳宴。清世界，幾人見？

【前腔】（生唱）薔薇簾箔，荷花池館，一陣風來香滿。湘簾日永，香消寶篆沉烟。謾有枕欹寒玉，扇動齊紈，怎遂黄香願？（作悲科）（貼云）相公，你爲甚的下淚？（生唱）猛然心地熱，透香汗，我欲向南窻一醉眠。（合前）

【前腔】（貼唱）向晚來雨過南軒，見池面紅粧零亂。漸輕雷隱隱，雨收雲散。只覺荷香十里，新月一鈎，此景佳無限。蘭湯初浴罷，晚粧殘，深院黄昏懶去眠。（合前）

【前腔】（生唱）柳陰中忽噪新蟬，見流螢飛來庭院。聽菱歌何處，畫船歸晚。只見玉繩低度，朱户無聲，此景尤堪戀。起來攜素手，鬢雲亂，月照紗幮人未眠。（合前）

【節節高】（浄唱）漣漪戲綵鴛，把露荷翻，清香瀉下瓊珠濺。香風扇，芳沼邊，閒亭畔。坐來不覺神清健，蓬萊閬苑何足羨？（合）只恐西風又驚秋，不覺暗中流年换。

【前腔】（丑唱）清宵思爽然，好涼天，瑶臺月下清虚殿。神仙眷，開玳筵，重歡宴。任教玉漏

催銀箭，水晶宫裏把笙歌按。（合前）

【餘文】（衆唱）光陰迅速如飛電，好良宵可惜漸闌，管取歡娱歌笑喧。

（生云）樵樓上幾鼓了？（浄云）三鼓了。（貼）歡娱休問夜如何，（生）此景良宵能幾何。（浄）遇飲酒時須飲酒，（丑）得高歌處且高歌。

第二十三齣　代嘗湯藥

【越調引子·霜天曉角】（旦唱）難捱怎避？災禍重重至。最苦婆婆死矣，公公病又將危。〔一〕

（旦云）屋漏更遭連夜雨，船遲又被打頭風。奴家自從婆婆死後，萬千狼狽；誰知公公病又將危。如今賸得些藥，已煎在此；不免再安排一口粥湯。

【犯胡兵】（旦唱）囊無半點調藥費，良醫怎求？天那！然縱救得目前，飯食何處有？料應

〔一〕　眉批：李曰：『糟糠自厭』『代嘗湯藥』『祝髮買葬』數條，當識其規鑊獨創，無古無今，在傳奇中高出人一頭地。他辭雖藻繪，着宇宙間無關詎，但落第二義也。要之，可整求不可句□□□。

難到後。謾説道有病遇良醫，饑荒怎救？

公公這病呵，

【前腔】愁萬苦千恁生受，粧成這症候。藥呵，縱然救得目前，怎免得憂與愁？料應不會久。他只爲不見孩兒，纔得這病。若要這病好時呵，除非是子孝父心寬，方纔可救。

藥已熟了，且扶公公出來喫些，看何如？（旦下扶外上）

【霜天曉角】（外唱）神散魂飛，料應不久矣。（旦云）公公，請鬮閨。（外唱）我縱然擡頭强起，形衰倦，怎支持？

（旦云）公公，藥已熟了，慢慢喫些。（外云）媳婦，我喫不得這藥了。

【南吕過曲・香遍滿】（旦唱）論來湯藥，須索是子先嘗方進與父母。公公，莫不是爲無子先嘗，恰便尋思苦？（外喫藥吐科）（旦云）公公，且耐煩喫些。（外云）媳婦，這藥我喫不得了。我寧可早死了罷，免得累你。（旦唱）公公，你須索鬮閨，怎捨得一命殂？（外云）媳婦，你喫糠，省錢贖藥與我喫，我怎的喫得下？（旦唱）苦！元來不喫藥，也只爲着糟糠婦。

（旦云）公公既不喫藥，且喫一口粥湯，看如何？（外喫粥吐科）（旦云）公公，還慢慢喫些。（外云）媳婦，我肚腹膨脹，怎喫得下？

【前腔】（旦唱）公公，你萬千愁苦，堆積在悶懷，成氣蠱，可知道喫了吞還吐。（外云）媳婦，我不濟事了，必是死也。孩兒又不回來，只是虧了你。（旦云）公公且自寬心，不要煩惱。（旦背哭科）怕添親怨憶，暗將珠淚墮。（外云）媳婦，你喫糠，却教我喫粥，我怎的喫得下！（旦唱）苦！元來不喫粥，也只爲着糟糠婦。

（外云）媳婦，我死也不妨，只怨孩兒不在家，虧殺了你。你近前來，我有兩句言語分付你。（旦云）公公，如何？（外跌倒拜科）

【仙吕過曲·青歌兒】（外唱）媳婦，我三年謝得你相奉事，只恨我當初把你相擔誤。天那！我欲待報你的深恩，待來生我做你的媳婦。怨只怨蔡伯喈不孝子，苦只苦趙五娘辛勤婦。

（旦云）公公，奴身不足惜。

【前腔】（旦唱）我一怨倘公死後有誰來祀，二怨你有孩兒不得相看顧，三怨你三年間没一個飽暖的日子。三載相看甘共苦，一朝分别難同死。

（外云）媳婦，我死呵，

【前腔】（外唱）你將我骨頭休埋在土。（旦云）呀！公公，百歲後不埋在土，却放在那裏？（外云）媳婦，都是我當初不合教孩兒出去，誤得你恁的受苦。（外唱）我甘受折罰，任取屍骸露。（旦云）公公，你休這般説，被人談笑。（外云）媳婦，不笑着你。（外唱）留與傍人，道蔡伯喈不葬親父。怨只怨蔡伯喈不孝子，苦只苦趙五娘辛勤婦。

（旦云）公公，倘你死呵，

【前腔】（旦唱）公婆已得做一處所，料想奴家不久也歸陰府。苦！可憐一家三個怨鬼在冥途。三載相看甘共苦，一朝分別難同死。

（外云）媳婦，我畢竟是死了，你與我請張太公過來。（旦云）公公，説猶未了，恰好張太公來也。（末上）歲歉無夫婿，家貧喪老親。可憐貞潔女，日夜受艱辛。五娘子，你公公病症何如？（旦云）太公，我公公的病症，十分危篤。（末云）如此，待我向前看着。老員外，你貴體若何？（外云）苦！張太公，我不濟事了，畢竟是個死。你今來得恰好，我憑你爲證，寫下遺囑與媳婦收執。待我死後，教他休要守孝，早早改嫁便了。（旦云）公公，你休那般説！自古道：忠臣不事二君，烈女不更二夫。公公，休要寫！（外云）媳婦，你取紙筆過來。（旦云）公公，奴家生是蔡郎妻，死是蔡郎婦。千萬休寫，枉自勞神。（外云）媳婦，你不取紙筆來，要氣殺我也！（末云）五娘子，你休逆他；嫁與不嫁在乎你。且取將過來。（旦取上外作寫科）咳！這一管筆倒有千斤來重。

【越調過曲・羅帳裏坐】（外唱）媳婦，你艱辛萬千，是我擔誤了伊。你不嫁人呵，身衣口食，怎生區處？休休！當元是我拆散了你夫妻，我如今死了呵，終不然教你，又守着靈幃？（放筆科）已知死別在須臾，更與甚麼生人做主？

【前腔】（末唱）這中間就裏，我難説怎提。五娘子，你若不嫁人，恐非活計；若不守孝，又被人談議。可憐家破與人離，怎不教人淚垂？

【前腔】（旦唱）公公嚴命，非奴敢違。若是教我嫁人呵，那些個不更二夫，却不誤奴一世？公公，我一馬一鞍，誓無他志。可憐家破與人離，怎不教人淚垂？

（外云）張太公，我憑你爲證，留下這條拄杖，待我那不孝子回來，把他與我打將出去。（外倒旦扶科）

（旦）公公病裏莫生嗔，（末）員外寬心保自身。

（外）正是藥醫不死病，（合）果然佛度有緣人。

第二十四齣　宦邸憂思

【正宮引子·喜遷鶯】（生唱）終朝思想，但恨在眉頭，人在心上。鳳侶添愁，魚書絶寄，空勞兩處相望。青鏡瘦顔羞照，寶瑟清音絶響。歸夢杳，繞屏山烟樹，那是家鄉？

〔踏莎行〕怨極愁多，歌慵笑懶，只因添個鴛鴦伴。他鄉遊子不能歸，高堂父母無人管。湘浦魚沉，衡陽雁斷，音書要寄無方便。人生光景幾多時，蹉跎負却平生願。

【正宮過曲·雁魚錦】（生唱）思量，那日離故鄉。記臨期送別多惆悵，攜手共那人不厮放。教他好看承，我爹娘，料他每應不會遺忘。聞知饑與荒，只怕捱不過歲月難存養。若望不見我信音，却把誰倚仗？

【前腔換頭】思量，幼讀文章，論事親爲子也須要成模樣。真情未講，怎知道喫盡多魔障？被親强來赴選場，被君强官爲議郎，被婚强傚鸞凰。三被强，我衷腸事説與誰行？埋怨難禁這兩廂：這壁廂道咱是個不撑達害羞喬相識，那壁廂道咱是個不睹親負心的薄倖郎。

【前腔換頭】悲傷，鷺序鴛行，怎如那慈烏返哺能終養？謾把金章，綰着紫綬；試問斑衣，今在何方？斑衣罷講，縱然歸去，又恐怕帶麻執杖。天那！只爲那雲梯月殿多勞攘，落得淚雨如珠兩鬢霜。

【前腔換頭】幾回夢裏，忽聞鷄唱。忙驚覺錯呼舊婦，同問寢堂上。待朦朧覺來，依然新人鴛幃鳳衾和象床。怎不怨香愁玉無心緒？更思想，被他攔當，教我怎不悲傷？俺這裏歡娱夜宿芙蓉帳，他那裏寂寞偏嫌更漏長。(一)

【前腔換頭】謾悒怏，把歡娱翻成悶腸。菽水既清涼，我何心，貪着美酒肥羊？閃殺人花燭洞房，愁殺我掛名金榜。驀地裏自思量，正是歸家不敢高聲哭，只恐猿聞也斷腸。

院子何在？（末云）有問即對，無問不答。相公有何指揮？（生云）院子，你是我心腹之人，有一件事和你商量；你休要走了我的消息。（末云）小人安敢？（生云）我自從離了父母妻室，來此赴選，不擬

(一) 眉批：王曰：這段恍惚心緒，似夢似醒，俺有俺無，舌底模粘道不出處，寫得朗朗悽悽，筆端有舌。

一擢高科，拜授當職。將謂數月之後，可作歸計，誰知又被牛太師招爲門婿。一向逗留在此，不得還家見父母一面，故此要和你商量個計策。（末云）相公，自古道：不鑽不穴，不道不知。小人每常間見相公憂悶不樂，豈知這般就裏？相公何不説與夫人知道？（生云）院子，我夫人雖則賢慧，争奈老相公之勢，炙手可熱。待説與夫人知道，一霎時老相公得知，只道我去了不來，如何肯放我去？不如姑且隱忍，和夫人都瞞了；且待任滿尋個歸計。（末云）這的却是。老相公若還知道，如何肯放相公回去？（生云）院子，我如今要寄一封書家去，没個方便的人；欲待使人徑去，又怕老相公知道。你與我出街坊上體探，倘有我鄉里人來此做買賣，待我寄一封家書回去。（末云）小人謹領便去。

（生）終朝長相憶，（末）尋便寄書尺。

（合）眼望旌捷旗，耳聽好消息。

第二十五齣　祝髮買葬

【雙調引子·金瓏璁】（旦唱）饑荒先自窘，那堪連喪雙親？身獨自，怎支分？我衣衫都解盡，首飾并没分文。無計策，只得剪香雲。

〔蝶戀花〕萬苦千辛難擺撥，力盡心窮，兩淚空流血。裙布釵荆今已竭，萱花椿樹連摧折。金刀盈盈明似雪，遠照烏雲，掩映愁眉月。一片孝心難盡説，一齊分付青絲髮。奴家前日婆婆没了，已得張太公周濟。如今公公又没了，無錢資送，難再去求告他。我思想起來，没奈何了，只得剪下頭髮，賣幾貫鈔，爲送終之用。雖然這頭髮值錢不多，也只把他做些意兒，恰似教化一般。苦！不幸喪雙親，求人不可頻。聊將青絲髮，斷送白頭人。

【南吕過曲・香羅帶】（旦唱）一從鸞鳳分，誰梳鬢雲？粧臺懶臨生暗塵，那更釵梳首飾典無存也。頭髮，是我擔閣你度青春，如今又剪你資送老親。剪髮傷情也，怨只怨結髮薄倖人。

【前腔】思量薄倖人，辜奴此身。欲剪未剪，教我先淚零。我當初早披剃入空門也，做個尼姑去，今日免艱辛。咳！只有我的頭髮恁般苦。少甚麽佳人的，珠圍翠擁蘭麝熏。呀！似這般狼狽呵，我的身死兀自無埋處，説甚麽剪頭髮愚婦人！

【前腔】堪憐愚婦人，單身又窮。頭髮，我待不剪你呵，開口告人羞怎忍？我待剪你呵，金刀下處應心疼也。却將堆鴉髻舞鸞鬢，與烏鳥報答鶴髮親。教人道霧鬢雲鬟女，斷送霜鬢雪鬢人。（剪下哭科）

【南吕引子・臨江仙】（旦唱）連喪雙親無計策，只得剪下香鬟。非奴苦要孝名傳，正是上山擒虎易，開口告人難。

頭髮既已剪下，免不得將去貨賣。穿長街，抹短巷，叫一聲賣頭髮。

【南吕過曲・梅花塘】（旦唱）賣頭髮，買的休論價。念我受饑荒，囊篋無些個。丈夫出去，那堪連喪了公婆。没奈何，只得剪頭髮資送他。

呀！怎的都没人買？

【香柳娘】（旦唱）看青絲細髮，看青絲細髮，剪來堪愛，如何賣也没人買？這饑荒死喪，這饑荒死喪，怎教我女裙釵，當得恁狼狽？况連朝受餒，况連朝受餒，我的脚兒怎擡？其實難捱。（跌倒起科）

【前腔】往前街後街，往前街後街，并無人買。我待再叫一聲，咽喉氣噎，無如之奈。苦！我如今便死，我如今便死，暴露我屍骸，誰人與遮蓋？天那！我到底也只是個死，將頭髮去賣，將頭髮去賣，賣了把公婆葬埋，奴便死何害？

（作倒科）（末上云）慈悲勝念千聲佛，造惡徒燒萬炷香。今日蔡老員外病症不知如何？我且去看一看。呀！五娘子，你爲何倒在街上？（旦云）苦！太公可憐見，救奴家則個。（末扶科）五娘子，你手裏拿着頭髮做甚麽？（旦云）奴家公公又没了，無錢資送，只得把自己頭髮剪下，欲賣幾文鈔，爲送終之用。（末哭科）元來你公公又死了呵。你怎的不來和我商量？把這頭髮剪下做甚麽？（旦云）奴家多番來定害公公，不敢來相惱。（末云）呀！你説那裏話？五娘子。

【前腔】（末唱）你兒夫曾付托，兒夫曾付托，我怎生違背？你無錢使用，我須當貸。你將頭髮剪下，將頭髮剪下，又跌倒在長街，都緣我之罪。（合）嘆一家破敗，嘆一家破敗，否極何時泰來？各出珠淚。

【前腔】（旦唱）謝公公慷慨，謝公公慷慨，把錢相貸，我公婆在地下相感戴。只恐奴身死也，恐奴身死也，兀自没人埋。公公，誰還你恩債？（合前）

（末云）五娘子，你先回家去，我即着人送些布帛米穀之類與你使用。（旦云）如此，多謝公公。請收這頭髮。（末云）咳！難得，難得。這是孝婦的頭髮，剪來斷送公婆的，我留在家中，不惟傳流做個話名；後日蔡伯喈回來，將與他看，也使他惶愧。

（旦）謝得公公救妾身，（末）伊夫曾托我親鄰。

（合）從空伸出拏雲手，提起天羅地網人。

第二十六齣　拐兒紿誤

【仙吕入雙調·打毬場】（凈唱）幾年間，爲拐兒，脱空説謊爲最。遮莫你是怎生俏俏的，也落在我圈套。

自家脱空爲活計，掏摸作生涯。劍舌鎗唇伶俐的，也引教他懵懂；虚脾甜口慳吝的，也哄教他粧風。鄉貫何曾有定居？姓名誰人知真實？粧成圈套，見了的便自入來；做就機關，入着的怎生出去？

騙了鍾馗手裏寶劍，拐了洞賓瓢裏仙丹。果然是來無跡，去無踪，對面騙人如撮弄；縱使和你行，和你坐，當場賺你怎埋冤。拐兒陣裏先鋒，哄局門中大將。何用剜墻穵壁？强如黑夜偷兒。不索挾斧持刀，真個白晝劫賊。正是：天不生無禄之人，地不長無根之草。自家打聽得蔡狀元家住陳留，父母在堂，久無消息。他如今要寄家書回去，况我在陳留走得慣熟，頗習語音，不免粧扮做陳留人，假寫他父母家書遞與他，必有回音。倘或附帶些金帛回家，也不見得覓却一個小富貴；便不然，也索與我些路費回家。這裏便是蔡狀元府前，不免進入去咱。呀！怎的不見一個人？我且咳嗽一聲。（末云）侯門深似海，不許外人敲。（相見科）你是那裏人？來此有甚勾當？（浄云）小子從陳留來，蔡相公的老大人有家書在此。（末云）呀！我相公正要乘便寄家書回去。你來得恰好，待我請相公出來。（請科）

【商調引子・鳳凰閣】（生唱）尋鴻覓雁，寄個音書無便。謾勞回首望家山，和那白雲不見。淚痕如綫，想鏡裏孤鸞影單。

（末云）告相公得知，有一個漢子，説他從陳留郡來，有老相公的家書在此。（生云）快請他進來。（相見科）（生云）多承足下帶得我家書來呵。（浄云）小子奉老大人尊命，特遞在此。（浄遞書科）

【仙吕過曲・一封書】（生唱）一從你去離，我在家中常念你。功名事怎的？想多應折桂枝。幸得爹娘和媳婦，各保安康無禍危。謝天謝地！且喜家中都安樂。見家書，可知之，及早回來莫更遲。

天那！我豈不要回去？争奈不由我。院子，你引鄉親到後堂茶飯，一面取紙筆，待我寫家書，就附與他去；可取些金珠碎銀過來。（生寫書科）

【越調過曲・下山虎】男邕百拜大人尊前：一自離膝下，頓經數年。目斷萬里關山，鎮日望懸。一向那堪音信斷，名利事，嘆牽縮，謾勞珠淚漣。上表辭金殿，要辭了官，争奈君王不見憐。

【蠻牌令】忽爾拜尊翰，激切意懸懸。幸喜爹娘和媳婦，盡安健。奈兒身淹留旅邸，不能彀承奉慈顔。匆匆的聊附寸箋，草草伏乞尊照不宣。

鄉親，我這一封書，并這金珠，托你將到俺家裏，與老相公收下。傳示家中大小，俺早晚便回來，教他放心，不須憂慮。（浄云）小子理會得。（生云）這些碎銀，送與鄉親路上做盤費。（浄云）多謝！多謝！

【中吕過曲・駐馬聽】（生唱）書寄鄉關，説起教人心痛酸。鄉親，傳示俺八旬爹媽，道與俺兩月妻房，隔涉萬水千山。啼痕緘處翠綃斑，夢魂飛遶銀屏遠。（合）報道平安，想一家賀喜，只説道再相見。

【前腔】（末唱）遥憶鄉關，有個人人凝望眼。他頻看飛雁，望斷孤舟，倚遍危欄。見這銀鈎飛動彩雲箋，又索玉筯界破殘粧面。（合前）

【前腔】（净唱）西出陽關，却嘆今朝行路難。念取經年離别，跋涉萬里程途，帶着一紙雲箋。只怕豺狼紛擾路途間，雁鴻怕不到家鄉畔。（合前）

（生）憑伊千里寄佳音，（末）説盡離人一片心。

（净）須知相别經多載，（合）方信家書抵萬金。

第二十七齣　感格墳成

【南吕引子·掛真兒】（旦唱）四顧青山静悄悄，思量起暗裏魂銷。黄土傷心，丹楓染淚，謾把孤墳獨造。

〔菩薩蠻〕白楊蕭瑟悲風起，天寒日淡空山裏。虎嘯與猿啼，愁人添慘悽。窮泉深杳杳，長夜何由曉。灑淚泣雙親，雙親聞不聞？奴家自從喪了公婆，家中十分狼狽。昨已多承張太公將公婆靈柩搬得到山，免不得造一所墳塋，把公婆安葬了。争奈無錢倩人，難以再去求他，只得自家搬泥運土。（把裙包土科）

【南吕過曲·五更轉】（旦唱）把土泥獨抱，麻裙裹來難打熬。空山静寂無人吊，但我情真實切，到此不憚勞。苦！何曾見葬親兒不到？又道是三匝圍喪，那些個卜其宅兆？思量起，是老親合顛倒。公公，你圖他折桂看花早，不想自把一身，送在白楊衰草。謾自苦，（作悲科）這苦憑誰告？

【前腔】我只憑十爪，如何能彀墳土高？苦！只見鮮血淋漓濕衣襖，天那！我形衰力倦，死也只這遭。休休！骨頭葬處，任他血流好，此喚做骨血之親，也教人稱道。教人道趙五娘真行孝。苦！心窮力盡形枯槁，只有這鮮血，到如今也出盡了。這墳成後，只怕我的身難保。呀！我氣力都用乏了，不免就此歇息睡一覺呵。

【仙呂引子・卜算子先】（旦唱）墳土未曾高，筋力還先倦。（睡科）（外扮山神上）(一)

【中呂引子・粉蝶兒】（外唱）趙女堪悲，天教小神相濟。善哉！善哉！吾乃當山土地，今奉玉帝敕旨，爲見趙五娘行孝，特令差撥陰兵，與他併力築造墳臺。不免叫出南山白猿使者、北岳黑虎將軍前來聽用。猿、虎二將何在？（淨、丑扮猿、虎上）（外云）吾奉玉帝敕旨：爲見趙五娘獨自在山築墳，特差汝等率領陰兵，與他併力。汝等可變作人形，與他運化土石，務要頃刻完成，不得驚動孝婦。（淨、丑云）領法旨。（造墳科）告大聖，墳臺已成了。（外云）趙五娘，你擡起頭來，聽吾囑付。

【仙呂入雙調・好姐姐】（外唱）五娘聽吾道語：吾特奉玉皇敕旨，憐伊孝心，故遣陰兵來

(一) 眉批：李曰：説神鬼會葬，甚涉荒唐，須有此乃感悟人心。

助你。（合）墳成矣，辭了二親尋夫婿，改換衣裝往帝畿。

趙五娘，你好生記着：正是：大抵乾坤都一照，免教人在暗中行。（外、净、丑下）（旦醒科）

【仙吕引子・卜算子後】(一)（旦唱）夢裏分明有鬼神，想是天憐念。

呀！怪哉！怪哉！奴家睡間，恍惚似夢非夢。見神人囑付道，墳已成了，教奴家前往京畿尋取丈夫。我思忖起來，獨自一身，幾時能彀得墳成？（起看科）呀！果然這墳臺都成了。謝天謝地！分明是神通變化。

【五更轉】（旦唱）怨苦知多少？兩三人只道同做餓殍。公公、婆婆，今日幸賴神明救濟，成此墳臺，你兩人已得安妥。只一件，我未曾葬時節，也還恰象相親傍的一般；如今葬了呵，窮泉一閉無日曉，嘆如今永別，再無由相倚靠。我死和公婆做一處埋呵，也得相伏侍，只愁我死在他途道，我的骨頭何由來到？從今去，墳呵，只願得中乾燥，福子蔭孫也都難料。呀！天那！便做蔭得個三公，也濟不得親老。淚暗滴，復把蒼天來禱。（末同丑帶鉏器上）

【越調過曲・鏵鍬兒】（末唱）悲風四起吹松柏，山雲黯淡日無色。（丑唱）虎嘯與猿啼，怎不慘慽？（合）趲步行來到峭壁，都與孝婦添助力。

(一) 子：原闕，據汲古閣刊本《繡刻琵琶記定本》補。

（末云）老夫張廣才，只爲蔡老員外夫妻相繼棄世，虧殺他媳婦趙五娘子支持。如今又聞得他把裙包土，築造墳臺。我想人家造一所墳，没有千百工造不成，他獨自一個女流，如何成得此事？不免帶將小二，與他添助力氣則個。呀！好怪哉，如何墳都成了？只見：松柏森森繞四圍，孤墳新土掩泉扉。五娘子，空山獨自無人問，爲築墳臺又阿誰？（旦云）太公，夢裏鬼神多怪異，陰兵運石與搬泥。墳臺成了親分付，教奴尋婿到京畿。（丑云）公公，自古流傳多有此，畢竟感格上蒼知。長城哭倒稱姜女，五娘子，你他日芳名一樣題。（合云）正是：善惡到頭終有報，只争來早與來遲。

【好姐姐】（旦唱）公公，念奴血流滿指，獨自要墳成無計。深感老天，暗中相護持。（合）墳成矣，辭了二親尋夫婿，改换衣裝往帝畿。

【前腔】（末唱）五娘子，老夫帶領小二，待與你添助些力氣，誰知有神暗中相救濟。（合前）

【前腔】（丑唱）你每真個見鬼，這松柏孤墳在何處？恰纔小鬼是我粧扮的。（合前）

（末）孝心感格動陰兵，（旦）不是陰兵墳怎成？

（丑）萬事勸人休碌碌，（合）舉頭三尺有神明。

第二十八齣　中秋望月

【大石調・念奴嬌引】（貼唱）楚天過雨，正波澄木落，秋容光浄。誰駕玉輪來海底，碾破瑠璃千頃。環珮風清，笙簫露冷，人在清虚境。（净、丑唱）真珠簾捲，庾樓無限佳興。（一）〔臨江仙〕（貼云）玉作人間秋萬頃，銀葩點破瑠璃。（净云）瑶臺風露冷仙衣，天香飄到處，此景有誰知？（丑云）未審明年明夜月，此時此景何如？（貼云）珠簾高捲醉瓊巵，（合）正是莫辭終夕勸，動是隔年期。（貼云）老姥姥，今夜中秋，月色澄清，你與我請相公出來賞翫則個。（净云）是，是。夫人請相公翫月。（生内應云）我已睡了，不來。（丑云）你甚麽嘴臉，可知道請他不來？（貼云）惜春，你再去請。（丑云）我去請。相公，夫人請相公出來翫月。（生云）來也。（丑笑云）老姥姥，你看我嘴兒纔動一動，相公就出來了。

【南吕引子・生查子】（生唱）逢人曾寄書，書去神亦去。今夜好清光，可惜人千里。

（貼云）相公，今夜中秋，月色可愛，我請你賞翫一番，你没事推阻怎的？（生云）月色有甚好處？（貼云）相公，怎的不好？〔酹江月〕你看：玉樓金氣捲霞綃，雲浪空光澄徹。丹桂飄香清思爽，人在瑶臺銀闕。（生云）影透鳳幃，光窺羅帳，露冷蛩聲切。關山今夜，照人幾處離别。（净云）須信離合悲歡，還如玉兔，有陰晴圓缺。便做人生長宴會，幾見冰輪皎潔？（丑云）此夜明多，隔年期遠，莫放金樽歇。（合云）但願人長久，年年同賞明月。（飲酒科）

（一）眉批：李曰：此枝出入宋人詩餘《中秋詞》，而搗煉融化，一色無痕，迢然邀女伴三千，擁白鸞樹下，聽歌《霓裳羽衣》之致。珠簾忽捲，此三尺身便欲凌空飛去。

【大石調・念奴嬌序】（貼唱）長空萬里，見嬋娟可愛，全無一點纖凝。〔一〕十二欄干光滿處，涼浸珠箔銀屏。偏稱，身在瑶臺，笑斟玉斝，人生幾見此佳景？（合）惟願取年年此夜，人月雙清。

【前腔换頭】（生唱）孤影，南枝乍冷。見烏鵲縹緲驚飛，棲止不定。萬點蒼山，何處是修竹吾廬三逕？追省，丹桂曾攀，嫦娥相愛，故人千里謾同情。（合前）

【前腔换頭】（貼唱）光瑩，我欲吹斷玉簫，乘鸞歸去，不知風露冷瑶京。環佩濕，似月下歸來飛瓊。那更，香霧雲鬟，清輝玉臂，廣寒仙子也堪并。（合前）

【前腔换頭】（生唱）愁聽，吹笛《關山》，敲砧門巷，月中都是斷腸聲。人去遠，幾見明月虧盈。惟應，邊塞征人，深閨思婦，怪他偏向别離明。（合前）

【中吕過曲・古輪臺】（浄唱）峭寒生，鴛鴦瓦冷玉壺冰，闌干露濕人猶凭，貪看玉鏡。況萬里清明，皓彩十分端正。三五良宵，此時獨勝。（丑唱）把清光都付與，酒杯傾。從教酩酊，拚夜深沉醉還醒。酒闌綺席，漏催銀箭，香銷金鼎。斗轉與參横，銀河耿，轆轤聲已斷金井。

〔一〕眉批：王曰：《琵琶記》俱着情上工夫，至謂詞調巧倩。獨『長空萬里』一篇，胡元瑞見以爲肌肉太豐，惜其詞勝意不勝。『萬點蒼山，何處是，修竹吾廬』，『深閨思婦，怪他偏向别離明』，余謂骨肉未嘗不相稱。

【前腔換頭】（浄唱）閒評，月有圓缺與陰晴，人世有離合悲歡，從來不定。深院閒庭，處處有清光相暎。也有得意人人，兩情暢詠；也有獨守長門伴孤另，君恩不幸。（丑唱）有廣寒仙子娉婷，孤眠長夜，如何捱得更闌寂静？此事果無憑。但願人長久，小樓翫月共同登。

【餘文】（衆唱）聲哀訴，促織鳴。（貼唱）俺這裏歡娱未罄，（生唱）他幾處寒衣織未成。

（貼）今宵明月正團圓，（生）幾處凄涼幾處諠。

（合）但願人生得久長，年年千里共嬋娟。

第二十九齣　乞丐尋夫

【雙調引子·胡搗練】（旦唱）辭别去，到荒坵，只愁出路煞生受。畫取真容聊藉手，逢人將此勉哀求。

鬼神之道，雖則難明；感應之理，未常不信。奴家昨日獨自在山築墳，正睡間，忽夢一神人，自稱當山土地，帶領陰兵，與奴家助力；却又囑付教奴家改换衣裝，徑往長安尋取丈夫。待覺來，果然墳臺并已完備，這的分明是神通護持。正是：寧可信其有，不可信其無。今二親既已葬了，只得改换衣裝，扮作道姑，將琵琶做行頭，沿街上彈幾個行孝的曲兒，抄化將去。只是一件，我幾年間和公婆厮守，如何捨得一旦撇了他？奴家自幼薄曉得些丹青，何似想像畫取公婆真容，背着一路去，也似相親傍的一

般。但遇小祥忌辰，展開與他燒些香紙，奠些酒飯，也是奴家一點孝心。不免就此描畫真容則個。（描畫科）

【仙吕入雙調·三仙橋】（旦唱）一從他每死後，要相逢不能彀，除非夢裏暫時略聚首。苦要描，描不就，暗想像，教我未描先淚流。描不出他苦心頭，描不出他饑症候，描不出他望孩兒的睜睜兩眸。只畫得他髮颼颼，和那衣衫敝垢。休休！若畫做好容顏，須不是趙五娘的姑舅。

【前腔】我待要畫他個龐兒帶厚，他可又饑荒消瘦。我待要畫他個龐兒展舒，他自來長恁面皺。若畫出來，真是醜，那更我心憂，也做不出他歡容笑口。不是我不會畫着那好的，我從嫁來他家，只見他兩月稍優游，其餘都是愁。那兩月稍優游，我又忘了。這三四年間，我只記他形衰貌朽。這真容呵，便做他孩兒收，也認不得是當初父母。㈠休休！縱認不得是蔡伯喈當初爹娘，須認得是趙五娘近日來的姑舅。

真容既已描就了，就在這裏燒些香紙，奠些酒飯，拜别了公婆出去。（拜辭科）

㈠　眉批：王曰：苦口苦心，憑三寸筆尖，寫來自令碎人心腸。余嘗悶坐齋頭，極想『當初爹娘』『近日來的姑舅』三句，欲翻案作數語，畢竟伊情到辭到，不容人再着筆。

【前腔】（旦唱）公公婆婆，非是奴尋夫遠遊，只怕我公婆絕後。奴見夫便回，此行安敢久？苦！路途中，奴怎走？望公婆相保佑我出外州。天那！他兀自没人看守，如何來相保佑？這墳呵，只怕奴去後，冷清清有誰來祭掃？縱使遇春秋，一陌紙錢怎有？休休！你生是受凍餒的公婆，死做個絕祭祀的姑舅。

奴家既辭了墳墓，只得背了真容，便索去辭張太公。呀！如何恰好張太公來也？（末上云）衰柳寒蟬不可聞，金風敗葉正紛紛。長安古道休回首，西出陽關無故人。（旦云）奴家適間拜辭了墳塋，正要到宅上來告別。（末云）呀！五娘子，你幾時去？（旦云）太公，奴家今日就行了。（末云）你背的是甚麼畫？（旦云）是奴公婆的真容，待將路上去藉手乞告些盤纏，早晚與他燒香化紙。（末云）是誰畫的？（旦云）是奴家將就描模的。（末云）五娘子，你孝心所感，一定逼真。借我看一看。咳！畫得像！畫得像！（作悲科）老員外，老安人，〔鷓鴣天〕死别多應夢裏逢，謾勞孝婦寫遺蹤。可憐不得圖家慶，辜負丹青泣畫工。衣破損，髩鬔鬆，千愁萬恨在眉峰。只怕蔡郎不識年來面，趙女空描别後容。五娘子，我聽得你要遠行，將幾貫錢，與你路上少助些盤費。（旦云）多多定害公公了。奴家又有不識進退之懇：奴家去後，公婆墳塋，早晚望太公可憐見，看這兩個老的在日之面，與奴家看管則個。（末云）這個不妨，你但放心前去，老夫少不得如此。（拜辭科）

【越調過曲・憶多嬌】（旦唱）公公，他魂渺漠，我没倚托。程途萬里，教我懷夜壑。此去孤墳，望公公看着。（合）舉目瀟索，滿眼盈盈淚落。

【前腔】（末唱）五娘子，我承委托，當領料。這孤墳我自看守，決不爽約。但願你途中身安樂。（合前）

【仙呂入雙調・鬥黑麻】（旦唱）奴深謝公公，便相允諾。從來的深恩，怎敢忘却？只怕途路遠，體怯弱，病染災纏，衰力倦脚。（合）孤墳寂寞，路途滋味惡。兩處堪悲，萬愁怎摸？

【前腔】（末唱）伊夫婿多應是，貴官顯爵，伊家去須當審個好惡。五娘子，只怕你這般喬打扮，他怎知覺？一貴一貧，怕他將錯就錯。（合前）

（旦云）公公，奴家拜別去也。（末云）五娘子，且慢着，老夫還有幾句言語囑付你。（旦云）望公公指教。（末云）五娘子，你少長閨門，豈識途路？當初蔡郎未別時節，你青春正媚。你如今又遭這飢荒貧苦，貌怯身單。正是：桃花歲歲皆相似，人面年年自不同。蔡郎臨別之時，可不道來。（旦云）公公，他道甚的？（末云）他道是：若有寸進，即便回來。如今年荒親死，一竟不回，你知他心腹事如何？正是：畫虎畫皮難畫骨，知人知面不知心。唉！蔡郎元是讀書人，一舉成名天下聞。久留不知因個甚，年荒親死不回門？五娘子，你去京城須仔細，逢人下氣問虛真。若見蔡郎謾説千般苦，只把琵琶語句訴元因。未可便説他妻子，未可便説喪雙親。未可便説裙包土，未可便説剪香雲。若得蔡郎思故舊，可憐張老一親鄰。我今年已七十歲，比你公公少一旬。你去時猶有張老來相送，你回時不知張老死和存。我送你去呵，正是：流淚眼觀流淚眼，斷腸人送斷腸人。（哭科）（旦云）謝得公公訓誨，奴家銘心鏤骨，不敢有忘。如今只得告別去也。（末云）五娘子，你早去早回。

（旦）爲尋夫婿別孤墳，（末）只怕兒夫不認真。

（合）惟有感恩并積恨，萬年千載不成塵。

琵琶記卷下

第三十齣　瞯詢衷情

【中呂引子·菊花新】（生唱）封書遠寄到親闈，又見關河朔雁飛。梧葉滿庭除，争似我悶懷堆積。

（生查子）封書寄遠人，寄上萬里親。書去神亦去，兀然空一身。自家喜得家書，報道平安。已曾修書附回家去，不知何如？這幾日常懷想念，翻成愁悶。正是：雖無千丈綫，萬里繫人心。

【南吕引子·意難忘】（貼唱）緑鬢仙郎，懶拈花弄柳，勸酒持觴。眉顰知有恨，何事苦相防？（生唱）夫人，些個事，惱人腸。（貼唱）相公，試説與何妨？（生唱）只怕你尋消問息，添我恓惶。

（貼云）古人云：顰有爲顰，笑有爲笑。是以君子，當食不嗟，臨樂不嘆。無事而戚，謂之不祥。相公，

你自來我家，不明不暗，如醉如癡，鎮日憂悶，爲着甚的？你還少了喫的，少了穿的？相公，我待道你少喫的呵，

【南吕過曲・紅衲襖】（貼唱）你喫的是煮猩唇和燒豹胎。我待道你少穿的呵，你穿的是紫羅襴，繫的是白玉帶。你出入呵，我只見五花頭踏在你馬前擺，三簷傘兒在你頭上蓋。相公，休怪奴家説，你本是草廬中一秀才，如今做着漢朝中梁棟材。你有甚不足，只管鎖了眉頭也，唧唧噥噥不放懷？

（生云）夫人，你道我有穿的呵，

【前腔】我穿的是紫羅襴，倒拘束得我不自在。我穿的是皂朝靴，怎敢胡去踹？你道我有喫的呵，我口裏喫幾口荒張張要辦事的忙茶飯，手裏拿着個戰兢兢怕犯法的愁酒杯。倒不如嚴子陵登釣臺，怎做得揚子雲閣上災？似我這般樣爲官呵，只管待漏隨朝，可不誤了秋月春花也，干碌碌頭又早白？

（貼云）相公，我知道了。

【前腔】莫不是丈人行性氣乖？（生云）不是。（貼唱）莫不是妾根前缺管待？（生云）不是。

（貼唱）莫不是畫堂中少了三千客？（生云）不是。（貼唱）莫不是繡屏前少了十二釵？〔一〕（生云）也不是。（貼唱）相公呵，這意兒教人怎猜？這話兒教人怎解？我今番猜着你了，敢只是楚館秦樓，有個得意人兒也，悶懨懨常掛懷？

（生云）夫人，不是。

【前腔】有個人人在天一涯，天那！我不能彀見他，只落得臉銷紅眉鎖黛。（貼云）我道甚麽來？可知哩！（生云）不是。我本是傷秋宋玉無聊賴，有甚心情去戀着閒楚臺？（貼云）相公，你有甚麽事，明説與奴家知道。（生云）夫人，三分話兒只恁猜，一片心兒直恁解。（貼云）你有話如何不對我説？（生云）罷！罷！夫人，你休纏得我無言，若還提起那籌兒也，撲簌簌淚滿腮。

（貼云）由你，由你。我若不解勸，你又只管憂悶；待我問着，你又遮瞞我。我也没奈何。相公，夫妻何事苦相防？莫把閒愁積寸腸。難道各人自掃門前雪，莫管他人瓦上霜？（貼虛下潛聽科）（生云）天那！自古道：難將我語和他語，未卜他心似我心。自家娶妻兩月，別親數年。朝夕思想，翻成愁悶。我這新娶的媳婦，雖則賢慧，我待將此事和他説，他也肯教我回去。只是他的爹爹若知我有媳婦在家，如何肯放我回去？不如姑且隱忍，改日求一鄉郡除授，那時却回去見雙親便了。咳！夫人，非

〔一〕眉批：李曰：金釵十二行固牛僧孺事，世人指彈東嘉用唐後事填入漢前，詞士調弄筆頭，不復暇計漢唐，趣高乃爾。譬之王維雪裏芭蕉圖，雖關畫理，無礙畫趣。

是隄防你太深，只緣伊父苦相禁。正是：夫妻且説三分話，（貼云）呀！我理會得了，你道是：未可全抛一片心。好！好！你瞞我也由你，只是你爹娘和媳婦嗟怨你！

【雙調·江頭金桂】（貼唱）相公，我怪得你終朝嚬𠼢，只道你緣何愁悶深？教咱猜着啞謎，爲你沉吟，那籌兒没處尋。我和你共枕同衾，你瞞我則甚？你自撇了爹娘媳婦，屢换光陰，他那裏須怨着你没信音。笑伊家短行，笑伊家短行，無情忒甚。到如今，兀自道且説三分話，未可全抛一片心。

【前腔】（生唱）夫人，非是我聲吞氣忍，只爲你爹行勢逼臨。怕他知我要歸去，將人厮禁，要説又將口噤。我待解朝簪，再圖鄉任。那時節呵，他不隄防着我，須遣我到家林，我和你雙雙兩人歸晝錦。苦！我雙親老景，我雙親老景，存亡未審。我實不瞞你，前日曾附一封書回去，只怕雁杳魚沉。（貼云）你既有書信附去，怎的也没有回報？（生唱）又不是烽火連三月，真個家書抵萬金。

（貼云）元來如此。我去對爹爹説，和你同去便了。（生云）你爹爹如何肯放我回去？你且休説破了。（貼云）不妨事。我爹爹身爲太師，風化所關，具瞻在望，終不然恁的不顧仁義。（生云）你休説，不濟事，干枉了。（貼云）相公，你不必憂慮，我自有道理；不由我爹爹不從。

（貼）雪隱鷺鷥飛始見，柳藏鸚鵡語方知。

（生）假如染就乾紅色，也被傍人講是非。

第三十一齣　幾言諫父

【黄鍾引子・西地錦】（外唱）好怪吾家門婿，鎮日不展愁眉。教人心下常縈繫，也只爲着門楣。

入門休問榮枯事，觀着容顔便得知。自家招贅蔡伯喈爲婿，可謂得人。只一件，他自從到此，眉頭不展，面帶憂容，不知爲着甚麼？必有緣故。且待女孩兒出來問他，便知端的。

【前腔】（貼唱）只道兒夫何意，如今就裏方知。萬里家山，要同歸去，未審爹意何如？

（外云）孩兒，吾老入桑榆，自嘆吾之皓首；汝身乖琴瑟，每爲汝而懊懷。夫婿何故憂愁？孩兒必知端的。（貼云）告爹爹得知：他娶妻六十日，即赴科場；別親三五年，竟無消息。温凊之禮既缺，伉儷之情何堪？今欲歸故里，辭至尊家尊而同行；待共事高堂，執子道婦道以盡禮。（外怒云）呀！吾乃紫閣名公，汝是香閨艷質。何必顧此糟糠婦？焉能事此田舍翁？他久别雙親，何不寄一封之音信？汝從來嬌養，安能涉萬里之程途？休惑夫言，唯從父命。（貼云）爹爹，曾觀典籍，未聞婦道而不拜舅姑；試論綱常，豈有子職而不事父母？若重唱隨之義，當盡定省之儀。彼荆釵布裙，既已獨奉親闈之甘旨；此金屏繡褥，豈可久戀監宅之歡娛？爹爹身居相位，坐理朝綱，豈可斷他人父子之恩？絶他人夫婦之義？使伯喈有貪妻之愛，不顧父母之慾；俾孩兒有違夫之命，不事舅姑之罪。望爹爹容恕，特賜矜憐。（外云）休胡説！他既有媳婦在家，你去做甚麽？

【黄鍾過曲·獅子序】（貼唱）爹爹，他媳婦雖有之，念奴家須是他孩兒次妻。那曾有媳婦不侍親闈？（外云）孩兒，你去有甚麽勾當？（貼唱）若論做媳婦的道理，須當奉飲食，問寒暄，相扶持蘋蘩中饋。（外云）便做有許多勾當，他有媳婦在家裏，你不去也不妨。（貼唱）爹爹，又道是養兒代老，積穀防饑。

（外云）既道是養兒代老，積穀防饑，何似當初休教他來應舉？

【太平歌】（貼唱）爹爹，他求科舉，指望錦衣歸，不想道爹爹留他爲女婿。（外云）這個是有緣千里能相會，須强他不得。（貼唱）他埋冤洞房花燭夜，那些個千里能相會？只要保全金榜掛名時，他事急且相隨。

（外云）孩兒，你到説我不是，這般埋冤着我？

【賞宫花】（貼唱）他終朝慘悽，我如何忍見之？（外云）他自慘悽，你管他怎的？（貼唱）若論爲夫婦，須是共歡娱。（外云）你對他説，他若在這裏，我教他做個大大的官！（貼云）爹爹，他數載不通魚雁信，枉了十年身到鳳凰池。

（外云）呀！你聽着丈夫的言語，却不聽我説。這妮子好癡迷呵！

【降黃龍】（貼唱）爹爹，須知，非奴癡迷。已嫁從夫，怎違公議？（外云）孩兒，你去也不妨，只是我没個親人在傍，如何捨得你去？（貼唱）爹猶念女，怎教他爹娘不念孩兒？（一）（外云）孩兒，不是我不放你去。他既有媳婦在家，你去時節，只怕擔閣了你。（貼唱）休提，縱把奴擔閣，比擔閣他媳婦何如？（外云）便不然，只教蔡伯喈自去便了。（貼云）爹爹，那些個夫唱婦隨，嫁鷄逐鷄飛？

（外云）孩兒，他是貧賤之家，你如何伏侍他的父母？

【南吕過曲・大聖樂】（貼唱）爹爹，婚姻事難論高低，若論高低何似休嫁與？假饒親賤孩兒貴，終不然便抛棄？（外云）他自有媳婦，你管他做甚麼？（貼唱）奴須是他親生兒子親媳婦，難道他是誰人我是誰？（外云）孩兒，據你説起來，我到説得不是了？（貼唱）爹居相位，怎説着傷風敗俗非理的言語？

（外怒云）這妮子無禮！却將言語來衝撞我。我的言語到不中聽呵。孩兒，夫言中聽父言違，懊恨孩兒見識迷。我本將心托明月，誰知明月照溝渠。（外下）（貼云）自古道：酒逢知己千鍾少，話不投機半句多。好笑我爹爹不顧仁義，却道奴家把言語衝撞他。昨日我丈夫教我休説破，我如今有何顔見

（一）眉批：王曰：『爹猶念女，怎教他爹娘不念孩兒？』金針刺入膏肓，與前『你爹娘倒教別人看管』同，舌頭間只略下轉機耳。高固慣弄此舌。

他？只得且在此坐一回，尋思個道理去回他則個。（悶坐科）（生上）

【南吕引子·稱人心】（生唱）撇呆打墮，早被那人瞧破。他要同歸，知他爹怎麽？我料想他每不允諾。呀！夫人，你緣何獨坐？想你爹爹不肯麽？伊家道俐齒伶牙，争奈爹行不可。

【前腔】（貼唱）天那！我爹爹，全不顧，人笑呵，這其間只是我見差。禍根芽，從此起，災來怎躱？相公，他道我從着夫言，駡我不聽親話。

【南吕過曲·紅衫兒】（生唱）夫人，你不信我教伊休説破，到此如何？算你爹心性，我豈不料過？我爲甚亂掩胡遮？也只爲着這些。你直待要打破砂鍋，是你招災攬禍。

【前腔】（貼唱）不想道相挃靶，這做作難禁架。我見你每每咨嗟要調和，誰知好事多磨？起風波，相公，把你陷在地網天羅，如何不怨我？天那！懊恨只爲我一個，却擔閣了兩下。

【正宫過曲·醉太平】（生唱）蹉跎，光陰易謝，縱歸去晚景之計如何？名韁利鎖，牢絡在海角天涯。知麽？多應我老死在京華，孝情事一筆都勾罷。苦！這般摧挫，傷情萬感，淚珠偷墮。

【前腔换頭】（貼唱）非詐，奴甘死也。縱奴不死時，君去須不可。（生云）夫人，你如何説這語？（貼唱）相公，奴身值甚麽？只因奴誤你一家。差訛，假饒做夫婦也難和，你心怨我心縈掛。奴身拚捨，成伊孝名，救伊爹媽。

（生云）夫人，你不要這般説。萬一你爹爹知之，反加譴責。（貼云）相公，妾當初勉承父命，遣事君子。不想君家有白髮之父母，青春之妻房。致君衷腸不滿，名行有虧。如今思之：誤君之父母者，妾也；誤君之妻房者，妾也；使君爲不孝薄倖之人，亦妾也。妾之罪大矣！縱偷生於今世，亦公議所不容。昔者聶政姊死，倚屍傍以成弟之名；王陵母死，伏劍下以全子之節。妾豈愛一身，誤君百行？妾當死於地下，以謝君家。小則可以解君之縈掛，大則可以救君之父母；近則可以成孝子之令名，遠則可以免後世之公議。妾死何憾焉！（生云）夫人，你只知其一，不知其二。古人云：身體髮膚，受之父母，不敢毀傷。豈可陷親於不義？此事決然不可。（貼云）相公，你也説得是；只是累你一時回去不得，如何是好？（生云）夫人且慢着，怕你爹爹也有回心轉意時節。且更寧耐，看如何？

（生）一心只欲轉家鄉，（貼）争奈爹行不忖量。

（生）大風吹倒梧桐樹，（合）自有傍人説短長。

第三十二齣　路途勞頓

【仙吕過曲・月雲高】（旦唱）路途多勞倦，行行甚時近？未到洛陽城，盤纏都使盡。回首孤墳，空教奴望孤影。天那！他那裏，誰偢采？俺這裏，誰投奔？正是西出陽關無故人，須信道家貧不是貧。

〔蘇幕遮〕怯山登，愁水渡。暗憶雙親，淚把麻裙漬。回首孤墳何處是？兩下蕭條，一樣愁難訴。

玉消容，蓮困步。愁寄琵琶，彈罷添淒楚。惟有真容時時顧，惟悴相看，無語恓惶苦。奴家爲尋丈夫，在路途上多少狼狽！況獨自一身，拿着一個琵琶，背着二親真容，登高履險，宿水餐風，其實難捱。只是一件，若去到洛陽，尋見丈夫，相逢如故，也不枉了這遭辛苦；倘或他駟馬高車，前呼後擁，〔一〕見奴家這般藍縷，不肯相認，可不擔閣了奴家？

【前腔】（旦唱）暗中思忖，此去好無准。只怕他身榮貴，把咱不厮認。若是他不偢采，空教奴受艱辛？他未必忘恩義，我這裏自閒評論。他須記一夜夫妻百夜恩，怎做得區區陌路人？

唉！只一件，

【前腔】他在府堂深隱，奴身怎生進？他在駟馬高車上，又難將他認。我有個道理。若到他根前，只提起二親真容。天那！又怕消瘦了龐兒，他猶難十分信。呀！他不到得非親却是親，我自須防仁不仁。

哽咽無言對二真，千山萬水好艱辛。

〔一〕呼：原作『呵』，據汲古閣刊本《繡刻琵琶記定本》改。

見説洛陽花似錦，只恐來時不遇春。

第三十三齣　聽女迎親

【仙吕引子・番卜算】（外唱）兒女話堪聽，使我心疑惑。暗中思忖覺前非，有個團圓策。

自古道：良藥苦口利於病，忠言逆耳利於行。昨日女孩兒要和伯喈歸去，同事雙親，自家不肯放他去。却將幾句言語衝動我，我一時不勝焦躁。如今尋思起來，他的言語，句句有理，節節堪聽。待要放他回去，只慮他幼長閨門，難涉路途；況俺年老，無人奉事，如何捨得他去？如今有個道理，不免使一個人，多與盤纏，教他徑去陳留，將蔡伯喈爹娘和媳婦都迎取來，多少是好？不免叫孩兒和伯喈過來商議則個。

【前腔】（生唱）淚眼滴如珠，愁事縈如織。（貼唱）早知今日悔當初，何似休明白。

（相見科）（外云）孩兒，你夜來的説話，我仔細尋思起來，都説得有理。我欲待教你同女婿回去，路途跋涉，這個也難。不如逕使人去陳留，取他爹媽媳婦來做一處居住，你兩人心下如何？（貼云）這個隨爹爹主張。（生云）若得如此，感恩非淺！（外云）院子李旺何在？（丑上云）頻聽指揮黄閣下，又聞呼唤畫堂前。老相公有何使令？（外云）李旺，我要差你去陳留走一遭。（丑云）去做甚麽？（外云）差你去那裏接取蔡狀元的老員外、老安人、小娘子三人，來我府中同住。（丑云）如此，李旺不去。（貼云）

李旺，你去請得來，我重重賞你。（丑云）夫人，你如今説道重重賞我；只怕取得他小娘子來時，夫人又要和他争大争小。到那時節，可不埋冤李旺？那裏還肯把東西賞我？（外云）休閒説！我如今修一封書去相請，外有銀錢與你一路去做盤纏，休得落後了。（生云）李旺，你去時節，須要多方詢問；若是來時，路途上千萬小心承直。（丑云）不妨，我出路慣便，自有分曉。

【正宫過曲·四邊静】（外唱）李旺，你去陳留仔細詢端的，專心去尋覓。請過兩三人，途中好承直。（合）休憂怨憶，寄書咫尺。眼望旌捷旗，耳聽好消息。

【前腔】（生唱）只怕饑荒散亂無踪跡，他存亡也難測。何况路途間，難禁這勞役。（合前）

【福馬郎】（貼唱）李旺，你休説新婚在牛氏宅。（外云）孩兒，便説又待怎的？（貼唱）他須怨我相擔誤；歸未得，只恐傍人聞之把奴責。（合）若是到京國，相逢處做個好筵席。

【前腔】（丑唱）相公，多與我盤纏添氣力，萬水千山路，曾慣歷。（拜科）辭却恩官去，管取好消息。（合前）

（外）限伊半載望回音，（生）路上看承須小心。

（貼）但願應時還得見，（丑）果然勝似岳陽金。

第三十四齣　寺中遺像

（末扮五戒上云）年老心閒無外事，麻衣草座亦容身。相逢盡道休官好，林下何曾見一人？自家乃是彌陀寺中一個五戒便是。今日俺寺中建一個無礙道場，不揀甚麼人，或是薦悼雙親，保安身己的，都來這裏聚會。真個好寺院好道場呵。（内問）怎見得好寺院？（末云）但見：蘭若莊嚴，蓮臺整肅。佛殿嵯峨耀金壁，回廊繚繞畫丹青。千層塔高聳侵雲，半空中時聞清鐸；七寶樓晶光耀日，六時裏頻扣洪鐘。松下山門，紅塵不到；竹邊僧舍，白日難消。阿羅漢神像威儀，如靈山三十六萬億佛祖；比丘僧戒行清潔，似祇園千二百五十人俱。且看旛影石壇高，惟有棋聲花院静。休提清浄法界，且説嚴肅道場。只見珠幢寶蓋影飄飆，玉磬金鐘聲斷續。龍瓶中插九品紅蓮，開浄土春秋不老；鳳蠟内吐千枝絳蕊，照佛天晝夜常明。齊整整的貝葉同翻，撲簌簌的天花亂墜。旃檀林裏，爇着清浄香、道德香；香積厨中，獻這禪悦食、法喜食。人人在十洲三島，個個浄五藴六根。擊大法鼓，吹大法螺，仙樂一齊奏動；開甘露門，入甘露城，幽魂盡獲超昇。正是：寄言苦海林中客，好向靈山會上修。今日寺中建設大會，怕有官員貴客來此遊玩，不免將着疏頭，就抄化幾文香錢，添助支費。道猶未了，遠遠望見兩個官人來到。（浄、丑扮風子上）

【中吕過曲·縷縷金】（浄唱）胡厮啞，兩喬才。家中無宿火，有甚强追陪？（丑唱）我自來粧風子，如今難悔。向叢林深處且徘徊，特來看佛會。

（末云）官人，請坐告茶。（浄云）五戒，你這佛會支費太多？（末云）便是。官人，休怪冒瀆，今日天與之幸，得遇兩位貴客到此，斗膽抄化幾文香錢，添助支費則個。（丑云）五戒，你要抄化，將疏頭來看。錢是儻來之物，那裏不使？那裏不用？（浄云）兄弟，你説得是。俺這般人，那一日不使幾貫鈔？我便捨他五錠。（丑云）我也捨他五錠。（末云）如此，多謝官人。（浄云）呀！遠遠望見一個婦人來，且是生得有些意思。（丑云）真個有個婦人來，背着一面琵琶，到和你家姐姐厮像。（浄云）休胡説！遠觀不審，近覷分明。（旦上）

【前腔】（旦唱）途路上，實難捱。盤纏都使盡，好狼狽。試把琵琶撥，逢人乞丐。薦公婆魂魄免沉埋，特來赴佛會。

奴家且喜已到洛陽，聞説今日彌陀寺中做佛會，不免就此抄化幾文鈔，追薦公公婆婆則個。（末云）道姑，請裏面赴齋。（旦云）多謝！多謝！（浄云）道姑，你背着甚麽東西？（旦云）是奴家公婆的真容。（浄云）道姑，你從那裏來？

【仙吕入雙調·銷金帳】（旦唱）聽奴訴與：奴是良人婦，爲兒夫相擔誤。（浄云）他怎的擔誤了你？（旦唱）他一向赴選及第，未歸鄉故。饑荒喪了，喪了親的舅姑。（丑云）你丈夫既不在家，喪了公婆，誰人與你安葬？（旦云）苦！我造墳墓。（浄云）你如今來這裏做甚麽？（旦唱）今爲尋夫來此。（丑云）你丈夫在那裏？（旦唱）未知他在何處所。

（净云）道姑，你抱着這個琵琶做甚麽？（旦云）奴家將此琵琶彈一兩個曲兒，抄化幾文鈔，就此寺中追薦公婆。（丑云）元來如此。道姑，你會彈甚麽曲兒？你會彈《也兒四》麽？（旦云）不會。（净云）你會彈《八俏手》麽？（旦云）也不會。奴家只會彈些行孝曲兒。（末云）道姑，難得這兩位官人在此，你好生彈一兩個曲兒伏侍他，等他重重賞你。（旦云）既然如此，只怕奴家彈得不好，望官人休責。（丑云）你只管好好的彈，我重重賞賜你。（旦云）官人，請坐聽着。（彈科）凡人養子，懷抱最艱辛。欲語未能行未得，此際苦雙親。

【前腔】凡人養子，最是十月懷擔苦，更三年勞役抱負。休言他受濕推乾，萬千勞苦。真個千般愛惜，萬般回護。兒有些不安，父母驚惶無措。直待可了，可了歡欣似初。

（净云）彈得好！彈得好！（末云）真個彈得好！（丑云）錢鈔那裏不使？我且先與你一領好襖子。（脱衣與旦科）（丑云）道姑，你再彈一彈。（旦云）官人，請坐聽着。（彈科）孩兒漸長成，父母漸歡欣。教語教行并教禮，一意望成人。

【前腔】兒行幾步，父母歡欣相顧，漸能言能走路。指望飲食羹湯，自朝及暮。懸懸望他，望他不知幾度。爲擇良師，只怕孩兒愚魯。略得他長俊，可便歡欣賞賜。

（丑云）彈得好！彈得好！（末云）真個彈得好！（净云）錢鈔那裏不用？我也先與你一領好襖子。（脱衣與旦科）（净云）道姑，你再彈一彈。（旦云）官人，請坐聽着。（彈科）勤於教道，暮史及朝經。願得榮親并耀祖，一舉便成名。

【前腔】朝經暮史，教子勤詩賦，爲春闈催教赴。指望他耀祖榮親，改換門户。懸懸望他，望他腰金衣紫。兒在程途，又怕餐風宿露。求神問卜，把歸期暗數。

（丑云）彈得好！彈得好！（末云）實是彈得好！（丑云）錢鈔是人撰來的，我再與你一領襖子。（脱衣與旦科）（末云）元來裏面都是破衣裳呵。官人把襖子都脱了，身上這般寒，甚麼意思？（淨云）寒由他自寒，不可壞了局面。咱每這般人興頭來了，使鈔慣了，怕甚麼寒？道姑，你再唱唱。（末云）道姑，你再彈，且看他再把甚麼與你？（旦彈科）孩兒在外，須早回程。忤逆男兒并孝子，報應甚分明。

【前腔】兒還念父母，及早歸鄉土，看慈烏亦能返哺。莫學我的兒夫，把雙親擔誤。常言養子，養子方知父母。算那忤逆男兒，和孝順爹娘之子。若無報應，果是乾坤有私。

（末云）彈得好！彈得好！（淨云）他彈得自好，唱得自好，我没甚麼與他了。（末笑云）可知道！（淨作寒科）（丑云）兄弟，我和你這般的走回家去，成甚麼模樣？（淨云）我只賴五戒取衣裳便罷。（末云）呀！你扯我怎的？（丑云）扯你怎的？你倒粧成騙局，把我每的衣裳都剥去了。（末云）咳！我幾曾粧局騙你？是你自把衣裳與他。（淨云）秃驢！你道不曾粧局騙我？我看見道姑彈了，喝一聲采；你也喝一聲采，只管攛掇我把衣裳與他。這不是粧局騙我？（丑云）你不取還我，我扯你到洛陽縣裏去！（末云）天那！我不曾見這般没行止的人！道姑，没奈何了，把衣裳還他去罷。（旦云）衣服在這裏，拿還他去。既不情願，我要他做甚麼？（丑云）錢鈔雖則那裏不用，只是寒冷又忍不得。（穿衣科）（淨云）道姑，我方纔道你彈得好，唱得好；我如今尋思起來，你彈得也不好，唱得也不好。你不信時，再彈唱一和看看。（旦云）奴家也彈不得了，也唱不得了。（浄云）可知道不敢再彈唱了。（丑云）兄弟，他既不敢彈唱了，我和你且回家去。（浄云）説得是，我和你回去罷。（丑云）五戒，我小子不是豪富。（末云）枉了教你題疏。你衣服敢是借的？（浄、丑云）可知道我腿上無個布袴。（末并下）（旦云）一斟一酌，莫非前定。奴家準擬今日抄題幾文錢鈔，就此追薦公婆。誰知撞着這兩個風子，攪鬧了一場。如今雖没東西備辦奠禮，且將公婆真容掛在此間拜囑一番，以表來意罷了。（掛真容拜科）

【賞秋月】（旦唱）在途路，歷盡多辛苦，把公婆魂魄來超度。焚香禮拜祈回護，願相逢我丈夫。（末、丑隨生上）

【縷縷金】（生唱）時不利，命多乖。雙親在途路上，怕生災。（末、丑唱）相公，此是彌陀寺，略停車蓋。（合）辦虔誠懇禱拜蓮臺，特來赴佛會。

（丑云）道姑迴避。（旦云）正是：在他簷下過，誰敢不低頭？（荒下失真容科）（生云）那得這軸畫像？（丑云）敢是適間道姑遺下的？（生云）叫他轉來，將還他去。（丑叫不應科）去遠了，叫不應。（生云）既叫不應，且與他收下。左右，唤和尚過來。（浄扮和尚上）

【前腔】（浄唱）能喫酒，會噇齋。喫得醺醺醉，便去摟新戒。講經和回向，全然尷尬。你官人若是有文才，休來看佛會。

（相見科）和尚，下官爲迎取父母來此，不知路上安否何如？特來三寶面前，祈求保佑。（净云）元來如此。小僧先請佛。

【佛賺】（净唱）如來本是西方佛，西方佛，却來東土救人多，救人多。結跏趺坐坐蓮花，丈六金身最高大，他是十方三界第一個大菩薩。摩訶薩，摩訶般若波羅糖。（末云）和尚，你念差了，是波羅蜜。（净唱）糖也這般甜，蜜也這般甜。南無南無十方佛十方法十方僧，上帝好生不好殺。好人還有好提掇，惡人還有惡鑒察。好人成佛是菩薩，惡人做鬼做羅刹。第一滅却心頭火，心頭火。第二解開眉間鎖，眉間鎖。第三點起佛前燈，佛前燈。真個是好也快活我，快活我。諸惡莫作，奉勸世上人則個。浪裹梢公牢把舵，行正路，莫蹉跎。大家却去誦彌陀，誦彌陀。善男信女笑呵呵。聽大法鼓鼕鼕鼕，聽大法鐃乍乍乍。手鐘摇動陳陳陳陳，獅子能舞鶴能歌。木魚亂敲逼逼剥剥，海螺響處嘖嘖嘖嘖。積善道場隨人做，伏願老相公老安人小夫人萬里程途悉安樂。南無菩薩薩摩訶，金剛般若波羅蜜。

小僧請佛了，請相公上香，通達情旨。（生炷香拜科）

【仙吕入雙調·江兒水】（生唱）如來證明，聽蔡邕啓：我雙親在途路，不知如何的？仰惟菩薩大慈悲。（合）龍天鑒知，龍神護持，護持着登山渡水。

【前腔】（净唱）如來證明，鑒兹情旨。蔡邕的父母，望相保庇，仰惟功德不思議。（合前）

【前腔】（末唱）我東人鎮日常懷憂慮，只愁二親在路途裏，孝思誠意感神祇。（合前）

【前腔】（丑唱）我聞知做會，特來隨喜。饅頭素食多多與，若還不與，我自入齋厨去取。（合前）

（净云）我佛有緣蒙寵渥，（生）願親路上悉平安。（末云）因過竹院逢僧話，（丑云）又得浮生半日閒。（并下）（旦復上）

【縷縷金】（旦唱）原來是，蔡伯喈，馬前都喝道，狀元來。料想雙親像，他每留在。敢天教我夫婦再和諧，都因這佛會？

正是：不因漁父引，怎得見波濤？方纔那官人，奴家詢問起來，正是蔡伯喈。好也！好也！今日也會相見。只一件，奴家荒忙中失去了公婆真容，想必是他收下。且待明日逕投他家裏去，以乞丐爲由，問取消息。倘或天天可憐，因此相會，也不見得？

今朝喜見那喬才，真容收去可疑猜。
縱使侯門深似海，從今引得外人來。

第三十五齣　兩賢相遘

【商調引子·十二時】（貼唱）心事無靠托，這幾日翻成悶也。父意方回，夫愁稍可。未卜程途裏的如何，教我怎生放下？

不如意事常八九，可與語人無二三。(一) 奴家自嫁蔡伯喈之後，見他常懷憂悶。費盡心機去問他，他又不説。比及奴家知道，去對爹爹説，要和他同去奉事雙親，誰想爹爹不肯。被奴家道了幾句，幸喜爹心回轉，教人去取他爹媽媳婦；又不知一行人路上安否如何？爲這些事，教我擔了多少煩惱？又一件，公婆早晚到來，只是要一兩個精細人去伏侍他。我府裏雖則有使唤的，那裏中用？怎生得精細婦人與他使唤方好？院子那裏？（末云）書當快意讀易盡，客有可人期不來。世上幾般能稱意，光陰何況苦相催。夫人，有何使令？（貼云）院子，我府中缺少幾個使唤的，你與我去街坊上尋問，有精細的婦人，討一兩個來用。（末云）小人理會得。踏破鐵鞋無覓處，得來全不費工夫。

【遶地遊】（旦唱）風餐水宿，甚日能安妥？問天天怎生結果？

（旦云）府幹哥稽首！（末云）道姑何來？（旦云）遠方人氏。（末云）到此何幹？（旦云）特來抄化。（末云）少待，通報夫人，精細婦人到没有，正遇一個道姑在門首抄化。（貼云）着他裏面來。（末云）道姑，夫人着你裏面相見。（貼作相見科）

【前腔】（貼唱）梳粧淡雅，看丰姿堪描堪畫。是何人近來問咱？

（旦云）夫人稽首！（貼云）道姑何來？（旦云）貧道遠方人氏。（貼云）到此何幹？（旦云）特來府中

(一)『人』字後原衍一『言』字，據汲古閣刊本《繡刻琵琶記定本》改。

抄化。（貼云）你有甚本事來此抄化？（旦云）貧道不敢誇口，大則琴棋書畫，小則針指工夫，次則飲食餚饌，頗諳一二。（貼云）道姑，你有這等本事，在街坊上抄化也生受，何似在我府中喫些安樂茶飯如何？（旦云）若得如此，感恩非淺。只怕貧道没福，無可稱夫人之意。（貼云）院子，道姑是遠方人氏，須要問他來歷詳細，方可留他。（末云）道姑，我且問你，你是從幼出家的，還是在嫁出家的？（旦云）貧道在嫁出家的。（貼云）院子，從幼出家的怎麼説？在嫁出家的怎麼説？（末云）告夫人知道：從幼出家是没丈夫的，在嫁出家是有丈夫的。那道姑是有丈夫的。（貼云）呀！險些兒差了。他既有丈夫的，難以收留。院子，你多打發些齋糧與他，教他别處抄化去。（末云）道姑，夫人説你有丈夫，多打發齋糧與你，别處去抄化罷。（旦云）天那！我不合説有丈夫的。府幹哥，貧道非因抄化而來，特來尋取丈夫。（末云）夫人，這道姑非因抄化來，却是尋取丈夫的。（貼云）元來如此。道姑，我且問你，你丈夫姓甚名誰？（旦背説云）夫人問我丈夫姓名，若直説出來，恐怕夫人嗔怪；若不和他説，此事又終難隱忍。我如今且把『蔡伯喈』三字拆開與他説，看他意兒何如，再作道理。夫人，貧道丈夫姓祭名白諧，人人都説道在牛府中廊下住。敢是夫人也知道？（貼云）我那裏知道？院子，你管各廊房，有那姓祭名白諧的麽？（末云）小人管許多廊房，并没有這個人。（貼云）道姑，我這裏没有，你可到别處去尋，休得要誤了你。（旦云）天那！人人道我丈夫在貴府廊下住，如今既道是没有，奴家想起來，莫不是死了呵？咳！丈夫，你若是死了，教我倚着誰人？（哭科）（貼云）可憐這婦人！你且不須愁煩，權住在府中；我着院子到街坊上訪問你丈夫踪跡，你意下如何？（旦云）若得如此，再造之恩！（貼云）道姑，只一件，你在我府中休要恁般打扮，我與你換了這衣粧。（旦云）貧道不敢換。（貼云）因甚不敢換？（旦云）貧道有一十二年大孝在身，所以不敢換。（貼云）呀！大孝不過三年，如何有一十二年？（旦云）貧道公公死了三年，婆婆死了三年；薄倖兒夫久留都下，一竟不還，替他帶六年，共成一十二年。（貼云）咳！有這等孝行的婦人。道姑，你雖然如此，争奈我老相公最嫌人這般打扮。院子，你可叫惜春取粧奩衣服出來。（末云）畫堂傳懿旨，幽閣取粧資。（丑云）寶劍賣與烈士，紅粉贈與佳人。夫人，粧奩衣服在此。（貼云）道姑，你且臨鏡改換則個。（旦云）天那！如何是好？（照鏡科）咳！鏡兒，我自從嫁與蔡家，只兩月梳粧，這幾時不曾照你？呀！好苦！元來都這般消瘦了。

【商調過曲・二郎神】（旦唱）容瀟灑，照孤鸞嘆菱花剖破。（貼云）道姑，你不梳粧，且換了衣服。（旦看衣唱）記翠鈿羅襦當日嫁，誰知他去後，釵荆裙布無些？（貼云）道姑，你不換衣服，且帶着這釵兒。（旦看釵唱）他金雀釵頭雙鳳朶，奴家若帶了呵，可不羞殺人形孤影寡？（貼云）道姑，你不帶釵兒，且簪些花朶，別些吉凶。（旦看花唱）説甚麽簪花捻牡丹，教人怨着嫦娥。

【前腔換頭】（貼唱）嗟呀，他心憂貌苦，真情怎假？只爲着公婆珠淚墮，道姑，我公婆自有，不能彀承奉杯茶。你比我没個公婆承奉呵，不枉了教人做話靶。我且問你：你公婆，爲甚的雙雙命掩黄沙？

【囀林鶯】（旦唱）苦！荒年萬般遭坎坷，丈夫又在京華。糟糠暗喫擔饑餓，公婆死，賣頭髮

去埋他。把孤墳自造，土泥盡是我麻裙包裹。（貼云）這道姑好誇口！（旦唱）也非誇，手指傷，血痕尚染衣麻。〔一〕

【前腔】（貼唱）道姑，愁人見説愁轉多，使我珠淚如麻。（旦云）夫人，你淚下爲何？（貼云）道姑，我丈夫亦久別雙親下。（旦云）他怎的不回家去？（貼唱）他要辭官家去，被我爹蹉跎。（旦云）他家有妻麽？（貼唱）他妻雖有麽，怕不似恁會看承爹媽。（旦云）他爹媽如今在那裏？（貼唱）在天涯。（旦云）夫人何不取他同來一處？（貼唱）教人去請，知他途路上如何？

【啄木鸝】（旦唱）聽言語，教我悽愴多，料想他每也非是假。（背説科）我且把句言語來試他一試。他那裏既有妻房，取將來怕不相和？（貼唱）道姑，但得他似你能挜靶，我情願讓他居他下。只愁他，程途上苦辛，教人望得眼巴巴。〔二〕

【前腔】（旦唱）錯中錯，訛上訛，只管在鬼門前空占卦。夫人，若要識蔡伯喈妻房，（貼）他在那裏？（旦唱）奴家便是無差。（貼唱）呀！你果然是他非謊詐？（旦云）夫人，奴家豈敢誑言？

〔一〕眉批：李曰：到此際睥睨天地，旁若無人，如臨易水擊筑，寒風蕭瑟，怎不令乍悲乍咤？

〔二〕眉批：王曰：幻設婦女之態，描寫二媛心口，真假假真，立談而涕泣感動，遂成千載之奇。便即酈生一朝説下齊七十餘城，從太史公筆端描出，言猶在耳。

（貼唱）你原來爲我喫折挫，爲我受波查。教伊怨我，教我怨爹爹。（貼云）姐姐請上坐，待奴家見禮。（旦云）奴家怎敢？

【金衣公子】（貼唱）一樣做渾家，我安然，你受禍。你名爲孝婦，我被傍人罵。（旦云）呀！傍人罵夫人怎的？（貼唱）公死爲我，婆死爲我，姐姐，我情願把你孝衣穿着，把濃粧罷。（合）事多磨，冤家到此，逃不得這波查。

【前腔】（旦唱）夫人，他當原也是没奈何，被强來，赴選科，辭爹不肯聽他話。（貼云）姐姐，他在這裏豈不要回來？（貼唱）辭官不可，辭婚不可。（旦唱）只爲三不從，做成災禍天來大。（合前）

（貼云）姐姐，休怪奴家説。我教你改換衣粧，你又不肯，只怕相公見你這般藍褸，萬一不肯相認，如何是好？我想起來，相公往常朝回時，便入書館中看文章。姐姐既是無所不通，何似去書館中寫幾句言語打動他？那時節我與你説個明白，却不好？（旦云）夫人説得是。便寫得不好，也索從命。

（旦）無限心中不平事，幾番清話又成空。
（貼）一葉浮萍歸大海，人生何處不相逢。

第三十六齣　孝婦題真

（末云）爲問當年素服儒，於今腰下佩金魚。分明有個朝天路，何事男兒不讀書？自家乃是蔡相公府中一個院子，我相公雖居鳳閣鸞臺，常在螢窻雪案。退朝之暇，手不停披；閒居之際，口不絶吟。如今將次回府，不免灑掃書館，聽候相公到來。真個好書館！但見：明窻瀟灑，碧紗内烟霧輕盈。浄幾端嚴，青氈上塵埃不染。粉壁間掛三四幅名畫，石床上安一兩張古琴。緗帙縹囊，數起看何止一萬卷？牙籤犀軸，乘將來敎有三十車。芸葉分香走魚蠹，芙蓉藏粉養龍賓。鳳咮馬肝，和那鸜鵒眼，無非奇巧；兔毫栗尾，和那犀象管，分外精神。積金花玉板之箋，列錦紋銅緑之格。正是：休誇東壁圖書府，賽過西垣翰墨林。且住着，我相公昨日在彌陀寺中燒香，拾得一軸畫像，不知甚麽故事。相公當時教我收下，我如今也將來掛在此間。我相公博學多才，必然曉得這故事。正是：早知不入時人眼，多買胭脂畫牡丹。（下）

【仙吕引子・天下樂】（旦唱）一片花飛故苑空，隨風飄泊到簾櫳。玉人怪問驚春夢，只怕東風羞落紅。

堦下落紅三四點，錯教人恨五更風。當初只道蔡伯喈貪名逐利，不肯回家，元來被人逗留在此。奴家昨日抄化來到這裏，感得牛氏夫人收録；又怕伯喈見我一身藍褸，不肯厮認，教我到書館中題幾句言語打動他。奴家只得從命。來到此間，却寫在那處好？呀！公婆真容，元來也掛在此。（哭拜科）我如今就公婆真容背後題詩幾句便了。苦！向日受飢荒，雙親俱死亡。如今題詩句，報與薄情郎。

【仙吕過曲・醉扶歸】（旦唱）丈夫，我有緣千里能相會，難道是無緣對面不相逢？鳳枕鸞衾也曾共，今日呵，到憑着兔毫繭紙將他動。休休！畢竟一齊分付與東風，把往事如春夢。

（題科）崑山有良璧，鬱鬱璠璵姿。嗟彼一點瑕，掩此連城瑜。人生非孔顔，名節鮮不虧。拙哉西河守，胡不如皋魚？宋弘既以義，王允何其愚。風木有餘恨，連理無傍枝。寄語青雲客，愼勿乖天彝。

【前腔】（旦唱）總使我詞源倒流三峽水，丈夫，只怕你胸中别是一帆風。牛氏夫人見我衣裳藍褸，怕伯喈不肯相認，還是教妾若爲容？我若不寫詩打動他呵，夫人，只怕爲你難移寵。（掛真容科）休休！縱認不得這丹青貌不同，我的筆蹟，兀自如舊，若認得我翰墨，教心先痛。奴家題詩已了，不免説與夫人知道，且待伯喈來看。莫不是天教相逢，在此一遭，也未見得？

未卜兒夫意，全憑一首詩。
得他心肯日，是我運通時。

第三十七齣　書館悲逢

【仙吕引子・鵲橋仙】（生唱）披香侍宴，上林遊賞，醉後人扶馬上。金蓮花炬照回廊，正院宇梅梢月上。

日晏下彤闈，平明登紫閣。何如在書案，快哉天下樂。自家早臨長樂，夜直嚴更。召問鬼神，或前宣室之席；光傳太乙，時頒天禄之藜。惟有戴星銜黑出漢宫，安能滴露研硃點《周易》？俺這幾日且喜朝無繁政，官有餘閒，庶可留志於詩書，從事於翰墨。正是：事業要當窮萬卷，人生須是惜分陰。（看書科）這是甚麽書？是《尚書》。呀！這《堯典》道：『虞舜父頑母嚚象傲，克諧以孝。』咳！他父母那般相待他，他猶自克諧以孝。我父母虧了我甚麽，我倒不能彀奉養他？看甚麽《尚書》！這是甚麽書？是《春秋》。呀！《春秋》中潁考叔曰：『小人有母，未嘗君之羹，請以遺之。』咳！他有一口湯喫，兀自尋思着娘。我如今做官享天禄，倒把父母撇了。看甚麽《春秋》！天那！枉看這書，行不得，濟甚麽事？你看那書中那一句不說着孝義？當元俺父母教我讀詩書，知孝義，誰知道反被詩書誤了我，還看他怎的？

【仙吕過曲・解三醒】（生唱）嘆雙親把兒指望，教兒讀古聖文章。似我會讀書的，倒把親撇漾。少甚麽不識字的，到得終奉養。書呵，我只爲其中自有黄金屋，反教我撇却椿庭萱草堂。還思想，畢竟是文章誤我，我誤爹娘。

【前腔】比似我做個負義虧心臺館客，到不如守義終身田舍郎。《白頭吟》記得不曾忘，緑鬢婦何故在他方？書呵，我只爲其中有女顔如玉，反教我撇却糟糠妻下堂。還思想，畢竟是文章誤我，我誤妻房。

書既懶看他，且看這壁間山水古畫，散悶則個。呀！這一軸畫像，是我昨日在彌陀寺中燒香拾得的，如何院子也將來掛在此間？且看甚麽故事。

【南吕過曲・太師引】（生唱）細端詳，這是誰筆仗？覷着他，教我心兒好感傷。（細看科）好似我雙親模樣。差矣，我的媳婦會針指，便做是我的爹娘呵，怎穿着破損衣裳？前日已有書來，道別後容顔無恙，怎的這般淒涼形狀？且住，我這裏要寄一封書回去，尚不能彀。他那裏呵，有誰來往，直將到洛陽？天下也有面貌厮像的，須知道仲尼陽虎一般龐。

我理會得了。

【前腔】這是街坊誰劣相，砌莊家形衰貌黄。假如我爹娘呵，若没個媳婦來相傍，少不得也這般淒涼。敢是個神圖佛像？呀！却怎的，我正看間，猛可的小鹿兒心頭撞？這也不是神圖佛像，敢是當元的畫工有甚緣故？丹青匠，由他主張，須知道毛延壽誤了王嬙。

若是個神圖佛像，背面必有標題，待我轉過來看。呀！元來有一首詩在上面。（讀詩科）這厮好無禮，句句道着下官。等閒的怎敢到此？想必夫人知道。待我問他，便知分曉。夫人那裏？

【雙調引子·夜遊湖】（貼唱）猶恐他心思未到，教他題詩句，暗裏相嘲。翰墨關心，丹青入眼，强如把語言相告。

（生怒云）夫人，誰人到我書館中來？（貼云）没有人。（生云）我前日去彌陀寺中燒香，拾得一軸畫像。院子不省得，也將來掛在這裏。甚麽人在背面題着一首詩？（貼云）敢是當原寫的？（生云）那裏是？墨蹟尚未曾乾。（貼背云）我理會得了。相公，這詩如何説？請讀與奴家知道。（生讀詩科）（貼云）相公，奴家不省其意，請解説一遍，與奴家曉得也好。（生云）『崑山有良璧，鬱鬱璠璵姿。嗟彼一點瑕，掩此連城瑜。』崑山是地名，産得好玉，價值連城。若有些兒瑕玷，便不貴重了。『人生非孔顔，名節鮮不虧。』孔子、顔子是大聖大賢，德行渾全。大凡人非聖賢，能忠不能孝，能孝不能忠，所以名節多至欠缺。『拙哉西河守，胡不如皋魚？』西河守吴起，是戰國時人，魏文侯拜他爲西河守，母死不奔喪。皋魚是春秋時人，只爲周遊列國，父母死了。後來回歸，自刎而亡。『宋弘既以義，王允何其愚。』宋弘是光武時人，光武試把姐姐湖陽宫主嫁他，宋弘不從。對道：『貧賤之交不可忘，糟糠之妻不下堂。』王允是桓帝時人，司徒袁隗要把姪女嫁他，他就休了前妻，娶了袁氏。『風木有餘恨，連理無傍枝。』孔子聽得皋魚啼哭，問其故。皋魚説道：『樹欲静而風不止，子欲養而親不在。』西晉時東宫門有槐樹二株，連理而生，四傍皆無小枝。『寄語青雲客，慎勿乖天彝。』傳言與做官的，切莫違了天倫。（貼云）相公，那不奔喪和那自刎的，那一個是孝道？（生云）那不奔喪的是亂道。（貼云）相公，那不棄妻和那棄妻的，那一個是正道？（生云）那棄了妻的是亂道。（貼云）相公，比如你，待要學那一個？（生云）呀！我的父母知他存亡如何？我決不學那不奔喪的見識。（貼云）相公，你雖不學那不奔喪的，且如你這般富貴，腰金衣紫，假有糟糠之婦，藍褸醜惡，可不辱没了你？你莫不也索休了？（生怒云）夫人，你説那裏話！縱是辱没殺我，終是我的妻房，義不可絶。

【越調過曲・鏵鍬兒】（生唱）夫人，你説得好笑，可見你心兒窄小。我決不學那王允的見識，没來由漾却苦李，再尋甜桃。古人云：棄妻止有七出之條，他不嫉不淫與不盜，終無去條。那棄妻的，衆所誚。那不棄妻的，人所褒。縱然他醜貌，怎肯相休棄了？

【前腔】(貼唱)伊家富豪，那更青春年少。看你紫袍掛體，金帶垂腰。做你的媳婦呵，應須有封號。金花紫誥，必俊俏，須媚嬌。若還他醜貌，怎不相休棄了？

【前腔】(生唱)夫人，你言顛語倒，惱得我心兒轉焦。莫不是你把咱奚落，特兀自粧喬？引得我淚痕交，撲簌簌這遭。這題詩的是誰？(貼)相公，你問他待怎的？(生云)夫人，他把我嘲，難恕饒。你説與我知道，怎肯干休罷了？

【前腔】(貼唱)相公，我心中忖料，想不是個薄情分曉。管教你夫婦會合，在今朝。你還認得那題詩的麼？(生云)我認不得。(貼唱)伊家枉然焦，只怕你哭聲漸高。(生云)是誰？(貼唱)是伊大嫂，身姓趙。正要説與你知道，怎肯干休罷了？

姐姐有請。

【入賺】(旦唱)聽得閙炒，敢是我兒夫看詩囉唣？(貼云)姐姐快來。(旦唱)是誰忽叫？想是夫人召，必有分曉。(貼唱)相公，是他題詩句，你還認得否？(生云)他從那裏來？(貼云)相公，他從陳留郡，爲你來尋討。(生認科)呀！我道是誰，元來是你呵。娘子，你怎的穿着破襖，衣衫盡是素縞？莫不是我雙親不保？(旦云)官人，從別後，遭水旱，我兩三人只道同做餓殍。(生云)張太公曾周濟你麼？(旦唱)只有張公可憐，嘆雙親別無倚靠。(生云)後來却如何？(旦唱)兩口顛連相繼死。(生云)苦！元來我爹媽都死了。娘子，那時如何得殯斂？(旦唱)我剪頭髮賣錢送伊妣考。（生云）如今安葬了未曾？（旦唱）把墳自造，土泥盡是我麻裙裹包。（生云）罷了！聽伊言語，怎不痛傷噎倒？

（生倒，旦、貼作扶起科）（旦云）官人，這畫像就是你爹媽的真容。（生哭拜科）

【小桃紅】（生唱）蔡邕不孝，把父母相抛。爹娘，我與你別時，豈知恁地？早知你形衰耄，怎留聖朝？娘子，你爲我受煩惱，你爲我受劬勞。謝你葬我爹，葬我娘，你的恩難報也。又道是養子能代老。（合）這苦知多少，此恨怎消？天降災殃人怎逃？

娘子，這真容是誰畫的？

【前腔】（旦唱）這儀容像貌，是我親描。（生云）娘子，路途遥遠，你那得盤纏來到此間？（旦低唱科）乞丐把琵琶撥，怎禁路遥？官人，説甚麽受煩惱？説甚麽受劬勞？不信看你爹，看你娘，比別時兀自形枯槁也。我的一身難打熬。（合前）

【前腔】（貼唱）設着圈套，被我爹相招。相公，你也説不早？況音信杳。姐姐，你爲我受煩惱，爲我受劬勞。相公，是我誤你爹，誤你娘，誤你名不孝也。做不得妻賢夫禍少。（合前）

【前腔】（生唱）我脱却巾帽，解却衣袍。（貼云）相公，急上辭官表，共行孝道。（生云）夫人，只怕你去不得。（貼唱）相公，我豈敢憚煩惱？豈敢憚劬勞？同去拜你爹，拜你娘，親把墳塋掃也。使地下亡靈安宅兆。（合前）

【餘文】(合)幾年間分別無音耗，奈千山萬水迢遥。天那！只爲三不從，生出這禍苗。

(生)只爲君親三不從，(旦)致令骨肉兩西東。

(貼)今宵賸把銀釭照，(旦)猶恐相逢是夢中。

第三十八齣　張公遇使

【南吕引子・虞美人】(末唱)青山古木何時了，斷送人多少。孤墳誰與掃荒苔？連塚陰風吹送紙錢遶。

冥冥長夜不知曉，寂寂空山幾度秋。〔一〕泉下長眠人未醒，悲風蕭瑟起松楸。老漢曾受趙五娘之託，教我爲他看管墳塋。這兩日有些閒事，不曾看得，今日只索去走一遭。

【仙吕入雙調・步步嬌】(末唱)呀！只見黄葉飄飄把墳頭覆，廝趕的皆狐兔。(望科)敢是誰砍了樹木去？爲甚松楸漸漸疏？(滑倒科)咳！甚麽絆我這一倒？却元來是苔把磚封，筭进泥路。老員外，老安人，自古道：未歸三尺土，難保百年身。已歸三尺土，難保百年墳。我老夫在日，尚來爲你看管。若老夫死後呵，教誰添上你三尺土。(丑扮李旺上)

〔一〕　山：原作『由』，據汲古閣刊本《繡刻琵琶記定本》改。

【前腔】(丑唱)渡水登山多勞苦，來到這荒村塢。遥觀一老夫，試問他家住在何所。趲步向前行，呀！却是一所荒墳墓。

(相見科)(末云)小哥，你從那裏來？(丑云)小人從京都來。(末云)却往那裏去？(丑云)奉蔡相公差至此。(末云)你相公是那裏人？差你來有甚勾當？(丑云)我相公特差小人來請取他的太老爹太夫人和那小夫人，一同到洛陽去。(末云)你相公叫甚麽名字？(丑云)我相公的名字，小人怎敢説？(末云)荒僻去處，但説不妨。(丑云)我相公是蔡伯喈。(末發怒科)

【風入松】(末唱)你不須提起蔡伯喈，説着他每忒歹。(丑云)呀！他有甚歹處？(末唱)他中狀元做官六七載，撇父母抛妻不采。(丑云)他父母在那裏？(末唱)兀的這磚頭土堆，是他雙親在此中埋。

(丑云)呀！元來太老爹太夫人都死了呵。不知爲甚的死了？

【前腔】(末唱)一從他别後遇荒災，更無人倚賴。(丑云)這等，是誰承直他這兩個？(末唱)虧他媳婦相看待，把衣服和釵梳都解。(丑云)解也須有盡時。(末云)便是。這小娘子解得錢來糴米，做飯與公婆喫，他背地裏把糟糠自捱，公婆的反疑猜。

(丑云)公婆敢道他背後自喫了些好東西麽？(末云)便是。後來呵，

【前腔】(末唱)他公婆的親看見，雙雙痛倒，無錢斷送，剪頭髮賣買棺材。(丑云)他那般無錢，

如何築得這一所墳墓？（末唱）他去空山裏，裙包土，血流指，感得神明助，與他築墳臺。

（丑云）自古道孝感天地，果然有此。這小娘子如今在那裏？

【前腔】（末唱）他如今逕往帝都來。（丑云）他把甚麽做盤纏？（末云）小哥，我不瞞你。他彈着琵琶做乞丐。（丑云）蔡相公特地差小人來取他父母妻子，如今太老爹太夫人既死了，小夫人却又去了，如何是好？（末云）你謾着，我與你説與他父母知道便了。老員外，老安人，你孩兒做官，如今差人來取你到京，同享富貴，你去不去？（哭科）叫他不應魂何在？空教我珠淚盈腮。（丑云）公公，你休啼哭。小人如今回去，教俺相公多多做些功果，追薦他便了。（末笑科）他生不能養，死不能葬，葬不能祭。這三不孝逆天罪大，空設醮，枉修齋。

你相公如今在那裏？（丑云）我相公如今入贅牛丞相府裏。

【前腔】（末唱）小哥，你如今疾忙便回，説我張老的道與蔡伯喈。（丑云）道甚麽來？（末唱）道你拜别人的爹娘好美哉，親爹娘死，不值你一拜。（丑云）公公，你休錯埋冤了人。他要辭官，官裏不從；辭婚，我太師不從。也只是没奈何了。（末云）恁的呵，元來他也是無奈，好似鬼使神差。他當元在家不肯赴選，他爹爹不從他。這是三不從把他廝禁害，三不孝亦非其罪。（丑云）公公，你險些錯埋冤了人。（末唱）這是他爹娘福薄運乖，人生裏都是命安排。

（丑云）敢問公公高姓？（末云）小哥，老漢不是别人，張太公的便是。當初蔡伯喈臨去之時，把父母囑付與我。如今他父母身死，小娘子又去京都尋他，將近去了個半月日。你如今回去，一路上但見一個婦人，道姑打扮，拿着一個琵琶，背着一軸真容的，便是你相公的小娘子。你把盤纏好好承直他去便了。（丑云）理會得。小人告别了。

（末）雙親死了已無依，今日回來也是遲。

（丑）夜静水深魚不餌，滿船空載月明歸。

第三十九齣　散髮歸林（别丈）

【仙吕入雙調·風入松慢】（外唱）女蘿松柏望相依，況景入桑榆。他椿庭萱室齊傾棄，怎不想家山桃李？中雀誤看屏裹，乘龍難駐門楣。

自古道：人無遠慮，必有近憂。自家當初不仔細，一時間不信我那院子的説話，定要招蔡伯喈爲婿，指望養老百年。誰想道他父母俱亡，如今他媳婦徑來尋取。聞説我女孩兒也要和他同去，不知是否？待我唤院子出來問他，便知端的。院子那裹？（末云）紋犀欲下意沉吟，棋局排來仔細尋。猶恐中間差一着，教人錯用滿枰心。相公有何鈞旨？（外云）院子，説道蔡狀元的父母身死，他媳婦來尋他，我的小姐也要和他同去。你知道麽？（末云）男女不知，老姥姥必知端的。（外云）如此，叫老姥姥過來。

【仙吕過曲·光光乍】（净唱）女婿要同歸，岳丈意何如？忽叫阿奴緣何的？想必與他做區處。

（外云）老姥姥，見説蔡狀元的父母身死，他的媳婦來此尋他，我的小姐也要和他同去，此事是否？（浄云）果是，小姐要同去。（外云）呀！我小姐同去做甚麽？（浄云）相公，他父母都死了，只是一個媳婦支持；如今小姐要同他回去守服，有何不可？（外怒云）我的小姐如何與別人帶孝？（浄云）相公息怒，聽老奴告禀。

【南吕過曲・古女冠子】（浄唱）媳婦事舅姑合體例，相公，怎不教女孩兒同去？當初是相公相留住，今日裏怨着誰？（外云）胡説！我不教女孩兒去，却待怎的？（浄云）相公，事須近理，怎使聲勢？休道朝中太師威如火，那更路上行人口似碑。（合）説起此事，費人區處。

【前腔】（末唱）我相公只慮着多嬌女，怕跋涉萬山千水。相公，只一件。女生向外從來語，況既已做人妻。夫唱婦隨，不須疑慮。這是藍田種玉結親誤，今日裏船到江心補漏遲。（合前）

【前腔】（外唱）當初是我不仔細，誰知道事成差池？痛念深閨幼女多嬌媚，怎跋涉萬餘里？天那！我嫡親更有誰？怎忍分離？罷！罷！不教愛女擔煩惱，也被傍人講是非。（合前）

（外云）老姥姥，你和院子也説得是，只得由他去罷。（浄云）恰好狀元小姐都來了。

【雙調引子・五供養】（生唱）終朝垂淚，爲雙親使我心瘵。（貼唱）親墳須共守，只得離神京。

（生云）夫人，且商量個計策，猶恐你爹行不肯。（合）若是他不肯，難説道君王有命。

（相見科）（外云）賢婿，我聞説你父母背棄，你媳婦來此相尋，此事果否？（生云）此事果然，愚婿正來稟知岳丈。（外云）這可是伯喈的媳婦麽？（旦云）奴家便是。（外云）賢哉！賢哉！（貼云）孩兒有一事拜覆爹爹知道：娶妻所以養親。孔子云：生事之以禮；死葬之以禮，祭之以禮。若姐姐爲蔡氏之婦，生能竭奉養之力，死能備棺槨之禮，葬能盡封樹之勞；孩兒亦爲蔡氏婦，生不能供甘旨，死不能盡擗踊，葬不能事窀穸。以此思之，何以爲人？誠得罪於舅姑，實有愧於姐姐。今特講於爹爹之前，願居於姐姐之下。（外云）賢哉吾女！道得是，道得是。（旦云）自古道：人有貴賤，不可概論。夫人是香閨繡閣之名妹，奴家是裙布釵荆之貧婦；况承君命以成婚，難讓妾身而居右。（外云）五娘子，你今日既無父母，又喪公姑，恰便是我的女孩兒一般；况你身先歸於蔡氏，年又長於吾兒；此寔當禮，不必多辭。（生云）你兩個只做姊妹相呼便了。（衆云）這個説得極是。（生云）愚婿今日拜辭岳丈，領二妻同歸故里，共行孝道。待服滿之後，再來侍奉尊顔。（外云）賢婿，我其實捨不得你去。今日你爹娘既不幸了，我也難再留你。（貼云）爹爹，孩兒暫别尊顔，實出無奈。爹爹善保尊體，不必掛牽。（外哭云）孩兒，你如今拜舅姑的墳墓，竟不念我？（貼云）爹爹放心，孩兒此去，不過三年之期。（外悲云）苦！女兒終是向外。兀的不痛殺我也！（衆云）相公不須煩惱。（生、旦、貼拜辭科）

【大石調過曲・摧拍】（生唱）念蔡邕爲雙親命傾，遭不孝逆天罪名，今辭了帝廷。感岳丈慇懃，豈敢忘情？痛父母恩深，久負亡靈。（合）辭別去，同到墳塋。心慽慽，淚盈盈。

【前腔】（旦唱）念奴家離鄉背井，謝公相教孩兒共行。非獨故里榮，我泉下公婆，死也目瞑。（外云）五娘子，我女孩兒少長閨門，凡事望你指顧。（旦唱）我自看承你孩兒，不須叮嚀。（合前）

【前腔】（貼唱）覷爹爹衰顏皤鬢，思量起教人淚零。爹爹，我進退不忍。我待不去呵，誤了公婆，被人譏評；我待去呵，撇了爹爹，没人温凊。（合前）

【前腔】（外唱）孩兒，此別去，你的吉凶未憑。再來時，我的存亡未審。賢婿，吾今已老景。畢竟你没爹娘，我没親生。若是念骨肉，一家須早辦回程。（合前）

【正宫過曲・一撮棹】（生唱）岳丈，你寬心等，何須苦掛縈？（外云）賢婿，把音書寫，頻頻寄郵亭。（貼云）老姥姥，爹年老，伊家須是好看承。（淨唱）程途裹，各願保安寧。（旦唱）死別全無準，生離又難定。（合）今去也，未知何日返神京？（外云）你三人去，途中須要保重。（生、旦、貼云）謝得尊人掛念。

【哭相思尾】（合唱）最苦生離難拋捨，未知再會何時也。（生、旦、貼並下）

（外）女婿今朝已別離，老身孤苦有誰知。

（合）夫唱婦隨同歸去，一處思量一處悲。

第四十齣　李旺回話

（丑扮李旺上）

【柳穿魚】（丑唱）心忙似箭走如飛，歷盡艱辛有誰知？夜静水寒魚不食，滿船空載月明歸。歸來後，到庭除，未知相公在何處？

李旺蒙老相公差去陳留，請取蔡相公的老員外、老安人、小娘子。不想他兩位老的都死了，小娘子又來了；教我空走這一遭。如今且未好對老相公説，先説與蔡相公知道。呀！怎的房門都閉了？敢是蔡相公入朝去了，小姐要幽静，閉着門呵？開門，開門。

【翫仙燈】（外唱）門外有人聲，是誰來諠譁閙炒？

（丑云）老相公，是李旺。（外云）李旺，你回來了？你知道麼，我小姐和蔡相公都回家去了？（丑云）蔡相公小娘子曾到這裏不曾？（外云）我見他了。李旺，我且問你：蔡相公父母既死了，媳婦又來了；你到那裏，曾見甚麽人？

【南吕過曲·風帖兒】（丑唱）相公，我到得陳留，逢着一個故老，在他爹娘墳上拜掃。他道他爹娘呵，果然饑荒都喪了。他媳婦也來到，枉教人走這遭。

【前腔】（外唱）李旺，我如今去朝廷上表，奏蔡氏一門孝道。管取吾皇降丹詔，把他召。我自去陳留走一遭。

（丑云）老相公，這個趙氏，其實難得！（外云）便是，一家都難得。一來蔡伯喈不忘其親，二來趙五娘子孝於舅姑，三來我小姐又能成人之美；一門孝義如此，理當保奏，請行旌表。（丑云）相公道得最是。

（外）五更三點奏朝廷，（丑）今古難求此樣人。

（合）管取一封天子詔，表揚四海孝賢名。

第四十一齣　風木餘恨

（生、旦、貼帶侍從上）

【雙調引子·梅花引】（生唱）傷心滿目故人疏，看郊墟，盡荒蕪。（旦、貼唱）惟有青山，添得個墳墓。（合）慟哭無聲長夜曉，問泉下有人還聽得無？

〔玉樓春〕（生云）他鄉萬點思親淚，不能滴向家山地。（旦云）如今有淚滴家山，欲見雙親渾無計。（貼云）荒墳衰草連寒烟，蒼苔黃葉飛蘋蘩。（生云）欲聽鷄聲來問寢，忽驚蟻夢先歸泉。（旦云）人生自古誰無死，嗟君此恨憑誰語。（貼云）可憐衰絰拜墳塋，不作錦衣歸故里。（生云）夫人，此處便是爹媽墳墓，我和你先拜了雙親，還要去拜謝張太公。（旦、貼云）正是如此。（拜奠科）

【仙吕入雙調・玉雁兒】（生唱）孩兒相誤，爲功名擔擱了父母。都緣是孩兒不得歸鄉故。爹爹、媽媽，你怎便先歸黄土？乾坤豈容不孝子，名虧行缺不如死，只愁我死缺祭祀。（合）對真容形衰貌枯，想靈魂悲咽痛苦。

【前腔】（旦唱）百拜公姑，望矜憐恕責我夫。你孩兒贅居牛相府，日夜要歸難離步。你這新媳婦呵，堅心雅意勸親父，同歸故里守孝服，今日雙雙來廬墓。（合前）

【前腔】（貼唱）不孝的媳婦，恨當初爲我耽誤了丈夫。喫人談笑生何補？我待死呵，又羞見公姑。公公、婆婆，我生前不能彀相奉侍，何如事你向黄泉路？只一件，我死了呵，家中老父誰看顧？（合前）

（生云）呀！只見朔風四起，瑞雪横空，天氣甚冷。左右，且迴避着。（衆下）（末扮張太公上）

【前腔】（末唱）樓臺銀鋪，遍青山渾如畫圖。乾坤似他衣衰素，故添個縞帶飛舞。你躃踊慟哭直恁苦，那堪大雪添淒楚？事當逆來順受。抑情就禮通今古。（合前）

（生云）呀！張太公來了。卑人父母生死，皆蒙太公周濟，正道拜了父母墳塋，就到宅上拜謝，少效銜環之報，何勞太公先降？（末云）説那裏話？蔡相公，你腰金衣紫，可惜令尊令堂相繼謝世，不得盡你孝心。正是：樹欲静而風不寧，子欲養而親不逮。這也是他命該如此。你今日榮歸故里，光耀祖宗。雖是他生前不能享你的禄養，死後亦得沾你的恩典。老夫苟延殘喘，又得相見。僥倖！僥倖！你今在此廬墓，老夫合當陪伴，但有牛氏夫人在此，怕不穩便。暫且告别，再來相看。

（生）多謝深恩不敢忘，（末）稍寬愁緒節悲傷。

（旦）親墳共掃添榮耀，（貼）不負詩書教子方。

第四十二齣　一門旌奬

【商調引子·逍遥樂】（生唱）寂寞誰憐我？空對孤墳珠淚墮。（旦唱）光陰撚指過三春。

（貼唱）幽途渺渺，滯魄沉沉，誰與招魂？

（生云）夫人，你看兩木連枝誰手栽？相馴白兔走墳臺。（旦、貼云）無心動植呈祥瑞，否極應須會泰來。（末上云）一封丹詔從天下，忽聽傳聞動郊野。説道旌表一門閭，未卜此爲何人也？（末云）蔡相公，外面喧傳有詔書到此，旌表孝義，想必爲足下而來。（生云）人間孝者亦多，卑人何足稱孝？假如大舜、曾參之孝，亦是人子當盡之事，何足旌表？（末云）你説那裏話？老夫當初也只道你貪名逐利，撇了父母妻室，不肯還家，到如今纔得個分曉。《孝經》云：孝弟之至，通於神明，光於四海，無所不通。今見你墳頭枯木生連理之枝，白兔有馴擾之性。祥瑞若此，吉慶必來。

【仙吕入雙調·六么令】（末唱）連枝異木新，見墳臺白兔如馴。禽獸草木尚懷仁，這一封丹詔必因君。[一]（合）料天也會相憐憫。

【前腔】（生唱）皇恩若念臣，我也不圖禄及吾身。只愁恩不到雙親，空辜負，這孤墳。（合前）

【前腔】（旦唱）知他假與真？謝得公公，報説殷勤。太公，空教你爲我受艱辛，今日裏，有誰旌表你門庭？（合前）

【前腔】（貼唱）來使是何人？悶中無由詢問一聲。（生云）夫人要問甚麽？（貼唱）無由詢問我家君，知他安與否，死和存？（合前）（丑扮縣官上）

【前腔】（丑唱）敕書已來近，看街市上人亂紛紛。咱每只得忙前奔，備香案，接皇恩。（合前）（相見科）（生云）何處官長？因甚到此？（丑云）下官本縣知縣。告大人得知：今日天朝牛丞相親賫詔書，到此開讀。旌表大人一門孝義，加官進職，起服到京。下官特來鋪設香案，迎接皇恩，請大人改換吉服等候。（生云）卑人孝服，未可更易。（丑云）先王制禮，賢者俯而就，不肖者跂而及。今大人服制已滿，況天朝恩典，禮當從吉。（衆云）説得是。（生云）門閭旌表感吾皇。（旦、貼云）孝服今朝換吉裳。（合云）不是一番寒徹骨，争得梅花撲鼻香？（生、旦、貼下）（外引侍從上）

[一] 眉批：李曰：俗傳東嘉初作蔡中郎爲不忠不孝，後夢接中郎而謂之曰：子能填我於懿行乎？願陰爲報。夢覺，易爲全忠全孝。余謂夢未必然，無亦東嘉書既成，乃悟其誣誕之非，翻作鬼語自怨悔也。中郎果有靈，縱不能如六丁神雷電下將取書去，亦能如犀渚魑魅直幽明不相及叱之，豈至如兒女縮怯作乞憐語耶？亦足供談林中一大噱。

【前腔】（外唱）風霜已滿鬢，玉勒雕鞍，走遍紅塵。今日到此喜欣欣，重相見，解愁悶。（合前）

（净云）這裏就是蔡相公廬墓所在，請相公駐節。（生、旦、貼吉服上）

【前腔】（合唱）心荒步又緊，想皇恩已到寒門。披袍秉笏更垂紳，冠和帶，一番新。（合前）

（外云）聖旨已到，跪聽宣讀。皇帝詔曰：　朕惟風俗爲教化之基，孝弟爲風俗之本。去聖逾遠，淳風日漓。彝倫攸斁，朕甚憫焉。其有盡克孝義，敦尚風化者，可不獎勸，以勉四海？議郎蔡邕，篤於孝行。富貴不足以解憂，甘旨常關於想念。雖違素志，竟遂佳名。委職居喪，厥聲尤著。其妻趙氏，獨奉舅姑。服勞盡瘁，克終養生送死之情，允備貞潔韋柔之德。糟糠之婦，今始見之。牛氏善諫其父，克相其夫。罔懷嫉妒之心，實有遜讓之美。曰孝曰義，可謂兼全。斯三人者，朕甚嘉之。使四海億兆，皆當儀刑斯人，垂範將來。風移俗易，教美化行。唐虞三代，誠可追配。是用寵錫，以彰孝義。蔡邕授中郎將，妻趙氏封陳留郡夫人，牛氏封河南郡夫人，限日赴京；　父從簡贈十六勳，母秦氏贈天水郡夫人。於戲！　風木之情何深，式彰風化之表；　霜露之思既極，宜沾雨露之恩。服此休嘉，慰汝悼念。謝恩！（生、旦、貼謝恩科）（外拜墳科）（生、旦、貼拜謝外科）（生云）荷蒙岳丈保奏，愚婿何以克當？（貼云）自別尊顔，且喜無恙。（外云）孩兒，且喜各保安康，再得相見。（丑、末相見科）（外云）此二位是誰？（丑云）下官是陳留縣知縣。（末云）老漢是蔡相公鄰人張廣才。（生云）卑人父母，多多得他周濟。（外云）元來就是張太公呵，俺朝裏也聞他仗義高名。賢婿，你今起服回朝，未得展報深恩。我有黃金一笏送與，聊表報答之意。（生云）太公，請收下。（末云）救災卹鄰，萬古之道；　又況你二親不保，實有愧顔，何敢受令岳之賜？（生云）太公且暫收下，卑人尚當申奏朝廷，還有區區犬馬報效。（末云）説那裏話？此金斷然不敢受。（外云）賢婿，張公高義的人，不可再强。老夫回京，當奏請官職俸禄，以酬大恩便了。

【仙吕過曲・一封書】（外唱）我恭奉聖旨，跋涉程途千萬里。吾皇親賢意甚美，因探孩兒并女婿。賢婿，你夫婦呵，數載辛勤雖自苦，一旦榮華人怎比？（合）耀門閭，進官職，孝義名傳天下知。

【前腔】（生唱）兒不孝，有甚德？蒙岳丈過主維。（作悲科）何如免喪親？又何須名顯貴？可惜二親饑寒死，博得孩兒名利歸。（合前）

【前腔】（旦唱）把真容重畫取。公公、婆婆，如今封贈伊，把你這眉兒放展舒。只愁你瘦儀容難做肥。今日呵，豈獨奴心知感德，料你也銜恩泉石裏。（合前）

【前腔】（貼唱）從别後倍哀戚，况家中音信稀。爲公姑多怨憶，爲爹行常淚垂。今日見公姑無媿色，又得與爹行相依倚。（合前）

【永團圓】（衆唱）名傳四海人怎比？豈獨是耀門閭？人生怕不全孝義，聖明世，豈相棄。這隆恩美譽，從教何所愧，萬古青編記。如今便去，相隨到帝畿。拜謝皇恩了，歸院宇一家賀喜。共設華筵會，四景常歡聚。顯文明，開盛治。説孝男，并義女。玉燭調和歸聖主。

（生）還居墓莰已三年，（旦）何幸丹書下九天。
（衆）莫道名高與爵貴，須知子孝共妻賢。

釋義

第一齣

釋義：芸編：芸香草薰書，可避蠹。傳奇：小説也。唐有傳奇，宋有戲曲。知音：伯牙善琴，子期善聽。伯牙志在高山，子期曰：『峨峨然若泰山。』志在流水，曰：『洋洋然若江河。』及子期死，伯牙絶響，以世無知音者。驊騮：良馬名，赤黑色。黄榜：古用蜀中麻黄綾寫之，以招賢才。春闈：禮闈。國家以禮進賢，故試士禮部掌之。鰲頭：《列子》：『渤海之東大壑中有五山，曰代嶼、圓嶠、方壺、瀛洲、蓬壺。根無所著，常隨潮波上下。帝命禺强使巨鰲十五頭舉首戴之。』故進士中魁者謂之占鰲頭。香雲：髮也。琵琶：胡樂器。推手前曰琵，引手却曰琶。

音釋：齣：音渠。綰：音宛。諢：音渾。

第二齣

釋義：班馬：後漢班固，字孟堅，明帝時典校秘書，著《西漢書》。司馬遷，字子長，爲太史令，作《史記》。後世稱良史，必曰班馬。風雲：《易》云：『雲從龍，風從虎。』喻士之乘時也。宋玉：楚人屈原弟子，憫其師忠而見放，作《九辨》述其志以悲之。又作《高唐》(一)《神女》等賦，皆寓言有所諷也。子雲：漢楊雄字也。博學群書，口吃，訥不能劇談，而好沉思，善識奇字。九萬里：『北溟有魚曰鯤，鯤之大不知其幾千里。化而爲鵬，鵬之徙，擊水三千里，摶扶揺而上者九萬里。』扶揺，風上行也。玉堂：漢武帝所建，猶今翰林也。宋蘇易簡爲學士，太宗以紅綃飛帛四字白玉堂之署，賜掛之。金馬：門名，宦者之署，在未央宫右。武帝時得大宛馬，以銅鑄像立於署門，因以爲名。萊綵：老萊子，楚人，事親至孝。年七十，身着五色斑斕之衣。常取水上堂，佯仆地，爲小兒啼；弄雛於親側以娛之。青雲：莆田鄭矯，乾道間中省，未廷對，夢空中一梯，雲氣圍繞，俄至梯側。既而果登第一。菽水：菽，豆也。《禮記》：『啜菽飲水，盡其歡心。』齏鹽：《送窮文》：『朝齏暮鹽。』言學者燈窗勤苦。蘋蘩：皆草名，古人以奉祭祀。《詩》云：『采蘋采蘩。』星星：髮變班也。椿萱：《莊子》云：『山中有大椿木，以

(一) 唐：原作『堂』，據文義改。

八千歲爲春，八千歲爲秋。』凡稱父爲椿者，取久長之義。萱，忘憂草也，食之令人忘憂。凡稱母爲萱者，蓋取忘憂之義也。輻輳：輻，車輻也。輳，輻共轂也。喻夫婦合而成家也。鸞儔：鸞凰常和鳴，故以喻夫婦和合。箕帚：單父吕文，字叔平，善相貌。高祖狀貌非常，曰：『吾有女，願爲箕帚妾。』箕帚，掃除之器也。偕老：偕，同也。《詩》：『與子偕老。』黄卷：古人爲書，用黄紙。有誤，以雄黄塗之，故曰黄卷。金章：章，印也。以金爲印，故曰金章。紫綬：紫，組以貫玉珮者。桑榆：《淮南子》：『日西垂，影在木端。』端，木末也。喻人老不久也。蘭玉桂花：俱喻子孫也。晉謝玄與從兄朗輩爲叔父安所器，曰：『子弟亦何預人事，正欲使其佳。』玄答曰：『譬如芝蘭玉樹，欲使其生於庭堦耳。』孫枝：《風俗通》云：『梧桐生孫枝。』瞬息：瞬，一轉目也；息，一呼吸也。言光陰之迅速。烏飛：《淮南子》：『日中有三足烏。』兔走：《酉陽雜俎》：『月中有兔，與蟾蜍并明。』

音釋：騁：音逞。健：音見。瞬：音舜。闥：音達。湫：音幽。

第三齣

釋義：只有天在上：寇萊公童時詠草山詩也。沙堤：唐故事。拜相，府縣載沙填路，自私第至於城東街，名沙堤。清霜晝戟：儀衛兵仗也。清霜，言其森嚴也。車輪流水：言侍從奔趍之多也。瓊樓：唐翟乾祐於中秋翫月，或問月中何所有，答曰：『隨我手中看之。』月現半員，瓊樓玉宇滿焉。

酹月：　酹，以酒沃地也。錦帳：　晉常侍石崇與後將軍王愷鬥富，作錦帳五十里。金貂：　貂，鼠屬，北方以其皮爲暖額，因以爲侍中冠飾，取其内勁捍而外温潤。玳瑁：　狀類龜而殼稍長，其足有六，後兩足無爪，首毛如鷄鵝，甲有文，背有鱗大如扇。將作器煮，鱗如柔皮。取甲繫人臂，以辟蟲毒。寒食：　冬至後百五日，有疾風暴雨，謂之寒食。其日不動火，預辦熟食，謂之禁烟節。琉璃：　出高麗國，光彩瑩徹，逾於玉色。『油碧車輕』二句：　温飛卿詞：『倦遊緑錦帳。』盤綫繪緒之毬，五彩爲之，同心而下垂者，曰流蘇。福地洞天：　仙靈勝境有三十六洞天，七十二福地。包彈：　猶言褒貶也。包肅公拯多所抨彈，故曰包彈。遊冶：　冶，自飭也；少年恣遊而粧飾也。司馬、文君：　漢司馬相如，字長卿；文君，字妙姬，臨邛卓王孫之長女。相如與臨邛令王吉善，王孫聞令有貴客，具酒召之，并召令。酒酣，令前奏琴，曰：『妾聞長卿好之，願以與娱。』相如爲鼓之時，文君新寡，相如因以琴心挑之。文君竊窺，心悦之，夜自奔相如。伯鸞、德耀：　伯鸞，漢梁鴻字，家貧尚節。孟光，字德耀，體肥而黑，擇配不嫁。曰：『欲得節操如梁鴻者。』鴻聞而娶之。及嫁，以裝飾入門，七日而鴻不答。妻曰：『妾自有隱居之服。』鴻乃喜，曰：『此真鴻之妻也。』鴻家貧，賃舂於皋伯通廡下。荆釵裙布，每具食，則不敢仰視，舉案齊眉。後共入灞陵山下耕織。

音釋：　酹：　音屋。爇：　音屑。姝：　音樞。謫：　音則。襦：　音儒。

第四齣

釋義：夢魂不到： 宋崔翰累官瑞州團練使，從太祖征大原，謂人曰：『吾身雖在此，而夢魂不離親幃也。』九棘三槐：《周禮・秋官》：『朝士掌建外朝之法，左九棘，孤、卿、大夫位焉，群士在其後；右九棘，公、侯、伯、子、男位焉，群吏在其後。面三槐，三公位焉，州長、衆庶在其後。左嘉石，平罷民焉；右肺石，達窮民焉。』注：棘者，象忠心而外棘也；槐者，懷來人也。森森丹桂：燕山：『丹桂五枝芳。』塗山：禹娶塗山氏之女。鶚薦：漢禰衡，孔融愛其才，疏薦之云：『鷙鳥累百，不如一鶚。』墨突不得黔：突，竈窗出烟之處。墨翟遍歷天下，急於濟物，所居處竈窗烟熏未黑遂行。『千錢』二句：宋行雅市宅，居呂僧珍宅側。珍問宅價，曰一千一百萬。怪其貴，曰：『百萬買鄰，千萬買舍。』忍將父母饑寒死：宋薛英登進士，陳言忤旨，謫南海尉。及歸，親没。人曰：『可惜父母饑寒死，且喜孩兒名利歸。』

第五齣

釋義：緑雲：《阿房宫賦》：『緑雲擾擾，梳曉鬟也。』《孝經》《曲禮》：言弟子之職。温清定省，皆其語也。其節目委曲，故曰《曲禮》。夏清：扇枕也。冬温：温衾也。昏定：安其床衽也。晨省：問安也。魚化龍：《三秦記》：『龍門，魚登者化爲龍。』譬士人及第得爲官也。《水經》：『鱣鯉出鞏穴，三月上渡龍門，得渡爲龍，否則點額而還。』青雲得路：譬士人得中也。桂枝：晉郄詵舉賢良對策，㈠爲天下第一。武帝問：『卿才何如？』詵曰：『猶桂林一枝，崑山片玉。』步蟾宫：及第之榮，比步蟾宫。而爲獸，象兔。陰之類，其數偶。其後有窮后羿請不死之藥於西王母，其妻姮娥竊之以奔月宫，是爲蟾蜍。《送赴省詞》：『姮娥剪就緑羅袍，待來步蟾。』結草：《左傳·宣公十五年》：㈡『魏顆父武子有嬖妾，武子疾，曰嫁。是病劇，曰以殉。及卒，顆嫁之。疾病則亂，吾從其始也。及敗秦師於輔氏，獲杜回。顆見老人結草以亢杜回，回躓，故獲之。夜夢老人曰：「余所嫁婦人之父也。爾用先人之治命，余是以報耳。」』啣環：漢楊寶爲童時，行泰山，見一黄雀被瘡，爲蟻損。寶收巾箱内，採黄花餧之十餘日。愈，旦去暮歸。忽一下變爲黄衣少年，與寶雙玉環。曰：『好掌此環，累世爲三公。』其子震至彪，果四世爲太尉。金諾：謂人相許曰金諾。漢曹丘生揖季布曰：『楚諺曰：得黄金百斤，不如季布一諾。』食言：欲人守信，曰望勿食言。倚定門兒望：王孫賈事齊閔王，王出走，賈失王之處。母曰：『汝朝去而晚來，吾則倚門而望；暮出而不還，吾則倚閭而望。汝今事王，㈢不知其處，汝尚何

㈠ 對：原作『射』，據文義改。
㈡ 宣：原作『先』，據《左傳》改。
㈢ 汝：原作『吾』，據文義改。

歸？』衣錦：《南史》：『劉之遴除南郡太守，帝謂曰：「卿母年德并高，令卿衣錦還鄉，盡榮養之禮。」』斷絃：漢武帝后趙氏善琴，常退朝令彈之。忽然絃斷，后悲之。帝謂后曰：『絃斷可續，奚爲悲之？』后曰：『絃斷者，凶兆也，是以悲之。』帝令左右以西海所獻鸞血作膠續之，而絃兩頭相着，雖彈不斷，帝悦。後后竟以太子幼故賜死。分鏡：後陳太子舍人陳德言尚樂昌公主，陳政衰，隋遣楊越公素領兵伐之。（一）德言謂妻曰：『國破，伊必入權豪之家。倘情緣未斷，尚冀相見。』乃破菱花鏡，各分其半，約他時正月望日賣於都市。及陳亡，其妻果爲楊素得之。後德言寄妻詩曰：『鏡與人俱出，鏡歸人未歸。無復姮娥影，空留明月輝。』樂昌得詩，悲泣不已。越公憫之，遂召德言，還其妻。風燭：元初劉田穎悟絶人，留心性理，隱居事母。至元間，徵之不起。人問其故，曰：『母年九十，如風前之燭耳，豈可貪禄而取一朝之富貴乎？』紅樓娉婷：白樂天詩：『紅樓富家女，娉婷美好貌。』芙蓉帳：蜀後主孟昶於成都城種芙蓉，每至秋，四十里如錦，高下相照，因名錦城。以其花染繒爲帳。

第六齣

釋義：雲母帳：漢武帝賜趙后紫茸雲母帳。水晶：性堅而脆，出高麗國。色如白冰，清明而瑩。

（一）楊：原作『陽』，據文義改。

唐明皇天寶中，高麗以之製爲簾以貢之。鳳凰池：中書省也。後魏及晉，中書監令掌贊詔命，㈠記會時事，典作文書，以地在禁近，秉鈞持衡，多承寵任，是以人固其位。晉荀勖，武帝朝爲中書監，除尚書令。人賀之，㈡荀曰：『奪我鳳凰池，諸君何賀也？』

第七齣

釋義：杜宇：杜宇啼聲類『不如歸』，故客聞之淚下。芳草王孫：《楚辭》：㈢『芳草生兮萋萋，王孫遊兮不歸。』郵亭：即今之急遞鋪。王羲之：晉人，字右軍，草書爲古今之冠。論者稱其筆勢『飄若浮雲，矯若驚龍。狀若斷而實連，勢若斜而反直』。其最爲後世重者。歐陽詢：初學王羲之書，後險勁過之。尺牘所傳，時人以爲法。高麗人最重之。隴頭音信：陸凱事吴，爲江南太守，與范曄相善。《寄梅花一枝》詩一首：『折梅逢驛使，寄與隴頭人。江南無所有，聊附一枝春。』隴頭，長安也。客路空瞻一片雲：唐狄仁傑貶并州司法参軍，親舍在河陽，仁傑登太行山，反顧白雲孤飛，謂左右曰：『吾親舍其下。』顧望久之，雲移乃去。流水蘸柴門：後漢姜肱，桓帝時常徵不起，常侍曹節辱政，徵爲

㈠ 掌：原作『堂』，據文義改。
㈡ 人：原作『久』，據文義改。
㈢ 楚辭：原作『楚調』，據文義改。

太守，不從。人問其故，以詩喻之曰：『任他富貴不須論，且隱深山樂素飡。縱使一身居要地，爭如流水蘸柴門？』**芳塵**：趙王石虎起高樓四十丈，異香爲屑，風作則揚之，名曰芳塵。**妻嫂笑蘇秦**：蘇秦説秦王不用，裘敝金盡，憔悴而歸。妻不下機，嫂不爲炊。後爲六國丞相。**十度謁侯門**：李覯初爲太學官，因上言役法不便，出通判處州。題語自嘆云：『十謁侯門九不開，利名淵藪且徘徊。自知不是封侯骨，夜夜江山入夢來。』**紫宸**：漢之前殿，周之路寢也。**鰲禁**：禁，天子居也，儀林北謂之鰲禁。**綵綸**：帝音也。《禮記》：『王言如絲，其出如綸。』**樵門**：樵門，鼓角樓也。

音釋：**郵**：音由。**闉**：音陰。**澆**：音嬈。**繹**：音易。**蘸**：音站。**嘌**：音熏。**藹**：音愛。**捺**：音納。

第八齣

釋義：**禮闈**：國家以禮進賢，故試事禮部掌之。**九陌**：長安有八街九陌。**春官**：禮部官也。**棘闈**：選舉：禮部閱試之日，皆嚴設兵衛之，以防假濫。**禹門**：禹鑿龍門，故龍門爲禹門。**熊掌駝峰**：俱美味。駝峰，駝脊上肉峰。**瓊林雁塔**：唐韋肇及第，偶於慈恩寺雁塔題名，後人效之，遂成故事。**文衡**：衡，平物之輕重，故試事者謂之司文衡。**賓興**：賓，禮也；興，起也。《周禮》：『以鄉三物教萬民而賓興之。』[一]桃李：狄梁公爲相，姚元崇、桓彦範、史敬暉等一時名臣皆其所薦。或謂之曰：『天下桃李，奚皆公門墻矣。』公曰：『薦賢爲國，非爲私也。』先鞭：劉琨與祖逖善，聞逖見用，曰：『執戈待旦，志梟逆虜，常恐祖生先我矣。』[二]温飽：王沂公及第，或戲之曰：『狀元試三場，一生喫着不盡。』公正色曰：『某平生之志不在温飽。』陶成：陶作瓦器也，喻作養人才也。請纓：漢班超立功西域，請受長纓縛單于致闕下。

音釋：駝：音拕。叨：音滔。鰍：音鄒。醃臢：音菴簪。鼕：音冬。絛：音滔。

第九齣

釋義：翠減香銷：鸞幌翠減，寶鴨香銷，言閨中寂寞。雲閒月冷：楚館雲閒，秦樓月冷，見懷人憶遠。臨鏡理笄總：笄，簪也；總，裂練繒以束髮者。《禮記》：『婦人事舅姑，鷄初鳴，咸盥漱櫛縰笄總。』姑嫜：夫之父母也。腹笥：邊孝先《解嘲》語云：『腹便便，五經笥。』同心帶綰：柳耆卿詞：『羅帶綰結同心。』夫婦相契之義也。《陽關》聲斷：王維有《送別陽關》之曲。送別南浦：齊

[一] 鄉：原作『卿』，據文義改。

[二] 矣：原作『義』，據文義改。

江淹《别賦》：『春草碧色，春水緑波，送君南浦，傷如之何。』畫眉人遠：漢張敞爲京兆尹，以經自輔，然無威儀。常爲妻畫眉，長安百姓傳之。有司奏聞，對曰：『閨房之内，夫婦之私，尤有過於此者。』上弗問之。傅粉郎：魏何晏爲吏部尚書，美姿容，面至白。文帝疑其傅粉，夏月賜熱湯，汗出，拭之愈白，文帝方信之。鏡鸞：罽賓王一鸞不鳴，夫人曰：『見類則鳴。』懸鏡照之，鸞覩影悲鳴，中宵一奮而絶矣。雁杳魚沉：言無音信也。芳杜：《楚辭》：『采芳洲兮杜若。』香草也。西山景暮：《陳情表》：『日薄西山。』言祖母劉年老不久也。才俊：才過千人曰俊。榜登龍虎：唐陸贄主試事，得韓愈、歐陽詹、賈棲、陳羽、李絳等，皆天下雋偉之士，時稱榜登龍虎。青史：史者，記事之籍也。謂之青者，蓋古人以火炙簡，令汗出，取青易書，故曰汗青，亦謂青史。蓮步：南齊東昏侯鑿金爲蓮花，貼地，令潘妃行其上，曰：『此步步生蓮花也。』

第十齣（一）

釋義：太僕寺：太僕，衆僕之長。耳批雙竹：杜詩：『竹批雙耳峻。』鬃散五花：杜詩：『五花散作雲滿身。』鳳臆龍鬐：《胡馬行》：『鳳臆龙鬐未易識。』豹頭虎額：伯樂《相馬經》云：

（一）因第十齣被析爲第十、第十一兩齣，故此後齣目次序皆亂，今改正。

『馬之可相者，必豹頭虎頷。』**翠蹄削玉**：杜詩：『腳下雙蹄削寒玉。』**赤汗流珠**：漢渥洼《馬歌》：『霑汗赤珠流赭義。』杜詩：『赤汗微生白雪毛。』『**隅目青熒**』**二句**：杜工部《驄馬行》。隅目，目有角也；肉駿，駿肉豐也。夾鏡，喻其清鎣。連錢，喻其磊磈。東城在歧下，見秦州進一馬，駿如牛，領毛生肉端。番人曰：此肉駿馬也。』**玄圃**：臺名。居崑崙山之一角，而崑崙山在陝西肅州，其嶺峻極，經月積雪不消。周穆王見王母於此。**崆峒**：山名。在河南汝州，昔廣成子隱此。相傳崆峒有五：一在臨洮，(一)一在安定。莊周述黃帝問道崆峒，遂言遊襄城，登具茨，訪大隗，皆與此山接壤。**神州**：《古今通論》：『崑崙山之東南方五千里謂之神州。』**九方皋**：秦穆公謂伯樂曰：『子之年長矣，子姪有可求馬？』對曰：『良馬可以形容，筋骨相也。臣有所與者九方皋。』穆公見之，使行求馬。還報曰：『已得之，在沙丘。』穆公曰：『何馬？』對曰：『牡而黃。』使人往取之，牝而驪。穆公不悦，召伯樂，曰：『若皋之所觀，天機也；得其精而忘其粗，在其内而忘其外。』馬至，果良馬也。**赤兔**：呂布有馬名赤兔，後爲關羽所獲。**紫燕、絶塵、赤電、絶群、逸驃**：《西京雜記》：『漢文帝自代還，有良馬九匹，曰浮雲、赤電、絶塵、逸驃、紫燕、緑蜂、駿龍、子駒、絶塵，名九逸。』**奔電、踰暉**：周穆王周行天下，得八龍之駿，名絶馬、翻羽、奔電、成影、踰、超光、騰露、狹翌。**追風**：秦王有七名馬，曰追風、白兔、躡景、追電、飛

(一) 臨洮：原作『臨桃』，據文義改。

駧、銅雀、晨鳧。一丈烏：梁太祖温以愛馬一丈烏賜寇彦卿。五花虬：《胡馬行》：『五花馬，千金虬。』紫叱撥：鮑生與外弟韋生常以美妓换駿馬，名紫叱撥。大宛：國名，極産良馬。漢武帝使壯士以千金求之。龍騏：劉牢之有馬號龍騏，常跳五丈澗以脱慕容垂之逼。錦韉：韉，以藉鞍者。以錦爲之，故曰錦韉。紫遊韁：以紫絲爲之。鄴下童謡：『青青御路楊，白馬紫遊韁。』玉勒：勒，馬啣也。以玉飾之，故曰玉勒。瑪瑙：形似馬腦，多出北地，如纏絲者貴。有紅、黑、白三種，似人物、鳥獸形最貴。珊瑚：樹生海中也。色紅潤，出波斯、獅子等國。以鐵網沉水底，經年取之乃得。午門：鄭玄云：『天子之門有九，一縱横，故曰午門。』又：天子正南之門曰午門。[一]正南，午位也。瑞腦：香名，形如蟬、蚕。老龍腦，樹節方有形，出交趾。銀海瓊舟：俱酒器，各受酒一斗。葡萄玉液：葡萄出大宛，漢張騫使西域所得，有黑、白、黄三種。人釀以爲酒，名曰玉液。富人藏酒至千斛，十年不敗。金谷：園名，在河南府城西十三里，地有金水，自太白原南流經此谷。晉石崇因川阜造園館。三跳澗：小秦王，唐太宗也。武德初，宋金剛寇澮州，王與戰，敗績，其將尉遲敬德追王至澗邊，王計窮，遂策馬跳過之。王將秦叔寶來援，與戰，二人亦策馬而跳過。荷衣：緑袍也。劉蕡詩：『身掛緑荷衣。』翠微：山色也。山極上曰翠微。杏園：進士初宴，謂之杏園宴。緑袍：唐制，進士例賜緑袍。御墨鮮：

[一] 午：原作『五』，據文義改。

狀元及第，御筆親註其名。禮樂三千：宋夏竦詩：『縱横禮樂三千字。』樞密院：《會要》云：『樞密院掌天子之機務，及天下邊境軍馬之政令。』蓋取天樞之義。玉壺：晉武帝時，鮮卑貢一白玉壺，容酒斗餘，其中酒温、寒隨人意。晁董：晁錯，潁州人，學申、韓，名以文學，爲太常掌故。文帝遣受《尚書》於伏生，遷太子家令，號智囊。景帝時，遷御史大夫。董仲舒，廣川人，少治《春秋》。江下爲教授，三年不窺園圃。以賢良對策，漢武帝嘉之，以爲江都相。丹墀：殿堦也，以丹朱漆地。瓊林新宴：朝廷賜宴及第人，謂瓊林宴。九重：天子之門有九，謂關門、遠郊門、城門、皋門、庫門、雉門、應門、路門，象天有九重。紫泥：《漢書》以天子六璽，皆以武都紫泥封。宸旒：旒，冕節。《説文》：『垂玉也。』禮，王衮冕十二旒，鷩冕九旒，毳冕七旒，希冕五旒，玄免三旒。金蓮送：令狐綯，唐太宗初爲翰林承旨。夜對禁中，燭盡，上以乘輿金蓮華花燭送歸院。詞鋒：潘岳詞鋒景焕。三千禮樂如泉湧：李嶠與蘇頲同知制誥，時稱其文思如泉湧。紫宮：《天文志》：『北極五星，皆在紫宫。』萬玉班中：唐李宗敏知貢舉，門生多清秀，時號『玉笋班』。『扶桑』二句：扶桑，日出處也。崆峒，山名也。襄王謂宋玉曰：『能爲大言乎？』對曰：『彎弓射扶桑，長劍倚天外。』絡繹：不絶也。八珍：食之美者曰珍。謂龍肝鳳髓，兔胎熊掌，鶚腑豹蹄，猩唇鯉魚尾。酒鱗紅：鱖魚大口細鱗班綵，以煮酒，味極佳。雲臺：漢明帝因思中興功臣，乃圖二十八將於南宫雲臺。東封：東岳泰山封，用五色土雜封之。司馬相如病且死，有遺書勸上封泰山。河清頌：南宋元嘉中，河、濟俱清，文帝命鮑照爲《河清頌》。玉柱擎天：唐張説撰姚崇碑文曰：『玉柱擎天，高明之位列焉。』玉驄：馬名，青白色。紗籠：唐李藩少時問卜於葫蘆生，曰：『紗籠中人。』藩不省。後有新羅僧言，凡位當宰相者，有詩必潛以紗籠護之。元和中，果拜相。清禁鍾：漢武帝時，未央宫殿前有鍾，號曰清禁，忽自鳴三日三夜。詔問東方朔，對曰：『銅者，土之子。子母感而相應，山恐有崩者，故鍾先鳴。』後三日，蜀郡太守上言銅山崩。鵷行：古詩：『簉跡鵷鷺行。』朝官班也。豹尾：《漢書》：大駕法：駕出屬車，最後一乘懸豹尾，以前皆省中也。

音釋：裊：鳥。沸：費。惹：也。饕：滔。臀：屯。攛：竄。顫：戰。鞚：控。駞：拕。醪：勞。

第十一齣

釋義：蒼天：春爲蒼天，夏爲昊天，秋爲旻天，冬爲玄天。狼狽：狽，狼屬，無前足，附狼而行，無狼則不能行。森森：衆多也。范杞良：秦始皇三十三年，遣將蒙恬發兵三十萬北築長城。起於臨洮，至遼東，萬餘里。湖南人范杞良預彼築城，未經一月，身死。其妻孟姜女送寒衣，聞夫身死，乃於城下哭泣十餘日，城爲之崩。

音釋：燥：音皂。杞：音起。聒：音郭。

第十二齣

釋義：華屋鎖嬋娟：漢武帝數歲時，公主抱而問曰：『兒欲得婦否？』曰：『欲得。』主指女阿嬌曰：『好否？』笑曰：『若得阿嬌，當以金屋貯之。』屏開孔雀：竇毅仕周，爲上柱國。有女數歲，讀《列女傳》，一過不忘。聞隋祖受周禪，自投床下，曰：『恨非男子，不能救舅家之難。』毅掩其口，曰：『毋妄言，赤吾族矣。』毅常謂夫人曰：『此女有奇相，不可妄與人。』因畫二孔雀於屏間，令請婚者射二矢，約中目則與之。唐高祖最後射，各中一目，遂以妻之。後爲后焉。幕裏紅絲：太僕寺卿郭元振少有大志，中書令張嘉貞欲納之爲婿，(一)謂曰：『吾五女皆有姿色，各持一綫，以帷幔之，子可隨便牽之。』元振牽一紅絲，遂得第三女。紅葉傳情：唐僖宗時，于祐見御溝流一紅葉，題詩云：『流水何太急，深宮盡日閒。慇懃謝紅葉，好去到人間。』祐見詩，亦題之云：『曾聞葉上題紅怨，葉上題詩寄阿誰？』祐託於韓泳門館，帝放宮女出嫁，泳以宮女韓夫人美姿，遂作伐而嫁于祐。韓於祐笥見紅葉，驚曰：『此詩乃妾所題，不擬君拾之。今果配合，事豈偶然？』一日，祐開宴宴泳，泳曰：『今日可謝冰人也。』韓笑曰：『一聯佳句隨流水，十載幽思滿素懷。今日結成鸞鳳友，方知紅葉是良媒。』瑶臺：仙居之處。昔許澶

(一) 令：原作『舍』，據史實改。

暴卒，三日醒，作詩云：『曉入瑶臺露氣清，坐中惟見許飛瓊。塵心未盡俗緣在，千里空山秋月明。』驚起，改第二句云：『天風吹下步虚聲。』因謂人曰：『昨夜夢到瑶臺，有仙女三百餘人，一云飛瓊。今改一句，不欲世間知有我。』閬苑：崑崙山有三角，北曰閬風苑，西曰玄圃臺，東曰崑崙宫，有五城十二樓，衆仙往來其間。天禄：閣名，在未央宫之側。楊雄、劉向校書於此。石渠：閣名。漢蕭何所造，以藏入關時所得秦圖書。宣帝亦藏秘書於此。其下有石爲渠，以導水，故名焉。玉音金口：天子之言語，臣庶尊之爲玉音金口。班門弄斧：公輸子，名班，魯之巧人也。今人誇口於識者之前，譏之曰：此班門弄斧。

第十三齣

釋義：玉簫聲杳：言夫婦久别也。蕭史，秦穆公時人，善吹簫作鳳鳴，能致孔雀白鶴。穆公有女弄玉，亦好吹簫，遂妻焉。乃教玉作鳳鳴。居十餘年，有鳳凰止其屋。穆公爲作鳳凰臺，夫婦止其上。一日，史乘龍，弄玉乘鳳，升天而去。議郎：漢靈帝建寧三年，蔡邕校書中觀，遷爲議郎。清要：唐李素以親喪去官，既除服，上詔受以七品清要官。有司擬雍州司户，上曰：『此官要而不清。』又擬秘書郎，上曰：『此官清而不要。』乃授爲侍御史職。宦海沉身：唐顔真卿，道士來訪，謂曰：『公骨可度世，不宜沉身宦海。』兔絲：女蘿在草爲兔絲。《古樂府》：『兔絲附女蘿。』瓜葛：瓜葛之藤，延蔓相及。

謂親戚綿密。饒舌：猶言口多。閥閱：《史記》：『明其等曰閥，表其功曰閱。』又，門左曰閥，右曰閱。紫閣：宋劉汾拜中書舍人，請復古制，建紫薇閣於西省。黄扉：扉，户扇也。漢丞相黄扉黑幡。元宰：冢宰也，百官之長。門楣：唐玄宗間立楊貴妃，從兄國忠加御史大夫，銛騎鴻卿，女兄弟韓國、秦國、虢國三夫人。時謡云：『男不封侯女作妃，君看女却爲門楣。』楣，即門上横梁也。扊扅佳人：扊扅，門關也。百里奚仕秦爲相，其妻歌曰：『百里奚，五羊皮。憶别時，烹伏雌，炊扊扅。今日富貴，忘我何爲？』問之，乃其妻也，遂就焉。轉日：魯陽公與韓搆難，戰酣，日暮。援戈而揮之，日反三舍。回天：唐太宗修洛陽宫，左庶子張玄素諫止之。魏徵聞之，曰：『張公論事，有回天之力。』『江空水寒』二句：華亭和尚偈云：『千尺絲綸直下垂，一波纔動萬波隨。夜静水寒魚不餌，滿船空載月明歸。』

音釋：庾：音預。宧：音患。攛：音參，去聲。掇：音奪。扊：音掩。扅：音移。

第十四齣

釋義：月老：唐韋固求婚，客有議潘昉女，在新興隆寺門。固往，見有老人倚囊坐堦，向月檢書。固問：『何書？』『天下婚牘。』固曰：『吾議潘昉女，可乎？』曰：『未也。君婦適三歲，十七入君門。』曰店北賣菜陳老嫗女耳。』老人忽不見。固令奴刺女中眉。後十四年，相州刺史王秦妻以女。以眉間常貼翠鈿，歲餘，問之，乃知爲泰姪女。父終宋城宰，時乳母陳養之，後秦取以爲己女嫁焉。冰人：晉令狐策夢立冰上，與冰下人語。索紞占曰：『當在冰上，與冰下人語，爲陽語陰，媒介事也，當爲人作媒，冰泮婚成。』會太守田豹因策爲子求張公徵女，仲春成婚焉。青鸞：青鳥也。漢武帝七月七日齋居朝承殿，忽有一青鳥啣書從西來，集殿上。帝問東方朔，朔乃對曰：『此西王母欲來。』一日，西王母果乘彩雲而至。近乘龍：漢孫雋與李元禮二人皆位至司徒，俱娶太尉桓叔元之女，時人皆謂兩女俱乘龍。言得婿如龍也。

音釋：顒：音濃，顒望也。窘：窮也。跨：音胯，亦乘意。蹻：音敲。蹊：音溪。墀：音遲，丹墀也。縻：音眉。碌：音緑。

第十五齣

釋義：比翼：東方有比翼鳥，不比不飛。連理：稱人夫婦曰連理枝。上官守愚與賈虛中爲友，各有子女一人，議爲婚。既嫁未久，遇寇劫掠，逼爲妻。女詐曰：『吾家絶滅無倚，待妾埋葬公姑、夫婿，然後爲婚未遲也。』賊喜，從之。賊爲掘坑下夫屍，女執刀於手，曰：『寧共一坑死，不作兩處生。』遂刎死。賊怒曰：『汝要死，不與一坑。』移隔二十餘步埋之。曰：『使汝兩個空自相望。』其後，兩塚各生樹一，根枝柯相向，紐結連抱而生。坦腹東床：郗鑒一女，使門生求婿於王導，導令就東廂遍觀子弟門生。歸曰：『王氏諸少年并佳，然聞信至，或自矜持。惟一少在東床坦腹，食胡餅，若不聞。』鑒曰：『此佳婿也。』訪，乃義之，遂妻焉。葫纏：　歐陽璟《與金鸞長老》詩：『到了不干藤蔓事，葫蘆自去纏葫蘆。』赤繩：　唐韋固問月下老：『囊中何物？』曰：『赤繩，以繫夫婦之足。雖讐敵之家，吴楚異鄉，富貴懸隔，此繩一繫，終不可遺。』無玉種藍田：　漢王雍伯兄弟六人，以傭菜爲業，少修孝敬，大道峻阪下爲居。晨夜輂水漿以給行旅，兼補履屩，不受其值，如是累年不懈。一日，天神化爲書生，問曰：『何故不種菜以給？』答曰：『無種。』書生就懷中出石子二升與之，曰：『種此，生美玉，并得美婦。』雍大喜，種其石數歲。北平徐氏有女，極姿容，人多求，不許。雍試求焉，徐戲曰：『得白璧一雙，乃可共婚。』雍於所種石處掘得白璧五雙，徐氏乃以女妻之。後生十男，皆俊異，位卿相。人皆以爲陰德所致。

第十六齣

釋義：　金龍案：　金鑾殿上金龙案。玉案也。天威咫尺：　齊桓公曰：『天威不違顔咫尺。』鳴鞭：　唐及五代有之。《周官·條狼氏》：執鞭，趍避之遺法也。然則鳴鞭雖始於唐，亦本周事。螭頭：　螭若龍，無角。《漢書》：『丹墀上之皆曰螭頭。』五更寒：　吴珏詩：『朝臣待漏五更寒。』小黄門：　居禁中，在黄門之内，掌傳箋奏。紫禁：　宫闕門。閹宦：　内官，出入禁闥。珠斗瓓徧：　《律曆志》：『五星連珠爛徧。』《唐韻》：色不純也。清曙：　曉色。千尋玉掌：　漢武帝作承露盤，高二十丈，大七圍，以銅爲之，上有仙人掌以承露。和玉屑飲之，可長生。紫陌：　御墀也。《早朝》詩：『鷄鳴紫陌曙光寒。』五門：《周禮》：『君之門有五，一曰皋門，二曰雉門，三曰庫門，四曰應門，五曰露門。』建章宫：漢武帝作建章宫，度爲千門萬户。甘泉宫：陝西涇陽縣甘泉山周十九里，去長安三百里，望見長安城。黄帝以來，圜丘祭天之處。武帝闢南，以象五色。未央宫：漢高帝命蕭何治未央宫，取《詩》『夜未央』，勤政之義。長楊宫：本秦離宫，漢因之以備行幸，秦漢遊獵之所也。成帝行幸長楊宫，揚雄《長楊宫賦》以諷之。五柞宫：宫有五柞樹。長秋宫：皇后宫名。長秋者，秋，陽之始，取其長而久。長信宫：始皇初，建以備行幸。漢太后所居。長樂宫：漢高帝建。昭陽殿：漢景帝王美人七月七日生武帝於此，後更名猗蘭殿。金華殿：在未央宫右。長生殿：唐玄宗每歲七月七日賜楊貴妃乞巧於此。披香殿：唐蘇世長嘗侍宴於此。金鑾殿：唐玄宗於此殿見李白，論當世事，奏頌一篇。帝賜食，親爲調羹。麒麟殿：漢明帝集公卿有文學八十人於此刊校經史。太極殿：即唐西内正殿。白虎殿：漢宣帝時，諸儒集論經傳，奏之曰白虎閣，因名《白虎通》。赭黄袍：赭，赤黄色，天子之服。龍鱗座：王建《宫詞》：『座列龍鱗耀日月。』彤芝蓋：彤，赤色。《兩都賦》：『芝蓋九葩。』羽林軍：天有羽林大將軍之星，武帝故以名武臣。金吾衛：秦有中尉，漢武帝更名執金吾。千牛衛：宋謀綽《拾遺》：『千牛力，人主防身力也。故後魏有千牛備身，掌執御刀。』唐顯慶五年始置左右千牛府，龍翔二年改府曰千牛衛。陛下：人臣對天子言，不敢指斥，故呼陛下。奉引昭容：唐女官，正二品。天子坐朝，昭容引坐。銅肝鐵膽：王素升臺憲，議者目其銅肝鐵膽。白象

簡：象牙簡也。**獬豸冠**：獬豸，神獸。似牛，號神羊，能觸邪佞，執法者服之。**糾彈御史**：御史之名，北齊謂之南臺，掌察糾彈劾，臨制百官。**萬歲**：臣下有對，皆呼萬歲。**叔孫禮**：叔孫通，薛人也，漢高帝六年爲博士，説帝起朝儀，采古禮與秦儀雜就之，始於長樂宫。自諸侯王以下，莫不震肅。帝曰：『今日乃知天子之貴。』**問寢**：文王之爲世子，朝於王季日三，至於寢門外，問内豎之御者曰：『今日安否？』**金鑰**：禁門鎖也。**玉珂**：馬勒飾也。**封事**：漢舊儀，奏封板，故曰封事。**搢笏**：謂插笏於懷間。**天表**：猶云天際。**咫尺**：十寸曰尺，六寸曰咫，言近。**重瞳**：瞳，目童子也。舜目重瞳。**紫誥**：杜詩：『紫誥鸞回紙。』**癯瘁**：病也。**出入承明地**：翰林有承明金鑾。應璩詩：『三入承明廬。』**朱買臣**：字翁子，會稽人，家貧，賣薪自給。擔束薪，行且讀書。漢武帝時，以同邑嚴助召見，説《春秋》，拜中大夫。後爲會稽太守。**司馬相如**：漢武帝時，相如以詞賦得幸，爲中郎。**烏鳥**：李密《表》：『烏鳥私情，願乞終養。』**王事多艱，豈遑報父**：《詩》云：『王事靡盬，不遑報父。』不遑，言不暇也。**涼德**：天子自稱曰朕。涼，薄也，謙言薄德。**丕基**：大業也。**警動之風**：四方不寧也。**俊髦**：士之俊者曰髦。《詩》：『髦士攸止。』**繩糾**：直正也。《書》：『繩衍糾謬。』**丹鳳詔**：後趙王石虎置戲馬觀，上安詔書，用五色紙啣於木鳳之口而頒行之。**萬里封侯**：班超字仲升，家貧，傭書養母。常投筆嘆曰：『大丈夫當立志異域，以取封侯，安能久事筆硯乎？』有相者曰：『燕頷虎頸，飛而食肉，此萬里封侯相也。』後使西域，安集五十餘國，封爲定遠侯。**母死王陵**：陵，沛人。高祖微時，兄弟之。及高祖起沛，陵聚數千人以屬漢。西楚霸王收陵母，置軍中。陵使至，則東向坐陵母，欲以招陵。陵母私送使者，泣曰：『願爲妾語陵，善事漢王。漢王，長者，毋以老妾之故，故持二心。』遂對使者伏劍而死，以絶陵念。後封陵安國侯。餓殍：歲饑餓死之人。遠戍：戍，守邊卒。沙場：平沙，戰場。

音釋：菁：音倩。沸：音肺。筋：音斤。喔：音惡。恪：音確。蹈：音道。闍：音淹。雉：音滯。從：去聲。

第十七齣

釋義：義倉：隋文帝開皇五年，令諸州百姓當社立義倉，貯之州縣，以備賑。睒摩天：三十三天之上有天，曰睒摩天。

音釋：潑：音撥。縊：音意。攋：音力。謊：音慌。狸：音梨。蹺：音蹻。蹊：音溪。驢：音閭。睒：音焰。彀：音垢。叮：音丁。蹇：音繭。漣：音連。絆：音靽。寔：音十。篋：音愜。罄：音慶。恁：音任。靠：音犒。

第十八齣

釋義：名韁：韁，馬紲也。人被功名羈絆，猶馬被紲所繫也。鵲橋：七月七日，烏鵲填河成橋，渡織女。仙郎到河：天河之東，有天帝之女機杼女工，年年勞役，織成雲霧綃縑之衣。辛苦殊無歡悅，容貌不暇整理。天帝憐其獨處，將嫁與河南之子。自後織絍竟廢，貪歡不歸。帝怒責歸河東，但一年一度與牛郎相會。

音釋：虔：音乾。聒：音括。噪：音譟。躲：音朵。韁：音姜。摧：音催。挫：音剉。

第十九齣

釋義：真珠簾：漢武帝起神屋，以白真珠爲簾箔，玳瑁壓之，象牙爲鈎。蕊珠宮：神仙宮也。李詩：『請開蕊珠宮。』雕轂：轂，車輪也，三十輻輳一轂。宮花帽簇：梁純夫詩：『宮花簇帽簷。』天香袍染：杜詩：『袍染桂花香。』嬌面重遮：蘇武詩：『移扇重遮面。』修蛾：長眉也。《詩》：『螓首蛾眉。』金榜：登科謂金榜題名。《西京雜記》：『崔紹暴卒，見冥間列榜，書人姓名。將相金榜，其次銀榜，州縣小官鐵榜。』窈窕：静好貌。西川錦：賈島詩：『西川十樣錦，添花色更鮮。』玉真：楊貴妃字。泰山丈人：泰山在魯地東岳，其上有丈人峰。稱妻父曰岳父。有女如玉：宋真宗《勸學文》：『書中有女顔如玉。』荷衣穿緑：見上例『緑衣』。(一)冰玉：翁冰清，婿玉潤。膏沐：膏，澤髮也；沐，滌首也。金鳳斜飛：金鳳，鬟之飾也。矗：謂聳然上矗。簫史愧非弄玉：《春秋》：簫史者，秦穆公時人，善吹簫。穆公有女名弄玉，好吹簫，嫁之。吹作鳳凰聲，鳳凰止其屋。公作鳳凰臺，數月，鳳凰從天而來，夫婦二人共升仙而去。湘裙：李群玉詩：『裙拖六幅瀟湘水。』喻縠紋也。雲雨巫山二六：楚王嘗遊高唐，怠而晝寢，夢一婦人，曰：『妾巫山之女，爲高唐之客，聞王遊高唐，願薦枕席。』王因之，去而辭曰：『妾乃巫山之陽，高丘之北，朝爲行雲，暮爲行雨。』姻緣事果諧鳳卜：婚成，言鳳占協吉。《左傳》：『陳公子完奔齊，齊侯使卿初懿氏卜妻，敬仲占之曰：「吉，是謂鳳凰于飛，和鳴鏘鏘。有嬀之後，將育于姜，五世其昌。」遂妻之。敬仲在齊，五世之後果昌。』敬仲，完之子。綵袖呈嬌舞：《酉陽雜記》：『元和初，有士人因醉卧庭前。及醒，見古屏上婦人悉於床前踏歌曰：「長安兒女踏春陽，無處陽春不斷腸。舞袖弓腰渾忘却，蛾眉空帶九秋霜。」其中雙環者若墜何是，弓腰者乃反手，髻及地，勢若弓焉。士人驚叱之，忽然上屏。』囀鶯喉：《詠歌妓》詩：『細敲檀板囀鶯喉。』金猊：香爐也。銀海瓊舟：以銀爲酒器。瓊，白也。醽醁：魏左相能治酒，其名醽醁。韓魏公稱醽醁似蘭生翠，能過玉薤，千日醉不醒，十年味不敗。蝶戀花：俱喻夫婦之美也。花誥：

(一) 見：原作『進』，據文義改。

《春明退朝録》：官誥院敕，郡夫人使金花羅紙七張，錦綵袋，賜以湯沐邑也。紋犀：犀有二角，上之貴者有通天花犀。常惡其影，欲以濁水自隱。萬事足：蘇東坡《賀子由生孫》云：『爛爛開眼電，磽磽時頭玉。』『無官一身輕，有子萬事足。』

音釋：褥：欲。脆：翠。沸：廢。簇：促。轂：谷。蹙：促。纖：先。廬熒：閭榮。藻：罩。贄：志。玳：代。珥薰：耳欣。矗：畜。賽：塞。閬：浪。牘：讀。摧：催。挫：造。矑：零。醁：六。囀：頓。斛：⿰角告。軸：逐。

第二十齣

釋義：一抔：前漢文帝時，張釋之爲廷尉，持法公平。有一人盗高祖廟玉環，捕獲其人，下廷尉問罪。釋之奏當殺之於市以示衆。文帝怒曰：『吾欲滅其族，何治之以輕罪耶？』釋之對曰：『盗宗廟之一器則滅之，假令愚民取長陵一抔之土，陛下則將何法以加之乎？』長陵，高祖之陵。獨噇：猶獨饕食也。

音釋：鮭：奚。鰱：連。

第二十一齣

釋義：餐松：《列仙傳》：『偓佺，槐里採藥父也，好食松實，體毛數寸，能飛行逐馬。以松子遺堯，堯不服。時受服者皆三百歲。』食栢：田鸞入華山，遇黄河師，語曰：『栢葉，長生葉也。』教以服食法，後得道，朝於上真。

音釋：煢：瓊。疚：救。稔：忍。嗄：沙，去聲。秕：比。㔻：治。嚙：葉。簸：播。饞：讒。

第二十二齣

釋義：瑶臺閬苑：崑崙山閬風苑者，仙境也，有玉樓十二，玄室九層。弱水環之，非飈車羽輪不可到。焦尾：邕寓吴會，吴人燒桐以爨，邕聞火烈之聲，知爲美材，請爲琴。其尾尚焦，因名焦尾。南薰虞絃：虞舜彈五絃之琴，歌《南風》之詩。懷水仙：琴高善鼓琴，行涓滴之術，號水仙。浮游冀州涿郡間二百餘年，後人於水傍設祠，〔一〕高果乘鯉來。經一月，復入水去。後俞伯牙作《水仙》之操。〔二〕寡鵠單鳧斷猿：劉道疆善琴，嘗爲《寡鵠單鳧斷猿》之操。雙鳳離鸞：張安世年十五，爲漢成帝侍中，善鼓琴，能爲《雙鳳離鸞》曲。螳螂捕蟬：蔡邕嘗外歸，鄰人設酒食，命邕至座上。先有一人彈琴，目視樹

〔一〕祠：原作「詞」，據文義改。
〔二〕俞：原作「余」，據文義改。

上鳴蟬，下有螳螂逐後捕之。彈琴者恐螳螂食蟬，心念殺之，其琴亦有殺音。邕聽琴音，即告去。主人問何爲，邕曰：『見有殺聲，故去。』主人曰：『何有此意？』邕曰：『向者見彈琴之中有殺伐之聲。』彈琴者笑而歌之。**好姻緣惡姻緣**：宋陶穀奉使江南，學士韓熙載迎之於集賓館，以妓秦弱蘭僞爲驛卒之女，令掃地。穀見而悦之，與狎，遂作一詞名《風光好》贈之，云：『好姻緣，惡姻緣，只得郵亭一夜眠。别神仙，琵琶撥盡相思調，知音少。那得鸞膠續斷絃，是何年？』唐主一日開宴，令弱蘭歌此詞以勸陶穀酒。穀大慚，即日北歸。**梅雨**：《稗雅》：『江南三月爲迎梅雨，五月爲送梅雨。』**簟展湘波**：山谷詩：『水亭長展湘波簟。』**《金縷》唱**：舞服也。唐李錡之妾秋娘爲錡歌曰：『勸君莫惜金縷衣。』**斗膽**：蜀姜維爲征西將軍，與魏兵戰，死之。將士剖其腹而視之，其膽大如斗。**《雉朝飛》**：齊犢牧子五十無妻，見雌雄雉相隨，遂撫琴而歌，故有《雉朝飛》之操。**《寡鵠》**：《列女傳》：『陶嬰夫死守義，魯人求娶之，嬰作《黄鵠歌》云：「早寡亡年兮不雙飛，宛頸獨宿兮想其故帷。[一]」魯人聞之，曰：「斯女不可以强娶也。」』**《昭君怨》**：漢元帝以宫女王昭君賜匈奴，後思慕漢恩，遂彈琵琶以寄其恨，[二]名之曰《昭君怨》。**《風入松》**：漢吴叔文善琴，隱居石壁山，山多松樹，常盛夏時作《風入松》之操。**《思歸引》**：

[一] 帷：原作『惟』，據文義改。

[二] 彈：原作『禪』，據文義改。

衛有賢女，衛王聘之，未至而王薨。太子留之，不聽，拘於深宫。思歸不得，援琴而歌，曲終，自縊死。別鶴：杜詩：『上絃驚別鶴。』知音：伯牙鼓琴，志在高山。子期曰：『峨峨然若太山。』志在流水，子期曰：『洋洋乎若江河。』子期死，伯牙絶絃，以無人知音者。霞觴：《列仙傳》：『許碏嘗醉吟曰：「閬苑蓬壺是醉鄉，滔翻王母九霞觴。群仙拍手嫌輕脱，謫向人間作酒狂。」』寒飛漱玉清泉：左太冲詩：〔一〕『石泉漱瓊玉。』又陸士衡詩：『飛泉漱玉鳴。』蕙質：東坡詞：『蕙蘭姿質，自是生風。』小簟琅玕展：青琅玕，簟名。碧筒勸：魏鄭公愨率僚友避暑，取荷葉盛酒，以簪刺葉與柄通，屈之如象鼻然。吸之，名碧筒勸。冰山雪巘：賈似道嘗於山頂開一大坑，深、闊數十丈，中立室。每遇隆冬，以冰雪藏之兩檻下。俟盛夏，設宴於山以避暑。欹寒玉：晉石崇爲交趾探訪使，得白玉枕，名曰寒玉。夏天枕之，極清涼。扇動齊紈：齊地出紈素。班婕妤詩：『新製齊紈素，皎潔如霜雪。裁爲合歡扇，團圓似明月。出入君懷袖，動摇清風發。棄捐篋笥中，恩情中道絶。』怎遂黄香願：後漢黄香事父母竭力致敬，熱則扇涼衾枕，寒則以身温衾席。紅粧：指荷花也。蘭湯浴罷：五月五日以蘭湯沐浴。畫船：宋米芾字元章，喜蓄書畫，爲江河之間發遣，揭牌曰『書畫船』。菱歌：採菱歌。古有《採蓮曲》。玉繩：玉衡北兩星爲玉繩。謝眺詩：『玉繩低建章。』紗幮：麻帳也。把露荷翻，清香瀉下瓊珠

〔一〕冲：原作『仲』，據文義改。

瀸：《咏新荷》詩：『青盤亂瀸朝來露。』又詩：『瓊珠碎玉員。』蓬萊：神仙所居山名，在東海中，高一千里，方三千里，海水甚黑。清虚殿：開元中八月望日，唐明皇與葉靖天師遊月宫，寒氣逼人，風露沾衣，其中題榜曰『廣寒清虚之府』。少頃，見素娥十餘人，皆皓衣，乘白鸞，舞於大桂樹下。玉漏銀箭：梁《刻漏經》曰：『肇於軒轅之日，宣乎夏商之代。至周，挈壺氏掌之。』李白詩《烏栖曲》：(一)『銀箭金壺漏水聲』云。水晶宫：《逸史》：『尸祀嘗騰上碧霄，見宫闕楼臺皆以水晶爲墻。有仙女在傍，問之，曰：「此水晶宫也。」』懶去眠：漢邊韶，字孝先，教授常有百餘人。弟子或嘲之曰：『邊孝先，腹便便。懶讀書，但欲眠。』韶應之曰：『邊爲姓，孝爲字。腹便便，五經笥。但欲眠，思史事。寐與周公共夢，静與孔子同意。師而可嘲出何典？』打十三：漢時極輕之笞刑也。

音釋：簞：殿。鐏：尊。鵠：谷。膠：交。瞥：撇。紈：環。慣：灌。荼：途。

蘼：迷。漱：瘦。巇：檻。箔：泊。篆：傳，去聲。鈎：勾。攜：奚。髩：擯。幮：厨。漣：連。漪：依。瀸：薦。閬：浪。玳：代。娛：魚。

(一) 栖：原作『西』，據通行名改。

第二十三齣

釋義：子先嘗：《禮記》：『君有疾，飲藥臣先嘗之；親有疾，飲藥子先嘗之。』須臾：頃刻、暫時之間也。『忠臣』二句：周赧王三十年，燕昭王以樂毅爲上將軍，并將秦、魏、韓、趙四國之兵以伐齊，連克七十二城。毅聞畫邑人王蠋素賢，令軍中環畫邑，三十里無入。乃使人請蠋，蠋曰：『忠臣不事二君，烈女不嫁二夫。』遂自縊死。生受：困苦、受累、磨障也。⿵門争閫：勉强以定神色也。糟糠婦：宋弘云：『貧賤之交不可忘，糟糠之妻不下堂。』

音釋：耽：單。僝：讒。僽：湊。⿵門争：争。閫：債。彀：勾。憊：敗。歉：遣。

漬：恣。擔：丹。幃：違。暴：抱。蠱：古。墮：隋。殂：雎。

第二十四齣

釋義：魚書：《古樂府》：『客從遠方來，遺我雙鯉魚。呼童烹鯉魚，中有尺素書。長跪讀素書，書中意何如？上有加飡飯，下有長相憶。』家鄉：詩：『歸心隨雁落家鄉。』鷺序鴛行：朝班也。慈烏反哺：慈烏，孝烏，長則反哺其母。雲梯：莆田鄭僑，乾道己丑春省試中選，未廷對，夢空中一梯，雲氣圍繞。竊自念曰：『世所謂雲梯者，茲其是歟？』俄身至其梯，側而登之，及高層，既而爲天下第一。

故今稱人御試中及第者，謂登青雲梯。象床：《戰國策》：『齊公子田文，號孟嘗君，出行至楚，獻象牙床。』怨香：晉武帝美姿貌善，司空賈充辟爲掾。武帝時，西域進奇香，一襲人衣，則經月不散。帝以賜充，充女盜以遺壽。充因宴諸賓掾，聞壽衣芬馥，疑女與壽私通而得香。因勘婢，得實，竟以女妻壽焉。芙蓉帳：白樂天詩：『芙蓉帳暖度春宵。』菽水既清涼：《史記》：『孔子曰：「啜菽飲水盡歡，斯之謂孝。」』菽，大豆也。清涼，猶荒涼也。猿聞也斷腸：《格物論》：『猿性急而腸狹，聞類死，聲鳴則腸俱斷而死。

音釋：慵：容。攜：奚。魔：磨。朦：蒙。朧：龍。攔：蘭。悒：邑。怏：鞅。擢：濯。鑽：鄭。

第二十五齣

釋義：淚流血：高柴，字子羔，孔子弟子。執親子之喪，泣血三年，未嘗見齒。蛾眉：《詩》：『螓首蛾眉。』蛾之眉，曲而長。結髮：宋子京詩：『結髮爲夫婦。』披剃：披，被袈裟也；剃，削髮也。《因果經》：『過去者佛爲成就無菩提，故捨飾好剃髭髮，他發願言：「今落髮，故願與一切衆生斷除煩惱及諸惡障。」』空門：《智度經》：『混袈有三門，一曰空門，二曰無相門，三曰無作門。』謂觀諸法，無我無作者受者，是空門。尼姑：漢明帝聽洛陽婦女阿潘等出家，此蓋中國尼姑之始。蘭麝：蘭，一幹一花而香有餘。麝如小麋，人逐則自高岩舉爪，剔出臍香，以自珍重。堆鴉髻：杜詩：『新髻似堆鴉。』舞鸞鬟：王雍《宫詞》：『宫粧掠出舞鸞鬟。』鶴髮：賀方回詞：『童顔愁鶴髮。』剪髮：晋陶侃家貧，范逵訪之，侃倉卒無以款待，母湛氏乃剪髮以易酒肴，又徹所卧新薦，剉給其馬。

音釋：窘：扃。撐：鎗。股：古。鬒：枕。鬟：還。狽：背。噎：意。篋：怯。

第二十六齣

釋義：舌劍：閬仙詩：『三寸舌爲安國劍。』鍾馗：鍾馗，終南山人也。唐武德中舉不第，觸殿堦而死。後明皇病疫，居小殿，夢二鬼，一大一小。小者跣一足，懸一履於腰間，竊大者紫香囊及玉笛吹之。大者仗劍逐之，喧擾不已。既而大者奏曰：『臣終南進士鍾馗也，將爲陛下殺之。』遂擒小者，以右手大指摘其目，食之盡。覺而疾愈，命畫工吴生如夢圖之。洞賓：吕嵒，字洞賓，河東人，唐禮部侍郎謂之孫。咸通中，兩舉進士不第，遂遊廬山，遇異人，得長生訣。多遊湘潭鄂岳之間。嘗題岳陽楼上云：『朝遊北海暮蒼梧，袖手青蛇膽氣粗。三入岳陽人不識，朗吟飛過洞庭湖。』自號純陽真人。侯門深似海：崔郊妾鬻於連師于頔，郊以詩寄之曰：『侯門一入深如海，從此蕭郎是路人。』相見之，以妾還郊。大人：子稱父曰大人。漢霍光，去病之弟也，父仲儒以縣吏給事平陽侯曹壽家，與侍妾衛少兒私通，生去病。爲驃騎將軍，擊匈奴，至平陽傳舍，遣吏迎仲儒，跪曰：『去病不早自知爲大人遺體。』雙南美：謂金也。《古詩》：『客從東海來，遺我雙南美。』九品珍：《西越志》：『珠有九品，大五分已上至一寸八九分爲九品光彩，一邊似鍍金者名當珠，次爲走珠，又次爲滑珠，又次爲螺珂珠，又次爲官雨珠，又次爲税珠，又次爲葱符珠。』陽關：地名。唐王維《送故》曰：『渭城朝雨浥輕塵，客舍青青柳色新。勸君更盡一杯酒，西出陽關無故人。』後人以爲《陽關三疊》之唱。行路難：白樂天詩『行路難，不在水，不在山』云。跋涉：旱行曰跋，水行曰涉。豺狼：喻盜賊也。

音釋：馗：葵。穵：柙。箋：尖。湲：元。羈：基。緘：監。

第二十七齣

釋義：黄土傷心：《列子》：『骨肉歸於黄土，心其有不傷乎？』丹楓染淚：《麗情集》：『王子敬與燕公情篤，公死，子敬過其墳，忍淚急趨，似有不覺，淚已沾衣。墳間楓葉，染淚者皆紅。蓋情動不可制也。』三匝圍喪：晉陽休之夢繞墳頭銅柱三匝。又，韓愈詩：『繞墳不假號三匝。』卜其宅兆：《孝經》：『卜其宅兆而安厝之。』三公：太師、太傅、太保爲三公。

第二十八齣

釋義：玉鏡、銀葩、冰輪：喻月也。琉璃千頃、瑶臺銀闕、玉壺冰：俱喻長空月色之澄瑩也。

『環珮清風』二句：言夜景也。朱希真詞：『露冷笙簫，風清環珮。』庾樓：晉庾亮鎮武昌，諸佐吏殷浩之徒乘夜月登南樓，(一)俄而不覺亮至，將趨避之。(二)亮曰：『諸君且住，老子於此興不淺。』遂據胡床，與浩等談咏。『玉樓』至『澄徹』：(三)絳氣，月映樓中瑞色也。天香：宋之問詩：『丹桂月中落，天香雲外飄。』嬋娟：美好貌，指姮娥也。玉斝：酒器，受六升。吾廬：淵明詩：『吾亦愛吾廬。』三逕：蔣詡於竹下開三逕，惟與羊仲求來往。瑶京：李白詩：『天上白玉京。』飛瓊：飛瓊姓許，西王母之侍女。漢武帝時，王母於七月七夕進蟠桃七顆，有侍女四人。帝問其名，曰董雙成、許飛瓊、婉陵華、殿安香。『香霧雲鬟』二句：杜詩：『香霧雲鬟濕，清輝玉臂寒。』廣寒：月宫。吹笛關山：古有《關山月》，遠戍思歸之曲。敲砧門巷：秋至，搗寒衣以寄遠也。三五：十五夜也。『邊塞征人』三句：崔令欽詞：『沙場征夫，幽閨思婦，閒殺長安一片明月，偏向别離明。』斗轉參横：斗星七點，參星三點。斗柄轉，參星横，則月落而天曙。轆轤聲：轆轤，井上汲水員木也。獨守長門伴孤另，君恩不幸：漢武帝皇后陳氏退居長門，日夕愁思，以金百斤賂司馬相如，作《長門賦》以悟帝，復得幸。促織：《爾雅》：『蟋蟀也。』至秋則鳴，故爲其人促織也。

(一) 佐：原作『左』，據文義改。
(二) 趨：原作『越』，據文義改。
(三) 至：原作『去』，據文義改。

音釋：碾：斂。珮：倍。庾：雨。葩：巴。姥：母。澄：程。翫：岸。纖：仙。興：杏。思：四，意思也。箔：薄。斝：假，酒器也。縹緲：飄眇，飛貌。瑩：潤。臂：避。凭：并。拚：判。綺：倚。酩酊：名頂，沉醉貌。促：簇，催促也。轆轤：音碌爐。

第二十九齣

釋義：丹青：閻立本爲主爵郎中，上與侍臣泛舟春苑池，見異鳥容與，召立本作狀。傳呼畫師，本立至則俯伏池左，研吮丹青，羞愧流汗。歸，戒其子曰：『吾少讀書，文辭不減儕輩。今獨以畫見名，與厮役等，若曹慎毋習。』小祥：祭名。去凶從吉之義，故曰小祥。忌辰：親死之日，故謂之忌辰。家慶：父母骨肉權聚，故謂家慶。眉峰：后山詩：『眉聳三峰秀。』萬愁：庾信《愁賦》：『且將一寸心，容此萬斛愁。』將錯就錯：因其錯而從，錯以爲之也。藁砧：夫也。古詩：『藁砧今何在？山上復有山。(一)何當大刀頭，破鏡飛上天。』

音釋：彀：勾。睜：爭。颼：搜。龐：忙。辜：孤，負情也。藁：稿。灣：彎。鏤：婁。

(一) 復：原作『後』，據《玉臺新詠》改。

第三十齣

釋義：關河：詩云：『雁書無奈隔關河。』家書報道平安：宋胡瑗讀書太山，攻苦食淡，十年不歸。得家書，見上有『平安』二字，即投之澗中，不復展讀。尋消問息：杜工部詩：『童稚情親四十年，中間消息兩茫然。』煮猩唇：猩猩，人面豕身，似猿，常數百爲聚。而人以酒并糟設路側，連結草履，猩猩見之，即知爲張己者。狙先往呼曰：『奴欲張我，亟捨去。』復自謂試共嘗酒，逮醉，取履着之，爲人所擒。其肉之最美者，無踰於唇。豹胎：豹毛赤黄，其文黑如錢而中空。其胎最美，爲八珍之一。草廬：劉備在荆州，訪士於司馬徽時，適徐庶來新野見備。謂曰：『諸葛孔明，卧龍也，可就見，不可屈致，將軍宜往駕顧之。』備由是奉禮，三顧於草廬之中。梁棟材：稱人才幹，云有『梁棟之才』。荒獐：《古今註》：『麞，麇屬。鹿有角不能觸，麞有牙不能噬。性善驚，見人急走。』嚴子陵：後漢嚴光，字子陵。少與光武同學，及光武即位，乃變姓名，隱身不見。帝令以物色訪之，齊國上書，有一男子，披羊裘釣澤中。帝疑其光，備鞍車玄纁聘之，三反而後至。車馬幸其館，光卧未起，帝即卧所，撫其腹良久。光張目熟視曰：『昔唐堯著德，巢父洗耳；光固有志，何相逼乎？』後人名其釣處爲嚴陵灘。楊子雲：楊雄，字子雲，新莽時爲大夫，校書天禄閣。會劉棻等以作符命，爲莽所誅，辭連及雄。使者來，欲收之。雲恐不能自免，乃從閣上投下，幾死。三千客：黄歇爲楚相，號春申君。相楚凡二十餘年，門下食客三千人，其上客皆服珠履。十二釵：牛僧孺，字思黯。唐文宗時，治第於洛陽甲仁里，多致嘉石美花，與賓客相娛樂。多寵妾，嘗自誇服鍾乳。白樂天贈其詩曰：『鍾乳三千兩，金釵十二行。』在天一涯：李陵《別蘇武》詩：『風波一失路，各在天一涯。』臉銷紅眉鎖黛：愁思之容也。傷秋宋玉：宋玉，屈原弟子。聞其師忠而放逐，故作《九歌》以述其志。其一曰：『悲哉，秋之爲氣也。』楚臺：楚襄王夢神女之臺也。聲吞：李白詩：『死别已吞聲。』朝簪：荆公詩：『君方困旅食，吾亦懼朝簪。』〔一〕歸晝錦：唐張玄素，虢州人。貞观中，拜虢州刺史。帝曰：『令卿衣錦晝遊耳。』烽火連三月，家書抵萬金：古者十里一烟墩，舉火以報軍情。言世亂三月，連舉烽火，家書斷絶。若得家書，可抵萬金之重。

音釋：猩：星。襴：闌。碌：六。簌：俗。噸喑：顛印。

第三十一齣

釋義：伉儷：匹偶也。《左傳》：『齊侯請繼室於晉，韓宣子使叔向對曰：「寡君未有伉侣，君有辱命，惠莫大焉。」』田舍翁：《南史》：『刘宋武帝大修宫室，袁顗盛稱高祖儉素。帝曰：「田舍翁得此過矣。」』中饋：中饋，主飲食也。撇呆打墮：猶言粧呆作痴。聶政姊死倚屍傍：《史記》：

〔一〕懼：原作『俱』，據文義改。

『韓相俠累與濮陽嚴仲子有隙，仲子聞軹人聶政之勇，以黄金百鎰爲政母壽，欲因以報讐。聶不許，曰：『老母在，不敢以身許人也。』及母卒，仲子又使政刺俠累。累方坐府上，衛兵甚嚴，政直入刺之。因，自破面決目，自屠出腸。韓人暴其尸於市，莫能識。其姊聞而往哭之，曰：『是軹深井里聶政也。以妾在之故，重自刑以絶跡，妾不敢畏没身之誅，終滅賢弟之名。』遂死政屍之傍。

第三十四齣

釋義：　黄閤：　漢官儀，丞相聽事門曰黄閤。五戒：　行者之稱，謂一不殺生，二不偷盜，三不邪淫，四不妄語，五不飲酒。蘭若：　若，人者切。梵言阿蘭若，唐言無諍也。蓮臺：　《文殊傳》：世尊之座，高七尺，名曰七寶蓮臺。千層塔：　阿育王造浮屠塔藏釋迦佛真身舍利子，唐太宗取舍利，度開寶寺地造浮屠十二級以藏之。半空中時聞清鐸：　北魏作永寧寺，爲九層浮屠，層高九十丈，上刹復高十丈，每夜静，鈴鐸聲聞十里。七寶樓：　梁武帝建佛樓，以七寶飾佛三尊，名曰七寶樓。阿羅漢：　西方有僧一十八人，相貌猙獰，名曰阿罗漢。靈山三十六萬億佛祖：　世尊於靈山雷音寺演説金經，集衆三十六萬。比丘僧：　梵言比丘，唐言乞士也。祇園千二百五十人俱：　須達長者曰：『佛言弟子欲營精舍請佛住，惟有祇陀太子園廣八千頃，林木茂盛可居。』白太子，太子戲曰：『滿以金帛，便當相與。』須達出金布八十頃，精舍告成，凡千三百區，亦曰給孤園。玉磬：　樂器也，股廣三寸，長尺三寸半，夔擊石拊石是也。九品紅蓮：《明皇雜録》：『後苑天泉池内有九樣蓮花，惟白蓮連蒂同幹，號雙頭千葉蓮花。』浄土：佛土名浄土，常清浄无雜穢。貝葉：西域經多，以貝葉書之。天花亂墜：《維摩詰經》：『世尊令天女以天花散諸菩薩，即皆墜落。』旃檀林裏：佛告阿難，汝嗅此旃檀，燃於一株，四十里内同時氛。又，六祖碑云：『林是旃檀，更无雜樹也。』清浄香：出三佛齊國。其香，乃樹之脂也，其形色類胡桃肉，而不宜於燃燒。能發衆香，故人取之以爲和香焉。又名安息香。道德香：出真臘國，樹如松杉之類，而香藏之皮。樹老而自然流溢者，色白而秀明，故其香雖盛暑不融。香積厨：維摩居士遣化菩薩往衆香國禮佛，言願得世尊所食之餘，欲以娑婆世界施作佛事，於是香積如來以衆香鉢盛飯與之。蟬蜕食：蟬委形也。佛於雪山修行，作蟬蜕食以賜苦爽滯魄。法喜食：梁武帝於阿育王寺設无礙法喜食。〔一〕《維摩經》：有菩薩問維摩詰居士父母妻子親戚眷屬悉爲是，維居士答曰：『如度菩薩母，方便以爲父，法喜以爲妻，慈悲以爲女，善心成實男，畢竟空寂舍利也。』十洲：漢武帝既見西王母，言八方巨海之中有洲凡十，曰祖、玄、炎、長、元、流、生洲、鳳麟洲、聚窟洲，并是人跡稀絶處。三島：海中有山，一蓬萊，二方丈，三瀛洲。五蘊：謂色、受、想、行、識是也。六根：眼、耳、鼻、舌、身、意。甘露門：《群品經》：『慧可和尚事達摩祖師，夜雪，侍立不動。遲明，積雪至膝。謂師曰：「天寒極

〔一〕喜：原作『食』，據上文改。

矣，願開甘露門濟群品。」遂潛取利刀斷左臂於前，師知是法器。』苦海：《楞嚴經》云：『地獄边有一海，凡人在世業重者，必三沉之，其中龟蛇鱉蝎傷人。』業林：僧寺曰業林。五逆：邵應曰：『一逆天，二逆地，三逆君，四逆親，五逆師。』和尚：萬里相聚曰和，父母反拜曰尚。方丈：僧之燕居。王玄策使西域，至昆耶城，有維摩居士石室。以手扳縱横量之，得十笏，故云方丈。如來本是西方佛：周穆王二十四年，天竺國净飯王妃摩耶氏夢天降金人，遂有孕，於四月八日剖右肋，生太子悉達多。年十九，入雪山修行成道，號佛世尊。於泥蓮河側説《大般涅槃經》，以正法眼藏，將金縷僧迦禪衣傳與弟子大迦葉，爲第一世佛祖。往拘屍維國婆罗雙樹間入般涅槃，住世七十九年。却來東土救人多：後漢明帝夢金人巍巍丈六，飛至殿廷，光明柄耀。以問群臣，傅毅對曰：『臣聞西域有得道之神，其名曰佛。陛下所見，得無是乎？』帝曰：『然。』乃遣蔡倍等十八人至西域求其道，得其書及沙門以來，由是化流中國。結跏趺坐：謂兩足蟠而坐也。《大覺經》云：『全跏趺是如來坐，半跏趺是菩薩坐。』丈六金身：《後漢・天竺國傳》：『西天有佛，其形長一丈六尺，面黄金色。』菩薩：《金剛經註》：『菩，普也；薩，濟也。故普濟衆生，故曰菩薩。』般若：般若者，苦海之慈航，(一)昏衢之巨燭。波羅密：出安南奉化、加休等處，大如斗，剖之若密，其香滿室。皮有軟刺，五六月熟，香甜可煮食，能飽人也。羅

(一) 航：原作『般』，據文義改。

剎：《文殊傳》：『世尊於靈鷲山雷音寺説法，嘗有惡神十餘人手持凶器來圍道場，世尊令大力王降之。』誦彌陀：彌陀佛居西天兜率宫，極慈悲，凡世之受諸苦惱，誦其號即來救之。西方極樂世界：西方有國，名極樂世界，比世之善男信女及忠臣義士，死後咸居之，受諸快樂。金剛：西方有神八人，相貌猙獰，身披金甲，手持寶劒，名曰金剛。如來：本覺爲如，今覺爲來。龍天：八部龍神嘗擁護如法演教。

音釋：鐸：度。螞：臘。幢：同。旃：詹。磬：慶。藴：醖。

第三十五齣

釋義：翠鈿：金花飾面也。唐韋固妻王氏極姿容，因眉間有傷痕，常以翠花鈿貼之，故後人效之。牡丹：百花之王也，有三十餘種，若開元中禁中初得四種，植於興慶池東，沉香亭前。會花方開，明皇引太真常翫，命李白作《清平樂》四章。其一曰：『名園國色兩相歡，常得君王帶笑看。解得春光無限恨，沉香亭北凭欄干。』

音釋：丰：風。姿：兹。餚：爻。鷙：執。靶：霸。坎：砍。坷：可。訛：俄。

第三十六齣

釋義：金魚：《唐·輿服志》：『自一品至六品皆服魚袋，以明貴賤。三品以上飾以金，五品以下飾以銀。』雪案：　晉孫康家貧，映雪讀書。手不停披：　韓文：手不停披於百家之篇。緗帙縹囊：　唐李泌封鄴侯，積書萬卷，皆縹囊緗帙。牙籤：　唐玄宗於兩都各聚書四部，皆以令甲乙丙丁爲號。甲經書，朱牙籤；乙史書，緑牙籤；丙子書，碧牙籤；丁集書，白牙籤，列爲四庫。犀軸：　唐田弘正起樓，聚書萬卷，(一)皆錦帙犀軸。乘將來觳有三十車：　晉張華，字茂先，好書籍。遷居，載書三十乘，博洽無與敵焉。芸葉分香走蠹魚：　芸，香草也；蠹，壞書蟲也。芸香可避蟲。芙蓉藏粉養龍賓：　唐玄宗見墨上有小道士如蠅而行，上叱之，即呼萬歲。曰：『臣，墨之精，凡世人有文者，墨上皆有龍賓十二。』上神之，以墨賜掌文官。鳳咮：　蘇東坡硯名。馬肝：　漢武帝時，鄧文進馬肝石，以和丹砂，食之則逾年不飢。以拭白髮，盡黑；以之作硯，常有光起焉。鴝鵒眼：《東坡筆録》：『端硯有鴝鵒眼，黄白相間。』兔毫：　漢制，天子筆毛皆以秋兔毫爲之。栗尾：　筆也。東坡詩：『爲把栗尾書溪藤。』象犀管：　王羲之《筆經》云：『昔人以琉璃、象犀爲筆管。』金花玉枝之箋：　唐玄宗與貴妃賞牡丹，李龜年持金花玉枝之箋賜李白，製《清平》詞調三章。錦紋銅緑之格：　蔡君謨爲歐陽永叔寫《集古目序》，永叔以鼠鬚栗尾筆、銅緑筆格等爲潤筆，君謨笑以爲太清而不俗。東壁圖書府：《晉·天文志》：『東壁二星，主文章，天下圖書之秘府也。』西垣翰墨林：　垣，墻也。禁中有東西兩掖，號曰翰林

(一)『聚』下原衍一『聚』，删。

院。有緣：范式少遊太學，與張邵爲友，并告歸。式曰：『後二年某日過訪。』至期，邵白母殺鷄炊黍待之。母曰：『二年之約，千里戲言，何相信之甚？』邵曰：『式信士，必不失期。』至是日，果至。式謂邵曰：『自別後連年遘疾，今得會子，真所謂有緣而會。』無緣：晉末董仲甫聘舅女陳氏，將畢婚之期，值石勒陷泗水，將邑之婦女盡掠而去。仲嬰哭之殊死，父慰之曰：『此女與吾兒對面無緣分也。』繭紙：王右軍以蚕繭紙、鼠鬚筆書《蘭亭記序》。崑山：山名，産玉。連城：趙王得楚和氏璧，秦昭王欲之，請易以十五座城，故稱美玉有連城之價。心先痛：齊裴納之爲邠州刺史，母在鄴心痛，而納之是日心亦驚痛。遂倍道棄官而歸，母果然死矣。

音釋：籤：千。鸜：瞿。箋：煎。繭：檢。

第三十七齣

釋義：披香：漢殿名。彤闈：彤，赤色，宫中門也。夜直嚴更：督夜行鼓也。召問鬼神：宣室，未央宫前殿之正室也，齋戒則居之。賈誼，洛陽人，漢文帝時拜長沙王太傅，後徵之，至入見。上方受釐宣室，因問鬼神之本，誼道其所以然。夜半，不覺前席。曰：『久不見賈，以爲過之，今不及也。』光傳太乙：漢刘向校書天禄閣，夜有老人着黄衣，植青藜杖叩閣而進。時向坐暗中誦書，乃吹杖端烟焰照之，曰：『我太乙之精，天帝聞卯金之子博學，下而觀焉。』乃出懷中行牒，有天文地圖之書授之。由是向學日進。戴星衝黑：言夜歸也。滴露研硃：唐高駢《步虚詞》。分陰：言光陰也。侃言：大禹，聖人，乃惜寸陰，至於衆人當惜分陰。《尚書》：《書經》，虞夏商周四代史官所作，孔子删之。《春秋》：孔子所作者。潁封人：《左傳》：鄭莊公置母姜氏於潁城，誓不見之。潁谷封人潁考叔聞之，有獻於公。公賜之羹，食而舍肉。公問之，對曰：『小人有母，曾嘗小人之食矣，未嘗君之羹，請以遺之。』公感其言，使母子如初。終養：李密，字伯令，蜀人也，事祖母劉氏至孝。晉武帝平蜀，徵爲太子洗馬，密上表陳情云：『臣無祖母，無以至今日；祖母無臣，無以終餘年。烏鳥私情，願乞終養。』《白頭吟》、緑鬢婦：司馬相如因過茂陵，見一女子，緑鬢白齒，特聘之爲妾。其妻卓文君作《白頭吟》以自絶。其詞曰：『凄凄重凄凄，嫁女不須啼。願得同心人，白頭不相離。』相如乃止。無恙：謂無病也。陽虎：季氏家臣，曾暴於匡，夫子適陳過匡，匡人以孔子貌似陽虎，以兵圍之。小鹿兒心頭撞：《南史》：梁武帝相貌威嚴，臣下雖燕見，率或失措。太清中，侯景逼之於靈臺，因入見而退。謂人曰：『武帝迫困於斯，而吾見之，汗洽衣襟，猛然若小鹿兒觸吾心爾。』毛延壽誤了王嫱：漢元帝後宫既多，不得常見，乃使畫工毛延壽圖其形，按圖召幸之。諸宫人多賄延壽，多者十萬，少者亦不減五萬，獨王嫱字昭君恃其貌不與，遂不得見。熙寧初，匈奴單于來朝，自言願婿漢氏以自親，於是帝按圖以昭君賜之。及至召見，貌爲第一。帝悔不及，遂窮按其事，得情狀，收延壽，棄於市。七出之條：《禮記》：『婦有七出：不順父母，去；無子息，去；淫，去；妬，去；惡疾，去；多言，去；竊盜，去。』漾却苦李，再尋甜桃：晉王戎年十七時，與群兒戲於郊外，見桃李隔墻而生，皆可食。群兒競趨李，戎獨取桃。人問其故，曰：『李在道傍而多，必苦；桃在墻内而少，必甜桃也。』人驗之，果然。紫袍金帶：唐制，三品以上咸賜金帶紫袍。素縞：白繒也。考妣：父母也。

音釋：嚚：銀。養：去声。翎：林。藕：偶。恙：様。嫱：祥。璠：播。隗：尾。噎：意。邈：莫。捋：臘。賸：剩。

第三十八齣

釋義：狐兔：桓譚《新論》：『雍門周以琴見孟嘗君，曰：「臣竊恐千秋萬歲，墳墓生荆棘，狐狸穴其中。」』官裏：言皇上。

第三十九齣

釋義：女蘿松栢：古詩：『蔦與女蘿，施于松栢。』家山桃李：歐公詞：『買花載酒長安市，又争似家山桃李？』紋犀卜：黄石公用紋犀棋十二子卜吉凶以行師，萬無一失。封樹：《禮記疏》曰：『人死可惡，故備餙以衣衾棺槨，欲其深邃，不使人知。今乃反使封壤爲墳，而種樹以標之哉。』躃踊：撫心跳躍也。《孝經》：『躃踊哭泣，哀以送之。』名姝：姝，美姫也。

音釋：駐：住。槩：蓋。瑩：榮。叨：滔。穸：夕。皤：波。拚：判。娱：魚。
縈：容。姝：樞。郵：尤。

第四十齣

音釋：邃：絮。播：霸。

第四十一齣

釋義：泉下有人聽得無：《太平廣記》：『鄭反路逢一塚，有二竹，詠之曰：「塚上兩竿竹，風吹長娲娲。」塚中人續之曰：「中有百年人，長眠不知曉。」』萬點思親淚：蘇東坡云：『寄我相思千點淚。』蟻夢：淳于棼，廣陵城南有古槐，棼醉卧其下，夢二使者曰：『槐安國王奉邀。』棼随二使入穴中，曰大槐安國。王曰：『南柯郡政事不理，屈卿爲守。』棼至郡，數日乃寤。尋古槐下穴，洞然明朗，可容二指。有一大蟻，乃槐安國王。又尋一穴，直上南枝，乃南柯郡也。衰絰：《儀禮》：『喪衣上衰下裳絰首。』絰，腰絰也。錦衣歸故里：漢朱買臣上書，帝拜爲侍中，迁會稽太守。上曰：『富貴不還鄉，如衣繡夜行。』買臣辞謝而歸。功名：如管仲、商鞅之徒是也。黄土：孟郊詩云：『高原黄土自成堆。』樓臺銀鋪：蘇東坡詩云：『銀鋪青鎖玉樓臺。』詠雪也。衰素：《禮儀註》：『父之服斬衰，母之服齊衰。』

音釋：蘩：煩。寢：侵，去聲。蟻：擬，小蟲也。虧：魁。衰：催。絰：阽。齊：資，母服也。縞：姣，素衣也。逮：大。緒：序。

第四十二齣

釋義：招魂：宋玉閔師屈原放逐，恐其魂魄不返，遂托帝命、假巫語以招之而復其精神。(一) 皇帝：伏羲、神農、黄帝以道治，故稱三皇。少昊、顓頊、高辛、堯、舜以德化，故稱五帝。秦始皇初併天下，以爲德兼三皇，功過五帝，故稱皇帝。盡瘁：《出師表》：『臣鞠躬盡瘁。』億兆：十萬爲億，十億爲兆。(二) 儀刑：儀，像也；刑，法也。《詩》：『儀刑文王。』霜露之思：《禮記·儀祭》曰：『霜露既降，君子履之，必有懷愴之悲，其寒之謂者也。』知縣：唐裴讓權知縣事。蓋知縣之名始起於宋。起復：國朝定制，凡官吏等聞喪，不計閏，二十七個月服滿起復。犬馬之報：晉太和中，楊生養狗，甚愛之。後生飲酒行大澤草中，時冬月，野火起，風又狂，狗號喚生不醒。前有坑水，狗便走往水中。還，以身灑生左右。草沾水得濕着地，

(一) 招：原作『昭』，據文義改。
(二) 億：原作『萬』，據文義改。

火盡過去，生方醒見之。韋皋得大宛良馬一匹，極愛之。後吐蕃率以兵四十八萬入寇，皋率兵禦之，敗績。走至青城山下墜馬，敵將近，馬四足伏地，垂繮以迎之，竟得還營。玉燭：四時和謂之玉燭。

音釋：鞍：安。笏：勿。昊：號。

新鐫伯喈釋義□□□終

詞壇清玩琵琶記

目録

伯皆定本下卷……三二〇八

題琵琶記改刻定本

嘗讀漢司馬公《史記》列傳，而知後世作傳奇者有所自來矣。然千萬思摶换千萬語粧點，何如子長之所經述也？然子長已不免摶换粧點矣。若然，而古人成蹟何所據以爲寔證耶？學古者於此有遐思焉。亦惟據其昔所摶换粧點者，按之以理，通之以意，設以身處其地而察其心，斯亦當論之法也。予讀《琵琶記》而多有不得其解者，如伯喈縱列科名，獨不可以屣脱軒冕而去乎？自古朝廷止有殺畔戾不法之臣，而無殺告歸養親之臣者。一去而謝牛相之婚，牛相其如我何？即既就婚於牛矣，而朝夕遣使絡繹於道路，以存問其父母，其孰禁之？即令牛禁之矣，而吾既有榮禄，必有侍從，使令吾密使其人蚤迎吾親於别院奉之，牛相將遂罪我耶？即牛相罪我矣，而牛女之賢吾之所熟知者，則亦何妨礙之有？此皆事之所得爲而不爲，卒至溝壑其親、道路其妻，此予之始終不解於《琵琶記》内也。一日，過考槃薖中，聽碩人之歌。扣柴而入，見几上《詞壇清玩》一書，其下卷乃改定《西厢定本》，其上卷則所改定《伯皆定本》。予就而翻閱之，比卒業，嘆曰：『一生隨衆人觀場，共作傖父混譁，未之解也，而今解矣。』藹中碩人語我曰：『吾才何敢自謂過則誠、寔甫、漢卿輩而輒改易元傳耶？夫亦按之以理，通之以意，設以身處其地而察其心，抒我尚論古人之志焉耳。』予曰：『藹中之人，其真解人也哉！所謂旦暮之遇古人也。』予嘗見碩人之所以解『四書』矣，解『五經』矣，解諸子諸史俱無滯義矣。即一傳奇而猶求了然於心，了然於世，如此不惟見識趣之洞朗，而其用志之勤，淑人之意亦於此可徵也。然則欲玩《琵琶記》者，不必就梨園家登棚而觀，惟按《詞壇清玩》卷内而觀。然欲按《詞壇清玩》卷内而觀，曷若就考槃藹中訪碩人共語之？不得碩人語，而徒譁然與衆共笑哭於梨園棕棚之下，是夜羅也。予幸即藹中而朝徹矣，從棚下則夜羅，即藹中則朝徹。朝徹者，堪與子長上下其議論；夜羅者，傖父而已。觀者其奚適之從？

翔鴻逸士書此於槃阿館中，時辛酉暮春。

蔡伯喈題辭

夫人生天壤間，一戲而已矣。造物者以功名富貴榮枯得喪睽合戲斯人，而斯人者咸爲其所戲而不自知，卒以造物之戲戲其身，不亦悲乎？其中有超然之品，不爲人世之功名富貴榮枯得喪睽合所戲者，不稱大晤也乎哉？雖然功名富貴榮枯得喪睽合戲也，而於其中有忠孝名節事功道義關焉，此亦可以戲之也乎？嗚呼！蓋必以忠孝名節事功道義之所關者爲真，斯能以富貴榮枯得喪睽合之所值者爲戲。先儒謂遇則付命於天道，則責成於己，此可以觀矣。士君子以其付命於天者爲戲，而以其責成於己者爲真，則又安見造物之所以戲我者，非所以成我耶？若夫宦於朝，婚於相府而失於家庭之近，則戲於造物之所戲，而不能真吾身之所真也。世有若比其人者乎？彼直視此身爲何物？吾且執其人以問之於聖賢名教之内，當置之於奚科？

枕流翁讀《琵琶記》有感而言。

琵琶記餘論

揖山浪叟曰：通《琵琶》一部全記，只成就一個趙五娘。倘者夫不出，年不荒，糧不被奪，舅姑不雙亡，則此女之孝何以而見？此女一生所幸遇者，牛氏耳。誠思堂上饘粥，背上真容，墓上土木，手上琵琶，盡是心上精誠。天下有如是女子，千古之下令人高山景行矣。或曰：趙至洛陽，如使蔡生拒而不認，將若之何？曰：蔡生亦人也，如之何其不認？倘其不認，吾諒趙必自經於真容之前，以謝舅姑耳，寧知其它邪？或曰：蔡認矣，如牛氏争寵不容，又將若之何？曰：牛氏而若似其父也，則趙之遇窮矣，趙之《琵琶詞》轉而爲《白頭吟》矣。趙於此，吾諒其必有所以婉曲而思古，又之實獲我心。若彼能艱辛於處阸，亦何難周旋於處順邪？故傳奇以《琵琶》名，乃所以旌趙五娘也哉。葉林鳩老曰：予觀《琵琶記》，而深有恨於牛太師。彼不忍别其女，而忍令人父母别其子，是誠何心！則蔡生之終身，牛誤之也。雖然能誤蔡生耳，能誤天下之爲烈丈夫志哉？張廣才一山野之老人耳，而救災恤鄰，仗義守墓，不以存没貳其心；堂堂宰臣，不如癯癯一老，千載之下，不能不令人於邑。衡門居士云：古傳蔡邕廬墓，有白兔馴擾於墓傍，説者以爲是孝感所致。噫！此物胡爲乎來哉？邕蓋無是婚宦而缺養之事者也。如果有婚宦缺養之事，則雙親之墓且有南山律律而飄風發發者，此物胡爲乎來哉？或曰：鳥獸草木之應，亦特其偶然耳。

詞壇評

適適生云：《西厢》《伯皆》而外，俊逸無如《玉合》，風韻無如《玉簪》，古雅無如《香囊》，端儼無如《蒙正》，流爽無如《還帶》，映合無如《拜月》，豪氣概無如《紅拂》，發揚無如《韓信》，顯易無如《馮京》，律調無如《王商》，整肅無如《李德武》，此皆自其詞氣言也。苟按其事實，則《蘇秦》實、《孤兒》實、《韓信》實、《范雎》實、《李靖》實，餘俱不可得而知也。所最可厭者，則或以彼之行事而駕言於此一人；又最可厭者，或假鬼神荒唐之説以斡旋其間，令人心疑惑而莫知所據。雖然，亦未可以一律拘也，如彼一人行事，駕言於此一人，如馮商事，則亦可以作世人爲善之心。如假鬼神之説以斡旋其間，如《曇花記》所云云，則亦可以示世人作不善之戒，則又何必拘拘論哉？嗚呼！總之乎古今事，一戲焉而已矣。

伯皆蘇秦論

張鳴愚曰：嘗觀《蘇秦》雜劇并《伯皆》，因謂兩人易地易念則兩善矣。伯皆爲功名而骨肉參商，若遇蘇秦之父，則無遠遊之逼遣；蘇秦爲功名而骨肉冰炭，若值伯皆之遇則無赴井之慘情。以伯皆觀蘇秦則不必氣冲斗牛，以蘇秦觀伯皆則不必悶壞堆積。牛府，伯皆之怨府也，在蘇秦則爲恩門矣。倚玉樹而贅金屋，回首機上之妻，不怡然德色耶？商鞅，蘇秦之仇讐也，在伯皆則爲吉人矣。慰門閭而供定省，回首長亭之别，不歡然整鞭耶？蘇秦之父兄非讐蘇秦也，特惡名利之韁鎖而曠庭闈之温凊。令蘇秦翻然换伯皆之心，則曰人生之樂之首，萊衣姜被，無羡青紫矣。伯皆之君相非讐伯皆也，特以希世之名賢宜膺非常之嬌寵。令伯皆翻然换蘇秦之心，則曰：讀書萬倍之利，受恩朝廷，無念家私矣。造物胡兩阨之不各快其願，後人常兩哂之不隨遇而安。嗟嗟，此之所苦，彼之所甘；彼之所欲，此之所厭，安得易其遇，又易其心，不亦各得也乎哉？第伯皆易念則不孝，蘇秦易念則不武。嗚呼！楊子墨子，轉念則有父有君；矢人函人，轉念則一得一失。後昔之蘇、蔡，借境自例，亦寬其憂，如楊墨之因人久觀，足醒其醉。

詩曰：

堪笑蘇秦與伯皆，兩人易地便寬懷。
假饒相遇譚知己，各破煩兮各打乖。

玩琵琶記評

自古所著傳奇者，累數百種矣，而《西厢》《伯皆》獨愛而傳，傳而不朽者，則何以故？蓋人生宇宙間，只一情而已。情之到處，何處能忘情？不越哀樂二端。《琵琶》能令人哀，《西厢》能令人樂。玩《伯皆》而不泫然流涕者，非情也；玩《西厢》而不油然解顔者（中闕）

高東嘉之詞曲所以冠諸家者，以其琢句之工，入事之美，而敘述酸楚，曲盡物情，有非諸劇所及者。然考元人辭曲幾二百家，涵虚子一一爲之題評，獨則誠不得與焉。説者謂則誠於腔調律度多有未諧，是則然矣，然未止此也。詳閲《琵琶記》内，其所可更易者尚多焉。《記》内於問答處，可謂體貼周匝矣。第牛相以當朝元老而拗戾不近人情，且出口殊多爲不顧名教之語，此處似當略爲回互，始全大體。

《記》内雖非邕之實事，而既記名於邕，則不得不肖邕之實以爲之矣。漢之取士，終四科不變，又安得有狀元名目也？故宜止稱學士，斯爲當耳。

《記》内備述牛相之拗戾，以致蔡生之失養於親，失義於妻，皆牛之咎也。然牛相能强官之矣，而能禁其魚雁之不達於家乎？能强婚之矣，而能禁其眷屬之不通於京乎？於此見蔡生特昏官之情重耳。如果重孝義者，則飄然逃歸，彼强臣重相不過褫吾爵耳。吾失其爵而得孝於親，則固不爵而貴也。爲禹舜計者，竊負而逃，終身忻然。樂而忘天下，即天子之貴且敝屣之，以全其親也，況區區富貴乎哉？故謂蔡生爲孝者，不過以其宦邸思念不忘之情。然空思空念，果明發二人之懷否？即未有廬墓一段，孝思脱矣晚矣。

《記》中稱蔡公逼子出試，此亦人家教子之恒情，然苟如蔡婆語，則子不去，親不孤，此亦可爲世人急子求功名者之戒。末齣生唱云：『可惜二親饑寒死，博得孩兒名利歸。』二語之寄誚，可以猛省！猛省！

《記》中稱蔡公蔡婆咽糠而斃，東嘉於此極意體骨肉死别之情，李卓吾亦亟稱此中之妙。但登臺演局，或以侑觴致快，或以酬客送歡，而盡奏此狀，恐令觀聽不堪。故演此《記》者，宜於此處略之。

《記》中原有《春闈試士》一齣，設爲試官開試云第一場要作對，已非體矣。第二場要猜謎，第三場要唱曲，此成何説話？ 想東嘉於此亦慨元末科場試士之陋習，而等之於猜謎唱曲者乎？ 大抵作傳奇者，有玩世意，有誚世意，有諷世意，若此類者皆誚世也。 然東嘉於胡元已解矣，又何誚之有？ 予觀凡傳奇試士者，皆欠雅體，獨《還帶記》所著裴中立入試三場，事頗可觀。

《記》中如俗所演，生自云： 董卓弄權，吕布把守虎牢三關，因此家書難遣。 觀場者聞此語，遂謂可以亮宥蔡生缺養之由矣。 然時既有牛相當國，而又烏説董爲？ 此處當即以牛爲董矣。

《記》中備見趙女辛苦之狀，此非有金玉之心鐵石之軀者，不能感神助塋之事。 雖涉杳冥，然精誠所格，何所不通？ 至於請糧、和藥、剪髮、描真等事，真可以興起人間爲媳者之孝心。

《記》中俱是女人優於男子，如蔡公逼子往試，蔡婆有止意，此女之識見優於男也。 如邕之一往不回，竟爲權相所羈，而趙氏送親於家，尋夫於外，此女之精誠優於男也。 如牛相之强人子爲以婿，執拗拘留，殊非人情，而牛女曲諫其父，善成其夫； 而將順於趙，此女之淑惠又優於男也。 男之可取者，獨有張廣才一耳，故兹所改《琵琶記定本》至末端設爲張太公責蔡邕一段大議論，正以見綱常倫理之在宇宙，男兒之所宜力荷而即，事勢劇難，且宜勉强致力，正以收束傳奇全部之旨，而且以見作者維風淑世之意也。若夫榮封受表，此亦人間常事，耀耳目之觀耳，觀者幸毋玩蔡、趙、牛而忽張公。

暮春修禊日槃阿館人記。

改琵琶定議

人曰伯皆《琵琶記》自昔以至今，家傳户誦，無可改也。予曰：正爲其自昔以至今，家傳户誦而可改也。何也？耳目見聞之熟，相聞其舛謬而勿之思耳。

如既託爲蔡邕事，既當論邕之世。邕處漢末，無制科詞場之事，無狀元之名，今改以四科顯達，承漢制也；而易狀元爲學士，稱蔡實也。

如饑荒困餓，至於雙親以咽糠麧，此豈人心所樂見者？予自孩年聞此，即切齒有恨於蔡中郎，故茲苦情酸態，不忍著於筆端，雖東嘉體極到處，而即擅删之，亦自覺其爲宜者。

如『饑荒』二字等耳，乃曲中動稱『饑與荒』，成何詞氣？此字法之當换也。如此類者頗多，并易之。

如『牛府成姻』所唱『攀桂步蟾宫』，其合語云『這會好個風流婿，偏稱洞房花燭』，首折係生自唱，而乃自夸自幸至此乎？則蔡真樂就其婚而忘親矣。又如『中秋賞月』所唱『長空萬里』，其合語云『惟願取年年此夜，喜得人月雙清』。生口中亦如此唱，不其留戀可樂之景乎？則蔡又真樂於外而忘親矣。又如『賞夏』所唱『新篁池閣』，其合語云生仍唱『排佳宴，清世界，幾人見』，不其志在佳宴之會乎？則蔡真自爲樂而忘親矣。予於此三處或改换字面斡旋之，其字面未改换者則謂宜。每合語處衆唱之，始於情妥。

如牛相招婿處，曰『奉旨招婿』，曰『官媒議婚』，曰『激怒當朝』，曰『金閨愁配』，元本於此何其多事也？且其中詞調亦覺散贅，無甚雅致。裁而合之，不亦當乎？

如『撇呆打墮』一折有句云：『這打破砂碙，分明是你招災攬禍。』夫蔡生既有思親之心，正宜以此情密謀之於牛女，而兹乃惟恐其父之知焉。至於災禍之及，此豈丈夫乎？且『打破砂鍋』之語成何説話？或云黄山谷《拙軒頌》亦有此語，然亦非大雅之句也。且此《記》中所唱有如此等伴話俗語頗多，殊覺可厭。

如末路『張公遇使』『散髮歸林』『風木餘恨』，一本全旨正在此處。觀其結局，而元本詞意至此絶欠精力，甚宜增意，方見雋永。

如張太公所收趙女之髮，與蔡公所授之杖，正要於伯皆相見時痛致此意，而元本於末端皆略於此，則大無關會矣。

如張太公既爲高義之士，則伯皆乃其通家子弟，彼以父執臨之，即宜於末相見時聲言大義，教人子以孝，方成長者之言。元本於伯皆歸墓，張公徒致賀語媚詞，大非體也，兹一一增而正之。

如趙女攜真容、彈琵琶往京尋夫，此傳中大關會處也。而元本於此只草草著【月兒高】三套語，何其太簡耶？且囊出時所撰琵琶之曲謂何？的宜增之以見路途所歷盡之苦情也。

如此傳至廬墓以盡人子之心，而與張太公共説透前事，則全部至此可以止矣，更不必以榮封團圓可也。然俗謂通部多悲情，至末宜以樂事終之。然果有其親饑死之事，則終天之恨也，榮封樂乎哉？

人曰：其中『奉藥』『咽糠』『遺囑』等折必極苦情，方見趙女之真孝，固未可删也。予曰：固未可删也，特予不忍見耳，又豈忍言乎？

人曰：里正之奪也，拐兒之騙也，此不過插科打諢，似可删矣。予曰：里正之爲趙女阨也，拐兒之爲蔡生誑也，雖係打諢，實乃關情。但里正之家宜餓死，拐兒之身宜雷擊，必增設此端，方見天理之報，而可以爲作惡者之警。

人曰：趙女入彌陀寺，已覺穢矣，而又遇兩惡少，不其褻孝女乎？予曰：趙女有《孝順歌》以歌於惡少之前，天理共在人心，其誰敢侮之？如元本所扮脱衣以賞趙而趙受之，則誠褻矣。茲一切删改，則成俗中之雅。

人曰：每齣散場下臺語有詩四句，方不孤寂，而亦可删乎？曰：下臺詩如『雪隱鷺鷥飛始見，柳藏鸚鵡語方知』等句可仍也。如『大鵬飛上梧桐樹，自有傍人説短長』，此不惟費解，而惡俗亦甚矣。如此類者，一切刊之，其或有可仍，而特減字以稱雅便者，姑亦從焉。總之削哆而歸雅耳。

人曰：《香囊記》《投筆記》皆倣《琵琶》而作，然乎，否乎？《拜月亭》《玉簪記》倣《西厢》而作，然乎，否乎？曰：創始者難爲功，襲武者易爲力。然《香囊》《投筆》之視《琵琶》，大約其體製同也，而其中委婉切至之情，結構完密之思，不無少讓焉。《西厢》而下所述男女風調，惟有《拜月》《玉簪》可稱，然有能如《西厢》韻致之悠長者乎？宜乎二編之獨傳之久也。

人曰：《西厢》《琵琶》稱傳奇之最者，君今猶曰可改，況其下者將何如哉？曰：孟子讀《武成》之書，且惟取二三策，矧詞人之曲何必拘盡仍？盡仍之則或於理未妥，於事未順，於情未安。衆人混混，或有不知識者，決不隨衆耳目以紊哆於場下，則茲集之所改録者，亦酌其理之妥，求其事之順，協其情之安而後已。至或所改處，或音律之未諧，宫商律吕之未叶，則東嘉元本之音律，昔人已有多議其戾滯者，而又安責備於今日也？

人曰：《琵琶記》有元本，有浙本，有吴本，有閩本，有蘇本，各各字義不同，傳流亦異，顧安所適從乎？　曰：　參酌諸家，酌理而定之，庶乎其不差耳。

人曰：　如梨園優人所演，亦堪悦目矣。　曰：　《琵琶記》與《西厢》只爲梨園家師徒競相傳授，以訛傳訛，至其作法，登壇摇首，皆成惡道。　則二編之壞，皆優人壞之乎？　間有慧而謙者，能從予言而一一正之，則雖技也，而進乎道矣。

人曰：　果如君之所教，曷不取坊間诸所刻傳奇本而盡正之乎？　曰：　予短於聲而不能歌，慳於興而不能舞，昧於律而不能調，淺於識而不能校，第自分每閲一編，則思一編之義，而筆山峰頭，碩人薖中獨寐寤言，獨寤歌，則於經書子史之暇，游神寄興，不無藉古今傳奇以自豁其爽懷也，故因筆削及之。

蔡伯喈考據

按史，蔡伯喈名邕，伯喈其字也。其先三世同居，而邕性至孝。漢熹平中，與楊賜奏定六經文字，自書册鐫碑，立於太學門外，觀視而摹寫者，車乘一日至千餘。後因避患，往來於吴會間。吴人有燒桐以爨者，邕聞其厨中有火烈之聲，知其所燒者良材也。因請裁以爲琴，有美音，其尾焦，乃名曰焦尾琴。漢末，董卓辟之爲署祭酒，遷侍御史。媚卓，又遷侍書御史，旋又遷尚書。三日之内，周歷三臺。所著詩、賦、碑、序、書、記等作，凡百四篇傳於世。後以卓被誅，議邕其黨也，拘獄中，以瘐死。嗚呼！邕誠以孝聞矣，曷不移以作忠，而乃失身於卓耶？既失身於卓矣，則失身即辱親也，乃又云孝耶？然予詳觀其始末，並無棄親妻牛之事，亦不聞其妻趙氏云云者。第其執親之喪，廬墓三年，而連理生於塋則有之耳。邕之父名稜，字伯直，今傳曰從簡，豈以木簡有稜之義耶？邕既無其事，而傳以其事屬邕者，夫亦慤其附董卓而穢之耶？大約傳奇所著，多有假事而託名者。

附蔡邕女事

伯喈之女名琰，字文姬，少時即能辨琴絃之斷。幼適衛仲道，爲胡騎所獲，在胡中二十年，生二子。曹操素與邕善，遣使以金璧贖之。再嫁董祀，祀爲屯田尉，犯法當刑。文姬蓬首徒行，詣操請罪，文辭清辨，祀因得免。操問曰：汝家傳多書，能識之否？對曰：亡父貽書四千餘卷，罔有存者。今所頌憶，止四百餘篇已耳。乞給紙筆，真草惟命。於是繕寫呈送，文無遺語。嗚呼！父罔忠，女罔節，所謂文人無行者，非耶？

《推蓬剩語》云：高則誠《琵琶記》欲以譏當時一士大夫，而託名伯喈，蓋因見唐蔡節度墓銘而云云。初，蔡未達時，得從相國牛僧孺之子繁同遊，後復同登進士第。牛欲以女弟字蔡，蔡已有婦趙矣。力辭不得，因成婚焉，後牛能將順於趙。蔡後仕至節度使，此其姓事相同，則誠乃不直舉其事，而以之屬伯喈，何與？且謂其父若母以饑死，又何與？

《大圜索隱》云：高則誠字東嘉，與其友王四相善。王四亦當時名士也，後以顯達改操，遂易其妻周氏而坦腹於時相不花氏家。東嘉欲挽救而不可得，乃作此奇傳以諷之。而託姓蔡者，以王四少賤，嘗爲人傭菜也。趙五娘者，以姓傳，自趙至周而恰五也；牛丞相者，以不花家居牛渚也。《記》以『琵琶』名，則以其中有四『王』字也。所謂張太公者，蓋東嘉自寓云耳。傳奇一出，都人士咸快誦之，東嘉由此名益著矣。東嘉曾發解於元末。

按：所傳二説，未知孰是，乃有《真細録》云：高皇帝定鼎金陵，偶見《琵琶記》而異之。後廉知其爲王四事，遂執王四而寘之法曹。蓋謂天下有如此背親不孝者，無所容於名教之中也。玩此一舉，則其事屬王四者爲真。而《巵言》因唐人小説而已矣。

《梨園留評》云：高東嘉作《琵琶記》，初以蔡中郎爲不忠不孝。無何，乃於夢中見蔡中郎揖而謂之曰：子能填我於善行，當有美報，可乎？東嘉覺而奇之，遂易不忠不孝爲全忠全孝。後東嘉發解焉。但此語罕見，或好事者爲之耳。

《孝順書》載蔡邕事母，侍疾不解襟帶者至七旬。母没，廬於墓側，有白兔馴擾其傍。據此，則固未可以不孝之名加之邕者，故則誠傳中多注其思親之意。

詞壇主人備識。

詞壇清玩琵琶記目録

(一) 送行祝别：正文作『送行囑别』。

第八摺　遇荒乏食改局改曲白，删去《咽糠》《嘗藥》二
第九摺　成名議姻訂曲改白
第十摺　上表陳情訂曲改白
十一摺　强婚成配訂段曲白，合《金閨愁配》，删《官媒》《再報》等折
十二摺　祝髮葬親訂曲改白
十三摺　弄絃寄悲訂曲訂白，微有改
十四摺　思親覓寄盡改舊局，合《拐兒》《計騙》
十五摺　感天成墓訂曲换白
十六摺　望月思家訂曲，微有改；　又訂白
十七摺　描容尋夫訂曲訂白
十八摺　瞷情吐真訂曲改白，有增
十九摺　幾諫求歸訂曲潤白
二十摺　沿途苦棲新增
二十一摺　悔過迎親訂曲改白，有增
二十二摺　入寺遺像换局，訂曲改白

二十三摺　兩媛適媾(一)訂曲潤白
二十四摺　書館題詩訂曲增白
二十五摺　館内悲逢改曲增白
二十六摺　張公遇使訂曲增白
二十七摺　散髮歸林訂曲訂白
二十八摺　風木餘恨改曲增曲換局，又增白
二十九摺　榮封團圓(二)增曲改曲換局，又增白(三)

(一) 兩媛適媾：正文作『兩媛奇遘』。
(二) 榮封團圓：正文作『孝感天恩』。
(三) 後接『附一摺《玉簪》』等字樣，因非《琵琶記》内容，故此處並正文最後均删除不録。

詞壇清玩

槃薖碩人增改定本

首開場[一]　伯喈總題

【水調順歌】秋燈明翠幕，夜案覽芸編。今來古往，其中故事幾多般。少甚佳人才子，更有幽情怪録，荒誕不堪觀。原於風化無關着，縱好也徒然。[二]　論傳奇，樂人易，動人難。

[一] 首開場：原闕，據目録補。下同補。

[二] 眉批：諸本俱云：『也有神仙幽怪，瑣碎不堪觀。正是：不關風化體，縱好也徒然。』李卓吾厭此數語太俚，今略改數字，似略雅。

知音君子，這會另作眼兒看。〔一〕休論插科打諢，也不尋宮數調，〔二〕只看子孝共妻賢。〔三〕便是綱常大事，閒情敢争喧？

且問後房子弟，今日敷演那本傳奇？（内應科）三不從《琵琶記》。〔四〕（末）原來這本傳奇，乃是古今希有。待小子略道幾句家門，便見大意。

【沁園春】趙女姿容，蔡邕文業，兩月夫妻。奈朝廷黄榜，徧招賢士；高堂嚴命，强赴春闈。一舉鰲頭，再婚牛氏，利綰名牽竟不歸。〔五〕饑荒歲，雙親俱喪，此際實堪悲。堪悲，趙女支持，剪下香雲送舅姑。把麻裙包土，築成墳墓；琵琶寫怨，徑往京畿。慘矣伯皆，〔六〕賢哉牛女，書館相逢敘歡悲。〔七〕重廬墓，一夫二婦，旌表耀門閭。

〔一〕眉批：閩本作「這回」，京本作「這般」，不若改作「這會」妙。

〔二〕眉批：夫曰曲自難於更端，每以一調爲終始。《記》中間有出調，至於韻脚及間句結煞字，亦多不拘平仄，似與拘拘者不同，故首説破「也不尋宮數調」。諸家評本皆如此説。

〔三〕眉批：諸本「妻賢」句下云：「驊騮方獨步，萬馬敢争先。」其語難好，并與本意不相關，今「綱常大事」云云，似得之矣。

〔四〕眉批：父不從其就養之意，君不從其辭官之意，相不從其却昏之意。「三不從」是此《記》大關鍵。

〔五〕眉批：有本「再婚」做「賜婚」，亦通。「竟不歸」作「不得歸」，亦通。

〔六〕眉批：有本作「羅裙包土」，謬甚。諸本皆云「孝矣伯皆」，邕豈能當得？今改「慘矣伯皆」。

〔七〕眉批：李卓吾云：諸本云「書館相逢最慘凄」句大不通，此時不慘凄矣。改「敘歡悲」，妙。

牛太師强招門婿，[一]張廣才義恤鄰家。[二]
蔡學士名昭史籍，趙貞女孝撥琵琶。

槃邁碩人評曰：凡傳奇首摺提總語須句句擔力，字字筋節，即如《春秋》書法一般。迺此《記》首從來諸本俱云『極富極貴牛丞相』，《傳》中於富貴何幹？又云『施仁施義張廣才』，仁義二字不免疊用矣。又云『有貞有烈趙貞女』，此《傳》迺論孝敬，非論貞烈也。又云『全忠全孝蔡伯皆』，恐蔡邕當此句不起。此《傳》雖特假托邕名，非其實事。然既托邕名，即當肖邕實。[三]按：邕之爲人，失身於董卓，大爲不忠。即有孝名，恐非千古定論。但邕文人也，曾有事於漢史，兹予於槃邁館中改云『蔡學士名昭史籍』，此一句打發他去足矣。至云『牛太師强招門婿，張廣才義恤鄰家』，語皆黷實。而煞句云『趙貞女孝撥琵琶』，以要到琵琶一字上來，似爲得之。觀場者其以予言爲然否？

[一] 眉批：牛丞相《傳》中並未著是何名，想亦暗指董卓也。

[二] 眉批：張廣才，史傳無此人，想亦高東嘉假設之名。

[三] 眉批：蒼浪子曰：此評極當，但傳奇特戲文耳，何用如此精細？槃邁碩人曰：我言出於思，不作傳奇則已，如作傳奇觀，安得不用精細工夫？予於《西厢》既增改定本，無不的當。《琵琶記》原與《西厢》并行宇内不朽者，止宜求其精細，故自此以後各摺或增或減，或改白或訂曲，或全易或略更，皆必求其理之妥，情之順而後已。

第一摺　高堂祝壽

【瑞鶴仙】（生）十載親燈火，論高才絕學，休誇班、馬。風雲太平日，正驊騮欲騁，魚龍將化。沉吟一會，(一)怎離却雙親膝下？且盡心甘旨，功名富貴，付之天也。

〔鷓鴣天〕宋玉多才未足稱，子雲識字浪傳名。奎光直透三千丈，(二)風力行看九萬程。經世手，濟時英，玉堂金馬豈難登？要將綵服歡親意，且戴儒冠盡子情。蔡邕沉酣六籍，貫串百家。禮樂詩書，皆能窮其妙蘊；陰陽名物，靡不曉其精微。抱經濟之奇才，當文明之盛世。幼而學，壯而行，雖望青雲之萬里；入則孝，出則弟，怎離白髮之雙親？近者新娶妻房，是陳留趙五娘，方纔兩月。幸近桃李之姿，締好百年，堪寄蘋蘩之託。當此夫妻和順，喜值父母康寧。備有杯酒，與雙親慶壽。正是：花下一壺酒，人間萬年春。五娘子，整辦酒殽已備否？(三)（趙上云）勤修中饋職，速趨壽堂前。告官人，奴家杯

(一) 眉批：諸本作『沉吟一和』，『和』字何解？今改『會』字方通。『沉吟』句俗演者不唱，但做沉吟之狀，不惟【瑞鶴仙】缺句，而梨園醜態日繁，實由此類作俑也。

(二) 眉批：諸本作『已透』，『已』字未妥。

(三) 眉批：此白諸本煩猥不整，今盡改削。且諸本有云『行孝於己，責報於天』二語，如何通得？大抵《記》中曲白，元作者或據筆寫來，而屢傳屢刻，妄自加減，遂至失真者多。其有甚悖於道理處，皆相沿不察。茲悉據理改正，玩者詳覽方知此本之爲妙。

酒已備，請爹娘出來。（伯皆云）蔡邕請爹爹媽媽上堂來。（一）

【寶鼎兒】（生）小門深巷，春到芳草，人間清晝。（老旦）（二）人老去星星非故，春又來年年依舊。（趙）最喜今朝春酒熟，滿目花開如繡。（合）願歲歲年年，人在花下，常斟春酒。

（外）自家蔡從簡是也。（三）（老旦）自家秦氏是也。（四）（合云）孩兒、媳婦，爲何請我兩個出來？（生跪云）幸喜爹娘今日年滿八旬，孩兒爲此春酒，以介眉壽。（五）（外顧老旦云）這正是：子孝雙親樂，家和萬事成。（六）（生進酒科）

【錦堂月】（生）簾幕風柔，庭幃晝永，朝來峭寒輕透。親在高堂，一喜又還一憂。惟願取百歲椿萱，長似那三春花柳。（合）酌春酒，看取花下高歌，共祝眉壽。

（一）眉批：諸家俱以趙五娘待下隨蔡公蔡婆始出，殊非理。今改先出，與伯皆同在臺上以候公婆方是。

（二）眉批：李卓吾云蔡婆當是老旦，不宜以浄扮。

（三）眉批：《傳奇類考》云：蔡公名棱，字伯直，今人傳曰名從簡，豈其取木簡之意乎？

（四）眉批：此處要道出蔡公蔡婆名字出來方有原委，諸本皆無，今增之。

（五）眉批：《葩經》云：『爲此春酒，以介眉壽。』

（六）眉批：此白諸本俱蔡邕説『人生百歲，幾何光陰』，此全不似人子慶父母壽旦語。又云『爹娘八旬，孩兒一則以喜，一則以懼』，喜、懼只好在人子心上，豈可對父母説？今俱削之，更爲簡切。

（生云）爹娘請飲此一杯酒，萬壽無疆。(一)

【前腔換頭】（旦）輻輳，獲配鸞儔。深慚燕爾，(二)持杯自覺嬌羞。更怕難主蘋蘩，不堪侍奉箕箒。惟願取偕老夫妻，常服事暮年姑舅。(三)（合前）

（旦云）公婆請飲此一杯酒，萬壽無期。

【前腔換頭】（外）還愁，白髮蒙頭。紅英滿眼，心驚去年時候。只恐時光，催人去也難留。孩兒，惟願取黄卷青燈，及早换金章紫綬。（合前）

（外云）孩兒，你也飲一杯。惟願你萬里青雲得路。

【前腔換頭】（老旦）還憂，松竹門幽。桑榆景暮，明年知誰健否安否？(四)嘆蘭玉蕭條，一朵桂花期茂。(五)惟願取連理芳妍，(六)得早遂孫枝榮秀。（合前）

(一) 眉批：諸本俱於此中無白，今增此方是祝壽之意。夫古人舉酒每稱壽，況此正慶父母之壽者乎？

(二) 眉批：『燕爾』對『鸞儔』，以虚對實也。《葩經》云：『燕爾新婚。』又云：『樂只君子，萬壽無疆，萬壽無期。』

慚：原作『暫』，據汲古閣刊本《繡刻琵琶記定本》改。

(三) 眉批：諸本俱云『侍奉暮年姑舅』，不免與上『侍奉箕帚』重疊字眼，今改作『服事』爲妥。

(四) 眉批：諸本俱云『知他健否』，『他』字不穩，今改『誰』字爲是。

(五) 眉批：京本作『桂花堪茂』，與上句意不貫。閩本作『難茂』，大死煞了。今改作『期茂』，得之。

(六) 眉批：元本作『桃李芳年』，閩本作『芳妍』，對下『榮秀』字爲工，今從之。

（老旦云）媳婦與孩兒也各飲一杯。惟願你一家安樂團圓。(一)

【醉翁子】（生）回首，嘆瞬息烏飛兔走。喜爹媽雙全，謝天相佑。（旦）不謬，更清淡安閒，樂事如今誰更有？(二)（合）相慶處，但酌酒高歌，共祝眉壽。(三)

（外云）孩兒，你今日爲我慶壽，是一點孝心，但爲人須要顯親揚名。計今年正值大比，昨日郡中有吏來辟召，你可趁此上京應取，以求遂功名，方是大丈夫也。（生云）爹媽高年在堂，無人侍奉，孩兒豈敢遠離？功名之事，實難從命。(四)

【前腔换頭】（外）卑陋，論做人要光前耀後。勸我兒青雲萬里，早當馳驟。(五)（老旦）聽剖，真樂在田園，(六)何必區區公與侯？

(一) 眉批：蔡公願子功名成就，蔡婆願子媳生孫，此皆老人家之至情。乃外折之詞以顔色成調，老旦折以花木成調，此高東嘉鑄詞之工處。但舊本於此中俱無白，今每折增白，方見合家酣暢之情也。

(二) 眉批：據此段，更見一家真樂，何必功名？功名所誤者多矣。

(三) 眉批：有俗本云『酌酒高歌，更復何求』，意亦通，但恐非韻。今考京、閩及元本俱是『共祝眉壽』。

(四) 眉批：必有此白，方下外唱『卑陋』兩字接得意來。

(五) 眉批：『勸』字有本作『願』字，便與下『當』字意不合。

(六) 眉批：真樂：有本作『樂守』，非是。

（生云）此事再當斟酌，今日爹娘且自盡歡。[一]

【前腔換頭】（生）春花明綵袖，春酒泛金甌。但願歲歲年年人長在，父母共夫妻相勸酬。

（合前）

【前腔換頭】夫妻好廝守，父母願長久。坐對兩山排闥青來好，看那一水護田，緑遶流。[二]

【十二時】山青水緑還依舊，嘆人生青春難又，惟有快樂是良謀。

（外）對景且高歌，（老）人生能幾何。

（生）黄金未爲貴，（旦）安樂值錢多。[三]

第二摺　清閨女誡

（末扮院子上）風送爐香歸別院，日移花影上閒庭。晝長人静無他事，惟有鶯啼三兩聲。[四]小人是牛太

[一] 眉批：新添生説此二句白，則意度自覺舒豁。

[二] 眉批：有本作『坐對送青排闥青來好，看將緑水護田疇，緑水流』，不惟刻畫元詞，其如荆公佳句何？

[三] 眉批：諸本俱於『對景』上有『逢時』字，『人生』上有『須信』字，『黄金』上有『萬兩』字，『安樂』上有『一家』字，其句便覺俚俗，今削之。

[四] 眉批：『風送』四句，高漢卿詩。

師府裏一個院子。你看俺太師爺府裏：勢壓中朝，貲傾上苑。白日映沙堤，青霜凝畫戟。門外車輪流水，城中甲第連天。瓊樓酬月十二層，錦帳藏春五十里。香散綺羅，寫不盡園林景致；影搖珠翠，描難就庭院風光。好耍子的油碧車輕金犢肥，没尋處的流蘇帳暖春雞報。畫堂内持觴勸酒，走動的俱是紫綬金貂；繡屏前品竹彈絲，排列的俱是朱唇粉面。這般樣福地洞天，可知有仙姝玉女。休誇富貴的老太師，且説賢德的小娘子。儀容嬌媚，似一片美玉無瑕；體態幽貞，如幾層冰清徹裏。珠翠叢中長大，倒愛雅淡梳妝；綺羅隊裏生來，却厭浮華氣象。鎮日何曾離繡閣？窮年未見出香閨。開遍海棠花，也不問夜來多少；飛殘楊柳絮，竟不道春去何如。要問知他的貞心，惟有穿窗皓月；若是回他的嬌眼，除是入帷清風。決非慕司馬之文君，肯效選伯鸞之德耀。多應是相門相種，可惜不做厮兒；(一)少甚麽王子王孫，爭要求爲佳耦。呀！理會得麽？他是玉皇殿前掌書仙，一點塵心謫九天。莫訝蘭香熏透骨，霞衣曾惹御爐烟。(二)道猶未了，只見老母娘和惜春姐兩個笑哈哈舞將出來。我且躲在一邊，看他來此做甚麽？（老母、惜春上）

(一) 眉批：司馬、伯鸞對得絶妙。厮兒猶云男兒也。

(二) 眉批：相府的富貴宜爲俗人所誇，若儒者不道也。今愛其詞之駢麗，略爲改竄而有之。至於小姐之貞潔若出於老母、惜春之口則不妨，如何合誇於院子？諸本皆未察及於此，惟《李卓吾批評琵琶記》曾及之，亦未曾改削也，今爲改削「没包彈的俊臉」「難勾引的芳心」句，又削去「愛慕幽情」「笑人遊冶」句，又削去「不趨蹌的秀才」「戴冠兒的君子」句，姑存其近雅者而録之。看《琵琶記》者須參舊本，以此帙互觀，始知此帙之妙。

【雁兒落】（浄）庭院重重，怎不怨苦？要尋個男兒，又無門路。（丑）甚年能彀和一丈夫，(一)一處裏雙雙雁兒舞？

（院子、惜春、老母相見科）（院云）你兩個往常間悶思鬱然，今日如何這般快活？（母云）院公，你那得知我喫小姐的苦！並不許我半步閒走，又不要我説到男兒兩字。在他跟前，一言一動不敢走捉分毫，今日趁他去陪老相公説話去了，方得些子閒空，故有這般快活。(二)（春云）我只怨得當初爹娘把我送在這府中，自幼時至今，那裏得眉頭舒展？今日老相公入朝，我纔得偷身來此閒耍一會，故有這般快活。（母云）院公，你服侍老相公，是公的撞着公的；我與惜春服侍小姐，是雌的又撞着雌的。（院云）這傷春的話兒，不合是你講的。（老母云）喜今日我和你三個幸然來此園中，且大家做個耍子。（春云）打毬到好。（院云）不好。白打從來逞藝，官場自小馳名。(三)如今年老脚跛蹭，圓社無心馳騁。(四)空使繡襦汗濕，漫教羅襪生塵。兀的是少年子弟俏門庭，老奶奶，不似你寶粧行徑。（母云）鬥草到好。（院云）不好。香徑裏攀殘柳眼，雕闌畔折損花容。又無巧藝動王公，枉費工夫何用？驚起嬌鶯語燕，打開浪蝶狂蜂。若還尋得個並頭紅，惜春姐，久把你芳心引動。（母、春云）這兩樣不好，到不如打鞦韆是好？

(一) 眉批：『和』字諸本作『嫁』，便如嚼蠟。
(二) 眉批：諸本并云『千方百計説化』『小姐寬我半個時辰花園遊耍』，成何説話？
(三) 眉批：兩人對踢爲白打，三人角踢爲官場。
(四) 眉批：此中亦削去多少煩蕪。毬會謂之圓社。

（院云）這個却好。玉體輕流香汗，繡裙蕩漾明霞。纖纖玉手綵繩拿，真個堪描堪畫。本是北方戎戲，移來上苑豪家。女娘撩亂隔墻花，好似半天戲耍。(一)（母、春云）這事兒一來老相公不喜，二來小娘子不好，所以鞦韆架子園中也没有。（院云）我三人輪流把兩個做架子，一個打。（母、春做架，院做上架打科）(二)

【窣地錦襠】(三)（院）花紅柳緑草芊芊，正值春光艷陽天。我和你不來此處打鞦韆，爲人一生也徒然。

（母、春做放跌科）（院云）該到老奶奶打，我與惜春姐做架子。（老母打科）

【前腔】（母）春光明媚景色鮮，遊遍花塢聽杜鵑。那更上苑柳如綿，我和你不打鞦韆枉少年。

（院、春做放跌科）（母云）該到惜春打，我與院公做架子。（惜春打科）（惜春云）我是少年人，細骨輕軀，你兩個不要放倒跌我。

(一) 眉批：三詞皆【西江月】調也，俱説得有雅趣，卓吾以爲可删，何也？閩本有批云：三詞并不露出一個本色字，而三事宛然甚妙。有一本改『柳眼』爲『草色』，犯出『草』字便不妙。

(二) 眉批：此白大意皆依舊本，只中間煩蕪可厭者并爲削去。

(三) 眉批：舊本無此三段唱曲，與前白詞不相應。今考閩本、京本皆有之，故必録入爲是。蒼琅子云：此三段雖是插諢，却亦雅。

【前腔】（春）奴是人間快活仙，喫了飽飯愛去眠。莫教小姐來撞見，高高吊起打三千。（院、母做放跌科）（牛小姐上云）院子，你是個男人，如何混入在此戲耍？快走！快走！（責母云）你這等年紀老成，如何不尊重，成甚體面？（責春云）小丫頭可不知羞？（春云）奴家名唤惜春，見此春光將去，心下傷感，故在此消遣。㈠（小姐云）賤人，有甚傷春處？（春云）我早晨裏只聽得疏辣辣寒風吹散了一簾柳絮，餉午間又見那淅零零細雨打壞了滿樹梨花。一霎時囀幾對黄鸝，猛可地叫數聲杜宇。見這光景，如何教人不傷感？（小姐云）春去春來，造物自知；花落花開，於我何與？我和你同到繡閣中習些女工針指便是。（春云）這個時分，快樂的自賞春，憂愁的自傷春。我正是憂愁的人，教我如何有心情習針指？㈡（小姐云）你這如此心情飄蕩，我去對老相公説，好生施行。㈢（春云）望小姐見饒。（小姐云）你可收此閒心，同守清範？

【祝英臺近】（小姐）緑成陰，紅似雨，春事已無有。（惜春）聞得西郊，車馬尚馳驟。（小姐云）

㈠　眉批：此從『惜春』二字上生義，下『緑成蔭』『把幾分春，三月景』數段正曲，皆是從此説去，則知此一篇文字關紐之意。

㈡　眉批：諸本此處白説得煩猥，至云猫犬亦動心傷情，此語豈婢女對小姐言話乎？今一切改削，自成雅道。

㈢　眉批：諸本俱作院子、老母并走下，獨惜春受責，殊欠體會。今此三段責語得體！得體！

又怎想在那外面去？ 怎如柳絮簾櫳，梨花庭院，(一)（合唱）好天氣清明時候。

（惜春）清明時節單衣試，争奈晝長人静重門閉。（小姐）我芳心不解亂縈牽，羞睹遊絲與飛絮。（惜春）小姐，你在繡窗欲待拈針指，忽聽鶯燕雙雙語。（小姐）賤人！ 無情何事管多情，任取春光自來去。

你且聽我道來。

【祝英臺序】（小姐）把幾分春，三月景，分付與東流。（惜春云）如今鳥啼花落，小姐也須煩惱些麽？（小姐）啼老杜鵑，飛盡紅英，端不爲春閒愁。(二)（惜春云）縱不閒愁，也去賞花一賞花？（小姐）休休，婦人家不出閨門，怎去尋花穿柳？（惜春云）你不去賞玩，只怕消瘦了你。（小姐）我花貌，(三)誰肯因春消瘦？

【前腔换頭】（惜春）春晝，只見燕成雙，(四)蝶引隊，鶯語似求友。（小姐云）你是個人，説那蟲鳥做

(一) 眉批：『西郊車馬』句，此婢女外馳之心也；『柳絮簾櫳』是景之青；『梨花庭院』是景之白，見閨中清白境界，不可看作春濃之説。李卓吾云：閨政素嚴之家，安得有如此丫頭來與小姐戲説？不象！不象！宜可删去。然此亦人家婢侍常情也，而曲自婉雅有致。

(二) 眉批：有本無『啼老』三句，大非之非！

(三) 眉批：有本作『把花貌』，不通。

(四) 眉批：古本『燕成雙』是三疊文，諸本作『燕雙飛』，非是。

甚麽？(一)（惜春）那更柳外畫輪，花裏雕鞍，都是少年閒遊。（小姐云）你是個婦人，説那男兒事做甚麽？（惜春）難守，繡房中清冷無人，我待尋一個佳偶。（小姐云）呀！這賤人，到思量丈夫起來！（惜春）這般説，我終身休配鸞儔？(二)

【前腔換頭】（小姐）知否？我爲何不捲珠簾，獨坐愛清幽？（惜春云）清幽，清幽，曾奈愁人！（小姐）縱有千斛悶懷，百種春愁，難上我的眉頭。（惜春云）小姐，只你不常得這般。（小姐）休憂，任他春色年年，我的貞心依舊。(三)（惜春云）只怕有年少才郎，不由你不動也。（小姐）這文君，可不擔閣了相如琴奏？(四)

【前腔換頭】（惜春）今後，方信你徹底澄清，我好没來由。（小姐云）惜春，你怎的不收斂着此心？（惜春）想像暮雲，分付東風，情到不堪回首。(五)（小姐云）你怎的不學着我們？（惜春）聽剖，你是蕊宫瓊苑神仙，不比塵凡相誘。（小姐云）恁地，自隨我學習女工。（惜春）我謹隨侍娘行，拈針

(一) 甚：原作『真』，据文義改。
(二) 眉批：一本『休』字作『不』字，亦通。
(三) 眉批：諸本俱説『芳心依舊』，則猶有芳心在也，今改作『貞心』方是。
(四) 眉批：『可不擔閣了』似説反了，出惜春口則宜，若牛小姐自唱則宜云『那管他相如琴奏』。
(五) 眉批：古詩云『情到不堪回首處，一齊分付與東風』，言不管春色去也。

挑繡。（惜春云）姐姐，你聽那子規枝上啼得好！（一）（小姐）休聽子規枝上啼，（惜春）悶在停針不語時。（小姐）窗外日光彈指過，（惜春）席前花影坐中移。

第三摺　嚴命逼試

【一剪梅】（生）浪暖桃香欲化魚，期逼春闈，心戀親闈。郡中空有辟賢書，情在親闈，難赴春闈。（二）

蔡邕本欲甘守齏鹽，勤奉菽水，力行孝道，用報親恩。誰知郡中把我名字應舉，而高堂之意亦要我去求取功名。我欲固辭，未知何如？（三）

【宜春令】（生）雖然讀萬卷書，論功名非吾意。只愁親老，夢魂不到春闈裏。便教我做到九

（一）眉批：古本無此二句白，接下詩句不得。

（二）眉批：京本、閩本俱云『期逼春闈，詔赴春闈』。心戀春闈，難捨親闈』，及考古本，則如下所云云意義更好。

（三）眉批：諸本白有引用『世間好物不堅牢，彩雲易散琉璃脆』，此語雖出白樂天，却甚猥，且於此何幹？至又云『人爵不如天爵貴，功名争似孝名高』，卓吾云孝豈可爲名？可笑！可笑！故一切删之。

棘三槐，怎撇得萱花椿樹？　天那！　我這衷腸，一點孝心對誰語？

且待張太公來，把我孝親的本心説知。(一)

【前腔】（太公）相鄰並，相依倚，往常間有事來相報知。（顧生科云）秀才，試期逼矣，今日行裝辦也未？(二)（生云）我雙親年老，實難前去。（太公）子雖念親老孤單，親却望子身榮貴。你須自己斟酌，莫傷親意。

（生云）我們再三思忖，父母無人奉事，決去不得也。（太公云）且看老員外老安人如何説；想他也只是要你前去。（生云）爹娘之前，望乞公公片言分解。(三)

【前腔】（蔡公）時光短，雪鬢催，守清貧不圖甚的。有兒聰慧，但得他爲官吾心足矣。(四)　孩兒，天子詔招取賢良，秀才行都求科試。你須早赴春闈，決整行李。

(一)　眉批：舊無此一句白語，覺促，今增之。

(二)　眉批：計張公此時且只好與伯皆作商量語，豈可一見間亦便促之行乎？故諸本俱云『早辦行裝前途去，子雖念親老孤單，親須望孩兒榮貴。你趁此青春不去，更待何日』。若依此，則太公亦促之行矣，殊非人情也。今改之如下文云云方妥。

(三)　眉批：改用此白，甚有斟酌。

(四)　眉批：蔡公云『但得爲官吾心足矣』，此俗人之見也。今時之教子讀書者，皆是此念頭。不知一立了爲官之念，誤了許多事，壞了許多心。子之不得爲好人，親之不得爲好父母，皆爲官一念誤之也。惜乎俗人不思省。

【前腔】(一)(蔡婆)娘年老，八十餘，眼兒昏兼聾兩耳。有兒聰慧，娶得個媳婦纔六十日。老奴，你今日强逼他忙去，那時節等不得他榮歸，空教我老娘，頓受嘔氣。

(蔡公云)孩兒，如今試期已迫。郡中既然辟召你，你如何不快去赴選？(生云)孩兒非不欲去，奈爹媽年老，家中無人侍奉。(蔡婆云)孩兒所説極是，家中没人伏侍，老人家眼昏耳聾，手軟脚痺；媳婦又是女流，且係初到我家，果然孩兒難去。(二)(張公云)你兩個老人，一個要他去，一個要他莫去，秀才自己意下何如？(三)

【繡帶兒】(生)親年老光陰有幾？行孝正當今日。(四)(張公云)秀才若去，一定脱白掛緑。(生)終不然爲着一領藍袍，却落後五綵斑衣。(五)思之，此行榮貴雖可擬，怕親老等不得榮貴。

(一)眉批：此連上三套【宜春令】，一作【吴小四】，説情雖至，而各本語法甚欠整雅，今略爲整飾之，亦不甚榛。

(二)眉批：諸本白且説蔡婆云新婚兒體瘦病，不成話也，固宜削去。至於公云去婆云不去，語多煩冗，今爲删定，以從簡切。

(三)眉批：諸本皆張公亦促邕之去，殊非人情，今改作商量語。

(四)眉批：有本『正當』作『正在』，亦是。

(五)眉批：有本作『戲綵班衣』，對不整。

(蔡公)看春闈紛紛，難道是没爹娘的方去求試？(一)

【前腔】(張公)男兒漢，凌雲志氣，何必苦恁淹滯？秀才，你此會不去呵。可不枉費了十載青燈，空捱過半世黄虀？須知，此行出自嚴親意，休固拒，即是養親志。(二)(蔡婆)我百年事只有此兒，難道是庭前森森蘭桂？(三)

【太師引】(蔡公)他意兒我也難提起，其間就裏我自知。(张公云)老員外知他爲着甚的？(蔡公)他戀這枕上蓮花，頓忘却那天邊丹桂。(四)(生云)孩兒豈有此心！(蔡公)塗山四日離大禹，你畢姻已經兩月。直恁的捨不得分離？(張公云)秀才，你若是有這點念頭，貪鴛侶守鳳幃，(五)莫怕誤了你鵬程鶚薦消息。

(一) 眉批：蔡公所言雖似有理，却知求富貴而不揣時勢，不若蔡母所見爲高。『紛紛』下有『都是大儒』四字便贅，今削之。

(二) 眉批：諸本俱云『你休固辭，那些個養親之志』，欠妥，今改。

(三) 眉批：諸本俱『丹桂』，今改作『蘭桂』，方切子孫之意。

(四) 眉批：諸本俱云『他戀着被窩中恩養，捨不得離海角天涯』，不惟猥俗非父口中語，且對亦不整。

(五) 眉批：諸本『守着鳳幃』，『着』字便贅，削之。

【前腔】（蔡婆）他意兒只要供甘旨，又何曾貪那歡娛？純孝應不在及第，功名須當聽天與。(一)（生）娘言句句説得是，哭望爹行權且聽取。（蔡公云）娘言的是，父言的非？你敢戀新婚，逆父志麽？（生）望蒼天，叩上帝，須鑒蔡邕不孝的情罪！

（蔡公怒云）我教你去赴選，也只圖改換門閭，光耀祖宗。你却七推八阻，有許多説話！（生云）孩兒豈敢多阻？只慮爹娘年老，無人奉事。有許多憂恐難言的事，不便對爹娘講也。(二)（蔡公云）你説在家朝夕奉養就是孝？這個孝却小。若論大孝，須要立身行道，顯親揚名，方是大孝。你趁此青年，一舉成名，方遂得我爲父的教子之心。（蔡婆云）講甚麽大孝小孝？老年之人，得兒子出入扶持，早晚飲食，寒把衣來穿，饑把飯來喫，便是孝道。(三)（蔡公云）婦人并無遠見，孩兒不要聽他。（蔡婆云）老漢不想後事，孩兒不要聽他。(四)（張公云）你兩個老人家不要争辯，秀才只管前去。但一得了功名到手，便

(一) 眉批：諸本云『曾參純孝，何曾應舉及第』，太着相。又云『功名富貴天付與，天若與不求而至』，意雖道於【太師引】牌名長短句。

(二) 眉批：諸本白俱生説『爹娘無人侍奉，萬一有些差池，一來人道兒子不孝，撇了父母，只圖功名；二來人道爹爹所見不達，只有一子，叫他遠離』。差池之説，豈忍出口？而『只恐人道』，意亦不是。今改語含蓄，無限意思甚是。

(三) 眉批：諸本此處白語亦太煩蕪，且公婆所言多出不祥之語，今一切削改，甚是。

(四) 眉批：諸本此中蔡婆有引證許多語，委瑣不祥，不堪聽，兹並削之。

速速回家奉養雙親，慎勿淹留，最爲全美。(一)（生云）卑人懇告太公，雖然順承嚴命而去，其實放心不下。親老家貧，媳婦女流，家中凡事全賴太公周濟。倘得寸進，自當啣環之報。（太公云）既係鄰居，義關一體，秀才只管放心前去。老員外老安人之事，卑老自當應承看管，不消掛慮。

【三學士】（生）謝得公公意甚美，凡事仗託扶持。假饒一舉登科日，難道是雙親未老時？只恐錦衣歸故里，未審桑榆景何如。(二)

【前腔】（蔡公）萱室椿庭衰老矣，指望你改換門閭。倘若得官回來，三牲五鼎供朝夕，絶勝似啜菽飲水時。果是錦衣歸故里，(三)一家歡忭更何如。(四)

【前腔】（蔡婆）一旦分離掌上珠，我這老景憑誰語？忍將父母饑寒苦，(五)博將孩兒名利歸。

(一) 眉批：諸本張太公只是促伯皆之行，是體其父之意而全不會其子之情。今改始而作商量語，必不得已而囑其得意早歸，得之矣。

(二) 眉批：此套末句『故里』下，諸本俱云『只怕雙親不見兒』，此不祥之語也，豈人子所忍出口？今改『未審桑榆景何如』，更婉而渾。

(三) 錦衣歸故里：原作『錦大歸改里』，據文義改。

(四) 眉批：此套末句諸本俱云『我死，一靈兒終是喜』，何出語不祥至是？今改云『一家歡忭更何如』，雖不切後日之事，却自優暢。

(五) 眉批：諸本俱云『憑誰告』，大欠通。今改『語』字。諸本俱云『饑寒死』，今改『苦』字，在此方妥。

縱然錦衣歸故里，叫我們眼下將何如？(一)

【前腔】(張公)托在鄰家相依倚，自當效些區區。你十年窗下無人問，望一舉成名天下知。若不錦衣歸故里，空帶儒冠獨何如？(二)

(公)急辦行裝赴試闈，(生)父親嚴命怎敢違？

(婆)一舉首登龍虎榜，(張)十年身到鳳凰池。(三)

第四摺　送行囑別

【謁金門】(旦)春夢斷，臨鏡綠雲撩亂。聞道才郎遊上苑，又添離別嘆。(生)苦被爹行逼遣，脉脉此情何限。(四)(合唱)骨肉一朝輕拆散，(五)可憐難捨拚。(六)

(一)　眉批：此套末句諸本俱云『補不得名行虧』，亦通。今改『叫我眼下將何如』，尤切。

(二)　眉批：此套諸本俱以張公所唱置在蔡婆前，殊失次序，今易之。此套末句諸本俱云『誰知你讀萬卷書』，亦通。今改『空戴儒冠獨何如』，更雅。

(三)　眉批：每段下場詩句多俚，似不必用，然今亦録之，以便俗眼耳。

(四)　眉批：有本『脉脉』作『嘿嘿』，然『脉脉』屬意緒，若『嘿嘿』則屬言詞矣。

(五)　眉批：京本、閩本『成拆散』，不若徽本『輕拆散』。

(六)　眉批：閩本『難捨難拚』，京本云『難捨拚』，從古本也。

（旦云）官人，雲情雨意，雖可抛兩月之夫妻；雪鬢霜鬟，更不念八旬之父母？功名之念一起，甘旨之思頓忘，是何道理？（生云）膝下遠離，豈無眷戀之心？堂上逼催，不聽分剖之意。咳！教卑人如何是好？（旦云）官人，我猜着你了。

【忒忒令】（旦）你讀書思量去佐皇堂，(一)我只怕你學疏才淺。（生云）那見我學疏才淺？（旦）只是《孝經》《曲禮》，早忘了一段。(二)（生）這個那曾忘了？（旦）却不道夏清與冬温，昏須定，晨須省，親在遊怎遠？(三)

【前腔】（生）我哭哀哀推辭了萬千，（旦云）張太公如何說？（生）他意蒸蒸特地來相勸。(四)（旦云）你不去時，也須由你。（生）將我甚罪，不由人分辨。（旦云）罪你甚的？（生）他道我戀新婚，逆親言，貪妻愛，不肯去赴選。

(一) 眉批：從來諸本俱是云『思量做狀元』，然伯皆漢人也，既託爲漢事，漢無狀元名，自唐以後始有之，兹《傳》中欲更易狀元，事緒爲妥。俗本俱於此中夾白，有『水望低流人望高』之語，俚甚。

(二) 眉批：有俗本『忘却一半』，大不通。

(三) 眉批：閩本『親在高堂，兒遊怎遠』，不似引《曲禮》語。今依古本，無『高堂』『兒』三字。

(四) 眉批：諸本俱云『鬧炒炒』，徐文長作『意蒸蒸』，何等雅飾？今從之。諸本皆云『抵死來相勸』，今改『特地相勸』更好。

【沉醉東風】（旦）你爹行見得好偏，只一子不留在身畔。[一] 官人，公婆在堂上，我和你再去説。（生云）你去説得轉也好。怎麽又不在堂上去説？（旦云）我若去説時節，他又道奴不賢，要將伊迷戀。這其間，教人怎不悲怨？[二]（合）爲爹淚漣，爲娘淚漣，何曾爲着夫妻上掛牽？[三]

【前腔】（生）做孩兒節孝怎全？做爹行不從幾諫。（旦云）你爲人子，不得恁地埋怨。[四]（生）非是我敢埋怨，只愁他影隻形單，我一去有誰來看管？（合前）

（生云）爹媽來了，想是送我起程。娘子，且揾着眼淚。

【臘梅花】（蔡公、蔡婆）孩兒出去在今日中，爹爹媽媽來相送。但願汝功名得路步蟾宫。[五]（蔡公云）萬里未爲遠，十年歸非遲。同在乾坤内，何必嘆别離？孩兒，怎麽還不起程？（蔡婆云）家中别無二人，止有一個媳婦，如何不要分付幾句？老奴，怎的趲得恁忙？（生云）孩兒只等張太公來，將爹娘托付與他，他應承早晚看管，庶可放心前去。（張公上科）伏劍對尊酒，恥爲遊子顔。所志在功

[一] 眉批：『又』字今作『只』，不是。

[二] 眉批：『悲怨』今作『埋怨』，便與下白相反。

[三] 眉批：掛：一作『意』，亦通。

[四] 眉批：諸本作『埋冤』，大不通，今改作『埋怨』方是。

[五] 眉批：因漢無科舉狀元事，故上套改云『佐皇堂』，此處改『桂枝高攀』，但『步蟾宫』亦可通用耳。

名，離别何足嘆。（生云）卑人出去，並無親人；雙親年老，媳婦孤身。家中事體，全賴扶持；多有欠缺，望乞周濟。卑人決不忘恩，自當重報。（張云）受人之托，必當終人之事；況義關一體。昨日已曾許諾，決不食言。（生云）多謝公公金言，就此拜辭爹娘前去。（一）

【園林好】（生）兒今去，爹媽休得意懸，兒今去半年便還。（二）但願得雙親康健，須有日拜堂前，須有日拜堂前。

【前腔】（蔡公）我孩兒不須頻頻掛牽，（三）我孩兒將來貴顯。（四）若得你名登高選，須早把信音傳，須早把信音傳。

【江兒水】（蔡婆）膝下嬌兒去，堂前老母單，臨行密密縫針綫。眼巴巴望着關山遠，冷清清倚定門兒盼。（五）（生云）母親且自寬懷。教我如何消遣？要解愁煩，須是頻寄音書回轉。

（一）眉批：將原舊白削其煩冗，簡其切要。

（二）眉批：諸本俱『今年便還』，似大死煞，況詞中『今』字太多。

（三）眉批：加『頻頻』兩字，方與上【園林好】第二句稱。

（四）眉批：諸本皆云『只望孩兒貴顯』，與上套長短句法俱參差不稱。《記》中以後諸折多有牌名，一例而語法參差不愜者，此皆東嘉欠檢飾處，今略爲整頓字句似是。

（五）眉批：閩本『倚定門兒遍』，不通。

【前腔】（旦）妾的衷腸事，惟積有萬千，（一）説來又恐添縈絆。（背唱）六十日夫妻恩情斷，（二）八十歲父母誰看管？（三）（生云）娘子這般怨我？　教我如何不怨？（合前）

【五供養】（張公）貧窮老漢，隣家事體相關。（四）　此行雖勉强，不必恁留連。（生私對張公云）父母獨自在堂，實難放心。（張公）你爹娘早晚間吾自當陪伴。（五）（生悲科）（張公）丈夫非無淚，不灑別離間。（六）（生云）若是別妻子，應不灑丈夫之淚，今日別父母，怎麼不灑孩兒之淚？　骨肉分離，寸腸割斷。

【前腔】（生）吾家可憐，（七）雙親望你周全。此身倘際遇，（八）自當效啣環。（旦挽生背云）你此去

（一）眉批：古本有『惟積』二字句，方與上稱，近本皆無之。

（二）眉批：『六十日』句的宜背唱，若於公婆前唱，大不便。有本作老旦唱，恐破碎。

（三）眉批：諸本『教誰看管』，多一『教』字便對不整，且詞中『教』字亦太多矣。

（四）眉批：諸本云『托在鄰家』，與下句作兩語，便與下套不稱。

（五）眉批：有本『吾當』作『吾專』，太着。『自』字是今增。

（六）眉批：『別離間』下加生白數語，甚肖男兒口嘴，且接下『骨肉』句有神。

（七）眉批：諸本皆云『公公可憐』，欠通，今改『吾家』。

（八）眉批：諸本皆云『還貴顯』，『還』字與下句不關，而『貴顯』字眼詞中在多，今改『倘際遇』。

便就放得下家中的事體？ 爲孩兒也枉然，(一)自己爹娘，教別人看管。此際情何限，偷把淚珠彈。（生云）你淚珠兒休彈於公婆身上，反添公婆之悶；只彈在俺丈夫身上，見你一點的孝心。(二)（合前）

【玉交枝】（蔡公）別離堪嘆，(三)我心中非不痛酸。非爹行苦要拆散，圖孩兒後來榮顯。（蔡婆）門外車馬路途長，堂上椿萱時光短。(四) 未知何日再圓？ 未知何日再圓？

【前腔】（生）雙親衰倦，望娘行着意侍看。(五) 飢時勸他加餐飯，寒時須頻與衣穿。（旦）我做媳婦事舅姑，不待言；你做孩兒離父母，當早還。(六)（合前）

(一) 眉批：諸本『有孩兒也枉然』，『有』字是對父母的話頭，今改『爲』字却好。此數語的宜背唱。

(二) 眉批：加生此語，便覺情至。

(三) 眉批：諸本『別離休嘆』，與下句意不貫，今改『堪嘆』。

(四) 眉批：諸本俱云『蟾宮桂枝須早扳，北堂萱草時光短』，今玩改科目狀元事，則凡涉科第中語，俱不便甚用，故皆依傍略改。

(五) 眉批：俗本俱云『你扶持看他年老』，然則公婆不甚老者，媳婦便不要侍奉乎？ 且句亦不整，今改爲是。

(六) 眉批：諸本俱云『離父母，何日還』，下句『又未知何如再圓』，豈應如此之重複乎？ 予嘗不足於《琵琶記》者，正謂其意太煩、語太複，情太苦令人慘，句太雜令人混，然卒相傳至今，以爲詞壇首稱，何也？ 兹以意改削，似不嫌於操戈。

【餘文】(一)(蔡公)功名寧可直向前，(蔡婆)歸計宜早，莫使老娘凝望眼。(生拜别爹娘云)此去高堂各一天，惟願老親年年健。(又拜别張公云)傍鄰里，望周全。(又囑旦云)你寧可將我來埋怨，莫把我爹娘冷眼看。

(旦云)官人便自就去了，料他必然轉步來，奴家還有許多苦情、苦情要對他説，不免送至南浦，以盡衷腸。(二)(生復上科)

【犯尾引】(旦)懊恨别離輕，悲豈斷絃，愁非分鏡。只慮高堂，風燭不定。(三)(生)腸已斷，欲離未忍。淚難收，無言自零。(合唱)共留戀，天涯海角，只在須臾頃。

【犯尾序】(旦)無限别離情，兩月夫妻，一旦孤另。(四)官人，你此去經年，望迢迢玉京思省。(生云)娘子，莫不是慮着山遥水遠？(旦)奴不慮山遥水遠，(五)(生云)莫不是慮着衾寒枕冷？(旦)

(一) 眉批：歷考舊本，此處【川撥棹】二套，然所説者只是云何日到家，雙親年老及教人淚漣等語。前已疊説矣，何容復贅？且舊【餘文】云『生離遠别何足嘆』，語皆可笑，今并削之。

(二) 眉批：增改此白語，接下【犯尾引】唱，甚有理，且此處關目必須如此。

(三) 眉批：『絃』字、『鏡』字、『燭』字相照。

(四) 眉批：京本作『孤另』，閩本作『孤零』云。旦折第三句結字俱平，生折第三句結字俱仄，各自有格。俗唱『一旦孤冷』，非是。

(五) 眉批：水遠：有一本作『路遠』者，便入俚。

奴不慮衾寒枕冷。只慮公婆没主，一旦冷清清。

【前腔】（生）我何曾，想着那功名？（旦云）你既不想功名，如何又去？欲盡子情，難拒親命。娘子，我今年老爹娘，望伊家看承。畢竟，你休怨朝雲暮雨，且爲我冬温夏凊。〔一〕思量起，如何割捨得眼睁睁？

【前腔】（旦）你儒衣纔換青，〔二〕快着歸鞭，早辦回程。十里紅樓，休戀着娉婷。叮嚀，不念我芙蓉帳冷，也思親桑榆暮景。〔三〕（聞朋友相呼科）蔡兄，衆伴等待久矣，快與尊嫂相别而行。（生外顧云）諸兄略停些，還有一句家事，祝付了便行。（旦）咳！我頻囑付，知他記否？〔四〕空自語惺惺。

【前腔】（生）你寬心須待等，我肯戀花柳，甘爲萍梗？（旦云）恐一時未得歸，且寄音書回來。（生）只怕萬里關山，那更音信難憑。須聽，没奈何分情破愛，誰下得虧心短行？（生云）我和你年少之人，自有相見日子，只爹娘是年老之人，未知我去後何如？娘子，愛惜我爹娘，就是愛惜我卑人此身一般，倘得高堂之上保全無事，蔡邕叩謝蒼天，感戴娘子之恩亦不淺矣。（旦云）如今朋友同伴等君

〔一〕眉批：且爲我：一本作『暫爲我』，一本作『只替我』，一本作『爲着我』，俱不如。

〔二〕眉批：『纔』字當改作『若』字爲是。

〔三〕眉批：『親』字當改作『那』字爲妙。

〔四〕眉批：必增插此白，旦方背唱『頻囑付』，不然，所唱不似對面語。『頻』字一本作『親』字，不如。

久矣，官人且自揾着淚眼早行。(一) 從今後，相思兩處，一樣淚盈盈。

（旦云）奴家再三所囑者兩事： 頻寄音書，早辦回程。（生云）只恐身逐外方，回程不得自由； 又恐關山阻隔，音書實難寄轉。（旦云）思量這等起來，可不愁殺人也！(二)

【鷓鴣天】（生、旦）萬里關山萬里愁，一般心事兩般憂。（生）高堂暮景應難保，（旦）客館風光敢久留？(三)（生下）（旦唱）他那裏，謾凝眸，正是馬行十步九回頭。歸家只恐傷親意，閣淚汪汪不敢流。(四)

纔斟別酒淚先流，郎上孤舟妾倚樓。
片帆漸遠頻回首，一種相思兩處愁。(五)

(一) 眉批：今增此白，蓋體後日之事來説，此乃人情之所必慮處，不可不説出。若以前在父母當面必不可説，故以前曲白中所改語意無不停當，觀者當詳玩之。加此插白，宛如婦人口語。

(二) 眉批：新增此白語，皆體後來之事來説而隱隱不露，妙！妙！

(三) 眉批：諸本皆『桑榆暮景』對下『客館』不得，且『桑榆』字眼前已疊見矣，今改『高堂』爲是。京本、閩本皆『怎久留』，徽本『敢久留』，『敢』字更佳，今從之。

(四) 眉批：俗唱『不斷流』，不通。

(五) 眉批：此詩即不必用亦可。李卓吾云《琵琶記》原説情處太盡，正以其太盡，少遜《西厢》也。

第五摺　登程赴選(一)

【滿庭芳】(生)飛絮沾衣，殘花隨馬，輕寒輕煖芳辰。江山風物，偏動別離人。(二)回首高堂漸遠，嘆當時恩愛輕分。傷情處，數聲杜宇，客淚滿衣襟。(三)【前腔】(末)萋萋芳草色，故園人望，(四)目斷王孫。謾憔悴郵亭，誰與温存？(丑、净)聞道洛陽近也，還又隔幾座城闉。澆愁悶，解鞍沽酒，同醉杏花村。

(生)千里鶯啼緑映紅，(丑)水村山郭酒旗風，(净)行人如在畫圖中。(末)不暖不寒天氣好，或往或來旅人逢，(合)此時誰不嘆西東？(末)我四人萍水相逢，即是一家，請各通姓名，以敍同逢之雅。(生)小生姓蔡，字伯喈。(末)小生姓李，字群玉。(末)小生姓落，字得嬉。(丑)小生姓常，字白將。(末)且在此歇息片時，講些學識，説些情懷。請問列兄學識何如？(生)坐則讀，行則吟，窮年屹屹苦搜尋。

(一) 眉批：此間原本有《牛相訓女》一齣，予詳閲之，無甚趣味，今删抹之。只以《登程赴選》接《送別》齣，做去更好。

(二) 眉批：別離人：一作『別離情』，亦通。

(三) 眉批：此盡是思親淚也，最有本旨。以下凡生折皆寓思親意，是作者用情處。

(四) 眉批：『故園人望』，謂家中妻子之所望也。諸本作『入望』，焉有行途遠而故園又入望乎？觀下『郵亭』『誰與温存』，意相映可知矣。

文章驚世無敵手，盡是當年惜寸陰。（末）不將窮達付前緣，常把勤勞契上天。人事盡時天理見，才高豈得困林泉？（浄）小子讀書費力，每在螢窗講習。常念青春不再，那更白日可惜？熟讀《孝經》《曲禮》，博覽《詩》《書》《周易》。《春秋》諸子百家，篇篇義理紬繹。〔一〕皇堂若是用我，便做古今一大功績。（丑）小子言不妄發，寫字極有方法。先將好墨磨濃，次把純毫蘸着。推開浄几明窗，展舒錦箋繡札。不問真草隸篆，寫出都是法帖。大字粗如庭柱，小字細似頭髮。〔二〕早間寫個八字，忘了一撇一捺。（末）列兄學識都高，且問情懷何如？（衆）蔡兄如何沉吟不語？（丑）待小子先説我的情懷。我們寵愛幾個小厮，今爲遠涉，帶不得同來。我想起來：背腹相交與正濃，前途豈似後庭紅？想殺我也！（浄）小子交游兩名妓，今爲遠涉，帶不得同來。我想起來：一雙兩好真難得，千嬌百媚皆自然。想殺我也！想殺我也！（末）小生新娶妻房，甚是得意，今爲遠涉，實難割捨。（衆）娶了幾多時？（末）完姻三年矣。（衆）三年之久，又説新娶？（末）情結三年，别在一日。佳期聯素枕，香夢遶重衾，因此掛念。（衆）敢問蔡兄何獨無言？（生）堂有八旬之親，家無一介之侶。霜鬟杳杳，望斷白雲之舍；風燭茫茫，難禁紅淚之絲。（衆）既然如此，兄不該來。（生）嚴君有治命，孝子無違言。

〔一〕眉批：諸本『紬繹』句下云『前日行到學中，夫子潛自叫屈』，此是何説話？今改之。

〔二〕眉批：諸本於『頭髮』句下云『王羲之拜我爲師，歐陽詢見我唬殺』。王，晉人也；歐陽，唐人也。不便，今削之。

（衆）且自銷遣是好。㈠

【八聲甘州歌】（生）衷腸悶損，嘆路途千里，日日思親。青梅如豆，難寄隴頭音信。高堂已添雙鬢雪，客路空瞻一片雲。（合唱）途中味，客裏身，争如流水繞柴門？㈡休回首，欲斷魂，數聲啼鳥不堪聞。㈢

【前腔】（末）風光正暮春，便縱然勞役，何必愁悶？緑陰紅雨，征袍上染惹芳塵。雲梯月殿圖貴顯，水宿風餐敢厭貧？㈣（合唱）乘桃浪，躍錦鱗，一聲雷動過龍門。榮歸去，緑綬新，休教妻嫂笑蘇秦。

【前腔】（浄）誰家近水濱，見畫橋烟柳，朱門隱隱。鞦韆影裏，墻頭上露出紅粉。他無情笑語聲漸杳，㈤却不道惱殺多情墻外人。（合唱）思鄉遠，愁路貧，争如十度謁侯門？㈥行看

㈠　眉批：從來諸本無此白，今新增。從衆人之野情漸説到伯皆之孺慕，最爲有理有致，妙甚！妙甚！不然，則伯皆所唱之曲皆同侶之所不喻也。

㈡　眉批：『争如』句出漢姜肱辭聘語，有本改作『舊柴門』，不知來歷耳。

㈢　眉批：李卓吾批評此《記》，極賞此曲之妙。

㈣　眉批：貧，有本作『頻』，亦似通。然味末句意，則『貧』字爲是。

㈤　眉批：一本『杳』作『遠』，亦通。

㈥　眉批：一本『争如』作『肯如』，俱不甚通。

取，朝紫宸，鳳池鰲禁聽絲綸。

【前腔】（丑）遥瞻霧靄紛，想洛陽宫闕，行行將近。程途勞倦，欲待共飲芳樽。垂楊瘦馬莫暫停，只見古樹昏鴉棲欲盡。〔一〕（合唱）天將暝，日已曛，一聲殘角斷樵門。尋宿處，行步緊，前村燈火已黄昏。〔二〕

（生云）昭代以四科取士，〔三〕始終不變。（衆）四科者，那四件也？（生）賢良方正，明經茂才，此四者兼備，則取爲第一名，留陞學士之職，以編修國史。但卑人此時念在高堂，無心乃此矣。此樣功名，俱讓與列兄爲之。（衆）我們一路上來，聞知郡縣所選舉賢良方正，首有蔡兄名字，但看進京入試明經茂才兩科何如。夫以蔡兄之學，蔡兄之才，決然高選。（生云）若是功名不就，尚得抽身早歸。雖不能顯親之名，尚得以遂養親之志。萬一姓名入選，未免有所稽遲；可憐我爹娘在家懸懸而望。

【餘文】（衆）且向人家，忙投奔，解鞍沽酒共論文，今夜雨打梨花深閉門。

〔一〕眉批：諸本皆『棲漸盡』，不若徽本『棲欲盡』妙，今從之。

〔二〕眉批：李卓吾云此折説旅途夕陽之景，最妙。

〔三〕眉批：四科終漢世不變，漢之取士，猶有鄉舉里選之遺意焉。蔡邕漢人也，既假作漢人事，又安得用科目狀元之名？況邕曾修漢史，則牛相假此羈邕，又遂婚女之志，豈不甚妙？世豈有狀元婚相府而遂終身不得一歸乎？故删去『選場』及改各折登科説話，妙甚！添出此白語，語與下意有關會。

第六摺　臨妝感嘆

【破齊陣引】(旦)翠減蛾眉不掃,香銷鴨鼎塵罏。夢帳雲閒,頹楹月冷,動是離人愁思。(一)目斷天涯雲山遠,親在高堂雪鬢疏,緣何書也無?

〔古風〕明明匣中鏡,盈盈曉來妝。憶昔事君子,雞鳴下君床。臨鏡理笄總,隨君問高堂。一旦遠別離,鏡匣掩青光。流塵暗綺疏,(二)青苔生洞房。零落金釵鈿,慘淡羅衣裳。傷哉憔悴容,無復蘭蕙芳。有懷淒以楚,有路阻且長。妾身豈嘆此,所憂在姑嫜。念彼猖猱遠,(三)眷此桑榆光。願言盡婦道,遊子不可忘。勿彈綠綺琴,絃絕令人傷。勿聽《白頭吟》,哀音斷人腸。人事多錯迕,(四)羞此雙鴛鴦。奴家自嫁與蔡伯皆,方纔兩月,遽爾別離。年老公婆在堂,奴家獨自應承。一來要成丈夫之名,二來要盡媳婦之道,朝夕奉養,盡心竭力。正是:天涯海角有窮處,此心此情無盡時。(五)

(一) 眉批:從來諸本皆云『翠減祥鸞羅幌,香銷寶鴨金罏。楚館云閑,秦樓月冷』,此是大富貴人家方説得,窮秀才之家安得言此?李卓吾非之甚當,然未之改也。今略改之,如此近是。

(二) 眉批:綺疏:窗櫺也。一本作『練紗』,大非。

(三) 眉批:猖猱:即心猿字意,出佛經。

(四) 眉批:『錯迕』字出杜詩,一本作『錯違』者,未知來歷也。

(五) 眉批:『天涯』二句,晏同叔詞。

【風雲會四朝元】（旦）春闈催赴，同心帶綰初。嘆《陽關》聲斷，送別南浦，早已成間阻。謾羅襟淚漬，謾羅襟淚漬，和那瑟兒塵埋，被兒羞鋪。寂寞窮窗，蕭條蓬户，（一）空把流年度。嗏，瞑子裏自尋思，（二）妾意君情，一旦如朝露。君行萬里途，妾心千般苦。（三）君還念妾，（四）迢迢遠遠，也須回顧。（五）

【前腔】（做臨鏡梳頭科）朱顏非故，緑雲懶去梳。奈畫眉人遠，傅粉郎去，（六）鏡鸞羞自舞。把歸期暗數，把歸期暗數，只見雁杳魚沉，（七）鳳隻凰孤。緑遍汀洲，又生芳杜。空自思前事，嗏，你日近帝王都。（八）芳草斜陽，教我望斷長安路。君身豈蕩子，妾非蕩子婦。其間就裏，

（一）眉批：諸本皆云『寶瑟塵埋，錦被羞鋪』，又『瓊窗朱户』，皆説了富貴人家之事。今改换字面，方覺妥當。

（二）眉批：瞑子裏：猶云暗地裏。

（三）眉批：妾心：有本作『妾受』，又作『妾身』，此時尚貧未甚也，作妾心爲是。此出京本。諸本皆云『萬般苦』，今改『千』字對上方工。

（四）眉批：『還』字一本作『若』，亦通。

（五）眉批：『須』字一本作『索』，亦通。

（六）眉批：諸本『傅粉人去』，閩本『郎』字。

（七）眉批：『只見』二字未穩，似當易。

（八）眉批：諸本『日近』上無『你』字，今增『你』字，與下文『教我』『我』字相照，甚妙。

千千萬萬，有誰堪訴？

奴家每日清晨起來臨鏡梳洗之後，忙向高堂問寢；問寢之後，忙備茶湯，以供公婆朝膳。朝膳之後，又忙預備夕餐。兩個年老之人，又恐他身上衣單受冷，又恐他行步傾跌，我這一點心兒，時時不敢放閒；也只是爲媳婦的道理當然，丈夫那裏知得我如此？（一）

【前腔】輕移蓮步，向堂前問舅姑。食缺須進，衣綻須補，要行須與扶。奈西山景暮，奈西山景暮，教我倩着誰人，傳語我的兒夫。你身上青雲，只怕親歸黄土，我臨别也曾多囑付。（二）嗏，那些個意孜孜，但恐十里紅樓，（三）貪戀着他人豪富。夫，你雖然忘了奴，也須念父母。苦！無人説與，（四）這淒淒冷冷，怎生辜負？

丈夫，丈夫，功名可以復求，父母實難再得。獨撇下兩個皤皤的老人，與一個煢煢的妻子，諒你心下也是過不得的。我想起世間應試的士子，無如我丈夫之孤；世間持家的婦人，無如我趙氏之苦。（五）

（一）眉批：舊無此白，今增之，方見其事舅姑之勞。此與下唱相關。

（二）眉批：『多』字一本作『親』字，不如。

（三）眉批：諸本俱『只怕十里紅樓』，上已有『只怕』文法，此易以『但恐』二字爲是。

（四）眉批：『無人説與』句上『猜着』『誰人』『傳語』，意疊了，似當易。

（五）眉批：新增此白，最婉盡，且與下所唱意協。

【前腔】文場選士，紛紛都是才俊徒。少甚麽鏡分鸞鳳，都要去榜登龍虎，偏是他將奴誤。也不索氣蠱，也不索氣蠱，既受托了蘋蘩，有甚推辭？索性做個賢妻孝婦，(一)也落得名標青史，今日呵，不枉受了這閒悽楚。(二)嗏，俺這裏自支吾，休得污了他的名兒，左右與他相回護。丈夫，你便是腰金衣紫，也須記得釵荊與裙布。(三)苦！滿腸愁緒，(四)堆堆積積，宋玉難賦。

回首高堂日已斜，遊人何事在天涯。
紅顔勝人多薄命，莫怨東風當自嗟。

第七摺　覓婿定婚

（牛府院子上）大道書樓御苑東，玉闌朱户閉簾櫳。金鈴犬吠梧桐月，朱鬣馬嘶楊柳風。我家老爺爲朝

(一) 做：原闕，據汲古閣刊本《繡刻琵琶記定本》補。
(二) 眉批：諸本俱「受了些閒凄楚」，豈止「些」乎？今易以「這」字爲當。
(三) 眉批：玩此「釵荊裙布」之語，則前面「錦被」「瓊户」「寶瑟」「金爐」「秦樓」等語信宜改矣。觀者詳之。
(四) 眉批：諸本皆云「一場愁緒」，便與「堆積」意不協，今改「滿腸」方妙。

廷賢科試事，這幾日久留省中，未曾回府。聞得試事已完，相公一定回來，小人只得在此伺候。(一)

【齊天樂】(外)鳳凰池上歸來環珮，(二)袞袖御香猶在。棨戟門前，平沙堤上，何事車填馬隘？星霜鬢改，怕玉鉉無功，赤舄非材。回首庭前，淒涼丹桂好傷懷。(三)

下官職掌朝綱，總理軍政，親傍天衣，位極人臣。奈庭桂蕭條，竟虧趨鯉之兒；乃閨蘭榮秀，尚乏乘龍之選。單生一女，年已及笄；屬爲求配，至今未定。昨日在朝奉詔徵賢，見賢良方正二科俱是蔡邕名字，我想這人莫可作我家東床？但看明經、茂才這兩科是何人居首。昨日已分付部官將這兩科子細校閱，(四)若部中所取明經、茂才仍是蔡邕名字，則此人真可以女妻之矣；今且喚女兒出來相見。

【花心動】(小姐)幽閣深沉，問佳人，爲何懶添眉黛？繡綫日長，圖史春閒，誰解屢傍妝臺？絳羅深護奇葩小，不許蜂迷蝶猜。笑鎖窗，多少玉人無賴。(五)

(一) 眉批：此係新更，於事理更妥。

(二) 眉批：一本首句無『來』字，不是。

(三) 眉批：此《記》從來設《文場選士》及《杏園春宴》作狀元及第事，然後《官媒議昏》《奉旨招婿》，中間事體煩冗，其各折詞調亦并無佳語，今既謂漢朝無狀元，止是四科取士，則牛府之贅只是討得一『才郎』更是。此後各折中俱無狀元名字，只以學士代之。

(四) 眉批：必如此方是。蓋天下焉有爲當朝宰相而於試事不與者乎？此皆出槃薖館中，甚爲得體。

(五) 眉批：『笑鎖窗』二句當是惜春、老母所唱，蓋小姐出見父親，春、母二人當隨之。

爹爹萬福！（外）孩兒免禮！ 我這幾日不曾家來與你相見，且問你在繡閣鎮日習何女工？（小姐）孩兒在繡閣之中，香幃之内，確守清規，勤尊姆訓。早則拈針挑繡，俺自家繡出蓮花之譜； 夜則焚香祝天，爲爹行祝禱喬松之壽。（外）孩兒，你松筠節操，蘭蕙襟懷，真是淑女，可配君子。奈星橋之路未轉，使月殿之姿常孤。爲父者以此掛懷，朝夕未安也。（小姐）但願得高堂無恙，此事且待從容。（卒子報上）（外）女兒且自回避。（小姐下）（卒報云）今早賢科已謁，明經、茂才兩科俱是蔡邕名字第一。（外）此人既列四科之首，定授學士之職，吾家快婿必招此人爲是。但恐其家有眷屬，不得久居京城。倘成親之後，帶我女兒回去，則老身孤矣。我想起來，前日聖上聞我有女無子，深爲憐憫，我且表奏朝廷，請聖旨招贅蔡學士爲婿，他決不敢違背。且舉薦他編修國史，工夫浩煩； 國史十年未完，則他十年不得言歸。一則爲朝廷得賢學士，二則爲門楣得好女婿，豈不兩全？ 豈不兩全？(一)

縹緲紗窗映霧烟，深沉華屋鎖嬋娟。
屏間孔雀有人中，幕内紅絲自此牽。

(一) 眉批： 改舊本從來之事，以其便於漢制也； 改舊本從來之語，蓋除煩猥而從事體切要上做也。按： 蔡邕曾修漢史，因附董卓，後刖足居獄以終其事，卒而未終，其女蔡琰成之。此處不徒云奉旨招婿，而且以修史一事羈之，最爲近理。

第八摺　遇荒乞食

【憶秦娥先】（旦）長吁氣，自憐薄命相遭際。〔一〕暮年姑舅，薄情夫婿。

夫妻纔兩月，一旦成分別。没主公婆甘旨缺，幾度思量悲咽。家貧先自艱難，那堪不遇豐年。恁的千辛萬苦，蒼天也不相憐。自兒夫去後，遭此饑荒；况兼公婆年老，朝不保夕，教奴家如何應奉？婆婆日夜埋怨公公，不合使兒出去；公公又不伏氣，〔二〕只管與婆婆鬥争。奴家豈忍聞之？只得將好言寬心勸解。

【憶秦娥後】（公）孩兒一去無消息，雙親老景難存濟。（老旦扯外耳科）難存濟，不思前日，强教孩兒出去？〔三〕

（老旦）老奴，你强逼孩兒去赴選，今日餓得好，餓得好。（公云）我也只圖孩兒去求取功名，不想家中遭此年荒；也是命運安排，你如何恁地怨我？（老旦）若得孩兒在家區處，也不至此狼狽。你餓死是自好。

〔一〕眉批：『際』字□本作『濟』，非是。

〔二〕眉批：伏氣：今作『不伏善』，非是。

〔三〕眉批：此中有公婆鬧炒之詞【金索掛梧桐】牌三套，其情雖切至，而語俱悲煩，今盡删之，直接『乞官糧』折去自好。

討得，如何連累我遭此苦？（旦）公婆且自息怒，待媳婦去區處，以奉公婆一時的口食。（老旦）媳婦，你是女流，那裏去區處？你的衣釵首飾前幾日已典賣盡了，此後將如何過活？（旦）近聞得官府開義倉賑濟，容媳婦去請些官糧來奉公公婆婆，你兩個老人家權且寬心是好。（旦扶蔡公蔡婆入科）（旦又做出門科）

【搗練子】[一]（旦）嗟命薄，嘆年艱。含羞忍恥向人前，猶恐公婆懸眼望。

路當險處難迴避，事到頭來不自由。奴少居閨門，豈識外面的世事人情？今日聞官司放糧濟貧，只得前去請些稻子，以救公婆之命。（下）

【普賢歌】[二]（義官）親承朝命賑饑荒，躍馬揚鞭到此方。（里正接科）（官云）起去。疾忙開義倉，支與百姓糧，從實支收休要謊。

叫里正將支收簿册來查有。（里正遞簿册科）

【吴小四】[三]（丑）肚又饑，眼又昏，家私没半分，子哭兒啼不可聞。聞知相公來濟民，請些官糧去救貧。

[一] 眉批：諸本原折有里正、社長曲白，皆煩猥難堪，今俱削之。

[二] 眉批：此三套内原本白皆煩猥，今一一爲改削。

[三] 眉批：此與下套似亦可删，然必存此者，以見糧之盡而趙來之晚也。

（官問）你家實有幾口？（丑）小人夫妻兩口，孩兒兩口。（官云）支四口糧與他。（丑）多謝！多謝！

【前腔】（浄）嘆連朝，饑怎忍？家中有五六人。㈠前日老婆典了裙，今日媳婦又賣裩，幸遇官司來賑貧。㈡

（官問）你家實有幾口？（浄）兒子兩個，媳婦兩個，帶我與婆子共六口。（官云）支六口糧與他。（浄）多謝！多謝！（旦上跪科）（官云）婦人姓甚名誰？也來此請糧？（旦云）奴家趙氏，公公蔡從簡，婆婆秦氏，家有三口。（官云）你丈夫在那裏去了，要你婦人家來求濟？㈢

【普天樂】（旦）兒夫一去留都下，只有年老爹和媽。（官云）你有弟兄没有？（旦）兄和弟更没一個。㈣（官云）既没有兄弟，誰承看你的爹媽？（旦）承看盡是奴家。（官云）這般說起來，好苦。（旦）歷盡苦，誰憐我？（官云）只是你婦人家也不合出閨門。（旦）到如今，㈤怎説得個不出閨門的清平話？（官云）左右，可支三口糧與這婦人去。（左右云）倉空糧盡，没有了。（旦哭科）若無糧，

㈠ 眉批：有本作『八九人』，太説大了。

㈡ 眉批：有本云『恰好遇』，亦通。

㈢ 眉批：此處删煩節要，最有理。

㈣ 眉批：還是『弟和兄』方韻協。

㈤ 眉批：諸本無『到如今』三字，今加之，覺氣接。

我不敢回家。（官云）怎麽不敢回家？（旦）豈忍見公婆受餒？天！嘆奴家命薄，直恁摧挫。[一]

（官云）婦人且起來站住，叫里正。官倉積穀，緣何虧折了許多？剛纔賑濟了幾個饑户，倉中便没有了。都是你這里正、社長常年作弊，以致如此空虚。你可從實招來。補起稻穀，以實倉廪。權且去家中拿三口之糧，打發這婦人去；若不取來，活活敲死你！（里正）老爺不必用刑，小人情願去備些稻穀來，把與這婦人。（官云）婦人，你可攜此稻穀，以快求救你公婆。（旦云）多謝賑濟之恩。（官下）（旦云）公婆在堂懸望，不免速速回家，將此米糧，辦些粥飯，與公公婆婆充饑。（旦忙行，里正攔住科云）[二]方纔不是你來苦苦哀告官，也不要我賠償倉糧。你今所攜的稻穀是我責老小責家私的，快把還我！（旦云）里正官人，休要用强；可憐奴家艱辛！[三]

【鎖南枝】（旦）兒夫去，竟不還，公婆兩人都老年。自從昨日到如今，不能彀一餐飯。（里正）你公婆没飯喫，也不干我事。（旦）奴請糧，他在家懸望眼。念我年老公婆，做方便。[四]

[一] 眉批：此處問答皆詳明，俱照舊本爲是。

[二] 攔：原作『欄』，據文義改。

[三] 眉批：此白俱從舊本上删其煩冗之句，方覺便看。

[四] 眉批：此一板内一本有里正唱云『潑賤賤，聽我言，聲聲叫我行方便』等句，其語皆猥鄙不堪聽，并删之。東嘉原本亦無此。

（里正）這個時年，怎麼做得方便？快把還我。

【前腔】（旦）鄉官可憐見，這是我公婆命所關。若是必須奪將去，寧可脱下衣裳，就與鄉官換。（旦脱裙科）（里正）不要你的衣服，你身上寒冷。（旦）寧可使奴身上寒，只要與公婆救殘喘。

（里正）聽你説，你都是孝心，我不問你取也罷。你去，你去。（旦云）如此，多謝！多謝！（里正虚下躲科，旦做速行，里正上推倒旦奪去科）

【前腔】（旦）奪將去，(一)真可憐，公婆望奴不見還。縱然他不深罪我，我做媳婦成何幹？(二)他忍飢添我夫罪愆，教奴怎見得我夫面？

這等不能奉養公姑，到不如早死爲安。此間有一口古井，不免投井而死也罷。

【前腔】（旦）將身赴井泉，思量左右難。我丈夫當時分散，(三)叮嚀囑付爹娘，教我與看管。苦！我死却他形影單，夫婿與公婆，可不兩埋怨？

【前腔】（張公）旱蝗歲，荒歉年，官司把糧來給散。遠遠見一個女人，煢煢在那裏頻嗟嘆。

(一) 眉批：諸本作『搶將去』亦通。京本作『奪』。

(二) 眉批：諸本皆云『縱他不埋怨，道我做媳婦的有何幹』，又是埋怨矣。今如下所改爲是，且『埋怨』二字下折又重疊了。

(三) 眉批：『時』字當作『年』字更好。

待向前子細看，呀！却原來是趙五娘也。且問你，在此有何幹？（一）

（旦云）奴家聞官司給散義倉，去請些糧米，以奉公婆。誰想里正作弊，倉中没有稻穀。謝得那官着里正賠些與奴家；來到半途，被里正搶去。奴家也羞回來復見公婆，尋個自盡，不如投井而死。（張公云）五娘休要如此。

【前腔】（張公）我聽你説這言，恨殺那强梁徒，昧心漢。（二）你且不須憂慮，我也請得些官糧，和你兩下分一半。（旦）這是公公請的，奴家如何敢受得？（張公）你休辭推，莫棄嫌，且將回，權做兩厨飯。

（旦）如此，多難爲太公。（張云）説那裏話？當初伯皆臨行，將爹娘囑付老夫，不幸值此荒歲，老夫無如奈何。今日豈肯我自温飽，坐視你家饑寒？你且擕歸。

【洞仙歌】（旦）家中無倚依，（三）靠着奴此身。只要救公婆，豈辭多苦辛？空把珠淚揾，可憐

（一）眉批：從來諸本俱是作趙將投井，遇着蔡公出來方止。夫蔡公老年，當此饑歲，豈復能出在路途？不若做撞遇張太公更是。故從原曲中略爲改竄，將那蔡公所唱語盡削去。

（二）眉批：諸本俱是云『罵那廝鐵心腸，昧心漢』，今改作『强梁徒』更好。諸本又作張公欲去趕打里正，趙止之，此亦不必。

（三）眉批：諸本俱云『家私没半分』，不免重前丑所語。

此日貧，(一)這苦、這苦説不盡。

第九摺　成名議姻

【高陽臺】（生）夢遶親闈，(二)愁深旅邸，那堪音信遼絶。淒楚情懷，怕逢淒楚時節。重門半掩黄昏雨，(三)奈寸腸此際千結。守寒窗一點孤燈，照人明滅。當時輕散輕别。嘆玉簫聲杳，庾樓明月。一段愁煩，翻成兩下悲咽。枕邊萬點思親淚，伴漏聲到曉方徹。鎖愁眉，慵臨青鏡，頓添華髮。

鰲頭可羡，須知富貴非吾願。雁足難憑，没個音書寄此情。田園將蕪，不知松菊猶存否？光景無多，争奈椿萱老去何？自家爲父命所强，(四)來此赴選，得報賢科第一，除授學士之職，此已非吾意也。昨又聞得牛太師表奏朝廷，令我修完國史；且太師欲以愛女婚我，爲羈旨之計。(五)天呵！那知我的父

(一)眉批：諸本皆云『誰憐饑與貧』，『誰』字礙張公分糧意。飢即是貧，奈何又説『饑與貧』？《記》中多有此語，大欠檢飭。此【洞仙歌】有兩折，不必。

(二)眉批：夢遶：一本作『夢遠』，大訛。

(三)眉批：『雨』字一本作『月』，不惟重韻，且不便於歌。

(四)眉批：有本作『父母所强』，未斟酌。

(五)眉批：此從新改之意煉成白語，正自切當。

母在家安否何如？ 我的妻室奉事爹娘何如？ 心下十分縈係，恨不得插翅一到故園，以爲就養之計也。（院子報云）稟相公得知，牛太師親奏朝廷薦修國史，侍立螭頭之班； 招爲門婿，早中雀屏之選。雙喜并臻，千載奇逢，恭賀！ 恭賀！(一)（生云）你且起去。（背云）雖出太師雅意，實非下官初心。 親恩未報，説甚麼鷺序鴛班？ 淑配已宣，又何求鸞儔鳳侶？

【勝葫蘆】（末）特奉皇恩賜結婚，來此特把芳訊傳。（丑）若是仙郎肯與諧姻眷，(二)一場好事，管取今朝便團圓。

（末云）小子是牛府差來的，請學士爺爺。（丑云）老婢是牛爺府，慣做官媒，與學士爺爺議親。（合云）我兩人奉天子之洪恩，領太師之嚴命，望乞聽從，有許多好處。

【高陽臺】（生）宦海沉身，京塵迷目，名韁利鎖難脱。目斷家山，空勞魂夢飛越。（丑云）學士是攀龍貴客，小姐是落雁芳姿，正是一對佳偶。（生）閒聒，(三)閒藤野蔓休纏也。俺自有正兔絲，親瓜葛。(四)是誰人無端調引，謾勞饒舌？

(一) 眉批：必先院子報知，然後接牛府所差之人，亦是步驟。

(二) 眉批：徽本作『諧繾綣』，亦通。

(三) 眉批：京本作『閒話』，不若『聒』字爲韻。

(四) 眉批：一本『親瓜葛』上有『和那』二字，今從古本削之，更捷。

【前腔換頭】（末）閥閱，紫閣名公，黃扉元宰，三槐位裏排列。金屋嬋⿰女肅，嬈嬈那更貞潔。（丑）歡悅，秦樓此日招鳳侶，遣妾們特來執伐。（一） 望君家慇懃首肯，早諧結髮。

【前腔換頭】（生）非別，千里關山，一家骨肉，教我怎生拋撇？ 妻室青春，那更親鬢垂雪。（丑云）老相公見你這樣青年秀士，（二）方把小姐招你，不必推故。（生）差迭，須知年少自有人愛了，謾勞你嫦娥提挈。 滿皇都豪家無數，豈必卑末？

【前腔換頭】（末）不達，相府尋親，侯門納禮，兀自拒他不屑。（三） 繡幕奇葩，春光正當十八。（丑）休撇，知君是個折桂手，留此花待君來攀折。（四） 況親奉丹墀詔旨，非我自相攛掇。

【前腔換頭】（生）心熱，自小攻書，從來知禮，忍使行虧名缺？ 父母俱存，娶而不告須難說。悲咽，門楣相府雖要選，奈戾寥佳人，實難存活。（丑云）小姐國色天姿，絕世佳人，休要錯過。（五）（生）縱然是花容月貌，怎如自家骨血？

（一）眉批：諸本皆云『遣妾每』，『每』字雖即『們』字之解，却不便，今只『們』。
（二）眉批：俗本有白云『小姐見你青年』，殊非體。
（三）眉批：拒他不屑：一本作『與他相絕』，不似。
（四）眉批：『君』字下加一『來』字，便氣活。
（五）眉批：諸本白云『小姐生得十分美貌』，太俚，今改之。

【前腔換頭】（末）迂闊，他勢壓朝班，威傾京國，你却與他相別。只怕他回天轉日，那時須有個缺裂。（丑）虛設，夜静水寒魚不餌，笑滿船空載明月。(一) 下絲綸不愁無處，笑伊村殺。

（生云）你兩個休得在此多言，我自有分辨處。

【餘文】（生）明朝金闕，辭官、辭婚，歸家奉親心便悦。（丑、末）只怕聖旨不從你空自説。

第十摺　上表陳情

【北點絳唇】（末）夜色將闌，晨光欲散，把朱簾捲。移步丹墀，擺列着金龍案。(二)

自家是漢朝中一個小黄門是也。往來紫禁，侍奉丹墀。領百官之奏章，傳一人之命令。如今天色漸明，正是早朝時分，官家升殿，臣僚將來奏請，只得在此伺候。（内問）怎見得早朝時分？（末云）但見得銀河清淺，珠斗斕班。數聲角吹落殘星，三通鼓報傳清曙。銀箭銅壺，點點尚有九門寒漏；瓊樓玉宇，聲聲已聞萬井晨鐘。曈曈朦朦，蒼茫紅日映樓臺；拂拂霏霏，青葱瑞烟浮禁苑。裊裊千尋玉掌，幾點瀼瀼露未晞；澄澄萬里璇空，一片團團月初墜。三唱天雞，共傳紫陌更闌；百囀流鶯，報道上

(一) 眉批：笑滿船：一作『嘆滿船』，未是。

(二) 眉批：此處原本有【混江龍】一枝，其詞亦可。但既頌白語之長，又首以唱詞之多，令觀者苦煩。況此時以引起伯皆奏事耳，何事多贅此閒語？東嘉亦於此處演筆力而已，故今削其曲而録其白。

林春曉。五門外碌碌刺刺，車轂碾得塵飛；　六宮裏嘔嘔啞啞，樂聲奏如鼎沸。只見那建章宮、甘泉宮、未央宮、長楊宮、五柞宮、長秋宮、長信宮、長樂宮，重重疊疊，盡開了三關金鎖；　又見那昭陽殿、金華殿、長生殿、披香殿、金鑾殿、麒麟殿、太極殿、白虎殿，隱隱躍躍，都捲上了繡箔珠簾。半空中忽聽得一聲轟轟的如雷如霆，震耳鳴梢響；　合殿裏只聞得一陣氤氤的非烟非霧，撲鼻御爐香。縹縹渺渺，紅雲内雉尾扇遮着赭黄袍；　深深沉沉，丹陛間龍鱗座覆着彤芝蓋。左列着森森嚴嚴的羽林軍、祁門軍、控鶴軍、神策軍、虎賁軍，花迎劍佩星初落；　右列着濟濟蹌蹌的金吾衛、龍虎衛、拱日衛、千牛衛、驃騎衛，柳拂旌旗露未乾。金間玉，玉間金，烱烱爍爍神仙儀從；　紫映緋，緋映紫，整整齊齊文武官僚。螭頭陛下，立着一對嬈嬈嬌嬌，花容月貌，繡鸞袍，鴛鴦靴的奉引昭容；　豹尾班中，擺着一對端端正正，銅肝鐵膽，白象簡，獬豸冠的糾彈御史。拜的拜，跪的跪，那一個敢挨挨拶拶縱喧嘩？升者升，下者下，那一個不欽欽敬敬依禮法？但願得常瞻仙仗，聖德日新日新日日新；　今且與共拜天顔，聖壽萬歲萬歲萬萬歲。從來不信叔孫禮，今日方知天子尊。道猶未了，見一個奏事的官人早來。(一)

【點絳唇】(生)月淡星稀，建章宮裏千門曉。御爐烟裊，隱隱鳴梢杳。忽憶年時，問寢高堂

(一)　眉批：此白駢麗可誦，但其中有疊字太多、語法太長者，略删其一二，以便臺上之展誦也。此中多用漢事，甚好。不免間唐句，尚俟再酌。

早。(一)雞鳴了，悶懷縈抱，(二)此際愁多少？

不寢聽金鑰，因風想玉珂。今朝有封事，數問夜如何。(三)自家爲父母在堂，故上表辭官，回去侍奉。如今天色已明，這是午門外廂，不免從此進去。（末）奏事官搢笏。

【神仗兒】（生）揚塵舞蹈，揚塵舞蹈，仰瞻天表，(四)見龍鱗日耀。咫尺重瞳高照，遥拜着赭黄袍，遥拜着赭黄袍。

【滴漏子】（生）臣邕的，臣邕的，荷蒙皇朝。(五)臣邕的，臣邕的，拜還紫誥。（末云）學士莫不是嫌官卑？（生）念邕非嫌官小，奈家鄉萬里遥，雙親年老。(六)干瀆天威，萬乞恕饒。（末云）學士，吾乃黄門，職掌奏章，有何文表，就此披宣。（生跪科）

(一) 眉批：此處待漏，忽入『問寢高堂』句，甚妙！

(二) 眉批：諸本皆『悶縈懷抱』，不若『悶懷縈抱』。

(三) 眉批：『不寢』四句，杜少陵詩也。

(四) 眉批：諸本皆作『遥瞻天表』，予以『遥』字太多，不若改『仰』字。

(五) 眉批：諸本皆云『聖朝』，今改『皇』字，借對下『紫』字。

(六) 眉批：諸本皆云『雙親又老』，夫此之辭表皆專爲雙親之故而又之説，則反成滯話而本意輕矣，今改『年』字爲是。

【入破第一】學士臣蔡邕啓：[一] 今日蒙恩旨，除臣爲史臣之職，重蒙賜婚牛氏。干瀆天威，臣謹誠惶誠恐，稽首頓首。伏念微臣，初來有志，誦詩書，力學躬耕修己，無志貪榮利。[二] 事父母，樂田里，初心願如此而已。不想州司，謬取臣邕充試。到京畿，豈料蒙恩，叨居上第。

【破第二】重蒙聖恩，婚賜牛氏女。臣草茅疏賤，如何當此隆遇？況臣親老，一從別後，光陰有幾。[三] 廬舍田園，荒蕪久矣。

（末云）親老在堂，諒必家中有人奉事，學士不必憂慮。

【衮第三】（生）臣親老鬢髮白，[四] 筋力皆癯瘁。形隻影單，無兄弟，誰奉侍？況隔千山萬水，生死存亡，雖有音書難寄。最可悲，他甘旨不供，我禄食有愧。[五]

（末云）聖上作主，太師聯姻，這也是千載奇遇，學士不要看左了。

[一] 眉批：從來諸本皆稱『議郎臣蔡邕』，亦『除臣爲議郎之職』，今改學士、史臣，以顧前段所改之意也。

[二] 眉批：諸本俱『不復貪榮利』，『不復』字意未妥，今改『無志貪榮利』，得之。

[三] 眉批：京本、閩本作『光陰又幾』，古本『有幾』，『有』字更好。

[四] 眉批：京本『但臣親老』，閩本『況臣親老』，『但』字、『況』字皆欠妥，今并削之。

[五] 眉批：諸本皆『食禄』，今改『禄食』更雅。

【歇拍】(生)不告父母,怎諧匹配? 臣又聽家鄉裏,遭水旱,遇荒饑。多想臣親,必做溝渠餓鬼,未可知。怎不教臣,悲傷垂涕?(一)

(生哭科)(末云)此非哭泣之處,學士且自收淚,不得驚動天顔。

【中衮第五】(生)臣享厚禄掛朱紫,(二)出入承明地。惟念二親寒無衣,饑無食,喪溝渠。憶昔先朝朱買臣守會稽,司馬相如持節旋歸。

【煞尾】(生)他遭遇聖時,皆得回鄉裏。臣何故别父母,遠鄉閭,没音書,此心違? 伏望陛下特憫微臣之志,遣臣歸,得侍雙親,隆恩無比。

【出破】(生)若還念臣有微能,鄉郡望安寘。庶使臣忠心孝意得全美,臣無任瞻天仰聖,激切屏營之至。(三)

(末云)元來如此苦情。吾當轉達天聽,學士可在午門外俟候聖旨。(生起科)

【神仗兒】(生)揚塵舞蹈,揚塵舞蹈,見祥雲縹緲,想黄門已到。料應重瞳看了,多應是念我

(一) 眉批: 諸本皆『悲傷淚垂』,不若『涕』字爲韻。

(二) 眉批: 一本作『紆紫衣』,亦通。今從古本。

(三) 眉批: 必須申出此意,方見曲盡。近梨園家不達,槃薖碩人玩至此,不覺流涕嘆曰: 李生《陳情表》不過是! 東嘉可謂體貼大到。

私情烏烏。顒望斷九重霄，顒望斷九重霄。（生云）黄門已將我奏章傳達，未知聖意允否？不免乘間禱告天地一番。〔一〕

【滴漏子】（生）天憐念，天憐念，蔡邕拜禱。雙親的，雙親的，死生未保。天那！可憐恩深難報。一封奏九重，知他聽否？〔二〕爹娘呵，俺和你會合分離，都在這遭。（生云）黄門進去多時，怎的不見回報？想必是官家准了。天那！若能彀回家奉事父母，〔三〕蔡邕何須做官爲貴？（末奉詔同二昭容上）

【前腔】今日裏，今日裏，學士進表。傳達上，傳達上，重瞳看了。（生云）看了如何説？（末）道太師昨日先奏，把乘龍女婿招，多少是好？（生云）黄門大人莫不是哄我？（末）見有玉音傳降聽剖。

奉天承運，皇帝詔曰：孝道雖大，終於事君；王事多艱，豈遑將父？咨爾蔡邕，經緯才華。允宜學士之科；議論精宏，合居史館之職。尚當懋供厥位，不得固爲推辭。其所議婚姻之事，可曲從師相之

〔一〕眉批：有本無此白，接下唱不得。
〔二〕眉批：『他』字未穩，尚思再更。
〔三〕能：原闕，據汲古閣刊本《繡刻琵琶記定本》補。

請，上增蘭省之光，下成桃夭之化。欽予時命，虔爾乃心。謝恩。[一]（生云）黄門大人，蔡邕父母在念，情願不做官；妻孥在家，誓志不再娶。煩爲我再去奏知官家。（末云）學士好不知禮體！聖旨既出，誰敢違背？（生云）黄門大人既不去爲再奏，待我自去拜還聖旨何如？（末云）你如何去得？（生哭科）

【啄木兒】（生）我親衰老，妻幼嬌，萬里關山音信杳。他那裏舉目淒淒，俺這裏回首迢迢。他那裏望得眼穿兒不到，俺這裏哭得淚乾親難保。閃殺人一封丹鳳詔。[二]

【前腔】（末）你何須慮，不用焦，人世上離多歡會少。大丈夫當萬里封侯，肯守着故園空老？畢竟事親事君一般道，人生怎全忠和孝？却不見母死王陵歸漢朝？

【三段子】（生）這懷怎剖？望丹墀天高聽高。[三]這苦怎逃？望白雲山遥路遥。

【前腔】（末）你做官與親添榮耀，高堂管取加封號。與他改換門閭，偏不是好？

【歸朝歡】（生）寃家的，寃家的，苦苦見招，俺媳婦埋怨怎了？[四]饑荒歲，饑荒歲，怕他怎

㈠　眉批：此詔語删改原詞，頓整句法。

㈡　眉批：元本做『悶殺人』，亦通。

㈢　眉批：一本『丹墀』作『丹陛』，亦好。

㈣　眉批：『俺媳婦』句亦須重説，方稱各語。

熬？俺爹娘終不成做了溝中餓殍？·(一)

【前腔】(末)學士，譬如四方多征調，從軍遠戍沙場草，也只是爲國忘家怎憚勞。

家鄉萬里信難通，争奈君王不肯從。情到不堪回首處，一齊分付與東風。

十一摺　强婚成配

【剔銀燈】(牛氏)忒過分爹行所爲，但强索全不顧人議。背飛鳥硬求來諧比翼，隔墻花强攀來做連理。姻緣，還是怎的？我待要對爹爹説呵，婚姻事女孩兒家怎題？·(二)好笑我爹爹定要將奴家招贅蔡學士爲婿，他既不從，也索罷了，緣何苦苦要他成就這段姻緣？奴家又不便把這事兒與爹爹講。(三)(惜春云)往常間題葉無緣，閒情空逐桃花水，今日的東茅有士，喜氣重增

(一)眉批：諸本俱云『怕不做』，今查元本，『終不成』更好。

(二)眉批：從來諸舊本此謂《金閨愁配》，單爲一齣，今覺《記》中煩齣太多，故移此枝於前，隨即接以成婚事體，自覺停妥。

(三)眉批：諸本舊白此處多蕪詞，今删改之。

荇菜風，小姐可不歡喜也？（小姐云）你休得胡言，我方不喜俺爹爹强事此事。(一)

【大迓鼓】（惜春）非干是你爹意堅，只怕春花秋月，誤你芳年。況兼那人兒才貌真堪羡，又是閬苑群中第一仙。故把嫦娥，付與少年。

【前腔】（牛氏）姻緣雖在天，若非人願，(二)到底埋冤。料想赤繩不曾綰，多應他無玉種藍田。休把嫦娥，强與少年。

（内做院子呼科）惜春姐，聽説目今聖旨久下，命以小姐招贅蔡學士成婚，今日老相公分付，惜春可催小姐梳妝，以候佳期。（惜春云）小姐且自理會。（同下）

【金蕉葉】（生上）愁多怨多，(三)俺爹娘知他怎麽？擺不脱功名奈何？送將來姻眷怎躲？(四)

（末見科）學士爺爺，今日牛爺選定這吉期與小姐完姻，特命小人來請。（生摇頭科）

【三換頭】（生）名韁利鎖，先是將人摧挫。況鸞拘鳳束，甚日得到家？我也休怨他。這其

(一) 眉批：諸舊本此處有【桂枝香】二折曲，今觀其詞調不甚雅，且既移合此折與『愁多怨多』一折，和《成親》齣作一起，則此處亦不得多贅，故削此【桂枝香】二折，止用【大迓鼓】二折也。觀者宜以舊本及此新改本詳參，方見此改掇之宜。

(二) 眉批：諸本作『若非人意』。

(三) 眉批：有本作『恨多怨多』，恨與怨同愁在我、怨在人，今從古本『愁多』爲是。

(四) 眉批：此折舊諸本俱以媒婆議親耳，『再報』另爲一折，殊覺鄙俚可厭。今掇在此處與『成親』合一齣，殊妙。

間，只是我，不合來，長安看花。悶殺我爹娘也，淚珠空暗墮。這段姻緣，也是無如之奈何。㈠

（末云）鸞臺濃妝，鵲橋初駕，佳期近也，請學士爺爺速赴。（生云）你且先行，我自理會得。咳！此事怎麼是好？欲待堅執不從，上逆了天子之命；欲待勉强而赴，遠忘了父母之恩。太師，太師，你非愛我之才，實以喪我之德。爹娘，爹娘，生兒子如此，不如無兒子更好。五娘，五娘，我和你南浦叮嚀，一旦付之流水也。奈何！奈何！㈡（内做卒子攢科）牛府裏太師爺爺等候已久，請學士爺快赴佳宴。㈢

（生下）

【傳言玉女】（外）燭影瑶紅，簾幕瑞烟浮動，畫堂中珠圍翠擁。妝臺對月，下鸞鶴神仙儀從。玉簫聲裏，一雙鳴鳳。

今日與小姐畢姻，筵席安排完否？（末云）㈣安排齊備了。屏開金孔雀，㈤褥隱繡芙蓉。獸爐烟裊，蓮臺絳蠟吐春紅。廣設珊瑚席子，高把珍珠簾捲，環列翠屏風。人間丞相府，天上蕊珠宫。錦遮圍，

㈠ 眉批：此處舊本俱有丑唱一折曲，今既移掇，如此作法則不必矣，今削之。
㈡ 眉批：加此白語，見蔡生此時躊躇之意、怨恨之情，最妙。
㈢ 眉批：前白促小姐之妝，此處促蔡生之赴，增此關目，何等兩妙！
㈣ 末：原作『來』，據汲古閣刊本《繡刻琵琶記定本》改。
㈤ 孔雀：原作『雀孔』，據汲古閣刊本《繡刻琵琶記定本》改。

花爛熳，玉玲瓏。繁絃脆管，歡聲鼎沸畫堂中。簇擁金釵十二，座列三千珠履，談笑盡王公。正是：門闌多喜氣，女婿近乘龍。（外云）學士來未？（院子云）望見一簇人馬，想是學士來到。〔一〕（生上）

【女冠子】（生）馬蹄篤速，傳呼齊擁雕轂。（外）金花帽簇，天香袍染，丈夫得志，佳婿坦腹。〔二〕（生、外相見科）（外云）學士才高八斗，況步萬里青雲。（生云）師相位列三台，垂名一代黃閣。（外云）久慕芳名，今日始得坦東床之腹。（生云）自愧朽賤，此時那堪充東閣之英？（外云）小女聰慚咏雪，蒹葭得遂倚玉之歡。（生云）下官心切望雲，茅衡何心於貯金之遇？（外云）不必過謙，且自登筵。（生云）既承佳命，只得仰從。（外云）惜春，扶小姐出來與學士拜堂。〔三〕（小姐出來科）

【前腔】（小姐）妝成聞喚促，又將綵扇重遮，羞蛾輕蹙。（惜春、老母同執掌扇上科）這姻緣不俗，金榜題名，〔四〕洞房花燭。

〔一〕眉批：此白悉依舊本，凡諸本皆同。

〔二〕眉批：坦腹：吴本作『乘龍』，非韻。

〔三〕眉批：諸本皆無此白，今兩下相見，加此白，殊覺氣度雍容。且牛相皆尊敬之歡詞，而蔡答寓不悦之微意隱隱露，大妙！大妙！

〔四〕眉批：既依改作學士不作狀元，則『金榜題名』句及下『扳桂步蟾宫』句宜俱改矣。但《琵琶記》中之曲入俗吻已久矣，既吾一旦改科目作漢世之四科、改狀元作學士，亦特可爲知者道也。如知漢史，則必以予所改爲是，不然，則且有唐突西子之誚。今仍『金榜』『蟾宫』等語，聊以便俗耳，非槩藹碩人定本之志也。倘此改本久傳之後，當自有喻者。

（祝禮人上云）禀相公，告廟。（末云）維大漢泰平年，團圓月，和合日，吉利時，嗣孫牛某，有女及笄，奉新旨招贅新學士蔡邕爲婿。以此吉辰，敢申虔告。告廟已畢，請學士小姐交拜。竊以禮重婚姻，玆實人倫之大；義當配偶，爰係宗祧之承。既告於廟，當拜於堂。泰山巍巍，顯冰清玉潔之盛；河洲關關，洽琴瑟鐘鼓之好。寶爐前祥烟裊裊，飛出一對鴛鴦；花燭下巨焰煌煌，翔來幾個鳳凰。拜禮已周，請各把酒。（一）

【畫眉序】（生）攀桂步蟾宫，（二）豈料絲蘿在喬木。詎書中今朝有女如玉，堪觀處絲幕牽紅，只因是荷衣掛緑。（衆唱）這回好個風流婿，偏稱洞房花燭。（三）

【前腔】（外）君才冠天禄，我的門楣稍賢淑。看相輝清潤，瑩然冰玉。光掩映孔雀屏開，花爛熳芙蓉茵褥。（四）（合前）

（一）眉批：此白從舊本删潤，亦佳。

（二）眉批：『宫』字古本作『窟』，似韻而不雅，今按調字法，宫、拱、貢、谷，『宫』字轉入『谷』字始得。

（三）眉批：諸本『喜書中』，夫此事非蔡邕之喜也，大戾本旨。有本作『信書中』，略通，今予改『詎』字，則活矣。諸本『恰正是荷衣穿緑』，今改『只因是』方是邕之意。『這回』二句的宜作衆唱，如首套作邕自唱，豈有自説好風流乎？大不通。此處生之關目宜作鬱狀，而衆以『這回』二語樂生方是。此檠薖碩人之極體貼處也，觀者尚思之。

（四）眉批：有本『芙蓉茵褥』反對『屏開』，亦通。

【前腔】（小姐）頻催少膏沐，金鳳斜飛鬢雲簇。(一) 喜逢他蕭史，愧非弄玉。清風引珮下瑶臺，明月照妝成金屋。（合前）

【前腔】（惜春、老母）湘裙展六幅，(二) 似天上嫦娥脱塵俗。(三) 喜藍田今已種成雙玉。風月賽閬苑三千，雲雨笑巫山二六。(四) （合前）

【滴溜子】（生作背唱）謾説道姻緣事，果諧鳳卜。細思之，此事豈吾意欲？有人在高堂孤獨。可惜新人笑語喧，不知道舊人哭。兀的東床，難教我坦腹。

（衆做覷聽生唱科云）當此大喜事，學士緣何有許多不足之意？(五)

【鮑老催】（衆唱）翠眉謾蹙，赤繩已繫夫婦足，芳名久註婚姻牘。(六) 學士，空嗟怨，枉嘆息，休推縮。(七) 畫堂富貴如金谷，休戀故鄉生處樂，受恩深處親骨肉。

(一) 眉批：諸本皆『鬢雲矗』，今依古傳作『簇』。

(二) 眉批：展：一本作『顫』，不必。

(三) 眉批：諸本皆云『絳塵俗』，如此分明指相府爲塵俗矣，今改作『脱』方妙。

(四) 眉批：二六乃十一峰也，俗唱『六六』，何解？且對上『三千』不得。

(五) 眉批：增此白語最妙。

(六) 眉批：諸本俱云『已註』，今改『久』字，好。

(七) 眉批：諸本皆云『休摧挫』，大不通。有本作『推故』，亦非是。吴本作『推縮』，儘愜韻，今從之。

【滴滴金】（衆唱）金猊寶鼎香馥郁，銀海瓊舟泛醽醁，輕飛綵袖呈嬌舞。囀鶯喉，歌麗曲，歌聲斷續，持觴勸酒人共祝。人共祝，百年夫婦永和睦。〔一〕

【鮑老催】（衆唱）意深情篤，文章富貴珠萬斛，天教艷質爲眷屬。似蝶戀花，鳳棲竹。男兒有書須勤讀，書中豈但是黄金屋，又豈止是千鍾粟？〔二〕

【雙聲子】（衆唱）郎多福，郎多福，看紫綬黄金束。娘萬禄，娘萬禄，看花誥紋犀軸。兩意篤，兩意篤。如花簇，如花簇。〔三〕紋鸞綵鳳，兩兩相逐。

【餘文】郎才女貌真不俗，占斷人間天上福，百歲姻緣萬事足。〔四〕

〔一〕眉批：俗唱『永諧和睦』，加一『諧』字，不必。

〔二〕眉批：諸本此處『書中自有黄金屋，也自有千鐘粟』於本意大不協，今改『豈但是』『豈止是』方不戾本旨。

〔三〕眉批：此折内原本『福』字已多矣，今改『娘萬禄』，亦通。且舊本『豈非福』句不惟疊了『福』字韻，而語亦久老，今改『如花簇』。有一本『豈非福』改作『豈反目』，此際安得便用惡語？

〔四〕眉批：槃薖碩人云：此齣移掇前二段來，一見女之不敢强，一見生之不欲赴，正是鑄散金以成片，且覺體局關映之妙。至『攀桂步蟾宫』，以其只在『一』字、『二』字上，以見生之寓意。又在背唱、衆唱上關目，以見事之垂情，可謂改得全美矣。

十二摺　祝髮葬親(一)

【金玲瓏】(旦)饑荒先自窘，那堪連喪雙親？身獨自，怎支分？我衣衫都解盡，首飾没分文。無計策，只得剪香雲。

萬苦千辛難擺撥，力盡心窮，兩淚空流血。裙布釵荆今已竭，萱花椿樹連摧折。金刀盈盈明似雪，遠照烏雲，掩映愁眉月。一片孝心難盡説，一齊分付青絲髮。前日婆婆没了，已得張太公周給棺衾。現今靈柩在堂，尚未得歸土。今日公公又没了，無錢資送，難説又再去求告他。我思想起來，没奈何，只得剪下頭髮，向街頭賣幾貫錢，爲送終之用。咳！這頭髮值得幾文錢？也只是把他做個意兒，恰似教化一般。苦！不幸喪雙親，求人不可頻。聊將青絲髮，斷送白頭人。

【香羅帶】(旦)一從鸞鳳分，誰梳鬢雲？妝臺懶臨生暗塵，(二)那更釵梳首飾典無存也。頭髮，是我擔閣你度青春，如今又剪你資送老親。剪髮傷情也，怨只怨結髮薄倖人。

(一)　眉批：原本『咽糠』『嘗藥』二齣，非不見作者之情，至動觀者之必傷。第世間舉演梨園多是華堂樂事，而雙親繼没已爲太慘，況又以咽糠亡乎？今俱存而不論，止於『祝髮』齣内旦白表出公婆繼没緣故。若觀者必欲求備，則自有東嘉原本在，可尋而演也。

(二)　眉批：此『懶』字與『緑雲懶去梳』『懶』字相映，一本作『不』字，非雅。

【前腔】思量薄倖人，辜負奴此身。欲剪未剪，教我淚先零。(一) 我當初早披剃入空門也，做個尼姑去，今日免艱辛。 咳！只有我的頭髮恁般苦。少甚麼佳人的，珠圍翠擁蘭麝熏。呀！似這般狼狽呵，我的身死兀自無埋處，說甚麼剪頭髮愚婦人？(二)

【前腔】堪憐愚婦人，身單力窮。(三) 頭髮，我待不剪你呵，開口告人羞怎忍？ 我待要剪你呵，金刀下處應心𤻮。(四) 却將堆鴉髻舞鸞鬢，與烏鳥報答鶴髮親。教人道霧鬢雲鬟女，資送霜眉雪鬢人。(五)

（做用剪剪下科云）(六) 頭髮既已剪下，免不得將去貨賣。穿長街，過短巷，叫一聲賣頭髮。咳！麼軀以報公婆，是奴家所甘心，說甚麼頭髮足愛惜？只是借個時年，家家救死而不瞻，那裏有人來問買頭髮？

(一) 眉批：諸本『先淚零』，亦通。

(二) 眉批：『髮』『愚婦人』無亦通。今從京本。

(三) 眉批：諸本俱云『單身又貧』，不成句法，今改作『身單力窮』。

(四) 眉批：𤻮：俗作『疼』，亦通。

(五) 眉批：諸本『霧鬢雲鬟女』『霜鬢雪鬢人』，字眼何重疊也，今改之云云。

(六) 眉批：此處諸本俱有【臨江仙】數語云『連喪雙親無計策，只得剪下香雲。非奴苦要孝名傳，正是上山擒虎易，開口告人難』，此不惟重疊前後文可厭，而『上山』句成何話說？《記》中頗有此樣語，并宜削之。

【梅花塘】（旦）賣頭髮，買的休論價。念我受饑荒，囊篋無些個。丈夫出去，更堪連喪了公婆，（一）没奈何，只得剪下頭髮資送他。

呀！叫了這半日，怎的没有人來買？

【香柳娘】看青絲細髮，看青絲細髮，剪來堪愛，如何買也没人買？這饑荒死喪，這饑荒死喪，怎教我女裙釵，當得恁般狼狽？况連朝受餒，况連朝受餒，我的脚兒怎擡？其實難捱。（二）

（做跌倒復起科云）好苦也！

【前腔】往前街後街，（三）往前街後街，並無人采。我待再叫一聲賣頭髮，咽喉氣噎，無如之奈。我如今便死，我如今便死，暴露上屍骸，誰人與遮蓋？天！我到底也是個死的，將頭髮去賣，將頭髮去賣，賣了把公婆葬埋，奴便死何害？

（作倒地科）（張公上云）慈悲勝念千聲佛，造惡徒燒萬炷香。我纔到蔡公宅上，只那婆婆之柩在堂，那公公之屍在簣。可憐！可憐！相繼而亡，又不見那趙五娘在何處去了。俺慌忙來此，遠遠望見一個

（一）眉批：諸本『那堪憐』，『那』字不如『更』字好。連：原作『憐』，據汲古閣刊本《繡刻琵琶記定本》改。

（二）眉批：此處舊本辭雖不甚雅飾，却説情已到十二分矣，俱仍舊不改。

（三）眉批：往：一本作『望』，一本作『買』，俱非，只仍舊本爲是。

婦人跌倒在路傍，我不免近前去看是那個。呀！原來是五娘子。你手裏拿着甚的？爲何跌倒在此？（旦云）可憐！公公又過去了，爲無錢貲送，只得剪下自己頭髮，往街坊上賣。做個因由，求乞些文鈔，爲送終之用。（張公云）傷哉蔡公！苦哉五娘！你怎的不來和我家商量？（旦云）難爲公公已多，不敢啓齒。（張公云）說那裏話？你且回去，我自區處用度來與你。(一)

【前腔】（張公）你兒夫曾付託，你兒夫曾付託，我怎生違背？你無錢使用，我須當貸。你將頭髮剪下，將頭髮剪下，又跌倒在長街，都緣我之罪。(二)（合唱）嘆一家破壞，嘆一家破壞，否極何時泰來？淚膃滿腮。

【前腔】（旦）謝公公慷慨，謝公公慷慨，(三)把錢相貸，我公婆在地下相感戴。只恐奴身死也，恐奴身死也，兀自沒人埋。公公，誰還你恩債？(四)（合前）

（張公云）我前日有你公公疾危時節，你公公把拄杖一根與我，(五)分付以擊蔡郎之不子。你這是孝婦的頭髮，也是難得的，你也把來與我收藏。倘面見蔡郎，我把與他看，以責蔡郎之不夫。天下焉有這等的

(一) 眉批：從舊白，略加潤飾，始覺條悉。
(二) 眉批：一本作『我之過』。
(三) 眉批：一本『慷慨』作『可憐』，不是。一本作『錯愛』，不雅。
(四) 眉批：恐自己死無人報，此恩情可謂極矣。
(五) 眉批：補出『拄杖』句以吊末局之責脉，大局是賣髮，而尾句又要到頭髮上來說，最有意味。

兒子，日夕不回，音信不通； 雙親俱亡，一妻無靠。 痛哉！ 痛哉！ （旦云）泣謝，泣謝。（張公云）我還親自來看。[一] （下）

十三摺　弄絃寄悲

【一枝花】（生）閒庭槐影轉，深院荷香滿。 簾垂清晝永，怎消遣？ 十二欄杆，無事閒凭遍。悶來把湘簾展，夢到家山，又被翠竹敲風驚斷。

翠竹影搖金，水殿簾櫳映碧陰。 人静晝長無個事，沉吟，碧酒金尊懶去斟。 幽恨苦相尋，離别經年没信音。 寒暑相催人易老，悶心，却把閒愁付玉琴。 院子，將琴書過來。（末將琴書遞科）黄卷看來消白日，朱絃動處引清風。 炎蒸不到朱簾下，人在瑶池閬苑中。[二] 相公，琴書在此。（生云）院子，你與我唤那兩個學僮過來。（末叫科）（浄執扇丑執香上）

【金錢花】（丑、浄）自少承直書房，書房； 快活其實難當，難當。 只管打扇與燒香，荷亭畔，

[一] 眉批： 此亦舊白，但增飾得好。 有本旦披髮與張公，張公： 『我要這髮何用？』大不似長者感德語，且無關會。 槃薖碩人云： 李卓吾批點《琵琶記》，極愛《咽糠》《嘗藥》《祝髮》三齣之曲白，謂其情至而語苦，説出自然也。 予删《咽糠》《嘗藥》二折，蓋亦王裒廢《詩》之意，非敢顧削東嘉也。 然又存《祝髮》《土葬》二齣者，蓋無此則關會前後事體不切矣。 觀者其知之？

[二] 眉批： 『炎蒸不到』二句似不必，贅。

好乘凉。喫飽飯，上眠床。

（生執琴云）我先得此材於爨下，斲成此琴，即名焦尾。〔一〕自來此間，久不整理。今日當此清凉，試操一曲，以舒悶懷。你三人一個打扇，一個燒香，一個管文書，休得熳誤。（衆云）領鈞旨。（生操琴科）

【懶畫眉】（生）强對南薰奏虞絃，不覺指下餘音不似前，〔二〕却些個流水共高山？呀！只見滿眼風波惡，似離別當年懷水仙。〔三〕

（净困掉扇科）（末云）告相公，打扇的壞了扇。（生云）背起打十三！那厮不中用，只教他去燒香。（净云）理會得。（衆作换扇科）

【前腔】（生）頓覺餘音轉愁煩，似寡鵠孤鴻和斷猿，又如别鳳乍離鸞。呀！只見殺聲在絃中見，敢是螳螂來捕蟬？〔四〕

（丑困滅香科）（末云）告相公，燒香的滅了香。（生云）背起打十三！那厮不中用，只教他去管文書。（丑云）理會得。（衆作换香科）

〔一〕眉批：得燒桐作焦尾琴，是蔡邕實事。
〔二〕眉批：諸本皆『只覺指下』，今改『不覺』便意長，且與上『强對』意相承。
〔三〕眉批：此三段須做情緒無聊之狀，其所云命打侍從，從之人俱無心，聊應耳。
〔四〕眉批：『殺聲』『捕蟬』亦是蔡邕實事。諸本皆云『敢只是』，『只』字安不着。

【前腔】（生）藍田日暖玉生烟，似望帝春心托杜鵑，好姻緣翻做惡姻緣。只怕眼裏知音少，爭得鸞膠續斷絃？

（末落文書科）（丑云）告相公，管文書的亂了文書。（生云）背起打十三！（小姐上科）（生云）左右，各自迴避，夫人來也。

【滿江紅】（小姐）嫩緑池塘，梅雨歇薰風乍轉。〔一〕瞥然見新涼華屋，〔二〕已飛乳燕。簟展湘波紈扇冷，〔三〕歌傳《金縷》瓊巵暖。炎蒸不到水亭中，珠簾捲。

（小姐云）相公元來在此間操琴。（生云）夫人，我當此清涼，聊假絲桐以寄悶懷。（小姐云）久聞相公高於此調，如何來到此間，杳然絶響？幸然遇此，請教再操一曲何如？（生云）夫人要操甚曲？我且彈《雉朝飛》何如？（小姐云）怎麼彈此無妻之曲？（生云）我且彈個《孤鸞寡鵠》何如？（小姐云）怎的彈此失意之詞？（生云）我且彈《昭君怨》何如？（小姐云）夫妻和美，説甚麼宫怨？相公，當此清夜，只彈個《風入松》好。（生做彈科）（小姐云）這彈錯了，乃是《思歸引》也。（生又做彈過科）（小姐

〔一〕眉批：『嫩緑池塘』當爲一句，『梅雨』當連下七字做一句，『歇』字微讀，歌者皆誤。

〔二〕眉批：坊本無『瞥然』二字，未善。

〔三〕眉批：湘波：一本作『湘紋』，亦通。

云)這又彈錯了，乃是《别鶴怨》也。相公，你如何恁地會差？莫不是欺侮奴家？(一)(生云)那有此心！只是這絃不中用。(小姐云)這絃怎的不中用？(生云)俺只彈得舊絃慣，這是新絃，俺彈不慣。(小姐云)既然如此，待奴家取繡閣上高掛起的舊絃與相公彈。(生云)不是，這個舊絃是往日下官所撇之舊絃也。(小姐云)這舊絃在那裏？(生云)這舊絃别下多時矣。(小姐云)爲甚撇下？(生云)只爲誤有新絃，至撇了舊絃。(小姐云)相公何不抛下新絃，去用那舊絃？(生云)我心裏豈不想那舊絃？只是新絃又抛不下！(小姐云)你新絃既抛不下，還思量那舊絃怎的？(二)我想起來，只是你心不在焉，有許多説話。(三)

【桂枝香】(生)危絃欲斷，(四)新絃不慣。舊絃再上不能，待撇了新絃難拚。我一彈再鼓，一彈再鼓，又被宫商錯亂。(小姐)相公敢是心變了？(生)非干心變，(小姐)你却爲何來？(生)這般好涼天。正此曲纔堪聽，(五)又被風吹别調間。

【前腔】(小姐)相公，你非彈不慣，只是你意慵心懶。你既道是《寡鵠孤鸞》，又道是《昭君宫

(一) 眉批：諸本於彈錯處皆説伯皆自言其錯，非也。見是小姐知音内之意而言其錯，妙。

(二) 眉批：兩下皆有意而言，兩下皆各各知之。

(三) 眉批：李卓吾批此白句句有味，今略爲增潤，尤妙。

(四) 眉批：京本作『舊絃已斷』，『已』字太煞了，從徽本『欲』字，妙。危者，乃欲斷而未斷之絃也，從『危』字亦妙。

(五) 眉批：『正是此曲』指何曲也？似當改之，姑存以俟。

怨》。那更《思歸》《別鶴》，《思歸》《別鶴》，無非愁嘆。(一) 相公，我看你心裏是想着甚麼？（生云）我不曾想着甚麼來。（小姐）(二) 相公，有何難見？(三) 你既不然，我今理會已得了。你道是除了知音聽，道我不是知音不與彈。

（生云）那有此意？（小姐云）這個也由你，我教惜春安排酒過來，與你消遣何如？（生云）我酒也懶飲，待去睡也罷。（小姐云）休阻妾意，也要飲一杯。惜春，將酒遞來。

【燒夜香】（惜春）樓臺倒影入池塘，綠樹陰濃夏日長，(四)（老母）一架荼蘼滿院香。（合唱）滿院香，和你飲霞觴。捲起珠簾，(五) 明月正上。

（小姐云）斟上酒來，奴家聊奉相公一杯，以銷此永日。

【梁州序】（小姐）新篁池閣，槐陰庭院，日永紅塵隔斷。碧欄杆外，寒飛漱玉清泉。(六) 只覺

(一) 眉批：句句映前白，亦有理。
(二) 小姐：原作『旦』，據上文改。下同改。
(三) 眉批：有一本無『有何難見』句，似此句必要。
(四) 眉批：一本『夏』字有『正』字。
(五) 眉批：『捲』字上有『傍晚』二字，皆通。『朱簾』有改作『簾兒』，殊不冠冕。
(六) 眉批：『寒』字一本作『空』，亦通。

香肌無暑，素質生風，小簾琅玕展。晝長人困也，好清閒，忽聽棋聲驚晝眠。(一)（衆唱）《金縷》唱，碧筒勸，向冰山雪檻排佳宴。(二)清世界，幾人見？

（生云）斟上酒來，聊奉酬夫人一杯。

【前腔】（生）薔薇簾箔，荷花池館，一陣風來香滿。(三)湘簾日永，香銷寶篆沉烟。謾有枕倚寒玉，扇動齊紈，怎遂黃香願？(四)（作悲介）（小姐云）相公爲何吊下淚來也？（生）猛然心地熱，透香汗，我欲向南窗一醉眠。（合前）

（小姐云）相公，你看雨陣南收，月輪東出，如此清景逼人，相公把心懷舒放些兒。(五)

【前腔】（小姐）向晚來雨過南軒，見池面紅妝零亂。漸輕雷隱隱，雨收雲散。只覺荷香十

(一) 眉批：『忽聽棋聲驚晝眠』，本東坡詞來，故閩本依之。今考京本，俱作『被』，兹從之。

(二) 眉批：京本『雪巘』，閩本『雪檻』，今從閩，亦通。

(三) 眉批：閩本『一點風來』，京本『一陣風來』，今從京更好。『點』字如何映得『滿』字？

(四) 眉批：此中想到黃香扇枕事，是東嘉入神處。

(五) 眉批：從來諸本無此白，今增之，方覺有態。

里，(一)新月一鈎，此景佳無限。蘭湯初浴罷，晚妝殘，深院黄昏懶去眠。(二)（合前）

（生云）縱有良辰美景，奈無賞心樂事。景是人非，徒添一番惆悵，有何足賞？

【前腔】（生）柳陰中忽噪新蟬，見流螢飛來庭院。聽菱歌何處，畫船歸晚。只見玉繩低度，朱户無聲，此景堪誰戀？(三)（生做懶狀眠科）（旦扶起云）怎的這等無情無緒？起來攜素手，鬢雲亂，月照紗厨人未眠。(四)（合前）

（惜春將荷花上獻科云）兒童採得兩朵蓮花，將來獻上，相公夫人就相似這並頭蓮一般。（小姐云）天邊月圓，池上蓮香，相公何不寬懷消遣？(五)

【節節高】（惜春）漣漪戲綵鴛，把緑荷翻，清香瀉下瓊珠濺。(六)香風扇，芳沼邊，閒亭畔。坐

(一) 眉批：『覺』字俗本作『見』，荷香豈有可見耶？

(二) 眉批：此折中安排四個『眠』字，情景甚妙。但甫説『驚晝眠』，隨説『黄昏懶眠』，隨説『月照』，何夏日之長而易晚若是也？幾欲舉筆改之，又恐不肖原本自然之句，姑俟之。

(三) 眉批：『菱歌何處，畫船歸晚』，此觸景而思歸意也；『玉繩低度，朱户無聲』，此寒寥之景也，故必云。『此景誰堪戀』方愜得伯皆本意。乃諸本俱作『尤堪戀』，則戀此而捨親意決矣，豈不大戾本旨？想東嘉作調到此，亦少照顧。今改之，大妙！

(四) 眉批：加此『眠』關目以接唱『起來』句，方有態。

(五) 眉批：從來諸本無此白，今增之，方覺有態。

(六) 眉批：濺：一本作『旋』，非是。

來不覺神清健，蓬萊閬苑何足羨？（合）只恐西風又驚秋，暗中流年换。（一）（老母指月科云）相公、夫人，你看那好月兒，映着這近水樓臺，正稱相公、夫人清賞。（二）

【前腔】（老母）清宵思爽然，好涼天，瑶臺月下清虚殿。神仙眷，開玳筵，重歡宴。任教玉漏催銀箭，水晶宫裏把笙歌按。（合前）

【餘文】（衆）光陰迅速如飛電，好良宵可惜漸闌，拚取歡娱歌笑喧。（生）那取歡娱歌笑喧？（三）

十四搰　思親覓寄

【喜遷鶯】（生）終朝思想，恨在眉頭，人在心上。鳳侶添愁，魚書絶寄，空勞兩處相望。青鏡

（一）眉批：諸本『不覺暗中流年』，今玩『不覺』二字不必，且重上有『不覺』字法矣。削之。一本『暗中不覺流年换』，將『不覺』二字移下亦可。此處有四句下場語，諸本皆俚甚，今看來不必。

（二）眉批：從來諸本亦無此白，今增之，覺有態。

（三）眉批：諸本俱『拚取歡娱歌笑喧』便止了，今增生復唱云『那取歡娱歌笑喧』，則得生之本意而韻致亦亦悠長矣。

瘦顏羞照，(一)寶瑟清音絕響。歸夢杳，繞屏山烟樹，那是家鄉？

怨極愁多，歌慵笑懶，只因添個鴛鴦伴。(二) 他鄉遊子不得歸，高堂父母無人管。湘浦魚沉，衡陽雁斷，音書要寄無方便。人生光景幾多時，蹉跎負却平生願。

【雁魚錦】(生)思量，那日離故鄉。記臨期送別多惆悵，攜手共那人不厮放。教他好看承，我爹娘，料他們應不會遺忘。聞知歲饑荒，(三)只怕捱不過歲月難存養。若望不見我信音，却把誰倚仗？

【前腔換頭】(生)思量，幼讀文章，論事親爲子也須要成模樣。(四) 那日我與五娘子相別時，真情未講，怎知道喫盡多磨障？(五) 被親强來赴選場，被君强官居廟廊，被婚强重傚鸞凰。(六) 三被强，我衷腸事說與誰行？埋怨難禁這兩廂：這壁廂道咱是個不撑達害羞的喬相識，那壁廂道咱是個不念親負心的薄倖郎。

(一) 眉批：一本作『明鏡』，亦通。

(二) 眉批：閩本作『鴛鴦絆』，太着。

(三) 眉批：諸本是『饑與荒』，夫饑、荒有何分別？今改『歲饑荒』爲是。

(四) 眉批：古本『成模樣』作『陳情樣』，亦佳，但惜非漢以前事。

(五) 眉批：磨障：京本作『魔障』，亦是。

(六) 眉批：諸本『傚鸞凰』句無『重』字。

【前腔換頭】（生）悲傷，鷺序鴛行，怎如那慈烏反哺能終養？謾把金章，綰着紫綬；試問斑衣，今在何方？ 斑衣罷講，（一）縱然歸去，又恐怕帶麻執杖。天那！只爲那雲梯月殿多勞攘，落得淚雨如珠兩鬢霜。（二）

【前腔換頭】（生）幾回夢裏，忽聞雞唱。忙驚覺錯呼舊婦，（三）同問寢堂上。待朦朧覺來，依然新人鴛幃鳳衾和象床。怎不怨香愁玉？ 無心緒，（四）更思想，被他攔當。教我，怎不悲傷？ 俺這裏歡娛夜宿芙蓉帳，他那裏寂寞偏嫌更漏長。

【前腔換頭】（生）謾悒怏，把歡娛翻成夢腸。菽水既淒涼，（五）我何心，貪着美酒肥羊？ 閃殺人花燭洞房，閃殺人掛名金榜。（六） 魆地裏自思量，正是悲含不敢高聲哭，（七）只恐猿聞也斷腸。

（一）眉批：『罷講』今作『罷想』，但恐此想不容去罷。

（二）眉批：只爲那：一本作『只爲他』，不似。李卓吾極服此數語，果切至可味。

（三）眉批：覺：一本作『醒』，亦通。

（四）眉批：『無心緒』當屬下，正與『更思想』互應。今歌者連上，不通。

（五）眉批：諸本皆『謾悒怏』，宜改作『重』。『淒』一本作『清』，未切。

（六）眉批：閃：一本作『悶』，亦通。

（七）眉批：諸本俱是『歸家不敢高聲哭』，於本旨不通，今改『含悲』二字爲是。

（生云）院子，你是我跟前伏事之人，我以腹心相待，我心下的事，你知得否？（院子云）小人略知，只是不敢亂説。（生云）我如今極思想我的父母及前妻趙氏，只是羈留在此。恐一有言歸之志，老相公見阻，新夫人不安，如之奈何？[一]（院子云）這個不難，容小人在外面去探訪，有陳留人鄉親在此，悄地叫他進來，便可通音信往來。但稟問老封君爺是甚麼名字，以便去探訪。（生云）我父親蔡從簡，母親秦氏，前室趙氏，鄰居張廣才。（院子云）小人理會得。（下）（扮拐兒上）[二]小子鄉貫何曾有定居？姓名誰人知真實？一生脱空爲活計，慣使掏摸作生涯。劍舌鎗唇，伶俐的教他懵懂；虚脾甜口，慳吝的哄得奢華。妝成個大圈套，見了的便自入來；做就個好機關，進來的怎生出去？來無跡，去無踪，對面弄人人不識；和同行，和同坐，當場瞞你你怎逃？何用剜墻穵壁？强如黑夜偷兒。不索挾斧持刀，真個白晝劫賊。[三]近來聞得有個蔡學士入贅牛府，久與家鄉不相通問，這盡可去他處打一個拐兒，只不曉得蔡學士家中名字事體如何，怎麼寫得這假書來？[四]（激醉酒狂行幾步科）（院子上與拐兒相撞争路科）（院子云）誰人膽大，敢與我蔡學士爺的大叔争路？（拐兒云）誰人膽大，敢與我蔡伯皆相公

（一）眉批：諸本舊白云：『我要寄封家書，没人方便；要使人徑去，又怕老相公知道。』如此，則蔡生畏勢之人，天地間至無才能者。雖是如此，亦不應直對院子道出，故改之云云。

（二）眉批：此處改舊白以爲拐兒張本，却是。

（三）眉批：此白舊本太多，亦太俚，今削之。

（四）眉批：近日梨園家演馬騙八打拐一齣，各有穿套不同，據兹所改，亦似巧合，更不必過求另法亦好。

的鄉親争路、争路？（院子云）你是蔡學士爺的鄉親？休怪了。（拐兒云）你説你是蔡爺的大叔？我還不信。且問你蔡爺是那裏人？父親某名，母親某氏，有妻没有？（院子云）蔡爺父親名從簡，母親秦氏，前妻趙氏，現在家中，未曾来任；鄰居張廣才。〔一〕（拐兒云）你果是蔡爺的大叔，請奉揖了，休罪！休罪！（院子云）既是鄉親，帶有蔡爺的家書没有？我且盤你一盤。（拐兒云）有家書。你且先去回報蔡爺，我回寓取他家書，即時送來。（院子下）（拐兒笑科云）得了他蔡家的真名真字，我就此假寫他家書一封，望牛府拜謁，拐些金帛。是天助我的富貴也！是天助我的富貴也！

【鳳凰閣】（生）尋鴻覓雁，寄個音書無便。謾勞回首望家山，和白雲不見。淚痕如綫，〔二〕想鏡裏孤鸞影單。

（末稟云）外面有個陳留郡鄉親帶有家書，要來相見。（生云）既然如此，快請進來。（做相見科）（生云）請問鄉親高姓大名？（拐兒云）小子姓馬，賤名扁八。〔三〕（生云）請教尊號？（拐兒云）賤號虚州。（生云）聞俺家有家書麽？（拐兒云）小生來此京城貿易，敬爲大人帶有家書在此。（遞上生接書驗封皮云）此書煩至京投蔡相公遞。（生拆封科）

〔一〕眉批：巧合！巧合！想東嘉安頓此一齣，亦是奇思。文人腹中，何所不有？
〔二〕眉批：如綫：亦作『如霰』，亦通。
〔三〕眉批：古本拐兒并不曾有名字，正見俗家演場有馬扁八之名，今從俗以便觀場者。

【一封書】（生）一從你去離，我在家中常念你。功名事怎的？想多應折桂枝。幸得爹娘和媳婦，各保安康無禍危。謝天謝地！且喜家中無恙。見家書，可知之，及早回來莫更遲。(一)天！我豈不要回來？争奈事體俱不由我。爹娘，爹娘，我見了這封家書，如見你一般。院子，可請鄉親到賓館相待，待我寫封音書回去。（拐兒下科）（生云）不得見爹娘面，且將這所來的書再讀一番。(二)

【一封書】（生）一從你去離，我在家中常念你。爹娘，你在家中念我，我在這裏念爹娘。功名事怎的？想多應折桂枝。我功名事到成就了，可不負爹娘之望；只是這兩句不似我爹爹的口氣。幸得爹娘和媳婦，各保安康無禍危。前日見朝報云：陳留大荒，饑民死半，怎麼這音書上不曾説一句？終不然一郡大饑荒，我家獨豐熟？這書似有可疑。(三)見家書，可知之，及早回來莫更遲。此書可疑，不免我再親自問他。院子，可在賓館裏請鄉親出來。（生問云）請問鄉親，這所來的家書，老夫在那個手裏領來？（拐兒云）親在老相公處領來。（生云）這字跡有些不像。（拐兒云）老相公手扶杖行，不能寫字，想多是鄰翁所寫。（生云）莫不是敝鄰張老先之筆？（拐兒云）正是那張廣才所寫。

(一) 眉批：此書俗自拐兒假造，只得如此，不便改深、新也；且只肖其品便是。

(二) 眉批：諸本無此白，亦無如此關目，從來作者亦不曉得。如此演來，焉有兒子離家已久，不將爹娘音書再三誦讀之理？故新增此意，且將所來書語句句參破，即有疑假之意。此大妙！此大妙！

(三) 眉批：新增此白，大切争情。

（生背云）這書可是真的，他連鄰居張廣才名字也曉得也。院子，可請鄉親到賓館再坐下，等我的回書。(一)（拐兒背云）這事兒瞞得好，幹得好，一定有金銀寄附了。（下）（生做寫回書科）

【下山虎】（生）男邕百拜大人尊前：(二) 一自離膝下，頓經數年。目斷萬里關山，鎮日望懸。(三) 一向那堪音信斷，名利事，嘆牽絹，待要寫牛府成親的事報知，但此事恐添我爹娘的憂悶，不便寫也罷。(四) 謾勞珠淚漣。上表辭金殿，要辭了官，爭奈君王不見憐。

【蠻牌令】忽爾拜尊翰，激切意懸懸。(五) 幸喜爹娘和媳婦，盡安康。奈兒身淹留旅邸，(六)不能彀承奉慈顏。匆匆的聊附寸箋，草草伏乞尊照不宣。

（生作再三看誦科云）還寫不盡的衷情。也罷，其有餘情，寫附幾行小字在後面。

【前腔】（又寫云）趙五娘可早晚侍奉高堂，張太公煩往來時爲陪伴；外具有金珠銀兩，聊

(一) 眉批：辭拐兒出賓館，背地裏誦書，背地裏回書，最爲有理。從來演者俱當面做，大非。

(二) 眉批：俗本作『蔡邕百拜』，大非體。京本『男』字好，閩本同。

(三) 眉批：一本『經』作『覺』，非；一本『目』作『長』，非；一本『鎮日』作『鎮常』，非。

(四) 眉批：諸本無此白，今增之，大是人情。

(五) 眉批：一本『意懸懸』作『慰拳拳』，非。

(六) 眉批：一本『奈』字作『況』字，意不相承。

供奉養。(一)

（生云）我加了這幾句在書後，我心下纔安。院子，可請鄉親出來，領書回去。（拐兒上）（生云）這書已封寫，金銀已封定，勞鄉親帶至我家，遞與老相公。（拐兒云）這書小人敢領，那金銀不敢領去。（生云）謂何？（拐兒云）恐路途上有歹人窺謀。（生云）鄉親，途中只要慎重些，我書上已寫了有金珠銀兩。（拐兒云）既書上寫定了有金銀數目，小人且大膽帶去。（生云）外具散銀數兩，奉老丈程儀，以供路費。（拐兒云）多謝！多謝！（生云）這書這金，老丈一到家中，可即速付，休得遲誤。（拐兒云）理會得。(二)

【駐馬聽】（生）書寄鄉關，説起教人心痛酸。鄉親，勞傳告俺八旬爹娘，(三)道與俺兩月妻房，隔斷萬水千山。啼痕緘處翠綃斑，夢魂飛遶銀屏遠。（合）報道平安，想一家賀喜，只説道再相見。(四)

【前腔】（院子）遥憶鄉關，有個人人凝望眼。他頻看飛雁，望斷孤鴻，倚遍危欄。見這銀鈎

(一) 眉批：諸本從來無此數語。考古本原有之，方見是一封完全家信，故增録於此。

(二) 眉批：此白從舊語增飾其轉折。

(三) 眉批：從來諸本俱云『傳示俺八旬爹娘』，爹娘而可傳示乎？『示』字大不通。予初改『稟』字，還莫若『告』字尤渾。

(四) 眉批：『只説道』三字分明未得便歸，設爲此詞，以慰其家中之意。一本『再』字作『就』字，大迫。

飛動彩雲箋，又索玉筯界破殘妝面。（合前）

【前腔】（拐兒）西出陽關，却嘆今朝行路難。念取經年離別，跋涉萬里程途，帶着一紙雲箋。只怕豺狼紛擾路途間，(一)雁鴻不到家鄉畔。(二)（合前）

千里寄佳音，離人一片心。

相別經多載，家書抵萬金。(三)

（生與院子和拐兒相別科）（拐兒復上云）(四)笑殺我！笑殺我！用盡一片機心，方得這幾錠黃金。另外又有散碎銀，也是我財帛命定。將來買田置地，將來娶幾個美人。時時快樂，事事稱心。喜盈盈，天來大的造化説不盡，快行，快行，及早出京。呀！前日我在吴山王廟裏許了一個大願；今日離京，已行了六十里，看看將到那吴山王廟，一定該還願了。呀！忽然天黑雲迷，大雷雨來了，且快行幾步，趕到那廟裏去躲。（做到廟被雷火打死科）（扮村老上）今日午時分，大雷遶廟，不知爲何？今幸雨霽天

(一) 眉批：一本『豺狼』上無『怕』字，非。

(二) 眉批：俗本『到家鄉』『到』字下添『你』字，不必。拐兒，拐兒，你就是豺狼，蔡伯皆家書不得到家鄉，皆因你了。

(三) 眉批：各本此諸首句上有『憑報』二字，二句上有『説盡』二字，三句上有『須知』二字，四句上有『方信』二字，大俗，今削之。

(四) 眉批：梨園相傳扮此齣又添出劉光四來較論南京光棍、北京光棍之説，適兹人間機心械事大爲不美，今全改借末做天雷打死拐兒，方見垂戒之義。

開，且到廟裏去看。呀！元來打死一人在此，背上書了有字：『天遣雷公打死慣賊騙人馬扁八。』奉勸世間人，休學馬扁八。若學馬扁八，天雷便打殺。(一)（下）

十五摺　感天成墓

【掛真兒】(旦)四顧青山、青山静悄悄，思量起暗裏魂銷。黄土傷心，丹楓染淚，謾把孤墳獨造。

白楊蕭瑟悲風起，天寒日淡空山裏。虎嘯與猿啼，愁人添慘悽。窮泉深杳杳，長夜何由曉。灑淚泣雙親，雙親聞不聞？公婆喪了，家中十分難措。多承張太公之力，將雙柩搬到山中，將來造一所墳塋。争奈無錢顧人搬泥運土，只得自家將麻裙包土，逐漸築造塋墓。這等工程，相似精衛填海，蚊虻負山，幾時得成就呵？(二)

【五更轉】(旦)把土泥獨抱，麻裙裏來難打熬。(三)空山寂静無人吊，但我情真意切，(四)到此

(一) 眉批：改得有理，改得有理，可爲識者一大快！

(二) 眉批：此白悉依舊諸本。

(三) 眉批：一本『麻裙』作『羅裙』，非是。

(四) 眉批：諸本俱是『真情實切』，不成句法，今改『情真意切』。

不憚勞。苦！何曾見葬親兒不到？又道是三匝圍喪，那些個卜其宅兆？思量起，是老親合顛倒。公公，你圖他折桂看花早，不想自把一身，送在白楊衰草。(一)謾自苦，（作徒悲科）這苦憑誰告？

【前腔】我只憑十爪，如何能殼墳土高？只見鮮血淋漓濕衣襖，天那！我形衰神倦，(二)死也只這遭。休休！骨頭葬處，任他血流好，此喚做骨血之親，也教人稱道。教人道趙五娘真行孝。(三)苦！心窮力竭容枯槁，(四)只有這鮮血，到如今也出盡了。這墳成後，只怕我的身難保。

呀！我力乏了，氣喘了，不免在此間枕土而睡，歇息片時。（做睡科）（夢中帶哀聲唱）(五)

【卜算子先】（旦夢中唱）墳土未能高，筋力還先倦。

【粉蝶兒】（山神上）趙女堪悲，天教小神相濟。

(一) 眉批：李卓吾批云：此處曲甚逼真。

(二) 眉批：諸本俱『形衰力倦』，下又有『心窮力盡』之句，故此處改『形衰神倦』。

(三) 眉批：一本『真行孝』作『親行孝』，非。

(四) 眉批：諸本俱『心窮力盡形枯槁』，與上『形衰力倦』豈不重疊大甚？今改『心窮力竭容枯槁』。

(五) 眉批：新增此關目方妙。

（山神云）善哉！善哉！吾乃當山土地，今奉玉帝敕旨：爲見趙五娘行孝，特差撥陰兵，與他併力築造墳臺。不免叫出南山白猿使者、北嶽黑虎將軍前來聽用。㈠（猿、虎上）（山神云）吾奉玉帝敕旨：閔憐孝婦趙五娘獨自在山築墳，特差爾等率領陰兵，與他并力。汝等可變作人形，運化土石，務要頃刻完成，不得驚動孝婦。（猿、虎叩頭科云）謹領法旨。（做助造土石科云）告大聖，墳已成。（山神云）趙五娘，你擡起頭來，聽吾囑付：吾乃奉帝天之意，以助爾苦心之人。

【好姐姐】（山神）五娘聽吾道語：吾特奉玉皇敕旨，憐伊孝心，故遣陰兵來助你。墳成矣，辭了二親尋夫婿，㈡改換衣裝往帝畿。

趙五娘，你好生記着，你好生記着。（山神閃爍而下科）（旦作醒科）

【卜算子後】（旦）夢裏分明有鬼神，想是天憐念。

呀！怪哉，怪哉。奴家睡間，恍惚之中似夢非夢。聞神人囑付之語，道墳成了，教奴家前往京畿尋取丈夫。我思想起來，獨自一身，幾時能得墳成？（起看科）呀！這墳臺忽然完成。你看：土掩黄泉，石砌青丘，沉沉窀穸之居，森森松楸之圍，信是天造地設，神輸鬼運。謝天謝地！不免在此叩頭，以謝天地神明。

㈠　眉批：此事雖未必有，然苦心行孝是天憐神助，聞此亦可以作人行孝之心，故不以爲幻，而當以爲真。

㈡　眉批：閩本作『葬了』，不如京本作『辭了』爲是，從之。

【五更轉】（旦）怨苦知多少？兩三人只道同做餓殍。公公、婆婆，我未曾葬你時節，也還恰像親傍你一般；如今葬了呵，窮泉一閉無日曉，嘆如今永別，再無由相倚靠。我就死和公婆埋做一處呵，也得相伏侍。（一）只愁我死在他途道，我的骨頭何由來到？從今去，這墳呵，只願得中乾燥，福子蔭孫也都難料。天那！（二）便做蔭得個三公，也濟不得親老。淚暗滴，把他蒼天來禱。（三）

【鏵鍬兒】（張公）悲風四起吹松柏，（四）山雲黯淡日無色。（二侍力）虎嘯與猿啼，怎不慘慽？躦步行來到峭壁，願與孝婦添營力。（五）

老夫張廣才，只爲蔡老員外夫婦相繼棄世，虧殺他媳婦趙五娘支持。前日助他搬靈柩到山上去，不知那幾日何如？聞他麻裙包土，築造墳臺，這如何成得事？不免帶兩個小廝與他添助氣力。呀！好怪哉，如何墳就已成了？只見：松柏森森繞四圍，孤墳新土掩泉扉。五娘子，你空山獨自無人問，爲

（一）眉批：內白皆元本所有，説得真情切至，今皆依之。

（二）眉批：俗本無『天那』二字，似轉下二句不得。

（三）眉批：想頭到此，無不曲盡矣。今本無『復』字。

（四）眉批：『起』字一本作『野』，非是。

（五）眉批：諸本俱『添助力』。又：一本作『添扶力』，皆不甚妥。今作『添營力』，佳。

築墳臺又阿誰？（旦云）太公，夢裏鬼神多怪異，陰兵運石與搬泥。築墳成了親分付，教奴尋取兒夫往帝畿。（二侍力云）公公，自古流傳多有此，畢竟感格上蒼知。長城哭倒稱姜女，五娘子，你他日芳名一樣題。（衆合云）正是：善惡到頭終有報，只争來早與來遲。(一)

【好姐姐】（旦）念奴血流滿指，獨自要墳成無計。深感老天，暗中相護持。墳成矣，辭了二親尋夫婿，改换衣裝往帝畿。

【前腔】（張公）老夫領帶二小侍，欲待與你添助些力氣，(二)誰知有神暗中相救濟。（合前）(三)

十六摺　望月思家

【念奴嬌引】（小姐）楚天過雨，正波澄木落，秋容光凈。誰駕玉輪來海底，碾瑠璃千頃。環珮風清，(四)笙簫露冷，人在清虛境。（惜春、老母同唱）真珠簾捲，庾樓無限佳興。

(一) 眉批：東嘉設出此一齣，創意甚奇，且爲下文往京尋夫張本，甚妙！甚妙！

(二) 眉批：諸本俱無『欲待』字，欠活，今增之。

(三) 眉批：此後有一枝丑唱云：『你們真個見鬼，這松柏孤墳在何處？恰纔小鬼是我粧扮的。』此成何説話？削之，削之。

(四) 眉批：風清：一本作『風輕』，一本作『風聲』，一本作『風掀』，所謂撮梨摘柚，各有其美。

（小姐）玉作人間秋萬頃，銀葩點破碧瑠璃。（惜春、老母云）瑤臺風露冷仙衣，天香飄下處，此景有誰知？ 未審明年明夜月，此時此景何如？（小姐云）珠簾高捲碎瓊巵，（春、母云）正是莫辭終夕勸，動是隔年期。(一)（小姐云）今夕中秋，月色澄清，佳景可愛，你與我請相公同來玩賞。（老母請云）（生內應科）我已寢了，不來也。（小姐云）惜春，可再去請。（惜春請科）（生內應云）我一時就來。（老母云）相公還是與惜春姐厚，他一請便來。（生作遲留科）（小姐云）待女家自去請他。相公，皓月正圓，清風在袂，家親請相公玩賞。（生云）來也！ 來也！（惜春云）相公還是與夫人尤厚，他請得親，便來得速。(二)

【生查子】（生）逢人曾寄書，書去神亦去。今夜好清光，可惜人千里。

（小姐攜生手云）今夜中秋，你看好月色。（生云）那月色有甚好處？（小姐云）怎的不好？ 你看：玉樓絳氣捲霞綃，雲浪空光澄徹。丹桂飄香清思爽，人在瑤臺銀闕。(三)（生云）這有甚好處？ 在那裏影透鳳幃，光窺羅帳，露冷蛩聲切。 關山今夜，照人幾處離別。（惜春云）夫人說月色好，相公說月色不好。 看將來離合悲歡，還如玉兔，有陰晴圓缺。 便做人生長宴會，幾見冰輪皎潔？（老母云）此夜明多，隔年期遠，莫放金樽歇。（合）但願人長久，年年同賞明月。（小姐云）斟起酒來，待奴家奉相公

(一) 眉批：此【臨江仙】調也。
(二) 眉批：從元白增飾二本，頗有真態。
(三) 眉批：此【西江月】調也。

一杯。

【念奴嬌序】（小姐）長空萬里，見嬋娟可愛，全無一點纖凝。十二闌干光滿處，涼浸珠箔銀屏。偏稱，身在瑤臺，笑斟玉斝，人生幾見此佳景？（衆唱）惟願取年年此夜，人月雙清。(一)

【前腔換頭】（生）孤影，南枝乍冷。見烏鵲縹緲驚飛，(二)棲止不定。試擡頭而望，覺遠天無際。萬疊蒼山，(三)何處是修竹吾廬三逕？追省，（小姐云）相公追省着甚來？（生）丹桂曾攀，（生作拱手向小姐科）嫦娥相愛，這是眼前的事。我想起來，故人千里謾同情。（衆云）相公不要想起故人，只說今眼前也罷。(四)（合前）

【前腔換頭】（小姐）光瑩，我欲吹斷玉簫，乘鸞歸去，不知風露冷瑤京。環佩濕，似月下歸來飛瓊。那更，香霧雲鬟，清輝玉臂，廣寒仙子也堪并。(五)（合前）

（小姐云）待奴家再斟上酒來，奉勸相公。（生云）有何心緒飲這月下之酒？

(一) 眉批：『惟願取』二句必須作衆唱，此處若作旦唱猶可，下折若作生唱，則蔡真無孝心矣。俗唱皆於『人月雙清』上加『喜得』二字，便接上句不妥。

(二) 眉批：烏鵲，邕自況也。

(三) 眉批：從來諸本俱『萬點蒼山』，今改『萬疊』更勝。

(四) 眉批：此中夾白，又增關目，方有趣。諸本皆無。

(五) 眉批：常怪作牛小姐所唱，此折何其自誇美之甚也，欲改之，尚未得，俟識者。

【前腔換頭】(生)愁聽，吹笛《關山》，敲砧門巷，月中都是斷腸聲。人去遠，幾見明月虧盈。惟應，邊塞征人，深閨思婦，怪他偏向別離明。(衆云)相公不知想在那裏去了？(生云)我們見此月明千里，能無感懷？(衆云)且自寬懷。[一](合前)

(惜春云)相公忘却回敬夫人一杯酒。(生云)這到也是。老母斟起酒來，待我們回敬夫人。夫人，下官心下有事，頓忘夫人雅意。休罪！休罪！(小姐云)説那裏話？妾意只要相公同此清景，同此樂意。惜春、老母，你們衆人可大家歡唱，以助相公清興。[二]

【古輪臺】(惜春唱)峭寒生，鴛鴦瓦冷玉壺冰，闌干露濕人猶凭，貪看玉鏡。見萬里青冥，[三]皓彩十分端正。三五良宵，此時獨勝。(老母唱)把清光都付與，酒杯傾。從教酩酊，拚夜深沉醉還醒。酒闌綺席，漏催銀箭，香銷金鼎。斗轉與參横，銀河耿，轆轤聲已斷金井。

【前腔換頭】(惜春)閒評，月有圓缺陰晴，人世上有離合悲歡，從來不定。深院閒庭，處處有清光相映。也有得意之人，兩情暢詠；也有獨守長門伴孤另，[四]君恩不幸。(老母)有廣寒

[一] 眉批：新增内夾此白，亦覺有致。

[二] 眉批：從來諸本無此白，人增此，始覺牛女之情始盡。

[三] 眉批：諸本俱是『況萬里清冥』，『況』字太滿，想是『見』字之誤。今改『見』爲是。

[四] 眉批：另：閩本作『零』，老婢聲也。

仙子娉婷，孤眠長夜，如何捱得更闌寂静？(一) 此事果無憑，但願人長久，庾樓玩月共同登。(二)

【餘文】(衆)聲哀訴，促織鳴。(小姐)俺這裏歡娛未聽，(生)幾處寒衣織未成。

(小姐)今宵明月正團圓，(生)幾處淒涼幾處諠。

(衆)但願人生得長久，(合)年年千里共嬋娟。

十七摺　描容尋夫

【胡搗練】(旦)辭别去，到荒坵，只愁出路煞生受。畫取真容聊藉手，(三)逢人將此勉哀求。(四)

鬼神之事，雖則難明；感應之理，未嘗或爽。奴家昨日獨自在山造墳，正睡間，忽然夢一神人，自稱當

(一) 眉批：閩本作『静寂』，不如京本作『寂静』。

(二) 眉批：槃邁碩人曰：伯皆自成名、成姻以後，所唱詞俱是樂中之憂思也，故予所改本於此中字面極意斟酌。『惟願取年年此夜，人月雙清』，李卓吾幾欲删此二語不與伯皆唱，然删之則不成【念奴嬌序】矣。予因改爲衆唱，則庶幾無礙焉，即如『成姻』一齣『這回好個風流婿，偏稱洞房花燭』改爲衆唱。『賞夏』一齣『《金縷》唱，碧筒勸，向冰山雪檻排佳宴。清世界，幾人見』亦改爲衆唱。此類所改，當爲千古特見，可破俗混。

(三) 眉批：此又爲出畫真容一段情來，而後面許多張本。

(四) 眉批：閩本『免哀求』未是，不若京本『勉哀求』爲是。一本作『轉哀求』，亦非。一本作『苦』，亦通。

山土地，帶領陰兵，與奴家助力；　却又囑付教奴家改換衣裝，徑往長安尋取丈夫。待覺來，果然墳臺並已完成，這分明是神力護持。今二親既已葬完了，只得改換衣裝，扮作道姑，將琵琶做個行頭，沿街上彈個行孝的曲兒，抄化將去。只是一件，我幾年間和公婆廝守，如何捨得他的靈墓一旦撇了？奴家自幼略曉得些丹青，何似想像公婆，畫個真容，背着一路去，也似相親傍一般。但遇小祥忌辰，便展開與他燒些香紙，奠些酒飯，也是奴家一點孝心，不免就此描畫。〔一〕（做濡筆描畫科）

【三仙橋】（旦）一從他們死後，要相逢又不能彀，除非夢裏暫時略聚首。苦要描，描不就，暗想像，教我未描先淚流。描不出他苦心頭，描不出他饑症候，描不出他望孩兒的睁睁兩眸。只畫得他髮颼颼，和那衣衫敝垢。休休，若畫做好容顏，須不是趙五娘的親姑舅。〔二〕

【前腔】我待要畫他個龐兒帶厚，他可又饑荒消瘦。我待要畫他個龐兒展舒，他自來長恁面皺。若畫出來，真是醜，那更我心憂，也做不出他歡容笑口。不是我不會畫着那好的，我從嫁來他家，只見他兩月稍優游，其餘都是愁。那兩月稍優游，我又忘了。這三四年間，我只記他形衰貌朽。〔三〕這真容呵，便做他孩兒收，也認不得是當初父母。休休，縱認不得是蔡伯喈當初爹娘，

〔一〕眉批：原白皆切實情至，今悉仍之。
〔二〕眉批：一本末句無『親』字，亦好。曲甚逼真，皆依原本。
〔三〕眉批：曲白俱敘得逼真。

須認得是趙五娘近日來的姑舅。(一)

真容已既描就了，就在這裏燒些香紙，奠些酒飯，奴家口誦幾句祭文，以表此心。哀哀公婆，傷如之何？養育之恩，劬勞實多。哀哀公婆，傷如之何？孩兒遠出，一旦沉痾。哀哀公婆，傷如之何？饑荒難度，遂歸山阿。哀哀公婆，傷如之何？終天抱恨，蓼蓼者莪。(二) 如今拜别家中堂前出門，且將這靈位火焚了，只背此真容隨奴家而行。

【前腔】公婆、公婆，非是奴尋夫遠遊，只怕我公婆絕後。奴見夫便回，此行安敢久？苦！路途賒，(三)奴怎走？望公婆相保佑我出外州。天那！兀自没人看守，如何來相保佑？(四) 這墳呵，只怕奴去後，冷清清有誰來祭掃？縱使遇春秋，一陌紙錢怎有？休休，你生是受凍餒的公婆，死做個絕祭祀的姑舅。

奴家既辭了墳墓，除了靈位，且背了真容，便索去拜别張太公。呀！恰好張太公來也。（張公云）衰柳寒蟬不可聞，金風敗葉正紛紛。長安古道休回首，西出陽關無故人。昨日聞得趙五娘欲往京尋丈夫，

(一) 眉批：轉語尤轉得妙。

(二) 眉批：此口誦祭文乃新增之語，梨園家演者每誦二句，即要效人家婦女哭一聲。

(三) 眉批：京本、閩本俱作『路途中』，古本作『路途賒』更好，從之。

(四) 眉批：吳本『兀自』句作白，浙本『外州』三句俱作白，亦甚通。

且去他家問他幾時起程。（問云）五娘子何日去？（旦云）今日就行了。奴家畫得公婆真容一小軸，帶在沿路，藉手乞告些盤費，早晚與他燒香化紙。（張公云）將來我看一看。（展玩科）（張公云）畫得像！畫得像！是你孝心所感，故如此逼真。（張公作悲科云）老員外，老安人，死别多應夢裏逢，謾勞孝婦寫遺踪。可憐不得圖家慶，辜負丹青泣畫工。衣破損，鬢鬔鬆，千愁萬恨在眉峰。只怕蔡郎不識年來面，趙女空描别後容。(一) 五娘子，此行我備得幾貫文錢，以助路費。（旦云）多多感受深恩了。奴家還有一句不識進退之話，懇上公公：奴家去後，公婆墳塋，早晚勞公公看顧。看這兩個老人在日之面，休得山鄰成害，休得狐兔穴藏。（張公云）這墳我自看守，不必掛念，你只管放心前去。（拜辭科）

【意多嬌】（旦）他魂渺漠，我没倚托。程途萬里，教我懷夜壑。(二) 此去孤墳，望公公看着。

（合）舉目瀟索，滿眼盈盈淚落。

【前腔】（張公）我承委托，即當領略。這孤墳我自看守，決不爽約。但願你路途中身安樂。

（合前）

【鬥黑麻】（旦）深謝公公，便相允諾。從來的深恩，怎敢忘却？只怕路途遠，體怯弱，宿水

(一) 眉批：張公語【鷓鴣天】也，俗本作張公題其畫，則伯皆書館中一見了然，何用許多疑猜？梨園家不曉傳奇關節，遂至誤如此，今正之。

(二) 眉批：古本『長懷夜壑』，今本俱無『長』字。

餐風，晨昏倦脚。（一）（合）孤墳寂寞，路途滋味惡。兩處堪悲，萬愁怎摸？（二）

【前腔】（張公）伊夫婿多應是，貴官顯爵，你如今去須當審個好惡。只怕你這般樣喬打扮，他怎知覺？有這一貴一貧，（三）怕他將錯就錯。（合前）

（旦云）公公，奴家拜别去也。（張公云）五娘子，且謾着，老夫還有幾句言語囑付你。（旦云）望公公指教。（張老云）五娘子，你少長閨門，豈識路途？當初蔡郎未别時節，你青春嬌媚。如今又遭饑荒貧苦，貌怯身單。正是：桃花歲歲皆相似，人面年年自不同。蔡郎臨别之時，説有寸進，即便回來。乃今一别幾載，竟不回家，決是有所羈留，你知他心腹事如何？正是：畫虎畫皮難畫骨，知人知面不知心。唉！蔡郎原是讀書人，一舉成名天下聞。久留不知因個甚，年荒親老不回門？五娘子，你去京城須子細，逢人下氣問虚真。若見蔡郎謾説千般苦，只把琵琶語句訴元因。未可便説他妻子，未可便説喪雙親。未可便説裙包土，未可便説剪香雲。若得蔡郎思故舊，可憐張老一親鄰。我今年已七十歲，比你公公少一旬。你今去時猶有張老來相送，你回時不知張老死和存。我送你去呵，正是：流淚眼觀流淚眼，斷腸人送斷腸人。（旦云）謝得公公訓誨，奴家銘心鏤骨，不敢有忘。若得回歸之時，自當

（一）眉批：原諸本俱是云『病染災纏，衰力倦脚』，殊説得醜，而『衰力』字尤不便唱。今改『宿水餐風，晨昏倦脚』。

（二）眉批：『怎摸』『摸』字未知何解？想是説其愁思之摇摇靡定也。

（三）眉批：原本無『有這』二字，對下句不來。

報恩，如今只得拜別去也。（張老云）五娘子，你早去早回。〔一〕

（旦）爲尋夫婿別孤墳，（張）只怕兒夫不認真。

（合）惟有感恩並積恨，（合）千年萬載不成塵。

十八摺　瞷情吐真

【菊花新】（生）封書遠寄到親闈，忽見關河朔雁飛。〔二〕梧葉滿庭除，争似我悶懷堆積。

封書寄遠人，寄與萬里親。書去神亦去，兀然空一身。前日喜得家書，報道平安。已曾修書寄回家去，但不知何如？這幾日常懷念想，翻成愁悶。（牛夫人上）

【意難忘】（牛夫人）緑鬢仙郎，懶拈花弄柳，勸酒持觴。眉顰知有限，何事苦相防？（生）些個事，惱人腸。（牛夫人），試説與何妨？（生）只怕你尋消問息，添我恓惶。〔三〕

（牛夫人云）古人云：顰有爲顰，笑有爲笑。古之君子，當食不嗟，臨樂不嘆。無事而戚，謂之不祥。

〔一〕眉批：詳閲坊本，此白與前白相連，四曲俱在末後着起來。白既太長，況一唱而別，似覺少情。乃閩本、京本俱移此白在四曲之後，甚有理，似從之。去：原作『回』，據汲古閣刊本《繡刻琵琶記定本》改。

〔二〕眉批：諸本俱『又見』，古本『忽見』爲是。

〔三〕眉批：此全出周美成詩餘中語，却恰好。惱：原作『腦』，據汲古閣刊本《繡刻琵琶記定本》改。

相公，你自來我家，不明不白，如醉如癡，鎮日憂悶，爲着甚的？ 還是你喫的不中意，還是你穿的不中意，還是跟隨的不中意？ 待奴家道來。(一)

【紅衲襖】（牛夫人）你喫的是煮猩唇和燒豹胎，(二)你穿的是紫羅襴，繫的是白玉帶。我只見那五花頭踏在你馬前擺，三簷傘兒在你頭上蓋。 相公，你休怪奴家説。你本是草廬中一秀才，(三)如今做着漢朝中梁棟材。你有甚不足處，(四)只管鎖了眉頭也，唧唧噥噥不放懷？

（生云）夫人，你那裏知道？ 你道我喫的好、穿的好麽？

【前腔】（生）我穿的是紫羅襴，到拘束得不自在。我穿的是皂朝靴，(五)怎敢去胡亂踹？ 我口裏喫幾口荒張張要辦事的忙茶飯，手裏捧着個戰兢兢怕犯法的愁酒杯。（牛夫人云）你這等不喜做官，是要學那嚴子陵？(六) （生）真不如嚴子陵登釣臺。（牛夫人云）終不然爲官有甚麽災

(一) 眉批：原白好，悉仍之。

(二) 眉批：近來唱『和』字下有『那』字，亦便唱也。

(三) 眉批：古本『窮秀才』，浙本、閩本、京本俱改『一』字，甚妙。近來唱『黌門中一秀才』，不若『草廬』字更好。

(四) 眉批：諸本『不足』下無『處』字，今增之，亦便唱也。

(五) 眉批：今俗唱添『我脚穿皂朝』，何俚甚！

(六) 眉批：今新貼此白在中，方斡旋得文意。如諸本『到不如嚴子陵』尚通，云『怎做得揚子雲』不通矣。又有云『怎學個楊子雲』，俱未妥。又有云『怎躲得』，尤未是。

難？（生）你不見揚子雲閣上災？似我這樣爲官呵，只管待漏隨朝，可不誤了春花秋月也，(一)枉干碌碌頭又白？(二)

（牛夫人云）相公，我看你這般不歡喜的意思，我猜着了。

【前腔】（夫人）莫不是丈人行性氣乖？（生云）感令尊大人，待我也有好處。(三)（夫人）莫不是妾跟前缺款待？（生云）說那裏話？多蒙夫人相待的厚情。（夫人）莫不是畫堂中少了三千客？（生云）我要那三千客做甚？(四)（夫人）莫不是繡屏前少了十二釵？（生云）我要十二釵何用？（夫人）這意兒教人怎猜？這話兒教人怎解？相公，我今番猜着了。敢只是楚館秦樓，(五)有個得意人兒也，悶懨懨常掛懷？

【前腔】（生）我有個人人在天涯，(六)天那！我不能彀見他，只落得臉銷紅眉鎖黛。（牛夫人云）我

(一) 眉批：俗唱『春花秋月在』，『在』字妄增。

(二) 眉批：京本『頭又早白』，語不順。

(三) 眉批：插白云『待我也有好處』，則含得好處之未盡語，甚有斟酌。

(四) 眉批：坊本有白云：『我又不是孟嘗君，何用三千客？』此句還去得。下云：『我又不是牛僧孺，何用十二釵？』東嘉傳漢人用唐事，已是甚疵處，如何又可表出來？

(五) 眉批：俗唱『莫不是楚館』，語法重上。京本『敢只是』三字好，閩不同。

(六) 眉批：俗唱皆云『有個人兒在天涯』，『人兒』二字不似子指父母之言，今從京本『人人』。

道相公是這個意思！（生）我本是傷秋宋玉無聊賴，有甚心情去想着閒楚臺？（一）（牛夫人云）相公有甚麼事，可明說與奴家知之。（生）三分話兒只恁猜，一片心兒直恁解。（牛夫人云）你有事，如何不對我說？（生云）罷，罷。你休纏得我無言，（二）若還提起那籌兒也，撲簌簌淚滿腮。

（牛夫人云）我若不勸解，你只管憂悶；待我問你，你又遮瞞。相公，相公，夫妻何事苦相防？莫把閒愁積寸腸。終不然各人自掃門前雪，却難道莫管他人瓦上霜？（三）（夫人虛下做潛聽科）（生云）自古道：難將我語和他語，未卜他心似我心。自我娶妻兩月，別親數年。朝夕思想，翻成愁悶。我這新娶的夫人雖然賢慧，我待將此事和他說，他或也肯教我回去。只是他的父親若一知我有欲歸之念，必然愈加禁持。（四）不如姑且隱忍，改日求一鄉郡除授，又可言歸。夫人，非是隄防你太深，只緣伊父苦相禁。正是：夫妻且說三分話，（牛夫人走出接云）你道是：未可全拋一片心。你在此間苦苦的瞞我，只是你爹娘媳婦在家裏怨你！

【江頭金桂】（牛夫人）我怪得你終朝嚬唶，只道你緣何愁悶深？教咱猜着啞謎，爲你沉吟，那籌

（一）眉批：諸本皆云『戀着閒楚臺』，不若『想』字爲妙。有一本『赴那閒楚臺』，未是。

（二）眉批：俗唱云『啞口無言』，加『啞口』字，俗甚。

（三）眉批：此處白諸本有云『正是夫妻且說』，不通。今加『終不然』及『却難道』六字斡旋便好。

（四）眉批：從來舊本白皆云：『他爹爹若知我有媳婦在家，如何肯放我回去？』此語不通。蓋前面辭婚之日已明言有前室矣，今改之爲是。

兒没處尋。我和你共枕同衾，你瞞我則甚？你自撇了爹娘媳婦，屢換光陰，他那裏須怨着你没信音。笑伊家短行，笑伊家短行，無情忒甚。到如今，(一)兀自道且説三分話，未可全拋一片心。

【前腔】(生)非是我聲吞氣忍，只爲你爹行勢逼臨。怕他知我要歸去，將人厮禁，因此上要説又將口禁。(二)我待解朝簪，再圖鄉任。那時節他不隄防着我，(三)須聽我到家林，(四)我和你雙雙兩個歸晝錦。苦！我雙親老景，我雙親老景，存亡未審。我實不瞞你，前日曾寄一張書回去，只怕雁杳魚沉。(牛夫人云)你既有書信附去，怎的没有個回報？(生)又不是烽火連三月，如何這家書抵萬金？(五)

(牛夫人云)(六)既是此事此情，乃相公十分不得已在此。我和你夫妻喜則同喜，憂則同憂。你既如此，我豈得安然？我且去對爹爹講，我和你同回去便了。(生云)夫人雖有見憐之心，你爹爹如何肯放我回去？就是肯放我，也不肯放你，且不要去説破此情。(牛夫人云)這不妨事。我爹爹身爲太師，風化所關，具瞻

(一) 眉批：『到如今』連上句爲是，若唱者連下，不通。
(二) 眉批：添『因此上』三字方是。
(三) 眉批：『那時節』三字當是白，須輕輕帶。
(四) 眉批：諸本『須遣我到家林』，今改『聽』字更是。
(五) 眉批：諸本俱云『真個家書抵萬金』，頂上『又不是』三字不得，今改『如何這』三字方通。
(六) 眉批：從舊白增潤之。

在望，終不成贅人之子，忘人之父？又終不然待以新婚，遂棄其舊眷？此皆理之所可言，亦且情之所當告者。(一)（生云）令尊止生你一人，決然不放，你言之無益也。（牛夫人云）我爹爹爲父者既不肯舍女孩兒，叫人家爲子者獨可以舍父母？此理之所必不可行，亦情之所必不可已者。（生云）夫人，你告而不從，奈何？（牛夫人云）告而不從，爲之再告。（生云）再告不從，奈何？（牛夫人云）再告不從，爲之三告。（生云）三告不從，奈何？（牛夫人云）三告不從，吾以涕泣隨之。（生云）多感夫人厚情，使我雙親有終養之期，使卑人無不孝之罪，皆賴在夫人盡心周旋也。（牛夫人云）相公寬懷，自有道理。(二)

（生）雪隱鷺鷥飛時見，（夫人）柳藏鸚鵡語方知。

（合）假如染就深紅色，（合）也被傍人講是非。

伯皆上卷終

(一) 眉批：從來諸本於此處白語俱簡短不見深味，三思此傳奇之關節，正於此處見之，如何簡短得過？今增潤如此方是。

(二) 眉批：槃薖碩人：東嘉元本傳流日遠，無可查考。此齣之曲率爲改虛字斡旋處，多於意義不通，今逐一想其語意而改正之，識者當知之。按：《七步餘談》有云：『解大紳與客道：「怎做得揚子雲閣上災」不若淵明《歸去來》尤工。客曰：惜爲桓靈以後事耳。大紳曰：「鍾乳三千兩，金釵十二行」非牛僧孺事乎？客曰：雖然，亦東嘉千里之一曲也，何以再爲云云。』予閱斯語，莫説改竄文字，即訂改亦傳一詞，亦非易事。

伯皆定本下卷

槃薖碩人增改定本

十九摺　幾諫求歸

【西地錦】（外）好怪吾家門婿，鎮日不展愁眉。教人心下常縈繫，也只爲着門楣。

自家招贅蔡伯皆爲婿，可謂得人。奈他自從到此，眉頭不展，面帶憂容，不知爲着何事？必有緣故。且待女孩兒出來問他，便知端的。

【前腔】（牛小姐）只道兒夫何意，如今就裏方知。(一)萬里家山，要同歸去，未審爹意何如？

（外云）孩兒，吾老入桑榆，自嘆吾之皓首；汝身乖琴瑟，每爲爾而懊懷。夫婿何故憂愁？孩兒必知端的。（小姐云）告爹爹得知：他娶妻六十日，即赴科場；別親四五年，竟無消息。温清之禮既缺，

(一)　眉批：一本『就裏』作『事體』，又一本作『到此』，不及『就裏』更好。

伉儷之情何堪？今欲歸故里，辭至尊家尊而同行；共事高堂，執子道婦道以盡禮。（外云）呀！吾乃紫閣名公，爾是香閨艷質。念糟糠婦雖出彼之所思，事田舍翁恐非爾之所能。(一) 況他久别庭幃，何不寄一封之音信？且爾從來嬌養，怎堪涉萬里之程途？休惑夫言，惟從父命。（小姐云）爹爹，曾觀典籍，未聞婦道而不拜舅姑；試論綱常，豈有子職而不事父母？若重唱隨之義，當修定省之儀。彼荆釵裙布，既已獨奉親幃之甘旨；此金屏繡褥，豈可久戀藍宅之歡娛？爹爹身居相位，坐理朝綱，豈可斷他人父子之恩，絶他人夫婦之義？使伯皆有貪妻而不顧父母之愆，使孩兒有違夫而不事舅姑之名。望爹爹容恕，特賜矜憐，庶得彼此兩全。(二)（外云）你休多言。他有媳婦在家，你自己想一想。(三)

【獅子序】（小姐）他媳婦雖有之，念奴家須是他孩兒的次妻。那曾有媳婦不侍親闈？（外云）孩兒，你去做甚麽勾當？（小姐）若論做媳婦的道理，須當奉飲食，問寒暄，相扶持蘋蘩中饋。（外云）許多的勾當，他先有媳婦在家裏奉事，不消你去做這勾當了。（小姐云）他既盡奉事的道理，

(一) 眉批：從來諸本牛相白皆云：『何必顧此糟糠婦，焉能事彼田舍翁？』如此背理之言，恐非居相位者所宜出口，今如下所改語方婉曲近是。

(二) 眉批：删潤此處更妙。

(三) 眉批：諸本舊白外云：『休胡説！他既有媳婦在家，你去做甚麽？』此語亦太直突無理，今改之，如下云云方是。

奴家也該盡奉事的道理。(一)方道是養兒代老，積穀防饑。

(外云)既是説養兒代老，他父母既年老了，何似當初休教他來應舉？(二)

【太平歌】(小姐)他求科舉，指望錦衣歸，不想道爹爹留他爲女婿。(外云)那個也是緣分定了，須强他不得。(小姐)他埋怨洞房花燭夜，那些個千里能相會？只要保全金榜掛名時，他事急且相隨。

(外云)依你説來，他日夜只是埋怨着我？(小姐云)雖不敢埋怨着爹爹，

【賞花時】(小姐)他終朝慘悽，我如何忍見之？(外云)也是他自己討得這愁煩。(三)(小姐)若論爲夫婦，須當共憂虞。(四)(外云)你可對他説，叫他不要憂愁，我奏陞他高大的官爵，豈不樂也？(五)

(小姐)他數載不通魚雁信，枉了十年身到鳳凰池。

(外云)你只聽着丈夫的言語，却不聽我説。這妮子好癡迷呵！

(一) 眉批：增飾此白而接唱以『方道是養兒代老』，甚妙。如舊白欠圓，且唱『又道是養兒』云云，則文字大不通矣。

(二) 眉批：此處悉從舊白上改换字面，活婉説來，方有理。

(三) 眉批：諸本舊白外云：『他自慘悽，你管他怎的？』全不似教女事夫之理。今改之，如下云云極妥。

(四) 眉批：諸本俱云『共歡娱』，接上『慘悽』意不得，今改『憂虞』。

(五) 眉批：舊白俱云『他在這裏，我教他做大大的官』，此語亦太俗、太突，今仍其意而改潤之。大約此一齣内夾白處俱改潤，以承接唱。意較舊本更爲肯綮，觀者須將諸舊本互參對看，方知所改白之妙。

【降黃龍】(小姐)須知，非奴癡迷。已嫁從夫，怎違公議？(外云)你與伯皆同歸也不妨，只是我已年老，没個親人在傍，如何放得你去？(小姐)爹爹猶念女，怎教他的爹娘不念兒？(外云)我也富貴極矣，非是要你在家伏侍我，只是他既有了媳婦，你去時節，只怕擔閣了你。(小姐)休題，縱把奴擔閣，比擔閣他媳婦何如？(一)(外云)我想想，只教伯皆一己獨自回去也罷。(小姐)那些個夫唱婦隨，嫁雞怎不逐雞飛？

(外云)他是個山林之人，貧賤之家，你去伏侍他，有多少不便處。(二)

【大聖樂】(小姐)爹爹，婚姻事難論高低，若論高低何似當初休嫁與？假饒親賤孩兒貴，終不然便拋棄？(外云)他的孩兒撇得下，你便不要管他也罷。(小姐)奴須是他親生兒子親媳婦，難道他是誰人我是誰？(三)(外云)據你說來，我到說得不是了？(小姐)爹居相位，怎說着傷風敗俗非禮的言語？

(外怒云)這妮子無禮！却將言語來衝撞我。你道父親的言語非禮，只有你丈夫的言語是禮呵？夫言中聽父言違，懊恨孩兒見識迷。我本將心託明月，誰知明月照溝渠。(外做行下科)(小姐扯住泣云)

(一) 眉批：有本云『擔閣他爹娘何如』，失問答意。

(二) 眉批：舊本此白云『貧賤之人，你去伏侍他』，大直突，非理，今改之云云。

(三) 眉批：有一本云『你是何人我是誰』，不及。

孩兒回去，爹爹開句口。(一)（外叱云）隨你去！隨你去！（復轉身云）我不開口，誰人敢去？（小姐泣云）自古道：酒逢知己千杯少，話不投機半句多。好笑我爹爹不顧道理，却説奴家衝撞他。昨日丈夫教我休説破，我如今有何顔見他？只得且在此坐一會，再尋思個道理何如？(二)（旦悶、生上科）

【稱人心】（生）撇呆打墮，早被那人瞧破。他要同歸，知他爹怎麽？我料想他們不允諾。（轉身見夫人科云）夫人呵，你緣何獨坐？想你爹爹不肯麽？(三)伊家道利齒伶牙，争奈你爹行不可。

【前腔】（夫人起身科唱）我爹爹，全不顧，人笑呵，這其間只是我見差。議論多，從此起，如何是妥？(四)他道我從着夫言，怒我不聽親話。

【紅衫兒】（生）你不信我教伊休説破，到此如何？算你爹心性，我豈不料過？我爲甚亂掩

(一) 眉批：此關目乃新增，作法自好。

(二) 眉批：此白悉依諸本舊語。

(三) 眉批：『想你爹爹不肯麽』句白，今皆作曲唱，是屋下架屋。

(四) 眉批：從來諸本皆云：『禍根芽，從此起，災來怎躲？』夫此事阻之不得歸而已，終不然又降禍於女婿乎？乃下文又作伯皆怨云：『是你招災攬禍。』如此畏罪，又安得有見親日子？故此處予改云：『議論多，從此起，如何是妥？』觀者其尚思之。下文亦改得似好。

胡遮？也只爲着這些。你直待要比翼同飛，却不慮長風浪破。(一)

【前腔】（夫人）自古道做夫妻同安樂，無危禍。(二)我見你每咨嗟，要調和，誰知好事多磨起風波。相公，把你陷在地網天羅，如何不怨我？天那！擔閣了兩下，都只是爲我一個。(三)

【醉泰平】（生）蹉跎，光陰易謝，縱歸去晚景之計如何？(四)名韁利鎖，牢絡在海角天涯。知麽？多應我老死在京華，孝親事一筆都勾罷。(五)苦！這般摧挫，傷情萬感，淚珠偷墮。

【前腔換頭】（夫人）我差，奴甘死也。(六)縱奴不死時，君去須不可。（生云）夫人如何説這個話？（夫人）奴身值甚麽？只因奴誤你一家。差訛，假饒做夫婦也難和，你心怨我心縈掛。奴身拚捨，成伊孝名，救伊的爹媽。

(一) 眉批：從來諸本俱云：『直待要打破砂鍋，分明是你招災攬禍。』予自幼聞此唱即惡之。打破砂鍋事據山谷《拙軒頌》，亦有來歷，然不識者成何説話？且災禍之説前解之已明，更説何災何禍？

(二) 眉批：從來諸本夫人唱云：『不想道像□靶，這做作難禁架。』此亦不成説話，今俱改之如下云云，似覺大雅。

(三) 眉批：從來諸本俱云：『懊恨只爲我一個，却擔閣了兩下。』似不甚愜，今顛倒用之爲得。

(四) 眉批：吴本：『縱歸來已晚，歸計無暇。』不愜唱，今依浙本『晚景之計如何』。

(五) 眉批：孝親：京本、閩本作『孝情事』，亦通。今依古本。

(六) 眉批：從來諸本俱云：『非詐，奴甘死也。』不玩下句，則『非詐』二字何所懸指？予今改『我差』，但『我差』二字上要加一『是』字，輕讀方得。

（生云）(一)夫人大不要這等，萬一你令尊知之，又怎麼好？（夫人云）妾當時勉從父命，遣事君子。不想君家有白頭之父母，青春之妻房。致君衷腸不滿，名行有虧。以今思之：誤君之父母者，妾也；誤君之妻房者，妾也；使君爲不孝之子、薄倖之夫者，妾也。妾之罪大矣！縱偷生於世，爲公議所不容。昔者聶政姊死，(二)倚屍傍以成弟之名；王陵母死，伏劍下以全子之義。妾豈愛一身，誤君百行？妾當死於地下，小則可以解君之縈掛，大則可以救君之父母；近則可以成孝子之令名，遠則可以免萬世之公議。妾死何憾也！（生云）夫人此情，卑人感荷深矣。但死之説，斷不可也！知之者則謂夫人恐誤伯皆之父母，不知者則謂夫人怨有伯皆之前妻，且以激令尊之憤，且以深卑人之罪。夫人何不思之？（夫人云）然則奴死不是，君歸不得，如之奈何？（生云）天無竟日之風雨，人多一時之迷誤。令尊豈是不達人情？只緣愛女心勝。倘或心回意轉，一旦悔悟，也未可知。我和你只得忍耐，以看何如？正是：思親徒注兩行淚，幾諫空懷萬斛憂。（同下）(三)

(一) 眉批：此白俱諸舊本所有，今悉仍之，特於中删潤一二。

(二) 政：原闕，據汲古閣刊本《繡刻琵琶記定本》補。

(三) 眉批：諸本皆於此下臺云：『一心只欲轉家鄉，争奈爹行不忖量。大風吹倒梧桐樹，自有傍人説短長。』不惟俚俗可厭，而於理亦不通。果如末二句意，則明以牛相爲犯公論矣，豈生口中語？

二十摺　沿途苦棲

【月雲高】(旦)路途多勞倦，(一)行行甚時近？未到洛陽城，盤纏都使盡。回首孤墳，空教奴望孤影。天那！他那裏，誰偢采？俺這裏，誰投奔？正是西出陽關無故人，須信道路貧甚家貧。(二)

怯登山，愁水渡。暗憶雙親，淚把麻裙漬。回首孤墳何處是？兩下消條，一樣愁難訴。玉消容，蓮困步。愁寄琵琶，彈罷添淒楚。惟有真容時時顧，惟悴相看，無語恓惶苦。奴家爲尋丈夫，路途上登高涉險，萬苦千辛。遥望前村人家，且去抄化。(下)

【不是路】(扮里婦上)村居茅舍，朝朝惟有雲樹遮。多瀟灑，辟纑烹菽度年華。(又里婦上)幸同心，賴有鄰光可借。雖然丈夫不在家，相陪伴，倚門遥遥見暮鴉。(同唱)有何咨嗟？有

(一) 眉批：俗本改「倦」爲「頓」，亦通。

(二) 眉批：俗唱於末句後增一句云：「路貧愁殺人。」呆甚矣！考諸本俱云：「須信道家貧不是貧。」夫趙之處家貧極矣，語之熟矣，又豈得説此？故今改之云「路貧甚家貧」，庶幾得之。

何浴嗟？[一]

奴家張氏，世居松村，樂此山林。今年丈夫遠出，不曾回家，幸有妹妹李氏。雖是二姓之人，實關一體之義。（李云）今日天寒葉落，我和你丈夫俱不在家，且攜手門前望望。呀！遠遠見一個道姑，手揭琵琶，背負一軸小畫，不知爲何？

【前腔】（趙五娘上）回首孤墳，空教奴望孤影。他那裏，誰偢采？俺這裏，誰投奔？正是西出陽關無故人，須信道路貧甚家貧。

（與里婦相見科）（里婦問云）道姑從何來？（趙云）小道陳留人，爲往長安尋丈夫。（里婦云）道姑緣何有丈夫？（趙云）丈夫去京多年，小道因此出家。（里婦云）你手捧琵琶，想是會彈唱？試彈一曲何如？（趙背云）[二]記得張太公曾囑我『逢人休説裙包土』等事來，但這是兩個女流，試彈與他聽無妨。（轉身云）二位娘子請坐，待小道彈來。

[一] 眉批：夫琵琶一調乃是此傳奇中一大關鍵，而各坊諸本并不載此詞，惟古本有之。且既云設此調以沿途抄化，又焉得將減？今玩諸本中一齣，甚是短寂，故新增此折以演出琵琶一調。蒼琅生曰：張太公有囑云『逢人休説裙包土』數語，不便將琵琶彈出來也。然如予所增，自是無妨觀者，詳覽之自見。

[二] 眉批：此白必背云此數語，方不礙廣才臨行之囑也。

【琵琶詞】(一)（趙彈唱）試將曲調理宮商，彈動琵琶情慘傷。不彈雪月風花事，且把歷代源流訴一場。混沌初開盤古氏，三才御世號三皇。天生五帝相繼續，堯舜心傳夏禹王。禹王後代昏君出，乾坤轉意屬商湯。商湯之後紂爲虐，伐罪吊民周武王。周室東遷王迹熄，春秋戰國七雄强。七雄并吞爲一國，秦室縱横號始皇。西興漢室劉高祖，光武中興後獻王。此時有個陳留郡，陳留有個蔡家莊。蔡家有個讀書子，才高班馬飽文章。父親名唤蔡崇簡，母親秦氏老萱堂。生下孩兒蔡邕的，新娶妻房趙五娘。夫妻新婚纔兩月，誰知一旦拆鴛鴦。幸逢朝廷開大比，張公同勸赴科場。苦被堂上親催遣，不由妻諫兩分張。指望錦衣歸故里，誰知一去不還鄉。自從與夫分別後，陳留三載遇饑荒。公婆受餒誰爲主，妻子耽饑實可傷。可憐三日無餐飯，幸遇官司開義倉。家下無人孤又苦，妾身親自請官糧。行到無人幽僻處，李正搶去甚慌張。奴憶回家無計策，將身赴井淚汪汪。遇得張公來答救，(二)分糧與我奉姑嫜。糧米充作二親膳，奴家暗地自挨糠。不想公婆來瞧見，雙雙氣倒在厨房。

(一) 眉批：此詞乃七言【古風】也，悉仍原所傳來者。此詞不免入俚，然却是《琵琶記》一部始終在內。且既云『沿途抄化』之語，亦不得造爲艱深，故悉仍舊語宣唱，未甚改也。

(二) 眉批：古本『幸遇張公』，『幸遇』字疊見矣，今改『遇得』。

慌忙救得公甦醒，不想婆婆命已亡。自嘆奴家身運蹇，豈知公又夢黄粱。連喪雙親手莫措，(一)香雲剪下賣街坊。又遇太公施仁義，刻腑銘心怎敢忘？孤墳獨造誰爲主？指頭鮮血染麻裳。孝感天神來助力，搬泥運土事非常。築成墳墓神分付，(二)改換衣裝往帝邦。畫得公婆儀容像，迢遥豈憚路途長？琵琶撥調親覓食，敬往京都尋蔡郎。皋魚殺身以報父，吴起母死不奔喪。宋弘不棄糟糠婦，王允重婚薄倖郎。此回若得夫相見，未審兩下得再雙。(三)從頭訴盡千般苦，只恐猿聞也斷腸。

（里婦云）那蔡郎是何人？（趙云）就是奴家的丈夫。（里婦云）趙五娘就是你了，姐姐？妹妹，這個婦人這等行孝，這等受苦，世間罕有，快請上座，待我姊妹禮拜。我兩人俱没有丈夫在家，無所款待，聊備有豆粥麥飯，園蔬野芊將來奉敬。（做遞蔬飯科）（趙云）多謝尊意，待奴家展開公婆真容，把這蔬飯供養，(四)然後奴家敢喫。（掛真容遞蔬飯供養科）（哭云）公公婆婆，你生得會讀書的兒子，到不如這村

(一) 眉批：古本『連喪雙親無計策』，不免重上『奴憶回家無計策』，今改『手莫措』爲是。

(二) 眉批：古本『親分付』不明，今改『神分付』。

(三) 眉批：古本『夫相見』下云『全仗琵琶説審詳』，此詞恐不便彈與夫聽也，故兹改云『未審兩下得再雙』，止涵後意而言也。

(四) 眉批：生出此意來，止應前所云『沿途莫些酒飯，化些香紙』之説。甚妙！甚妙！

莊之家得以飽食終日。可憐！可憐！（里婦云）娘子不要傷感，且用些蔬飯充飢。（趙云）我想起公婆咽糠之時，這蔬飯我怎麼喫得下？（做喫科）

【不是路】（趙唱）受盡波查，餐風宿水路途賒。遇賢達，得入你堂前把真容掛。古人云，一飯之恩當報答。（里婦唱）萍水相逢茅簷下，感伊家真心行孝有可誇。（趙云）多感二位娘子，此恩不知何日報謝？何日報謝？（里婦唱）何須報謝？

（趙云）告辭了。（趙云）奴家一路迢遞而來，雖受苦楚，幸然平安。且感沿途人家婦女相見，(一)皆有憐閔之心。只是一件，若到洛陽，尋見丈夫，相逢如故，也不枉了這遭奔苦。(二)倘或他駟馬高車，前呼後擁，見奴家這般淒涼樣子，(三)不肯相認，如之奈何？

【月兒高】（趙唱）暗中思忖，此去好無准。只怕他身榮貴，把咱不厮認。若是他不偢倸，(四)空教奴受艱辛。我想他是個讀書知理之人，也未必忘恩義，我這裏自閒評論。他須記一夜夫妻百夜恩，怎做得區區陌路人？

(一) 途：原闕，據文義補。
(二) 了：原作『也』，據文義改。
(三) 樣子：原作『像子』，據文義改。
(四) 眉批：不偢倸：吳本作『不瞧』，無味。

【前腔】只是一件，他在府堂中深隱，奴身怎生得進？他在駟馬高車上，又難將他認。我思想起來，有個道理。若到他跟前，(一)只提起二親真容。天那！又怕這個消瘦龐兒，(二)他猶難十分信。呀！他不到得非親却是親，我自須防仁不仁。

哽咽無言對二真，千山萬水好艱辛。

見説洛陽花似錦，只恐來時不遇春。

二十一摺　悔過迎親

【番卜算】(外)兒女話堪聽，(三)使我心疑惑。暗中思忖覺前非，有個團圓策。

自古道：良藥苦口利於病，忠言逆耳利於行。昨日女孩兒要和伯皆同歸，以事雙親，將幾句言語動我，我一時不勝焦躁。到如今尋思起來，女孩兒的言語，句句説得有理。我待要放他回去，只慮他嬌養深閨，怎堪長途之苦？況俺獨坐高堂，不勝年老之悲，如何是好？如今有個道理，不免差幾個家丁，多與些盤費，教他徑往陳留，將伯皆的爹娘和那前妻都接取在我府中來，豈不兩全？且叫女兒女婿同

(一) 眉批：若到：又作『到來』，欠當。

(二) 眉批：浙本『只怕他龐兒瘦』，亦通。京本、閩本作『怕消瘦了龐』，今改『又怕這個消』，是矣，是矣。

(三) 眉批：堪聽：俗本作『難聽』，全戾本旨，今依京本正之。

來商議，以便行事也。（一）

【前腔】（生）淚眼滴如珠，愁思縈如織。（二）（牛夫人）早知今日悔當初，何似休明白。（三）

（相見科）（外云）孩兒，你昨日所説的話，我仔細尋思起來，都説得有理。我欲待放你同回去，恐路途有跋涉之苦；兼我老年，無親伴之人，不如敬差人去陳留，取他的爹娘、媳婦，來俺府一同居住，你兩人意下何如？（四）（小姐云）爹爹所處甚是停當。（生云）若得如此，感恩非淺！（外云）李旺何在？你可多喚些人馬，多帶些盤費，徑往陳留去取蔡學士的老員外、老安人和那小娘子三人，同到京來，入我府中住宿。（李旺云）小人不敢去。（五）（外云）却怎的？（李旺云）接他老員外、老安人來有理，若接他前的小娘子同來，恐我家小姐有不悦之意。（六）（小姐云）這雖是老相公的言命，却是我們的本意。休得閒言，只管前去，請他三人快來快來。（外云）我且修一封書與你去。（做下修書科）（生云）我也有一封書與你去。（做下修書科）（外上科）（生隨上科）（外云）賢婿，我修一封書奉請你令尊、令堂，你可看

（一）眉批：悉仍舊白，但略略增潤一兩字。

（二）眉批：京本作『愁事縈如織』，不及『思』字妙。

（三）眉批：古本生旦分唱，俗本作連唱，非是。

（四）眉批：悉仍舊白，但略略增潤一二字。

（五）眉批：删去李旺應辭俗語。

（六）眉批：依舊白之意而改其詞，亦覺有風致。

着。（做誦書科）

【前腔】遠隔親慈，久歉問候。賢郎列爵於朝端，締姻於敝府，因此稽留，未得回旋。敬遣蒲輪之安，奉迓松齡之老。敢祈偕老安人、幼媳婦速速賁臨，庶得敘一體之歡，免致有兩地之苦。伏惟珍重不宣。〔一〕

（生云）多感岳丈厚情，小婿亦有書一封家去，乞岳父看着。（做誦書科）

【前腔】勢隔千山，別經五年。愧甘旨之未供，徒苦念而長嘆。玆蒙岳丈牛太師遣人奉迎，懸望雙親即刻起程。媳婦趙氏，沿途侍行。伏冀路途風霜，早晚珍重。萬惟早至，以慰孩兒睁睁望眼。〔二〕

（外云）賢婿向來一點孝心，我今纔知。李旺此去，一定令尊、令堂決來，不消掛念了。（生云）只恐衰老之人，路途不知何如？（外顧李旺云）你一路上好生伏侍老員外、老安人。（生云）李旺去時節，須要多方詢問。我鄰翁有個張廣才，可多致意他。若是我爹娘媳婦在途中，你千萬小心承直。（李旺云）小人謹領。〔三〕

〔一〕眉批：此書并後段伯皆書俱原本所無，乃係新增，作者不必唱，只作彼此交誦共聽更好。

〔二〕眉批：此書亦不可無，故并增之。

〔三〕眉批：從舊白增潤，甚覺情理之長；且入張廣才二句又有許多意在。

【四邊静】（外）李旺，你去陳留仔細詢端的，專心去尋覓。請過兩三人，途中好承直。（合唱）行途涉歷，[一]寄書咫尺。眼望旌捷旗，耳聽好消息。

【前腔】（生）只怕饑荒散亂無踪跡，他怎存亡也難測。何況路途間，難禁這勞役。（合前）

【福馬郎】（牛夫人唱）李旺，你休説新婚在牛氏宅。（外云）孩兒，便説又待怎的？（牛夫人唱）他必然怨我相擔誤；[二]歸未得，只恐傍人聞之，把奴責。（合唱）若是到京國，相逢處，兩下免憂憶。[三]

【前腔】（李旺）相公，多與我盤纏添氣力，萬水千山路，曾慣歷。辭却恩官去，從此要安逸。[四]（合前）（下）

[一] 眉批：諸本俱云『休憂怨憶』，語甚不通。今改『行途涉歷』，接下句意亦好；且此語必外與李旺唱方妥，生不便唱此。

[二] 眉批：諸本皆云『他須怨我』，今改『必然』，字更順。

[三] 眉批：京本『相逢』無『處』字，如何便唱？京本『相逢處做個筵席』，成何説話？今依閩本『兩下免憂憶』更是。

[四] 眉批：諸本『恩官去，管取得』字語上已見矣，今改『從此要安逸』。

二十二摺　入寺遺像

（扮五戒和尚上云）〔一〕年老心閒無別事，麻衣草座亦容身。相逢盡道休官去，林下何曾見一人？自家乃是彌陀寺一個五戒僧人。今日寺中建個無礙道場，不揀甚麽人，或追薦雙親，或保安自己，都來這裏聚會。真個好寺院、好道場。（内問云）怎的見好？（五戒云）但見：蘭若莊嚴，蓮臺整肅。佛殿嵯峨耀金壁，回廊繚繞畫丹青。千層塔高聳侵雲，半空中時聞清鐸；七寶樓晶光耀日，六時裏頻叩洪鐘。松下山門，紅塵不到；竹邊僧舍，白日可消。〔二〕阿羅漢神像威儀，如靈山三千十六萬億佛祖；比丘僧戒行清潔，似祇園千二百五十人俱。大看旛影石壇高，惟有棋聲花院静。休題那清净法界，且説那嚴肅道場。只見珠幢寶蓋影飄飖，玉磬金鐘聲斷續。龍瓶中插九品紅蓮，開净土春秋不老；鳳蠟内吐千枝絳蕊，照佛天晝夜常明。齊整整貝葉同翻，撲簌簌天花亂墜。旃檀林裏，爇着清净香、道德香；香積厨中，獻這禪悦食、法喜食。人人在十洲三島，個個净五蘊六根。擊大法鼓，吹大法螺，仙樂一齊奏動；開甘露門，入甘露城，幽魂盡獲超昇。寄言苦海中林客，好向靈山會上修。今日寺建大會，怕

〔一〕眉批：五戒，行者之稱，凡出家人師授五戒。

〔二〕眉批：諸本作『白日難消』，不通。

有達官貴客來此遊玩，我且在此誦經焚香，了些事體。呀！遠遠望見兩個官人來也。（丑、净扮風子上）[一]

【縷縷金】（净）胡厮啞，兩喬才。家中無宿火，有甚强追陪？（丑）我自來粧瘋子，如今難悔。向叢林深處且徘徊，特來看佛會。

（丑、净云）你這佛會好齊整，支費頗多？（五戒云）今天幸你兩位貴客到此，望乞施捨香錢，以助支費何如？（丑云）佛祖有靈，錢財易得，我捨一百。（净云）佛祖有靈，錢財如氈，我捨一千。（五戒云）遠遠又望見一個婦人來也。（五戒俱云）那婦人到生得有些意思，背着一面琵琶，想是會彈唱的。且要他彈唱一會，多少是好？[二]

【前腔】（趙上唱）途路上，實難捱。盤纏都使盡，好狼狽。試把琵琶撥，逢人乞丐。薦公婆魂魄免沉埋，特來赴佛會。[三]

奴家且喜已到洛陽，聞説今日彌陀寺中大開佛會，不論甚人，可以超薦亡靈。奴家且趁此寺中抄化文

[一] 眉批：此白悉仍舊本，但訂其音字之訛者。

[二] 眉批：此處從舊白，略删潤。

[三] 眉批：或謂此一齣似涉玷穢，可削。然既入寺以圖追薦，必有此遇；而趙女於此泥而不污，亦可以示女戒。且所彈唱皆孝親之詞，正千古不易之論也。槃薖碩人極欣此一枝也。

錢，追薦公公婆婆，不免進去。（五戒云）道姑，請裏面赴齋。（丑、浄相見云）道姑手拿的是琵琶，背的是甚麽？（趙）是奴家公婆的真容。（丑、浄云）且問道姑，你從那裏而來？〔一〕

【銷金帳】（趙）聽奴訴與：　奴是良人婦，爲兒夫相擔誤。（浄云）他怎的擔誤你？（趙）他一向求名赴選，〔二〕未歸鄉郡。饑荒喪了，喪了親的舅姑。（丑云）你丈夫既不在家，喪了公婆，誰人安葬？（趙）是我造墳墓。（浄云）你如今來這裏做甚麽？（趙）今爲尋夫來此。（丑云）你丈夫如今在那裏？（趙）未知他在何處所。

（浄云）你抱着這琵琶做甚麽？（趙云）奴家將此琵琶，沿路彈個曲兒，抄化些錢財，以圖追薦公婆。（丑云）你會彈甚麽曲兒？你會彈《也兒四》麽？（趙云）不會。（浄云）你會彈《八俏手》麽？（趙云）不會。奴家只會彈些孝順歌兒。（五戒云）就把那孝順歌兒好生彈唱來，教這兩位官重賞你。（趙云）官人，請坐聽着，待奴家彈來。

【前腔】（彈科）凡人養子，懷抱最艱辛。欲語未能行未得，此際苦雙親。〔三〕

【前腔】凡人養子，最是十月懷胎苦，更三年勞役抱負。休言他受濕推乾，萬千辛楚。真個

〔一〕那：原作『即』，據文義改。

〔二〕眉批：諸本皆云『他一向赴選及第』，此時趙五娘尚不知丈夫消息，焉得遽言及第乎？茲改之云『求名赴選』。

〔三〕眉批：此四套説父母養子之恩，字字真切，語語懇至，余最愛之，恨不得時時借趙氏琵琶爲人子常彈也！

千般愛惜，萬般回護。兒有些不安，父母驚惶無措。直待可了，可了歡欣似初。（净云）彈得好！彈得好！（五戒云）真個彈得好！（丑云）我許下你十貫錢，只要你再彈。（趙云）官人，請坐聽着，待奴家彈來。

【前腔】（彈科）孩兒漸長成，父母漸歡欣。教語教行並教禮，一意望成人。

【前腔】兒行幾步，父母歡欣相顧，漸能言能走路。指示飲食羹湯，(一)自朝及暮。懸懸望他，望他不知幾度。爲擇良師，只怕孩兒愚魯。略得他長俊，長俊，可便歡欣賞賜。(二)（丑云）彈得好！彈得好！（五戒云）真個彈得好！（净云）我許下你二十貫錢，只要你再彈。（趙云）官人，請坐聽着，待奴家彈來。

【前腔】（彈科）勤於教道，暮史及朝經。願得榮親並耀祖，一舉便成名。

【前腔】朝經暮史，教子勤詩賦，爲春闈催教赴。欲求他耀祖榮親，(三)改換門户。懸望他，望他腰金衣紫。兒在程途，又怕餐風宿露。求神問卜，問卜，(四)把歸期暗數。

(一) 眉批：諸本俱云『指望羹湯』，不通。今改『指示』，蓋教之食也。

(二) 眉批：疊『長俊』二字，韻方長。『賞賜』，一作『賞賀』；一作『相賀』，皆非是。

(三) 眉批：諸本俱云『指望他耀祖榮親』，與下『懸望』豈不大涉重複？今改『欲求他耀祖』爲得之。

(四) 眉批：疊『問卜』二字，韻方長。

（浄云）彈得好！彈得好！（五戒云）真個彈得好！（丑云）我許下你二十貫錢，只要你再彈。（趙云）官人，請坐聽着，待奴家彈來。

【前腔】（彈科）孩兒在外，須早回程。忤逆男兒並孝子，報應甚分明。

【前腔】兒還念父母，及早歸鄉土，看慈烏亦能反哺。莫學我的兒夫，把雙親擔誤。常言養子，養子方知父母。算那忤逆男兒，和孝事爹娘之子。若無報應，果是乾坤有私。

（丑云）彈得好！彈得好！（五戒云）真個彈得好！你二人須把錢來賞賜這道姑。〔一〕（浄云）我在家去拿來。（五戒云）你家中在那裏？（浄云）到此有五十里田地。（丑云）我也要在家裏去拿錢來。（五戒云）你家中在那裏？（丑云）到此有六十里田地。（五戒云）原來你二人都是吊謊的，哄這道姑彈唱了半日，又没錢與他。佛祖神祇有靈，也不容你。（趙云）我也不要你的錢，你自去罷。（做轉身入法堂科云）我只道彈得幾個曲兒，化得幾個錢兒，以供佛祖，追薦公婆，不想遇着兩個浪子。我且在法堂中掛起真容，拜囑一番以表。（做掛真容拜科）

【賞秋月】（趙）在途路，歷盡多辛苦，把公婆魂魄來超度。焚香禮拜祈保護，願相逢我

〔一〕 眉批：諸本此中句俱做丑、浄脱身上衣襖賞旦，又做旦受之；後因二人畏寒又還其衣，此殊褻趙女之貞潔。如此打諢，甚是不雅，今悉改之如下所云方妙。

丈夫。(一)

（丑、淨俱上云）這婦人雖當勞瘁之中，却有俊俏的風度，我和你覷了他拜告真容，料他不久必出寺門。我二人且躲在寺外路傍叢林，待這婦人出來，拿住琵琶，調戲他一番，多少是趣？(二)（做蔡伯皆衛從車馬上）

【縷縷金】（生）時不利，命多乖。(三) 雙親在途路上，怕生災。（左右唱）此是彌陀寺，可停車蓋。(四)（合唱）辦虔誠懇禱拜蓮臺，特來赴佛會。

（做過叢林馬驚科）（生云）誰人在這路傍叢林驚動這馬兒？（左右做拿執丑、淨科云）是兩個人。（生云）這兩個人莫是奸細？打三十板，送理刑官審究。（丑、淨云）這是佛祖神祇有靈，不容我和你。（做押下科）（生做擁喝入寺科）（五戒私叫云）那道姑且回避。（趙做慌避吊下真容科）（生云）那裏得這軸小畫？（五戒云）敢是適間道姑的？（生云）左右，可將還他去。（左右云）那道姑已去了。（生云）既去了，可收下此畫。左右，看和尚安排佛筵上齋備否，以待我們行香。(五)（僧上）

(一) 眉批：舊元本無此掛真容禱拜一枝，便冷寂無味。今依京、浙本增之。

(二) 眉批：此作法關目皆改舊本。

(三) 眉批：閩本作『命何乖』，不如京本作『多乖』爲是。茲從之。

(四) 眉批：京本□□『停車蓋』，吴本作『已□□』，作左右唱，不若云『可停車蓋』爲是。

(五) 眉批：此作法、此關目、此白語悉改舊本。

【前腔】（和尚）能喫酒，會噇齋。喫得醺醺醉，便去摟新戒。[一] 講經和回向，全然尷尬。你官人若是真喬才，[二] 休來看佛會。

和尚叩頭。（生云）和尚，下官爲迎取父母來京，不知路上安否何如？特來三寶面前，祈求保佑。（和尚云）既是如此，小僧先請佛。

【佛賺】[三]（做和尚唱）如來本是西方佛，西方佛，却來東土救人多，救人多。結跏趺坐坐蓮花，丈六金身最高大。他是十方三界第一個大菩薩，摩訶般若波羅糖。[四]（左右云）和尚，你念差了，是波羅蜜。（和尚唱）糖也這般甜，蜜也這般甜。南無南無十方佛十方法十方僧，上帝好生不好殺。好人還有好提掇，惡人還有惡鑒察。好人成佛是菩薩，惡人做鬼做羅刹。第一滅却心頭火，心頭火。第二解開眉間鎖，眉間鎖。第三點起佛前燈，佛前燈。真個是好也

[一] 眉批：俗本『打新戒』，非是。

[二] 眉批：閩本『若是有文才』，亦欠妥。

[三] 眉批：古本皆有此，近見一本削去此一段語不録，想是惡其褻，非正經語也。然天地間之有佛法皆是胡談亂講，有甚正經在那裏而又過責於此耶？《琵琶記》，戲文耳；佛亦戲而已。戲得天地間人，俗不俗，道不道，皆佛戲之也。與其以佛戲，不若薰館十二門末也。

[四] 糖：原闕，據汲古閣刊本《繡刻琵琶記定本》補。

快活我，快活我。諸惡莫作，奉勸世上人則個。浪裏梢公牢把舵，行正路，(一)莫蹉跎。大家却去誦彌陀，誦彌陀。善男信女笑呵呵。聽大法鼓鼕鼕鼕，聽大法鐃乍乍乍。手鐘摇動陳陳陳陳，獅子能舞鶴能歌。木魚亂敲逼逼剥剥，海螺響處嘖嘖嘖嘖。積善道場隨人做，伏願老相公、老安人、小夫人，萬里程途悉安樂。(二) 南無菩薩薩摩訶，金剛般若波羅蜜。

（和尚云）小僧已請佛了，請相公上香，宣陳情旨。（生做炷香拜科）（生讀）慧日耀康衢，重昏夜曉，法雲蔭真際。火宅晨涼，爰度衆生，用登彼岸。伏念蔡邕，久居宦邸，夢遶親幃。兹者奉迎雙親，遠涉萬里。誠恐老景衰迷，難堪跋涉之苦；又慮途次艱危，不免疾苦之災。仰祈神通，大賜保佑。願履安車於平地，以報鼎養於終天。(三)

【江兒水】（生）如來證明，聽蔡邕啓：我雙親在途路，不知何如的？仰惟菩薩大慈悲。

（合）龍天鑒知，龍神護持，護持着登山渡水。(四)

【前腔】（和尚）如來證明，鑒兹情旨。蔡邕的父母，望相保庇。仰惟功德不思議。（合前）

(一) 眉批：『行正路』二語近道。

(二) 眉批：有一俗本『老相公』下有『老猪婆』等謔語，甚非體，今從古本削之。

(三) 眉批：諸本從來無此禱佛語，則此來甚覺無味，今增之，極好。

(四) 眉批：一本作『護持他』，亦可。

【前腔】（左右唱）我東人鎮日常懷憂慮，只愁二親在路途裏，孝思誠意感神祇。㈠（合前）

【前腔】（左右唱）我聞知神靈，必來降祉。保全家眷早早至，大家、大家同歡喜。㈡（合前）

（生率衆下云）佛度有緣人，惟願得安平。（趙上科云）我在寺外林中，覷了這來的官在寺中拈香禮拜，不知爲何？只等五戒和尚送他轉來，我問他端的。（五戒云）這位官乃蔡伯皆，因前日着人去家裏迎取父母，在此祈禱，以保路途平安。㈢

【縷縷金】（趙）原來是蔡伯皆，馬前都喝道貴人來。丈夫可謂榮耀矣。他既有一念祈禱之心，料想雙親像，他必留得在。但他不知父母已亡，又見奴家這等襤褸形狀。未審夫婦，果得再和諧，敢都仗這佛會？㈣

奴家想起來，他既收了那公婆的真容，他也必展開看一看。只是儀容衰朽，他還認得否？若是他認得

㈠　眉批：閩本無此折。

㈡　眉批：浙本無此折。俗本此折云：『我聞知做會，特來隨喜，饅頭素食多多與。若還不與，我自入齋厨自取。』此成何説話？今改之如下云云。

㈢　眉批：此必寺中人方知，而諸本俱模糊，只云：『那官人，奴家詢起來是蔡伯皆。』且既先唱了『料想雙親像，他必留得在』，而後又繼以白云『只是奴家慌忙中』。夫去公婆真容，何無次第之説也？今正之如此。

㈣　眉批：諸本此曲皆云：『原來是，蔡伯皆，馬前都喝道，狀元來。料想雙親像，他每留在。敢天教我夫婦再和諧，都因這佛會？』今改夾白而婉轉點綴其曲，方覺有致。

公婆，一定也認得奴家。明日且以彈唱求乞爲由，敬借問到蔡郎衙裏去，問取消息。倘或天心見憐，大家從此相會，也不見得。（下）

二十三摺　兩媛奇遘

【十二時】（牛）心事無靠托，這幾日番成悶也。父意方回，夫愁稍可。未卜程途裏如何，(一)教我怎生放下？

不如意事常八九，可與人言無二三。奴家丈夫蔡伯皆羈留在此，不得回家奉事雙親，常懷憂悶。我們因此懇告爹爹，幸得他心回意轉，差人去迎取他爹娘媳婦；又不知他路途安否何如？爲這大事，耽耽在心，不能忘懷。(二)倘蒙天佑，他爹娘不日到來，却要選兩個精細婢女，早晚伏侍。現目今我府裏的人，俺看他都是不中用的。院子何在？（院子上云）書當快意讀易盡，客有可人期不來。禀夫人，有何使令？（牛云）我府今缺少幾個使唤的丫鬟，你與我街坊上尋着，不拘老少，但有婦人潔浄的，可討來聽用，你休得違誤。(三)

(一) 眉批：諸本『如何』上有『的』字，似贅，今削之。

(二) 眉批：諸本□□『爲這些事教我煩惱』，是以大事作小事着了，今改之爲妥。

(三) 眉批：此白原本俱支蔓，且多帶俚，今節之，更朗便。

【遶地遊】（趙）風餐水卧，(一)甚日能安妥？問天天怎生結果？

昨日在彌陀寺裏訪得蔡郎消息，今日且以抄化爲名，到牛府門前探訪何如？(二)遠遠望見一個大哥在府内出來。（院子云）你是個道姑，從何而來？（趙云）遠方之人，到此抄化。（院子云）你肯進府裏去見我夫人也不？（趙云）勞大哥通報。（院子入報云）外面有個道姑，到儘精潔，却來求見夫人。（牛云）可引他進來。（牛見科）

【前腔】（牛唱）梳粧淡雅，看丰姿堪描堪畫。是何人近來問咱？

（趙云）夫人，稽首！（牛云）道姑何來？(三)（趙云）貧道遠方之人，特來府中抄化。（牛云）你有甚能幹，遠來抄化？（趙云）大則琴棋書畫，次則女工針指，小則飲食餚饌，頗諳一二。（牛云）既有這等能幹，不要在街坊上抄化，不如在我府裏喫些安樂茶飯何如？（趙云）若得如此，感恩非淺。（牛云）我且問你，是從幼出家的，是在嫁出家的？（趙云）貧道是在嫁出家的。（牛云）既是有丈夫的，難以收留。院子，可多打發些齋糧與他去。(四)（趙云）奴家實非因抄化而來，(五)特來尋取丈夫。（牛云）且問你你丈

(一) 眉批：閩本作『卧』字，協韻。諸本作『水宿』，非也。今依閩本。
(二) 眉批：諸本於此白語俱説得突兀無來歷，今趙女加幾句敘來，便覺有原委。
(三) 眉批：諸本皆是牛氏使院子去問趙，何對面説話費此灣還耶？今改之。
(四) 打：原闕，據汲古閣刊本《繡刻琵琶記定本》補。
(五) 眉批：『□□□□丈夫，非爲抄化而□□』下面俱稱奴家，不稱貧道。諸本欠斟酌，今正之。

夫姓甚名誰？（趙背云）乍然相逢，也不便直把蔡伯皆名字説出來。不免隱藏字意，説與他知。（趙作轉身科云）奴家丈夫姓祭名白諧，外面人傳説他在牛府中廊下住。（牛云）問院子，各廊房有這個名字麼？（院子云）並没有這個名字。（趙云）人人説我丈夫在貴府中，今既道没有，教我何處去尋覓？(一)天！天！苦也！苦也！（趙哭科）（牛云）可憐這婦人！你且不須愁煩，權住我府中；着院子在街坊上替你訪問何如？（趙云）若得如此，再造之恩！（牛云）只你在我府中，休要恁般打扮，我與你换了這衣粧。（趙云）奴家有一十二年大孝在身，不敢换衣。（牛云）大孝只有三年，如何許久？(二)（趙云）孝公公三年，孝婆婆三年；薄倖兒夫，久留都下不回，又替他孝服六年，所以共成十二年。（牛云）有這等孝心的婦人！可敬！可敬！只是我府中不便這樣衣粧，叫惜春可取粧奩服色出來。（惜春遞粧盒衣服上）（趙云）暗存孝服之心，顯從夫人之命。（做對鏡科云）咳！鏡兒，鏡兒，自嫁與蔡家，只兩月照你。呀！如今却這般消瘦也！(三)

【二郎神】（趙）容瀟灑，(四)照孤鸞，嘆菱花剖破。（牛云）今你不梳粧，且换了這衣服。（趙做看衣科）記翠鈿羅襦當日嫁，誰知他去後，釵荆裙布無些？（牛云）你既不换衣服，且帶着這釵兒。

(一) 眉批：諸本此處白云：『廊下既無此人，多是死了。』此句大説得不好，亦不似明知故説之意，今改之爲妥。

(二) 眉批：皆依原白，只裁剪冗字下。

(三) 眉批：此白諸本太煩，今略削之。

(四) 眉批：一本作『容消索』，却是。

（趙做看釵科）這金雀釵頭雙鳳朵，(一)奴家若帶了呵，可不羞殺人形孤影寡？（牛云）你不帶釵兒，且簪些花朵，以别些吉凶。（趙做看花科）説甚麽簪花，捻牡丹，(二)教人怨着嫦娥。

【前腔換頭】（牛唱）嗟呀，他憂心貌苦，真情怎假？只爲着公婆珠淚墮，道姑，我公婆自有，不能勾承奉杯茶。你比我没個公婆承奉呵，不枉了教人做話靶。我且問你：(三)你公婆，爲甚的雙雙命掩黄沙？(四)

【囀林鶯】（趙唱）苦！荒年萬般遭坎坷，丈夫又在京華。糟糠暗喫擔饑餓，公婆死，賣頭髮去埋他。把孤墳自造，土泥盡是我麻裙包裹。（牛云）這道姑好誇口！(五)（旦唱）也非誇，這手指上血痕，尚染衣麻。(六)

【前腔】（牛唱）道姑，愁人見説愁轉多，使我珠淚如麻。（趙云）夫人也下淚起來爲何？（牛唱）我。

(一) 眉批：一本作『鳳彈』，亦解作『朵』，同。

(二) 眉批：『捻牡丹』三字當爲一句。

(三) 眉批：有以『我且問你咱』作唱，恐不必。

(四) 眉批：有本『命』作『并』，亦通。

(五) 眉批：吴本削去貼句『這道姑好誇口』句，接下唱無味。

(六) 眉批：諸本俱『手指傷，血痕』句，便不豁。今改『傷』作『上』。

丈夫亦久別雙親下。(一)（趙云）他怎的不回家？（牛唱）他要辭官家去，被我爹蹉跎。(二)（趙云）他家有妻麽？(三)（牛唱）他妻雖有麽，怕不似恁會看承爹媽。(四)（趙云）他爹媽如今在那裏？（牛唱）在天涯。（趙云）夫人何不取同來一處奉事？（牛唱）教人去請，知他路途上如何？

【啄木鸝】（趙背唱）聽言語，教我悽愴多，料想他們也非是假。（背説科）(五)看夫人所説，念公婆的心事甚好，只恐他到奴家來，未必喜也。我且把句言語試他一試。（唱）夫人，他那裏既有妻房，取將來怕不相和？（牛唱）道姑，但得他似你能揑靶，我情願居他下。(六)只愁他程途上辛苦，教人望得眼巴巴。

【前腔】（趙唱）錯中錯，訛上訛，只管在鬼門前空占卦。夫人，若要識蔡伯妻房，（牛云）他在那裏？（趙唱）奴家便是無差。（牛唱）呀！你果然是真非謊詐？(七)（趙云）夫人，奴家豈敢誑言？

(一) 眉批：『下』字上似該有『膝』字方是。

(二) 眉批：一本作『被我爹爹把他蹉跎』，覺滯，今削之。

(三) 眉批：此處問答，趙在明處，牛在暗處，真情悉見。

(四) 眉批：爹媽：一本作『爹娘』，不似韻。

(五) 眉批：諸本此處夾白俱説未明，今增之，始暢透。

(六) 眉批：諸本俱云『情願讓他居他下』，似複，今削『讓他』二字。

(七) 眉批：京本、閩本俱云『果然是他』，焉有對面而云『他』之理？今依元本，作『真』字爲是。

（牛唱）你原來爲我喫折挫，爲我受波查。教伊怨我，教我怨爹爹。

（牛云）既幸然相逢，姐姐且請上坐，待奴家下禮。（趙云）奴家先入丈夫之門，夫人却原係相國之女，夫人也不消見禮，奴家也決不敢受。（一）

【金衣公子】（牛唱）一樣做渾家，我安然，你受禍。你名爲孝婦，我免不得傍人罵。（二）（趙云）傍人怎的罵夫人？（牛唱）公死爲我，婆死爲我，姐姐，我情願把你的孝衣穿着，蚤把濃粧罷。（三）（趙云）夫人且緩着，須要告明了蔡郎，方是使得。（四）（合唱）事多磨，人情到此，又說得甚麼波查？（五）

（牛云）他當初既是年老的爹娘在堂，却爲何又出外赴選？

（一）眉批：舊白增潤，便覺舒暢。

（二）眉批：諸本皆云『我被傍人罵』，太直硬，今改云『免不得』，覺活。

（三）眉批：『情願』句加『的』，下句加『蚤』字，則氣更暢。

（四）眉批：增『夫人且緩着』數句白，尤見趙之斟酌。

（五）眉批：京、閩及各本俱云『冤家到此，逃不得這波查』，似怨詞，似無可奈何之詞，大非口氣。何古本之謬至此？今改『人情至此，又說得甚麼波查』，略勝之，亦未見全妙。

【前腔】（趙唱）他當原也是没奈何，被公婆强來赴選科，苦辭不肯聽他話。(一)（牛云）姐姐，他在這裏豈不要回來？ 也只是無如奈何。 辭官不可，辭婚不可。只爲這三不從，做成災禍天來大。(二)（合前）

（牛云）姐姐，我今教你改換衣粧，你又不肯，只怕相公見你這樣藍縷，萬一不肯相認，如何是好？（趙云）這事仗夫人指教。（牛云）相公常回朝時，便入書館，博觀各樣書畫。姐姐既是無所不通，且去那書館中寫幾句詩詞打動他，那時節我與説個明白，却不是好？（趙云）奴家原描得公婆真容，一路帶來，到京中彌陀寺前吊下。却見蔡郎那日在寺中行香，拾去真容。彼時奴家已覰見蔡郎，只是不敢近前識認。不知那真容如今放那裏？ 公婆，公婆，媳婦離了你兩日矣。（牛云）姐姐這等孝心，天下少有。那真容或者放在書館，也未可知？ 姐姐若見那原畫的真容，就將那上面題寫詩句，相公見時，豈不認得爹娘的形像？ 相公認得爹娘，就是認得原妻了。（趙云）多謝夫人指教，萬一蔡郎不省，萬望夫人提醒。（牛云）我自有道理，姐姐且就書館去也。(三)

(一) 眉批：諸本俱云『被强來，赴選科，辭爹不肯聽他話』，今改云『被爹娘强來赴選科，苦辭不肯聽他話』，更便於唱。

(二) 眉批：『只爲這三不從』二句，牛、趙當共唱方是。

(三) 眉批：此處白諸本俱草率，説幾句便下，殊於大關節處欠理會矣。今增改如此，且提出失真容事來，脉絡尤貫。

無限心中不平事，幾番清話又成空。
一葉浮萍歸大海，人生何處不相逢。

二十四摺　書館題詩

（院子上云）爲問當年素服儒，於今腰下佩金魚。分明有個朝天路，何事男兒不讀書？你看我相公雖居鳳閣鸞臺，常在鷄窗螢案。退朝之暇，手不停披；閒居之際，口不絶吟。如今將次回府，不免灑掃書館，聽候相公到來。真個好一座書館也！但見：月牖弘開，風櫺静掃。明窗瀟灑，碧紗内淡淡香浮；净几端嚴，青氈裏藹藹墨霏。粉壁間掛三四幅名畫，石床上安一兩張古琴。緗帙縹囊，數起來何止一萬卷？牙籤寶軸，乘將去約有三十車。㈠芸葉分香走魚蠹，芙蓉藏粉養龍賓。鳳味馬肝，和那鸜鵒眼，無非奇巧；兔毫鼠尾，和那犀象管，分外精神。紙開雲丹薄，㈡上面走出春蚓秋蛇；緑染鴉頭新，其中飛來龍文鳳藻。我相公開門納月，照見硯沼含春；研硃滴露，雅稱花蔭宜夏。人在東壁圖書之府，景賽西垣翰墨之林。這個也難盡説了，且記得我相公昨日在彌陀寺裏行香，拾得一軸小畫兒，分

㈠ 眉批：晉張華有三十乘書。
㈡ 眉批：『開雲丹』以下數語俱係新增。

付叫我們收下。我且將來掛起，不知是甚麽故事？我相公博學多聞，必然曉得。（做展畫掛起科）(一)呀！原來畫得兩個老兒在上，貌瘦衣垢，不當雅觀。但恐相公來問，也只得掛起在此間。(二)（下）

【天下樂】（趙）一片花飛故苑空，隨風飄泊到簾籠。玉人怪問驚春夢，只怕東風羞落紅。堦下落紅三四點，錯教人恨五更風。當初只道蔡伯皆貪名逐利，不肯回家，却元來被人逗留在此。奴家昨日以抄化爲由，來到此間，感得牛氏夫人收録。看他言詞，頗是賢淑。只怕伯皆見我一身藍褸，不肯相認，教我到書館中題幾句詩詞打動他。今到此館中，要題詩句，却寫在那裏是好？只見四壁圖畫，江山儼然，只是不見我公婆真容。好苦！好苦！呀！原來那一傍小畫是我公婆真容，掛在此間。（哭拜科）媳婦不孝之罪，遺失公公婆婆，今又幸得相逢在此。我就將這真容背後題詩幾句，望公公婆婆有靈，保佑你孩兒一時認了奴家，使得我們夫婦完聚。(三)當日遇饑荒，雙親忽已亡。如今題詩句，報與薄倖郎。(四)

【醉扶歸】（趙唱）丈夫呵，我有緣千里能相會，(五)難道是無緣對面不相逢？昔日呵，鳳枕鸞衾

(一) 眉批：此處掛小□□且亦係新增潤。

(二) 眉批：此白從舊本增潤，較諸刻覺雅。

(三) 眉批：此處見真容欲題詩而插入公婆語在白内説，方覺情切，大勝舊白無味。

(四) 眉批：此白依原本略爲增潤，便覺味長。

(五) 眉批：有本云『有緣千里能結髮』，不必。

也曾共，今日呵，到憑着兔毫繭紙將他動。休休，畢竟一齊分付與東風，把往事如春夢。〔一〕（吮墨題詩科）這詩句不便明説，只引幾個古人在中，寓些意思。〔二〕崑山有良璧，鬱鬱璠璵姿。嗟彼一點瑕，掩此連城瑜。人生非孔顔，名節鮮不虧。拙哉西河守，胡不如皋魚？宋弘既以義，王允何其愚。風木有餘恨，連理無旁枝。寄語青雲客，慎勿乖天彝。〔三〕詩已題完，不免掛在此間。蔡郎、蔡郎，你還是認我不認我？

【前腔】（趙唱）縱使我詞源倒流三峽水，〔四〕只怕你胸中别是一帆風。牛氏夫人見我衣服藍縷，怕伯皆不肯相認，叫我改换衣粧。還是教妾若爲容？我雖然寫詩打動他，夫人呵，我只怕爲你難移寵。休休！縱認不得這丹青貌不同，我的筆蹟，兀自如舊。若認得我的翰墨，教你心先痛。〔五〕（望公婆作揖科）公公婆婆，你在此先與孩兒相會了，奴家且自回避，〔六〕將把此詩説與夫人知道。伯皆

〔一〕眉批：此曲每句首增加虚字，便唱得有情。
〔二〕眉批：加此白數語，見其用思處也。
〔三〕眉批：古本將此詩提在前，上段曲與下段曲總唱在後，殊欠體貼。今依京本正之。
〔四〕眉批：諸本俱作『總使我』，殊欠通，今改『縱』字爲是。
〔五〕眉批：末二句加『我』『你』二字，便氣脉活。
〔六〕眉批：新增『公公婆婆』二句白，最有理有情。

回到這書館，倘見了此畫此詩，莫不是天教相逢，在這一遭，也未見得？（一）

未卜兒夫意，全憑一首詩。
得他心肯日，是我運通時。（二）

二十五招　館內悲逢

【鵲橋仙】（生）披香侍宴，上林遊賞，醉後人扶馬上。金蓮花炬照回廊，正院宇梅梢月上。日晏下彤闈，平明登紫閣。何如在書案，快哉天下樂。自家早臨長樂，夜值嚴更。召問鬼神，或前宣室之席；光傳太乙，時頒天禄之藜。惟有戴星衝黑出漢宮，安能滴露研硃點《周易》？這幾日且喜朝無繁政，官有餘閒，庶得留志於詩書，且將從事於翰墨。正是：事業要當窮萬卷，人生須是惜分陰。（三）（看書科）這是甚麽書？是《尚書》。呀！這《堯典》道：『虞舜父頑母嚚象傲，克諧以孝。』咳！他父母那般相待，尚且盡事親之道，夔夔齋慄。我母父虧了我甚麽，我到不能朝夕奉養。看甚麽《尚書》！這是甚麽書？是《春秋》。呀！這頭一卷鄭莊公賜潁考叔以羹，潁考叔曰：『小人有母，未得

（一）眉批：有本【餘文】『綵筆潤，鸞封重，玉簫聲斷鳳樓空』於此處每闕，今依閩本、京本削之。
（二）眉批：有本無結尾白，則趙不說，牛安得知而後折有『丹青入眼』之句也？
（三）眉批：此中略增潤些字句。

嘗君之羹，請以遺之。』咳！他有一口湯喫，兀自尋思着母親。我如今享朝廷俸禄，到不能朝夕奉養，看甚麽《春秋》！(一) 天那！枉讀這幾卷書，枉爲了一世人。那書中那一句不是教人以孝？我當初父母教我讀書，亦是要知此孝道，方成個好人。如今反被那書誤了，我爲天地間罪人也，我還看他怎的？(二)

【解三醒】(生)嘆雙親把兒指望，教兒讀古聖文章。似我會讀書的，到把親撇漾。少甚麽不識字的，到得終奉養。書呵，我只爲其中自有黄金屋，反教我別却椿庭萱草堂。還思想，莫不是文章誤我，我誤爹娘？(三)

莫説是爹娘望我，就是我趙五娘當初嫁我，亦説我是個讀書之人，可以仰望而終身也。誰知今日丢他在家，煢煢於閨門之中，不免有仳離之恨。(四)

【前腔】(生唱)比似我做個負義虧心臺館客，到不如那守義終身田舍郎。《白頭吟》記得不曾忘，緑鬢婦何故在他方？(五) 書呵，我只爲其中有女顔如玉，反教我撇却糟糠妻下堂。還

(一) 眉批：此處亦增潤語法，比舊校順暢。

(二) 眉批：此白前段悉依原舊本，不必改。

(三) 眉批：從來諸本俱云『畢竟是文章誤我』，『畢竟』二字説太煞了。今改『莫不是』接着『還思想』，口氣尤有味。

(四) 眉批：從來諸本亦無此白，徒道『比似我』一段，殊於憶妻之意無頭腦。今增此白，甚宜！甚宜！

(五) 眉批：有本『丢在他方』，亦通。

思想，莫不是文章誤我，我誤妻房？

書既懶看他，且看這壁間山水古畫，以少遣悶懷。看，這一軸是畫漁翁也，有題咏在上面。讀詩云：幾笛清風三峽晚，一竿明月五湖秋。玉壺雲影魚驚釣，水鑒天光鷗倚舟。㈠這個光景，我伯皆也想是難做到的。且看這一軸，是畫樵子也，有題咏在上面。讀詩云：傲世心丟辛苦事，過雲聲唱太平歌。山巖陡峭防身險，石路崎嶇穩脚過。這個境界，我伯皆也想是難到的，但下兩句亦可爲仕途之戒也。且看那一軸，是畫農夫，也有題咏在上面。讀詩云：坵坵緑水頻分稼，瘦瘦黄牛緩着鞭。幾度烟蓑和濕着，一犁春雨帶泥肩。這個雖則勞苦，却是安閒自在。伯皆若得歸田，到是快事。再看那一軸是畫幾個牧童，幾個黄牛，也有題咏在上面。讀詩云：石上敲針閒作釣，水邊綷簹學行船。風清吹笠花前立，日暖鋪蓑草上眠。㈡快哉！快哉！伯皆羈留在此，到學不得這娃子。（做見真容科云）呀！這一軸小畫，是我昨日在彌陀寺中拾得的，叫院子收下，如何也掛在此間？待我看是甚麽？

【太師引】（生）細端詳，這是誰筆仗？覰着他，教我心兒好感傷。（做細看科）㈢好似我雙親

㈠ 眉批：所增詩以起下觀詩之意，所增白語語嘆息，已未得歸之意。

㈡ 眉批：前讀書既以《尚書》《春秋》引到思親上來説，甚有味。此處觀畫亦必漸漸引到真容上方好。故增漁樵耕牧四意，殊有風致。

㈢ 眉批：此中關目須要作想像再三疑惑之意，故所增夾白語一字不可少。

模樣。差矣，我媳婦儘工於針指，這若是我的爹娘呵，怎穿着破損衣裳？前日已有書信來，道别後容顔無恙，怎的這般淒涼形狀？我想一想，我這裏要寄一封書回去，尚不能勾得。他那裏，有誰來往，直將到洛陽？天下的人也有面貌相似的，須知道仲尼陽虎一般龐。

我再想一想。（一）我理會得了。

【前腔】（生）這是街坊誰劣相，砌莊家形衰貌黄。（二）假如是我爹娘呵，豈没個媳婦來相傍，少不得也這般淒涼。敢是個神圖佛像？呀！却怎的，我正看間，猛可的小鹿兒心頭撞。（三）不知當元的畫工有甚緣故？丹青匠，由他主張，須知道毛延壽誤了王嬙。

這若是神圖佛像，背上也必有標題，待我轉過來看。呀！原來有詩一首在上面。（做讀詩云）（崑山有良璧云云）這厮好無禮，句句道着下官。等閒的怎敢到此？想必夫人知道。待我去問他，便知分曉。

【夜遊湖】（四）（牛）猶恐他心思未到，教他題詩句，暗裏相嘲。翰墨關心，丹青入眼，强如把語言相告。

（一）眉批：一想再想處，俱有思致。

（二）眉批：一本『砌』作『覷』，亦通。今作『砌』，砌者，一切也。

（三）眉批：『小鹿兒』句極妙，蓋父母精氣感觸也。

（四）眉批：【夜遊湖】即【夜行船】。俗本作『暗裏相挑』，亦通。

（生微怒科云）夫人，我問你，是誰人到我書館？（牛云）没有人。（生云）我前日在彌陀寺裏拾得一軸小畫像，院子不省得，也將掛在這裏。甚麽人在背面題着一首詩？（牛云）那詩敢是當原寫裏？（生云）那新題墨蹟尚未乾。（牛云）這詩是如何説？請讀與奴家知道。（生讀詩科）（牛云）這詩是如何解？請解與奴家省着。（一）（生解云）崑山之地所産的美玉，價值連城之重。若有些兒瑕玷，便非全璧矣。『人生非孔顔，名節鮮不虧。』孔子、顔子是大聖大賢，德行渾全。大凡人非聖賢，不能無過，所以名節多至欠缺。『拙哉西河守，胡不如皋魚？』戰國時吴起爲西河太守，母死不奔喪，是其拙也。春秋時有皋魚者，周遊列國，父母死了在家。後來回去，自刎而亡。『宋弘既以義，王允何其愚。』宋弘是光武時人，光武把湖陽公主嫁他，他竟辭之，説是『糟糠之妻不下堂』。王允是桓帝時人，袁隗要把姪女嫁他，他就休了前妻，妻了袁氏。（二）『風木有餘恨，連理無傍枝。』孔子聽得皋魚啼哭，問其故。他答云：『樹欲静而風不止，子欲養而親不在。』西晉時東宫門外有槐樹二株，連理而生，四旁皆無小枝。『寄語青雲客，慎勿乖天彝。』傳言與做官的，切莫違了天倫也。（牛云）那不奔喪的和那自刎的，那一個是孝道？（生云）那不奔喪的大不是了。（牛云）那不棄妻的和那棄妻的，那一個是正道？（生云）那棄妻

（一）眉批：諸本此處白意同而語不同，大約只要意通便是。

（二）眉批：悉依舊白，只點掇此字句以便説者。

的大不是了。（牛云）假如相公事父母，待要學那一個？(一)（生云）我的父母知他存亡何如？ 我決不學那不奔喪的。（牛云）你雖不學那不奔喪的，且如你這般富貴華嚴，假有糟糠之婦，藍縷醜惡，可不辱了你們？ 你莫不也索休了？（生怒云）夫人，你説那裏話！ 寧可辱其外，豈可壞其心？ 縱是藍縷醜惡，終是我的妻房，義不可絶，情不忍違。(二)

【鏵鍬兒】（生）夫人，你説得好笑，可見你心兒窄小。 我決不學那王允的見識，没來由漾却苦李，再尋甜桃。 古云：棄妻只有七出之條。 如是不嫉不淫與不盜，終無去條。(三) 那棄妻的，衆所誚。 那不棄妻的，人所褒。 縱然他醜貌，怎肯相休棄了？

【前腔】（牛唱）伊家富豪，那更青春年少。 看你紫袍掛體，金帶垂腰。 做你的媳婦呵，應須有封號。 金花紫誥，必俊俏，須媚嬌。 若還他醜貌，只恐相休棄了？(四)

【前腔】（生唱）夫人，你言顛語倒，惱得我心兒轉焦。 莫不是你把咱奚落，(五) 特兀自粧喬？

(一) 眉批：此處從原白内整頓語法。
(二) 眉批：此處略新加删潤。
(三) 眉批：諸本皆云『他不嫉不淫』，此時未明指出趙言，如何説得個『他』？ 今改『如是』字爲停當。
(四) 眉批：諸本皆云：『怎不相休棄了？』『怎不』字太煞了，今改『只恐』二字便活。
(五) 眉批：奚落：相侮弄之意。

引得我淚痕交，撲簌簌這遭。且問你，這題詩的是誰？（牛云）相公，你問他待怎的？（生云）夫人，他把我嘲，難恕饒。你説與我知道，怎肯干休罷了？㈠

【前腔】（牛唱）我心中忖料，想不是薄情分曉。管教你夫婦會合，在今朝。相公，你還認得那題詩的麽？（生云）我一時認不得了。（牛唱）伊家枉然焦，只怕你哭聲漸高。（生云）是誰？（牛唱）是伊大嫂，身姓趙。正要説與你知道，怎肯干休住了？

（牛云）姐姐，你出來與相公重相見也。㈡

【入賺】（趙）聽得鬧炒，敢是我兒夫看詩囉唣？（牛云）姐姐快來。（趙唱）是誰忽叫？想是夫人召，必有分曉。（牛對蔡唱）相公，是他題詩句，你還認得否？（生云）他從那裏來的？（牛唱）他從陳留郡，爲你來尋討。（生認科）原來是你呵。娘子，你怎的穿着破襖，衣衫盡是素縞？莫不是我雙親不保？㈢（趙唱）官人，從別後，遭水旱，我兩三人只道同做餓殍。（生云）張太公曾周濟麽？（趙唱）只有張公可憐，嘆雙親別無倚靠。（生云）後來却如何？（趙唱）兩口顛連

㈠ 眉批：閩本『干休住了』，亦通。今依京本，『住』字在下一折。

㈡ 眉批：必要用此句白，方貫接得。

㈢ 眉批：此處關目，生須要問得急切，方肖其情。

相繼死。[一]（生云）原來我爹娘都死了。痛殺我也！痛殺我也！（作氣倒在地科）[二]（牛、趙共扶起科云）官人，且自甦醒。（生定息復問云）那時無錢，你如何殯送得？（趙唱）我剪下頭髮賣些錢，送伊妣考。（生云）後面墳墓如何營造？（趙唱）奴把墳自造，土泥盡是麻裙裹包。（生唱）聽伊言，怎不痛傷噎倒？

（趙云）這公婆真容，就是奴畫的帶來。[三]

【小桃紅】（生作哭拜科）蔡邕不孝，把父母相拋。爹娘，爹娘，我初與你別時，豈想到恁地？早知你黃泉路近，我死不去神京。[四] 娘子，你爲我受煩惱，你爲我受劬勞。謝你葬我爹，葬我娘，你的恩難報也。又何道養子能代老？[五]（合）這苦知多少，此恨怎消？天降災殃人怎逃？

娘子，這爹娘的真容，是誰人描畫的？

[一] 眉批：一本『顛連』作『公婆』，未是。

[二] 眉批：京本以生哭倒關目在『聽伊言』以後，則情緩矣。今依閩本一聞『死』字遂即哭而倒地方是。

[三] 眉批：諸本真容俱待生問而趙始答以自描，亦覺緩，今正之。

[四] 眉批：諸本俱云：『早知你形衰鬢，怎留聖朝？』此語欠通，當初別時已知親衰鬢矣。今改『早知你黃泉路近，我死也不去神京』，妙矣！妙矣！

[五] 眉批：諸本皆云『又道是養子能代老』，亦欠通。今改云『又何道』纔通。

【前腔】（趙）這儀容像貌，是我親描。(一)（生云）傷哉！痛哉！娘子，路途遥遠，你那裏盤費來到此間？（趙作低聲唱）乞丐把琵琶撥，(二)怎禁路遥？官人，説甚麽受煩惱？説甚麽受劬勞？不信看你爹，看你娘，比別時兀自形枯槁也。(三)我的一身難打熬。（合前）

【前腔】（牛）當初事體，被我爹相招。(四)相公，你也説不早，音沉信杳。姐姐，你爲我受煩惱，爲我受劬勞。相公，是我誤你爹，誤你娘，誤你名不孝也。做不得妻賢夫禍少。（合前）

【前腔】（生）我脱却巾帽，解却衣袍。（牛唱）相公，你急上辭官表，共行孝道。（生云）夫人，只怕你與我同回去不得也。（牛唱）我豈敢憚煩惱？豈敢憚劬勞？料我爹爹此會再無阻拒之理。(五)同去拜你爹，拜你娘，親把墳塋掃也。使地下亡靈安宅兆。(六)（合前）

【餘文】幾年間別無音耗，奈千山萬水迢遥。也只爲三不從，生出這禍苗。

(一) 眉批：□□□□作『儀容想像』則一□□盡矣，何用『是我』句？今依京本正之。

(二) 眉批：『乞丐』二字低聲唱，極是。

(三) 眉批：『不信』三句，有本云『是我葬你爹，葬你娘，獨把墳塋造』，與上【賺】折犯重，今從閩本正之。

(四) 眉批：諸本牛氏唱云『設着圈套，被我爹相招』，大不似女曰父之詞。今改云『當初事體』，便渾成佳話。

(五) 眉批：增插『料我爹爹此會』句白，最有理。

(六) 眉批：有本作『與地下亡靈添榮耀』，大非賢媛口語。

只爲君親三不從，致令骨肉各西東。金宵賸把銀釭照，猶恐相逢在夢中。

二十六摺　張公遇使

【虞美人】（張廣才唱）青山今古何時了，[一]斷送人多少。孤墳誰與掃荒苔？連塚只見陰風吹送紙錢杳。[二]

冥冥長夜不知曉，寂寂空山幾度秋。泉下長眠人未醒，悲風瀟瑟起松楸。老漢曾受趙五娘之托，教我爲他看管墳塋。這兩日有些閒事，不曾得到山來，心下十分不過意也；今日只索去走一遭。

【步步嬌】（張唱）呀！只見黄葉飄飄把墳頭覆，廝趕的皆狐兔。（望科）敢是誰砍了樹木去？爲甚松楸漸漸疏？（滑倒科）甚麼絆跌我們？却原來是苔把磚封，笋迸泥路。老員外，老安人，自古道：未歸三尺土，難保百年身。已歸三尺土，難保百年墳。[三]只怕你難保百年墳。我老夫在日，

[一] 眉批：京本、古本、官本俱云『青山古木』，殊不得大意。今依閩本作『今古』爲是。

[二] 眉批：京本作『紙錢繞』，閩本作『紙錢來』，俱未妥。今改『杳』字，好。

[三] 眉批：有一本删去『未歸三尺』四句者，殊於下唱意不接。

尚來爲你看管。若老夫身後呵，教誰照管你三尺土？(一)

【前腔】(李旺上唱)渡水登山多勞苦，來到這荒村塢。遥觀一老夫，試問他家住在何所。趲步向前行，呀！却是一所荒墳墓。

(李問云)(二)長者稽首。借問蔡家莊在那裏去？(張云)你是何人？借問他則甚？(李云)小人是洛陽京城奉蔡相公差至此。(張云)爲甚麼事情？(李云)我相公特差小人來取他的太老爺太夫人和那小夫人，一齊到京城去。(張云)你相公是甚麼官？(李云)木天學士，兼修國史。(張云)你相公是甚麼名字？(李云)小人怎敢説相公的名字？(張云)荒僻去處，但説不妨。(李云)我相公是蔡伯皆。

(張發怒科)

【風入松】(張)你不須提起那蔡伯皆，説着他每忒歹。(李云)他有甚麼歹處？(張唱)他戀京華離家六七載，(三)撇父母拋妻不采。(李云)如今他父母在那裏？(張唱)兀的這磚頭土堆，是他雙親在此中埋。

(一) 眉批：諸本俱云『誰添上你三尺土』，不是。今换作『照管』二字。

(二) 眉批：諸本俱作張陡然相見便問：『小哥，你從那裏來？』殊無此理。今改此白，覺是。

(三) 眉批：諸本皆云『他中狀元做官六七載』，予因漢無狀元事，前俱已改去，兹處固不得復用狀元字矣。縱使用狀元字，彼時李旺未曾報，張公怎得知？李卓吾破之宜矣。今改『戀京華離家六七載』最是。

(李云)呀！原來太老爺太夫人都已死了。且問長者，不知他雙親却爲甚便死了？

【前腔】(張)從他別後遇荒災，更無人倚賴。(李云)這等，是誰承直他兩個？(張唱)虧他媳婦相看待，把衣服和釵梳都解。(李云)這個解也有盡時。(張云)賣得些錢來糴米，做飯與公婆喫。他背地裏把糟糠自捱，(李云)虧他這小夫人。(張唱)公婆的反疑猜。

(李云)公婆敢道他背地自喫好的？(張云)是也。後來呵，

【前腔】(張)他公婆的親看見，雙雙痛倒，無錢殯送，(一)剪頭髮賣買棺材。(李云)他這般無錢，如何築得這一所墳墓？(張唱)他去空山裏，裙包土，血流指，感得神明助，與他築墳臺。

(李云)自古道孝感天地，果然有此。且問這小夫人今何在？

【前腔】(張)他如今徑往京都來。(李云)他把甚麼做盤費？(張云)我不瞞你。他彈着琵琶做乞丐。(李云)蔡相公特差小人來取他父母妻子，如今太老爺太夫人已死了，小夫人却又去了，如何是好？(張云)你且漫去，我也把你的來意説與他父母知道。老員外、老安人，你孩兒在外做官，如今差人來取你到京，同享富貴，你去也不去，老員外、老安人？(做哭科)叫他不應魂何在？空教我珠淚盈腮。(李云)公公，你休啼哭。小人回去，教我相公大修功果，追薦他兩個亡靈。(張云)他生不能養，死不能

(一) 眉批：諸本俱云『無錢斷送』，大不通，今改『殯送』爲是。

葬，葬不能祭。這三不孝逆天罪大，空設醮，枉修齋。(一)

你相公如今在那裏？（李云）我相公入贅牛太師府中。（張云）是好戀榮華，便不想家鄉了。

【前腔】（張）小哥，你如今疾忙便回，說我張老的道與蔡伯皆。（李云）道甚麽來？（張唱）道你拜別人的爹娘好美哉，親父母死，不值你一拜。(二)（李云）公公，你休錯埋冤了人。他要辭官，朝廷不從；他要辭昏，相府不從。他在京華，也是不得已也。（張）却元來也只是無奈，好一似鬼使神差。他當元在家也不肯赴選，他的父親也不從他。這三不從把他厮禁害，三不孝亦非其罪。我也不埋怨他。這是他爹娘福分薄時運乖，(三)人生都是命安排。(四)

（李云）敢問公公高姓大名？（張云）老漢張廣才便是。當初蔡伯皆臨去之時，把父母囑付與我。他父母臨死之時，把拄杖一根遺囑交付與我。趙五娘臨行之時，又把這所墳墓托付與我，我所以在此看守。(五)（李云）那太老爺拄杖遺囑如何說？（張云）這個要待蔡伯皆回來，我親見他，明白與他講。我

(一) 眉批：張老責人，情理皆到。今人見人家子弟榮貴者，滿口奉承，爲他諱過，那得如此直義？

(二) 眉批：此語尤激切。

(三) 眉批：諸本皆云『福薄運乖』，今加『分』字、『時』字，便唱。

(四) 眉批：諸本皆云『人生裏』，今削『裏』字。

(五) 眉批：諸本於此處白語俱潦草過了，今增出此語，蓋揭其大關要處言之，則後面末句俱有來的方妙！方妙！

這話兒，你回去可一一對他説。又有一件事我囑咐你去：他前妻趙五娘，今已去了近一月矣。倘在路途中撞遇，你好生承直照顧他。(一)（李云）小人不認得他是甚麽樣兒。（張云）一個婦人，似道姑粧扮，手拿一張琵琶，背負一軸真容的便是。（李云）小人理會得。

雙親兩無依，回來也是遲。

水寒魚不餌，空載月明歸。

二十七摺　散髮歸林

【風入松慢】（牛相）女蘿松柏望相依，況景入桑榆。(二)他椿庭萱室齊傾棄，怎不想家山桃李？中雀誤看屏裏，乘龍難駐門楣。

自家當初欠酌量，强招蔡伯皆爲女壻，指望他在我家事奉老身百年。誰知他如今父母俱亡，前妻來京尋取。聞説我女孩兒要和他同去，未知是否？唤院子來問他，便知端的。（問云）院子，説道蔡學士父母俱亡，前妻來京，我小姐要與他同歸去，你知麽？（院子云）小人不知，要問老母。（牛相云）老母何

(一) 眉批：此囑付尤見情周。

(二) 眉批：吴本作『晚景入桑榆』，不如『況』字領上句更有意。

在？(一)

【光光乍】（老母）女壻要同歸，岳丈意如何？ 忽叫阿奴緣何的？ 想必與他同計議。(二)（牛相云）你近日曉得蔡學士意下何如？(三) （老母云）蔡學士家中父母俱亡，前妻來京尋取丈夫，現今已在府裏，小姐今要和他同回去守服。（牛相云）我的女孩兒要朝夕奉事我們，却不便與他同去。

【古女冠子】（老母）媳婦事舅姑合體例，相公，怎不教小姐們同去？ 當初是相公强留住，今日裏怨着誰？(四) （牛相云）我不開口，他也是不敢去的。（老母唱）事須近理，怎使聲勢？ 休道朝中太師威如火，那更路上行人口似碑。(五) （合）説起此事，費人區處。

【前腔】（牛相）當初是我不仔細，到如今事成差池？(六) 痛念深閨幼女多嬌媚，怎跋涉萬餘

(一) 眉批：各本此白多俚語，今削之，止存切要。

(二) 眉批：諸本俱云『與他同區處』，殊不協韻，且重了後合語。今改『同計議』。

(三) 眉批：諸本此處俱作：『牛相怒云：我的女兒如何與別人帶孝？』此不通理之談，豈宜出自相國之口？況事勢已至此，而猶執前日之拗性，殊非人情。今改其白，停當！停當！

(四) 眉批：諸本『女孩兒同去』不似老母口，今改『小姐』。又云『當初是你』，亦不似，今改『相公』。諸本牛相有『胡説』二字斥老母，今削之。

(五) 眉批：有本云『口似飛』，不如『似碑』。京本、閩本俱『碑』字。

(六) 眉批：諸本俱『誰知道事成差池』，兹改『到如今』映上句『當初』字更好。

里？我嫡親更無有，那忍分離？(一) 罷，罷。不教愛女擔煩惱，也被傍人講是非。(合前)(二)

我想起來，女要去的念頭也是好意；老母所講的口話，也是正理。我只待伯皆和女兒同來面說，看他是如何？(三)

【五供養】(生)終朝垂淚，爲雙親使我心瘵。(牛氏)親墳須共守，只得離神京。(生)且商量個計策，猶恐你爹行不肯。(牛氏)此會若不肯，(四)難說道君王有命。(五)

(相見科)(牛相云)賢婿，我聞說你父母遺世，你媳婦來此相尋，是否？(生云)此事果然，正要禀知岳丈。(趙見科)(牛相云)這可是伯皆的媳婦麼？(趙云)奴家便是。(牛相云)賢哉婦也！可謂難矣，可謂難矣。(牛氏請云)孩兒有一事禀告爹爹：人之娶妻，所以養親。孔子云：生事之以禮；死葬之以禮，祭之以禮。姐姐爲蔡氏之婦，生能奉養，死能殯送，葬能封植；孩兒亦爲蔡氏之婦，生未能供甘旨，死未能盡擗踊，葬未能守窀穸。以此思之，何以爲人？誠得罪於舅姑，有愧於姐姐，亦有負於爹

(一) 眉批：諸本『怎忍分離』，『怎』字太多，今改『那』字。

(二) 眉批：諸本此處有院子唱一折，語多鄙俚，且亦不必矣。故削去。

(三) 眉批：增此白語，方有步驟。

(四) 眉批：諸本皆云『猶恐爹行不肯，難說』云云，今改『此會』二字，更覺明。

(五) 眉批：『難說君王有命』句包括前事，大是佳句。俗本乃云『也索向君王請命』，則翁婿父子情何以堪？又有本作『則只說道君王有命』，烏有當朝宰相而可以誑者？

爹之訓誨。今特講於爹爹之前，願居姐姐之下。（牛相云）賢哉女也！道得是，道得是。（趙云）人有貴賤，不可以同論。夫人是繡閣名姝，奴家裙布賤品；況承君命以成婚，(一)難讓妾身而居右。（牛相云）五娘子，你今日既無父母，又喪公姑，恰是我的女兒一般；況你身先歸於蔡氏，年又長於吾兒；此實當禮，不必多辭。（生云）你兩個只做姊妹相呼便是。（衆云）這個説得極是。（生云）愚婿今且拜辭岳丈，領二婦回家，共行孝道。待服滿之後，再來侍奉尊顔。（牛相云）論情，我捨不得你去；論理，則此行當去，我也難以再留。（牛氏云）孩兒暫離尊顔，爹爹善保貴體，不必牽念，常自寬心。（牛相哭云）孩兒，你今去拜舅姑的墳墓，亦當念老父於高堂。（牛氏云）三年服滿，孩兒即自歸寧，爹爹放心。（牛相云）我今日始知離別之難，難怪伯皆的父母妻房數年之別，萬里之隔也。(二)也罷！也罷！此是大義所在，孩兒且自前去。(三)（拜辭科）

【攤拍】（生）念蔡邕爲雙親命傾，遭不孝逆天罪名。感岳丈慇懃，豈敢忘情？痛父母恩深，久負亡靈。(四)（合）辭別去，同到墳塋。心慽慽，淚盈盈。

(一) 成婚：原作『承昏』，據汲古閣刊本《繡刻琵琶記定本》改。

(二) 眉批：諸本俱無牛相此白，今增之，殊有體貼。

(三) 眉批：此白内具見父子之情，夫婦之義，京本、閩本并詳而佳，今悉仍之。

(四) 眉批：有一本作『敢負亡靈』，又有本作『欲待不歸，又負亡靈』，則歸意勉强矣。今正之。

前）

【前腔】（趙）念奴家離鄉背井，謝公相教愛女共行。〔一〕非獨故里榮，我泉下公婆，死也目瞑。（牛相云）五娘子，我女孩兒少長閨門，凡事都望你指顧。（趙）我自看承，令愛去，〔二〕不須叮嚀。（合前）

【前腔】（牛氏）覷爹爹衰顏皤鬢，思量起教人淚零。爹爹，我進退不忍。我待不去呵，丟了公婆，〔三〕被人譏評；我待去呵，撇了爹爹，没人温凊。（合前）

【前腔】（牛相）孩兒，此别去，你的吉凶未憑。再來時，我的存亡未審。賢婿，吾今已老景。畢竟你没爹娘，我没親生。若是念骨肉，一家須早辦回程。〔四〕（合前）

【一撮棹】（生）岳丈，你寬心等，何須苦掛縈？（牛相）賢婿，你索把音書寫，〔五〕頻頻寄郵亭。（牛氏）老母呵，爹年老，伊家須是好看承。（老母）但願程途裏，各自保安寧。〔六〕（趙）死别全無

〔一〕眉批：諸本皆云『教孩兒共行』，稱呼不穩，今改『教愛女共行』，妥當矣。
〔二〕眉批：諸本俱云『孩兒去』，今改作『令愛去』爲妥。
〔三〕眉批：諸本皆云『誤了公婆』，不是。今皆云『丟』字，是。
〔四〕眉批：一本此牛相折在女之前，殊未妥，今正之。
〔五〕眉批：諸本無『你索』二字，今增之方是。
〔六〕眉批：諸本皆『程途裏，各願保安寧』，亦是。

準，生離又難定。（合唱）今去也，未知何日返神京？(一)（牛相云）你三人路途，千萬保重。（生、趙、牛氏）願大人高堂，千萬寬心。

【哭相思尾】（合唱）最苦是離別情難捨，(二)未知再會何時也。

今朝已別離，孤苦有誰知。
唱隨同歸去，思量幾處悲。

二十八摺　風木餘恨(三)

【梅花引】（生）傷心滿目故人疏，看郊墟，盡荒蕪。（趙、牛）惟有青山，添得墳墓。（合唱）慟哭哀聲長夜遶，(四)問泉下有人還聽得無？

（生云）他鄉萬點思親淚，不能滴向家山地。（趙云）如今有淚滴家山，欲見雙親渾無計。（牛云）荒墓

(一) 眉批：有本此後有曲二折，係生、旦唱，殊俚，不必用。

(二) 眉批：諸本俱云『最苦生離難拋捨』，『生離』字面不甚妥，今改『離別情難捨』。

(三) 眉批：此齣前改舊，後段增新。

(四) 眉批：諸本俱云『慟哭無聲長夜曉』。既無聲，下句何云聽得？且長夜乃不曉者。何古本之不通而今各本皆仍之？亦未之思耳。今改『慟哭哀聲長夜遶』，甚肖廬墓情事。

衰草連寒烟，蒼苔黄葉作蘋蘩。（生云）欲聽鷄聲來問寢，忽驚蟻夢先歸泉。（趙云）人生自古誰無死，嗟君此恨憑誰語。（牛云）可憐衰絰拜墳塋，不作錦衣歸故里。（生云）今日我和你回到家鄉，此間就是爹媽墳墓，就此拜奠了。　哀哀父母，惟見荒土一堆；煢煢二媳，何由日養三釜？　痛也！　痛也！（作哭科）

【玉雁兒】（生）不孝的孩兒，爲功名擔誤了父母，都緣是遲滯不得歸鄉故。我的爹爹，我的媽媽，㈠你怎的便先歸黄土？　乾坤豈容不孝子？　名虧行缺不如死。痛哀哀，㈡只是我死絶祭祀。（合）對真容形衰貌枯，想靈魂悲咽苦楚。

【前腔】（牛氏）不孝的媳婦，恨當初稽遲了丈夫，都緣是招贅在我府中故。我的公公，我的婆婆，你爲何便向黄泉路？㈢　乾坤豈容不孝婦？　意慘情悲不如死。痛哀哀，只是我死老父誰看顧？（合前）

㈠　眉批：　諸本皆唱『孩兒相誤，爲功名擔閣了父母』，字眼何複也？　今改『不孝的孩兒』，與下折『不孝的媳婦』對，極是。增『我的爹爹，我的媽媽』二句白，方似哭語。

㈡　眉批：　增『痛哀哀』三字作轉語方妙。

㈢　眉批：　此折諸本第四句俱云『喫人談笑成何補』，又云『我死羞見公姑。我生前不能勾奉侍，你向黄泉路』，語皆不順妥，今改之，與前折一例。

【前腔】（趙）不孝的媳婦，趙氏女久拋別這墳土，都緣是此身無倚故。我的公公，我的婆婆，不能應一聲兒，幽冥望聽吾言訴。孩兒媳婦非不歸。痛哀哀，只是歸計多牽阻。(一)（合前）

（生問趙云）(二)聞説你埋葬之時，獨力勞苦，感蒙天神之助，果是有此事否？（趙云）那日奴家搬泥運土，十分勞倦，不覺睡着於墓上。夢見一神人差使陰兵，代奴家砌墳；又分付奴家改換衣裝，往京尋夫。（生云）異哉！異哉！（牛云）這是姐姐孝心所感。（生云）這墳塋土石俱砌得堅牢，信非人力所爲。我今構一茅房，小小的容我三人，伴我爹娘三年。只是這墓上還少一石碑，我今要立一碑，大書我爹媽名號，以爲萬代不朽之計。（趙云）這個碑文要待張太公來書寫方是。（生云）我和你該先去拜謝張太公。遠遠望見一位長者來也，莫是張太公也？

【柳穿魚】（張）急忙扶杖過林西，聞説蔡郎今已歸。想是悲棲墓中廬，老夫待要去問取。只

(一) 眉批：諸本趙所唱者皆云『百拜公姑，望矜憐恕責我夫』，此似在鬼邊説人情。又云『你孩兒贅居相府，日夜要歸難離步』，此又推責於牛氏身上，大不便。又云『堅心雅意，同歸故里，今日雙雙來廬墓』，此皆鄙語可厭。今所改段段語，如哭如訴，如怨如慕，可謂入神矣。妙甚！妙甚！

(二) 眉批：此以下諸本皆潦草完事，只作雪景。生喚左右迴避，是何言也？而張公冒雪來看，且與蔡相見多是賀詞贊語，是頓忘却前對李旺之責語，是張公乃背責而面諛之人也？且傳奇到此而苟且無關會，何取於傳奇哉？今新增此白，并以後曲辭諸白皆與通部有關會，殊覺妙甚，觀者至此其無忽焉。

見嵐烟漠漠，和那衰草淒其。(一)

（生、趙、牛相見科）(二)（生云）正要到宅上來叩謝大恩，何勞公公先降？（張云）聞知學士已歸在墓所，老夫特來相看。（張向墳前作揖科云）老員外，老安人，你孩兒已榮貴回來，不負你當初遣試之意，只是你如今會起來同享榮華也否？可傷！可傷！（生云）感蒙周濟之恩，愚夫婦就此拜謝。（張云）鄰居相顧，有何恩可言？（生云）蔡邕見了公公，就是見了我爹爹媽媽一般，安得不拜？（做拜科）（張答禮科云）學士不說此言，老夫也不敢多說。你既說見老夫如見爹媽，老夫敢有一言相告。凡爲人子，名利事輕，父母事大，緣何久戀京華，不念庭闈？(三)（生云）無奈辭官不得，辭昏不得，以致差池。（張云）大丈夫行事須要自斷，就是朝廷有命，合當以孝親爲重。何況事由相府，就有所違逆，不過壞我的官爵，終不成殺我的性命？禹舜棄天下如弊履，只要全其父母，學士豈不聞知？（生跪云）此誠邕之罪也！（張云）你且起來，我把一物件與你看。（張袖中取出頭髮科云）這是你五娘子的頭髮，剪下去賣以葬你

(一) 眉批：諸本此處作雪景，張唱云：『樓臺銀鋪，遍青山渾如畫圖。乾坤似他衣蓑素，故添個縞帶飛舞。你躃踴慟哭直恁苦，那堪大雪添淒楚？』此尚未相見，焉得盡爲此言？不通甚矣。今改【柳穿魚】數語，甚有體貼。

(二) 眉批：此白諸本所無，新增之，何等婉盡？

(三) 眉批：張公原承他父母臨終之命，本便於戒責；況學者若斷《伯皆》通部傳奇，皆當以此義也。今假張太公口發之，甚爲透括。不然，則通部如霧中行也。

爹娘的，你看着。(一)（生、旦做泣視科）

【憶多嬌】（張）這一縷香雲，能值幾文？可憐孝婦捨身葬墳塋，老夫看此一髮係千鈞。只爲遊子貪名利，致使佳人失舊容。我今付與學士手，留與千載頌遺踪。（作擲髮付生手科）（張云）還有一物件。（做敲手中杖科云）這杖兒是你父親臨終之時，親口分付與我收下。説道：兒子後面回來時節，你把這杖兒痛擊他幾餐。

【憶多嬌】（張）這一根枯桐到有何用？養兒不孝，碧玉也成空。老夫看此一步，念衰翁。縮地一從人去後，敲聲徒在月明中。今將擊爾不孝子，擊來點點珠淚紅。（做擲杖付趙手科）（生跪云）蔡邕誠不孝之子，願受公公責教。（張云）老夫豈敢有責罰之禮？只亡去你先人是如此囑付，老夫不敢欺死者。（趙、牛共告云）我兒夫正要爲公婆立一大石碑，(二)求公公做一篇墓誌文，敢勞大筆寫在石上刻之，以光泉壤？（張云）既爲學士之官，交結許多名公巨儒，可以做這篇墓誌銘，豈在老夫山野之人乎？（生云）公公原係高才，隱於林泉，何難於此？況且公公與先父又係鄰居兄弟，知我爹娘之素。（張云）既然如此，老夫不敢推辭，有石麼？（生云）片石已具，只勞大筆麾之。

(一) 眉批：遺頭髮、囑拄杖及《琵琶曲》乃此傳奇部中大關節處，乃通部至此末端并無點綴照映，殊無味。且《傳》中既設立個張廣才之名，亦不止特有賑貧之義也。今槃阿館人新增此三段意，不惟見通部關節大意，而且多警世之思，教人之意。

(二) 眉批：設一碑以生出一大議論，則《琵琶記》之可傳當正在處之新增者矣。

【憶多嬌】（張）這一片玄石，堪記舊蹟。生受饑寒，刻石有何益？老夫寫此，一字一淚滴。

世人空自樹榮觀，謏詞立石事非常。我縱寫在貞珉上，何如《琵琶》一曲傳？(一)（做濡筆書石字科云）碑已寫完。（生做看科云）多謝公公大手筆也。但後面兩句上，有四個字乞公公改之。(二)（張云）後面兩句云：有孝有能趙貞女，不忠不孝蔡伯皆。你説那不忠不孝四個字説壞了你，你自已想『孝』字是何如？（生跪云）卑人名行之虧，如今悔之無及。請教公公，自今以後當何如修省，以蓋前愆？（張云）古聖賢有言：身體髮膚，受之父母，不敢毀傷，此孝之始也。顯親揚名，傳之萬世不朽，此孝之終也。(三)學士如今事生送死之禮已無及矣，只善自守身，不犯刑辟體，受而全歸，此其一也。又要不附權勢，不背君王，以忠事君，以義報國，此又其一也。學士具有文名，若得文行俱全，豈不大丈夫也？(四)（生云）謹領公公大教，願終身佩服不忘。（張云）以學士之貴而能從教若此，我把那碑石後面兩句改了：有孝有能趙貞女，全忠全孝蔡伯皆。(五)（生、趙、牛共做拜謝科）

(一) 眉批：此數語較上兩段語尤有深味，奇絶！奇絶！

(二) 眉批：誤出立碑一事，以規蔡邕之立身忠君，具見長者之言。且録此而言得書『不忠不孝』之語，以收煞一部傳奇之旨，一部傳奇得此段議論而增重矣。觀其詳味之。

(三) 眉批：此語出《孝經》，正宜貼此處以爲責邕張本。

(四) 眉批：俱影切邕終身事意來説，非良言也。

(五) 眉批：到此又爲邕一救轉，庶完得全部之意。妙甚！妙甚！

【柳穿魚】(衆唱)人生世上如露晞，但存良心莫把虧。一朝有過一朝改，終身有善終身爲。勒一篇文字，留與千載品題。(一)

(張云)老夫暫辭。(生、趙、牛并云)多承大教！(作送科轉身)(牛云)此公既能濟人以財，又能愛人以德，高士！高士！(生云)小生前事尚在半醒半夢，今得張公謂我矣，豁然！豁然！(二)(趙云)婦無公事，惟是孝道可行；士有百行，功過可以相掩，惟官人勉之！勉之！(三)

【餘文】(合唱)隱隱青山入畫圖，堪嘆人生，惟是名利送居諸。若是不識忠孝字，枉讀萬卷書。(四) 從今打破塵中網，大家共把綱常扶。槃阿館内有真語，何羨那紫誥來帝都。

齣末批：

槃阿館人讀舊《琵琶記》至廬墓、受封等事，掩卷而嘆曰：此何異今人家生不能左右承歡，而親没後飯僧修焚，以示榮觀乎？且東嘉編局至此，殊欠精神。如剪髮、囑杖、彈琵琶，此局中極大關節處，而元本於

(一) 眉批：煞局説話，句句有關係，字字有裨益。

(二) 眉批：邕在外思親，此醒處也；而卒爲牛相所制，此夢處也。『張公謂我』乃寇準服張詠語，今引在此，恰合！恰合！

(三) 眉批：此白亦各自有致。

(四) 眉批：先儒嘆士人讀書不識字，蓋謂柳宗元、許敬宗不識忠義名節等字也。今引用於此，恰好！恰好！了了上人云：凡著書修古者，每多自寓之意。今觀槃阿館人所改《西厢》《伯皆》，末端其意有在哉？

蔡、趙與張公相會時，並不言及；且張公徒作慶賀榮歸語，不惟俚俗可厭，(一)其謂全部真脉何？今增『示髮』以結前趙女賣髮之案，蓋張公原存此，正欲留以示蔡君也。(二)增『囑杖』以了前張公受杖之案，(三)且見存先人遺囑，而死者不可欺也。又增『立碑書字』等意，則大有意義存焉。蓋蔡邕趨附董卓，不免失身於權貴而於忠義有歉矣。且後至罹於刑而以盆死，則毀傷父母之遺體，保身之義安在哉？兹借張公之口以規蔡君，料蔡君無辭也。至於改書忠孝字樣以完收全部傳奇之旨，又以見士人立身行事，即山林野老自有不泯之公論在天壤間也，可不懼耶？然則爲蔡君者宜如何？此折中張老有白云：『大丈夫行事須要自斷，就是朝廷有命，合宜以孝親爲重。何況事由相府，就有所違逆，不過壞我官爵，終不成殺我性命？』(四)此言至矣！至矣！嗟夫！此部傳奇特假蔡邕之名，邕未必實有是棄親失養之事也。但今既據傳奇以論邕，則不得不詳責之矣。

蒼琅子曰：予適檗阿館，見館人所改訂《蔡伯皆琵琶記》，讀至《風木餘恨》一齣，其所增加語甚多，意甚善，極有裨於風教。每讀一句，即爲之一擊節，嘆曰：此不惟作東嘉之功臣，而綱常倫理之誼燦然宇宙間

(一) 眉批：最可厭是俗本爲張公置酒與伯皆暖寒【五供養】四折語，大是謬戾！

(二) 眉批：即京本、閩本落場詩云：『多謝深恩不可忘，稍寬愁緒節悲傷。親墳共掃添榮耀，不負詩書教子方。』此詩亦鄙倍，故一切削改。

(三) 張：原作『蔡』，據文義改。

(四) 眉批：檗阿館定《琵琶記》，其精神皆注於此。

者，必是言也。因而語館人曰：至此而全部之意已收，且教人之旨已備，可以止矣。館人曰：予意亦欲止此，但恐觀場者泥於俗見，必欲以榮封團圓爲美觀耳。予曰：公已賡《陽春白雪》，又欲兼《折楊黃花》乎？予讀君所改《西厢記》，意亦欲從《草橋驚夢》一齣而止。後又以便俗之故，不得已而續以《捷報》《榮歸》等齣焉，予固知非槃阿内寤歌本意也。今君於《琵琶記》末路亦得無執此例耶？館人曰：里耳多也，予不敢辭《巴人》之唱，姑備於後。

二十九摺　孝感天恩

【逍遥樂】（生）寂寞誰如我？(一)空對孤墳珠淚墮。（趙）光陰撚指過三春。（牛）幽途渺渺，(二)泉下沉沉，誰與招魂？

（生云）思量起來恨終天，服滿三年，苦在千年。（趙、牛云）悶倚孤墳又何言，見景淒然，對景慘然。（生云）我和你且到墓前墓後周旋看看，呀！這兩木連枝而生，名曰連理，爲何生在墓上？（趙云）妾聞連理交枝，乃是人之精氣所感，想是官人孝心感召，至有此異木之生也。(三)

(一) 眉批：諸本俱云『誰憐我』，則希望人之矜憐，不通。今改『如』字。

(二) 眉批：諸本『滯魄沉沉』，與下句『魂』字犯復。

(三) 眉批：此白諸本原無，今增之。

【女冠子】（趙）這連理異木，爲何墓前生育？想是椿萱有靈，奇葩馥鬱。難道草木無知，感應不速。

（生云）呀！這樹下有幾白兔伏在那裏，(一)見人來也不驚走，好異也！（牛云）妾聞人之精誠，可以孚豚魚，格鳥獸。這想是官人孝心感召，至有此異物之祥也。(二)

【女冠子】（牛）這羽毛異畜，爲何墓邊擾蓄？想是窀穸静安，生意躑躅。難道鳥獸無情，感應不速。

（報子上云）一封丹詔從天下，忽聽傳聞動郊野。説道旌表一門閭，未卜此爲何人也？（張公上撞報子云）(三)這想必是朝廷旌表蔡伯皆廬墓之孝而來，我且到墓所看看。（相見科）（張云）你三年之服將滿，九重之詔將來，道路喧傳有旌表，目下就到了。（生云）抱恨終天，方有餘歉焉，安希望朝廷旌表？但墓生連理，塋擾白兔，卑人見此異物，少慰悲傷之情耳。（張云）我且看看，呀！果有此兩異也。(四)

【六么令】（張）連理異木新，見墳臺白兔如馴。禽獸草木尚懷仁，這一封丹詔必因君。（合）

(一) 眉批：連理、白兔原是蔡邕廬墓實事，乃傳奇至此，只略略言之，殊爲不切。今爲增曲增白方是。

(二) 眉批：新增此一段白、二段曲最爲有理，諸本於此處草草忽過，且言連理、白兔爲朝廷旌詔之兆，何其陋哉！今改爲『孝心所感』，則理正而味長矣。識者當必知之。

(三) 云：原作『云云』，據文義改。

(四) 眉批：此意仍舊本，而白語全改，覺妥當。

料天也會相憐憫。

【前腔】（生）有何德行，福及吾身？皇恩雖念，只愁恩不到雙親。(一) 空辜負，這孤墳。（合前）

【前腔】（趙）謝得公公，報説慇懃。是假是真，成就我孝道皆賴君。有誰旌表你門庭？(二)（合前）

【前腔】（牛）來使何人？悶中無由，詢問一聲。（生云）夫人要問甚的？（牛唱）無由詢問我家君，知他如今亡與存？(三)（合前）

（陳留知縣上云）今天朝牛宰相親賷詔書，到於蔡門，以旌表蔡學士之孝。下官不免先到蔡家，鋪設香案，迎接皇恩。（相見科）蔡大人，皇恩已到，大人請更吉服受旨。（生云）卑人孝服，那忍遽更？(四)（縣官云）先王制禮，賢者俯而就，不肖者企而及。今大人制服已滿，況天朝恩典特加，禮當從吉。（衆

(一) 眉批：諸本皆云：『皇恩若念臣，我也不圖禄及吾身。』不惟字意不妥，且句法長短不似【六么令】，今改之。

(二) 眉批：諸本俱云：『知他假與真，謝得公公，報説殷勤。空教你爲我受艱辛，有誰旌表你門庭？』今改如下云云，更整飭。

(三) 眉批：諸本皆云：『來使是何人？悶中無由，詢問一聲。無由詢問我家君，知他安與否，死和存？』今改如下云云，便整飭。諸本此處有縣官亦唱【六么令】一折，其詞卑陋，且不必也，故削之。

(四) 眉批：諸本俱云：『卑人孝服，未可更易。』今改『那忍遽更』，好。

云）説得是。（生云）門閭旌表感吾皇。（趙、牛云）麻裳今朝换吉裳。（衆云）彼時一番寒徹骨，(一)此日梅花撲鼻香。（牛相上）

【前腔】（牛相）風霜滿鬢，玉勒雕鞍，走遍紅塵。今日到此喜欣欣，重相見，解愁悶。果是天心賜憐憫。(二)

（卒子禀云）這裏就是蔡相公盧墓所在，請老爺駐節，就此宣旨。（牛相云）聖旨已到，跪聽宣讀。奉天承運，皇帝詔曰：(三)天經地義，惟孝行爲人道之首；移風易俗，乃崇獎實王政之先。蓋自彝倫攸斁，以致教化凌夷。惟學士蔡邕，心懷愛日，念切瞻雲。富貴不足以解憂，雖居官而陟岵陟屺；(四)哀慟不辭於毁瘠，即盧墓而詠莪詠蒿。(五)其妻趙氏，剪髮以送舅姑。麻衣包土，屢見血淚班班。(六)并有牛氏，同心以相夫子。閨門讓寵，尤見雅念惓惓。玆皆天常克敦，誠爲人倫師表。觀其念念不忘，真見父母

(一) 彼時：原作『□時』，據文義改。

(二) 眉批：諸本所唱合俱云『料天也會相憐憫』，未妥。今改『果是天心賜憐憫』。

(三) 眉批：諸本舊白詔語不惟煩冗不切，切多俚句淺詞，今改之，如此方成大雅。

(四) 眉批：陟屺以瞻母，陟岵以瞻父，見《詩經》。

(五) 眉批：又《詩經》云：『蓼蓼者莪，匪莪伊蒿。』孝子悲父母之辭也。

(六) 眉批：趙氏之辛苦孝行難以言盡。

夫婦之恩。[一] 若得人人如此，可追唐虞殷周之盛。是用寵錫，以彰孝義。蔡邕權授中郎將，取京聽用，爰候超陞。趙氏封陳留郡夫人，牛氏封河南郡夫人，同夫赴京。父崇簡贈十六勳，母秦氏贈天水郡夫人，同祀五鼎，用光九泉。[二] 嗚呼！風木之情何深，式彰風化之表；霜露之思既極，宜沾雨露之恩。服此休嘉，慰爾悼念。[三]（生同趙、牛叩頭謝恩呼萬歲萬萬歲）（牛相拜墳科）（生同趙、牛拜謝牛相科）（生云）荷蒙岳丈在朝保奏，又勞來此親賚，存没沾恩，無任感激。[四]（牛相云）理所當旌，不勞稱謝。（牛女云）自别尊顔，且喜無恙。（牛相云）各喜安寧，又重相見。（張公、縣官相見科）（牛相云）這二位是誰？（縣官云）陳留縣知縣在此奉候老大人。（張公云）老人是蔡相公鄰人張廣才。（牛云）張公之名，俺朝中也聞他的高義。賢婿，你今起復回朝，未得展報。我有黄金一笏奉送，聊申報答之意。（生云）太公請受。（張云）救災卹鄰，萬古常道；況你二親不保，實有愧顔，何敢受令岳大人之賜？（牛相云）高義之士，施恩而不望報。吾當回朝表奏，以旌其閭。陳留縣官，權且月給俸禄，時加存問。庶彰厚德，以善風俗。

【一封書】（牛相）我恭奉傳天旨，跋涉千萬里。皇恩浩蕩到尊閭，萬古松楸榮光賁。數載辛

[一] 眉批：語皆整頓，盡削舊時蕪蔓，且句句有關係，切當。

[二] 眉批：此處亦各安頓有致，一字無苟且，大勝各本。

[三] 眉批：惟此六句是依坊本舊有者。

[四] 眉批：必須如此，方見周匝。

勤身雖苦，一旦高華人怎比？[一]（合）光泉壤，耀閭里，孝義名傳天下知。[二]

【前腔】[三]（生）蒙泰山過主持，濃恩綢疊至。終天抱恨有餘哀，更有何心圖顯貴？可惜二親饑寒死，博得孩兒名利歸。（合）名雖顯，意自悲，衷情一點獨自知。

【前腔】（趙）把真容重畫取。公公、婆婆，如今封贈伊，好把你眉兒放展舒。只愁瘦臉兒難做肥。今日呵，豈獨榮光家庭内，料你也啣恩泉石裏。（合）喜自喜，悲自悲，九泉冥漠知未知？[四]

【前腔】（趙）[五]從別後，心兩歧，家中音信稀。爲公婆多怨憶，爲爹行并慘淒。今見公姑無愧色，又幸與爹行共依倚。（合）心無歉，行無虧，果然爲善有天知。[六]

（牛相云）從此同上帝畿，躬謝聖恩。（生云）且先辭别本縣父母，拜謝鄰居張公，然後分付守墓人後，以

（一）眉批：此中諸本俱云『吾皇親賢意甚美，因探孩兒拜女婿』等語，俚俗，今皆易之。

（二）眉批：此處『光泉壤』三句作合語，惟牛相可以唱得下，生、趙唱則涉□矣，故兹改之。

（三）眉批：此折取各本之意而改其詞，其合處則下三折皆盡改矣。

（四）眉批：李卓吾亦甚取此趙唱之意，今略從原本點綴數字，愈增其妙。

（五）趙：原作『生』，據文義改。

（六）眉批：此折亦原本之意而詞略。

隨岳丈偕行。(一)（縣官、張公先別下科）

【永團圓】（牛相、生、旦共唱）人生只莫虧孝義，聖世豈相棄。果有一片至誠心，天地自感應。這隆恩美譽何所愧，萬古青編記。如今便去，相隨到帝畿。拜謝皇恩了，歸院宇一家賀喜。(二)　共設華筵會，四景常歡聚。顯文明，彰盛治。(三)　頌孝男，稱義女，天垂景曜傳世世。(四)

還居墓室已三年，何幸丹書下九天。
官誥頒來皇澤重，麻衣換却錦袍鮮。
椿萱受贈甘瞑目，鸞鳳啣恩喜並肩。
要識名高并爵貴，須知子孝與妻賢。(五)

(一)　眉批：　諸本原無此白，今增之，方見周全。

(二)　眉批：　諸本皆是『名傳四海人怎比，豈獨是耀門閭』。　此二語上文已疊見矣，故此處改『人生只莫』四句，以示垂世勉人之意，大佳。

(三)　眉批：　此數語俱仍坊本，似涉俚，然亦自不可少。

(四)　眉批：　諸本皆云：　『説孝男，并義女，玉燭調和歸聖主。』文意不續，今改『頌孝男，稱義女，天垂景曜傳世世』，方收束得《琵琶記》一部作者之意。

(五)　眉批：　按諸本所載每齣下臺語，殊多鄙穢可厭，故其中或削盡，或斤正，惟末詩八句略可。　而諸本又皆删其中四語，止存首末，今録之。

卷末批：

詳玩《琵琶記》全部，至《廬墓》與張公相會以了當。然以通部皆係悲詞，而末以歡會煞之，亦從俗見也。但查各本所載『榮封團圓』處，曲白并鄙陋，不堪觀聽，而意義亦似淺短矣。想東嘉精力已悉注於前簡，而此則聊且作了事語耶？於兹悉爲改訂，然猶未見爲全璧也，識者自辨之。碩人藹中碩人志。